라이브
1

라이브 대본집&메이킹북 1

초판 1쇄 발행 2018년 5월 28일
초판 3쇄 발행 2024년 3월 20일

지은이 | 노희경, GT:st
펴낸이 | 金禎珉
펴낸곳 | 북로그컴퍼니
주소 | 서울시 마포구 와우산로 44(상수동), 3층
전화 | 02-738-0214
팩스 | 02-738-1030
등록 | 제2010-000174호

ISBN 979-11-89166-03-8 04810
ISBN 979-11-89166-02-1 04810(세트)

LI

노희경 극본 · GT:st 제작

VE

라이브

대본집 & 메이킹북

1

북로그컴퍼니

〈라이브〉는 모든 정직한 현장 노동자에 대한 찬사

나만 그런가? 방구석에 앉아 글 쓰는 직업을 갖게 되면서, 정직하게 몸으로 일하는, 현장직에 있는 사람들에 대한 한없는 열등의식이 생겼다. 나는 왠지 거저먹는 것 같고, 세상에 그닥 필요 없는 일을 하는 것 같고, 말만 하며 행동 않는 사기꾼 같고. 그래서 방구석에서 일하는 내가 얼마나 힘든지, 창작의 고통을 역설하고 침을 튀기며 항변하느라 허비한 시간도 꽤 길었다. 그러다 백기를 들고 정리했다. 나는 몸으로 뛰고 부딪히며 사는 모든 현장직 노동자에 대한 열등감이 있으며, 그들은 나보다 세상에 이로우며, 나보다 세상에 필요하며, 나보다 관심받고 격려받을 만하다. 그래서, 나는 세상의 모든 현장직 노동자에 대해 감사해야 하며, 내라는 세금은 내야 하며, 법을 잘 지켜야 하며, 말과 행동을 일치시키려 노력해야 하며, 그게 안 될 땐 말이라도 줄여야 한다. 따라서, 〈라이브〉에서 다루는 지구대 이야기는, 경찰 전체가 아닌, 이미 자신이 윗선인데 또 다른 윗선을 핑계 대며 변화를 거부하는 경찰 수뇌부와 결정권자들이 아닌, 정직한 현장 노동자에 대한 찬사다. 나는 경찰분들이 나의 드라마로 위로받길 바라지 않는다. 정직하지 못한 경찰, 비리 경찰, 타성에 젖은 경찰, 사명감 없는 경찰들이 이 드라마를 보고 자신을, 초심을 돌아본다면, 정직한, 법을 지키는, 사명감 있는 경찰은 그제야 진정 위로받을 수 있으리라.

나이가 들면서, 내 스스로가 위험하게 느껴질 때가 있다. 세상에 한없이 냉소적이고 비아냥대는 횟수가 늘어날 때, 분명 나도 일조해 만든 지금의 세상을 아무 부채의식 없이 타인의 잘못으로만 돌릴 때, 내 자신이 어떤 분야에선 이미 기득권이며, 수구세력임을 자각하지 못할 때. 그런 의미에서 〈라이브〉에서 다루는 사명감 이야긴, 작가의 반성

문 같은 성격을 띠고 있다. 법 질서, 정의, 열정, 패기, 공감, 유대, 연대, 초심 같은 말들이 감성팔이란 말로 폄하되는 조롱거리가 되어버린 세상에서 (이런 평가 역시, 지금의 어른 세대가 만들어놓은 것임을 인정한다) 드라마 내내 굳이 그것들을 긁어모아 놓은 것은, 젊은 세대에 대한 미안함이기도 하다. 지금의 부정과 부패, 불합리함은 기성세대의 잘못이지, '법 질서, 정의, 열정, 패기, 공감, 유대, 연대, 초심'은 여전히 찬란하다, 말해주고 싶었다.

사건을 빌미로 세상을 들여다보며, 쓰는 내내 맘이 아팠다. 피하고 싶었고, 다신 이런 소재론 글을 쓰지 않아야겠다, 수없이 다짐도 했다. 그 맘은 작업을 끝낸 지금도 사라지지 않는다. 피해자를 들여다본 것뿐인데도, 현장을 그저 글로 구경한 것뿐인데도, 이리 아픈데, 피해 당사자는 오죽할까. 말문이 막힌다. 그리고, 뜬금없이 작가가 되길 잘했단 생각도 들었다. 작가가 아니라면, 누가 굳이 아픈 사건 속으로, 세상 속으로, 피해자와 나와 다른 인물들의 삶 속으로 뚜벅뚜벅 걸어 들어가 공감할 생각을 하겠는가.

든든한 파트너이며 팀의 수장 김규태 감독님께 진심을 다해 감사한다. 처음 만나 뜨거운 동지애를 갖게 된 명현우·김양희 감독님, 반가웠고 감사했다. 김향숙 편집 감독님과 최성권 음악 감독님께 많이 의지했다. 〈라이브〉는 박장혁·김진한·신현철·이영진 촬영 감독님, 김보현·최용환 조명 감독님, 김주환·홍정호 동시녹음 감독님, 최기호 미술 감독님, 소품 허세민 님, 사운드 박준오 님, 이승우 님, C.G 조봉준 님, D.I 이정민 님, 로케이션 이재우 님, 이경환 님, 의상 홍수희 님, 이정은 님, 분장 이미진 님, 홍보 심영 님과 수많은 스태프분들의 결과물이다.

이순재·성동일·장현성 배우님, 많이 사랑했고 부디 또 만나 뵙길 바랍니다. 배종옥·배성우, 연구하는 멋진 동료들 존경하고 더 많이 비상하길 기원한다. 정유미·이광수, 모든 젊은 배우들이 작품에 임하는 자세가 그들만 같다면, 현장의 고단은 사라지고, 한국 드라마는, 세상은 더 빛날 것이라 자신한다. 고맙고, 멋졌다.

이얼 배우님께 감사하고 이시언·신동욱·염혜란·우현주·조완기·이순원·이주영·김건우·김종훈·백승도·고민시·장호준, 나의 동료들은 다른 작품에선 더 많이 평가받아야 마땅하다.

최진희 대표님, 제작총괄 이동규 님, 최원우·장정도·이정묵·정다형·강상훈 프로듀서분들, 이효선·노수환·정태문 조감독님들, 박은빈·정소미 스크립터분들 그리고 백성욱·이성희·박소정·임송 보조작가들과 함께한 모든 스태프분들에게, 연기자분들에게, 끝까지 큰 사고 없이 무사해주어, 진심으로 엎드려 감사드린다.

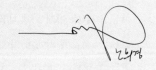

차례

메이킹 PART 1

일러두기

1. 이 책의 편집은 노희경 작가의 드라마 대본 집필 형식을 최대한 따랐습니다.

2. 드라마 대사는 글말이 아닌 입말임을 감안하여, 한글맞춤법과 다른 부분이라 해도 그 표현을 살렸습니다.

3. 말줄임표는 두 개, 세 개, 네 개 등으로 다양하게 표현되어 있습니다. 이는 대사 시 호흡의 양을 다양하게 표현하고자 한 작가의 의도를 반영한 결과입니다.

4. 쉼표, 마침표 등과 같은 구두점도 작가의 의도를 따랐습니다.

5. 드라마에서 장면을 나타내는 '씬'의 경우, 표준국어대사전에는 '신'으로 등록되어 있지만 여기서는 작가의 집필 형식에 따라 '씬'으로 사용했습니다.

6. 이 책은 작가의 최종 대본으로, 방송되지 않은 부분이 포함되어 있습니다.

시놉시스

미안해, 처음 살아보는 인생이라서, 우리가 좀 서툴러

드라마 개요 · 기획의도 · 작가의도 · 등장인물 · 줄거리

드라마 개요

주 제

민중의 지팡이, 거리의 판사, 제복 입은 시민이라 불리는
지구대 경찰을 통해 그려질 풀뿌리 민주주의,
그 찬란한 정의에 대한 찬가와
이미 어른이 되어버린 우리들의
이제 와서 '자아 찾기'

형 식

시즌제 미니시리즈 70분물
18부작

기획의도

장르물적 재미를 가진 감성 드라마라는 새로운 장르 개척

지금까지 나온 경찰 드라마는 사건 위주의 드라마 일색이다. 우리나라의 경우 전 세계에서 유일하게 경찰이 독립적인 수사권을 갖지 못한 나라임에도, 드라마에서는 그들이 독립적으로 수사를 진행하고 해결하는 등 대단한 공권력을 가진 것처럼 비사실적으로 그려진다. 경찰의 위대함을 강조한 대가로 국민에게 경찰에 대한 거리감과 위화감을 준 것이다. 저렇게 대단한데 왜 아직도 세상은 이 모양인가? 강한 권력엔 눈감고, 약자에겐 무자비한 결과 아닌가? 국민, 시민과 대립각 속에서 그들을 보게 한 것이다.

〈Live〉는 생생한 취재를 통해, 경찰이 시민(국민)들에게 공권력으로 각인되기보단 대다수의 경찰이 이야기하는, 제복 입은 성실한 국민과 시민, 민원과 치안을 해결하는 (시달리는) 감정노동자로 기억되길 바라는 염원을 담으려 한다.

내 아버지, 내 형제, 내 아들이 사선에 서서 과도한 직무를 수행하고, 소소한 정의를 지켜내는 모습은 장르물적 재미와 뜨거운 감성 드라마라는, 신선하고도 진한 감동의 드라마가 될 것이다.

기득권에 대한 경고, 풍자와 해학이 넘쳐나는 시대를 엿보는 드라마

세계 치안 1, 2위. 그러나 대한민국 경찰 1인당 국민 600명 담당, OECD 최대 담당 인구. 전체 공무원 직업 자살률 1위(평균 공무원 자살률의 1.7배. 2016년 10월 경찰청 복지정책담당관실 작성), 연간 16.6명 자살. 자살 사유 1위, 늘 사선에 섰지만, 자신이 아무것도 할 수 없다는 무기력. 누가 이들에게서 사명감을 앗아가고 무기력을 주었나.

매년 평균 16명 이상의 경찰이 자살로 목숨을 잃는다. 순직보다 3배 가까이 많은 숫자다. 지금껏 경찰 드라마는 포장된, 경찰의 위대함을 드러내는 걸 목적으로 하다 보니, 그들의 애환과 그들의 상처와 그들의 과로는 눈감고 외면하는 기이하고도 아픈 사태를 낳았다.

〈Live〉는 사악한 범죄자의 폭력과 수구·기득권·공권력의 최상위 집단이 경찰에게, 내 아버지·내 형제·아들딸들에게 빼앗아간 사명감을 동료애로, 인간애로, 풍자와 해학을 장치로 되돌려주려 한다. 사명감이 사라진 사회는 결코 정의로울 수도, 행복한 세상을 꿈꿀 수도 없으므로.

주변에서 툭 튀어나온 듯 생생한 주변 인물 같은,
판타지가 사라진 주인공을 통해 평범의 가치를 말하는 드라마

　　드라마의 최우선 가치는 공감이다. 〈Live〉 속 드라마의 주인공들은 일상의 희로애
락의 풍파 속에 사는 나와 다르지 않은 인물들이다. 허세 있고 쪼잔하고 생계를 위해 비
굴해지다가도, 가족이나 동료를 위해 자신의 안위를 버리고 다시 사선에 서는 사람들이
다. 정의는 대단한 것이 아니라 상식의 선에서 지켜낼 수 있는, 막연한 이상이 아니라 단
체는 물론 개인에게도 양보할 수 없는 일상의 소중한 가치라는 담론이 가능한 드라마를
만들어, 지금과 미래의 사회에도 희망을 말하고 싶다. 대단한 지도자, 권력자 한두 사람
이 이 나라를 만들어온 것이 아니라, 현장에서 발로 뛰는 대다수 국민이 이 나라를 지키
고 만들어왔다는 뜨거운 사실을 있는 그대로 전하고 싶다.

촛불 시위를 나가 시민과의 대치선에 선, 내 앞의 어린 경찰을 보았다. 나와 함께 촛불을 들지도 못하고, 근무시간이 끝났으니 집으로, 사랑하는 이들에게로 돌아가겠다는 말도 못하는, 공허한 그들의 눈빛을 보며, 누가 저들을 시민과 대치시켰나? 끝없는 의문이 들었다. 그리고 그날 시위가 끝나고 시민들은 그들을 안았다. 내 앞에 선 경찰이 대단한 공권력이 아니라, 윗선이, 권력이 경찰 자신의 의지와 상관없이 대치하라면 대치할 수밖에 없는, 나와 똑같은 힘없는 이웃이라는 것을 시민들도 알기 때문이다.

작가는, 그날의 아픈 대립을, 함께 나누었던 무력한 공감을 드라마로 쓰고 싶었다. '드라마는 인간'이라는 대명제 속에, 그들을 탐구하고, 결국엔 환희와 감동으로 드라마를 마치고 싶다. 누구에게나 처음 살아보는 인생이라서, 서툴고, 실수하고, 당황하고, 넘어지지만, 누구에게나 소중한 인생이라서, 넘어져도 일어나는, 최선을 다하는 삶은 늘 그래왔듯, 감동과 재미를 선사하는 불멸의 드라마 소재라는 것을 믿어 의심치 않기 때문에.

대한민국 사회와 안방에서, 주류에서 비주류로 몰락하는 아버지들의 고단을 그리고 싶은 열망도 함께 가져본다.

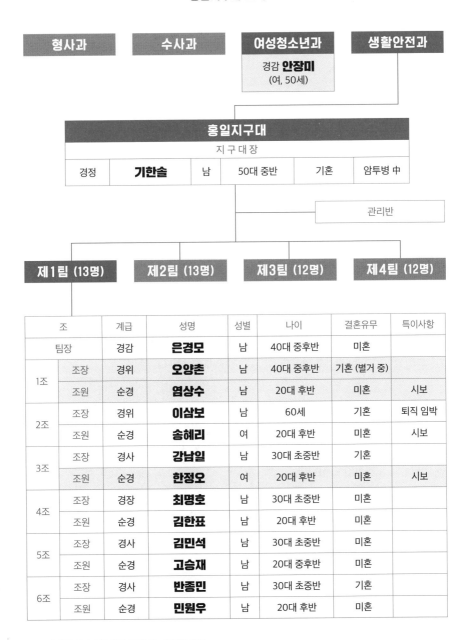

| 형사과 | 수사과 | 여성청소년과 | 생활안전과 |

여성청소년과
경감 **안장미**
(여, 50세)

홍일지구대
지 구 대 장

| 경정 | **기한솔** | 남 | 50대 중반 | 기혼 | 암투병 中 |

관리반

| **제1팀 (13명)** | **제2팀 (13명)** | **제3팀 (12명)** | **제4팀 (12명)** |

조		계급	성명	성별	나이	결혼유무	특이사항
팀장		경감	**은경모**	남	40대 중후반	미혼	
1조	조장	경위	**오양촌**	남	40대 중후반	기혼 (별거 중)	
	조원	순경	**염상수**	남	20대 후반	미혼	시보
2조	조장	경위	**이삼보**	남	60세	기혼	퇴직 임박
	조원	순경	**송혜리**	여	20대 후반	미혼	시보
3조	조장	경사	**강남일**	남	30대 초중반	기혼	
	조원	순경	**한정오**	여	20대 후반	미혼	시보
4조	조장	경장	**최명호**	남	30대 초중반	미혼	
	조원	순경	**김한표**	남	20대 후반	미혼	
5조	조장	경사	**김민석**	남	30대 초중반	미혼	
	조원	순경	**고승재**	남	20대 중후반	미혼	
6조	조장	경사	**반종민**	남	30대 초중반	기혼	
	조원	순경	**민원우**	남	20대 후반	미혼	

※ 등장인물 사진이 들어간 조직도는 572쪽 참조.

등장인물

✿ 염상수 (남, 20대 후반, 홍일지구대 시보 순경)

그래, 까짓 경찰이 돼보자!
근데, 경찰은 사명감 같은 게 있어야 되지 않나?
사명감은 어떻게 만들지? 난 사명감보다 밥 먹고사는 게 더 급한데..

엄마와 형과 작은 빌라에서 전세를 산다. 중학교 때 경찰 간부의 차에 치여 고물상을 하던 아버지가 돌아가셨지만, 억울하게 쌍방과실로 인정돼서 보상도 받지 못했다. (후에 경찰이 되리라 마음먹었을 때, 아버지 죽인 '경찰'이란 생각이 그의 발목을 잡았다. 엄마가 말했다, '미친놈, 니가 그런 경찰 안 되면 되지! 또 암짓도 안 하고 집에서 빈둥거리며 에미 등골 파먹을 이유 찾네, 이유 찾아! 미친놈!', '히히히', 그는 장난스러운 웃음으로 눙쳤지만, 그래도 궁금해서 그 경찰을 찾았더니, 사고 직후 외국으로 날아서, 훌륭한(다수에겐 돈 많은 게 훌륭함이 되는 세상이니까) 사업가가 됐다고 했다. 아, 돈 있는 놈들은 그렇게 죗값 없이, 불편한 피해자를 피해 외국으로 날아버리면.. 잘못도 잊어버리면 되는 거구나, 씁쓸했다.)

하지만, 그런 일이 있었어도 그는 나름 긍정적으로 밝게 자랐다. 없는 자에게 최선, 오기, 투지, 웃음, 유머마저 없다면 정말 아무것도 없는 게 돼버리니까. 언제나 긍정적으로! 그게, 가족의 생계를 힘겹게 짊어진, 세상 사람 기준에 2% 모자란 불쌍한 엄마에 대한 최대한의 도리이기도 하니까.

그러나, 아무리 열심히 산다고 살아도 잘한 게 없는 건지, 능력이 없는 건지, 지금껏 제대로 된 직장 하나 없이 불안한 인생이다.

학창 시절, 공부는 그만그만한 수준, 남다르게 잘하지도 못하지도 않았다. 대학도 남들은 알지도 못하는 지방 전문대 컴퓨터 정보 관련 학과를 들어갔지만, 당최 뭔 소릴 하는 건지 적응하지 못해, 군대를 갔는데 제대 후 가보니 2학년 1학기 등록금도 내놓은 상태인데.. 폐교가 되어 있었다. 젠장할! 이후, 그는 제 딴엔 살아보려고 안 해본 일 없지만, 번번이 좌절이었다. 친구 아버지의 공장에 들어가 엔지니어로 일하다 동료가 기계에 팔 잘리는 걸 보고는 퇴사했고, 친구들과 옷 장사를 했지만 디자인을 카피했다 고발당해 문을 닫았고, 가락동 청과물시장에서 양배추를 나르다, 무릎을 다쳤다. 그리고, 두어 달 전 다시 시작한 일이 만성피로를 없애는 물을 파는 일이다. 영업직 인턴 6개월만 하면 사무직 정직원의 혜택과 우리사주도 나눠주는 회사, 중소기업이긴 해도 식약청의 인가를 받고 곧 상장을 앞둔, 화학박사가 세운 비전 있는 회사. 이번엔 무슨 일이 있어도, 간 쓸개를 다 빼고서라도 성공해보리라, 호기가 났다.

그는, 그날도 그래서 열심히 일했다. 밤새 창고에서 물 박스에 라벨을 붙이고, 잠 한숨 안 자고 아침부터 여러 가게에 물을 배달하고, 엄마와 형의 적금을 깨서, 백 주 이상은 안 판다는 회사에 사정해 이백 주의 주식을 사고, 친구들에게도 대박 사업이니 투자를 권유해(다른 주주 소개 시, 삼십 프로의 커미션이 있다), 알았다, 하겠다, 확답을 받을 때까지, 피곤을 모를 정도로 신이 나 있었다. 게다가 그날은 두 달 만에 클럽을 가, 원 없이 방방 뛰고 놀기로 약속한 날이었다. 클럽엘 가서도 기분이 좋았다. 음악도 디제이도 맘에 들고, 제 맘에 꼭 드는 여자들까지 꼬셔, 이차를 튼 것이다. '오늘 다 죽자!' 할 만큼 기분이 더없이 좋은데, 술집으로 자릴 옮기려는 순간, 친구 놈이 초를 쳤다.

친구 놈 왈, 여자애들이 맥주도 아니고 양주만 먹는다며 괜히 돈 쓰지 말고 오늘은 그냥 가잔다. "두 달 만에 왔다, 클럽에! 누가 너보고 돈, 몰빵하래? 두당 5만 원씩 걷어! 저런 에이뿔 애들(여자를 가리키며)하고 엮이는 데 두당 5만 원도 투자 못해? 새끼! 무조건 가는 거야!" 하고, 화장실에 다녀왔는데, 딴지 건 친구 놈은 물론 나머지 놈들도 담날 직장 출근을 이유로 모두 가버렸다. "새끼들.. 의리 없게..", 구시렁거릴 시간도 없었다. 여자들이 그를 이끌어 근처에 있다는 술집에 처박았다. 근데 웬걸 여자들이 제 친구까지 부르고, 술집 메뉴판을 보니, 수십만 원짜리 양주만 즐비.. 카드도 이미 우리사주 사느라 한도 쳤는데.. 그는, 빠르게 머릴 굴려 화장실을 다녀온다며 술집을 빠져나와 도망치

듯 걸어가며 초라한 자신의 처지가 답답해 친구들에게 괜한 열이 받아 전화를 걸었다. "이 개**, 쌍**, 조**.. 상사가 뭐 전화가 와? 나도 회사 다녀 새끼들아.. 니들만 돈 벌어, 나도 이제 백수 아니라 직장이 있는 니들하고 똑같은 노동자야! 니들 나 무시하지? 내가 만약 잘나가는 형철이 놈이었다면." 그때, 등 뒤에서 여자들 말소리가 들렸다. "어라, 이 새끼 날렸네.. 바알바(바에 술손님을 데려다주는 아르바이트)구나?" 짜증과 초라함이 가중되는 순간이었다. 되는 일도 없지..

그때, 엄마에게 전화가 왔다. 밤 청소를 끝내고 퇴근하는 길, 다릴 접질렸단다. 걱정돼서 119를 부르라고 해도, 택시를 타고 오라고 해도, 굳이 니가 오란다. 그래서 갔는데, 어두운 건물에 초라하게 엄마가 동료와 앉아 있다. 그런데 엄마는 그를 보자마자 동료를 서둘러 보내려 했다.

'안녕하세요?' 변죽 좋은 그가 엄마의 동료에게 인사를 하는데도, '언니, 아들 왔네' 하며 말꼬리까지 끊고, 보내버린 것이다(엄마의 동료 아들은, 드라마 속 풍경처럼 자전거로 제 엄마를 모셔 갔다). 내가 창피하구나. 그때, 엄마가 대뜸 하는 말,

"저 언니 아들은.. 공무원이래.."
"몇 급?"
"모르지.. 동사무소 다닌대.."

부러워할 게 없어, 말단 9급 공무원을 부러워하다니..

"나도 회사 다니잖아?!"
"공무원이 높지!.. 그리고 저 언니 곧 직원증 나온대.. 네모난 거, 회사원이면 목에 다는 거.. 월급도 오른대, 12만 원.. 언닌 이제 회사에서 못 자른대. 엄마는 잘라도.. 정직원이라.. 아들도 안 짤린대, 공무원이라.. 엄마도 2년 더 다니면 정직원 될지도 몰라.. 그럼 좋겠다.."

그 말을 끝으로 엄마가 버스 창밖으로 고갤 돌렸다. 동료 아들이 기껏 말단 9급 공무원인 게, 동료가 기껏 기업의 정직원 청소부가 돼서 직원증을 받고, 월급을 12만 원 더 받는 게 부러운 여자. 내가 내 어머닐 이렇게 만들었구나 싶어, 괜한 짜증이 났다. 그래도, 그는 처지지 않고, 엄마에게 게거품을 물고, 강제로 희망을 주었다. 조금만 기다려라, 내가 대박이 날 거다, 그리고 엄마가 한 번도 가본 적 없는 외국도 데려갈 거다, 아파트에도 살게 해줄 거다, 내가 남들이 부러워하는 아들이 돼줄 거다, 그리고 볼에 키스도 날렸다. 엄마가 그제야 웃었다.

그런데, 그때 그의 친구에게서 전화가 왔다.

"상수야, 니가 하는 일 아무래도 그거 투자 못할 거 같애. 그거 다단계지?"
욱 성질이 올랐다. "너 죽을래? 내가 그 정도 머리도 없을까 봐? 내가 지금 울 엄마, 울 형 돈까지 집안에 있는 돈 닥닥 긁어 몇천을 거기다 꼬라박았는데, 그게 다단계면.. 새끼가 말하다 보니 더 열받네!" 그런데, 친구 왈, 당장 핸드폰으로 기사를 보란다.

어머나, 우리 회사가 불법 다단계로 잡혔네!

담날 회사로 가봤지만, 회사는 문이 잠기고, 그는 투자한 사람들에게 공모자로 (사실은 그도 피해자인데) 머릴 잡혀, 경찰서로 갔다. 소식을 듣고 달려온 엄마가, 회사에 당한 사람들에게 빌며, 초라하게 울었다. 그리고 그때, 형의 전화가 왔다. '중학교 때 만나 지금껏 사귀어온 여친(자신이 형수라 불렀던)의 부모가 제약회사 영업하는 자신이 비전이 없다며 그만 여친을 놔주라 했는데, 맘이 아프다. 전에 혹시 몰라 워킹홀리데이를 준비했는데 그게 됐다. 호주의 밀농장이란다. 엄마 보면 울 것 같아 지금 비행기 타고 떠난다. 되도록 안 돌아오려고 한다.. 잘 있어. 니네 회사에 주식 사라고 빌려준 내 돈, 나중에 엄마 줘라..', '의리 없는 새끼, 너 지금 엄마 버리는 거냐?' 그가 울컥해 대들었다. 형이 슬프게 웃으며 말했다. '이 나라가 날 버렸지.. 주류가 판치는 세상, 나 같은 비주류는 이 나라에선 답이 없다.. 미안하다, 상수야' 그러며 전화를 끊었다. 아버지같이 의지한 형은 떠나고, 엄마는 울고, 사람들은 소리치고, 그 꼴이 답답해 고갤 틀었는데, 눈앞에 경찰공무원 모집공고가 보였다.

그래, 이걸 해볼까. 엄마가 원하는 부럽고, 잘릴 일 없는 9급 공무원. 그는 제 앞의 위압적인 경찰을 봤다. 그래, 경찰이 되자. 근데, 경찰은 사명감 같은 게 있어야 하지 않나, 뭐 그거야 천천히 만들면 되지 않나..

첨으로 공부란 걸 진지하게 해봤다. 전화도 안 받는 친구 놈, 제 성격을 탓했지만 결국은 자신의 가난을 비웃으며 떠난 여친, 모두를 떠올리며 이를 갈았다. 졸리면 뺨도 처가면서. 그렇게 1년 죽어라 공부해, 경찰 시험에 붙고, 중앙경찰학교에 입학하던 날, 그는 형에게 전화를 걸었다.

'나 경찰 됐다. 형, 니가 되고 싶던 주류, 내가 먼저 됐다. 뽀대나지? 잘살아라', 그리고 전활 끊었다. 명문대를 나와도 절반 이상이 노는데, 공무원이 주류가 아니면 이 세상 누가 과연 주류란 말인가. 그는 당당하게 살아야지, 최선을 다해야지, 이젠 진짜 초라해지지 말아야지, 끝까지 살아남아야지, 투지를 키웠다.

근데, 이건 뭐지? 경찰학교 졸업 후 기동대 근무는 그래도 멋지고 뽀대날 줄 알았는데, 그래서 현장 가는 그날 닭장 같은 버스 안에서 동료들과 식판의 식은 밥으로 배를 채우면서도, 의지가 불탔는데..

선배가 말했다. '폴리스 라인에서 움직이지 마라. 너희들의 업무는 계란과 욕설을 받는 일이다. 아무 짓도 하지 마'. 그와, 경찰이 진짜 되고 싶어 안달 난 동기들이 물었다. '어떻게 아무 짓도 안 해요, 경찰이? 데모하는 사람이 우릴 향해 몽둥이를 날려도 가만있어요?! 민주적으로 데모 안 하면 벌 줘야지! 그게 경찰이지! 그럼 경찰은 뭐해?' 선배가 말했다. '아무 짓도 안 하는 게 우리 경찰이 할 일이야.'

그리고 그는 그날 성실한 첫 근무를 해냈다. 선배 말대로 침과 계란, 욕설을 받아도, 그저 묵묵히 폴리스 라인 앞에서 아무 일도 하지 않은 것이다. 엄마가, 날 무시하던 친구 놈들이 이 꼴을 안 본 게 얼마나 다행인지.. 지구대로 가면 그땐 다르겠지, 매일 이 세상의 중심에 끼고 싶어서 눈치 보던 이때까지의 비루한 내 인생도, 지금 욕설과 계란을 맞으며 스멀스멀 올라오는 무기력도 사라지고, 의미롭고 뽀대나고 희망도 생기겠지.. 상수는 꿈을 꾸는데..

🏵 오양촌 〔남, 40대 중후반, 경감→경위(강등)〕

제발, 누구라도, 내 인생이 깡그리 잘못된 것만은 아니라고 말해줘.

서울 인근 촌부의 아들로 태어나(2남 1녀 중 막내, 소작농이었던 아버지는 이제 텃밭이나 가꾸는 수준이고, 어머니는 본가 근처 요양원에 의식불명 상태로 있다. 형은 아내가 죽고 산천을 떠돌며 여행 중이고, 누나는 남편과 서울에서 두 자식의 손주들을 봐주며 살고 있다), 촌에선 최고의 권력으로 보였던 경찰이 멋있어서 시험을 봤다. 근데 덜컥 합격을 했다. 인생에서 가장 행복했던 순간이었다. 가난한 소작농의 아들이, 대대손손 남의 밭이나 갈아주며 끼니를 연명할 것 같던 그의 집안에 영광이 된 것이다. 그래서 아버지는 제 이름까지 개명하려 했다. 양촌(고향의 지명)에서, 영광으로. 그러나 개명 신청은 이유 없다 기각됐다. 이유가 없는 게 아니라 이유가 같잖았겠지. 하지만 말수 적고 무뚝뚝한 아버지의 맘은 알 수 있었다. 내가 아버지의 영광이구나.

이왕 하는 경찰 생활 그는 제대로 하고 싶어 사건사고 많은 서울 중심지로 상경했다. 그리고 기동대, 파출소, 형사계, 강력계, 과학수사팀(공부라면 남 일이지, 결코 내 일이 아닌 그가 첨으로 공부를 해서 경찰 내 이수 과정을 죽어라 이수했다), 다시 강력계로 자리를 옮기며 경력을 쌓았다(아내는 파출소 근무 때 만났다. 현재 대학 2년생 딸과 중학교 3학년인 아들이 있다). 희대의 절도범, 조폭 두목, 무장 살인범을 잡아 훈장도 몇 번 타서, 승진시험 없이도 지금의 계급까지 올랐다(순경으로 시작한 동료들은 아직도 경사, 경위급이 많다).

어려선 늘 무시받던 코찔찔이 촌부의 아들이, 배지 달고 제복을 입고 나니 폼도 났다.

조폭을 때려잡고 범죄자를 철창에 가두는 일은 안 해본 놈은 모르는 신명 나는 일, 누가 뭐래도 의미도 재미도 있었다. 당시만 해도 박봉이었지만, 나라를 위하고 국민을 위하는 정의로운 일이니까, 그깟 것쯤이야. 개중에 얼빠진 동료들이 뒷돈을 받을 때(당시는 너무나 박봉이라 그런 일이 비일비재했다)도 그는 의리 때문에 고발은 안 해도, 그럼 안 된다고 열 번 스무 번 멱살을 잡았었다.

'이 개＊＊, 우리가 대한민국 경찰이지, 양아치냐! 너 땜에 우리 경찰이 공권력의 하수인, 조직의 깔때기, 홍어＊ 소릴 듣는 거야! 새끼야, 우리가 새끼야, 대한민국 경찰이야!'

그는 분명 경찰 징계사건이 있기 전까지 소신 있는 경찰, 유쾌하고 화끈한 남자 중의 남자였다. 덩치는 산만 해도 아내는 그를 곰살맞고 유머러스하다 했고, 동료들은 그와 파트너가 되면, 불같고 괴팍한 성격에 머리는 아파도 한없이 든든해했다. 그런데, 사건이 터졌다.

그날은 비가 왔다. 늙은 파트너랑 지방까지 뛰어가, 6개월간 나라를 들썩이게 하던 살인사건의 범인을 잡아서, 인근 경찰서에 인계하고 며칠 만에 집으로 가는 길, 바닷가에서 취객이 물로 들어가는 게 보였다. 젠장, 여긴 우리 관할도 아닌데, 그냥 갈까? 그러다 뛰어들었다. 뒤에서 선배가 '얌마! 파도가 세! 사람도 안 보이잖아! 양촌아, 나와! 나와!' 하는 소리가 들렸지만, 그는 취객을 잡을 수 있을 거 같았다. '형은, 신고나 해!' 그리고 파트너가 다급하게 119에 전화를 걸었던 거 같다. 그런데 이게 무슨 일이지, 그가 취객을 잡아 나와서 심폐소생술로 살리고 났을 때는 파트너가 보이지 않았다. 파트너가 그를 쫓아 바다에 뛰어들어 익사한 것이다.

이후, 그는 사람을 살린 공은 없어지고, 무리한 업무 이행으로 동료를 죽음에 몰아넣은 경찰이 되었다. 취객은 상습 자살뺑꾼이었고, 언론은 그날 그가 맥주 한잔 마신 걸, 취했다고 보도(취객 이야긴 빠지고, 살인범을 잡은 위대한 경찰이 술 취해 바다에 뛰어들어 동료가 그를 구하려다 목숨을 잃었다, 쓴 것)했으며, 그의 무수한 성과들을 오역해 성과주의에 미친 형사가 이번 사태를 야기시켰다, 낙인찍었다. 언론을 상대로 경찰 명예훼손이라며 고소를 한 대가였다.

그래, 언론이야 늘 그렇고 그렇듯 우리의 적들이지, 나도 그것들이 뭣 같으니 그것들도 내가 뭣 같겠지, 근데 내가 자랑스럽다 여긴 내 조직이, 경찰 내 동료들이 그에게 감찰을 붙여 징벌을 주었다. 뉴스가 필요한 언론과 경찰을 손아귀에 쥐려는 검찰이, 시끄러운 게 싫은 경찰 내 간부들이 한통속이 된 것이다. 팀원들과 회식을 하고, 술을 한잔 마신 후 대리운전을 해서 아파트 단지까지 와서 대리기사가 가고, 그가 차를 지하 주차장으로 몰려는 순간, 숨어 있던 경찰이 떴다. 지랄맞게도.

그는 아직 시동을 걸지 않았다, 아내한테 전화를 걸려고 했다, 항변하며 음주측정을 거부했다. 그 소란이 CCTV에 녹화가 되고, 걸려도 아주 제대로 걸린 것이다. 결과는, 지구대 근무 발령, 1계급 강등.

그건 괜찮다. 근데 민생치안을 일순위에 둔 나보고 성과주의 형사라고? 나의 성과주의가 동료를 죽음에 몰아넣었다고? 그 누구도 아니고, 25년 몸담은 경찰 조직이 내게 그렇게 말하면 안 되는 것 아닌가? 파트너도 나를 위해, 나는 (비록 자살빵꾼이지만) 국민을 위해, 목숨을 건 것 아닌가? 동료와 나는 정의로웠다! 그 대가가 이건가? 그럼 나는 이제 국민의 죽음을 방조하고, 정의롭지 말라고 스스로에게 다짐시켜야 하는 건가?! 너희는 일개 관할 지역 경찰을 하나 잃은 거지만, 나는 형제 같은 파트너를 잃었다고, 이 개**들아!

아내가 말했다. 만약 징계받던 그날 니가 조직을 상대로 그런 무자비한 욕설 대신, 너도 파트너의 죽음에 죄책감이 일어 밤잠을 설친다, 지금 나는 나에게 당시엔 최선을 다했다고 말해줄 동료가 필요하다, 이렇게 되면 지금껏 죽어라 산 오양촌의 경찰 인생이 다 틀렸다고 말하는 거잖냐, 제발 나를 적처럼 그렇게 몰아세우지 말라고 속엣말을 했다면, 최소한 쪽팔린 강등이 아닌 민망한 감봉 선에서 일을 마무리할 수도 있었다고. 그런데도 너는 그렇게 하지 않았다고. 자신과 애들은 언제나처럼 니 안중에 없었다고. 너의 그 끝을 모르는 막 나가는 성격이 지친다고. 그는 입을 다물었다. 누가 뭐라든 그는 지금은 막 나가고 싶은 맘밖에 없다. 마흔 후반의 그가 문제아처럼 뒤틀리고 있었다.

엎친 데 덮친 격으로 그 일로 아내가 별거를 요구했다(아내는 이즘 자신에게도 인생을 정리할 시간이 필요하다 했지만, 그에겐 '모든 게 니가 문제!'라고만 들렸다). 지금도 설레는데, 내가 널 얼마나 사랑하는데, 그럴 수 없다고, 지금의 내 방황을 이해해달라고 나도 조만간 정신을 한번 차려보겠다고, 너는 나한테 그러면 안 된다고 무릎까지 꿇고 매달렸지만(예전에도 그는 아내 말이라면 기꺼이 무릎을 꿇었다, 아내는 습관적 복종이지 진정성이 없다고 했지만, 그는 아내가 좋았다), 아내가 짐을 쌌다. 애들은 그런 엄마를 쫓아가겠다 했다. 에이 드럽다 세상, 그래, 내가 나간다, 내가 나가면 될 거 아냐! 그는 애처럼 눈물을 뚝뚝 흘리며 가방을 서둘러 챙겼다. 내가 나가야, 아내가 이 집에 있다. 그래야 다시 볼 수 있다. 빠르게 계산이 들었다. 그런데, 젠장 어디에도 갈 데가 없다. 이제는 지겨워져버린 경찰 조직의 지구대밖엔.

🏵 한정오 [여, 20대 후반, 홍일지구대 시보 순경]

그녀는 아버지 뒷모습을 보며 작심했다.
오늘의 수모를 결코 잊지 않겠다.
당신이, 남자들이, 세상 사람들이
결코 만만히 볼 수 없는 자리까지 가겠다.

그녀는 자신을 발랄하고 매사에 열심이고, 제 의견이 분명하며, 살아온 배경에 비해 너무도 긍정적이라 여기지만, 남들은 그녀를 성과주의, 차갑고 이기적이고 속을 모르겠으며, 웃음을 무기로 결국엔 제 주장을 펴고 마는 싸가지 없고 당돌한 요즘 기집애라고 일갈한다. 그러든지 말든지. 남의 평가에 좌지우지되는 인물이 아니다.

대전쯤에서 보험 판매원 하는 엄마와 단둘이 살고 있다. 경찰이 되고선 옥탑방을 얻어 나왔다. 엄마는 천박하단 말이 어울릴 정도로 시끄럽고 난한 사람이지만, (모두 살아남기 위한 자신만의 처세술이었으리라, 이해도 간다) 그녀가 사랑할 수밖에 없는, 지켜주고 싶은, 지켜야만 하는 제 삶의 숙제 같은 사람이다. 엄마는 미혼모로 그녀 하나만을 악랄히 키웠다. 남자는 있었지만, 결혼하지 않았다. 엄마 왈, 오직 딸년 때문에. 남자가 돈이 없었겠지, 엄마 멋대로 살고 싶었겠지, 그녀는 엄마가 혼자인 이유를 제 탓 말라 공격했지만, 안다. 엄마의 삶에 싸가지 없는 저 자신이 언제나 가장 큰 비중이었음을.

엄마는 노래방 도우미, 화장품 판매원을 거쳐, 보험 판매원을 하면서 카페 주인으로 인생을 마감하고 싶어 한다. 어려서 그녀는 늘 엄마의 거짓말 속에 살았다. 아빠가 딴 여자랑 사는 걸 분명히 아는데, 엄마는 동네 사람들에게 늘 정오의 아빠는 미국이나 일본에 있어요, 했다. 거짓말은 늘 앞뒤가 안 맞아서, 미국은 일본, 중국으로 바뀌고, 직업도 교수, 사업가, 대기업 직원으로 바뀌어서 반드시 예상치 못할 때 뽀록이 났다. 그러면 엄마는 진실을 묻는 사람들과 대판 싸움을 하고, 아빠를 찾아가 '니 부인한테 요즘도 니가 나한테 미련이 남아 딸을 만나고 싶어서 나를 찾아온다, 폭로를 할 거다' 협박해 돈을 뜯었다. 그러면 돈 많은 아버진 돈과 욕설을 한꺼번에 주었다(대학 때 엄마랑 만나 하룻밤 콘돔 없이 자버린 게 자신의 탄생 설화의 전부다. 정오, 그녀가 안장미가 기억하는 그 사건에 휘말리게 된 것도 이런 장면이 연출되던 고교 1학년 때였다). 그러고 나면 엄마는 언제나 낯선 곳으로, 다시 맘 편히 거짓말할 수 있는 곳으로 이사를 갔었다.

그렇게 1년 전 새 동네로 와서 엄마는 남편은 일하다 순직하고, 딸년은 중상위 그룹의 대학을 4등으로 졸업한, 선량한 미망인(이 시나리오는 정오가 써주었다, 정오도 엄마를 위해, 그렇게 말하고 돌아다닌다. 그러나, 정말 엄마를 위해 자신들을 버린 아버지의 존재를 거짓말로 포장한 건가, 자신의 체면은 없었나, 문득문득 자문이 든다)으로 신분 세탁을 하고, 아버지에게 마지막으로 돈을 뜯어서 카페를 열고 싶어 한다. 그게 된다면, 이제 딸이 멋진 직장을 갖고, 거기서 멋진 놈을 만나, 결혼해서 손주를 그녀 품에 선물만 하면 된다. 소박하다면 소박한 꿈, 허황되다면 허황된 꿈이다.

그러나, 정오는 결혼할 생각이 없다. 그 사건 이후, 애를 가질 생각은 더더군다나 없다. 슬픈 미혼모가 아닌, 멋진 워킹걸이 돼야지! 그런데, 이즘처럼 취업난이 전쟁처럼 치열한 때 화학과를 나온 그녀가 직장을 얻기란 쉽지 않다. 엄마는 대기업이 아닌 꼴랑 중소기업에 다니느니, 박사를 따거나 유학을 가라 했지만, 그러려면 엄마는 제 학비를 위해 또다시 아빠를 찾아가 악을 써야 하고, 설사 그렇게 스펙을 쌓는다 해도 맘에 맞는 직장은 하늘의 별 따기다. 철없는 엄마는 딸이 박사가, 유학파가 되면 별날 줄 알지만, 지금 세상에 그런 스펙은 길거리 깡통처럼 차인다. 그녀는 현실을 제대로 인식하고 있었다.

대학 때는 근로장학생으로, 이후엔 카페에서 밤늦게까지 일을 하고(엄마는 쪽팔린다고 하지 말자지만), 밤이면 매일 구인란을 뒤지고, 선후배를 만나 취업정보를 찾고, 이력서를 지금껏 250여 통, 면접을 70여 번 봤지만 괜찮은 직장을 얻을 수 없었다. 첨엔 스펙인 줄 알았는데, 스카이가 아니라서, 유학파가 아니어서겠지 했는데, 여자라서가 가장 컸다. 같은 학교 같은 과의 모자란(그녀 생각에) 남자 선배가 함께 면접을 봤는데, 자신이 떨어진 걸 보면. 개 같은 남성우월주의 세상!

열심히 살고 싶은데, 열심히 살 공간이 없다는 것, 생존은 내가 노동을 해서 책임질 테니 평범히 살아갈 일자린 국가가, 이 사회가 마련해주길 막연히 희망하는 것, 그건 미혼모의 자식으로 살아온 세월만큼 결정적 아픔이었다. 대기업도 아니고 지방 중소기업 면접도 떨어진 날, 그녀는 존경하는 선배(대기업에 수석으로 합격, 아이를 낳아 육아휴직계를 내고 복귀 준비 상태)에게 전화를 걸어, 위로주를 부탁했다. 그런데, 선배 왈, 회사를 그만두어야겠단다. 친정 시댁어른들이 아이를 안 봐주겠다고 해서 남편보고 육아휴직을 내랬더니 그게 말이나 되냐, 회사의 남자 육아휴직은 노동법을 피하지 못해 만든 무용지물이지, 실제 사용하란 소리가 아니라고 사흘들이 싸우게 돼, 지쳤다나..

날 버린 아버지, 엄마를 사랑하지 않은 엄마의 남편, 실력 없이 남자란 이유로 내 자릴 뺏은 남자 선배, 그리고 나의 롤모델 같은 여선배의 이기적인 남편까지, 순간 세상의 온갖 찌질한 남자들이 떠올라, 화가 머리끝까지 치받았다.

그럼 선배의 꿈은? 그날 정오는 선배를 선배의 남편보다 더 개 잡듯 잡으며 여기서 포기하면 안 된다고, 선배는 우리들의 희망이라고, 그러게 왜 결혼은 했냐고, 자신이 생각해도 말 같지도 않은 말을 해대며 술을 퍼먹었다. 그리고, 길바닥에서 오바이트를 하다 지나가는 죄 없는 남자도 괜히 남자란 이유로 꼴 보기 싫어하며 '뭘 봐? **' 욕을 해대다, 벽에 붙은 경찰 공모 포스터를 봤다. 그리고 이젠 잊었다고 믿었던, 고교 시절 그때, 자신을 구해준 여경찰관(안장미)도 불쑥 떠올랐다.

남녀 차별이 없는 직업, 재량에 따라선 여자도 남자보다 승승장구가 가능한, 여성과 청소년을 도와주는 민중의 지팡이, 엄마가 사람들에게 거짓말을 안 해도 되는 직업, 경찰. 이거다 싶었다. 그런데, 내 이 작은 몸으로, 당장 공부를 하려면 알바도 때려쳐야 하고 (엄마는 대출금에 허덕이므로) 돈도 필요한데, 그녀는 결심한다. 그래, 당당히 살기 위해 딱 한 번만 비굴해지자.

그녀는 난생처음 아빠에게 엄마 몰래(엄마가 카페를 하고 싶다고, 아빠한테 전화하려 할 땐 그러지 말라, 개지랄을 떨면서) 전화를 걸었다. '이순영 씨 딸 한정온데요.' 근데 아빠 왈, '그런 애 모르는데.. (전화 뚝!)'. 그녀는, 울지도 분노하지도 않았다. 그리고 아빠의 회사 앞에서, 자신을 쌩까는 아빠를 몇 날 며칠 따라다녔다. 화난 아빠가 도대체 나한테 뭘 원하는 거야, 한다. 이름도 모른다면서 뭘 원하냐니, 어이가 없다. 정오는 지지 않고 2천만 원만 달라고 했다. 경찰이 되려면, 몸을 만들려면 피티도 받아야 하고, 공부도 해야 하니, 2천만 원만. 아버진 그 자리에서 돈을 송금해주고 떠났다. 그녀는 아버지 뒷모습을 보며, 작심했다. 오늘의 수모를 결코 잊지 않겠다. 당신이 결코 만만히 볼 수 없는 자리까지 가겠다.

그렇게 1년 공부해, 순경이 되고 지구대 시보를 나왔다. 그런데, 중앙경찰학교 동기, 상수와 혜리의 투지도 만만찮다. 청(서울청, 경찰청을 일컫는 말)으로 가려면 애들을 이겨야 하는구나, 목이 탄다. 게다가 자신의 성과를 도와줄 팀의 사수들은 징계받아 온 늙은 꼰대 오양촌에 정년 앞둔 이삼보, 칼퇴근하는 이기적인 강남일 등 지뢰 같은 인간들 뿐인데.. 대체 언제 성과를 채워, 아버지가, 남자들이 무시할 수 없는 자리까지 가겠나 싶은데..

그 여자를 봤다, 안장미! 숨기고 싶은 내 과거를 속속들이 다 아는.. 쌩까는 게 상책이다. 그런데, 웬걸. 아무래도 그 여자, 날 기억하는 듯하다. 제기랄.. 아는 척만 해봐라, 가만두지 않겠다.

🌸 안장미 (여, 50세, 경찰서 여청과 수사팀장(경감), 오양촌의 아내)

애들도 싫고, 짐 같은 남편도 잘라냈으니,
좋아하는 일(애들 키울 때보다 그녀는 사건을 처리할 때, 더없이 행복하다, 부모님의
마지막 유언도 '좀 웃고 살어'였다)이나 하면서,
평온하길 바랐다. 그런데, 이 쓸쓸함은 뭐지...

한때는 경찰계의 촉망받는 여경찰이었다. 순경으로 시작해 악착같이 뛰어다녀서, 일찍이 남편보다 빠르게 경감을 달았다. 입직 후 10년은 여청계의 일인자가 되거나 현장 출동이 많은 강력계에 평생 있고 싶어, 악착같이 고군분투했다. 그러나 최근 10년은 친정 부모, 시부모, 철없는 남편, 애들 돌보다 보니 경찰서의 내근직만 돌고 있다. 얼마 전 부모가 돌아가시고 나서, 초심을 다잡아 남편, 아이들을 일괄 정리하고 청의 여청계로 가거나, 차라리 현장으로 나가고 싶은데, 오십견에 폐경기증후군에 몸이 안 따라주는 상황이다. 한때는 주변에서 까칠해도 화끈하고, 쿨하고 멋진 성격이라 불렸지만, 지금은 몸도 마음도 망가져 그저 까칠한 폐경기 여자란 평가다. 그러나 끝나봐야 아는 인생, 그녀는 자신에게 한 번 더 약진하라 스스로를 채찍질하는 상태다.

양촌과는 지파(지구대/파출소) 선후배로 만났다. 나이 어리다, 가난하다, 뚱뚱하다, 불같아 싫다(경찰 내 여경찰은 호박도 수박 되는 곳이라, 그는 남자들의 프러포즈를 사흘이 멀다 하고 받았다) 했는데, 매일 먹을 걸 갖다 바치고, 선물 공세를 해대고, 빽하면 울고, 시종일관 웃으며 사랑한단 말을 퍼부으며 따라다니는 데 맘이 움직여 결혼했다.

세 자매 중 장녀로 태어나 부모님을 엊그제 두 분 다 보냈다. 어머니 아버지 두 분 다 당뇨합병증이었는데, 자신이 모시다(신세 지다가 맞는 말) 병환이 위중해 요양원에 모신

지 2년 만에, 어머니가 가시더니 아버지마저 사흘 만에 눈을 감았다(그래서 한꺼번에 장례를 치렀다). 인생 참 더럽다. 기껏 살다가 죽는 것, 뭐하러 이리 열심히 사는가. 그리 삶이 지겨워진 데는 양촌의 덕이 크다. 어머니 돌아가시던 날, 그는 병상에서 핸드폰으로 게임을 하고 있었다. 개 패듯 패고 싶었다. 그리고, 장례식 때도 동료들과 어울려 제 화에 못 이겨(파트너의 순직으로), 술만 마시며, 조직을 씹고 있었다. 늘 그랬듯 그녀는 남편을 이해하려 했다. 파트너를 잃는다는 건 힘든 일이지.. 나도 알지.. 조직마저 그를 몰아세우니, 맘 아프지.. 그런데 나는 지금 부모를 보내고 있다고, 조용히 하라고.. 하지만 그녀는, 그 말을 맘에만 두고 하지 않았다. 그래, 참자. 양촌은 그냥 천성이 애 같은 남자, 악의는 없으니, 넘어가자.

그가 그 밤 아파트 주차장 앞에서 소란만 피우지 않았어도 그녀는 그를 이해할 참이었다. 그런데 그렇게 당부했는데 경찰 생활에 치명적인 음주운전에, 면허증 제시 거부까지! 그녀는 집 안에서 밖의 소란을 듣고, 내려가, 남편 대신 그의 소속과 직책을 경찰들에게 불러주었다. 그리고, 그가 징계 통보를 받은 날, 별거를 요구했다. 나이 드니 좋은 것도 있다. 모든 게 별반 의미 없어지는 것, 포기가 어렵지 않은 것, 그게 수십 년 한 결혼 생활일지라도.

그 밤 양촌은 늘 그렇듯 애처럼 떼를 썼다. 내가 잘못했다, 이혼은 안 된다, 장미야, 한 번만 용서하라고. 내가 너도 알지만 철이 없어, 뭘 몰라 그런다고.. 그러며 그녀를 안으려 달려들었다. 섹스를 하면 무마되리라, 그의 졸렬한 부부생활 통계다. 니가 진짜 죽고 싶구나, 그녀는 그의 뺨을 치고, 집기를 집어던지며 폭발했다. "나이 사십 후반에도 철이 안 들면, 대체 그럼 너는 언제 철이 들 건데! 언제까지 내가 널 가르치고 키워야 하는 건데! 부모가 죽은 여편네 옆에서 오락이나 해대고.. 장례식장에서 날 위로하기는커녕 술 처먹고, 내가 너한테 의지한데? 제발 너라도 너를 어떻게 좀 하면 안 돼?! 그만 징징대고! 내가 남편 만났지, 자식 키우냐?! 애지간히 했어야지, 봐줄 때! 나도 힘들어! 내부모가 죽었다고, 이 개**야!" 그 밤, 양촌이 짐을 싸서 안 나갔다면, 아마 그는 그녀 손에 아작이 났을 것이다.

애들도 싫고(이제부터 니들 알아 살라, 통보했다), 짐 같은 남편도 잘라냈으니, 좋아하는 일(애들 키울 때보다 그녀는 사건을 처리할 때, 더없이 행복하다. 부모님의 마지막 유언도 '좀 웃어'였다)이나 하면서, 파이팅 넘치는 삶을 살길 바랐다. 그런데, 이 쓸쓸함은 뭐지..

그런데, 지구대에서 경찰서로 사건을 인계하러 온 이 여자애.. 한정오.. 어디서 분명히 봤는데.. 아, 그때 사건현장, 그 애구나! 이쁘게 컸네.. 그래도 안 부딪히는 게 좋지 했는데, 새로운 발령지가 정오의 지구대다(집 근처를 중심으로 지원서를 냈는데, 제일 하순위 지역이 된 것, 10부 이후). 양촌이야 다룰 줄 아니 같이 있어도 괜찮은데, 애는 어쩌지.. 일도 양촌과의 관계도 점입가경으로 접어들고 있었다.

🏵 양촌 부 [남, 70대 후반]

결혼해서 근 20년간 기껏 1년에 한두 번 본, 자식이래도 너무도 낯선 이 애랑 대체 어떻게 살지.. 지 에미 닮아 말도 많은데..

말수 적고, 무뚝뚝하고, 돈은 못 벌어도 평생 성실하게 일만 하며 살았다. 몇 년 전 덜컥 아내가 아프고, 애들은 먹고살기 힘들고, 자신은 기운이 없어, 아내를 인근 요양원에 입원(현재는 의식불명 상태)시켰다. 서울 인근에 살며 아침엔 농사, 오후엔 요양원으로 아내를 만나러 가는 게 하루 일과의 전부다. 무뚝뚝해도, 며느리 도린 다하는 장미가 딸 같다. 그런데, 아들을 쫓아내다니.. 속은 상해도, 그건 둘 사이 일이다 싶다. 그래서, 그는 '아버지, 미안, 더는 못살겠어서..', 장미가 밑반찬을 들고 와 방을 치워주며 불쑥 그 말을 내뱉었을 때도 별말이 없었다. 지 알아서 했겠지..

근데, 아들이 짐을 싸들곤 제집으로 왔다. 어려서도 서로가 소 닭 보듯 했는데, 다 늙어서 마누라 없이 두 부자가, 성격도 별난데, 한방살이를 하게 된 것이다. 그는 아들이 불편하다. 혼자 있으면 누룽지에 김치만 있어도 되는데.. 일하러 다니는 아들놈을 그렇게 멕일 수도 없고..

그런데, 별거당한 아들놈이 불쑥 하는 말, 제가 별거하게 된 이유, 다 아버지 때문이란다.. 자신이 뭘 해도 입을 꽉 닫고, 이래라 저래라 가르쳐준 적이 없다나.. 그러며, 그가 바느질할 때도, 지 에밀 보러 갈 때도(그는 멀미가 많아, 늘 한 시간 거릴 걸어 다닌다), 밥을 먹을 때도, 이게 저게 맘에 안 든다며 딴질 걸고 버럭버럭 화를 낸다. 그가 못 참고, 입을 열었다.

"대체, 넌 뭐가 화가 나, 맬 애비한테 빽빽거려!"
"내가 농사짓지 말랬지, 근데 왜 자식 말 안 듣고 아버지 고집대로 농사를 벌려서 엄마를 밭에서 쓰러지게 해! 왜?! 나보고도 돈 없다고 중졸만 하고 경찰 되지 말랬지?! 내가 그때 우겨 경찰 안 됐어봐, 그럼 나도 아버지 짝밖에 더 나?! 엄마 병원비도, 내가 경찰이니까 그나마 대는구만!" 따발총처럼 원망이 쏟아졌다.

젠장, 평생 일 좋아한 것도 탓할 거리가 되다니.. 지 에민.. 그냥 늙어 병이 든 건데.. 그게 왜 내 탓인가..

그는 입을 다물고 만다. 양촌도 입을 다물고 돌아누웠다. '내가 이 늙은이한테 대체 뭔 짓인가, 화풀이도 아니고.'
양촌 부는 그 밤 양촌과 등을 맞대고 어색하게 누우며 생각이 많았다. '결혼해서 근 20년간 기껏 1년에 한두 번 본, 자식이래도 낯선 이 애랑 대체 어떻게 살지.. 지 에미 닮아 말도 많은데.' 가만있어도 힘 빠지는 나이에 양촌 때문에 그의 삶이 좀 더 고돼졌다. 화해하거나 그냥 이렇게 남처럼 등을 지고 살거나, 두 부자 사이에 인생의 마지막 숙제가 떨어졌다.

⚙ 지구대장 기한솔 경정 (남, 50대 중반)

무리하지 마라, 제 몸 먼저 지켜야 국민도 지킨다.

자상한 아내, 자녀(1남 1녀)들은 모두 교직에 근무. 다복한 가정을 꾸렸다. 경찰 일, 가정사 모두 성공한 케이스라고 불린다.

27살에 경찰이 되어 강력반에 20년 있다가 6개월 전, 홍일지구대로 왔다. 사건사고 많은 곳에 아무도 오지 않으려는 탓도 있었고, 가끔 만나는 경모와 삼보 형이 있는 탓도 있었고, 무엇보다 이런 데 자신 같은 능력자, 경력자들이 있어야 한다는 생각이다. 양촌의 강력반 첫 사수였고, 누구보다 양촌의 능력을 잘 알고 있다. 양촌을 지구대로 데려온 것도 그의 결단이었다. 성질은 별나도 능력 있는 놈이고, 무엇보다 그가 잃어버린 사명감을 되찾게 해주고 싶었다. 경찰로 평생 산 놈이 사명감을 잃어버린다는 것은, 경찰 전체로 봐서도 불운이라 생각한다.

자상하고, 직설적이고, 합리적이다. 지구대는 예방이 우선되어야 하는 곳, 굳이 성과를 위해 무리한 일을 벌이지 않는다. 그 일로 상부(경찰서장)와 늘 충돌하고, 지구대 내 성과주의 은경모와 부딪히지만, 상부와 싸우는 건 지구대장 내 몫이고, 경모 놈은 놈대로 쓸 만하다는 게 그의 생각이다. 그의 성과는 지구대의 성과이므로.

성과와 팀 내의 단합을 적절히 조율할 줄 아는 인물이다. 사명감 없는 경찰을 극도로 싫어하는 양촌은 그가 변했다 생각한다. 한때, 조폭을 잡기 위해 죽어라 뛰다 동료를 대신해 배에 칼이 박혔는데도 뛰던 한솔이, '무리하지 마라. 제 몸 먼저 지켜야 국민도 지킨다'라고 말하는 게 안일주의 같다(자신의 파트너를 잃은 사건이 한솔의 말대로라면, 무리한 일일 테니..). 그래서인지 양촌은 뻑하면, 그를 물고 늘어진다. 한솔은 양촌의 시비를 이해한다. 흔들릴 만한 일을 겪었지. 흔들리다 바로 서면 견고해지지.. 그러나 겉으론 차갑게 대한다. 따뜻하게 달래서, 좋은 경찰이 되는 건 아니니까. 우린 베테랑이고 어른이니까. 자기 번민은 자기가 해결하는 게 맞다 여긴다.

그런데, 몸이 안 좋다. 병원에 갔더니, 암세포가 주먹만 하단다. 그런데 눈앞에 일이 산적해 있다. 지구대원이 습격당해, 공권력이 땅에 떨어지고, 어린 자매가 강간범에게 당하고, 수술을 할 시간이 없다.. 제 몸 먼저 살려야 국민의 안전을 지킨다고 늘 강조하던 그가 지 몸을 내팽개치고, 사선에 뛰어들고 있었다.

✿ 1팀장 은경모 경감 [남, 40대 중후반, 미혼]

인생 뭐 별거 있어, 올라갈 데까지 가보자.
경찰은 나를 장식하는 '간판',
더 좋은 간판을 달기 위해 '최선'을 다한다.

괄괄하고, 좋게 말하면 카리스마, 나쁘게 말하면 독재적이고 성과주의다. 수재인 형과 여동생에게 평생 치이며 자랐다. 밤을 꼴딱 새워도 80점, 그것도 괜찮은 점수건만, 부모님은 항상 올백 맞는 형, 여동생과 비교했다. '최선'을 다하지 않는다는 꾸중과 질책.. 계속 듣다 보니 어느새 스스로도 그렇게 믿게 되었다. 한참 삐딱하던 고교 시절 그는, 동네 조폭 행동대장으로 청춘을 낭비했다. 막 나가고 싶은 마음에 차라리 주먹세계의 일인자로 살고 싶었다. 그런데 정회원 절차랍시고, 혹독한 정신교육에 친구가 손가락을 잘리는 걸 보고, 그길로 뛰쳐나와 도망치듯 입대, 제대 후, 형의 권유로 경찰이 됐다. 경찰 내 누구도 그의 이력을 아는 사람이 없다.

3남매가 모두 공무원이다. 하지만 '레벨'이 다르다. 형은 늘 지방 변두리만 돌아도 판사, 여동생은 아프리카 지역 일반 직급이지만 외교관이다. 남들은 순경 된 것도 대단하다며 플래카드 걸어주는데, 집안에서 그는 여전히 찬밥 신세다. 그래서 자존심은 세지만 자존감은 낮다. 남들 신경 안 쓰는 척, 도도한 척하지만, 속으론 그들보다 비교우위에 서지 못하면 불안하다. 그에게 경찰이란 그저 '간판'에 불과하다. 경찰이라고 다 같은 게 아니다. 빨리 승진해서 총경 정도는 달아야 안심할 수 있을 것 같다. 그래서 경력 쌓기 위해 경영대학도 졸업하고, 시간 뺏기는 진지한 연애도 안 하고, (사실 그는 여자 앞에만 서면 땀나고 모든 게 올 스톱되는, 연애 무경험자다. 어려서 안장미를 좋아했다. 그녀만이 그의 연애 무경험을 순수로 받아들여주고 귀여워했는데, 양촌이 나타나 그녀를 낚아챘다. 이후, 그냥 일만 했다), 승진 준비에 '최선'을 다한다. 사명감? 사회 부적응자, 없는 자들의, 높은 곳에 올라가지 못한 자들의 객기나 치기 정도로밖엔 안 보인다.

그래서, 양촌이 싫다. 홍일지구대가 파출소일 당시, 그는 이곳에서 양촌을 만났다. 그때 양촌은 사흘들이 '사명감 없는 새끼'라며 그를 족쳤다. 그래서 지구대장이 양촌을 받아들일 때 누구보다 악을 쓰며, 말렸다. 하지만, 결과는 그의 뜻대로 되지 않았다.

'천하의 오양촌도, 이젠 니 밑이잖아.'

지구대장의 말이다. 그치, 이젠 내 밑이지, 그는 이를 앙다물었다. 힘없던 시절에 받았던 설움 되갚아주자. 그런데, 양촌이 재상봉 첫 대면에서 비실비실 웃으며 말한다.

'사건사고 많은 이곳에 왜 버젓이 다른 데 갔다 도로 와? 편한 지방 마다하고?'
'(꼬나보며) 좋아서..'
'니까짓 게 사명감은 아닐 테고.. (비아냥) 건수 많으니 승진하기 좋아서?'

지난날이었다면, 그저, 속만 부글대고 말았겠지만, 이제 그는 양촌 위의 팀장이다. 그가 비웃으며 여유 있게 받아쳤다.

'잘 아네! 근데, 장미 씨.. 얼굴이 너무 어두워. 왜 그렇게 만들었어, 내가 사랑했던 여잘..'

양촌의 표정이 살짝 흔들렸다. 근데 왜일까, 시원하지 않았다. 6개월만 버티자, 그담엔 저 인간을 다른 데로 보내자, 그럴 수 있는 권한이 그에게 있다는 게 그나마 위안이 됐을까. 훗날, 양촌이, '니가 늘 불안한 건 사명감이 없기 때문이야'라고 말할 때, 그는 자신의 불안감의 원인을 보게 되지만, 지금은 아니다.

비번, 휴일엔 승진시험 공부하느라 항상 눈이 빨갛고, 특진하기 위해 무리수도 둔다. 현상수배범 잡기 위해 동료를 위험에 빠뜨리고, 팀들이 쉬는 날도 자원근무하라 종용하고, 민원이 오든 말든 스티커를 있는 대로 끊으라 한다. 자신의 승진에 도움이 된다면 누구라도 족칠 만큼 냉혹하다. 팀들이 그런 그를 고깝게 생각하는 걸 알지만, 상관없다. 팀원들은 자신에게 성과만 상납하면 된다.

똑똑한 것 좋아하고, 청렴한 것 좋아하는 부모님과 한집에 살지만 데면데면이다. 그런데 하필 승진시험 날, 예기치 못한 사고가 (사고 소식을 듣고도 시험지를 받아놓고, 시험을 치르려 했는데, 결국엔 시험장을 박차고 나왔다) 일어난다. 부모님이 뺑소니 사고를 당해 크게 다친 것. 여동생은 외국에 있고 형님은 재판 중이시란다. 고대하던 승진 기회를 날려버린 그는 황당하고 억울하다. 내가 왜? 대체 나한테 뭘 해줬다고? 그렇다고 혼수상태 부모 외면할 만큼 모질지도 못하다. 병수발 드느라 피곤해 죽겠는데, 이상하게도 핏발 섰던 눈은 가라앉고, 보이지 않던 것들이 보이기 시작한다. 좁디좁은 6인용 병실은 가난하고 억울한 사람들 천지다. 그리고, 설상가상, 집안에서 그나마 가장 믿고 의지한 형이 여자 후배의 고민을 들어주다, 성추문에 휘말려 옷을 벗을 위기에 처하게 되고, 처음으로 그는 깨닫는다. 노력이 부족해 실패하는 것이 아니라, 최선을 다하고도 실패할 수 있다는 것을. 자신보다 훨씬 억울하고 소외된 사람들로 가득 찬 곳이 바로 이 세상이라는 것을. 경찰이란, 장식용 간판이 아니라 그들의 이야기를 들어주는 데서 시작하는 직업임을.

그런데 형의 억울한 추문은 어떻게 해야 되고, 부모님의 범인은 어떻게 잡지.. 그때 지구대 그의 팀원들이 이 일에 서로서로 나선다.. 그러며 양촌이 하는 말, '내 윗대가리인 너도 못 지켜주면, 내가 쪽팔리잖아.' 이건 뭐지.. 그의 차가운 가슴이 동료들 때문에 뜨거워지기 시작했다.

* 1조 사수 : 오양촌 / 1조 부사수 : 염상수

🏵 2조 사수 : 이삼보 경위 (남, 60세)

자랑스런 경찰로 퇴직하고 싶은데, 민폐 경찰로 퇴직하게 생겼다.

말 많고 정 많지만, 늙어, 몸으로 뛰는 게 많은 팀원들에겐 그닥 도움이 안 된다. 전남 여수 외딴섬 출신. 3형제 중 막내로 태어나 가난한 어부인 아버지, 형들처럼 살기 싫어서, 악착같이 공부해서 서울로 상경 경찰에 입직했다. 기수빨 세기로 해병대도 울고 간다는 청와대 101경비단 시절, 고향 출신 여자와 중매결혼을 했다.

이때만 해도 경찰 일도 가정도 둘 다 잘할 자신이 있었다. 그러나, 삶은 그리 녹록하지 않았다. 서울은 왠지 정이 안 가, 근무지를 고향으로 옮길까 했는데, 아내가 아이를 임신했다. 그러며 하는 말, 딸아이는 서울 토박이로 키우잔다. 이때부터였던 거 같다. 자신의 의사와 상관없이 모든 게 꼬이기 시작한 게. 아이를 낳으니, 아내의 요구는 더 거세졌다. 관악이나 홍일 등 사건 많은 곳에서 근무하고 싶었는데, 자식 교육환경을 위해 학군 좋은 경찰서, 파출소만 골라 다니라 한다. 그래, 아내 말이 틀린 건 아니지. 그는 순응했다. 자식 뒷바라지에 올인 하느라 좋은 보직도 많이 놓쳤지만, 선택에 후회는 없었다. 아내가 딸아이를 싱가포르 국제학교에 보내겠다고 했을 때도 넉넉지 않은 살림에 기러기 생활을 자처했다. 아내와 자식을 이국땅으로 보내고 반년쯤 지났을까. 퇴근길에 전화한 통이 걸려왔다. 같은 서 강력반 팀장으로 승진한 동료가, 함께 근무하자는 제안이었다. 드디어, 경찰다운 경찰이 될 수 있겠다, 가슴이 벅찼다. 근데 친한 후배 양촌이 자신을 찾아와 하는 말,

"형님, 우리 팀 졸라 힘들어.. 그러니 형님까지 내 위로 들어와서 나 힘들게 하지 말자, 응?"

양촌의 말이 맞았다. 계급과 나이는 높지만, 강력반 업무 능력은 제로니 부리기도 뭐하고, 모시기도 뭐한 자신은 계륵 같은 존재였다. 결국, 강력반에 대한 미련을 영영 내려놓았다. 양촌을 젤 좋아하지만, 그때 일도 머리론 천 번 만 번 이해되지만, 아직도 '내 위

로 와서, 나 힘들게 하지 말자, 응?' 하던 말이 가슴 깊이 아리도록 박혀 있다. 양촌은 기억도 못할 일일 수도 있지만. 무심히 던진 돌에 개구리는 맞아 죽는다.

꿈도 희망도 가족도 점점 멀어지고.. 경찰 하나만 동아줄처럼 잡고 버텨온 인생이다. 지구대 토박이로 현재 정년을 6개월 앞둔 상태. 매일 체력의 한계를 느낀다. (아내는 맞벌이하는 딸 대신 외손녀 돌보느라 얼굴 보기도 힘들다.) 팀원들은 말한다. 이 주임은 성격은 좋은데 눈치가 없다고. 성실한데 꼼꼼하지가 못해서 꼭 일을 두 번 하게 만든다고. 핸드폰, 킥스 입력, 바디캠 등 디지털 기기엔 젬병. 사용법을 암만 가르쳐줘도 학습이 안 되니, 그가 고개만 돌려도 시선을 피하고 만다고. 그냥 숨만 쉬다가 조용히 퇴직하지..

그도 자신이 팀의 피로도에 적극 기여한다는 걸 잘 알고 있다. 그래서 경찰 내 잡다한 일들(재봉틀로 동료들 제복을 수선해주거나, 청소를 해주거나, 신발을 빨아주거나)을 나름 해본다. 하지만 억울도 하다. 여태 청렴하게 살았고, 나름 열심히 일했는데.. 지들도 이 나이 돼보라지. 눈앞이 침침해서 운전대를 잡을 수가 있나. 손목 아파서 무전기도 천근만근인데, 수갑 채우는 건 어디 또 보통 일인가. 무릎 연골 나간 지 오래라 조금만 달려도 척추가 뻐근하고 골이 다 흔들린다.

그런데 정년이 100일 남짓 다가오니 그동안 잘 살아온 게 맞는지 의심스럽다. 가족은 서먹하고, 만나는 동기들은 각종 자격증으로 제2의 인생을 대비한다. 정년 이후의 인생을 꿈에서도 생각해본 적 없는 그는 초조해지기 시작한다. 내가 잘 살아온 게 맞는 걸까? 자괴감에 불면증까지 찾아오는데.. 아내가 아파서 새벽에 응급실로 갔더니 대장암이란다. 딸은 그런 상황도 모르고 이혼하겠다고 애를 덥석 맡기고 잠수를 탔다. 점입가경, 첩첩산중 속이 터지는데 결국, 순찰 중 동네에서 대놓고 담배를 피우는 고등학생 놈들에게 그 화가 터지고 만다. 그리고 다음 날, 퇴근하는 길에 그는 그들로부터 린치를 당하는데.. (이 일은, 경찰의 공권력이 무너진 사건으로 간주, 크게 비화됨)

기껏 동네 애들에게 공격당해 길바닥에 쓰러져 짓밟히며, 그는 쪽팔림보다 회한이 들었다. 존경하는 가장이 아니면 자랑스러운 경찰이라도 되고 싶었는데.. 이게 무슨 꼴인가. 그는 이대로 무사히 퇴직할 수 있을까?

☸ 2조 부사수 : 송혜리 시보 순경 (여, 20대 후반)

강해지자, 여자 짓 하지 말자.

늘 무표정, 정의롭고, 담백하고, 엉뚱하지만, 진지하다. 상수, 정오와 동기. 정오의 동네 고시원에서 산다. 네 딸 중 첫째 딸. 둘째, 셋째는 쌍둥이. 막냇동생이 태어나던 날, 늘 호탕하던 혜리의 아버진 깊은 한숨을 쉬었다. 집안을 지킬 남자가 있어야 하는데.. 혜리는 이해가 안 됐다. '왜? 여잔 집안을 못 지켜? 나는 지킬 수 있어!' 그 말에 아버진 웃었고, 혜리는 다짐했다. 강해지자. 그러나, 자신이 강해지기 전, 초등학교 때, 떡집을 하는 아버지가 제 전화를 받느라 한눈을 팔아 손을 기계에 넣어, 손목이 잘려 장애인이 됐다. 이 사실은 아무에게도 말한 적이 없다. 그리고 그때의 자신을 아직도 용서할 수가 없다.

하지만, 혜리는 듬직한 딸로 자랐다. 학창 시절 내내 아버지가 경찰이나 군인이 되라 했고, 자신도 그러고 싶어, 군복보다 제복이 멋진 경찰이 되었다. 중앙경찰학교 시절, 여경들의 난코스인 사격도 혜리는 백발백중이었다. 경찰이 되고 나니 공식적으로 듬직함을 인정받은 거 같아 뿌듯하다. 언젠가 고향인 충남 서산의 지구대장으로 돌아가 가족들을 지키고 싶은 게 꿈이다.

지구대에서도 여자, 아동, 노인(삼보는 빼고), 동물, 장애인 등 사회적 약자를 보면, 지켜줘야 한다는 마음이 앞선다. 특히, 장애인. 그러다 보니, 사건이 많은데도 그들에게 정신이 팔려 일을 그르칠 때가 많다. 그 일로 혼이 나도, 그러든지 말든지, 제 갈 길만 간다. 틀린 게 아니니까(근데, 상수가 그랬다, 편파적인 건 틀린 거라고).

혜리는 똑똑한 정오가, 일 잘하고, 깡다구 있는 정오가 여자 욕 안 먹게 해서, 여자의 우월성을 보여주는 듯해서 맘에 든다. 까칠하고 도도하며 이기적인 서울 사람들에게 정감이 안 갔지만, 정오를 통해 조금씩 알게 된다. 어떤 사람은 약함을 감추기 위해 까칠한 갑옷을 입는구나.. 그러나 간혹 여자 짓 하는 건 맘에 안 든다. 손가락을 세우고 물을 마신다거나, 남자들 말에 슬쩍 눈웃음을 치며 꼬릴 친다거나. 그래서 뻑하면, 정오에게 '여자 짓 하지 마라' 경고한다. 정오는 자신은 여자 짓을 하는 게 아니라, 손가락이 그냥 올라가고, 꼬리친 게 아니라 웃는 거라고 말하지만, 믿을 수 없다.

팀원 중 상수가 가장 별로다. 그냥 예쁘장한 게 싫다. 자고로 남자란 아버지처럼 붉으락푸르락한 양촌 같아야 한다는 생각이다. 그래서, 양촌의 말이라면 무조건 '네, 네' 하다, 알아챘다. 내가 이 남자를 사랑하나? 별거 중이라니 곧 이혼도 할 거고, 뭐, 사랑이 안 될 것도 없단 생각이다. 그녀의 아픈 첫사랑이 시작됐다. 그리고 그즈음 장애인 사건을 맞닥뜨리며, 경찰로서 가슴 아픈 성장통을 겪게 되는데..

🚔 3조 사수 : 강남일 경사 (남, 30대 초중반)

동료는 남이다, 가족을 지키기 위해 경찰이 되었다.

10년 차. 스티커 재벌이란 소릴 들을 만큼 민원이 오든 말든 스티커를 발부한다. 마치 자신의 모든 실적을 스티커로 대신하려는 듯. 고졸 출신. 책임지기 싫어, 승진시험 본 적 없다. 무슨 일이 있어도, 칼퇴가 원칙. 말수 없고 모든 행사와 뒤풀이는 남의 일이다. 차갑고 예민하고 가끔 냉정해 다들 조심한다. 중1 때 울산 자동차공장 노조위원장인 아버지가 가정을 등한시하고 데모하다 과로로 돌아가신 후, 엄마는 집을 나가고 형과 할머니 손에서 외롭게 자랐다. 이런 연유로 가정을 지키지 않는 인간들이 젤 싫다. 이혼, 별거한 인간도 싫다. 당연히 양촌이 별로다. 가난한 환경 탓에 공고에 입학, 안정적인 직업 찾아 당시 인원을 많이 뽑는 경찰이 되었다.

오직 가족이 1순위며 가장이라는 책임감에 집착한다. 피자집 알바로 만난 아내랑 동거하며 아들 둘을 낳았다(현재, 초등학교 3, 5학년). 치매이신 할머니 요양원비, 아내의 야간대학 학자금 대출, 빌라 전세 대출 등 빚에 허덕이는 이 와중에 아내가 덜컥 또 임신했다. 기쁘지 않다. 아내랑 같이 병원 가서 정관수술까지 했는데.. 낙태하자고 할까 봐 한동안 숨겼다는 아내의 말에, 진심 욱했다. 낙태는 이미 늦었고, 어떡해서든 자원근무 수

당으로 채워보겠다고 분을 달랬건만, 아내가 또 상의 없이 친구 피자가게를 덜컥 인수받은 바람에, 폭발 직전이다.

그러나 말하지 않으니, 팀원들은 그의 사정을 알 리 없다. 그 힘들다는 고속도로 순찰대만 6년, 교통조사반 3년 있다가 왔다는 정보가 전부다. (교통경찰 때 뒷돈 받아 징계 먹고, 유족들에게 소소하게 돈 받다가 동료가 감찰에 찔러 지구대로 나온 건 팀장만(교통조사반 때 사수) 알고 있다.) 부사수인 정오와는 상극이다. 정오에겐 그가 '저런 경찰은 되지 말자'는 모델이다. 정오는 순찰 중 남일이가 다친 고객(?)을 봐도 못 본 척하는 건 참고 넘어갔지만, 동료 지원 요청 가는 길에 칼퇴를 위해 핸들 꺾는 건 노저히 못 보셨어서, 욱하니, 이후, 말도 안 거는 게 아닌가. 미친놈 소리가 절로 나온다.

그러던 중, 사건이 터져, 지구대 모두가 총출동하게 되는 일이 생기는데도 그는 칼퇴를 하고, 결국 상수와 양촌이 싸가지 없는 새끼 가만 안 두겠다며, 그를 찾아 나서는데..

이게 무슨 일인가, 말끔한 남일은 온데간데없고, 애들에게 시달리는 만삭의 아내 옆에서, 땀범벅이 되어, 피자를 배달하는 남일이 있는 게 아닌가?

＊ 3조 부사수 : 한정오

🛡 4조 사수 : 최명호 경장 (남, 30대 초중반, 미혼)

빨리 가려면 혼자 가고, 멀리 가려면 함께 가라.
팀 제일주의, 의리에 죽고 산다.

유복한 가정에서 자라 중학교 때까지 유망한 축구선수였지만 허릴 삐끗해 다치면서, 이러다 남자 구실 못할까 싶어, 그만두었다. 축구, 족구, 당구, 탁구.. 공 가지고 하는 것은 만능이다. 수비가 빽빽할수록 공 안 돌리고 정면 돌파하는 것이 그의 방식이다. 모르면 배우면 되고, 부족하면 연습하면 된다. 7년 연애했던 여자와 집안의 반대로 헤어진 이후론, 여자를 봐도 크게 감흥이 없다.

지구대훈을 가장 잘 지키는 경찰이다. 의리만이 아니라 사명감도 남다르다. 지구대장을 존경해, 기한솔이 홍일지구대 대장으로 온다는 얘길 듣고 그도 홍일지구대로 지원해 왔다. 양촌과는 강력반에 2년간 같이 있었다. 강력반 첫 술자리에서, 양촌이 '잘한 일은 동료 일, 못한 일은 내 잘못'이라는 사수의 가치관을 가르쳐주고, 몸으로 보여준 탓에 양촌을 존경한다. 그래서, 양촌 모시길 친형님처럼 살뜰히 챙긴다. 게다가 자기 부사수도 존중하고 일도 잘하니, 정오, 혜리 모두 그와 한 조가 되길 희망하고, 모든 부사수들의 존경을 받는다.

그러나 상수와는 상극이다. 첨부터 그랬던 건 아니고, 양촌에게 당한 상수가 그에게 '형님과 한 조가 되고 싶습니다'라고 말한 그 순간부터 그는 상수를 찍었다. '정신 빠진, 이기적인, 팀 간의 의리 없는 새끼, 제 탓은 않고 감히 사수를 바꿀 생각하다니..' 그때 상수는 양촌과 그의 관계를 알지 못했다. 나중에, 상수는 정오로부터 그가 양촌을 멘토라 여긴다는 걸 듣고는 제 무덤을 제가 팠구나 싶었다.

성과와 승진보단 의리와 사명감을 내세우는 그는 조직 내 관내 모든 일에 뛰어들면서, 누구보다 멋진 경찰이 되어가는데..

🏅 4조 부사수 : 김한표 순경 (남, 20대 후반)

나는 경찰이 아니라, 서비스맨이야..

고객 제일주의. 시시콜콜 별걸 다 기억하는 눈치 빠른 예스맨이자 긍정의 아이콘. 그러나 속내는 스마일증후군에 거절 못해 전전긍긍하는 전형적인 감정노동자.

금은방 하는 아버지는 술만 먹으면 하이드로 돌변해서(술 깨면 돈으로 미안함을 꼭 되 갚긴 했다) 불쌍한 엄마는 항시 112 신고를 달고 살았다. 그러면 경찰이 와서, 엄마와 어린 그와 누나를 파출소로 데려가 우유도 주고 빵도 주고 상냥히 대해주었다. 파출소에서 살면 좋겠단 생각이 들 정도로. 그때 만난 경찰이 장미다(그땐 상냥하고 다정한 누나가, 지금은 무섭고 까칠한 선배 경찰이 되었지만, 그는 장미가 여전히 좋았다. 온 가족이 한때나마 의지하던 의지가지, 어떻게 안 좋아할 수가 있겠나. 그러나, 장미는 그를 기억 못한다). 현재 아버진 늙고 이 빠진 호랑이가 되어, 가족과 오순도순 잘살고 있다. 지방대 조리학과를 우수한 성적으로 졸업했지만 일하던 식당에 화재가 나서, 일자릴 잃고, 장미 생각이 나, 공부해 경찰에 입직했다. 부러 장미가 소속된 경찰서 시구대에 지원했건만 유독 장미 앞에만 가면 사지가 떨리고 식은땀이 흐른다. 옛 인연을 기억 못하는 장미는 뻑하면 "넌 니 의견 없어? 이래도 예, 저래도 예! 너 말고 니 사수 불러와!" 해서 매번 곤욕이다.

어떻게 하면, 장미 맘에 드는 경찰이 될까? 어떻게 하면 장미처럼 약한 자를 돕고, 스스로 당당한 멋진 경찰이 될까가 숙제다. (그는 민원인에게 시달리는 게, 겉으론 웃어도, 속으론 슬플 지경이다.)

정오와는 초딩 때 잠시 같은 반 동급생이었는데 지구대에서 조우를 했건만 정오는 모르는 눈치다. 한표는 금은방 지하 노래방의 도우미 하던 정오 엄마를 기억한다. 금은방 절도범이 정오 엄마한테 선물한 금팔찌로 덜미가 잡히는 바람에 학교에 소문이 나서 정오네는 6개월 뒤 전학을 갔다. (정오는 그런 걸 다 기억하는 듯한 한표가 불편해서, 말 꺼낼 틈만 보이면 자리를 피한다) 정오가 원하지 않는다면, 평생 두 모녀의 슬픈 과거를 입 밖으로 안 꺼낼 자신이 있다.

그러던 어느 날, 가정폭력사건이 일어나고, 한표는 늘 하던 대로 현장에 달려온 여청팀에 사건을 인계하곤, 장미가 보는 앞에서, 상냥하게 피해자를 응대했다. "별일 없을 거예요. 결국 다 지나가요. 걱정 마세요." 그때, 장미가 한표를 무섭게 노려보며 밖으로 불렀다. 그러며 하는 말,

장미 너 전번에도 저 사람들이 신고했을 때 똑같이 말했지. 별일 없을 거다, 다 지나갈 거다, 걱정 마라. 그래서 저 사람들 니 말 믿고, 고소 않고 집에 갔다가, 또 이 지경 됐어. 가정폭력이 발생했는데 별일 없을 거라고? 그들이 얼마나 상처 받았는데, 너는 남 일이라고 다 지나갈 거라고? 이미 걱정할 일이 벌어졌는데, 뭘 걱정 마?! 너, 그게 지금 피해자들한테 할 말이야!

한표 저는.. 민원인들을 그냥 따뜻하게.. 안심시키고 싶어서..

장미 니 본분이 뭐야? 실실 웃으며, 사탕발림으로 민원인을 안심시키는 게 니 본분이야, 아님 치안과 범죄예방이 니 본분이야? 니가 전자회사 서비스맨이야? 왜 맨날 실실 웃어? 번번이 폭력에 시달리는 사람들에게, 피의자는 법대로 처벌받을 거다! 이번엔 반드시 고소하셔야 된다! 지금 경찰인 니가 할 짓은 실실 웃는 게 아니라, 그 말을 해야 되는 거 아냐?!

한표는 그날 제 한계를 분명히 보았다. 그날, 첨으로 그는 술로 망가지며, 정오와 상수 앞에서 엉엉 울었다. '나는 경찰이 아니라, 서비스맨이야..', 반드시 겪어야 할 성장통이라 해도, 맘이 너무 아팠다.

✿ 5조 사수 : 김민석 경사 [남, 30대 초중반, 미혼]

언제나 현장에서 대화로 모든 걸 해결하는 '거리의 판사'.

"이 말도 옳고, 저 말도 옳다."가 레퍼토리인 평화주의자. 밝고 놀기 좋아하고, 성격이 무던해 사람 좋단 소리를 곧잘 듣는다. 현장에서도 언제나 원만한 해결이 최우선이다. 그와 파트너가 되면 조서를 쓰는 일이 드물다. 언제나 현장에서 대화로 모든 걸 해결하는 '거리의 판사'.

인간관계도 마찬가지. 사사건건 부딪치는 팀원들이 탐탁지 않지만, 어차피 팀, 그 바닥이 이 바닥이니 서로 얼굴 붉혀서 좋을 일 하나 없다. 갓 들어온 신입들과 고참들 사이에 끼인 어중간한 직급이다 보니 이래저래 피곤하지만, 눈치가 **빠르고** 말주변이 좋은 덕분에 누구나 편하게 생각한다.

❀ 5조 부사수 : 고승재 순경 (남, 20대 중후반)

원리원칙주의자, 공무원처럼 주어진 일만 한다. 살가운 인간관계가 느끼하다.

국문과를 다니며 시인이 되고 싶었다. 그래도, 밥벌이는 해야 할 것 같아, 할머니의 냉면집을 물려받으려 했다. 그러나 자기 자식도 있는데 왜 승재가 가업을 잇냐며, 아버지와 삼촌이 주먹다짐하는 꼴을 보고, 당시 공무원 시험 중 가장 **빠르게** 시험이 있었던 경찰에 입직했다.

말을 버벅대고, 성질이 급하고 괴팍해, 기본적으로 사람들과 엮이는 게 제일 싫다. 동기들과의 우애? 싫다. 사수들? 역시 싫다. 지구대?! 이곳이야말로 불행 중 불행이다. **끊임없이 주취자와 민원인에 시달리는 지파 근무를 최대한 빨리 끝내고 얼른 민원인들 얼굴 안 보는 112 상황실 근무를 하고 싶다.** 그래서 현재 성과에 목숨을 걸고 있다. 덕분에 스티커 재벌 강남일과 라이벌이다. 스티커 끊어 오라는 지침이 내려오면 남들 5개 겨우 끊을 때, 50개씩 끊는다. 그런데 성과를 내려면 표창을 받아야 하는데, 대체 표창을 어찌 받지 연구해보니, 인근 지구대의 실적까지 파악해야 함을 깨닫는다. 맞다. 동료들이 표창을 받던 날, 인근 지구대에서 별일이 없었다. 그런데 승재가 절도범을 현행범 체포했던 날, 인근 지구대에서는 연쇄 강간범을 체포했다. 상복이 지지리도 없다.

표창장에 집착하며 시기와 질투의 날들을 보내던 중, 길 잃은 치매 할아버지 한 분을 맡게 된다. 냉면집 때문에 바쁘던 맞벌이 부모 대신 승재를 키워준 건 할머니였다. 할머니 생각에 할아버지를 그냥 보낼 수가 없다. 다른 직원들이 자매 강간범 잡느라 바쁠 때, 승재는 치매 할아버지를 집까지 모셔드리는데.. 그 일이 알려져 선행상까지 받게 된다. 하필 그 많은 표창 중에 선행상이라니.. 느끼하기 그지없다. 그런데 선행 경찰관이 되고 나니 묘한 책임감이 생긴다. 민원인들과 좀 더 엮이게 되고, 그러다 보니 감사 편지나 선물도 받게 된다. 어색하지만 굳이 할아버지가 쥐어준 박하사탕을 먹지도 버리지도 않고 책상에 모셔두는 승재. 정말 내가 경찰이 된 건가? 좀 더 좋은 경찰이 되고 싶어지는데.. 하지만, 윽.. 이런 사명감도 느끼한다.

🛡 6조 사수 : 반종민 경사 [남, 30대 초중반, 신혼]

조직의 의리에 죽고 산다.

파이팅 넘치고, 쾌활하고, 사건 해결도 시원시원한 베테랑 경사. 조직 내의 불의를 참지 못하는 페북 파이터, 일명 욱대장. 공부하기 싫어 야구했다가 돈이 많이 들어 관뒀다. 명호와 아삼륙. 의리에 죽고 사는 남자 중의 남자. 존경하는 선배가 같이 경찰 되자고 해서 4년간 죽기 살기로 공부했다.

경찰 된 건 태어나서 가장 잘한 일이다. 남들 힘들어하는 야간근무 시간에도 종민은 아드레날린이 솟구치며 눈이 반짝반짝한다. 불량 청소년들과 주취자들 상대도 어렵진 않다(남들은 형사도 잘 맞을 거라는데, 사복 입으면 범죄자랑 구분 안 가서 싫다. 사복 입고 다니면, 검문당하기 일쑤다). 경찰 하면서 사이버대학도 들어갔고(졸업은 아직) 결혼도 했다. 휴일은 아기 방 꾸미는 게 취미인 예비아빠. 아내는 임신 6개월.

상관 갑질에 할 말은 바로 하고(양촌에게 할 말 다 해서, 상수에게 훌륭한 선배로 보일 때도 있다), 경찰인권센터 페북에도 열정적으로 글을 올린다. 그만큼 경찰 조직에 대한 기대치가 있어서다. 끝없는 조직 내 성찰만이 더 나은 조직, 더 좋은 경찰이 될 수 있다고 믿으니까. 단점도 자유롭게 얘기하며 잘못된 걸 바로잡으면 그야말로 좋은 거 아닌가?! 그리고 같이 응원해주는 동료들도 있으니까('좋아요' 횟수에 민감하다). 양촌의 파트너 사건을 조직이 감싸주지 않은 걸 경찰의 치욕이라 생각한다.

✿ 6조 부사수 : 민원우 순경 (남, 20대 후반)

나는 동문회를 못 나가. 나보다 못했던 애들이 죄다 의사 판사 외교관인데 어떻게 명함을 내밀어? 과연 내가 경찰관인 게 떳떳할 날이 오기나 할까?

웃음 없고, 까칠하고, 법적으로 아는 것 많다. 외고를 나와, 법대 나와, 고시를 준비하다가 가정 형편이 안 좋아지면서, 뒤늦게 직업 찾아 경찰이 됐다. 성격상 칼퇴근을 지향하지만, 좋은 세상 만들려 검사가 되려던 사명감은 남아, 동료의 위험을 지나치지 못하고, 혼자 고시 준비를 하며, 언제든 고시만 통과하면 경찰을 그만둘 생각에 눈치 안 보고 (고시 공부하느라, 승진시험을 안 봤다) 할 말 다 하고, 민원인들 안 무서워하는 사이다 같은 캐릭터. 괜히 정들면 떠날 때 힘들까 봐 다른 직원들과 거리를 두려고 노력한다. 의사, 판사, 외교관이 된 외고 동문들에게 열등감이 있다.

법률 지식 빵빵하고 현장에서 온갖 나라 언어를 구사하는 능력 덕에, 사수와 부사수들의 두터운 신임을 얻고 있다. 그러던 어느 날, 사건현장에서 권력을 이용한 검사의 꼴불견 작태를 보게 되는데.. 검사들은 그런 꼴불견을 또 자기들끼리 비호하고.. 그때, 양촌이 그에게 '권력에 취해, 저런 작태를 일삼는 검사보다, 권력 없어 나쁜 짓 못하는 우리 경찰이 낫지 않나?' 질문한다. '그러게요..', 그는 첨으로 검사에 대해 환멸을 느끼게 되는데.. 그즈음 동료들과 하나둘 친해지면서.. 혹시 지금 나는 고시가 아니어도, 행복한 게 아닐까? 생각하기에 이른다. 그리고, 그는 양촌의 총기 발사를 과잉진압사건이라 결론짓는 수뇌부들에게 분노하는데..

* 그 외 다른 팀장, 팀원들 다수

✿ 상수 모 [여, 50대 초반, 기업 비정규직 청소원]

남들에겐 힘없는 9급 공무원이 그녀에겐 자존감이고 당당함이 되었다.

상수와 함께 빌라 전세에 산다. 순하고, 정 많고, 성실하고, 웃음 많고, 꽃 보고, 드라마 보는 게 낙이다. 날 때부터 지금까지 늘 가난했다. 잘못된 생각인 줄 알지만 그 때문에 내가 벌어 내가 먹고살면서, 괜히 모든 일에 주눅이 든다. 그래도 애들이 든든하다. 남편 죽고, 큰아들은 남편처럼, 작은아들은 애인처럼 여기고 살았다. 큰아들이 집안 때문에 오래된 연애를 중단하고, 외국으로 일자릴 찾아 떠나버린 것도 맘은 아프지만 이해가 간다. 그래서, 장가 밑천으로 마련해둔 돈 전 재산(그래봤자, 1,500만 원)을 다 줘버렸다. 그런데 상수가 경찰이 됐다. 살면서 늘 무시받던 그녀 인생에 첨으로 남에게 자랑할 거리가 생긴 것이다. 너무 기뻤나, 그녀는 한날 우연히 길에서 큰애의 전 여친을 보고는 달려가, '우리 상수가 경찰 됐어! 아니?!', 울컥해 안 해도 될, 소릴 쳤다. 그리고 집으로 돌아오며 빌고 빌었다. 상수가 제발 잘 버티길, 밥값 하는 경찰 되길! 남들에겐 힘없는 9급 공무원이 그녀에겐 자존감이고 당당함이 되었다. 그때, 상수가 다쳤다. 경찰이 뭐라고 애가 다쳐가며.. 국민의 안전도 좋지만, 내 새끼도 소중한데.. 참 어려운 세상살이다, 싶다..

✿ 정오 모 [여, 40대 후반, 보험 판매원]

이만큼 살아도 인생 참 어렵다. 그래서 오늘도 소주 한잔이다.

괄괄하다. 흥도 있다. 정오는 세상 자기 불편한 건 못 참는 사람이라 말하지만, 그건 지 에밀 모르는 말, 몇 년째 공황장애에 시달리지만, 딸년 짐 될까 별반 말하지도 않고,

알아서 운동하고, 병원 다니며 장애를 다독이며 버틴다. 이즘 그녀는 나름 열심히 산다고 살았는데, 기껏 이 모양으로 늙어버렸나 싶다. 정오가 경찰 된 게 안 기쁜 건 아니지만, 더 큰 자리, 더 높은 곳에 갈 만큼 정오가 똑똑한 애라는 게 그녀 생각이다. 지 아빠가 대기업 CEO니, 적어도 그만큼만은 성장했으면 좋겠는데, 정오는 엄마 인생에 제 인생을 제물로 바치지 않겠단다. 겉으론 정오 아버질 욕해도, 그가 그립다. 정오 년이 알면 미쳤다 하겠지만. 정오가 아버질 싫어하는 게 못내 제 잘못만 같다. 애비도 에미도 싫어하면, 그 속에서 나온 자신도 싫어지지 않을까, 속이 탄다. 정오와 노는 게, 함께 있는 게 세상에서 젤 재밌다. 그런데, 정오는 정반대인 모양이다. 이만큼 살아도 인생 참 어렵다. 그래서 오늘도 소주 한잔이다.

✿ 오송이 [여, 24세, 양촌 장미의 딸, 대2 휴학, 독립영화 조감독 알바 중]

아빠가 욱해, 눈시울이 붉어졌지만, 상관없었다. 내 인생이 급하다.

엄마 장미의 말대로 몸에 밴 게 짜증이다. 동기들 절반이 휴학, 이대로 사회로 내몰리면 사는 게 막막해 휴학을 했는데, 아빠는 자신을 패배주의자라 낙인찍었다. '젊은 게 부딪쳐, 헤쳐나갈 생각은 않고, 이리 도망 저리 도망만 다니고.. 그렇게 사는 게 자신 없으면 시집이나 가, 기집애야!' 휴학계를 냈던 날, 제 뒤통수를 후려치며 아빠(아빠는 사소한 폭력(?)은 장난이라 여기며 한 짓이겠지만)가 한 말이 비수가 되었다.

엄마가 별거를 선언하고, 양촌이 물었다. '넌 아빠 따라가야지?', 아빠에게 상처 줄 기회가 왔다. '내가, 왜? (빵 들고, 방으로 들어가며, 문을 쾅 닫았다. 죄책감은커녕 시원했다)' 아빠가 욱해, 눈시울이 붉어졌지만, 상관없었다. 내 인생이 급하다. 그런데, 그렇게 가고 싶은 유학을, 엄마가 이제부터 니 인생은 너 알아서 하란다. 어쩌지, 아빠에게 생전 안 해본 아양을 떨 수도 없고, 다신 상처받기도 싫은데.. 근데, 아빠가 찾아왔다..

🌸 오대관 [남, 중3, 양촌 장미의 아들]

아빠가 국회의원이나 검찰이 되면 어떠냐다. 어려선 놀이터나, 유원지 한 번 안 데려가더니, 이제 와 친해지자며 내 인생에 끼겠다고.. 내 꿈이 뭔지 물어보지도 않고.

일하는 엄마보다 외할머니, 늘 일 핑계로 팀원들이며 조직원들만 챙기는 아빠보다 외할아버지가 좋았다. 엄마는 일하고 밥하고 부모 돌보는 게 참 안됐고, 아빠랑은 별반 추억도 없다. 엄마랑 별거할 때도 뭐 그저 그런가 싶었다. 전화가 와도 받기 싫었다. 외할머니 생각만 났다. 근데, 친구들이 '야, 니네 짭새 왔어?' 하며 장난을 친다. 그런 장난 하지 말래도, 자꾸만. 그래서 붙었다. 10대 맞고, 2대 팼다. 근데, 아빠가 사과하란다. 놈의 아버지가 국회의원이란다. 그래서, 사과했다. 그런데, 아빠가 국회의원이나 검찰이 되면 어떠냐다. 어려선 놀이터나, 유원지 한 번 안 데려가더니, 이제와 친해지자며 내 인생에 끼겠다고.. 내 꿈이 뭔지 물어보지도 않고.. 이제 중3인데, 참 인생이 쓰단 생각이 든다.

— 상수와 양촌을 중심으로

상수는 중앙경찰학교 입학식 날, 인생의 가장 큰 축복을 만난 줄, 이제 고생 끝, 축복 시작인 줄 알았다. 그런데, 그즈음 경찰이 도박으로 사회 물의를 일으키는 사건이 발생한 걸 계기로, 정신강화 훈련이 보강되고, 그로 인해 경찰학교 수업 중, 선배와의 만남에 산적 같은 오양촌이 와선, 이곳에 가끔 국민의 세금이나 축내고 경찰의 명예를 더럽히는 놈들이 들어온다며 자신을 시종일관 빤히 보는 게 아닌가? 그러며 하는 말, '입학은 시작이다, 그래서 나는 국민의 이름으로 사명감을 가지고 인삼밭에 잡초 뽑듯, 내가 있는 이번 주 한 명을 반드시 솎아내겠다'며 상수는 반죽음 상태로 그리고 홀아버질 모신다는 한 친구를 기어이 스스로 못 견뎌 자퇴하게 만들어놓고 떠났다. 그러나 그가 떠난 그날 이후에도, 그의 으름장은 사실이 되어 졸업 내내 따라다녔다. 한 해에 한 명도 자퇴나 퇴학이 드문데, 한 달 걸러 한 명씩 여지없이 잘려나간 것이다. 살아남아야 한다, 어떻게 들어왔는데.. 상수는 사명감은 뒤로하고 그렇게 생존력만 키웠다.

그리고, 현장학습 1개월 근무하며, 고작 교문을 지키거나, 시위를 지키기만 하며 아무 짓도 안 하고 계란 세례를 맞으며 절망했다. 대체 국가 재난도 아닌데 왜 우리가 학교나 사업장을 쳐들어가야 하는가? 학교나 사업체도 국가에 속한 기관이라고? 싫음 나가라고? 그때 알았다. 여기선 질문을 가지면 나만 다친다. 입 다물자. 시간이 흘렀다. 그리고 지구대로 시보 배치를 받았다. 엄마가 첫 출근을 하는 날 '제발 착하고 좋은 경찰이 돼라, 버텨라고 말하지 않아도 그는 그럴 참이었다. 다시, 직업 없는, 당당하지 않은, 초라한, 불완전한 예전으로 돌아가고 싶지 않았다.

그런데 이 인간은 뭐야? 경찰학교 시절 단 한 주 만에 강렬한 인상을 심어놓고 떠난 오양촌이 내 사수라고? 돌아버리겠다!

그리고 첫 단추가 잘못 끼워졌다. 지구대 내 샤워장에서 상수가 '우리나라 경찰이 뭐 위험할 일이 있어, 총질도 안 하는데.. 낄낄낄' 웃어대며, 동기들과 잡담하며 보너스와 승진 얘기로 한껏 신이 나 떠드는데, 양촌이 '경찰이 졸라 만만한가 보다, 넌?' 하며 서늘하게 웃으며 가는 게 아닌가? 아차 해도 이미 늦었다.

양촌은 요즘 새내기 경찰들이 다 맘에 안 들었다. 놈들은 경찰을 그냥 안정된 직장 정도로 치부하는 것 같다. 남의 부사수는 그래, 한 치 걸러, 라고 치자. 근데, 내 부사수 염상수는 묵과할 수가 없다. 언론과 조직의 공모로 강등을 받은 동시에 아내와 별거를 시작해 이즘 가만있어도 열이 치받는데, 부사수 놈까지 정신 빠진 놈이 들어오다니, 되는 일이 없어도 어떻게 이렇게 없을까! 내가 지금이야 사명감도 경찰 생활도 회의가 들지만, 그건 산전수전 다 겪은 내 경우고, 어린 후배 놈의 이런 꼴은 도저히 봐지지 않는다. 이렇게 안일한 놈들이 들어와 성과만 챙겨 결국은 나를 강등시킨 책상머리 수뇌부가 되는 거 아닌가! (정오 자식도 이놈과 같은 과다) 그 꼴은 못 보지! 그는 작심하고, 시보(인턴) 기간 중 상수를 내쫓을 참이다! 수뇌부에게서 까이고 어린 후배나 갈구는 옹졸한 놈이라고 해도, 이놈 꼴은 못 보겠다. 양촌에게, 상수가 제대로 걸렸다.

상수는 양촌과 사사건건 부딪혔다. 남들처럼 선배님이라고 불렀다 혼나고, 주임님, 형님이라 불러서 혼나고, 그래서 원하는 호칭을 물었더니 오양촌 씨라고 말도 안 되는 호칭을 부르라고 하고, 존경한대도 혼나고, 잘해줘도 비아냥, 쌩까도 비아냥. 사명감과 정의감 문제만 해도 그렇다. 사명감, 정의감이 있다고 해도 지랄, 없다고 해도 지랄, 그야말로 죽을 맛이었다.

순찰을 나가서도 뭐 하나 가르쳐주는 법 없이, '어떡해야겠어?' 묻기만 해, 결국은 암 것도 모르는 상수를, 취객 속에 들어가 다치게 하고, 욕먹게 하고, 그래서 방관하면 안일하다, 경찰 생활 그만두라고 하고, 그러며 대놓고, 니가 짐 싸서 나가는 꼴을 똑똑히 봐주겠단다. 이유를 물으니, 시원하게 대답한다.

'너는 머리부터 발끝까지 경찰이 될 놈이 아니야! 경찰에 국민의 안전을 위해서가 아니라 밥이나 먹고살라고 들어온 너 같은 놈이, 종국엔 약삭빠르게 수뇌부 자리에 가서, 나 같은 성실한 경찰을 물 먹이는 꼴을 나는 수도 없이 봐왔어.. 나는 다신 그런 꼴은 못 보겠다.. 너 같은 잡초는 잡초 전문 처리반인 내가 처리해준다. 그래서 묻는다? 어떡해야겠어? 니 발로 나가야겠어? 내가 내보내줘야겠어? 어떡해야겠어?'

상수는 생각했다. 뜻대로 안 될걸. 왜냐, 당신 말이 사실일지 몰라도, 나는 절대 그만둘 생각이 없으니까. 상수는 죽어라, 6개월 그와 부딪히더라도 실적을 쌓기로 다짐한다. 그리고 순찰 길에 사건이 터졌다.

형이 연탄불을 피우고 자살을 시도한 거 같다고, 동생이 신고를 한 것이다. 상수는 그래, 이 건이다 싶어, 신고자의 집을 방문해, 화장실에 누워 가스를 마신, 아직은 숨이 남아 있는 형을, 서둘러 구해내려 하는데, 양촌이 들어와, 다짜고짜 상수의 명치를 갈기는 게 아닌가?

그리곤, 살인미수사건일지도 모르는 일을 지금 니가 자살소동으로 마무리하려 한 걸 아냐고, 다그치는데.. 제기랄, 양촌의 과잉반응이라 여겼던 자살미수사건이 양촌의 말대로 결국은 살인미수사건이 되고 만다. 그때 알게 됐다, 양촌의 CSI 근무 경력을. 주변 선배도 말했다. 아무리 니가 잘나도 경험과 시간으로 쌓은 양촌의 경력을 따라갈 순 없고. 양촌이 강조했다.

'이제 넌 어떡해야겠어?'

지랄, 어떡해야겠어는... 그러든지 말든지다. 이렇게 실수하며 경력을 쌓으면 그뿐이다. 기회가 왔다. 고교생 패싸움 사건이 터졌다. 상수는 이번엔 아주 제대로 제 실력을 보여주고 싶었다. 그래서, 양촌이 도망가는 피의자를 그냥 놔주라고 하는데도 말을 듣지 않고 잡으려 뛰었다.

잡으리라! 죽어도 잡으리라! 그래서, 반드시 실적을 쌓으리라!

그런데 사고가 났다. 피의자가 무리하게 8차선 도로를 도망가다, 달려오는 오토바이에 치인 것이다. 가난한 청년 오토바이 배달부는 허리를 다치고, 도망가던 피의자(알고 보니, 소년가장으로 아픈 동생을 키우는 불쌍한 아이였다, 깡패가 되기 싫어, 패거리들을 피해 다니다 맨날 두들겨 맞아 조직을 떠난 친구들에게 구원요청을 한 것이 패싸움으로 비화된 것) 는 재기 불능을 가져올 정도로 무릎 뼈가 으스러졌다.

지구대가 발칵 뒤집혔다. 애들 작은 소란을 무리한 대응으로, 둘이나 중상을 입히게 하고, 결국엔 말로 끝날 일을 법정까지 끌고 가는 대형사건으로 비화한 책임이 상수에게 있다는 의견이었다.

상수는 할 말이 없었다. 배달부의 고단한 어머니, 피의자의 아픈 동생을 보며, 무슨 말을 할까. 내가 양촌의 말대로 가만있었다면, 정의(?)롭지 않았다면, 법대로를 내세우지 않았다면, 이런 참담한 일은 벌어지지 않았겠지.. 상수는 양촌이 뻑하면 떠드는 '결정적 순간, 절대 정의롭지 마라'는 말을 일순간 이해했다. 가만히만 있었어도 중간은 갔을 건데... 배달부를 안쓰러워한 가게 주인이 상수의 과잉진압을 상부에 민원 넣고, 감찰이 떴다.

감찰 조사를 앞둔 날, 지구대원들은 상수를 몰아세웠다. 힘겹게 경찰이 됐는데, 이렇게 그만두게 되는 건가.. 상수는 '철없는 놈', '돌은 놈', '다른 일을 찾아봐', '니가 잘못한 건 없지', '근데 시보 중에 감찰이면 바로 파면 아니야' 등등의 선배 동료 간의 대화가 하나도 들리지 않았다. 그저 좀 무섭고.. 다시 일거릴 찾아야 하는 게 막막했고.. 다친 애들이 걱정됐다.

그 밤, 양촌이 첨으로 술을 사줬다. 그러며 하는 말, '첨이자 마지막 술자리가 되겠네' 하며 낄낄 웃는다. '씨*', 상수가 양촌의 면전에 욕을 하고 말았다. 욕이 나가니 무서울 게 없어지고 그간 참았던 속엣말이 터졌다.

"그래, 나는 사명감 없다, 밥 먹고살려고 경찰이 됐다, 늘 문제이던 놈이 성실한 엄마 한번 기쁘게 해줄려고 내 딴엔 죽어라 모자란 머리로 공부해서 경찰이 됐다! 그래, 나 성과가 필요했다! 140만 원짜리 시보 자리, 이 자리라도 놓치고 싶지 않았다! 그래도 밥값은 하고 싶었다! 그래서 그날도 존나 뛰었다! 나는 사명감이 뭔지 모른다! 법대로가 정의인 줄 알았는데, 젠장 이젠 그게 맞는지도 모르겠다! 내가 경찰이 돼선 안 될 놈이었다면, 그럼 너는 경찰 될 놈이냐?! 파트너 죽이고, 음주로 징계 먹고, 수뇌부한테 까이고 치졸하게 일개 이파리 두 장짜리 후배나 놀리는 게 낙이면서..! 내가 경찰 될 놈이 아니면 너도 경찰 될 놈 아니야!"

그리고 누가 먼저랄 것도 없이 멱살을 잡았던 거 같다. 식당 주인의 신고로 동료 지구대원이 뜨고, 또 동료 누군가에게 이끌려 양촌과 모텔로 가 잠이 들었다. 아침에 일어나 코를 고는 양촌을 뒤로하고 집으로 가며, 그는 오직 한 생각만 들었다. '엄마한테 뭐라고 말하지..'

조사를 받을 때도, 결과를 기다리며 구인란을 들출 때도, 오직 그 생각뿐이었다. 그리고 며칠 후 결과가 나왔다.

염상수, 업무 중 이상소견 없음.

이게 무슨 소리지? 그는 그 결과 내용이 재수 없는 꼰대라 치부했던 지구대 팀장과 대장, 양촌의 노력이었음을 알게 된다. 팀장과 지구대장은 오토바이와 충돌사건은 오토바이 배달부의 중앙선 침범이 부른 참사이지, 상수의 잘못이라 볼 수 없다 증언했고, 양촌은 피의자가 주머니에 칼을 넣고 있었던 걸(이후, 사고가 나, 현장에 떨어진 것), 현장에서 증거물로 처리하고, '살인사건으로 비화될 일을, 염상수가 빠른 대처로 지금의 사건 종결을 가져왔다' 증언한 것이다. 상수는 그날 양촌의 집에 음료 박스를 들고 찾아갔다. 그리고 두 번째 술자릴 가졌다. 양촌이 여전히 상수를 재수 없어 하며 말했다.

'너 먹고살라고 경찰이 된 거라 그랬지?'

'아니, 사명감 때문에 된 건데.. (그러다, 눈알을 부라리며) 솔직한 것도 죄예요?'

'눈알을 콱(하며, 머리를 탁 치고).. 뭐, 그 정도면 경찰 자격이 있다고 생각했어. 사명감이 뭐 별거냐? 먹고살라고 하는 거.. 밥값 제대로 하는 거! 그게 사명감이지! 세상에 밥값 못하는 인간 진짜 많은데.. 그날 넌 니 밥값, 제대로 한 거야!'

그러며 양촌은 다시 자신한테 씨발이라고 했다간 죽여버리겠다며 쓸쓸한 말 한마딜 덧붙였다.

'다는 아니어도 대부분, 아니 어쩌는, 피의자도 우리처럼 먹고살려다 일을 벌이는 걸지도 몰라.. 그럼 불쌍한 피의자라고 해서.. 갤 봐줘야 하냐? 아니.. 그건 다른 문제고..'

'.. 애들은 이제 어떡해요.. 다쳐서 이제 일도 못할 건데..'

상수가 불쑥 사건 속의 애들 말을 꺼내며 눈시울을 붉혔다. 양촌이 그런 상수를 두고 자릴 떴다.

자식, 진짜 경찰이 되어가나 보군. 그럼 이제 사건 뒤의 성취감보다 이렇게 쓸쓸한 사람들의 뒷모습을 무시로 만나는 게 경찰인 것도 알게 되겠지..

이후에도, 사건사고가 난무하는 여전히 시끄러운 일상의 연속이었지만, 상수와 양촌 사이엔 뭔가 뭉클한 동료애 같은 게 자라나고 있었다. 상수가 칼을 맞고, 양촌이 경찰 내의 불문율, 총기를 발사하는 대형사건이 터지기 전까진...

— 상수와 정오를 중심으로

경찰학교에서도 지구대 안에서도, 무슨 일이 있어도, 최고점을 맞아 경찰청이나 서울

지방경찰청을 가겠다는, 뚜렷한 성공의 목적이 있는 정오에게 상수는 관심 밖 동료, 동기, 또는 그저 그런 남자애였다. 남자한테 신경 쓸 시간이면 실적 하나 더 쌓겠다가 그녀 생각이다.

그건 상수 역시 마찬가지였다. 순찰 중 다른 조에서 데이트 중 여자의 혀가 잘린 사건(남자 아닌, 여자가 성추행한 사건)으로 동기들이 열을 내며 남녀 대결 양상으로, 말도 안 되는 논리로 싸울 때, 정오가 판례를 들어, 일목요연하게 정리를 할 때도, 다른 동료들은 정오가 섹시하다 멋져 보였다고 했지만, 상수는 흥미는커녕 질투가 났다. '젠장, 저건(정오) 살아남겠네.. 시보 기간 중 나는 오양촌 그늘에서 살아남을 수 있을까?' 그 생각뿐이었다.

양촌은 정오를 보고도 꿈쩍 않는 놈은, 남자도 아니라고 말했지만, 지금 상수와 정오에겐 이성에 대한 호감도 사치였다. 엊그제만 해도 상수 자신은 난동 부리는 피의자의 배에 올라가 수갑을 채우고, 그 탓(배가 눌린 탓)에 피의자가 순찰차 안에서 똥을 싸 그 뒤치다꺼리를 하고, 정오는 수시로 남자 주취자들에게선 성희롱을, 여자 주취자는 그녀의 옷에 구토를 해서, 결국 좁은 화장실에서 둘 다 피의자 목욕시키다, 날이 샜는데.. 서로의 몸에서 나는 똥냄새, 땀냄새, 오물냄새, 술냄새를 맡으며, 그 안에서 무슨 사랑이 싹트겠는가. 변태가 아니고선.

게다가, 우리의 월급은 고작 백사십만 원 남짓, 누가 누구의 커피를 사주거나, 호기롭게 밥값을 대신 내줄 여력도 없다. 너나 나나 살아남자, 서로의 주먹을 쳐주며, 응원은 해줄 만하지만.

그러다, 순찰 중 가정폭력사건이 터지고, 상수와 정오가 출동했다. 분명, 여자가 사건 신고를 했는데, 신고자라며 나온 여자는 별일 없단다. '말이 되는 소릴 해야지, 멍 자국이 선연해선 별일 없다니..', 그러나 가정폭력사건은 반의사불벌죄, 피해자가 원치 않으면 사건을 서로 넘길 수도 기소할 수도 없다. 정오는, 이런 여자들 때문에 여자들 세상이 이 모양이지 싶어, 괜한 화가 나, 깔끔하게 '알았어요' 하며 자릴 떴다. 그런데, 상수가 지구대로 돌아가기 전에 다시 그 집을 방문해, 원스톱서비스를 강변하며, 피해자에게 도움을 요청하라는 정보를 주는 게 아닌가. 정오는 상수가 오지랖이라 생각했고, 상수는 정오가 딱지로 실적만 챙기는 싸가지 없는 애란 생각이 들었다.

그런데, 도보 순찰 때마다 상수는 정오를 그 피해자 집 앞에서 만났다(걱정이 돼서, 순찰했던 것). 정오는 '그냥'이라고 했지만, 상수는 정오가 '아주, 싸가지가 없진 않군' 동료애가 싹텄다. 그리고, 가슴 아픈 사건이 터졌다.

동네 뒷산에서 여자애의 비명소릴 들었다는 신고가 들어오고, 주간 근무 지구대원들이 모두 출동했는데, 피의자는 도망가고, 어린 자매 둘이 성폭력, 강간을 당한 사건이 발생한 것이다. 폴리스 라인이 쳐지고, 여청계가 오고, 정오와 상수가 아랫도리에서 피를 흘리는 자매들을 병원으로 이송했다. 긴 시간 처치를 기다리며, 상수와 정오는 병원 담 밖에서 할 말을 잃었다.

상 수 .. 이런 일이 빈번하게 터진대.
정 오 그렇.. 다드라..

'우리 둘이, 너도 나도 아직은 너무 어린데.. 이런 사건들을 빈번히 겪어낼 경찰이 될 수 있을까..' 둘은 말은 안 해도, 그날 같은 생각을 했었다.

자매는 그날 처치를 끝내고 모든 경찰이 집에 어른이 없으면 보호시설에 있으라 하는데도, 굳이 집으로 가겠다고 떼를 썼다. 그래서, 상수와 정오가 자매를 집으로 이송했는데, 이게 무슨 일이지. 가정폭력 신고가 들어와, 늘 마음 졸였던 그 집의 애들이 아닌가. 그래서, 강간을 당했으면서도 처벌을 안 하면 안 되냐, 물었었나? 아버지가 이 사실을 알면 또 다른 시비로 이어질까 무서웠나? 자신들의 몸은, 상처는, 왜 걱정하지 않나?

그날, 정오와 상수는 퇴근해서 첨으로 둘이 술을 마셨다. 상수는 농담이 하고 싶었지만, 입이 열리지 않았고, 정오는 싸늘했다. 상수는 싸늘한 정오를 보며, 첨으로 정오가 궁금해졌다. '너, 싸늘해. 화난 거야? 누구한테? 왜?' 정오가 말없이 술값을 내고 일어섰다. 걸어가는 정오의 등이 살짝 흔들렸다. '우나..'

머칠 후, 동기 중 최고의 우등생 정오가 분란을 만들었다. 학교폭력 예방 차원에서 학교와 학부모 간담회에 정오가 참관인 명분으로 나가서는 콘돔과 생리대를 학교에 배치해야 된다, 목소릴 높인 게 화근이 돼서(이때 장미와 다시 한 번 만나게 된다), 보수적인 학교 측과 학부모 측에서 정오를 학생 모독이라 민원을 넣은 것이다. 학교에 콘돔과 생리대 비치가 학생 모독이라니! 미국에선, 서구에선, 학교, 학원까지, 무상인데! 아이들이 임신하는 사태가 비일비재 일어나고 있는 이 현실 속에서! 정오는 승복할 수 없었다. 젠장, 피곤한 사명감이 생겨버린 것이다.

지구대 동료들은 정오를 말렸다. 공식적인 민원이 아니라, 경찰서장에게 개인적으로 온 민원이니, 잘못했다, 죄송하단 말로 무마될 수 있단다. 잘못하지 않았는데, 나에게도 벌어졌던 일, 애들에게 재발될 수 있는 일인데..

'야, 사명감은 무슨 사명감.. 잎새 두 장, 니까짓 게.. 그냥 딱지 끊어. 살어, 너는?! 잘못했다, 그러고 말어. 너, 서울청 간다며? 출세할 거라며? 근데 여기서 짤리면? 백만 원 인생도 끝이야! 다시 백수 할래?! 양촌이도 그랬어. 결정적 순간에 정의롭지 말라고. 객기도 아니고.. 야, 동기, 잘못했다 그래?!'

동기 챙긴다고, 쉬는 시간까지 빼서 굳이 찾아온 상수에게 정오는 그날 그냥 말해버렸다. 아무에게도 말하지 않았던, 제 비밀을, 마치 별거 아니라는 듯. 다신 자신에게 말걸지 말라는 듯.

'동기야, 나는 그때 그런 일이 있었어.. 그래서 잘못했다 말 못해.. 그러니 넌 꺼지는 게 낫겠다..'

상수는 이게 뭔 소린가 싶었다. 이제 막 정오에게 풋풋한 호기심이 생기는 중인데, 농담도 아닌 말을.. 애가 나한테 왜 이런 말을 한 걸까.. 나는 그런 말을 감당할 주제도 못 되는 놈인데..

그날부로 둘 사인 어색해져갔다. 정오는 상수가 자신을 피한다 생각이 들어, 알아서 피해줬고, 상수는 그냥 어색했다. 근데, 상수가 어느 한날 밤 정오를 찾아왔다. 느낌이 안 좋아 콘돔을 안 쓴다는 친구 놈을 '느낌이 문제냐, 여자의 인생이 걸렸는데, 이 개새 야!' 하며 흠씬 패주고 술이 당겼다나.. 그러며 그날 괜히 정오에게 라면을 끓여달라며 라면을 먹고선, 괜히 청소를 해주고선, 별반 말도 없이 집으로 가버렸다. 그리고 담날부터 다시 밝게 농담을 걸어왔다. '어라, 대체 애 뭐지..', 정오는 상수에게 자기도 모르게 맘이 열렸다.

정오는 경찰서장이 마지노선이라고 준 날짜에 맞춰, 학부모와 학교 측에 사과했다. 내가 악쓴다고 해도 바뀌지 않을 세상, 그렇다면 순응해야지.. 상수의 말도 도움이 됐 다. 우리가 자매를 강간한 범인은 잡자!

상수와 정오의 이런 생각에 동료들도 거들었다. 우리 소관 아니다, 그만 넘어가자는 지구대장, 팀장들에게 양촌이, 총댈 맸다. '이런 사건도 방관하니까, 그러니까, 우리들이 짭새, 권력의 개라는 견찰이라는 말을 듣는 거야! 그러니까 우리 동료들이 엿 같은 세상 이라며 암것도 할 수 없다는 무기력에, 자살들을 하지! 쌍!', 결과는, '범인을 잡자'로 결정 났다. 사건을 맡은 형사들이 방관하는 게 아니라 이 사건 말고도 다른 사건들도 많아 밤 을 새우는 상황, 그렇다면 지역에서 벌어진 일 우리 지구대가 나서야지. 그런데 초동수 사만 가능한 우리가 어떻게, 독립 수사권도 없는 우리가 어떻게, 이 일을 처리하지. 권력 이나 직책을 남용할 만한 힘도 없는 일개 지구대 경찰들이..

상부 경찰서의 반대를 무릅쓰고, 지구대 전체가 이 사건에 사활을 걸며, 정의를, 사명 감을 되찾기로 하는데.. 또, 사건이 터진다. 성폭행당한 자매의 집에서 다시 신고가 들어 온 것이다. 대체 무슨 일이 일어난 걸까. 정오와 상수는 그 집으로 달려가며, '제발 별일 없어라, 별일 없어라', 아프게 가슴이 뛰었다.

용어 정리

씬	장면(Scene)이라는 의미. 같은 장소, 같은 시간 내에서 이루어지는 일련의 행동이나 대사가 한 씬을 구성한다.
틸 업	Till Up. 카메라 위치는 고정시키고, 카메라 앵글만 상향 또는 하향시키는 것을 의미한다.
(E)	대사와 음악을 제외한 효과음(Effect)을 뜻하며, 보통 등장인물은 보이지 않고 소리만 나는 경우에 사용한다.
점프컷	연속성이 없는 두 장면을 붙이는 편집 방식이다.
몽타주	따로따로 편집된 장면들을 짧게 끊어서 붙인 화면을 말한다.
인서트	화면의 특정 동작이나 상황을 강조하기 위해 삽입한 화면. 인서트 화면이 없어도 장면을 이해하는 데에는 별다른 지장이 없으나 인서트를 삽입함으로써 상황이 명확해지는 한편 스토리가 강조된다. 인서트 화면으로는 대개 클로즈업을 사용한다.
클로즈업(C.U)	배경이나 인물의 일부를 화면에 크게 나타내는 것을 말한다.
오버랩(O.L)	현재의 화면이 사라지면서 뒤의 화면으로 바뀌는 기법이다.
F. I.	페이드인(Fade-In). 어두웠던 화면이 점차 밝아지는 상태를 말한다.
F. O.	페이드아웃(Fade-Out). 화면이 점차 어두워지면서 장면이 바뀌는 것을 말한다.
플래시컷	화면과 화면 사이에 들어가는 순간적인 장면. 극적인 인상이나 충격 효과를 주기 위해 삽입되는 매우 짧은 화면을 지칭한다.
플래시백	회상을 나타내는 장면. 지금 일어나고 있는 사건의 인과를 설명할 때 쓰이기도 하고, 인물의 성격을 설명하기 위해 쓰이기도 한다.
풀 샷	원근에 구애받지 않고 목표 피사체 전체를, 사람의 경우 전신을 카메라 앵글에 담는 촬영 방법이다.
(N)	내레이션을 지칭하는 용어로, 장면 밖에서 들려오는 목소리를 나타낸다.

1부

포기한 적 없어
응원은 바라지도 않아
비웃지만 마

- 노래 '취업학개론' 가사 일부

씬 1. 프롤로그.

1, 한적한 가로수 길, 흐리고 눈 오는 날, 이른 새벽.

경찰차, 서너 대가 헤드라이트를 켜고 '빵!' 하는 경적소릴 내며 달려, 경찰 버스를 스쳐 가는,
음악이 흐르는,
대형 경찰 버스 서너 대가 즐비하게 서 있는, 그 뒤로 가면,
중년 경찰, 한쪽에서 무전기로 말하는, '말, 4, 5, 6번, 인근 남편(남쪽) 대기, 말, 4, 5, 6번 남편 대기', 상대편 무전 오는, '대기, 대기, 말 24, 25, 서편 대기, 서편 대기, 정시 종발! 정시 종발!' 달리는 차들의 소리와 경적, 무전기 소리가 섞이는,

＊ 점프컷 》
밥이 담긴 큰 박스와 국이 담긴 큰 박스, 두 가지 정도 반찬이 담긴 박스들이 놓여 있는 것 보이고, 기동복 차림의 경찰이 밥과 국을 퍼 주고, 수십 명의 경찰들이 즐비하게 서서 밥과 국을 받아서, 누구는 차 안으로 들어가, 허겁지겁 밥을 먹고, 상수는 밥을 받아, 서서, 허겁지겁 밥을 먹는, 발아래 눈이 녹아, 신발을 적시는, 정오(추운지 떨지만, 긴장해서 자신은 모르는)와 혜

리도 밥을 받아, 우적우적 빠르게 먹는, 식사 이후 시위현장으로 달려갈 불안함 때문에 모두 긴장한 상황이지만, 잘해야겠다, 이 밥이 어쩌면 오늘 마지막이란 생각에 눈빛을 빛내며 주변을 살피며, 죽기 살기로 열심히 씹는, 상수, 밥을 먹다 무심히 정오 쪽으로 고갤 돌리고, 빤히 정오를 보며, 밥 먹고, 정오, 그런 상수 보며 뭐야 하는 얼굴로 손가락으로 총각무를 집어 씹어 먹는, 그렇게 밥만 먹다, 정오와 상수, 시선이 마주치고 서로를 무심히 보는, 관심 없는, 밥만 씹는, 가끔 추워 이가 닥닥 부딪히는 것도 모른 채, 정오, 다시 고개 돌리고, 눈에 젖은 밥을 먹는 데만 열심인, 정오가 고개를 돌리는 것과 동시에 상수도 식판을 들이마시는, 그런 두 사람의 모습과 떨면서 밥 먹는 다른 경찰들의 모습이 컷컷 보여지고, 카메라 틸 업 하면서,

자 막
제1화 포기한 적 없어
응원은 바라지도 않아
비웃지만 마 - 노래 '취업학개론' 가사 일부

씬 2. 술집을 겸하는 카페 전경, 새벽.

씬 3. 술집 주방, 새벽.

정오, 바쁘게 설거지하고, 남자 알바는 바닥 청소를 하며 정리하고 있는, 정오, 뒤의 일정 때문에 맘이 급한(벽시계 보면 새벽 6시경인), 그래도 일에 집중하는, 홀에서 남자 알바, 술에 취해 탁자에 널브러진 여자 손님과 남자 손님을 깨우는,

남자 알바 (손님들 흔들며, 짜증스런) 손님, 손님... 집에 안 가요? 영업 끝났어요?! 손님!
정 오 (손은 일하며, 눈만 홀 쪽 보며) 야야, 짜증낸다고 그 사람들이 술이 깨니? 더 흔들어봐? (하고, 벽시계 보고, 일만 하며) 수남아, 나 이번 주 휴가 내서, 소정이가 가게 대신 온단 말 들었지? (하며, 부지런히 설거지하다, 홀에 대고

남자 알바에게, 버럭) 야, 사람이 말을 하는데, 왜 대답을 안 해?!

씬 4. 술집 앞, 새벽.

정오, 서둘러 나와, 셔터를 내리고, 길가를 뛰어가다 도로변에 술 취해, 고개 숙이고 앉아 있는 홀의 남녀 손님을 보는, 차들이 그들 앞을 지나가며 경적을 울리는, 정오, 걱정되고 짜증나는, 멈추지 않고, 뛰어가며, 전화하는,

정 오 112죠, 가성구 석민동 현안사거리 앞인데 술 취한 사람들이 도로에 앉아 있어요! 차가 막 다니는데..! 네네, 현안사거리요.. (하고, 전화 끊고, 더 뛰다가, 거리에 쓰러져 자는 노숙자를 보는, 뛰면서도 고개 돌려, 노숙자를 보고, 어쩌지 하는 맘으로 뛰다 모르겠다, 나도 급하다 싶어, 그냥 가다, 다시 뒤돌아보고, 누군가가 노숙자에게로 가면, 다행이다 싶어, 바로 전력 질주해 갈 길 가는)

씬 5. 정오의 집 안 주방 + 정오 모의 방 안, 새벽.

정오, 집에 서둘러 들어오는, 시간에 쫓겨 속이 타는, 모든 행동이 일사천리지만 급한, 주방 쪽 가서 불 켜고, 싱크대에서 스텐 그릇 꺼내 냉장고에서 쌀과 잡곡 꺼내 담아서는 시계 보고 (일곱 시 조금 넘은) 물 틀고 쌀 씻다가, 맘이 너무 급해, 쌀이 여기저기 튀면, 그것을 주워 담는데, 쌀그릇을 몸으로 쳐 떨어뜨리는, 쨍그랑 소리 나고, '엄마!' 하며 비명 지르고, 암담하지만, 참고, 쌀을 재빠르게 주워 담는, 그때, 정오 모의 방 쪽에서 졸리고 피곤하고 짜증난 정오 모의 목소리

정오 모 (E) 뭐니?!
정 오 (조급한, 쌀그릇에 쌀을 주워 담으며, 방 쪽에 대고, 조금 큰 소리로) 쌀 씻어? 자! (하고, 물 끄고, 옷에 손 대충 닦으며, 정오 모의 방 안으로 가면, 텔레비전 켜진 채, 정오 모, 머리에 이불을 확 뒤집어쓰고 대자로 뻗어 누워 있

는, 정오, 맘은 바빠도 시끄럽지 않게 리모컨 찾아 텔레비전 끄고, 커튼 열린 것 닫으며) 자, 자.. 더 자.. (하고, 나가려다, 정오 모의 팔을 밟는)

정오 모   악! 아야, 아야, 아야.. (아파하며, 팔을 잡고 누워서 뒹구는)

정 오   (놀라, 정오 모의 팔 잡고 주무르며) 엄마, 미안, 미안, 미안, 많이 아퍼? 많이?

정오 모   (냅다 정오를 때리며) 아우, 아우, 아우..

씬 6. 정오의 방 안, 아침.

삭고 초라한, 옷과 책들이 널려 있고, 달력엔 빼곡히 각종 기업의 면접일과 서류 전형 일자들이 적힌, 그리고, 포스트잇(1화 제목도 쓰어 있는)에 적은 온갖 용기를 북돋우는 명언들이 벽에 붙어 있는,
정오, 샤워한 얼굴로 수건으로 머릴 닦으며 들어와, 서둘러 장에서 흰 블라우스 꺼내, 한쪽에 있는 다리미로 다리는, 급하지만, 호흡을 해가며, 짐짓 차분하려 애쓰는, 책상 위 시계 보면, 8시 반이다,
그때, 정오 모가 화장실로 들어가는 소리가 나는,

정 오   (블라우스만 열심히 다리며, 문 쪽에 대고) 엄마, 일어났어? 왜 더 자지? 엄마, 된장찌개 끓인 거랑 밥 먹어! (다림질만 하며) 엄마, 내 말 들어? 엄마?.. 엄마? (하다가, 속이 타, 다림질하던 거, 멈추고, 다리미를 다리던 옷 옆에 세워두고, 나가는데, 문 닫히는 순간, 다리미가 옷에 툭 하고 넘어지는)

씬 7. 정오의 집 안 현관 앞 + 정오의 방 안, 아침.

정오 모, 이미 옷을 입고, 가방 메고, 거울 보며 머리 만지고 서 있고,
정오, 방에서 나와, 그런 엄마 보며,

정 오   어디 가?

정오 모   (신발 찾으며, 피곤한) 출근 전에 고객이 보재.

정 오   보험 들어준대?

정오 모 (짜증) 가봐야 알지?

정 오 (짜증나지만, 참고) 짜증내지 말고?!

정오 모 (울상, 친구처럼) 짜증이 나, 나는!

정 오 (담백하게) 약은?

정오 모 낫지도 않는 공황장애 약은.. 안 먹어.

정 오 (답답하지만, 말 안 하고, 싱크대로 가서 약봉지를 찾아들고, 물을 잔에 따라 가지고 와, 약과 물을 정오 모에게 주며, 담백하게) 먹어.

정오 모 (짜증난, 보고, 이내 먹는)

정 오 밥 먹고 가.

정오 모 (물잔을 정오에게 주고, 현관 거울 보고 간신히 입에 립스틱을 바르며, 피곤한) 불러줄 때 나가고, 돈 되면 나가야지.. 보험 판매원 팔자에 무슨... 끼닐 제 때 챙겨. (신발 신으며, 목이 답답한지 '큼큼' 하며) .. 뭐야?

정 오 (주방 쪽 보는데, 찌개냄비 타서, 열나는, 속상한, 당황한) 어머... (하고, 달려가, 가스레인지 끄고, 속상하지만, 별일 아닌 듯) 찌개.. (하고, 창문 열고)

정오 모 (신발 다 신고, 그런 정오가 맘에 안 드는, 나가려는데)

정 오 (현관 앞으로 와서, 미안하지만, 담백하게) 오만 원만.

정오 모 (무덤덤히 보면) ?

정 오 (불편하지만, 짐짓 편하게) 서울에 간댔잖아.. 취업박람회. (자존심 상하지만, 참고) 담 주에 알바비 타면 줄게.

정오 모 (맘에 안 들게 빤히 보는)

정 오 (정오 모가 보는 게 속상해, 더 짜증나는) 그냥 줘라? 날 빤히 보면 뭐? 어쩌라고?

정오 모 (말없이 지갑에서, 십만 원 꺼내 주고, 문 쾅 닫고 나가는)

정 오 (짜증 참는) 후.. (이내, 맘이 급한, 거실 문까지, 열고, 환기하다가, 순간 냄새가 나는, 쿵쿵대다, 제 방 쪽 보면 연기 나는, 아차 싶은, 들어가서 보면)

* 점프컷 》
다리미가 넘어져 옷이 타는,

* 점프컷 》
정오, 서서, 너무 놀라 멍한, 그러다 울상 돼서, 재빠르게, 얼른 코드 뽑고, 옷

장 열고, 옷 찾으며, 손은 바쁘지만, 감정은 제어하려 애쓰며,

정 오 (울고 싶지만, 참고, 심장은 뛰어도 차분하려 애쓰며, 구시렁) 쌍.. 식빵!.. 되는
       일이 없어....

씬 8. 서울, 지하철 계단, 낮.

정오, 막 뛰어가는, 영지(정장 차림, 정오 기다리던 중), 뒤따라 뛰며,

영 지 정오야, 너 어디 가?
정 오 (뛰며) 옷 갈아입으러! 화장실!
영 지 (멈춰 서서, 헉헉대며) 미친년, 박람회장 가면 화장실 있잖아!
정 오 (뛰다, 영지 보고, 맞다 싶어, 다시 뒤쪽으로 뛰는) 미친년, 빨리 알려주지!

그때, 상수(양복 입은, 힘차게 일하는), 남직원1, 땀을 뻘뻘 흘리며, 큰 물통을
지고, 죽어라, 뛰어오다, 정오를 잘 피하고, 뛰는데, 이내, 젊은 남자와 부딪힌
상태, 남자, 휘청하고, 상수, 휘청하지만, 바로 웃으며 시원하게 "죄송합니다,
죄송합니다."를 연발하고, 남자, 짜증스레 가고, 상수, 물통을 지고, 뛰어가며,
호쾌하게, "죄송합니다, 짐 갑니다, 짐 갑니다!" 하며, 죽어라, 뛰어가는, 달려
오는 남자에게, 물통 주고, 다시 죽어라, 왔던 길로 뛰어가는, 남직원1도 다른
남자에게 물통 주고, 또 다른 물통을 가지러 뛰어가는,

씬 9. 컨테이너 공장 안, 낮.

상수(블루투스 한)와 여러 신입사원(모두 블루투스 한)으로 보이는 남자들,
커다란 빈 카트를 밀고 온 다른 직원에게 물병 담긴 상자를 건네주고, 직원
들 그 물병 상자를 받아, 카트에 쌓는, 한 카트에 물병이 다 쌓이면, 상수, 남
동료와 그 카트를 몰고 가는, 다른 직원들은 계속 일하는, 그때, 통화음 들리
고, 상수, 블루투스로 통화하는,

상 수 (잘 듣는, 집중하려 하는, 말은 정확하게) 네네, 접수받았습니다. 확인합니다. 인하라인 10리터 생수 20통, 네네, 접수 완료되었습니다. 감사합니다. 감사합니다. 식약청의 인가를 받고, 기초과학으로 탄생한 세라이워터 마케팅1팀 염상수였습니다. (끊고, 다시 가는데, 또 벨 울리면, 힘차고, 빠르게, 통화하며) 네, 식약청의 인가를 받고, 기초과학으로 탄생한, 세라이워터 마케팅1팀 염상수입니다. (목에 단 인턴 사원증이 보이는)

씬 10. 취업박람회장 안, 낮.

고등학생들도 포함한 무수한 청년들, 수많은 부스에서 팸플릿을 모으거나 정보를 보는, 구직자에게 설명하는 기업 직원들 보이는,

씬 11. 취업박람회장 여자 화장실 안, 낮.

여자들, 인산인해다, 화장실 앞에 들어가기 위해 줄을 빼곡하게 서서, 각자 인터뷰를 준비하는지, 구시렁대거나, 화장을 고치거나, 스타킹을 고쳐 신거나 하는, '당당하게, 기죽지 말고, 당당하게'를 구시렁대며, 어깨와 등을 과하게 펴는 모습들이 보이고, 이내, 화장실 안에서, 정오와 영지(손에 쥔 핸드폰으로 취준생 강의를 듣는)가 나와, 손을 닦는,

정 오 (화장실에서 나올 때부터, 옷을 추스르며, 작게 구시렁대며 손을 닦는데, 불안함과 긴장감이 역력한, 그래도 차분하려 애쓰는, 계속 준비된 멘트 작게 구시렁대는) 민화기업은 연구 투자비를 매년 순이익의 10프로 이상씩 지원하는 글로벌 리딩 화학기업을 꿈꾸는 가능성 있는 중소기업으로, 석유자.. (틀렸는지 드르르륵 하고 혀를 푸는) 석유자원, (제 뺨을 탁 치고, 강조) 석, 유, 화, 학, 산업 이외에 고분자사업의 ('지속적인 확장', 하며, 돌아서는데)

순간, 앞에 있는 여자1과 부딪혀, 흰 블라우스에 여자1이 든 냉커피가 쏟아

지는, 영지는 물론 주변에 있는 모든 여자들 큰 소리로 "악! 악! 엄마! 어떡해!" 하며 소리치며 정오를 보는, 순간 정적 도는, 정오, 순간 너무 놀라 손을 벌리고, 정지화면처럼 순간적으로 행동을 정지하고, 눈가 붉어지는, 속이 덜덜 떨리는,

여자1, 주변　(너무 놀라, 제 일 같아, 정오를 안쓰럽게, 황당해 보는) 어머머..

여자1　(울상, 미안한) 어떡해.. 요..

정 오　... (눈가가 붉어지는, 화가 너무 나 냉정해진, 이삼 초 후, 숨을 고르지만, 진정이 안 되는지, 말하다 격앙되는) 그걸 왜 나한테 물어요? 그쪽이 생각해야지! 잘못은 그쪽이 했는데, 어떡해야 될질 왜 내가 생각해?.. 요! 그쪽이,

영 지　(속상하고, 성질난, 말꼬리 자르며, 여자1에게) 벗어! 그쪽 옷!

여자1　(울상이 되어, 정오를 보는)

정 오　(울고 싶어도, 정신 차리고, 빠르게 옷 벗으며) 난, 십 분 후 면접이에요. 면접 보고, 옷 돌려줄게요.

여자1　(울상) 미안합니다, 미안합니다. (하며, 말귀 알아듣고, 제 옷을 벗는)

영 지　(정오에게) 야야, 난닝구도 벗어! (여자에게) 그쪽도 런닝 벗고!

정 오　(런닝도 벗는)

영 지　(여자들에게 소리치는) 저기요, 커피잔 들지 마세요! (하고, 한쪽에 놓인, 쓰레기통을 커피잔 든 여자에게 주며) 손에 든 커피, 여기 다 넣요! 넣어! 여자들끼리 여자 인생에 초 치지 말고! (여자들, 일사불란하게 손에 든, 물병, 커피잔 넣으며, '뒤로 패스 패스!' 하며 쓰레기통 넘기는)

정 오　(여자1에게 옷을 받아, 눈가 붉은 채, 빠르게 옷 입는, 속상함보단, 최선을 다하자 싶은)

씬 12. 취업박람회장, 몽타주, 낮.

1, 면접 부스1, 낮.
영지, 들어서면, 옆에 이미 남녀 취준생들이 주르륵 앉아 있는,

영 지　(무덤덤하게 면접관들에게 음료 주며) 힘드실 거 같아서......

면접관1   (아무렇지 않게, 무관심하게, 영지가 준 음료를 책상 앞쪽에 놓고) 이런 거 못 받게 돼 있습니다.

영 지   (속상한, 줬던 음료 다시 다 챙겨, 한쪽에 놓고, 자리에 앉는, 답답해, 혀로 크게 바짝 타는 입술을 적시는, 눈빛은 강렬한)

2, 면접 부스2, 낮.
정오, 여자2, 정오의 남자 선배, 남자1, 함께 면접 보는 상황,

여자2   (똑똑하게, 화가 좀 난) 결혼해도 당연히 일하죠. 왜 그런 여성 비하적인 질문을,

면접관2   (편하게, 무시하고, 정오에게) 한정오 씨, 결혼 계획은?

정 오   (긴장했지만, 당차게) 결혼 생각 없습니다. 저는 귀사의 전력 사업인 고분자 산업,

면접관2   (말꼬리 자르며, 웃음 띤, 정오에게) 팀 내 상관이 공과 사를 구분 못하고, 한정오 씨에게 업무 후 개인적인 집안일을 부탁했다면?

여자2   (모멸감을 느끼는, 속상해, 눈물 날 거 같은, 그냥 나가는)

면접관2   (아무렇지 않게, 편히 웃고, 정오를 보며) 가령 시장 보기, 애 보기 같은..

정 오   (말하기 싫은, 참담한) ....

면접관2   (웃으며, 가만 보다, 자료에 뭔가 쓰는)

정 오   ... (싫지만, 참담하지만, 침을 꼴깍 삼키고, 참고, 또박또박 최선을 다해 말하는) 저는 그것 또한.. 저에 대한 관심이라고 생각하고,

면접관2   (진지하게 보는)

정 오   상관의 개인 일을 도우며, (자신 있게, 당당하게) 시간이 날 때, 업무에 관한 수칙과 노하우를 물어, 일을 배우는 계기로 삼겠습니다.

3, 면접 부스3 + 부스 밖, 낮.
정오, 남자들1, 2, 3, 정오의 남자 선배, 면접 보는,

정 오   (긴장했지만, 참담하지만, 또박또박 말하는) 지방대지만, 학점은 상위권입니다. (비장해지는, 당당하려 애쓰며) 정직원이 아닌, 인턴이라도, 귀사에서 실습할 기회가 주어진다면,

면접관3	우리 회산 인턴제 없어요, (남자1에게) 가연대 나왔네?
정 오	(못 참겠는, 할 말은 하고 보는) 영화기업은 회사 사이트에 무스펙 지원서를 받는다고 홍보하면서, 실제로 면접현장에서 면접관님은 취업 대상자 모두에게 구두로 스펙을 묻는 건,
면접관3	(무시하고, 남선배에게) 군대 다녀왔어요? 몇 사단?
정 오	(참담한, 눈가 붉어지는, 그래도 할 말은 하자 싶은) ... 군가산점은 헌재의 위헌 판정,
면접관3	(짜증스런) 그냥 묻는 거예요, (목소리 큰, 짜증, 강조) 개인적으로,
남선배	(말꼬리 치고, 나오며, 당당히) 돌진부대, 16사단입니다.
정 오	(눈가 붉어, 속상하지만, 제 할 말은 하는, 면접관3을 똑바로 보고, 당돌하게) 면접관님은 지금 개인적 신분이 아닌, 기업의 대표자 성격을 띠고 그 자리에 앉아 계십니다. 만약 이 자리가 면접관님의 개인적 질문을 받는 자리라면 구직자인 제가 앉아 있을 필요가 없었겠죠. (하고, 옆의 가방 들고, 나오는데, 속상한, 눈가 붉은, 오기가 나는, 구시렁) 재수 없는 꼰대 새끼... (하면서, 가다, 오는 남자 어깨를 탁 치는)
남 자	(짜증) 뭐야?
정 오	(보며, 지지 않고) 그쪽은 눈 없어? (하고, 가며, 속상한, 구시렁) 고용노동부 사이트에 내가 오늘 면접에서 당한 거 시시콜콜 다 쓸 거다, 미친놈들..

씬 13. 편의점 안 + 편의점 밖 거리, 깊은 밤.

계산대 앞에 줄을 즐비하게 서서, 상수와 남동료1, 2, 여동료, 모두 손에 빵이나 우유, 컵라면 등을 들고, 각자 카드로 계산하는,

여동료	(상수에게, 시무룩) 쟤 (앞의 남동료1 턱으로 가리키며) 우리사주 삼백 주 샀대. 어제 정직원 발령 났대. 왕 부럽지? (하고, 가는)
상 수	(여동료가 턱으로 가리킨 동료가 부럽지만 뭐 별거 아닌 듯, 카드 계산하고, 밖으로 나가는)

모두들, 밖으로 나와, 우적우적 먹을 것을 먹으며, 걸어가는, 상수, 우유 먹다,

코피가 나면, 종이 뜯어, 코를 막고, 가면서, 김밥 먹으며 가는 남동료2에게 밝게 말하는,

상 수 (남동료2가 우유 먹다 흘리면, 닦아주며, 담백하게) 너 우리사주 몇 주 살 거야?

남동료2 (편하게) 백 주, 넌?

상 수 (빵 먹으며) 엄마랑 형이 돈 마련 중.. 나도 백 주는 사보게. 백 주가 정직원 커트라인이라며?

남동료2 진짜 정직원 되기 힘들다, 맨날 밤새고, 주식까지 사야 되고...

상 수 (먹으며, 아무렇지 않게) 그래도 정직원 되면 월 이백에, 우리 회사 주주까지! 그럼 우리 인생은 그때부터 비주류 아닌 주류! (남동료2 목을 팔로 감으며) 자식, 긍정을 몰라. (하다, 또 코피 나면) 아, 썅, 또 코피! (하고, 활짝 웃으며) 나, 진짜 열심히 살지?

씬 14. 찜질방 안 수면실 + 수면실 밖 옥상으로 가는 길, 밤.

여러 사람들, 누워 있고, 영지, 누워, 핸드폰으로 공부하고 있는, 정오, 핸드폰으로 공부하는,

영 지 낼은 면접 잘 보고 싶다, 진짜.. 너 낼 면접 볼 데 몇 군데야?

정 오 (공부하며) 네 곳인데, 더 있음 더 보게.

그때, 정오의 전화 오면, 정오, 받으며 나가 옥상으로 향하는,

정 오 (편안히, 조용히) 어, 엄마, 집이야? 웬 카페, 또 술? 보험 계약 오늘도 한 건도 안 됐어? (실망한, 정오 모가 걱정되는) 안 됐어.. (이상한) 뭐.. 카펠 사?

씬 15. 작은 카페 안, 밤.

정오 모   (안 취한, 술 한잔 마시며, 즐거운 손님들, 바쁘게 커피를 내리는 주인, 들어
          오는 손님, 카페가 부러운 듯, 둘러보며, 편안하게) 한 열 평.. 남짓 되는데.. 두
          시간 동안 지켜봤는데.. 장사가 무지 잘되네. 정오야, (조심스런) 니 아빠한테
          돈 좀 달랄까, 그래서.. 이런 카페 하나 하면 너나 나나,

씬 16. 찜질방 옥상 + 작은 카페 안 + 카페 밖 거리, 밤.

      정오, 옥상으로 나와 한쪽에 기대앉으며,

정 오   (속상하고, 어이없는, 아무렇지 않은 듯) 내가 아빠가 어딨어? 얼굴도 모르는
          데, 아빤 무슨.... 뭐, 낳아주기만 하면 아빠냐? .. 짜증 안 내게 생겼어? 엄마랑
          나랑 고등학교 때 첨 그 사람 찾아가 학비 좀 보태라니까, 엄마한테 아버지
          란 인간이 '거머리냐?' 욕한 거, 내가 잊었을 거 같냐? (속상한, 강조) 찾아가
          기만 해, 그러기만 해, 아주!

      * 점프컷, 교차씬 》

정오 모   (답답한, 술 한 모금 마시고, 조금 공격적으로) 면접 본 건? 이번엔 어떻게 붙
          을 거 같아?
정 오   (그 자리에 쪼그려 앉아, 툭 말하는) 당근 잘 봤지! 무조건 합격!
정오 모   ?
정 오   (답답한, 그러나 처지지 않게, 깔끔하게) 미안해, 그런 말 못해줘서.
정오 모   (속상해, 울상, 버럭) 염병해, 진짜! (하고, 전화 끊어버리고, 나가는)
정 오   (끊긴 핸드폰을 보며, 참담한, 오기 나서, 다시 정오 모에게 전화하는)
정오 모   (카페 밖 거리에서 전화받아 버럭, 속상한) 왜, 왜, 왜?!
정 오   (속상한, 소리치는) 전활 왜 그딴 식으로 끊어?! 나 속상하게!
영 지   (그때 와서, 정오 옆에 서서, 맥주를 두 캔 따서, 한 캔은 정오 옆에 놓고, 한
          캔은 자기가 마시는)
정오 모   (속상해, 버럭대는) 너만 속상해?! 나도 속상해! 남들 다 하는 취직도 못하면
          서,

정 오   (속상한) 그래, 나 못났다, 엄마 딸 못나서.. (그러다, 너무 속상해, 격앙되며, 오기 어려) 내가 그렇게 말하면서, 좌절하길 바래? 내가 다른 건 몰라도 엄마한테 끝까지 좌절하는 모습 따윈 안 보여줄려고, 하루에도 수십 수백 번 나 자신한테 (눈물 차며, 속상해, 강조) '나는 할 수 있다! 나도 하면 된다! 나는 절대 안 못났다! 다만 기회가 없었다!'고, (맘 아파, 소리도 못 지르겠는) 세뇌시키고 있는데, 꼭 그렇게,

정오 모   (말꼬리 자르며, 속상한, 지지 않고) 미친년아, 그러게 왜 돈 있는 아빠 만나지 말라 그래?! 카페 내면,

정 오   (버럭, 맘 아픈) 미혼모 딸이 아빠가 어딨어?!

정오 모   내가 너보고 만나래? 내가 혼자 만나 빌겠다잖아!

정 오   (속상해, 소리치는) 엄마나 나나지! 엄마가 빌면 내가 비는 거지! 뭐가 달라!

정오 모   (눈가 붉어, 소리치는) 지랄해! 언제부터 너랑 내가 같냐?! 나는 미혼모고, 그래도 너는 대학 나온 년인데, 니가 왜 나랑 같어?! 누가 봐도 너는 나보다 천 배 만 배 잘났지, 년아! (하고, 전화 끊고, 가는)

씬 17. 찜질방 옥상, 밤.

영지, 맥주캔을 정오에게 주면, 끊긴 핸드폰 보던 정오, 받아 마시는,

영 지   (취업학개론(철수와 존슨) 노래 부르는, 기운차게) 포기한 적 없소.. 일자리를 주시오..

정 오   (담담하려 하며, 술 한 모금 마시고, 그냥 따라 부르는, 그러다 서로 보고 웃음이 안 나도 웃으려 하며, 춤도 춰보는, 오기 차서, 맘도 다잡으며, 악쓰며 노랠 하는) 노력이란 말 대신 기회 주시오!

씬 18. 야외 전철 승강장으로 가는 계단, 낮.

상수, 답답하지만, 걸음은 뛰다시피, 바쁜,

상 수   뻥치지 말고, 진짜 돈 안 넣어? 그러다 주식 다 팔림 어쩔라고? 나 또 노냐?
      또 놀아? 동생이 백수면 좋아? (뛰어가며, 눈 커지는) 넣어? (뛰어가며, 놀라
      다시 또 눈 커지는) 얼마?

씬 19. 약국 안 + 창고, 낮.

      상준(상수의 형), 약국을 정리하고, 약사들은 손님 받는 상황인,

상 준   (진열대를 열심히 정리하며, 전화하는) 칠백. 적금 깨서 니 이름으로 오전에
      넣어. 야, 너 근데 그거 진짜 확실한 거지? 잘 알아보고 한 거지?
상 수   (E) 그렇다니까! 형은 내가 몇 번을 말해.
약 사   (일하며) 상준 씨, 창고 정리도 좀 해!
상 준   (전화하며) 야야, 끊어. (하며, 창고로 가서) 형, 일 끝내고 진이 만나야 돼.
      (하고, 창고 정리하는)
상 수   (E, 짜증스런) 또 약국 가서 일하냐? 미쳤나, 약 팔러 간 사람한테 그것들은
      왜 뻑하면 지네 창고 정릴 시켜?!
상 준   (일이 급한) 그러니까 너는 을 되지 말고 갑 돼! 끊어! (하고, 전화 끊고, 정리
      하다, 전화 오면, 정리하며, 다시 전화받고, 편하게) 어, 진이야. 나 곧 끝나, 쫌
      만 기다.. (려, 사이) 무슨 소리야? 왜 못 만나? (하고, 상자를 높은 곳에 올려
      놓다가, 잘못 쌓아, 물건 쏟아지는, 머리와 몸에 물건이 떨어져, 아파하다 무
      슨 소릴 들었는지, 멍해, 벽으로 가 앉는, 이해가 안 가는, 별생각 없이) 선?
      근데 왜 울어? 선은 그냥 부모님 때문에 본 거 아냐? (순간 이상한, 가슴이
      쿵 하는, 담백하게) 혹시.. 선본 사람 맘에 들어? 진이야.. 너, 나랑.. 헤어질라
      그래?

씬 20. 상수 모 회사 내, 은행 입출금기 앞 + 화장실 안, 낮.

      상수 모(청소부 유니폼 입은), 한 손으론 돈을 기계에 넣고, 한 손으론 전화를
      받는 상태,

상수 모 (속상한, 짜증난) 천은 무슨... 팔백! (돈 넣고, 화장실 쪽으로 가며, 속상해, 큰 소리) 엄마가 돈이 그것밖에 없는데, 그럼 어떡해?! 도둑질이라도 해? 그렇게 돈이 좋음 니 엄마를 팔든가? 내가 있는데 안 줘? (하며, 화장실로 들어와 어깨에 전화기 걸치고 전화받으며, 고무장갑 끼며) 없으니 못 주지! 니 형도 돈 줬다며? (버럭) 내가 왜 화를 내긴.. 너도 나중에 집 살라고 적금 넣다가, (하고, 변기를 닦으며) 만기도 안 돼서 깨봐? 기분이 좋은가. 나쁘지. (하고, 전화 끊고, 핸드폰 주머니에 넣고, 변기를 닦으며) 그저 에미가 단돈 몇 푼 손에 쥐고 있는 꼴을 못 보고, 뜯어가고... 돈 처먹는 구(귀)신 같은 놈.

씬 21. 야외 전철 승강장 + 전철 안, 낮.

상수, 기분 좋게 전화하며, 전철을 기다리는,

상 수 (신나서, 큰 소리) 아야! 아야! 아야! (주변 사람들이 자길 보는 거 알아채고, 좀 작게 말하는) 진짜 결정 잘한 거야, 너? (서운한 듯) 새끼 진짜.. 의심은.. (웃고) 미친... 알았어. 돈 넣고, 클럽으로 열나리 뛰어와! (하고, 전화 끊고, 다시 전화하며) 네, 오 부장님, 우리사주 마감, 내일 10시까지 맞죠? ... (수줍게 웃으며) 참, 친구가 투자 신청했대요.. 네, 열심히 하겠습니다.

그때, 사람들 "악!" 하는 소리 나고, 상수, 놀라, 한쪽 보면, 범인으로 보이는 남자가 전철 철로를 가로질러 뛰어가고, 양촌, 그 뒤를 사복 차림으로 쫓아 뛰어가며, "(범인에게) 야야야야, 서봐, 서봐, 서봐! (사람들에게) 다쳐요, 다쳐, 저리 가들!" 하는, 상수, 양촌 쪽 보며, 계속 전화하며, "네네네, 공장엔 연락해뒀어요.. 네, 낼 뵙겠습니다." 하는, 그러다 전철 오면, 타는,

씬 22. 전철 안, 낮.

상수, 핸드폰 눌러, 다른 친구에게 전화하는,

상 수   출발했냐? 나는 가는 중! (낄낄대고 웃으며, 편하게) 서영이? 야, 개랑 내가
          헤어진 지가 언젠데, 지지난달 성격 차이지, 뭐 별거 있냐.. (웃고) 그래서, 그
          클럽은 물 좋대? 디제이 누구야? 엑스맨? 쌍, 나 개면 오늘 진짜 죽는다.. (하
          고, 신나게 랩을 하는) ..

정 오   (상수 옆에 서서, 취업박람회에서 받아 온 정보지들을 읽는, 옆에서 핸드폰
          보는 영지에게 보여주며) 여기 어때? 에이치... 여성 우대라는데?

영 지   (정오의 자료 보다, 자기 핸드폰 보며 말하는) 니 성격에 영업직을?

정 오   내 성격에 안 될까? 좀 그렇겠지?

영 지   절대.

정 오   (다시 자료 보는, 답답한)

          상수, 좋고, 정오, 진지한, 그런 두 사람의 모습 상반되게 보이고,

씬 23. 도로, 낮.

          범인, 죽어라 뛰고,
          양촌, 범인 쫓아 뛰어가며 사람들에게 "남자분들 저 자식 사기 공갈 7범이
          야! 발 걸어! 안 걸 거면 비키든가요! 남자분들, 발 좀 걸어봐봐, 발!" 하며 뛰
          지만,
          사람들, "어머며, 어떡해!" 하며, 무관심하게 피하기만 하는,
          범인, 뛰다, 팔차선 중앙차로로 뛰어드는,
          그때, 달려오는 차, 범인 들이받고, 범인, 뻥고,
          길의 사람들, "악!" 하고 소리치고, 차 안에서 다른 사람들 내리고, "어떡해,
          어떡해!" 난리가 난,
          양촌, 현장과 조금 멀리 떨어져 멈춰 서서, 숨을 헐떡이며, 잠시, 그 모습 보
          고,

양 촌   (숨 고르며, 아무렇지 않게) 디졌나..... (숨 몰아쉬는) 후.. 후.. 제발 디지진 마
          라, 얘야, 디질 일은 아니다.. 빵 가면 될 일이지.. 디질 일은 아니다.. 디질 일은

아냐... 얘야.. (하고, 경찰증 꺼내들고, 몰려드는 사람들 사이 걸어가며) 경찰입니다, 경찰이에요..

그렇게 다가서는데, 범인, 갑자기 일어나 죽어라 뛰는, 양촌, 쫓아 뛰어가며, 웃으며, "어이고, 니가 살았구나!" 하며 범인을 쫓아가서, 순식간에 덮치고, 뒹굴고, 범인, 양촌을 마구 주먹으로 때려도, 양촌, 잘 피하고. 범인의 팔을 잡아, 비틀고, 다릴 걸어 넘어지게 하고, 등 뒤에 올라타, 수갑을 채우며,

양 촌   (작게, 혼잣말) 아따, 손맛 좋다! (하고, 수갑 채운 후, 범인 옆에 누우며, 범인 보며, 편하게) 겁나, 잘 뛰대?

씬 24. 클럽 계단 + 클럽 밖, 밤.

음악소리 시끄럽고, 남녀들, 그 앞에서 맥주 병째 마시며, 춤을 추며 얘기하는, 그때, 여자들, 우르르 나오고, 상수, 맥주병 들고, 술 마시며 여자들을 따라 나오는, 여자들, 술집 쪽으로 가고,
상수, 서서, 가는 여자들 확인하며, 맥주 병째 마시고,

상 수   (여자들에게) 헤헤헤이! 길 건너 썸 바, 맞죠?!
여자들   (가며) 네! 빨리 와요! (하고, 가는)

그때, 상수 친구들 나와, 상수에게,

친구들   뭐야, 뭐?
상 수   (가는 여자들만 보며) 죽이지? (친구들 보며, 뻐기듯) 이차, 성공!

상수와 친구들, 순간, 서로 너무 좋아서, "악, 악!" 소리치며, 난리법석을 떠는, 서로 안고, 춤을 추며, 아주 신난,

씬 25. 고깃집 안, 밤.

정오, 친구들에게 돈을 이만 원씩 걷는, 영지, 여친들, 남친1, 2들, 소주와 고
기를 먹으며, '오늘 취업박람회 어땠어?', '완전 정신없더라.', '야, 넌 다이어트
중이라며? 작작 좀 먹지?' 등등 얘기하는,
남선배(정오와 같이 박람회장에서 면접 봤던), 고기만 먹으며, 웃음 띠고, 톡
만 하는,

영 지   (지갑에서 돈을 꺼내서, 정오 주며, 열받은, 진지하게 따지는) 여성고용정책이
          뭐, 역차별? 야.
정 오   (그사이, 여친1 치고, 돈 내라는 시늉하면)
여친1   (영지 말꼬리 자르며, 지갑에서 돈 꺼내주며) 우리나라 여성고용비율은
          OECD 7위, 그것도 밑에서! 남녀 봉급 차이도 1.7대 1! 넌 신문 안 봐? 이 새
          대가리야?
정 오   (걷은 돈을 세는데, 식당 종업원이, 소주 가져다주면, 받아선, 술 따라 마시
          고, 고기를 먹는)
남친1   (말꼬리 자르며) 그냥 까람 까라. 사회는 군대야. 까라면 까는 거야?!
영지, 여친1, 정오(돌변해, 짜증나는)   (동시에) 웃기고 지랄하고 있네..
정 오   사횐 사회고, 군댄 군대지, 사회가 왜 군대야? (하고, 술 마시면)
남친2   (화나) 야, 남녀 호봉 차인, 차별이 아니라, 국가가 우리 남자들을 사용한 정
          당한 대가야?!
정 오   (술잔 내려놓고, 담백하게) 국가가 니들 남자들을 동의 없이 이용한 건 인정!
          그 부분은 나를 포함한, 대다수의 여자들도 안쓰럽고 부당하다 생각해. 근
          데, 그 대가는 국가에 손해배상 청구해?! 기업에다 말고! 군 월급을 더 개선
          해달라든가? 군대 필요 없게, 통일을 하라든가?
영 지   (술 따라 마시며) 국가정책을 바꾸는 투표를 하든가, 너 선거 안 했지? 콱!
남선배   (톡질 하며, 정오에게) 야, 돈 건 거 내놔. 고기 맘껏 시키고. 오버 차진 내
          가 낸다.
정 오   (웃으며, 돈을 남선배 앞에 놓으며) 얼른 줘야지. (하고, 술 먹고, 남선배에게)
          근데, 웬일?
남친들   (웃으며, 모두 부러운) 선배, 오늘 민화, 리얼 둘 다 콜 받았잖아?

정 오   (쿵 하는, 술 마시는) ?!

영 지   (어이없는, 황당한) 선배가? 무슨 근거로? 민화는 정오도 면접 본 덴데, 왜 선
        배만 합격?

남선배   (핸드폰으로 톡 하는지, 손은 핸드폰에 문자 넣고, 얼굴은 들어서, 정오 보
        며) 남자들이 여자보다 일 부려먹기 좋잖아.

정 오   (그냥 남선배 보고, 담담히 말 말자 싶어, 짐짓 밝게, 술잔 내밀며) 축하..

남선배   (술잔 부딪히고, 그냥 내려놓고, 문자만 하며) 나도 왜 니가 불합격이고, 내가
        합격인진 잘 모르겠드라. 토익, 토스, 성적 다 니가 좋은데?

정 오   (속상해도, 애써 밝게, 고기 먹으며) 내가 떨어진 이유 몰라도 선배가 붙은
        이유 알고 싶지 않아.

남선배   (심드렁한 척, 계속 톡질만 하는) 그래서 내가 찾은 이유 딱 두 가지.. 남자라,
        힘 좋은 거랑, 군대에서 키운 인내심.

여친들   (어이없는) ...

정 오   (술 마시고, 가만 선배 보며, 열받아, 툭 던지듯) 인내심은 여자지. 한 달에 일
        주일씩 뼈가 녹아나는 생리통으로 다져진 굳건한 인내심!

영 지   생리통 한번 겪어볼래?

여친1   남자들 유격훈련보다 만만치 않을걸?

남친1   (웃는)

정 오   (다른 남자들 보며) 사실 난 밑도 끝도 없는 남녀차별 얘긴 꺼내고 싶지도
        않아. (남선배 보고) 근데, 내가 진짜 열받는 건, 현재 우리 사회에서 기득권
        과 고용권을 가진 대다수의 수구세력인 남자들이, 자신들이 한 일부 쪼잔하
        고 불합리한 경험에서 얻은, 편협한 편견을 가지고, 여잔 조직을 모른다, 인내
        심이 없단 막말을 해대며, 내 인생을 엉망진창으로 초 치고 있다는 거야. (술
        마시고, 짐짓 편하게, 가방 챙기고 일어나며) 샘나서 같이 술 못 마시겠다, 내
        가 속이 좁아. (강조) 여자가 속 좁은 게 아니고, 내가. (하고, 가방 챙기고 나
        가는데, 참담한, 속상한)

영 지   (따라 나가며) 정오야, 같이 가.

친구들   (남선배에게) 형, 그만해라, 톡질, 쫌!

씬 26. 바 근처 일각, 밤.

바 안에서, 여자들 신나게 자기들끼리 맥주, 양주 먹고 있는,
바 밖(바 근처 일각, 안에서 안 보이는 곳)에서, 상수와 친구1, 2, 3 서 있는,

친구1   (만 원짜리로 오만 원을 하나씩 세서 상수에게 주며, 답답한) 대충 포차나 가지, 무슨 바? 이걸로 택도 없다!

상 수   (손에 만 원짜리와 오만 원짜리 두어 장 들고) 일단 두당 오만 원씩 걷고 안 되면, 나중에 삼만 원씩 더 걷자. (친구2에게) 넌 안 내?

친구2   난 낼 회사 비상근무야, 그만 갈래. 야, 내가 쟤들 딱 보니까, 고래야, 괜히 술 값만 날린다고!

친구3   (상수에게) 그래, 임마. 무슨 여자한테 환장했냐? 없는 돈까지 박박 긁어 술 사주고 아양 떨게?! 우리가 뭐 호구냐!

상 수   야, 그래도, 간만에,

친구1   (상수에게) 맞아, 너 여자한테 그만 껄떡대? 나도 집에 가 공부할래. 돈 줘! (하고, 상수에게 준 돈을 뺏는)

상 수   (안 뺏기며) 무슨 술 처먹고 공부?!

친구1   (돈 뺏으며) 낼모레 취직시험 있어! 돈 줘! 애들도 다 싫다잖아. (하며, 돈 뺏으며, '좀만 놀자' 하는 상수와 실랑이다, 돈 찢기는, 화나는) 새끼, 진짜. 드 럽게 껄떡대네.. (하고, 찢어진 돈 가지고 가는)

친구들, '상수야, 그만 가자, 가' 하는,

상 수   (화나, 친구1 등짝 잡아, 벽에 밀치고, 보며) 그래, 나 여자라면 껄떡댄다!

친구들   (상수 말리며) 야야, 너 왜 그래?

상 수   (친구1 밀치며) 내가 자식아, 지난 3년간 이 일 저 일 안 가리고 죽어라 해도 뭐 하나 되는 일도 없고, 두 달 전에 2년간 만나던 서영이한테도 까이고,

친구1   (버럭) 성격 차이로 헤어진 거라며?!

상 수   그걸 믿냐? 내가 가진 거 없으니까, 채인 거지?! 내가 자식아, 두 달 간 하루 도 못 쉬고, 일하고 야근하고, 여자한테 안 껄떡대면, 내 인생에 연애마저 없 음, 웃을 일이 뭐가 있어?! 나는 여자랑 놀면서, 뭐 좀 신 좀 나면 안 되냐? 그 래? 너 그렇게 생각해?

친구1	(속상한, 화난) 그래도 넌 인턴이라도 됐지, 난 백수야, 새끼야!
상 수	(안 지고, 진지하게 버럭) 니 사정 내가 아니까, 너두 여자랑 놀게 해줄라고 내가 지금 애쓰는 중이잖아! 너, 저기 빨간 블라우스 좋다며?!
친구1	(속상한) 됐다고, 나는.. 동정 말라고! (하고, 가는)
상 수	새끼, 자격지심은..
친구1	(가려다, 돌아서며) 뭐 뭐, 자격지심?! 새끼, 너? (하고, 상수를 치고)
상 수	(얼결에 친구1 치려는데, 허탕 치고)

친구들, 말리며, '뭐하는 거야, 새끼들아!' 하는데, 상수, '이거 봐!' 하고 팔 뿌리치다, 친구1 치고, 그 바람에 친구1, 입가 터지고, 상수, "형욱아!" 하며 친구1에게 놀라 달려드는, 제 생각보다, 많이 다쳐, 걱정되는,

씬 27. 바 안, 밤.

상수, 여자들과 낄낄대고 웃고, 신난, 술을 두어 잔 연거푸 마시고,

상 수	(호탕하게) 야, 진짜 사이다다, 사이다! 부장 커피에 침을 (흉내 내며) 캭.. (하며, 엄지 들어 보이고) 멋지다! (하고, 술 마시는데, 그때, 전화 오고, 전화기 보고(액정 화면 안 보여주는), 안 받고, 주머니에 넣고, 여자들에게) 팀장? 잠시만.. (하고, 가방 뒤적이다, 서류 하나 들고 보고, 여자들 보며) 회사일... (하고, 서류 넣고, 가방 들고 일어나 가는)
여자들	(상수에게) 술 더 시켜도 되죠?
상 수	(가다가, 호기롭게 큰 소리로 직원에게) 여기, 같은 술로 2병이요! (하고, 나가며, 전화받으며) 예, 팀장님.. (하다가, 작게, 담담하게) 엄마, 타이밍 죽였다. 칭찬합니다. 나중에 전화해. (하고, 끊고, 빠르게 나가는)

씬 28. 바 화장실 안 + 길가, 밤.

상수, '형욱아, 형욱아' 하고 찾다, 화장실 한 칸을 열고 안을 보면, 친구1(이

후, 형욱), 앉아 있는 게 보이는, 상수, 문 연 채,

상 수　(형욱 보며, 걱정스런) 너, 왜 그래?

형 욱　(눈가 붉어, 변기에 바지 벗은 채, 앉아, 취한) 상수야.. 나 이번에도 자신 없다.. 취업.

상 수　(안된, 그래도 편하게) 일단 시험 보고 얘기해.. (하고, 형욱 일으켜 세워, 바지 입히고, 지퍼 올리며 아무렇지 않게 말하는) 여자애들이 술을 너무 마셔. 술값 내다 개털 될 듯! 튀자. (웃으며, 편하게) 근데, 너 내 덕에 양주 뺀 건 잊지 마라.. 담 달엔 클럽에서 착하게 생긴 애들 만나자, 쟤들은 난해, 너무. 우리 스타일이 아냐. (하고, 형욱 업고, 나가며) 진짜 술값 반땡하는 매너 있는 여자 만나고 싶다... (하다가, 전화 오면, 간신히 받으며, 길로 나가, 걸어가는, 상수 모가 발목 다쳐 오라는 상황) 발목? 아, 형 불러? 형이 전화 안 받아? .. 형욱이 새끼 술 꼴아서.. 엄마, 그냥 택시 불러.. (하는데, 전화가 끊긴) 엄마, 엄마..! (하며, 형욱을 업고, 울상이 된) 아.. 진짜... (하고, 핸드폰 넣고, 두리번거리고, 형욱 업고, 오던 길로 되돌아가는) 형욱아, 술 좀 깨봐? 야, 야? 정신 좀 차려봐! 울 엄마 다쳤대, 자식아!

씬 29. 상수 모의 회사 앞, 밤.

상수, 형욱을 업고, 오다가, 회사 쪽 보며,

상 수　엄마!

카메라, 회사 입구 쪽으로 이동하면,
상수 모, 목발 짚고, 동료(미화원, 제 가방과 상수 모 가방 든)와 웃으며 나오는 게 보이는,

상 수　(상수 모의 동료 보고, 힘들어도 밝게) 안녕하세요!

상수 모　(답답한, 어이없는) 형욱이 놈은 왜 업고 있어?!

상 수　꽐라 됐어.

상수 모 (어이없는) 염병.. 지랄들 한다.. (하고, 길가로 가는)

동 료 (상수 모 보며) 아들? 제약회사 영업하는 큰애? 아님, 물장사하는 작은애?

상 수 (동료에게서 상수 모 가방을 받아들며) 생수회사 다니는 작은아들이요.

동 료 (반갑게) 어..

상수 모 (길가로 가며, 불편한) 상수야, 안 와?!

동 료 (상수 모 말과 동시에, 길 쪽에서 예쁜 자전거 경적소리 나면, 보고, 밝고 신나게) 아들! 여기 엄마 동료 아들, 인사해!

동료 아들 (고개 끄덕이며, 상수에게 인사하는)

상 수 (어색하게 동료 아들에게 인사하고)

동료 아들 (동료에게) 엄마 타.

동 료 (자전거 쪽으로 가며 상수에게 자랑하듯) 우리 구청 다니는 아들, 공무원. 맨날 이렇게 데리러 와. 밤길 위험하다고.. (하고, 가서, 자전거에 올라타 아들 허리 잡고 가며) 구청 일도 피곤할 건데.. 뭐하러..

상 수 (덤덤히 별생각 없이 보다, 상수 모 쪽 보면)

상수 모 (좀 떨어져, 가는 동료와 동료 아들을 부럽게 보고 정류장 쪽으로 가서, 의자에 앉는)

상 수 (상수 모 맘 알겠는, 정류장 쪽으로 가서, 형욱은 옆에 눕혀놓고, 의자에 앉는, 답답한) 이렇게 버스 타고 집에 가면 될 걸... 날 왜 불러?

상수 모 (상수 보고, 속상한) 다리 다쳤는데, 내가 가방을 어떻게 들어?

상 수 (답답해, 툭툭 말하는) 그 아줌마가 부러? 그 아줌마 아들이 공무원이라 부러? 그럼 그 아줌마 아들하고 살어?!

상수 모 (상수 보며, 어이없는) ?

상 수 뭘 봐? 성질나게?

상수 모 (그냥 빤히 보는)

상 수 (지지 않고 보는)

상수 모 (고개 돌려, 먼 데 보며) 그 언니.. 곧 직원증 나온대..

상 수 (상수 모를 보는, 속상한, 화도 나는)

상수 모 (막막한, 담담히) 목에 다는 거... 월급도 오른대, 십이만 원. 엄마는 잘라도 그 언닌 이제 회사에서 함부로 못 자른대, 정직원이라.. 아들도 안 짤리는.. 공무원이고......

상 수 누군 짤려? 나도 곧 정직원이야?!

상수 모	(상수 보다, 달 보며, 덤덤히) 달이 이쁘네..
상 수	(어이없는, 담백하게) 엄마가, 더 이뻐. (그때, 핸드폰 벨소리 나는, 핸드폰 화면 보고, 친구에게 걸려온 전화받으며, 답답한, 화나는) 의리 없는 새끼, 너 어떻게 형욱이랑 나랑만 두고 토끼냐? 너만 회사 다녀? 나도 간신히 세 시간 자고 다시 회사 가야 돼!
상수 모	(길가만 보는) ..
상 수	뭔 소리야? 우리 회사에 투잘 안 해? (버럭) 뭐, 불법 다단계?! 야, 이 개새끼야! 너 지금 그걸 말이라고, 그건 창민이 놈네 회사 얘기지, 내가 다니는 회사가 왜 다단계..
상수 모	(뭔가 싫어, 상수 보는)
상 수	(열받는) 너 우리 회사 투자하지 마! 내가 너 위해서, 딴사람들보다 우선순위로 투자할 수 있게, 부장한테 아양 떨고, 이리 뛰고 저리 뛰고.. 우리 회사가 다단계면, 울 엄마, 울 형 전부 보험 깨고 적금 깨서 투자했는데... 우리 회사가 왜 불법 다단계야?! 나 월급도 받아, 새끼야!

씬 30. 상수 회사 앞(여러 회사 사무실이 들어와 있는 건물) + 건물 안 엘리베이터 앞 + 복도 + 사무실 안, 아침.

상수, 지하철역에서 나와 열심히 회사 로비로 뛰어 들어가, 엘리베이터 타는,

* 점프컷 》
엘리베이터, 사무실 층에 도착하면, 상수, 내려 사무실로 가, 사무실 문 여는데,
소액주주들 여러 명, 사무실의 집기를 집어던지고, '대표 어디 숨겼냐! 우리 돈 어딨어?!' 하고, 더러는, 직원들을 패고, 먹살 잡고, 금고 찾아, 집기를 열어보고, 난리가 난, 상수, 뭐가 뭔지 몰라, 놀라는,

소액주주들	내 돈 어딨냐? 니들 대표 어딨어?! 어디로 빼돌렸어!
직원들	우리도 몰라요! 우리도 피해자라구요!
소액주주1	니들이 왜 피해자야! 니가 내 전화받았는데, 니가 왜 피해자야?! (하다, 상수

보고, 순간 가서 빰 치고, 옆의 서류철로 패며) 너도 한통속이지, 이 새끼! 너도 한통속이야! (하며, 마구잡이로 패는)

상 수　(맞으며, 당황한) 왜 그러세요?! 무슨 일이에요?!

씬 31. 경찰서 안 + 밖 일각, 낮.

상수, 다른 직원들, 사람들에게 뜯겨 몰골이 말이 아닌, 다른 직원들 울고, 각자 형사들에게 조사를 받고, 투자자들도 한쪽에서 "내가 자그마치 투자 금액이 5억이야?", "이 새끼들이 100억 사기를 친 거라고, 아니, 조사해보면 200억도 넘을걸?!", "공장, 사무실도 전부 두 달, 세 달 임시 임대로 빌려서! 완전 계획적으로!.." 하며, 조사를 받는 상황,

상 수　(눈가 붉은 채, 얼이 나가, 멍하게, 이게 뭔가 싶게, 앉아 있는)

직원1　(눈물 닦고, 형사에게 얘기하는) 월급은 한 달에 백십씩 두 달 받았고, 이천삼백 투자했어요. 월세 보증금으로.. 집은 고시원으로 옮기고..

형 사　에고.. 그렇게 잘 알아봐야지.. 그 사람들 말이랑, 신문 광고만 믿고.. 하긴 박사증에 특허증까지 아주 치밀하게 위조했드라.. (컴으로 조서 작성하고, 직원2 보며) 거긴,

직원2　삼천오백 우리사주 사고, 친구가 이천만 원 투자하고.. 근데, 우리 월급은 왜 줬을까요? 속일 거면,

＊ 점프컷 》

투자자　(조사받다, 열받아, 직원2 보며) 등신 같은 새끼들, 인턴이라면서, 큰 회사 흉내 내고, 딱 보면 몰라?!

직원2　(일어나) 그런 아저씨는 왜 당해요?!

투자자, "뭐야?!" 하고, 일어나고, 투자자 앞의 형사, 일어나 말리며, "앉아요 앉아, 정신없어!" 하는,

상 수   (그때, 전화 오면, 형사에게, 담담히) 저 전화 좀..

형 사   신분증 두고 나가요. (직원2에게) 어디까지 얘기했지?

상 수   (신분증 두고 밖으로 나가, 한쪽으로 가서, 전화하는, 덤덤한, 조금 슬픈) 어..
형.. 어디야? 집? 오후 출근이야? 그게.. 있잖아, 형.. 내가... 실은.. (하다, 이상
한) 뭐? 지금 호줄 가? 왜? 워킹홀리데이?

씬 32. 상수의 집 안, 상수 상준의 방, 낮.

상준, 가방에 짐을 챙기는,

상 준   (짐 챙기며, 속상해도, 담백하게) 전에 직장 찾아다닐 때 혹시 몰라 신청한
게 됐는데, 오래.. 밀농장... (하며, 벽에 기대앉아 한쪽에 있는 상수와 즐겁게
찍은 사진 보며, 담담히, 담백하게) 진이가 대기업 다니는 놈 선봤는데 괜찮
나 봐. 나랑 끝내재. 여깄다가는 내가 걔 가만 안 둘 거 같아서.. 상수야, 형
좀 떠나 있을게.

씬 33. 경찰서 일각, 낮.

상 수   (눈가 붉어지는, 속상한, 참고, 짐짓 남자답게) 지금 가면 언제, 와? (속상한,
목소리 조금 커지는) 왜 대답이 없어, 안 올 거냐? 너 엄마 버릴 거냐? (애처
럼 눈가를 소매로 닦고, 큰 소리) 말 안 하고 떠나면 그게 버리는 거지, 버리
는 게 뭐 꼭 휴지통에 버려야만 버리는 거냐, 새끼야?!

씬 34. 상수의 집 안, 상수 상준의 방 안, 낮.

상 준   (눈가 붉어져, 그러나, 담백하게) 엄마한텐 니가 잘 말해줘... 상수야, 형은, 한
국도 서울도 죽어라 하루 이십 시간씩 일해야 하는 직장도 (오기 나는) 너무
지쳐. 내가 떠나는 게 아니라, 이 나라가 날 여기서 떠나라는 거 같애. 그럼

떠나줘야지. 형이 또 연락할게. (하고, 전화 끊고, 이 앙다물고, 오기 부리며, 짐 챙기는)

씬 35. 경찰서 일각, 낮.

상 수   (눈가 붉어져, 핸드폰에 대고) 야야야야야야, 형, 형! (하다, 전화 끊고, 다시 전화 거는데 안 받는, 끊고, 핸드폰 던지는, 열받는, 어쩔 줄을 모르겠는, 그러다, 눈가 붉어, 속상해, 벽에 기대 한쪽 보면, 최명호(이때는 순경)와 경찰1(경찰복 입은)이 커피를 마시며, 편하게 웃으며 범인 잡은 얘기(명호, "와.. 팔뚝이 내 허벅지만 한 거예요, 수갑도 겨우 채웠다니까?", 경찰1, "너나 되니까 잡은 거지, 고생했어.")를 신나게 하는 모습이 보이는, 명호를 머리끝부터 발끝까지 천천히 훑어보다가, 앞을 보면)

   ＊ 점프컷, 인서트 – 앞의 벽, 경찰 모집공고 》

   ＊ 점프컷 》
   상수, 그 공고를 오기 어리고 슬픈 눈으로 멍하니 보는,

씬 36. 전철 안, 낮.

   정오, 전철 안의 경찰 모집공고를 멍하니 보는,
   영지, 그 옆에서 같이 보며,

영 지   관둬라, 한 집 걸러 공시생이야.. 수십 대 경쟁률, 난 안 할란다.. (하고, 핸드폰 보는)
정 오   (공고만 보며, 담담히, 그러나 작심하는 듯한) 공무원은.. 시험 점수만 보잖아. 다른 스펙들 안 보고... 여자도 승진되고..

   ＊ 점프컷, 교차씬 》

상수, 작심한 듯, 공고문에 다가가, 오기 부리며, 진지하게, 공고문을 자세히 보는,

정오, 공고 보다, 작심하고, 그 공고를 핸드폰으로 사진 찍고, 등지고 서서, 앞으로 어떻게 할까 싶은, 불안한 가운데도 오기가 생기는, 두 사람의 결심하는, 오기 어린 모습 교차되는,

음악, 나오는,

씬 37. 몽타주.

1, 상수의 집 + 집 밖, 다른 날, 낮.
상수, 작심하고, 가방을 메고, 침낭이며, 이불 가방을 들고, 집에서 뛰어나와 마당을 가로질러 빠르게 밖으로 뛰어나가는, 상수 모, 집에서 쫓아 나와, 대문에 서서 가는 상수를 보며,

상수 모　(답답한, 속상한) 상수야, 경찰은 무슨, 그냥 회사 찾어! 어느 세월에 니깟 게 공무원이 돼?!

상수, 뒤도 안 돌아보고, 걸어가는, 비장한,

2, 강제 자율학습실, 다른 날, 밤.
공개된 도서관 같은 곳, 모두 열심히 공부하는,
그들 중, 상수, 서서 공부를 하는, 그러다, 졸리는지, 뺨 치고,
순간, 모두들 그 소리에 화나 상수 보면,
상수, 미안하단 듯 인사하고, 아무렇지 않게, 다시 책을 보는, 비장한,
입 모양만 중얼중얼 책을 읽으며, 각인시키려는, 열심인,

* 점프컷, 인서트 – 상수의 책상 바닥에 붙은 명심문 》
〈형이 엄말 버렸다, 염상수, 너도 엄말 버릴래?〉

3, 고시원 앞, 다른 날, 낮.

상수, 담담하게 고시원을 나오는,

4, 컵밥 파는 곳 + 공원, 낮.
상수 외 공시생으로 보이는 사람들, 죽 서서는, 컵밥을 하나씩 사는,
상수, 돈 내고, 컵밥 사서, 공원으로 가서, 컵밥을 꼭꼭 씹어 먹는, 여기저기
컵밥을 먹으면서도 단어장이며, 핸드폰으로 공부하는 공시생들 보이는, 상
수, 꼭꼭 씹어 먹으며,

상 수   밥 먹을 땐 밥만 먹어야, 공부할 땐 공부만 한다. (먹다가, 오기 부리며, 다시
구시렁대는) 밥 먹을 땐 밥만 먹어야, 공부할 땐 공부만 한다.

5, 정오 모의 방 안 + 거실, 낮.
정오 모, 자는,
정오, 평상복 차림으로 무심히, 정오 모의 핸드폰에서 '정오 아빠'를 찾아서,
전화번호를 자신의 핸드폰에 입력하고, 나가는,
정오, 거실 한쪽으로 나와 전화하는,

정 오   (신호 떨어지면) 여보세요, 전 이순영 씨 딸 한정온데요.
정오 부   (차가운, E) 그런 사람 몰라요. (하고, 전화 끊기는)
정 오   (예상했단 듯, 담담히, 전화기 놓고, 찌개를 한쪽에 차려놓은 정오 모의 밥상
위에 올려놓는)

6, 큰 회사 앞 야외 주차장, 다른 날, 낮.
정오, 담담한 척, 한쪽에 서 있는, 그때, 정오 부의 차가 와 한쪽에 서면, 정
오, 전화를 걸어보고, 정오 부, 차에서 나와 핸드폰 보다, 안 받고, 회사 쪽으
로 가는, 정오, 정오 부의 앞으로 무표정하게 다가가, 가로막는, 정오 부, 정오
를 보고, 답답한, 그래도 그냥 스쳐 지나가는,
정오, 아무렇지 않은 듯, 정오 부의 차로 가서, 기대서는, 정오 부, 회사로 들
어가는, 정오, 아무렇지 않게, 핸드폰의 강의 내용을 켜고 듣는, 잠시 후, 정
오 부, 정오 앞에 서는, 속상한, 화도 나는,

정오 부	(정오에게, 짜증스런) 원하는 게 뭐냐?
정 오	(아무렇지 않은 듯) 저 아시나 봐요? 전화론 모른다더니..
정오 부	(버럭) 원하는 게 뭐야?!
정 오	(참담해도, 당당하게) 취업이 잘 안 돼서, 경찰공무원 시험을,
정오 부	본론만.
정 오	(참담한, 그러나 당당히) 공부하려면 돈이 필요해요. 이천만 원만 주세요.
정오 부	(핸드폰 흔들며) 계좌 넣어.
정 오	(계좌번호를 문자로 넣는)
정오 부	(정오의 문자를 누군가에게 핸드폰으로 전달하고, 전화하는) 오 비서, 이쪽으로 이천 넣어. (하고, 전화 끊고, 가는)
정 오	(그런 정오 부를 가만 보는데, 모멸감에 눈가가 붉어지는, 가만 보다가, 가방에서 메모지와 펜을 꺼내 메모를 써서, 정오 부의 차에 붙이고, 길가로 가는)

* 점프컷, 인서트 – 메모 》

제 전화번호로 계좌번호 넣으세요, 갚아드릴게요.

* 점프컷 》

정오, 눈가 그렁한 채, 모멸감을 참으며, 빠르게 걸어가는,

* 점프컷 》

카메라, 정오의 모습을 앞면에서 따라가면, 장소가 바뀌어, 정오, 취업기숙학원 교실로 들어가서, 앉는, 취업기숙학원에 다른 학생들과 앉아, 메모하는 정오의 모습 보이고, 열 명 정도의 취업 선배들이 자신의 경험담을 얘기하는게 보이는, 한쪽 벽에 걸린, 플래카드 보이는, 〈취직되는 그날까지, 내 인생에 TV, 인터넷, 핸드폰, 이성교제, 친구, 술은 NO!〉라고 쓰인,

* 점프컷 》

선배1	(진지하게) 친구랑 수다 떨다, 이성이랑 연애하다, 내 인생이 여기서 끝난다, 그것만 명심하세요.

*** 점프컷 》**

선배2   (작게, 고개 숙이고) 저는 3년 기숙학원에서 공부해, 이번에 경찰공무원 합격. 기본서만 집중적으로 30번은 팠습니다. 무조건 기본서 중심으로만 보세요.

*** 점프컷 》**
정오, 진지한, '기본서만 30번'을 메모하는,

*** 점프컷 》**

선배3   엄마가 노점상 하시는데, 매달 130만 원 학원비를 주셨습니다. 그래서 이번에는 진짜 해야지, 다짐하고. 교수님의 말씀이면, SSKK 했습니다! SSKK, 시키면 시키는 대로 까라면 까라는 대로!

*** 점프컷 》**
정오, 진지하게 뭔가 쓰는,

7, 고시원 방 안 + 거리, 낮에서 밤 되는.
상수, 밤늦게까지 공부하는, 그러다, 밤이 되면, 알람 울리고, 상수, 옷 들고 나가, 거리를 뛰는,

8, 도로, 밤.
상수 모, 앞 씬과 다른 동료와 얘기하며 버스를 기다리고, 상수, 멀리서 제자리 뛰기를 하며, 상수 모를 보고, 상수 모, 버스를 타고, 가면, 상수, 반대편으로 뛰어가는, 담담한, 진지한,

9, 기숙학원 복도 + 정오의 방 안, 밤.
각 층마다, 점호를 받기 위해, 서 있는 학생들 보이는,
카메라, 각 층 갔다가, 정오가 있는 층으로 가면, 여자만 죽 서 있는,

학 생   3층, 총 24명, 열외 없음, 번호!

정오도 포함해 모두 번호를 군대처럼 외치는,
사감, "이상!" 하면, 모두들 방으로 들어가고, 정오도 방으로 들어가, 공부하
는,

10, 고시원 방 안, 시간 경과, 여름, 낮.
상수, 맨몸에 젖은 수건을 두르고, 대야의 얼음물에 발을 담그고, 공부하는
모습 보이는,

11, 정오의 기숙학원 안, 시간 경과, 겨울, 낮.
정오, 공부하는, 창밖으론 눈이 오는, 정오, 공부하다 피곤한지, 고갤 흔들고,
일어나, 다리 찢기를 하고, 스트레칭 하는,

12, 상수, 윗몸일으키기를 땀 흘리며 죽어라 하는 모습 교차되는,

13, 정오, 상수, 서로 다른 곳에서 진지하게 경찰 시험을 보는,

씬 38. 거리 + 성당 안 + 성당 밖, 낮.

상수, 뛰듯 걸어가는, 그러다 성당으로 들어가, 잠시, 묵상하고, 조심스레 경
찰 합격 발표를 보려, 핸드폰을 보고는, 참담한, 가만있는, 잠시, 멍하니 핸드
폰만 보다가 고개 숙이는, 그러다 갑자기 고개 들며, 주먹을 불끈 쥐고, 이 앙
다물고, 흔들며,

상 수   (악을 쓰는, 오기에 차) 악! 악! 악! 경찰 됐다!
기도하던 사람들   (놀라, 상수를 보고)
상 수   (좋지만, 이 앙다물고, 깔끔하고, 크게) 저, 경찰 됐어요! 죄송합니다, 기도하
세요! (하고, 호기롭게 성호 긋고, 나가며) 야! (하며, 환호성 지르고, 전화 걸
고, 뛰다, 음성메시지로 넘어가면, 오기에 차, 딱딱하게) 형.. 너, 내 메시지 받

는 즉시, 당장, 꼭, 반드시 전화해, 안 하면 죽는다, 왜 그러냐고? (감격해) 내가 쌍, 경찰 됐다! 못 들었냐? 니 동생이 경찰 됐다고! 경찰! 경찰! 경찰! (울 것 같은, 죽어라 뛰는)

씬 39. 카페 안, 낮.

정오 모, 서류를 놓고, 열심히 고객에게 설명을 하는 게 보이고, 고객 사인하는 모습 보이는,

씬 40. 카페 밖, 낮.

정오 모, 가방 들고 나오다, 앞을 보면, 정오, 후드티를 입고 가만 서 있는, 정오 모, 왠가 싶어 보면, 정오, 그냥 심드렁하게 정오 모에게 와서, 정오 모 귀에 대고, 뭔가 말하고는, 앞질러 빠르게 가는,

정오 모   (그런 정오를 가만 보다가, 눈가 붉어져) 야! (하고, 정오 보면, 팔을 벌리는)
정 오   (와서, 담담히 안아주며, 몸을 흔드는, 뿌듯한, 눈가 붉은)
정오 모   (같이 안고 몸을 흔들며, 말을 못 잇고, 감격해 좋은)

지나가는 사람들 보든 말든, 그렇게 안고 있는,

씬 41. 중앙경찰학교, 낮.

정오와 혜리, 여자 교육생들 한 무리가 운동장을 뛰고, 그 뒤 혹은 반대편에서 상수를 포함한 한 무리의 남자 교육생들이 기분 좋게 편안하게 뛰는,

동기1   (상수에게) 오늘 다들 집에 안 가고, 동기들 모여 술 빨재, 갈 거지?
상 수   당근, 빨지! 죽지 않을 만큼 마셔준다. 근데, 우린 언제까지 뛰어?

동기2	(상수의 뒤쪽) 야, 근데, 오늘 새로 오는 무도 교수 겁나 무섭대?
상 수	(상관없이, 옆 동기에게) 돈은 얼마나 걸어? 전번처럼 두당 소주 일 병은 아니지? 세 병씩 까자, 쌩!
동기2	그러다, 기분 업 되면 일 나. 벌점받고 싶어?
상 수	받지, 뭐?! 다른 데서 벌점 안 깎임 돼. 근데, 무도 교수가 오면 오는 거지, 왜 전교생을 다 불러서 뜀박질을 시켜!
동기1	빨리 교육생 끝나고 현장 가고 싶다! (상수에게) 난 기동대 지원할 건데, 넌?
상 수	지구대. 뽀대나게! 권총 차고! 딱! (다른 동기에게) 넌?

＊ 점프컷 ≫

정 오	지구대. (혜리에게) 넌?
혜 리	지구대.
정 오	(혜리와 뛰며, 악수하고, 웃는데)

　양촌과 다른 교수, 건물에서 나오며, 교수, 호루라기를 부는, 대열 멈추고, 제자리 뛰기를 하는,

상 수	(구시렁) 이제 살았네... 제발 그만 뛰라 그래라..
교 수	오늘부터 새로이 무도 교육을 맡아줄 우리 경찰의 자랑스런, 강력계의 전설, 오양촌 경감님이 오셨다. (하고, 옆으로 온 양촌에게 마이크를 주고, 경례하고)
양 촌	(경례받고, 가라고 턱짓하면)
교 수	(가는)
양 촌	(사람 좋아 보이게 웃으며 마이크 잡고, 가는 교수 보다, 교육생들 보는)

＊ 점프컷 ≫

상 수	(제자리 뛰며, 양촌 보며, 웃음 띤) 야, 저것도 생긴 거냐? 누가 보면 범인인 줄 알겠다.
동기1	(낄낄대고 웃는) ..

양 촌   일동, 제자리에서,

교육생 모두들   (쉴 생각에 좋은데) ..

양 촌   (힘차게, 웃음 가신) 일동 제자리에서 ..

상 수   (작게) 쉬어..

양 촌   쉬지 말고... 앞으로 뛰어! (하고, 호루라기 부는)

상수, 정오 포함한 교육생들, 뭔가 싶지만, 난감해하며 운동장을 뛰는,

정 오   뭐야, 쉬어가 아니라, 뛰어?

    ＊ 점프컷 》

양 촌   (같이 뛰며, 운율을 넣어, 말하는) 경찰 시험 붙어서, 이 학교만 오면은, 모든 게 끝났다고, 공무원이 됐다고, 정신이 빠져서는, 희희낙락했을 거다. 오늘부터 그딴 생각, 쓰레기통에 처넣는다. 나는, 매달, 니들 중 얼빠진 놈, 한 명 이상, 반드시 쫓아낸다.

    ＊ 점프컷 》

상수 정오 외, 이게 무슨 소린가 싶다, 긴장하며, 뛰는,

양 촌   어떤 놈이 퇴교할진 아무도 알 수 없다. 이제부터 죽기 살기, 경찰의 사명감을, 키워본다. 핫둘 핫둘!

    ＊ 점프컷 》

상수 정오 외 교육생들, 모두 "이게 무슨 소리야.. 한 명 이상, 쫓아낸다고, 왜?" 하며 서롤 쳐다보는, 울상이다, 그래도 뛰는데,
양촌, 위와 같은 말(경찰 시험 붙어서, 이 학교만 오면은, 모든 게 끝났다고, 공무원이 됐다고, 정신이 빠져서는, 희희낙락했을 거다. 오늘부터 그딴 생각, 쓰레기통에 처넣는다. 나는, 매달, 니들 중 얼빠진 놈 한 명 이상, 반드시 쫓아낸다!)을 반복하는, 양촌의 말과 혜리, 정오의 대화가 겹쳐지는,

혜 리 (두렵고, 힘들고, 막막한, 정오에게) 경찰공무원 시험만 붙음 끝난 거 아냐?
       이미 우린 공무원 아냐?

정 오 (앞만 보며, 긴장해 뛰며) 겁주는 거야, 지가 우릴 어떻게 짤러? 여기 들어올
       라고 이 년이나 미친년처럼 공부만 했는데.. 뭐 우린 쟤가 나가라면 순순히
       나가냐? 겁먹지 마...

혜 리 아.. 저 인간 뭔가 살벌한 냄새가 나는데.. 앞으로 남은 긴긴 날을 어떻게 보
       내냐?

양 촌 (큰 소리) 제자리에서 뛰어!

       교육생들, 제자리에서 뛰는,
       모두 두렵지만, 열심히 뛰는데,

상수, 정오   (양촌이 자기한테 올까 봐, 난감한, 두려운, 제자리에서 뛰는)

양 촌 (멈춰 서서, 상수 쪽으로 가는)

상 수 (긴장한)

양 촌 (상수 옆의 동기1에게, 담백하게) 니가 공무원이라 생각하냐? 니가 벌써 경
       찰이라고 생각해?

동기1 (두려운, 제자리 뛰며, 왜 그러는지 모르겠는) 저는 아무 말도,

양 촌 니가 아무 말도 안 하면, 나는 물으면 안 되냐? (옆의 상수에게) 그러냐?

상 수 (앞만 보며) 아닙니다!

양 촌 (동기2에게) 내가 보기에 넌 사명감이 없어 보인다. 맞냐?

동기2 (울고 싶은 참고, 오기 부리며) 아닙니다, 사명감 있습니다.

양 촌 (상수 보며, 담담히) 어떤 사명감?

상 수 (당황한, 오기 나는) ..

양 촌 (버럭) 어떤 사명감!

상 수 (긴장, 두려움) 노력하겠습니다!

양 촌 그 말은 경찰 시험 보고 이 학교 들어올 때, 맨손으로 들어왔단 얘기네? 사명
       감 들고 안 오고?

상 수 ?

양 촌 (다른 동기에게 가고)

* 점프컷 》

상수, 정오, 혜리, 동기1, 2 등등, '뭔 소리야' 하며 복화술 하듯 말하는 모습 보여주는데, 다들 두렵고, 난감한, 그 표정들 위로,

양 촌　(호루라기 불며) 뛰어! (하고, 교육생들 뛰면, 같이 뛰며, 운율에 맞춰, 말하는) 경찰 시험 붙어서, 이 학교만 오면은, 모든 게 끝났다고, 공무원이 됐다고, 정신이 빠져서는, 희희낙락했을 거다. 오늘부터 그딴 생각, 쓰레기통에 처넣는다. 나는, 매달, 니들 중 얼빠진 놈, 한 명 이상, 반드시 쫓아낸다! 어떤 놈이 될지는, 아무도 알 수 없다. 이제부터 죽기 살기, 경찰의 사명감을, 키워본다. 안 그러면 나가든가, 국민의 혈세, 날로 빨아먹는, 그런 놈은 경찰이 될 수 없다, 국민의 혈세, 날로 빨아먹는, 그런 놈은 경찰이 될 수 없다, 경찰이 될 수 없다, 나는 내 후배가 멋진 경찰이길, 희망한다! 나는 내 후배가 멋진 경찰이길, 희망한다! 핫둘 핫둘!

* 점프컷 》

레펠 훈련장, 다른 날, 낮.

모두, 줄을 죽 서 있는, 동기들, 두려워도 "나는 경찰이다, 사명감을 갖자!" 구호하며, 연속적으로 모두 하강하는, 여동기1, 차례가 온, 두려운, 머뭇대고, 그 뒤에 상수, 정오, 혜리가 제자리 뛰기 하며, 긴장해, 순서를 기다리는, 양촌, 다른 교수들 뒤편에서, 성적을 매기는 듯 보이는,

교 수　(여동기1에게) 준비, 뛰어! (하고, 밀려 하면)

여동기1　(울상) 잠깐만요, 잠깐만요. 제가 고소공포증이라..

상수, 정오 외　(안쓰런)

양 촌　(여동기1에게, 담백하고, 싸늘하게) 벌점 1!

여동기1　저, 잠시만, 잠시만,

양 촌　(아무렇지 않게) 벌점 2!

여동기1　(울상) 악! (하고, 뛰어내리는데, 착지 제대로 못하고, 울며, 매달려 있는)

양 촌　(무표정하게, 내려다보며) 벌점 3!

상수, 정오　(이 앙다물고, 양촌 꼬나보고, 속상한)

여동기1　(울며, 내려가고)

양 촌   벌점 4!

혜 리   (속상해, 두렵지만, 양촌 째려보며, 준비하면)

양 촌   (혜리에게) 불만 있나?

혜 리   (앞만 보며, 오기 부리며) 여기까지 3년간 죽어라 공부해 힘들게 온 동긴데, 레펠 훈련 하나에 벌점을 4점씩 먹이는 건, 너무 과하단 생각이 듭니다.

상수, 정오   (무표정한 상태에서, 긴장한, 앞만 보는)

양 촌   불타는 건물에 사람이 죽어가고 있는데, 고소공포증 경찰을 이해해달라? 우릴 믿고 의지하는 시민들이 좋아라 하시겠다? 생각 없는 너, 벌점 1. (하고, 기록부에 체크하는)

혜 리   (오기 부리며) 나는 경찰이다, 사명감을 갖자! (하며, 뛰어내리고)

       이내, 순서가 된 상수와 정오 "아자!" 하며, 차례로 뛰어내리는,

양 촌   (내려다보고, 한쪽에서 우는 여동기1에게) 거기 벌점 4, 다시 올라온다! 십 초 안에 안 오면 벌점 5!

       * 점프컷 》
       아래의 상수와 정오 그 외 동기들 서 있다가, 울며 뛰어가는 여동기1 보고 안쓰런,

       * 점프컷 》
       산, 다른 날, 낮.
       모두들 무거운 배낭을 지고, 뛰어 산으로 올라가는,
       양촌, 맨 앞에서 뛰어, 올라가는, 모두 땀을 비 오듯 흘리는,
       동기1, 힘들어 죽겠는, 남자 동기들, 동기1의 짐을 벗겨 들고, 말도 없이 뛰어가는, 상수와 동기2, 동기1을 두고 뛰다가, 다시 내려와 동기1을 뒤에서 미는, 죽겠는,
       정오, 혜리, 죽어라 뛰어가는,

       * 점프컷 》
       산 정상, 낮.

정오 외, 모두 숨을 헐떡거리며 줄지어 선,
양촌, 가만 팔짱 끼고 서 있는, 잠시 후, 동기1, 2와 상수 와서, 자리에 줄지어
서면,

양 촌 (상수와 동기1, 2에게) 5분 초과 너희 셋, 각, 각, 각, 벌점 2. (하고, 기록부에
체크하는)
상 수 (땀 흘리며, 서서, 작게 구시렁) 개새끼.
양 촌 (상수 쪽으로 눈 번뜩이는)
상 수 (아닌 척, 침 삼키고)

＊ **점프컷** 》
실내 무도장, 다른 날, 밤.
2인 1조로, 끝없이 업어 메치기를 하는, 양촌, 호루라기를 불며, 박수로 박자
맞추며, 교육생들을 독려하는, 상수와 정오는 각각의 팀에서 거의 죽겠는 표
정이지만, 오기를 내는, 동기1, 상수, 정오, 거의 죽기 일보 직전에서 메쳐지
는, 하늘이 노란, 다시 메쳐지는,

＊ **점프컷** 》
남자 생활관 안, 밤.
동기들, 다들 자리 펴고, 눕고 하는, 서로 안마를 해주는, 동기1, 암담하게 어
두운 얼굴로, 가만 앉아 있는,
동기4, 파스 가져와 동기1의 옷을 벗기고, 등에 파스를 붙여주는,
상수, 제 몸에 파스를 여기저기 붙이는,

＊ **점프컷** 》
여자 생활관, 밤.
여동기2, 누워서 울고, 정오, 누워, 가만있는, 생각 많은, 잠 못 드는,
여동기1, 멍하니, 벽 보고 앉아 있는, 정오, 여동기1을 안쓰레 보다 돌아눕는,

＊ **점프컷** 》
사격장, 다른 날, 낮.

상수 외 남자들, 땀 흘리며, 사격하는,

＊ 점프컷 ≫
정오 외, 여자들, 땀 흘리며, 사격하는,

＊ 점프컷, 남녀 사격장, 교차씬 ≫
동기2, 땀나서, 총알을 장전하며, 구시렁 '무도 하고, 힘 다 빠졌는데, 웬 사격
훈련?' 하고, 상수 보면, 상수, 땀 흘리며, 장전 다 하고, 모두들 사격대에 서
면,
양촌, 호각 불면, 다시, 총을 쏘는, 대부분 힘이 들어, 팔이 흔들리는,
정오, 헤리와 힘든 표정으로 사격하고 손을 내리는데,

양 촌   전원, 팔 흔들려 각, 각, 각, 벌점 1!
정 오   (이를 앙다무는, 열받는)
상 수   (성질 참으며, 돌아서서, 자리 이동하는, 화를 참는)

＊ 점프컷 ≫
범인 역할로 보이는 상수 외 남자 교육생들, 뛰어다니면, 정오 외 여자 교육
생들, 죽기 살기로 그들을 잡아서, 무릎 뒤쪽을 까서 넘어뜨리고, 수갑 채우
는, 정오, 동기1을 잡아, 메치기 하고 수갑 채우는데, 잘 안 되는, 다시 채우려
하는데,

양 촌   동작 그만!

모두들, 정지해 양촌 보면,
양촌, 정오 옆에 등 돌려 누우며,

양 촌   수갑 채워.
정 오   (작심하고, 양촌에게 올라타, 수갑을 채우려 하면)
양 촌   (어느새 일어나, 정오의 멱살을 잡아, 눕히고, 뒤에 올라타, 수갑 뺏어, 채우
고, 정오의 총기를 꺼내 등에 겨누고) 수갑 그따위로밖에 못 채운 너 벌점 3,

범인의 기습공격을 방조한 너 벌점 3, 생명이 오락가락하는 총기 간수 미흡! 벌점 ..

＊ 점프컷 ≫
상수 외 모두, 벌점이 셀까, 두려워, 긴장한,

양 촌　니 인생이 불쌍해, 자비롭게, 7점, 도합 벌점 13, 그래서 교육기간 중 니 벌점은 총21점. 30점이면 퇴교조치 맞지? 앞으로 남은 한 달 동안.. 너, 어떻게 해야 될 거 같애?

정 오　(양촌 밑에 깔려, 이를 앙다무는, 참담하지만, 오기 나는, 강하게) 죽기 살기로 합니다.

양 촌　(일어나, 다른 여동기에게 수갑 채워져 누워 있는 상수에게) 여동기 깔보고 대충 뛰어주고, 잡혀주고, 수갑 차준 너, 벌점 5!

상 수　(열받는, 속상한, 참는)

＊ 점프컷 ≫
낮에서 밤늦게까지, 훈련장에서 윗몸일으키기, 턱걸이 등을 하며, 땀을 비 오듯 흘리는, 정오 상수 외, 교육생들 모습 보이는,

＊ 점프컷 ≫
경찰학교 남자 생활관 안, 밤.
모두 자는데, 갑자기 상수 옆의 동기1, '악!' 소리 내며 땀을 흘리며, 벌떡 일어나는,
상수, 뒤척이며, 자고, 모두들 그냥 자는,
동기1, 숨을 작게 고르는, 동기4, 일어나, 동기1을 다독이는,

＊ 점프컷 ≫
옥상, 밤.
혜리, 옥상 문을 열고, 작게 "한정오, 한정오." 하는, 정오, 한쪽에 서서, 밤하늘 보며,

정 오　　여기.

혜 리　　(정오의 옆에 와) 센치하게.. 벌점 또 받을래? 안 자고 뭐해?

정 오　　(담담히) 퇴교 까짓 당하지 뭐..

혜 리　　미쳤냐, 여적 버텼는데, 누구 좋으라고... 무조건 졸업!

정 오　　(하늘 보며, 담담히) 넌 들어가, 들킴 벌점받어. 난 지금 바람 안 쐬면 퇴교나
　　　　　졸업 전에 돌 거 같아.. 아님 이 밤에 오양촌한테 달려들어, 그 인간 목을 물
　　　　　어뜯든가.

혜 리　　히히히... (주머니에서 핸드폰 꺼내, 이어폰을 정오와 한쪽씩 끼는) 난 니 오
　　　　　기가 맘에 들어.

정 오　　(혜리 보며) 나, 반드시 졸업한다.

혜 리　　믿어 의심치 않는다.

정오, 혜리　　(음악 듣는데, 쓸쓸한)

　　　　　* 점프컷 》

　　　　　경찰학교 운동장, 다른 날, 깊은 새벽.
　　　　　동기들, 구보하고 있는,
　　　　　그때, 생활관 쪽에서 동기4와 여동기1(우는)이 나와서, 한쪽에 세워진 종을
　　　　　참담하게 뎅뎅 소리 나게 울리고, 큰 자기 짐들을 들고 운동장을 가로질러
　　　　　나가는,
　　　　　정오 상수 외, 동기들 모두 걱정스레, 속상하게 나가는 동기들을 뛰면서 곁눈
　　　　　질로 보는데,
　　　　　그때, 음악을 켠 양촌의 차가 운동장을 가로질러 나가는,

　　　　　* 점프컷 》

동기1　　(상수에게 뛰며) 저거, 오양촌 차지? 어디 가지?

상 수　　(이를 앙다물고, 화 참고, 뛰며) 몰라.. 어딜 가든.. 새끼..

정오, 혜리　　(무슨 일인가 싶지만, 그냥 뛰는)

씬 42. 경찰학교 앞 + 양촌의 차 안, 새벽.

양촌, 차 몰아 가다 휘파람을 불며, 길가를 걸어가는 낙오한 남녀 교육생을
"야!" 하고, 부르는,
남녀 교육생들, 슬프고 화나 양촌 보면,

양 촌 (밝게, 크게) 자퇴냐? 이런.. 나 오늘 갑자기 전보 발령받아, 현장으로 돌아가
는데, 몰랐구나... 아, 내가 말을 안 했나?.. 자식들 좀만 더 버티지!

여동기1 (독기 어려 가면)

양 촌 (여동기1 보다 동기4 보며) 넌 벌점 없잖아? 왜 나가?

동기4 (모범생, 정의로운 스타일로 보이는, 화 참고, 진지하게) 당신이, 여기가, 불합
리하고 부당하단 생각이 들어서...

양 촌 (어이없단 듯 웃고, 잠시 생각하다, 동기4 보며, 편하게) 맞아, 이 바닥도 나도
좀 부당하지, (답답하단 듯, 머리를 박박 긁고, 편하게 동기4를 보며) 잘 그만
뒀다! 근데, 니가 경찰 되면 있어야 할 현장은 더 불합리하고 더 부당하거든.
죄 있는 놈들이 죄 없는 우리 경찰을, 술 처먹고 욕하고 발로 까고, 쥐 패고,
칼침 꽂고, 그러다 진압하면 민원으로 고발 처넣고.. 가끔 총도 맞고..

동기4 ..

양 촌 근데, 여기 말고 다른 사횐, 합리적이라듸? 크크.. 홧팅이다! (하고, 음악에 맞
춰, 춤을 추며, 운전해 가는)

양촌과 남녀 교육생의 대조되는 모습 한 화면에 잡히는, 날이 환하게 밝는,
양촌, 아무렇지 않은 듯 음악 들으며 운전해 가는,

씬 43. 도로 + 양촌의 차 안, 아침.

양촌, 음악 끊기고 전화벨 소리 나는, 멈춰 서며, 전화받는,

양 촌 (좋은, 신난, 전화받으며) 아싸, 누나 누나 누나야! 보고 싶습니다. 사랑합니
다. 오랜만입니다, 마눌님! 근데 어쩌죠, 마눌님, 제가 사건 나서 서로 불려가
는 중이라, 오늘도 집엔 못 들어가겠는데?

씬 44. 홍일지구대 안, 아침(이후 양촌과 교차).

장 미   (계급 경감, 한쪽에서 서서, 서류 작성하는 동규를 보며, 무표정하고, 무덤덤
        하게 말하는) 언젠 집에 들어왔어? 내가 보낸 동영상 확인하고 전화해. (하
        고, 전화 끊고, 동규 보는)

        ＊ 점프컷 ≫
        양촌, 편하게 동영상을 틀고, 확인하다, 웃음 가시는,

        ＊ 점프컷, 인서트 – 동영상 ≫
        골목, 밤.
        동규(근무복 차림), 술 취한 남자를 업고 가는데, 남자, 갑자기, 팔로 동규의
        목을 조르고, 뒤통수를 치는, 동규, 화나, 남자를 쓰레기 더미에 내팽개치는,
        남자, 술 취해, 동규에게 욕을 하는 듯하고, 동규, 남자를 가만 보다 놓고 가
        버리는,

        ＊ 점프컷 ≫

양 촌   (덤덤히, 장미에게 전화해, 툭 던지듯) 마눌님 보고 싶어 환장한 남편한테, 민
        중의 지팡이, 경찰이 민중을 버린 이 개싸가지 동영상은 뭐야?

씬 45. 홍일지구대, 아침.

        아침 교대시간, 명호 외, 홍일지구대원들, 무기고에 총기 반납하는, 모두 기분
        좋고, 편한, 그 대원들 사이에, 동영상 속 동규, 웃으며, 총기 반납을 하고, 명
        호와 기분 좋게 얘기하는(동규, "발생 보고 올렸다. 오랜만에 해장국이나 한
        그릇 할까?" 명호, "그럴까? 요 앞에 잘하는 집 생겼더라."),
        장미, 한쪽에서 서서, 그런 동규를 보며, 양촌과 담담히 통화하는,

* 점프컷, 교차씬 》

장 미   (무덤덤하게) 다른 사건 뒤지다, 나만 발견했어. 민원이 들어온 건 아니고. 우
         리 팀 내 동규라는 애, 명호랑 아삼륙. 석 달 후 꽃보직 지방청 인사과 발령
         을 앞둔. 홀어머니 모시고, 이혼한 아내가 버린 애까지 돌보는 아주 괜찮은
         경찰이지.. 나, 여기 지구대 근무 이 주 남았어.. 덮을까?
양 촌   (잠시 생각하는)
장 미   나만 눈감고, 자료 지우면 끝나. (차 마시며 동기들과 얘기하는 동규를 보는)
         이 일로 신고는 없었어. 냅둘까? 동규 정말 괜찮은 경찰이거든.
양 촌   (생각하다, 무심한 듯, 툭) 괜찮은 경찰이니까... (깔끔하게) 더더욱이 덮음, 안
         되지! 아무리 좋은 경찰이래도, 이유 불문 시민을 버림 되냐? 것도, 한겨울
         에, 얼어 죽음 어쩔라고. 감찰 넘겨. (하고, 전화 끊고, 가는)
장 미   (전화 끊고, 자리로 와, 동규 쪽 보며, 담담히) 동규야.
동 규   (장미 보면)
장 미   나 차 한 잔 주라.
동 규   (웃으며, 차 타며) 팀장님 가면 나 외로워 어떡해요?
장 미   (동규를 보는, 담담히) 그러게..
경 모   (다가와, 장미 어깨에 손 올리고, 편하게) 나도 그리울 거다.
장 미   (안 보고, 동규만 보는) 남들 봐.
경 모   (담담히, 가는)

씬 46. 경찰학교 남자 샤워실, 아침.

        상수, 동기들 목욕하는,

상 수   (머리 감으며) 미친 인간, 남의 인생 말아먹고, 음악을 틀고, 춤추고, 야.. 완전
         사이코패스 새끼!
동기1   그러게 갈 거면 진작 갈 거라고 알려주지, 애들 자퇴하게 놔두고!
상 수   사명감 사명감 그러더니, 끝까지 안 가르쳐주고 그냥 가고, 아마 지도 모를

걸? 경찰의 사명감이 뭔지? 완전 미친 또라이!

동기1   그나저나 우리 죽었다.

상 수   우리가 왜 죽어, 오양촌도 가고, 이 주만 있음 졸업인데?!

동기1   낼부터 현장실습이잖아, 작년에 기동대 현장실습 간 학생들, 하루걸러 한 명
       씩 자퇴했대. 오양촌이 오늘 간 건, 어차피 우리가 알아서 나자빠질 거니까,
       간 거지!

상수, 동기들   아, 진짜, 쌍, 인생 왜 이렇게 꼬여! (하며, 투덜대며, 씻는)

씬 47. 여자 샤워실 탈의실 안, 아침.

정오, 옷 갈아입다, 혜리 보는데, 어이없고, 참담한, 기동대 실습 얘기 들은,
다른 여동기들 "어떡해, 진짜? 진짜? 실습이 그렇게 힘들대?" 하는,
혜리, 로션 바르며, 오기 부리며,

혜 리   진짜! 완전 믿을 만한 소식통의 말에 의함, 시위현장 가면, 우리 교육생들이
       무조건 맨 앞줄이래! 선밴 뒷줄이고! 거기서, 살아남는 놈만 조직이 챙겨준
       다, 그거지?

정 오   (머리 말리며, 오기 부리며) 좋다, 붙자 그래? 누가 살아남는지, 내가 독하게
       보여준다!

혜 리   (동기들에게) 야야, 우리 징징대지 말고 붙자 어? 현장 가서, 남자 동기 놈들
       보다 더 악랄하게, 붙어, 알았지?

여동기들   그래, 그래, 붙자, 붙어, 이판사판이다!

정 오   (속상하고, 오기 나는, 옷 입으며) 내가 끝까지, 악랄하게, 버텨준다!

씬 48. 경찰학교 복도, 아침.

상수(중간 위치)와 남자 동기, 한쪽에서 세면도구 들고 줄서서 오고, 다른 한
쪽에서 정오(중간 위치) 외, 여자 동기들 줄서서 오며, 서로 엇갈려 걸어가면
서 서로의 손바닥을 쳐주며, 응원하는,

동기1	(여자 동기들 지나치며, 손을 내밀며) 말들 들었지, 교육생 잡는, 시위현장 실습! 살아남자..
여동기2	(남자 동기들 손 쳐주며) 조심해. 지구대 갈 때까지! 기동대 갈 때까지!
혜 리	살아남자. 졸업하자!
상 수	(정오와 손바닥 마주치며, 오기 어려) 꼭 살아남자!
정 오	살아남자!

"살아남아, 경찰 되자!" 하는 동기들 목소리 들리고, 정오, 상수, 각자 가던 길 가는,

씬 49. 경찰학교 남자 생활관, 다른 날, 낮.

상수 외, 동기들, 열심히, 진지하게, 진압복을 착용하는,

동기1	(긴장한, 옷 입으며) 말로만 듣다, 옷 입으니까, 무섭다.
상 수	(옷을 입으며, 두렵지만, 짐짓 괜찮은 척) 지금이 뭐 구십년 대도 아니고.. 설마 경찰이 물대포를 쏘겠냐, 최루탄을 쏘겠냐? 사람들이 화염병을 들 것도 아니고?
동기2	그 건물이 사이비 교도들 본거지래?
동기1	거기, 시체가 있대. 그래서 현장 확보차 가는 거래. (옷 입는 상수에게) 야, 넌, 진짜 안 무섭냐?
상 수	(다리에 보호대 차며, 진지한) 난 여기서 살아남아 지구대 갈 생각만 할 거야, 안 쫄 거야, 절대, 너두 쫄지 마?!

씬 50. 경찰학교 운동장, 낮.

정오, 혜리, 여자 동기들 완전무장을 하고, 방석모를 들고, 줄지어, 뛰어서, 기동대 버스에 오르는,

씬 51. 경찰 버스 안, 낮.

대장, 부대장, 앞쪽에 서 있고, 상수 외, 남자 동기들 한 줄에 이미 앉아 있고,
여자 동기들 들어와 다른 한 줄에 앉는,

대 장　전원, 착석했나?
교육생들　네!
대 장　출발! (차 출발하면) 집중! (학생들 집중하면) 전원, 진압봉, 앞으로 전달!

정오 상수 외, '전달!' 하고 외치는데 이상한, 모두 옆구리에 찬 진압봉을 앞
으로 전달하는,
부대장, 진압봉을 받아서, 앞의 상자에 넣는,

상 수　(동기에게, 작게) 진압봉 걷는 거 보니까, 별일 없나 보다?

* 점프컷 》

혜 리　(정오에게, 작게) 씬 텐 아닌가 봐? (하고, 뒤에서 받은 진압봉을 앞에 전달하
며) 이걸로 사람 까는 줄 알고, 밤에 가위눌려, 죽는 줄 알았는데....
정 오　(진지한, 작게) 조용히 해, 벌점받어.. 나 이제 3점이면 아웃이야. 지구대 너만
갈 거야?
부대장　(진압봉 상자를 닫는)
대 장　(확인 후) 전원, 방석모 착용!
모두들　(방석모를 착용하는)
대 장　지금부터 내가 하는 말, 전원 복창한다. 오늘 우리는!
모두들　오늘 우리는!
대 장　아무 짓도, 하지 않는다!
모두들　(이상한, 그래서 뭔가 힘없이 들리는) 아무 짓도 하지.. 않는다.
상 수　(복창은 하지만, 이상한)

대 장 다시! 정신 차려 복창! 오늘 우리는, 아무 짓도 하지 않는다!

정오 외 모두 오늘 우리는 아무 짓도 하지 않는다!

대 장 아무 짓도 하지 말란 뜻은, 처맞아도 한 발짝도 움직이지 않고!

혜리 외 모두 (이상하지만 복창하는) 아무 짓도 하지 말란 뜻은, 처맞아도 한 발짝도 움직이지 않고!

대 장 시위대가 밀어도 절대 밀리지 않으며!

정 오 시위대가 밀어도 절대 밀리지 않으며!

대 장 동료가 맞아도 구하지 않으며!

혜 리 (이상한) 동료가 맞아도 구하지 않으며! (하고는 밑으로, 정오의 손을 꽉 잡는)

대 장 오로지, 대열만 지키며, 전진한다!

모두들 오로지, 대열만 지키며, 전진한다!

대 장 대열이 무너지면 벌점 5점!

모두들 대열이 무너지면 벌점 5점!

대 장 방패를 뺏기면, 그 즉시 퇴교다!

모두들 방패를 뺏기면, 그 즉시 퇴교다!

상 수 (복창하며, 허벅지에 놓인, 제 두 주먹을 불끈 쥐는)

대 장 방석모를 뺏겨도 그 즉시 퇴교다!

정 오 방석모를 뺏겨도 그 즉시 퇴교다!

대 장 (악쓰며) 오늘 너희는!

모두들 오늘 우리는!

대 장 아무 짓도 하지 마라!

정오, 상수 (두려움에 악쓰며) 아무 짓도 하지 마라!

* 점프컷 ≫

달리는 기동대 차량과 정오, 상수의 긴장되고, 두려운 모습 위로, 대장과 교육생들의 구호가 들리는,

대 장 시위대가 밀어도 절대 밀리지 않으며!

모두들 시위대가 밀어도 절대 밀리지 않으며!

대 장 동료가 맞아도 구하지 않으며!

모두들	동료가 맞아도 구하지 않으며!
대 장	오늘 너희는 아무 짓도 하지 마라!
모두들	아무 짓도 하지 마라!

긴장되고 두려운 얼굴로 구호를 외치는 정오와 상수의 얼굴에서 엔딩.

2부

아무 짓도
하지 마라

씬 1. 경찰 버스 안, 낮(1부, 편집).

대 장   오로지, 대열만 지키며, 전진한다!

모두들   오로지, 대열만 지키며, 전진한다!

대 장   대열이 무너지면 벌점 5점!

모두들   대열이 무너지면 벌점 5점!

대 장   방패를 뺏기면, 그 즉시 퇴교다!

모두들   방패를 뺏기면, 그 즉시 퇴교다!

상 수   (복창하며, 허벅지에 놓인, 제 두 주먹을 불끈 쥐는)

대 장   방석모를 뺏겨도 그 즉시 퇴교다!

정 오   방석모를 뺏겨도 그 즉시 퇴교다!

대 장   (악쓰며) 오늘 너희는!

모두들   오늘 우리는!

대 장   아무 짓도 하지 마라!

정오, 상수   (두려움에 악쓰며) 아무 짓도 하지 마라!

   * 점프컷 》
   달리는 기동대 차량과 정오, 상수의 긴장되고, 두려운 모습 위로, 대장과 교
   육생들의 구호가 들리는,

대 장	오늘 너희는 아무 짓도 하지 마라!
모두들	아무 짓도 하지 마라!
대 장	시위대가 밀어도 절대 밀리지 않으며!
모두들	시위대가 밀어도 절대 밀리지 않으며!
대 장	동료가 맞아도 구하지 않으며!
모두들	동료가 맞아도 구하지 않으며!

씬 2. 야산에 있는 건물 출입구 앞, 낮.

전체, 느린 그림,
첫 줄에 상수와 동기들, 뒷줄에 정오와 혜리, 그 외 동기들이 열을 맞춰, 앞으로 가려 하고, 시위대들은 교육생들을 각목으로 때리고, 페인트를 뿌리고, 물병을 열어 던지고, '폭력 경찰 물러가라!' 하면서, 저항하는,
〈여기는 신성한 성지다! 폭력 경찰 물러가라!〉, 〈종교 탄압을 규탄한다!〉라고 쓰인 플래카드가 곳곳에 붙은,

＊ 점프컷 》
카메라, 상수와 정오, 방패를 의지 삼아, 울 것 같은 얼굴로 두들겨 맞으며, 앞으로 가는 얼굴 클로즈업, 가다, 남동기, 쓰러지면, 상수, 속상해도 앞으로 가는, 정오, 넘어져도, 오기 있게, 다시 일어나는,

상 수 (E, 편안한) 형, 호주는 여름이라며? 맨날 밀밭에 나가 일하는 건 아니지? 해변에 나가 미끈한 여자들도 보고 데이트도 좀 하지? 제발 그래라! 샌님처럼 우울하게 일만 하지 말고! 크크.. 여기는 너무 추워. 오늘 나, 진압 나갔다. 진압이 뭐냐고? 크크.. 경찰이 열라 맞는 거야…. 왜 경찰이 안 패고 처맞았냐고? 나도 몰라, 그냥 시키니까. 근데 선배들 말이 경찰이 맞는 게.. 그게 맞대, 경찰이 무슨 짓을 하면 그게 정말 큰일 나는 거라나? 암튼 그래서, 오늘 우리는, 아무 짓도 하지 않았어. 열라 까여도, 짓밟혀도,

씬 3. 대사관 앞, 낮.

정오 상수 외, 동기들 모두 마치 목석처럼 죽 서서는, 앞만 보고 있는,

상 수 (E) 발이 얼고, 턱이 떨리고, 다리가 나무처럼 뻣뻣해오고, 졸음이 오고, 머리가 멍해지게 바람이 불어도,

씬 4. 다른 시위현장(앞 씬과 비슷한), 낮.

동기가 사람들한테 끌려가 발로 짓밟혀도, 상수, 방패를 밀며 앞으로 나가는,

상 수 (E) 내 옆에 형하고 진짜 닮은 동기 놈이 쓰러져, 짓밟혀, 맘이 너무 아파도, 시키면 시키는 대로.. 아무 짓도, 아무 짓도 하지 않았어.

카메라, 틸 업 하면서

자 막
제2화 아무 짓도 하지 마라

씬 5. 지방도로가, 낮.

주영의 차 세워져 있고, 차 뒤로 가면, 길바닥에 양촌, 짜장면과 탕수육을 시켜놓고, 아구아구 먹으며 말하고 있는, 맞은편 주영은 안 먹고, 답답하게 사건 자료를 보고 있는,

주 영 (남자 아이 목에 물린 상처(치흔이 선명한, 얼굴은 보이지 않는), 여러 장을 넘기면서 보며, 답답한)

양 촌	(짜장면만 먹으며, 무심하게) 9년 전 칠 세 남아 성폭행 살인 및 사체 유기 사건. 피해아동은 정안1동 거주, 사체는 형명동 야산 발견. 정명초등학교에서, 용의자가 흰색 쏘나 차량에 피해아동을 태우고 끌고 가는 걸 본 피해아동 또래 목격자들의 진술에 의거, 서울지방청 산하 경찰 전부가 그놈을 잡으려고 몽타주를 뿌리고, 현상금을 걸고.. 공개수사 벌이고.. 쌩 난리부르슬 쳤지.
주 영	(사진을 넘겨, 범인의 장갑 사진과 머리카락, DNA 분석표를 보는, 답답한, 귀찮은)
양 촌	(주영의 사진을 뺏어 보다, 도로 주고, 먹는 것만 다시 집중하며, 담담히 일상적으로 말하는) 그때 근처에서 발견된 장갑과 머리카락. 장갑에서 놈의 몸에서 나온 땀으로 추정되는 DNA와 머리카락 DNA 일치, 그래서 다들 범인 잡긴 시간문젠 줄 알았지만.. (트림하고, 주영 보며) 결과는 개털!
주 영	(자료의 오래된 렌터카를 보며) 이건 최근 사진인데?
양 촌	(무시하고) 당시 담당 형사 호철 형님은 전과자랑 사건 지역 인근의 흰색 자가용 차량을 가진 이십 대 이상 남자만 용의 선상에 뒀어. 근데, 6개월 전 형님이 렌터카 살인사건을 조사하다, 퍼뜩 생각이 나드래. 아, 렌터카를 놓쳤구나. 그래서 형님은 사건이 난 지역 일대 렌터카 회사부터 재수살 시작, 당시, 그 차를 빌린 놈이 범인이란 걸 최근에 알아냈지.
주 영	(버럭, 자룔 흔들며) 또 추정이냐? 사진뿐이잖아? 이 차에서 9년 전 놈과 같은 DNA를 채취한 것도 아니고? 이게 무슨 증거가 돼? (하고, 탕수육을 집어 먹는)
양 촌	뒷장 넘겨.
주 영	(자료 보면, 범인의 담배꽁초로 보이는 사진과 담배를 피우는 여러 장의 최근 사진이 보이고 뒤에 DNA 데이터가 보이는)
양 촌	보름 전 찍은 사진이야. 놈이 렌터카를 빌린 범인, 놈의 담배에서 나온 DNA가 당시 장갑이랑 머리카락에서 나온 DNA랑 일치! 어때? 지원할 거야? (하는데, 누군가, 빵 경적을 울리고 가고, 양촌, 순간 놀라 그쪽 보며) 에이, 쌍!
주 영	(아랑곳없이) 서장은 지금도 형님이랑 나랑 인천 나이트 폭력사건 뒤지는 줄 알어? 형님이 나만 인천 사건에 던져놓고, 몇 날 며칠 호철 형님 따라다니는 거 모른다고? (탕수육을 먹으며, 화나는) 내가 묻고 싶다, 어쩔 거야? (버럭) 인천 사건?!

양 촌	(먹던 그릇 던져놓고, 신문지로 입 닦고, 아무렇지 않게) 그래서 넌 호철 형님 지원 안 간다고?
주 영	이 사건 처리해봤자, 우리한테 떨어지는 게 뭐 있냐? 호철 형님 명예, 경찰 명예만 실추돼?! 당시 렌터카는 왜 조사 안 했냐? 2년 전 피해아동 엄마가 우울증으로 자살했을 때, 그땐 왜 가만있고, 지금이냐? 니들 대체 뭐하는 거냐?
양 촌	(주영 손에 든 자를 뺏어, 주머니에 넣고, 아무렇지 않게, 새끼손가락으로 이를 쑤시며) 니 차에 물 있지?
주 영	집에나 들어가라, 괜한 짓 말고, 경찰학교 나와서 집에 계속 안 들어갔지? 집에 좀 들어가!
양 촌	(아무렇지 않게 차로 가서, 물 찾아 먹고, 차 타고 운전해, 그냥 내달리는)
주 영	(탕수육 먹다, 놀라, 뛰어가며) 형, 형, 형, 형! (하고, 계속 뛰어가며) 썅, 뭐하는 짓이야, 누구 잘리는 꼴 보고 싶냐, 진짜! 내 차 내놔! (그러다, 뒤쫓기엔 역부족인, 서서 헉헉대며, 보면) ?
양 촌	(한참 가서, 멈추고, 차 창문으로 내다보며, 담담히) 나는 새끼야, 사십 년 경찰 생활하다 낼모레 정년 받아놓고, 마지막으로 자기가 놓쳤던 미제사건 폼나게 처리하고 가는 게 소원이란 호철 형님한테, 이 사건 덮고, 아무 짓도 하지 말고, 죽으로 가만있다, 연금이나 타드셔, 그런 말 죽어도 못해! 이 사건 처리해도, 뭐? 우리한테 떨어지는 게 없어? 범인 잡는 게 경찰이지, 밑구녕에서 뭐 떨어지는 거 받아 처먹는 게 경찰이냐, 이 개새야?
주 영	(다시 뛰며) 진짜.. (하고, 죽자 사자 차를 잡으려 뛰면)
양 촌	(다시 앞으로 한참 가다가 멈춰, 차 창문으로 주영 보며, 말하는) 너 지원 안 내려오면, 호철 형님이랑 난 범인 잡아, 바로 지역 경찰에 넘긴다! 그리고, 이 사건에 안 낀 너랑 서장 새끼 반드시 언론에 간다!
주 영	(계속 뛰어오며, 열받는) 아우.. 니가 진짜 선배면 다냐?!
양 촌	(오는 주영 보며) 다시 말해, 서장 새끼가 가고 싶어 하는 지방청장 자리, 니가 가고 싶어 하는 경찰청 수사과장 자린 물 건너갔단 얘기야! 똥물 튄 줄이나 알아, 새끼야! 그게 싫음 지원 나와! 니 도착 시각은, 열 시! 지원 지역은 톡에 남길게! (하고, 주영에게 안 잡히고(?) 가며, 스피커폰으로 전화하는) 호철 형님, 어디?

씬 6. 편의점 안(혹은 가게), 낮(양촌과 교차씬).

호철, 라면 먹으며, 앞쪽 모텔(범인이 커튼을 치는 게 보이는)만 보며, 전화하는,

호 철 어디긴, 놈 지키고 있지. 애들 온대?

양 촌 (담백하게) 안 온대.

호 철 (답답한, 눈은 모텔) 너랑 나랑 무린데.. 그렇다고 총을 쏠 수도 없고.

양 촌 경찰이 총 쏘면 쏘는 거지, 뭐? 범인한테 총 쏘는 게 뭐 무서?

호 철 이 나라가 경찰이 총 쏘게 하냐? 지금까지 총 쏜 경찰들 살아남는 거 봤어? (하다, 핸드폰 보면, 서장의 전화가 온, 안 받고, 양촌과 전화하는) 서장 전화 왔다? 주영이 놈이 불었나 보네?

양 촌 무서? 서장한테 쩔릴게?

호 철 내가 낼모레 퇴직인데, 서장 새끼가 무섭냐? 내가 놓친 사건, 범인 못 잡는 게 무섭지?

양 촌 (핸들 놓고, 기분 좋게, 박수를 세 번 딱딱 치며, 웃으며) 야... 경찰이네, 우리 형님 경찰이야! (하고, 핸들 잡는)

호 철 빨리 와. (하고, 끊고, 라면 먹으며, 모텔만 보는)

씬 7. 홍일지구대 사무실 안, 밤.

무기고 앞에서 1팀(근무복 입은)과 2팀(사복 차림으로 퇴근하는 중), 인수인계를 하고 있는, 민석의 관리 아래 1팀은 총기를 받고 있는,

* 점프컷 》
보호석(민원인들 자리)에 여자들 엉겨 술 취해 자고, 동규, 컴으로 뭔가를 쓰며, "원우야, 여자 손님 이불 좀 덮어주라." 하면, 원우, "네!" 하고, 자고 있는 주취자들 자리로 가 덮어주는, 동규는, 진지하게 일만 하는,

썬 8. 지구대 조사실 안, 밤.

장미, 한솔, 경모, 삼보, 명호, 앉아 있는,
명호, 1부에 나왔던 동영상을 보고 있는, 참담한,

한 솔 (장미 보고, 담담히) 감찰 보내.

삼 보 아, 돌겠네, 정말. (하고, 착잡한)

경 모 (화나는) 그냥 눈감자!

모 두 (경모 보면)

경 모 왜 맨날 경찰만 정직해야 돼? 왜 우린 우릴 지키면 안 돼? (한솔에게) 이 인간, 동규한테 앙심 품은 놈이에요?! 국회의원일 때 동규가 음주단속으로 면허 취소했다고, 1년 내리, 뻑하면, 술 처먹고 지구대 와서 동규 패고, 애들 패고, 지구대 난장판 만들고...

삼 보 (장미에게) 이날도, 이 인간이 일부러 지 기사 보내고, 여기 찾아와서 동규 찍어가지고, 나, 업고, 집에 데려가라.. 그랬거든..

경 모 (화나, 설득하려는, 장미에게) 동영상 봐봐? 이 인간이 그날도 애 목 조르고 패고, 동규가, 괜히 버려? 내가 그날 지구대서 난장 필 때 (한솔에게) 이 인간 공집*으로 넣자 그랬죠?

한 솔 (경모 보고, 답답한) 공집 넣으면? 처벌받냐, 이 인간이?! 줄 있는데?!

경 모 (버럭) 그러니까 이 인간은 줄들이 살리고, 우리 동규는, 우리가 살리자고?!

한 솔 (장미에게) 안장미, 넌, 의견이 뭐야?

장 미 (한솔 보며) 나도 눈감자에 한 표. (턱으로 동영상 있는 핸드폰 가리키며) 저런 쌍누무 인간 땜에 (밖의 동규를 보며) 내 새끼 감찰 보내기 싫어. 고향에 있는 서에 내려가 어머니 모시고, 조용히 애 키우는 게 저놈 꿈인데... (명호 (핸드폰 동영상만 보는) 보며) 그 소박한 소원 하나 못 들어주면, 내가 선밴가 싶고.

경 모 그럼 됐네.

---

* 공집 공무집행방해죄

장 미	(말꼬리 자르고, 한솔 보며) 근데, 내가 요즘 갱년기라, 좀 감정적이란 생각이 드는 거지.
경 모	(화나 장미 보는)
장 미	(한솔만 보며) 동귤 살리자니, 경찰 뱃지가 걸리고... 동규를 죽이자니, 맘이 안 좋고.. 혼란스러. 그래서, (명호 보며) 후배지만, 언제나 지혜로운 최명호, 니가 답 좀 해주라. 어쩔까, 우리?
경 모	(버럭) 웃기고 있네, 진짜! 우리 지구대가 언제부터 후배 말을 그렇게 경청했어?! 왜, 나는 성과주의 경찰이라서, 여기 인간적인 경찰 앞에선 말발이 안 서는 거냐?
삼보, 한솔	(경모에게) 얌마, 말이 왜 그리 튀어?!
경 모	(열받은, 장미 보고) 선배 나가면 이제 내가 팀장이고 동규 내 팀원인데, 내가 팀 맡자마자, 팀원이 웬 감찰?! (명호 보며) 너, 내 밑에 있다? 명심해! (하고, 나가는)
삼 보	(가는 경모 등 뒤에 대고) 결국 그거냐, 니 성과?! 저거는 진짜.. (하고, 가는)
명 호	(담담히) 조금만 생각할 시간 주세요. (하고, 동영상 있는 핸드폰 주머니에 넣고, 나가는)
한 솔	(담담히) 누가 뭐라든, 난 동규, 감찰이다.
장 미	(한솔에게) 맨날 지만 깨끗하지? 가끔 드럽게도 살어, 쫌!
한 솔	(발끈) 나, 꽤 드러, 니가 몰라 그렇지?! (하고, 가려 하면)
장 미	(편하게, 보며) 나 오양촌이랑 이혼할까 봐?
한 솔	(어이없이 보는, 버럭) 야, 넌, 직장 와서 집안 얘기 좀 하지 마. 퇴근이나 해! (하고, 나가는)
장 미	(일어나다, 어깨가 아픈, 벽에 대고, 오십견 운동을 하는, 고통스런)

씬 9. 지구대 남자 휴게실 안, 밤.

동규(사복으로 갈아입는 중), 가방을 챙기고 있고,
명호, 벽에 기대앉아 있는,

| 동 규 | (웃으며, 명호에게) 순찰 안 가? |

한 표	(문 열고, 밝게, 얼굴만 디밀고, 명호에게) 형님, 순찰 가실 시간인데요?
명 호	(편하게, 한표에게) 잠시 대기.
한 표	넵. (하고, 동규에게 인사하며) 형님, 여행 잘 다녀오세요! (하고, 나가는)
명 호	(동규 보고, 담담히) 여행 엄마랑 애기도 같이 가나?
동 규	그럼... (하고, 거울 보며, 머리 단장하는) 새로 발령 나는 서에 미리 한번 가서, 집도 알아보고 맛난 것도 먹고.. (명호 보고, 웃으며) 오늘낼 휴가 낼라고 2팀 지원 나가, 48시간을 뺑이쳤는데도 그 생각만 하면 기분이.. (웃으며) 히히. (하고, 가방 들고, 나가며) 담 주에 보자. (하고, 명호의 어깨 툭 치고, 나가는)
명 호	.... (잠시 생각하다, 핸드폰 보고, 톡으로 동규 이름을 찾아 동영상 보내고, 나가는)

씬 10. 지구대 앞, 밤.

동규, 제 차에 올라서 안전벨트를 하다가 톡을 보고, 확인하다, 얼굴이 굳는,
그때, 차 문 열리고, 명호, 동규 보며,

명 호	집에 가서 차 세워두고 버스 타고 여행 가, 피곤해 보여. 그리고 다녀와서, 니 발로 걸어가 감찰받어. 아님 내가 고발한다. (하고, 차 문 닫고 가는)
동 규	(가는 명호를 막막하게 보는)

씬 11. 달리는 명호의 순찰차, 밤.

명호, 조수석에서 바깥 보며 가는데,

상황실	(E) 코드 제로, 코드 제로, 의정사거리 23지역, 편의점 앞, 고등학생 집단폭력 사건 발생, 의정사거리, 23지역 고등학생 집단폭력사건 발생.

명 호	(무전기 잡고, 진지한) 순* 스물넷 접수, 순 스물넷 종발!
상황실	(E) 코드 제로, 코드 제로, 인근 순찰차, 순 스물넷 지원 바람, 인근 순찰차, 순 스물넷 지원 바람.
한 표	(그사이, 사이렌 켜고, 재빠르게 차를 유턴하는)

＊ 점프컷 ≫
삼보와 여경찰의 순찰차, 달려가는,
여경찰, 운전하는,

삼 보	(무전기 잡고, 차분히 말하는) 순 스물하나, 순 스물넷 지원!
종 민	(E) 삼보 주임님.. 의정사거리 남쪽으로 도세요, 저는 의정사거리 남쪽 4차선 도로 차단합니다!
삼 보	(차분히) 접수, 접수! 남쪽 방향 우회, 남쪽 방향, 우회! (마이크로, 밖의 차들에게) 차량들 멈추세요, 차량들 멈추세요!

＊ 점프컷 ≫
민석과 승재의 순찰차, 급하게 유턴해 가는,

상황실	(E) 코드 제로, 코드 제로, 의정사거리 23지역, 고등학생 집단폭력사건 발생, 의정사거리, 23지역 고등학교 집단폭력사건 발생. 인근 순찰차 순 스물넷 지원 바람, 인근 순찰차 순 스물넷 지원 바람.

＊ 점프컷, 도로 ≫
대사관 앞, 경찰 버스에 정오 상수 외 경계 근무하던 교육생들 모두 타는 중인,
정오 상수, 버스에 타다가, 급히 가는 명호 한표의 순찰차 부럽게 보는,
혜리, '저 차 타기가 왜 이렇게 힘드냐?' 하고 버스에 오르는,

＊ 순 순찰차

씬 12. 경찰 버스 안, 밤.

모두들, 자리에 착석하고, 방석모 등을 벗으며, '아, 힘들어! 너무 춥다!' 등등
말하며 구시렁대는 모습들이 점프컷들로 보여지는,

동기1 아무 짓도 안 하는 것도.. 진짜 힘드네..
상 수 하루 진종일 뻣뻣이 서서 아무 짓도 안 하니까, 온몸이 굳어서 움직이지도
       않는다. (하고, 입을 힘들게 벌리는)
혜 리 (옆자리 정오에게) 나, 방광염 걸릴 거 같아.
정 오 징징대지 마. 난 벌써 걸렸어. 화장실 가도 오줌이 안 나온 지 오래야.

그때, 대장, 올라오면,
모두, 정자세 하는,
부대장, 빵과 캔커피를 가지고 올라와 교육생들에게 뒤로 돌리라고 하는,

대 장 천천히 편하게 먹는다. (하고, 나가는)

교육생들, 이상하지만, 빵과 커피를 따서 먹는,

상 수 (의아한) 뜨거운 거야. (하고, 동기 볼에 캔커피 대주면)
동기1 웬 배려?
혜 리 왜 이걸 먹이지? (하고, 먹으며, 아무렇지 않게) 또 맞나? 지난번도 노조 시위
       진압 나가기 전에 먹였잖아? 돼지 먹딸 때 만찬 주듯!
정 오 (아무렇지 않게, 크게 먹으며) 처맞나 보지, 그럼.

그때, 대장, 올라와, 말하는,

대 장 출발! (차 가면) 편히 집중!
모 두 (먹으며, 보면)
대 장 오늘 밤엔 점호 없다!

모 두	?!
대 장	낼 아침은, 새벽 3시 기상!
상 수	(먹다, 캑캑대는)
정 오	(먹으며, 대장 보며) 어쩐지.. 쌍...
대 장	복장은, 근무복.
혜 리	(정오에게) 안 맞나? 진압복 아니고 근무복이면?
정 오	(눈은 대장 보고, 오기 부려, 먹기만 하며) 그러게..
상 수	(동기1에게) 우리도 사람인데, 근무복 입고 맞으라진 않겠지.. 안 맞을 거 같지? 설마, 누굴 막 때리라 그럴라나?
동기1	일수일 내 우리보고 아무 짓도 하지 말라 그래놓고,
상 수	갑자기 막 주먹질을 하라 그러진 않겠지, 설마?
대 장	국립경찰가!
부대장	(차의 오디오기로 노래 틀면)
정오 외	(얼른 먹고, 노래 부르는)

씬 13. 장미의 집 안, 밤.

장미(사복 차림), 가스레인지 앞에서 김치를 넣고, 밥을 볶고 있는, 개수대에 설거지가 쌓여 더러운,
송이, 텔레비전 보며 편하게 아이스크림 먹는, 집 안에 옷이 널린,

장 미	(핸드폰 오면, 받고, 차분한) 네, 네, (잠시 답답하지만, 깔끔하게) 네, 곧 갈게요. (하고, 식탁으로 볶음밥을 프라이팬째 가져와, 앉아 먹는)
송 이	(텔레비전 보다, 주방으로 와 숟가락 들고, 식탁에 앉아 장미의 밥을 먹으려 하면)
장 미	(송이 안 보고, 제 숟가락으로 송이 숟가락을 탁 치는)
송 이	(어이없는) ?
장 미	니 밥은 니가 해 처먹어. (하고, 먹는)
송 이	아, 진짜.. (하고, 옆에 놓인 과일 먹으며) .. 아까 전화는 뭐? 엄마 이 밤에 어디 가?

장 미	(밥만 먹으며, 담담히) 할머니, 할아버지가 다 위독하대.
송 이	(걱정) ?! (그러다, 눈치 보며) 번번이 위독하다 그러셨지만 별일 없었잖아.
장 미	..
송 이	나 알바 나가는데…. 요양원 가서 무슨 일 있음, 연락해? (하고, 화장실로 가는)

그때, 대관, 방에서 나와 물 마시며,

대 관	(퉁명스레, 장미에게) 라면 끓여줘.
장 미	(밥만 먹으며) 니가 끓여 먹어.
대 관	나 중2야?!
장 미	(담담히 보며) 난 갱년기야.
대 관	(울상) ?!
장 미	(옆의 가방 들고 나가며) 니들 집 싹 다 치워놔!
대 관	(냄비에 물 받으며, 작게 구시렁) 짜증나..
송 이	(화장실에서 칫솔질하며 나와, 대관에게) 대관아, 니가 이해해, 중2랑 갱년기랑 싸움 갱년기가 백전백승이래. (하고, 다시 화장실로 들어가는)

씬 14. 장미의 집 앞, 주차장, 밤.

장미, 전화하며 걸어가는, 신호음 가다, 받는,

양 촌	(E, 기분 좋은, 노래 부르며) 누나 누나 누나야! 안녕하십니까, 사랑하는 마눌님.
장 미	(아무렇지 않게, 담담히, 건조하게) 부모님이 위독하대. (하고, 차에 타면)

씬 15. 양촌의 모텔방 안, 밤(교차씬).

양 촌	(앉아서, 손에 사건 당시 현장 사진(아이는 안 보여주는)이며, 치혼 기록 등

을 보고 있다 전화받은 상황, 이상한) 부모님? 어떤 부모님?

장 미　우리 부모님.

양 촌　(안도하는) 아... 니네 부모님.. (무심히) 어떡하냐?

장 미　(별 감정 없는, 담담히) .. 글쎄.. 어떡할까?

양 촌　(머리 긁고, 난감한) 나 그런 거 잘 모르잖아?

장 미　나는 아니?

양 촌　(답답한) 에이, 왜 그래, 누난 뭐든 잘 알잖아. 아.. 어쩌냐? 나 곧 범인 검거 인데... 자기야, 일단 가보고 일 있음 전화하면 안 될까? 내가, 지금,

장 미　(전화 끊고, 차 출발해 가며) 개자식..

＊ 점프컷 ≫

양촌, 자료를 보는데,

호철, 짜장면 그릇을 들고 방으로 들어오는,

호 철　(담배꽁초 몇 개가 담긴 먹다 남은 짜장면 그릇과 먹다 남은 단무지 접시를 들고 와, 양촌의 옆에 앉으며) 놈 꺼야.

양 촌　(서둘러 받아서, 담배 증거 자료와 그릇에 담긴 담배꽁초를 들어 보는)

호 철　담배는 바꿨지. 그 담배가 요즘 안 나오는 거지.

양 촌　(목(얼굴 보여주지 말 것)의 치흔 기록 사진을 보고) 아, 새끼, 애를 물어뜯고.. 볼 때마다 성질나네. (하고, 단무지 들어 보면, 이상한, 호철 보며) 단무지 치아 단면들이 왜 이렇게 깨끗해? 여기 치흔 자료엔 앞니가 이 분의 일 쪽이 나갔는데.. 치흔이 달러? 잘못 짚은 거 아냐?

호 철　(씩 웃으며, 핸드폰에서 범인이 치과에서 나오는 사진을 찍은 걸 양촌에게 보여주는)

양 촌　(작게) 아, 아, 아.... 라.. 미.. 네.. 이.. 팅.

호 철　탐문수사 결과, 오 년 전에 이를 어금니까지 완전 싹 다 갈았드라고.. 다른 사건에 연루됐을 가능성이,

양 촌　(입 모양만 크게) 이백.. 프로.. (소리 안 지르고, 누워서, 발버둥 치며, 좋아 죽는)

호 철　좋아할 일이냐?

양 촌　(웃음 가신) 아차! (하고, 빠르게 일어나, 비닐 백에 얼른 단무지를 넣는)

씬 16. 요양원 4인실 안, 밤.

장미 부모님 둘 다 호흡기를 쓰고 누워 있는(돌아가시지 않은), 장미, 한쪽
의자에 앉아 부모님 둘의 손을 잡고, 물끄러미 보고 있는,
그 옆에, 양촌 모, 누워 자고 있고, 양촌 부, 양촌 모 앞에서 멀뚱히 장미를
무덤덤히 보고 있는,

양촌 부 이번엔 사돈들이 진짜 가시나 했네.. 나도, 의사도...
장 미 (담담히 있다가, 편하게, 양촌 부 보며) 어머닌 어때요?
양촌 부 (누워 있는 양촌 모의 머리카락 넘겨주며) 죽음 다행이지.
장 미 (양촌 모 보고, 양촌 부 보며) 아버지, 나, 배고파.
양촌 부 먹자. (하고, 나가는)
장 미 (가방 들고, 부모님 손에 입을 맞추고, 나가는)

씬 17. 국밥집 안 + 국밥집 앞 거리, 밤.

장 미 (열심히 먹는)
양촌 부 (열심히 먹는)
장 미 (열심히 먹으며, 담담히) 아버지..
양촌 부 (먹다, 김칫국 묻히고, 보면)
장 미 (아무렇지 않게, 담담히) 나, 아버지 아들이랑 헤어지게. (하고, 밥을 먹는)
양촌 부 (가만 물끄러미 보다, 밥을 먹는)
장 미 (편히 보고) 십 년 전 오 년 전에 벌써.. 헤어질 건데.. 아버지 땜에 참았어, 말
리지 마요? 들을 나도 아니지만. 평생 키워준 내 부모랑도 곧 영영 이별할 판
에, 내가 오양촌과 뭐한다고 영영 살까 싶어. 관두게.
양촌 부 (돈 꺼내 탁자에 놓는)
장 미 (편하게, 양촌 부 짠하게 보고) 아버지가 사게?
양촌 부 (그냥 가게를 나가는)

장 미	(가방 들고, 나가서, 가는 양촌 부 보며) 데려다드릴게! 아버지? 아버지?!
양촌 부	(가며, 담담히) 잠이 안 와! 안 걸으면. (하고, 걸어가는)
장 미	두 시간이나 어떻게 걸어?!
양촌 부	… (가며) 맨날 걸어.
장 미	조만간 아들내미 살림 아버지한테 보낸다?! 어?!
양촌 부	…
장 미	(보다, 담담히 돌아서서 가는)

씬 18. 홍일지구대 남자 휴게실 안, 밤.

경모, 삼보, 민석, 승재, 자고 있는,
그때, 명호, 서서 동규의 빈 사물함을 들여다보는,
한표, 이불을 두 채 깔고 있는,

한 표	(명호에게) 사수, 자요. 한 시간이라도 자야, 순찰,
명 호	(동규의 사물함만 보며, 말꼬리 자르며) 너나 자.
한 표	네. (하고, 제 자리에 들어가, 자는)
삼 보	(뒤척이며) 명호야, 자, 임마. 빈 사물함 보면 뭐할 거냐? 동규 놈이 좀 전에 와서, 짐 싸가지고 갔는데.. 청문감사실*에 자수했다. 그러게 새끼야, 동규 좀 봐주면 어디가 덧나냐? 청문감사실은 왜 가라고 해가지고.. 니 동기, 사건 다발 지역 가서 뺑이치면 좋냐, 임마!
명 호	(동규의 사물함 닫고, 자리에 누우려 하면)
경 모	(눈 감은 채) 동규가 짐 챙겨 가며, 다른 사람은 몰라도 동기인 니가 감찰 가랄 줄은 몰랐다드라. 멋지셔, 최명호 경장님. 우리도 쟤한테 밉보임 바로 모가지예요, 형님 조심하자.
명 호	(자리에 누워, 천장만 보는)

---

* 청문감사실 감찰 · 감사의 업무를 담당하는 경찰서의 한 부서

씬 19. 모텔 프런트, 밤.

호철, 프런트 안에 있는 주인에게 경찰 신분증 보여주며, 웃고 있는,

주 인   (전화하며, 짜증나도 참으며) 그게 경찰들이 협조해달래서.. 네네, 그냥 방에
          가만 계시기만 하면 된답니다.. 가만... 죄송합니다.

그때, 텔레비전 볼륨이 크게 올려지는(쇼 프로 같은),

호 철   (주인에게) 어떤 일이 있어도, 문 닫고, 나오지 마세요.
주 인   (짜증나는, 창문 닫고, 커튼 치는)
호 철   (위층으로 가는)

씬 20. 양촌의 모텔방 밖 + 안, 밤.

텔레비전 소리 시끄런,
호철, 들어와, 시계 보면, 열 시가 가까운,
호철, 리모컨으로 소리를 더 크게 하고, 앉아, 텔레비전을 보는,

씬 21. 모텔 복도 + 범인 방 안 + 모텔 건물 밖(범인의 방에서 내려다보이
는), 밤.

시끄러운, 복도,
잠시 후, 범인, 방에서 나와 주변을 둘러보고, 양촌 방을 보는, 그러다, 자기
방으로 들어가, 프런트에 전화를 하지만 안 받는, 다시 방을 나와, 양촌의 방
으로 가서, 문을 두드리는, 한참을 두드리는, 카메라, 열린 범인 방을 보여주
는,
잠시 후, 호철, 오징어를 씹으며 문 열고 범인 보는,

범 인 (화난, 가라앉은) 볼륨 낮춰?

호 철 (가만 보는)

범 인 볼륨 낮추라고?

호 철 (그제야 알아들은 척) 아... 네.. (하고, 방에 들어가, 리모컨으로 텔레비전 끄는)

범 인 (확인하고, 자기 방에 들어가면, 창문이 열린, 이상한, 고갤 빼고, 조심스레 밖을 보면, 아무도 없는, 창문 닫고, 돌아서는데)

갑자기, 화장실에서 양촌, 나와, 범인의 뒷덜미를 잡아, 그대로 범인의 얼굴을 벽에 두어 번 세게 얼굴 터지게 박는, 그리고, 팔로 목을 조르는,
그때, 호철, 문 열고, 총을 겨누고,

호 철 (땀난, 담담히 미란다 고지하는, 두려운) 김학수, 남아 성폭행 및 살인 사체 유기 혐의로 체포한다. 변호인을 선임할 수 있고, 체포구속적부심*을 청구할 수 있다. 변명할 말이 있으면.. 하든지 말든지.

범인, 고지가 끝나기 전에, 있는 힘껏, 양촌을 등으로 밀어, 창문 쪽으로 밀어 붙이는, 그 바람에 양촌의 머리에 유리가 깨지는, 양촌, 힘을 쓰는데, 범인, 벽에 걸어둔 혁대로, 양촌의 목을 조르고, 호철, '야야야!' 하며, 총을 들고, 어쩔 줄 모르는, 그사이, 범인, 양촌의 목을 조르며, 벽에 양촌의 머릴 부딪치게 하는,
그때, 주영, 창문 열고, 총을 범인의 머리에 겨누며,

주 영 개새끼, 목줄 안 놔!

호 철 (재빠르게, 총으로 당황한 범인의 머릴 치고, 범인, 주저앉으면, 발로 머릴 까고, 팔 뒤로 꺾어, 일사불란하게 수갑을 채우며, 눈가 붉어져) 평생 빵에서 썩어라, 이 새끼!

---

* 체포구속적부심 부당한 체포나 구속을 당한 피의자를 법원이 재심사하는 절차

양 촌   (목을 잡고) 아, 아퍼.. (아파하며, 주영 보며) 새끼, 기어왔냐, 왜 이제 와?!

주 영   (한 손으로 범인을 잡고, 총은 범인의 머리에 겨누고, 양촌에게) 기어오긴..
        날라왔구만! 등 뒤에 날개 안 보이냐? (범인 끌고 가며) 가자, 가자, 가.. 밑에
        도 총 든 애 있으니까, 고분고분.. 말 듣고.. (하고, 범인 데리고 나가면)

양 촌   (창문 아래 보며, 동료1에게) 야, 너 일계급 특진하겠다? (하면, 동료1, 양촌
        을 보고, 인사하면, 양촌, 손 흔들며) 대어다, 잘 모시고 가라, 우린 뒤따라갈
        게!

호 철   (창가로 와, 기분 좋은, 눈가 그렁해, 소리 지르는) 악, 악, 악!!!

양 촌   (호철 보며, 웃으며) 크크.. 우리 서방 신났네...

씬 22. 지방 편의점 안, 밤.

양촌, 음료대에서 캔커피 두 개를 고르다가, 하난 놓고, 하난 맥주로 바꾸고,
다시 맥주 몇 캔을 더 챙기고, 맥주 하날 따서, 한 모금 마시고, 계산대로 와
카드로 계산하고, 나가는,

씬 23. 지방 편의점 앞, 밤.

양촌, 맥주캔과 캔커피를 들고, 차의 조수석에 오르는,

씬 24. 양촌의 차 안, 밤.

호철, 운전대 잡고 있는, 편한,
양촌, 조수석에 타서, 캔커피를 호철에게 주고, 자신은 맥주캔을 한 모금 더
마시려 하면,

호 철   (맥주캔을 뺏어서, 차 홀더에 놓고, 캔커피 따서 주며) 경찰이, 업무 중에 무
        슨 술?

양 촌	(어이없이 보며) 업무 끝났잖아? 운전은 형님이 한다며? 좀 마시자?
호 철	(무섭게 보면)
양 촌	진짜... (하고, 안전벨트 하고, 캔커피 마시다, 웩! 하고, 뱉으며) 블랙이네..
호 철	(운전하는)
양 촌	(캔커피도 홀더에 놓고, 음악을 트는)
호 철	피해자 아버지한테 전화했어.
양 촌	(보면) ?
호 철	욕먹었다, 애 죽고, 애 엄마까지 죽었는데, 범인 잡으면 뭐하냐고.
양 촌	(서글프게 웃으며) 맞는 말이네. 서운해?
호 철	아니.. 나는 내 짐 털고 가는 걸로 됐어. 그래도, 피해 애기, 원한은 풀었잖아.
양 촌	(거수경례를 하며, 담담히) 역시, 내 사수! (창가 보며) 근데, 웬 눈?

씬 25. 국도변 길 + 경찰 버스 안, 밤(새벽 네 시경).

대형 경찰 버스, 두어 대 줄지어 가는, 차 안의 정오 상수 외, 국립경찰가를 부르며, 긴장해 가는,

씬 26. 눈 오는 바닷가, 밤.

양촌의 차, 달려오는, 양촌, 호철 '국립경찰가'를 부르는,

씬 27. 양촌의 차 안, 밤.

양촌, 노래하며, 히터를 틀지만, 고장 난, 유리창이 뿌연,

호 철	(노래하다 말고, 운전하며) 야, 이 똥차 좀 어떻게 좀 해봐봐.
양 촌	(콘솔 박스에서 로션을 꺼내, 휴지에 묻혀, 유리창을 닦다가, 바닷가 쪽 보고) 저거, 뭐야?

호 철	뭐? (하며, 차 멈추고, 바닷가 쪽을 보는데)

* 점프컷, 인서트 – 바닷가 》

남자, '영순아, 영순아!' 부르며, 울부짖으며 바다로 걸어 들어가는,

* 점프컷, 양촌의 차 안 》

양 촌	(난감한) 염병.. 아... (하고, 호철 보면)
호 철	(난감한) 어쩌냐?
양 촌	이 추위에.. 미쳤나! (하다가, 안전벨트 풀고) 형은 나오지 말고 신고해. (하고, 나가려 하면)
호 철	(양촌의 팔 잡으며, 걱정하는) 신고만 하자?
양 촌	(답답하지만) 그 말은 저 사람은 그냥 죽이자는 말로 들려? (하고, 나가, 바닷가로 뛰어 들어가며) 아저씨, 이리 와! 그러다 죽어?! 아저씨!
호 철	(답답한, 전화하는) 112죠, 여기 상림 54번 해안도론데, 사람이 바닷가로 뛰어들었어요! (하며, 양촌 쪽을 보는, 양촌이 너무 깊게 들어가는 것 같은) 양촌아! (하고, 핸드폰 놓고 나가며) 양촌아, 더는 가지 마! 양촌아!

씬 28. 바닷가, 밤.

양촌, 멀리 물속을 수영하며, 사방을 보지만, 남자, 이미 사라진, 양촌, 다시 남자를 찾아 자맥질해 물로 들어가고, 호철의 '양촌아!' 소리는 못 듣는,

* 점프컷 》

호철, 바닷가를 보면, 아무도 없는, '양촌아!' 하며 물로 뛰어드는,

* 점프컷 》

한참 후, 양촌, 남자를 걸쳐 메고, 물에서 나와, 경동맥 잡아보고, 인공호흡을 하는,
그때 사이렌 소리 나고 양촌, 인공호흡하며 뒤를 보면,

119와 경찰차 동시에 와서 서고, 119 대원, 경찰이 차에서 내리자마자 바닷가 쪽 보며, 뛰어가는, '사람이다!' 하는,

양촌, 숨을 헐떡이며 계속 인공호흡을 하며 눈으론 물에 뛰어드는 구급대원과 경찰을 멍하니 쫓는, 그러다, 불이 켜진 자신의 차 안 보면, 아무도 없는, 머릿속이 정지된 듯, 멍한, 이때부터, 느린 그림, 양촌, 인공호흡하며, 바닷가 쪽 보는, 긴장한, 정적이 흐르는, 양촌의 헐떡이는 숨소리만 들리는, 바닷가에 구급대원과 경찰만 수영을 하는 게 보이는, 양촌, 눈은 멍하니 바닷가만 보며, 인공호흡만 하는,

그러다, 남자, 토하면,

뒤늦게 도착한 119 차량에서 구급대원, 들것을 빼들고, 오고,

양촌, 그들 보고 멍하니 일어나 바닷가 쪽을 보고, 멍하니, 가는, 가는 양촌의 뒤에선 구급대원들이 남자를 차로 나르는,

호철, 축 늘어져, 구급대원과 경찰 팔에 끌려 나오는,

양촌, 멍하니, 뛰어가, 호철을 빼앗듯 해서, 경동맥 잡아보고, 울상 되어, 심폐소생술을 하는,

구급대원, 경찰, 그런 양촌과 호철을 두고, 힘들어, 바닷가에 눕는,

양촌, 죽어라 심폐소생술을 하는데, 멍한 표정에 눈물이 뚝뚝 흐르는,

양 촌 (심폐소생술 하며, 낮은 소리로, 호철을 부르는) .. 호철 형.. 님.... 사수.. 사수.. 사수..

씬 29. 요양원 앞 + 요양원 안 복도, 밤.

장미의 차, 급하게 와서, 서고, 장미, 눈가 붉어져 뛰어서 요양원 건물로 들어가는데(느린 그림), 한쪽에 양촌 부, 서서 덤덤한, 장미, 양촌 부를 그냥 지나쳐, 요양원 복도를 뛰어가는데, 병실에서, 남자 요양보호사가 이동침대에 침대보로 얼굴을 덮은 장미 부를 끌고 나오는 게 보이는, 장미, 멍한, 이내, 다른 남자 요양보호사가, 침대보로 얼굴을 덮은 장미 모가 누워 있는 이동침대를 끌고 연이어 나오는, 장미, 눈가 그렁해 멍하니, 그 모습을 보는,

호철에게 심폐소생술 하는 양촌과 담담하려 애쓰며 장미 부와 장미 모의 시신을 확인하는 장미의 멍한 모습이 교차되는, 장미, 확인했다는 듯, 고개를 끄덕이고, 남자 요양보호사들, 침대를 이동하면, 양촌 부, 벽에 기대 먹먹한, 장미, 양촌 부를 지나쳐, 이동침대를 따라가는, 멀멀한,

씬 30. 한적한 가로수 길, 흐리고 눈 오는 날, 이른 새벽.

경찰차, 서너 대가 헤드라이트를 켜고 '빵!' 하는 경적소릴 울리며, 달려서, 서 있는 대형 경찰 버스를 스쳐가는,
대형 경찰 버스 서너 대가 즐비하게 서 있는, 그 뒤로 가면,
중년 경찰, 한쪽에서 무전기로 말하는, '말, 4, 5, 6번, 인근 남편(남쪽) 대기, 말, 4, 5, 6번 남편 대기', 상대편 무전기 오는, '대기, 대기, 말 24, 25, 서편 대기, 서편 대기, 정시 종발! 정시 종발!' 달리는 차들의 소리와, 경적, 무전기 소리가 섞이는,

＊ 점프컷 》

밥이 담긴 큰 박스와 국이 담긴 큰 박스, 두 가지 정도 반찬이 담긴 박스들이 놓여 있는 것이 보이고, 경찰이 밥과 국을 퍼 주고, 수십 명의 경찰들이 즐비하게 서서 밥과 국을 받아서, 누구는 차 안으로 들어가, 허겁지겁 밥을 먹고, 상수는, 밥을 받아, 서서, 허겁지겁 밥을 먹는, 발아래 눈이 녹아 신발을 적시는, 정오(추운지 떨지만, 긴장해서 자신은 모르는)와 혜리도 밥을 받아, 우적우적 빠르게 먹는, 식사 이후 시위현장으로 달려갈 불안함 때문에 모두 긴장한 상황이지만, 잘해야겠다. 이 밥이 어쩌면 오늘 마지막이란 생각에 눈빛을 빛내며 주변을 살피며, 죽기 살기로 열심히 씹는, 상수, 밥을 먹다 무심히 정오 쪽으로 고갤 돌리고, 상수, 정오 보고, 밥 먹고, 정오는 뭐야 하는 얼굴로 손가락으로 총각무를 집어 씹어 먹는, 그러다 둘의 시선이 마주치고 서로를 무심히 보는, 관심 없는, 밥만 씹는, 가끔 추워 이가 딱딱 부딪히는 것도 모른 채, 다시 고개 돌리고, 눈에 젖은 밥을 먹는 데만 열심인, 거의 동시에 상수도, 식판을 들이마시는, 그런 두 사람의 모습과 떨면서 밥 먹는 다른 경찰들

의 모습이 보여지고,

간 부 그만!
모두들 (밥을 물고, 보는)

씬 31. 대학교 넓은 교문 앞 + 넓은 운동장, 눈 오는 낮.

정오 상수 외, 경찰학교 교육생들 대열을 맞춰 학교 쪽으로 작은 보폭으로
뛰어 들어가는, 그때, 대장, 말하는,

대 장 둘째 줄, 여교육생들, 첫 줄과 열 바꿔, 뛰어!

정오 외 모두들, 이상하지만, 상수가 있는 남동기들의 줄과 열을 일사불란하
게 바꾸고, 작은 보폭으로 뛰는,
건물 안에서 남녀 학생들이 부르는 노래가 학교 전체에 울려 퍼지는,

씬 32. 총장실이 있는 건물 복도, 낮.

남녀 학생들, 열을 지어 앉아서, 철야 농성하는, 두렵지만, 짐짓 아무렇지 않
은 듯, 노래를 부르는,

씬 33. 학교 계단, 낮.

정오 상수 외, 대열을 맞춰, 계단을 뛰어오르는,

상 수 (이상한, 걱정스런, 작게) 왜 경찰이 학교를 와?
동기1 몰라.
동기2 (혜리에게, 답답한, 깔끔하게) 학생들이 총장실을 점거했대.

혜 리   그래도 그렇지, 학내 문제에 웬 경찰 투입?

정 오   (화나는 것 참고, 두렵지만, 오기 부리며) 입 다물어.

씬 34. 학교 복도, 낮.

정오 외(맨 앞줄), 대열을 맞춰, 남녀 학생들과 대치해서 서 있는, 시간이 꽤 오래된 듯한,

학생들, 서로 팔짱을 끼고, 두렵게 노랠 부르는, 벽이며, 곳곳에 학생들이 총장, 교수진의 비리를 알리는 대자보와 메모가 붙은, 검찰과 국가의 수사를 촉구하는 내용도 보이는,

동기1   (복화술처럼) 계속 언제까지 대치야?

동기3   (이상하고, 두려운) 설마 쟤들을.. 우리보고.. 강제로.. (상수에게) 뭘 어쩌라는 건 아니겠지..

상 수   (맘 아파도, 두려워도, 앞을 강경히 보려 하며) 말 걸지 마.

혜 리   (불편함 참고, 정오에게) 난 이건 아니라고 본다.

정 오   (속상한, 그래도 아닌 척, 강하게) 까라면 까. 낼모레 지구대 발령인데, 관둘 거 아니면.

여경찰 간부   (확성기 들고) 학생 여러분, 지금 즉시 해산치 않으면, 강제 해산입니다. 학생 여러분 다시 한 번 말씀드립니다, 지금 여러분은, 총장실을 불법 점거하셨습니다, 불법 점거 농성은 법으로 보호받을 수 없습니다. 자진 해산하십시오! 앞으로, 자진 해산까지, 딱 1분 드립니다!

학생들   (두렵지만, 더 크게 노래만 부르는)

그때, 무전 하던 남자 경찰 간부, 여자 경찰 간부의 귀에 대고 뭐라 말하고, 가는, 정오, 상수, 대열에 서서 그런 모습을 보고, 긴장하고, 두려운,

여경찰 간부   (강하게) 대열, 앞으로! 학생들을 해산한다!

학생들, 두려워하며, 노랠 하고,

정오, 상수, 맘 아파, 이를 앙다물고, 어쩔 줄 모르는데,

뒤에서, 남간부, '해산이라잖아! 끌어내!' 하는 소리 들리고, 모두 조금 망설이는데, 교육생 중의 누군가가 먼저, 남학생을 잡아끌고, '악!' 소리 나고, 순간, 학생들 '악!' 소리 지르며, 아수라장이 되는, 남경찰은 남학생, 여경찰은 여학생을 끄는, 느린 그림,

정오, 혜리, 이를 앙다물고, 하고 싶지 않지만, 마지못해, 여학생 하날 잡아, 양쪽에서 팔을 끄는데, 여학생, 발버둥 치고, 정오, 혜리, 두려운데, 여학생의 발에 얼굴이 채이고, 정오와 혜리, 눈가 그렁해도, 강하게, 오기 부리며, 여학생을 끌려 하고,

상수, 동기1과 다른 남학생의 팔다릴 잡고, 이건 아니다 싶어 눈가 붉어져도, 어쩔 수 없이, 끌고 가려는, 남학생, 벽에 붙어 버티고, 상수, 남학생을 뒤에서 잡아, 끌며, '다쳐요, 버티지 마!' 하는, 울어버릴 것 같은, 그래도, 제 할 일은 강하게 하는,

여러 명의 끄는 경찰도 끌려가는 학생도 울 것 같은, 더러는 우는, 그 아수라장 속에서, 학생을 끄는 정오와 상수, 속상하고, 오기 부리며, 맘 아픈 모습이 교차되는,

씬 35. 호철의 장례식장 안, 낮.

호철의 영정 보이고, 경찰들(더러는 형사복, 더러는 정복, 근무복을 입은), 상주(아내, 아들 셋)와 양촌(상주복 입고) 맞절하는, 조문하는,

이후, 상주와 관계자들 앉아, 얘기하면, 양촌, 나와서 주영이 앉아 있는 상으로 와서, 소주를 마시는,

주 영   (걱정스런, 답답한) 작작 해? 상주가 취할래?

양 촌   (슬프게 보며) 엿까.. (술만 마시는, 취한 건 아닌)

그때, 송이, 상복 입고, 와서, 양촌에게,

송 이   (차갑게) 아빠, 엄마가 오시래요. 손님 오셨다고. (하고, 그냥 가는)

양 촌   (슬픈, 참고, 일어나, 옆의 장인 장모 장례식장으로 가는)

씬 36. 장미 부모의 분향소, 낮.

양촌, 장미, 대관, 죽 서서, 손님과 맞절을 하는,
조문객, 장미 손잡아주고, 나가면,

장 미   (조문객에게, 맘 아파도, 편하게) 진지 드시고 계세요.
조문객   (양촌의 손잡고 가고)
양 촌   (어색하게, 맘 아프게 인사하고)

대관, 나가고,
장미, 자리에 앉는,

양 촌   (장미 옆에 앉으며, 호철 때문에 슬픈, 짐짓 담담히) 저 손님 누구지? 어디서
         본 거 같은데.
장 미   (영정만 보며) 아버지.. 사촌.
양 촌   (담담히, 진지(?)한) 아.. 전라도 순천 사는?
장 미   (담담히, 영정만 보는) 서울 사는.
양 촌   아, 서울 구로 사는?
장 미   (양촌 보며, 담담히, 화도 안 나는) 서울, 잠실 사는.
양 촌   (미안한, 담담히, 진지한) 아, 잠실.. 아버님 사촌이 많으니까.. 넷인가?
장 미   (가만 보다, 담담히) .. 저분밖에 없어. (하고, 영정 보는)
양 촌   (영정 보며, 담담한, 호철 때문에 슬픈) 내가.. 너무 소홀하다, 그지?
장 미   (영정만 보며) 가.
양 촌   (영정만 담담히 서글프게 보며) 어딜?
장 미   (영정만 보며) 니 사수 장례식장.
양 촌   (담담한, 눈가 붉어, 담담히) 장미야, 호철 형님.. 나 땜에 죽었다. 나 구하려
         다.. 내가 죽었어야 되는데, 왜 형님이.. 내가 그때 아무 짓도 하지 말았어야
         되나.. 싶다..

장 미   (담담히, 영정만 보는)

그때, 주영, 손에 핸드폰 들고 걱정스레 오며,

주 영   형, 잠깐만. 나 좀 봐. (하고, 장례식장 일각으로 가는)
양 촌   (힘들게, 일어나, 주영 따라가는)
장 미   (영정 속 부모님을 그리운 듯, 짠한 미소 짓고, 보는)

그때, 양촌 부, 와서 향을 갈고, 절하고, 장미 옆에 와, 앉아서, 가만있는,

＊ 점프컷 》
양촌, 장례식장 일각에서 핸드폰을 보는, 주영, 화나고, 속상한,

＊ 점프컷, 인서트 − 동영상 》
서장, 기자회견장에서 고개를 깊게 숙이고 사죄하는,

앵 커   (E) 오늘 새벽 4시, 서해안 상림해안가에서 바다에 뛰어드는 음주 경찰을 구
          하려던 동료 경찰이 익사한 사건을 두고, 경찰 내부의 기강 문제가 언론의
          도마 위에 오르자, 오늘 오전 열 시 장동경찰서 김한석 경찰서장이 긴급 기
          자회견을 열고, 대국민 사과 메시지를 냈습니다. 경찰 내부는, 이번 사건이
          경찰 수사권 독립 문제의 변수로 작용할까.. (우려하는 목소리가 큽니다)
양 촌   (E, 당황스럽고 어이없는, 화난, 동영상 끄고, 기사를 찾아보는데)

＊ 점프컷, 인서트 − 기사 헤드라인 》
음주 경찰 구하려다 퇴직 앞둔 동료 경찰 숨져,

＊ 점프컷 》

양 촌   (눈물이 고이지만, 화나는, 억울한, 애써 참는)
주 영   진짜, 씨＊.. 이게 지금 말이야, 막걸리야,
동료1   (속상한, 양촌과 주영의 옆으로 와서 말하는) 우리가 미제사건의 범인 잡은

건 기사도 안 났어요.

주 영   경찰청장하고 서장 새끼가 아무래도 뭔가 빅딜을 하면서, 기사 소스를 조작한 거 같애, 서장 새끼 그런 일 한두 번 아니잖아. 근데, 형 술 먹었었어?

양 촌   (주영 꼬나보는, 멍하지만, 오기 어린)

그때, 동료2, 오며,

동료2   서장 왔어요!

양 촌   (뛰어나가는)

* 점프컷 》
분향소에 있던 장미, 그 모습을 보는, 담담한, 다시, 영정 보는데,

양 촌   (버럭, E) 누가 술을 먹고, 바달 뛰어들어, 누가 술을 먹고, 바달 뛰어, 들어?!
(하고, 우당탕탕 소리 나는)

장미, 양촌 부   ... (담담한)

씬 37. 장례식장 복도, 낮.

양촌, 정복 한 서장의 멱살을 잡고, 주먹으로 치고, 말리려 해도, 다시 치는,
동료들, 여럿, 양촌을 말리는,
송이, 멀리서 그런 양촌 믿게 보다, 그냥 가고,

양 촌   놔! 놔! 니들도 죽을래?! 놔, 새끼들아!

주 영   (말리며) 그만해, 형, 참아!

서 장   (입가 터져, 양촌에게, 화난) 너 뭐하는 짓이야, 자식아?!

양 촌   (보며, 억울해, 눈물이 나는, 소리치는) 뭐, 음주 경찰이 술 처먹고 바닷가에 뛰어들어 동룔 죽여? (울며, 억울한, 소리치는) 내가 호철 형님을 왜 죽이냐, 새끼야?! 내가 언제 술을 먹었냐? 형님이랑 나랑 사람 살린 건 왜 말 안 하고, 우리가 죽을 사람 살린 건 다 어디 가고?! 우리가 미제사건 살인범 잡은

건 다 어디 가고?! (하며, 서장을 잡아, 죽어라 밟는)

동료들 (말리고)

양 촌 (안 밀리려 하며, 서장만 밟으며, 울분에 차) 너, 무슨 짓을 한 거야, 너 무슨 짓을 한 거야, 대체! 말해, 말해, 개새끼야!

그런, 양촌의 난리 치는 모습 뒤로, 장미의 장례식장에 조문 온 경모, 답답하게 양촌의 행태를 보고 장례식장으로 들어가고, 한솔, 속상해, 왜 저러나 싶어, 고개 젓고 장미의 장례식장으로 가고, 명호, 들어와 걱정스레 양촌을 보다, 양촌에게 '형님, 가자, 이러지 마시고, 예?' 하며 장미의 장례식장 쪽으로 이끄는,

씬 38. 경찰학교 옥상, 밤.

정오(목에 손톱자국이 있는), 난간에 서서, 답답한, 조금은 까칠해지는, 정오 모와 통화 중인,

정 오 (기운 안 빠진, 답답하지만, 담백하게) 적금 못 넣어, 대출받아 아버지한테 빌린 돈 갚을 거야. ... 백사십.

* 점프컷, 정오 모의 집 안 거실, 교차씬 》

정오 모 (거실 걸레질하다, 짜증나는) 시본데, 백사십? 수당은?

정 오 (답답한) 조금.

정오 모 (어이없고, 화나는) 염병, 지랄... 근 삼 년을 죽어라 힘들게 그 고생을 했는데.. 뭐, 고작 백사십.. 그것도 앞으로도 일 년을 더.. 그럼 대체 언제 돈 벌어, 시집 가고, 니 아버지 빚을 갚어! 야, 기집애야, 나도 백오십 이상은 번다!

정 오 사대보험도 되고, 나중엔 연금도,

정오 모 (말꼬리 자르며) 기집애야, 그러니까, 내가 뭐래? (하고, 핸드폰을 속상해, 던지고, 던져진 핸드폰에 대고 소리치며, 걸레질하며) 그러게, 경찰대학 가서, 간부 되랬잖아!

정 오　　(화나, 전화 끊고, 한숨 쉬는)

그때, 상수 와서, 정오 툭 치고, 정오, 보면,
상수, 무심히, 하드를 까서, 정오 주고, 하난 자기가 먹으며, 이어폰 끼고 핸드폰으로 음악을 들으며, 멀리 가서, 하늘을 보는,
정오, 그런 상수, 뭔가 싶게 보고, 하드 먹는,
상수, 핸드폰에서 이어폰을 빼고 음악이 들리게 하는,

정 오　　(상수 보는, 담담히) 웬 하드?
상 수　　(정오 보며, 편하게, 담담히) 웬 반말?
정 오　　너 내 동갑?
상 수　　너 나 알어?
정 오　　너 동기들이 싹 다 알어? 경찰학교 입학생 중 키 젤 큰 애.
상 수　　(실망하는) 넌, 남은 벌점 3점.
정 오　　?
상 수　　동기들끼리 내기했잖아, 니가 퇴교당할까, 아닐까. 나 염상수.
정 오　　한정오.
상 수　　(담담히 하늘만 보며) 오늘은 여동기한테 말 걸어도 뭘 줘도 벌점이 없대. 그래서 남자 놈들 여동기들한테 막 뭐 주고, 폰 번호 따고 난리야? 저 아래 봐봐.
정 오　　(내려다보는)

＊ 점프컷, 운동장 》
동기들, 추운데도 삼삼오오 모여, 폰 번호를 서로 따거나, 먹을 것들을 먹으며, 신나서 "넌 어디 지원했어?" "집에서 젤 가까운 지구대." "오빠가 한번 놀러 갈게." "오늘은 진짜 벌점 없는 거지?" "경찰이 거짓말하겠냐?" 등등 얘기하는,

＊ 점프컷 》

상 수　　너 홍일지구대 신청했다며, 그래서 내 하드는 니가 먹게 된 거지.. 나도 홍일

지구대거든. 거기 우리나라에서 사건사고 젤 센 덴데..

정오   (보고, 알겠다는 듯) 승진할 기회도 많다지, 그래서.... (하고, 아래 보며) 열라 훈련받고,

상수   졸라 힘든 진압하고,

정오   8개월 만에 자유네.

상수   (쓸쓸하지만, 짐짓 편하게, 하드 먹으며, 정오 목의 상처 보며) 다쳤네.

정오   (하늘만 보며) 오늘 일은, 입 밖으로 꺼내고 싶지도 않아.

상수   (하늘만 보며, 담담히) 맞아.

정오   (하늘만 보며, 스스로에게 다짐시키듯) 찝찝하다고, 왜 우리가 학생들의 머리 끄댕이를 잡아야 하냐고, 부당하다고, (상수 보며) 이건 아니라고.. 말함 뭐.. 달라지나. 힘들게 된 경찰 그만둘 것도 아니고, 안 그래? (하다가, 상수의 붕대 감은 손을 보면)

상수   (정오가 제 상처 보는 것을 알아채고, 제 상처 보며, 쓸쓸한) 학생들도 나만큼 많이 다쳤을걸.

정오   (학생들 생각에 답답한, 쓸쓸하게 웃고)

상수   (하드 먹으며, 기분 전환하려) 나, 낼모레 경찰 된다? (하고, 씩 웃으며, 정오 보며, 하드 내밀며) 축하한다!

정오   (상수 하드에 제 하드를 부딪치며, 웃고) 축하한다!

그때, 확성기로 크게 편하고, 신나는 음악이 나오고,

* 점프컷, 운동장 》

운동장의 동기들, 신나서, '악!' 하고, 폭죽을 터트리는, 대장, 음료와 통닭들 가져오고, "콜라를 주스를 맥주처럼 소주처럼 퍼마셔라! 통닭은 학장님과 총장님이 쏘셨다!" 동기들, '악!' 신나서 소리치는, 건물 안에 있던, 교육생들 운동장으로 나오는, 더러는 춤을 추는,

* 점프컷, 옥상 》

상수, 음악에 맞춰, 춤을 추고,
정오, 어이없이 웃고, 같이 춤을 추고, 즐거운, 혜리 외 동기들, 옥상으로 오며 "우리 이제 경찰이다!", 소리치는,

상수, "나도 직장 있다! 나는 주류다!" 신나 소리치는, 춤추는,
정오, 신나서, "나, 안 잘리고 경찰 됐다! 경찰!"
다들, 그렇게 신나게 음료를 병나발 불고 먹으며, 다들 노는,

씬 39. 홍일지구대 전경, 아침.

한 표   (밝게, 동료들에게, E) 안녕하십니까, 수고하셨습니다!
팀 들   (E) 수고하셨습니다, 수고하세요!

씬 40. 지구대 안, 휴게실(라커 룸) 계단, 복도, 낮.

한표, 앞장서고, 뒤에 상수, 정오, 혜리 사복 차림으로 근무복과 물품 등을
받아들고 따라오고, 2팀(사복, 근무복 등을 입고, 여경도 있는) 계단을 내려
오거나, 오르는,

한 표   (밝게, 동료들에게) 안녕하십니까, 수고하셨습니다. (를 연발하며, 인사하고)
상수, 정오, 혜리   (어색하게, 인사를 하는)
한 표   여긴 남자 휴게실, 저쪽은 여자 휴게실.. 각자 거기서 옷 갈아입고, 십 분 후,
모두 남자 휴게실 앞으로 집합입니다.
정오, 혜리   네! (하고, 여자 휴게실로 들어가고)
상 수   (어색한)
한 표   들어와. (하고, 남자 휴게실로 들어가는)

씬 41. 남자 휴게실 안, 낮.

경모와 한솔, 명호, 양촌을 제외한, 1팀 팀원들 있는, 상수, 어색한, 인사하며,

상 수	시보*, 염상수입니다.
한 표	(라커 알려주며) 여기가 니 라커. 이름 있지?
상 수	(보면)
한 표	(웃으며) 왜 반말인가 싶냐? 동갑이래도 니 선배? 싫어?
상 수	그럴 리 없습니다. (하고, 옷을 갈아입는)
한 표	(웃으며) 갈아입고, 대기. (하고, 나가는)

모두, 상수를 본 둥 만 둥 자기 라커에서 사복을 근무복으로 갈아입으며 말하는,

삼 보	그래선 뭐가 그래서야, 내가 갔다니까, 진짜 식당까지?
민 석	(웃으며) 진짜, 치킨 조각 개수 맞추러요?
종 민	나두 같이 갔잖아? 닭다리, 닭갈비, 닭날개, 테이블에 죽 늘어놓고, 그 인간들이 시켜놓은 양념 닭 열두 세트를 다 펴놓고.. 진짜, 퍼즐 맞췄다니까!
승 재	그래서 맞췄어요?
삼 보	맞췄지?! 딱 맞드라! 한 세트당, 조각 18개에 똥집 좌우로 썰어, 네 쪽! 고로, 업주가 사기죄는 아닌 걸로 땅땅땅!

'골 때리네' 하며, 모두, 깔깔대고 웃는,

종 민	웃을 일이 아냐, 어제 그 일 땜에 29번지 자매 칼부림 사건 늦게 출동해서 하마터면 사람 죽을 뻔했어?! (남일에게) 넌 대체 어디 갔었냐? 어제?
남 일	(무표정, 옷 갈아입고, 나가며) 순찰.
종 민	(맘에 안 드는) 지랄하네, 순찰?! 너 일부러 콜 안 받았지!
민 석	고만해! 또 또 열받는다.
종 민	(승재, 원우 보며) 야, 쟤 일부러 콜 안 받았지? 쟤 일부러 콜 안 받고, 뒷골목 순찰 돌았지?
원우, 승재	모르겠는데요?

---

* 시보 정식 임용 전까지 1년간 실무를 익히는 수습 경찰공무원

삼 보   니들은 아는 게 뭐야? 아는 게 뭐 있어, 아는 게?! (하다가, 상수 보며) 얜 뭐
        가 이렇게 커? 너 이름 뭐야?

상 수   (인사하며, 옷 입으며) 염상숩니다.

종 민   너 사수 누구야?

상 수   아직.. 모릅니다.

민 석   (종민에게) 아직 발령 안 났어! 일단 경모 팀장이 맡을걸?

삼 보   (상수에게) 너 키 몇이야?

상 수   백팔십.. 팔,

삼 보   제대로 말해.

상 수   백구십입니다.

삼 보   너 키 큰 거 콤플렉스 갖지 마, 그럼 혼나! 경찰은 임마, 콤플렉스 같은 거, 없
        어!

종 민   (상수에게) 명심해, 콤플렉스 갖지 마. (하고, 나가다, 명호 라커를 주먹으로
        쾅 치며) 배신자 새끼! (하고, 나가는데)

명 호   (종민 앞에, 서 있는)

일동 모두 (명호 보는) ?!

상 수   (정신없고, 옷을 입다, 그 광경 보는)

명 호   (종민 보며, 담담히) 불만 있나 보다?

종 민   당근 있지?

삼 보   야야야, 그만해, 니들?! 경고해, 내가! 그만해!

상 수   (옷 입으며, 긴장한) ?

종 민   (명호 꼬나보며) 동료 감찰 보낸 쁘락치 새끼.. 언제 웃통 한번 까자? 날 잡어.
        (하고, 나가는)

명 호   (나가는 종민을 보면)

삼 보   (명호를 명호의 라커 쪽으로 끌며) 옷 입어, 옷 입어, 제발 지랄들 말고 옷 입
        어, 어?! 애들 보잖아, 자식아.. 선배가 돼가지고.. 쌈박질이나 할라고..

명 호   (답답한, 옷 갈아입는)

삼 보   (다른 지구대원들에게) 야야, 뭘 봐, 옷들 갈아입지!

상 수   (정신없는, 옷 갈아입는)

씬 42. 여자 휴게실 안, 낮.

여경, 옷을 근무복으로 갈아입고 있고, 정오, 혜리, 거의 옷을 갈아입은 상태인, 여경, 계속 말하는,

여 경   (할 일만 하며) 여긴 총 여경이 7명이고, 3, 4팀 여경, 4명은 볼 일 없을 거고, 난 낼모레 발령이니까, 알아두고.. 룸 청소는 야간 근무 송혜리, 낮 근무 한정오, 그것만 알면 돼.

정오, 혜리   네.

여 경   (가방 챙기며) 방 청소도군 비품실 1번함, 복도 청소도군 비품실 2번함. 도구들은 모두 각 잡아, 놓고. 책임은 한정오가 진다.

정 오   (벨트 하며, 정신없는) 네.

여 경   여자라고 특혜는 없어. 화장실도 남녀 공용. 샤워실은 따로 없다, 씻을 일이 있음 개인 돈 들여, 목욕탕 가거나, 화장실에서 대충 해, 그럼 난 먼저 나간다. (하고, 나가는)

정오, 혜리   네. 잠시 후 뵙겠습니다. (하고, 인사하고, 서로 보며, 어이없는) 대체 뭐래?

씬 43. 지구대 안 + 무기고 앞 + 무기고 안, 낮.

경모, 무기고 앞에서 지켜보고 있고,
사수는 테이저건*, 부사수들은 총기를 받는,

* 점프컷 》
삼보, 무기를 차고 나오면, 노숙자 들어와 한쪽에 눕는,

삼 보   (노랫가락처럼) 또 오셨네, 또 오셨네, 숙자 아줌마! 약속이나 한 것처럼, 또 오셨네! (하고, 한쪽에 있는 담요로 덮어주고, 들어오는 아저씨에게) 어떻게

---

* 테이저건 전극침 발사 장치가 있는 전자충격기

오셨습니까?

남 자   여기 지리 좀 알아보려고?

삼 보   네, 이쪽으로 오십시오. (하고, 관내도가 보이는 곳으로 데려가는)

한 솔   (자리에서 컴 보며) 시보들은 누가 좀 맡았나요?

경 모   최 경장이 맡았습니다! (하고, 무기고에서 무기 가지고 나가는 것만, 예리하게, 신경 쓰는)

승 재   (경모 보는 앞에서, 총알을 총기에 넣고) 4발 장전! 공포 하나, 실탄 셋! 이상무. (하고, 총집에 총기 넣고, 나가는)

씬 44. 휴게실 복도, 낮.

명호(멋진 근무복에, 검은 조끼 입은), 앞서가고, 한표, 그 뒤에 가는,
정오, 상수, 혜리, 크고 헐렁한 형광 조끼 입고, 따라가는, 긴장한,

명 호   (가며, 담백하게) 니들 조낀 형광, 내 조낀 검정. 왜 이런 차이가 나나?

한 표   사수 조낀 사제. 우리 조낀 보급의 차이다. 돈 주고 사면 된다. 인터넷에서.

명 호   니들 바진 일자바지, 내 바진 빽바지.

한 표   수선을 안 해서다, 수선하면 된다.

상수, 정오, 혜리   ?

명 호   내 혁대는 가죽 혁대,

한 표   폼 나 보이면, 돈 주고 사면 된다.

명 호   (멈춰 서서, 돌아보며, 삼단봉 확 빼는)

상수, 정오, 혜리   ?!

한 표   시보들, 삼단봉, 발사!

상수, 정오, 혜리   (자신들의 삼단봉을 확 펴는)

명 호   (삼단봉 다시 넣고) 넣어.

상 수   (삼단봉, 잘 안 넣어지는)

명 호   (가며) 스무스한 내 건 외제 삼단봉, 니들 건 보급.

한 표   부러우면, 돈 주고 사면 된다.

상수, 정오, 혜리   (뭔가 싶다, 긴장한) ..

씬 45. 지구대 식당 안, 낮.

명호, 싱크대를 다 열어두는, 정오 상수 혜리, 그것들을 보며, 어리둥절한,

명 호   식비는,

한 표   위아래 사수, 부사수 상관없이 각각 십만 원, 월급 다음 날, (상수 보며) 니가 걷는다. 칠만 원은 식비, 삼만 원은 팀비다.

상 수   아.. 네.

혜 리   (정오에게) 팀비론 뭘 해?

한 표   (앞만 보며) 걔가 알겠니? 커피, 음료, 회식, 기타 잡비 사용. 나라에선 그 어떤 개인 보급품 지원하지 않는다.

명 호   (모든 싱크대를 다 열며) 이 지구대 안에서 불문율은, 지구대장은 건드려도,

한 표   식당 아줌마 성질은 건드리지 마라. 간장, 고추장, 고춧가루 소금 각종 양념, 작은 그릇 큰 그릇, 각종 냄비 및 식기들이 어느 위치 어느 칸에 있는지, 속속들이 파악한다! 니들이 안 하면,

명 호   선배가 한다, 그렇게 만들지 마라. (하고, 나가고)

상수, 정오, 혜리   네! (진지한, 각종 식기며, 냄비, 양념들 보며, 긴장해, 정신없는)

한 표   (말하며, 나가며) 모든 비품을 외우고, 이후 뒷마당에서 비품 정리 후, 순찰!

상 수   (답답한, 구시렁, 정오, 혜리에게) 니들은 지금까지 들은 말 무슨 말인지, 알아들어? 아님 나만 못 알아들어?

정 오   (핸드폰으로 비품들 사진 찍으며) 너만 못 알아들어?

혜 리   (펜으로 메모하다, 정오 보며, 얼른 핸드폰 카메라 켜고) 진작 갈쳐주지.

씬 46. 지구대 건물 뒤편, 낮.

트럭 서 있는, 쌀과 커다란 된장, 고추장통을 정오, 상수, 혜리, 들고 창고로 나르는, 정오, 다리가 휘청이지만, 악바리처럼 일하고, 점프컷으로 많은 쌀들을 나르는 모습 보여주는, 모두, 죽겠는, 그래도 열심이다,

한표, 열심히, 쌀 나르며, 말하는, '열심히, 해! 시민들 업고 나를 때 대비해 연습한다, 생각해!'

씬 47. 주택가, 낮.

상수, 한표에게 지역 설명('이 집은 얼마 전 도둑이 들었고, 저 골목은 지난달 청소년들이 담배 판다고 신고 들어온 데..' 등등)을 들으며, 걸어가는, 지역을 계속 보며, 긴장한, 진지한, 메모하고, 한표, 지나가는 동네 어른에게 '안녕하세요?' 하고 밝게 인사하는,

씬 48. 번화가, 다른 날, 밤.

정오, 운전하며 긴장한, 남일, 그 옆에서, 앞만 보고 있는,

남 일   (감정 없이, 덤덤히) 오른쪽으로 돌면, 위험지역이다. 일일 사건 발생건수 3건, 불타는 금, 토, 일은 하루 평균 이삼십 건. 폭력, 강도, 칼부림, 강간, 사기, 성폭행,

정 오   (죄명만 들어도, 긴장되는, 그러다, 해내리라 의지를 내는)

씬 49. 번화가, 삼보의 순찰차 안 + 밖, 밤.

혜리, 운전하고,
삼보, 여경, 앞뒤에 타고 가는,
삼보, 차 밖으로 술 먹고 가는 아가씨를 보며, 화내며,

삼 보   저거 저거... 미치겠네.... 술 처먹고, 어머머며, 염병, 지랄... 차 세워!
혜 리   (급정거하면)
삼 보   (몸 앞으로 쏠리는, 혜리 보며) 미쳤나! 시보는 경찰 아니다, 너 잘려, 일 못

함? 알어?! 너 잘려?! (하고, 앉은 채) 내려!

여경, 혜리, 내려 뛰고, 혜리, 여자를 일으키려 하면, 여경, 혜리에게 '뒷짐 지
고, 정자세!' 하면, 혜리, 뒷짐 지고 정자세 하는,

여 경 (여자에게 달려가) 선생님, 선생님! (하고, 흔들고, 업고 가며) 차 문!
혜 리 (뛰어가, 문 열어주는)
삼 보 (그 모습을 진지하게, 관찰하는)

씬 50. 지구대 앞 + 지구대 안, 다른 날, 밤.

상수(땀이 흥건한), 차 세우고, 나와서, 술 취한 남자를 업고, 지구대로 들어
가 눕히는, 경모, 차에서 나와서, 차 뒷좌석 쪽을 보면, 구토물이 한가득인,
답답한,

씬 51. 지구대 안, 밤.

상수, 이미 여러 명의 취객들이 누워 있는 보호석에 남자를 눕히고, 삼보와
한솔은 시비 거는 취객들을 '그러지 마, 공집 넣는다!' 하며, 소리치고 있고,
정오와 혜리는 바닥에 토해놓은 토사물을 치우고, 상황근무석의 민석, 승재
는, "순 스물, 종중! 스물넷, 1분 내로 종착 예정!" 하며, 무전으로 전달하고,
종민과 원우는 보고서를 쓰는, 그야말로 아수라장인데,

경 모 (들어와, 버럭) 야, 염상수! 뭐해?!
상 수 (남자 옷을 뒤지는, 힘든, 울상) 팀장님이 신원파악하라고..
경 모 순마*는? 순마는? 청소 안 해?!

_____

* 순마 순찰차

상 수	합니다! (하고, 놀라, 정오가 바닥을 닦는 걸레를 뺏으며) 나 시보 짤려, 이것
	좀 쓰자! (하고, 걸레 들고 나가는)
정 오	(속상하게, 상수 보면)
삼 보	(정오에게) 너, 시보 기간 안에 경찰 그만둘래? 손!
정 오	(울상, 그러나 오기 부려, 이 앙다물고, 손으로 구토물을 잡아, 통에 넣는)

씬 52. 지구대 화장실 안, 밤.

정오, 변기 잡고, 구토하는 술 취한 남자 등을 쳐주는데, 남자, "아, 아퍼!" 하
며, 팔로 정오 치면, 정오, 나가떨어지고,
그때, 남일, 들어와 정오 보며,

남 일	누워, 자냐? 여자라고 봐줘? (남자를 데리고 나가며) 너, 그런 애야? 여자 대
	접 바라는?
정 오	(일어나며) 아닙니다!
남 일	(남자 데리고 가며) 변기 뚫어!
정 오	(변기를 도구로 뚫다, 똥물을 뒤집어쓰는)

씬 53. 지구대 앞, 밤에서, 다른 날 새벽이 되는(거의 매일 반복되는 느낌의 오버랩).

정오, 혜리, 상수, 각자의 순찰차를 청소하는, 다들 죽겠는 표정이다,
경모 외 사수들, 담배들을 들고 나와, 뒤 담 쪽으로 가며,

경 모	니들은 진짜 복 많다, 나는 시보 때 연일 칼 맞은 사건들, 만나 죽었는데... 오
	늘도 별일 없이, 니들은 연일 주취자만... 진짜, 복받은 인생들이다.. 할렐루야!
	(하고, 흡연장소로 가, 서로 담배 달라, 라이터 달라 하며 담배를 피우는)

＊점프컷 ≫

정오, 상수, 혜리, 각각 순찰차들, 청소하는, 힘들어 죽겠는, 저마다, 일하며, 구시렁대는,

정 오 (화나는 것 참고) 라면을 법으로 규제해야지, 이누무 라면 가닥....
혜 리 내가 이럴려고 그 개고생을 하고 경찰이 됐나..
상 수 큰 사건 하나 제대로 하고 싶다, 진짜.. 강도, 살인, 뭐 이런 거..

씬 54. 장미의 집, 몽타주, 새벽.

1, 거실, 장미, 모두가 자는데 혼자 아침 요가를 하는, 힘들지만, 최선을 다하는, 땀이 잔뜩 난, 그러다 멈추고, 수건으로 땀을 닦는,
2, 주방, 장미, 찌개 간 보고, 밥을 퍼서, 상 차려진 식탁에 놓는,
3, 거실, 장미, 안방에서, 근무복 와이셔츠 가져와 한쪽에 놓인, 다리미대로 가서, 와이셔츠를 다리는, 대관, 제 방에서 나와, 학교 가는, 장미, 그러든지 말든지 근무복 와이셔츠 다리는, 송이 방에서 알람 울리고, 양촌, 손에 핸드폰을 들고, 전화를 걸며, 화장실에서 나와, 송이 방으로 가는,

씬 55. 송이의 방 안, 낮.

양촌, 발신음 들리는 핸드폰 들고, 방에 들어와, 침대에서 이불 뒤집어쓰고 자는 송이 보고,

양 촌 (맘에 안 드는) 야, 깨! 야? (그러다, 이불을 확 들추고, 엉덩이를 탁 치고) 깸마!
송 이 (자다, 어이없고, 놀라, 양촌 보며, 버럭) 뭐야?! 아, 짜증나, 진짜?! (하고, 이불 뒤집어쓰고)
양 촌 (답답해서, 거칠게 말이 나가는) 잘라고 휴학했냐? 기집애가... (하고, 나가는)

씬 56. 장미의 집 주방, 낮.

장미, 사복 차림으로 서서 커피 타서 마시는, 양촌, 답답한 얼굴로 여전히 핸드폰으로 전화를 하며 송이 방 쪽에서 나와, 싱크대 쪽으로 오는, 그러다 통화가 안 됐는지 한쪽에 핸드폰을 던져놓고,

양 촌　(냉장고에서 반찬을 꺼내, 식탁에 놓으며, 답답해, 장미에게 툭툭 말하는) 호철 형수님이 몇 날 며칠 전활 안 받아, 내가 진짜 술 먹고 바다에 뛰어들어, 사고가 났다고 생각하나 봐.

장 미　(커피만 마시는)

양 촌　(무심히, 별생각 없이) 오늘부터 출근이야? 서로 가? 근데 왜 여청곌* 또 가? 2년 전 힘들다고 지구대 가 놓고.. 다른 부서로 가지?

장 미　(커피 마시는, 안 보는)

양 촌　(보며) 당신은 왜 말을 안 해? 남편이 말하는데.. (참자 하고, 반찬 뚜껑 열고) 송이 년은 휴학을 왜 한 거야? 그냥 졸업하고 시집이나 가지? 앞으로 어쩐대? (하며, 밥통에서 밥을 푸고, 주걱에 묻은 밥을 입으로 뜯어 먹으며, 장미 보며) 어?

장 미　(커피 마시며, 양촌 담담히 보며, 밥 먹자는 말처럼 아무렇지도 않게, 툭) 이혼하자?

양 촌　(순간, 굳은 듯, 무슨 소린가 싶은, 밥 푼 주걱 입에 물고, 장미 보는) ?

장 미　(커피 마시고, 여전히 아무렇지 않게, 양촌 보며) 못 들었어? 이혼하잔 소리?

양 촌　(주걱의 밥만 뜯어 먹으며, 답답하고, 욱하고 화나는 걸 간신히 참고, 장미를 보다, 밥통을 쾅 소리 나게 닫고, 허리에 손 올리고, 장미를 꼬나보는, 진짜 왜 저러나 싶다)

씬 57. 지구대 안, 식당, 낮.

---

* 여청계 여성청소년계

민석, 승재, 밥을 죽어라 퍼먹다, 종민, 원우가 오면, 하이파이브 하며, 일어나 가고, 종민, 원우, 한쪽의 밥통에서 밥을 푸는, 한솔 외, 지구대 전원, 밥을 뜨거나, 국을 뜨거나 하며 밥을 먹는,
누군 물 먹고, 누군 밥을 더 먹느라, 분주한, 아줌마, 열심히, 한쪽에서 설거지하는,
한솔, 문자 보다, 답답하고 심란한, 명호, 한솔 보는,
한솔, 명호의 귀에 대고, 담백하게, 말하는,

한 솔   양촌이 놈 우리 지구대 온다고 준비하래. 양촌이네 서장 직통 문자.
명 호   (한솔 귀에 대고, 편하게) 고생하시겠습니다. (하고, 밥 먹는)
한 솔   (밥을 아구아구 먹는, 앞의 경모 보고, 명호 귀에 대고) 저거 양촌이 보면 물어뜯으라고 할 건데?
명 호   (한솔 귀에 대고, 담백하게, 작게) 물어뜯길 양촌 형님이 아니죠.
한 솔   (끽끽 웃고, 밥을 아구아구 먹으며, 정오 혜리 보며, 웃으며) 니들은 아직도 고시원 사냐?
정오, 혜리   집을 못 구해서..
상 수   우리 동네, 집 났는데.. 보증금 천에 월 칠십.
한 솔   니들은 지구대 발령 일주일, 소감이 어떠냐?
경 모   (웃으며) 죽을 맛이지, 뭐?
삼 보   (혜리 보고) 죽을 맛? 그래서 관두게? 관둬!
혜 리   (밥을 먹으며) 아닙니다!
종 민   (상수에게) 넌?
상 수   (밥 먹으며, 큰 소리로) 그냥 좀 일다운 일을, 큰 사건 같은 걸 해결하고 싶습니다. 막, 강력사건 같은,

하는데, 순간, 왁자하게 움직이거나, 먹던 모든 사람들이 멈추고, 굳어 상수를 보는,
아줌마도 설거지하다, 굳어서, 상수를 보는,
정오, 혜리도 상수를 보고, 다른 사람들이 왜 그런가 싶어, 보는, 이상한,

상 수   (사람들 보며, 좀 이상하지만, 밥 먹으며) 여기 와서.. 일주일간, 술 취한 사람

들 토한 거만 닦고, 길 잃어버린 치매 할머니 집 찾아주고, 주차단속 지원 같은 거만 하니까,

지구대원들 모두   (말할수록 성질이 나는 듯한)

정 오   (이상한, 대원들 보며, 다들 왜 이러나 싶은, 상수 편드는) 그러니까, 저흰, 좀더 경찰다운 일을 하고 싶단 말씀을 드리는 겁니다.

혜 리   (지구대원들의 반응이 이상하지만, 편드는, 강한 의지를 보여주는) 그러니까, 우리가 경찰인데, 아무 일도 안 하고, 국민의 혈세를 받아먹는 게 저희는 너무 공무원으로서, 국민에게 죄송하다는,

그때, 동시에 무전기 스피커로 콜 떨어지는, '(상황실, E) 코드 제로, 코드 제로, 이면사거리, 765번지 하나모텔, 성폭행사건 발생, 코드 제로, 코드 제로!' 모두, 짜증내며, 일제히, 버럭, '아, 쌍!' 하고, 일어나 사수들 마구 뛰어나가는, 부사수들 밥을 먹느라 난리가 난,

경 모   (밥 물고 있는, 상수 뒤통수 치며) 니가 바라는 대로 돼서 좋냐?! 니 입방정 땜에 강력사건 떨어졌잖아, 자식아! (하고, 나가고)

사수들, 짜증내며, "아, 저 시보들!" 하며 화나 가는,

정오, 상수, 혜리   (어떻게 해야 할지 모르겠는) ??

삼 보   (정오, 상수, 혜리에게) 지구대 징크스! 사건 없다, 조용하다, 그런 개소리하는 순간 피 보는 강력사건 떨어진다! 콱 주둥아리들을.. (뛰어나가는)

한 솔   (일어나, 화난, 무섭게) 니들 시보 중 순찰차 젤 늦게 타는 놈, 죽는다, 당장 뛰어!

정오, 상수, 혜리, 어리바리한, 그릇 놓고, 긴장하고, 두렵지만, 오기 부리며, 급히 가다가, 의자 넘어지면, 바로 세우고, 일을 잘해보리라 싶어, 뛰는, 정오, 상수, 먼저 가려고, 앞의 원우, 한표를 잡아끌어 주저앉히고, 뛰어가는 데서, 엔딩.

3부

도대체 내가 뭘 그렇게
잘못했는데?

제3화 도대체 내가 뭘 그렇게 잘못했는데?

씬 1. 장미의 집 주방, 낮(2부 씬, 편집해서).

장 미   (커피 마시며, 양촌 담담히 보며, 밥 먹자는 말처럼 아무렇지도 않게, 툭) 이혼하자?

양 촌   (순간, 굳은 듯, 무슨 소린가 싶은, 밥 푼 주걱 입에 물고, 장미 보는) ?

장 미   (커피 마시고, 여전히 아무렇지 않게, 양촌 보며) 못 들었어? 이혼하잔 소리?

양 촌   (주걱의 밥만 뜯어 먹으며, 담담하고, 욱하고 화나는 걸 간신히 참고, 장미를 보다, 밥통을 쾅 소리 나게 닫고, 허리에 손 올리고, 장미를 꼬나보는, 진짜 왜 저러나 싶다)

장 미   (가만 눈으론 양촌을 보고(담담하지만, 양촌이 그래봤자, 이미 소용없단 맘이다), 커피를 마시는)

양 촌   (속상함에 터지기 일보 직전이다) 또 뭐가 맘에 안 들어? 어? 내가 또 어디가 맘에 안 들어? 어?! (버럭) 내가 지금 사수가 죽고 그게 조직에선 다 내 탓.. (말하기도 맘 아픈, 참고, 의자에 앉아, 밥을 두어 숟가락 퍼먹는데)

장 미   일단 아버지 집으로 니 짐 (옮겨).

양 촌	(속상해, 울 것 같은, 말꼬리 끊으며, 갑자기 숟가락을 내던지며) 애지간히 해라, 쫌! 바가지를 긁어도 앞뒤 상황 봐가며, 긁어! (하고는, 소파에 접어둔, 자기 옷들을 입으며) 평생 누나 누나 하면서, 이래도 이쁘다 저래도 이쁘다 하니까, 못하는 말이 없어!
송 이	(조금은 무덤덤히, 속상한 맘으로, 방에서 나와 주방으로 가, 반찬그릇 냉장고에 넣고, 밥을 밥통에 넣고, 수저와 밥그릇을 개수대에 넣는)
양 촌	내가 평생 너 말고 쌩, 다른 여자랑 바람을 폈냐, 돈을 안 벌었냐? 아님 너를 패길 했냐, 애들을 팼냐?! 이혼은 무슨..
송 이	(화장실로 들어가는)
장 미	(아무렇지 않게, 찻잔 식탁에 내려놓고, 옆의 가방 들고, 나가며) 나 퇴근해서 오면 집에 없기다.
양 촌	(화나, 나가려는 장미의 어깨 잡아, 현관 벽에 확 밀치고 어깨 잡은 채, 화를 참으며, 너 왜 그래 하는 눈빛으로 보면)
장 미	(담담하게 보는, 담담해서 더욱 차가운)
송 이	(화장실에서 나와, 그냥 제 방으로 들어가 문소릴 쾅 내며, 닫는)
양 촌	(송이 방 쪽을 저걸 그냥 하는 맘으로 한참 보다가, 장미 보고, 숨을 한번 고르고, 장미의 어깨 놓고, 맞은편 벽에 기대서는, 참담하게, 조금 슬프게 장미를 보는)

씬 2. 송이의 방 안, 낮.

　　　송이, 이어폰 끼고 핸드폰 보는, 속상하지만, 무덤덤한,

씬 3. 장미의 집 현관 앞, 낮.

　　　장미, 양촌 마주 보고 서 있는,

양 촌	(맘 아픈, 참담한, 힘들게 말하는) 누나도 오해하냐? 나, 호철 형님 죽던 날 술 안 먹었다, 진짜.

장 미	(가만 보면)
양 촌	호철 형수도.. 나를 오해하고.. (얼굴을 힘들게 두 손으로 부비고) 누나 기분 내가 모르는 거 아니다, 미안해, 장인 장모 돌아가셨는데, 내가 변변히 위로도,
장 미	(맘 아파도 담담히 보며, 짐짓 편하게, 말꼬리 자르며) 운신 못하고, 침대 신세 지는 팔십오 세면, 돌아가셔도 (거짓말이다) 서운할 일은 아니야. 니 사수는 이제 육십, 너무 젊고. 애들도 늦게 낳아 아직 어리고. 그리고 넌 일할 때 술 먹을 경찰도 아니지, 니네 서장이 개새지.
양 촌	(울 것 같은) 그렇게 날 다 이해하면서,
장 미	(말꼬리 자르며, 담담하지만, 가벼워서 더 아프게) 그렇게 너를 다 이해해도 더는 못살겠어, 단 한시도.
양 촌	?! (장미를 보는, 참담하고, 어이없고, 왜 이러나 싶어, 막막한) ….
장 미	(담담하지만, 냉정한, 양촌을 보는) …

그때, 초인종 소리 나고,

양 촌	(답답하지만, 별일 아니겠지 싶다, 담담히) 주영이 놈이야, 다녀와서 얘기해. (하고, 나가는)
장 미	(방으로 들어가는, 화가 나는)

씬 4. 장미의 방 안, 낮.

장미, 장롱에서 양촌의 옷을 이것저것 꺼내는, 담담한, 그때, 송이, 들어와 장미를 보다가, 잠시 나갔다가, 다시 가방 들고 들어와, 양촌의 옷을 가방에 넣는,

장 미	(옷만 꺼내며, 화가 나는, 앞 씬보다 감정이 격해지는) 너도 이제부터 되도록 내 눈에 띄지 마.
송 이	(담담히, 옷만 개서 가방에 넣으며) 진짜 아빠랑 이혼해?
장 미	(옷만 거칠게 확 확 빼서, 방에 던지며) 엄마 아빠 일이야. 끼지 마.
송 이	어.
장 미	(옷만 챙기는데, 화나고 속상한 게 확연한)

씬 5. 아파트 주차장 + 양촌의 차 안, 낮.

주영, 차 밖에서 안의 양촌을 보는, 양촌, 차의 앞뒤 보안 카메라에서 메모리 카드를 꺼내며, 담담히 차분히 말하는,

양 촌   가끔 이 차에 범인들을 태울 때가 있어서.. 안전장치로 해뒀지.. 이렇게 쓸 데가 있네, 이게..

메모리 카드 꺼내들고 주영에게 손 내밀면, 주영, 제 폰을 주고, 양촌, 그 폰에 카드를 껴서 주영에게 주면, 주영, 영상을 보는,

* 점프컷, 인서트 - 영상 》
양촌, 조수석에서 맥주를 한 모금 마시려는데, 호철이 뺏어, 홀더에 놓고, 맥주 사 온 걸 뒤로 넘기는,

* 점프컷 》
주영, 폰을 보다, 끄고, 담담히, 주머니에 넣는,

양 촌   난 서장 만날 테니까, 넌, 그거 경찰인권위랑 청문감사실에 보내, 혹시 모르니까, 복사해서 하나 갖고 있고.
주 영   (한쪽에 있는, 제 차로 가서, 차 몰아 가는)
양 촌   (스피커폰으로 전화하며, 운전해 가는, 신호음 떨어지면, 담담히) 서장님, 나 오양촌. 어떻게, 나한테 맞은 덴 괜찮아?

씬 6. 도로 + 순찰차 안 + 지구대 안(교차씬), 낮.

도로에 명호의 순찰차와 삼보의 순찰차, 종민의 순찰차가 사이렌을 울리며 가는 게 보이는,

명호의 순찰차에, 명호, 정오, 한표(운전석)가 타고 있고,
삼보의 순찰차에 삼보와 혜리, 여경 타고 있는,
종민의 순찰차엔 종민, 승재(운전석)가 타고 있는,
골목(빠른 지름길로 갔다는 설정), 상수와 원우가 죽기 살기로 뛰고 있는,
카메라, 골목에서 뛰는 상수, 원우와 달리는 도로의 순찰차들을 점프컷으로
보여주는,

상황실   (E) 하나모텔 203호 성폭력사건 발생, 종발 했나요? 종발 했나요?
명 호   (진지하고, 차분하고, 빠르게, 당황하지 않고) 순 스물넷, 스물넷, 종중, 종중!
삼 보   순 스물하나, 하나모텔 현장 지원, 현장 지원 가고 있다!
종 민   여기는 순 스물, 종중!

     ＊ 점프컷, 교차씬 ≫
지구대 상황 컴퓨터 앞, 경모와 민석, 진지하게 컴을 보며, 옆에 서서 화면 주
시하는 한솔에게 화면을 손가락으로 톡톡 가리키며, 눈빛으로 화면 보라고
하는, 한솔, 눈으론 상황판을 읽고, 무전기로 말하는,

한 솔   (진지한, 애써 차분한) 순찰차들 들어라. 순찰차들 들어라. 모텔 성폭행사건
     성폭행인지 상해인지, 피의자와 피해자도 구분이 안 가는 상황.. 신고자의 말
     에 의하면, 남녀 두 명 모두 모텔 203호에 위치.. (미간 찌푸리며, 이게 뭔가
     싶은) 이십 대 남녀로 추정, 둘 다 입에서 피를 토하고 있다는 신고자 모텔
     주인의 제보.. 현재 상해 부위는 불명, 불명..
명 호   (앞만 주시하며, 진지하게) 피해자와 피의자.. 양쪽 다 도주 우려는 없나요?
한 솔   (경모 보는)
경 모   (상황판 보고, 핸드폰을 하고 있는, 고개 젓는, 신고자 연결이 안 되는 듯한)
한 솔   (답답한, 무전기) 신고자가 4분 전 이후 통화 연결이 안 된다, 당연히 119는
     출동했지. (하는데, 경모가 무전기로 말하자, 화면을 긴장해 보는)
경 모   (무전기 들고, 진지하게) 인근 순찰차, 인석시장 화재 발생 지원 바람, 인근 순
     찰차, 인석시장 화재 발생 지원 바람. 화재 발생 장소 에이 동 건물 2층, 사람
     이 있는 것으로 추정, 화재 발생 장소 에이 동 건물 2층. 사람이 있는 것으로
     추정. 반 경사, 화재현장 지원해라, 화재현장 지원해라.

종 민   (진지하게, 상황판 보며, 무전기 잡고) 오케이. 순 스물, 순 스물.. 인석시장 화
        재 발생 지원 접수, 순 스물 지원 종중. 지원 종중.

승 재   (그 말 떨어지자마자, 급하게 유턴하다, 다른 차와 쾅 부딪히고, 급히 내리고,
        충돌 차량에 다가서서, 확인하는)

종 민   (차 안에서, 성질나지만, 화낼 시간도 없어, 참고, 무전기 하며, 차에서 내리
        며, 다급하지만, 짐짓 차분히) 순 스물, 인석시장 화재현장 지원 중 차량과 충
        돌, 인석시장 화재현장 지원 중, 차량과 충돌, 인근 순찰차들 인석시장 화재
        지원 바람! 인근 순찰차들 인석시장 화재 지원 바람!

        * 점프컷 》
        골목을 죽어라 달리는 상수와 원우, 다른 골목에서, 남일, 뛰어와 그들을 앞
        질러 가는,

정 오   (E, 긴장했지만, 차분한) 성폭행사건 시, 증거 확보를 위해서는,

        * 점프컷 》

정 오   피해자를 72시간 내에 해바라기센터*로 이송하는 것이 중요합니다. 이때 피
        해자는 정확한 증거 채취를 위해, 몸을 씻지도 않아야 하며, 옷도 갈아입지
        않아야 합니다. 대소변도 가급적 참고,

명 호   (앞만 보며, 진지하게) 지금처럼 구강 출혈이라고 추정되는 경우는?

정 오   음식물은 물론, 물조차도 마시지 않는 것이 좋습니다.

        * 점프컷 》

혜 리   72시간 내에 신속하게 피해자를 해바라기센터로 이동해야만, 증거를 확보할
        확률이 높고, 임신을 막기 위한 사후피임약의 효과도 큽니다.

삼 보   (진지하고, 차분하게, 주변 살피며) 성폭력사건 발생 시, 출동하는 부서는?

---

* 해바라기센터 성폭력 및 가정폭력 피해자의 상담 및 지원을 하는 기관

＊ 점프컷 ≫

상 수 (뛰며, 진지하게) 지역 경찰서 여성청소년계와 과학수사팀의 과학수사 요원,
      우리 지구대입니다.
남 일 (뛰며) 누가 젤 먼저 도착해야 돼?
상 수 (진지한) 무조건 지구대가 도착 일 번 해야 합니다.

＊ 점프컷 ≫

명 호 (진지하게, 앞 보며) 성폭력사건은 반드시 여경 대동이 필수다, 따라서 현장 도
      착하면 한표 대신, 한정오 니가 나랑 한 조로 들어간다. 정신 차린다, 한정오.
정 오 (긴장한) 네!

＊ 점프컷 ≫

남 일 (뛰며) 염상수, 정신 차린다!
상 수 (뛰며, 진지하게) 네, 정신 차리고 뛰겠습니다!

씬 7. 모텔 앞, 낮.

      한표(진지하고, 예리한), 주인의 진술을 받아 적고 있는,

주 인 그러니까, 아침에 갑자기 여자 비명소리가 나서, 내가 그 앞을 지나가다가, 놀
      라 문을 열었더니, 그냥 여자고 남자고 입에서 피를 쏟으면서..
한 표 (예리하게, 주인을 보며, 작성하며, 진지해도, 당황하지 않고) 첨부터 이십 대
      남녀 둘만 들어왔나요? 나간 사람은요?

씬 8. 모텔 복도, 낮.

명호(권총 지갑에 손을 대고, 긴장한), 정오(긴장한), 구급함 들고, 걸어서 방 쪽으로 가는, 방에선 여자의 고통스런 신음소리만 나는,

명 호	오 보 뒤에서 경계.
정 오	(멈춰 서서, 오 보 떨어져 경계하는)
명 호	(앞으로 가는데)

순간, 방에서, 남자가 겁에 질려 팬티 차림에 입가에 피를 묻히고, 명호 쪽으로 뛰어나오는, 놀라 도망 나오는 것인지, 범행을 하고 도주하려 하는 것인지 판단이 안 되는, 명호, 예비하고 있던 상황인지, 남자를 잡아 재빨리 팔을 제압해, 벽에 밀치고, 수갑 꺼내, 채우며,

명 호	선생님을, 성폭행 현행범으로,
남 자	(악쓰며, 뒤트는, 당황하고, 두려운) 내가, 내가 범인이 아니에요!
정 오	?
명 호	(경계하며, 차분히, 수갑 다시 풀어, 혁대에 끼고, 여전히 팔로 남자를 제압한 채, 차분하고, 진지하게, 남자의 입안을 손으로 벌려 들여다보고, 몸을 아래 위, 앞뒷면 꼼꼼히 수색하며) 다친 데는요?
남 자	없어요. 난 피해자예요, 난 피해자!
명 호	(담담히, 그러나 긴장한 상태로, 정보만) 본인이 피해자로 주장하기 때문에 지금 지구대로 동행해서 조사가 이뤄져야 합니다. 가능하시겠습니까? 저는 선생님께 임의동행*을 요구합니다. 변호인 선임할 수 있고, 동행 요구에 거절할 수 있으며 언제든지 퇴거 가능합니다.
남 자	네, 지금 조사받을게요.
명 호	(뒤에 달려오는, 남일 상수 원우 보고, 남일에게 남자를 넘기며, 남일의 귀에 대고, 담백하게) 피의자인지, 피해자인지 상황 판단이 모호해.
남 일	(고개 끄덕이고, 알겠다고 하고, 남자 받고) 원우 경관, 옆에서 부축.

---

* **임의동행** 수사기관이 피의자의 동의를 얻어 피의자를 수사관서까지 동행하는 것

원 우	네! (하고, 남자를 부축해 가는)

정오와 상수, 긴장한 채, 정자세로 대기하고,

명 호	염상수는 여기서 경계. (앞만 보고) 한정오, 와. (하고, 방 앞으로 가, 멈추고)
상 수	(긴장한, 정오 가는 걸 보는)
정 오	(긴장하지만, 앞으로 가면)
명 호	내가 뒤에 있다, 믿고, 들어가.
정 오	(문 열고 들어서다, 멍한)
명 호	상태는?
정 오	(멍한, 긴장한) 입에서.. 피가, (정신 차리고) 속옷 착용했습니다.

그때, 여자, 고통스러워하며 입에서 피를 토하며, 정오의 다릴 확 잡는,
정오, 너무 긴장해, '헉!' 숨을 몰아쉬고, 가만있는,

명 호	(재빠르게, 정오의 앞으로 가, 진지하게, 무릎 꿇고, 고통스러워하는 여자의 얼굴을 들어 보고, 혀를 꼼꼼히 확인하며, 말로 차분히 안심시키며, 눈은 상태를 확인하는) 경찰입니다, 경찰입니다, 안심하세요.
정 오	(두렵지만, 아차 싶어, 손에 든 구급함에서 흰 천을 꺼내, 여자의 몸을 가리는)
명 호	(긴박하게 구급함에서 거즈를 꺼내 물리고) 혀가 잘렸다.
정 오	?!

그때, 사이렌 소리가 나고,

상 수	(정자세로 서 있는데, 두렵고, 상황이 어떤가 애가 타, 이를 앙다무는)

씬 9. 달리는 삼보의 차 안, 낮.

사이렌 울리며 달리는,

삼보, 운전하고,

뒷좌석에 여경과 혜리, 천으로 피해자 여성(입에 거즈가 물린)을 감싸고, 병원으로 이송하는,

삼 보   (마이크로 밖에 대고 소리치는) 차량들 비켜요, 비켜! 응급상황입니다, 응급상황! 주변 차량들 비켜주세요!

혜 리   (고통스러워하는 피해자 여성의 귀에 대고, 두렵지만, 차분히) 괜찮습니다, 괜찮습니다, 곧 병원입니다!

삼 보   (무전기 들고) 구급차 어디예요? 어디 왔어, 지금?!

씬 10. 도로, 낮.

차가 막혀, 도로가 차로 빼곡한, 과학수사팀 차 안의 과학수사 요원, 답답해, 경적만 울리고,

* 점프컷, 장미의 출동 차 안 》

장미와 장 형사, 차 막혀, 답답한,

장 미   (무전기 켜고, 명호를 찾는) 순 스물넷, 순 스물넷, 사고현장 종착했나? 종착했나? 여청계 안장미다? 대답해?

씬 11. 모텔 프런트 안 + 밖, 일각, 낮.

정오, 덧신을 이미 신은 채 냉장고에서 얼음을 꺼내 비닐 백에 담아, 위층으로 오르는,

장 미   (E) 순 스물넷. 최명호 경장, 최명호 경장?

명 호   (E, 차분한) 도착했습니다, 순 스물넷.

씬 12. 모텔 안 + 복도, 낮.

피가 낭자한, 주변에 옷가지와 핸드폰 등 집기가 널브러진,
명호, 덧신 신고, 장갑 끼고, 방 밖에서 방 안의 집기들 보며, 긴장해도, 차분
히 말하는,

명 호   현재, 피해자 상태 위중, 병원으로 이송! 119 도착 전입니다. 인석시장 화재로
        도로상황이 안 좋아, 도착 지연 상태라 지구대 삼보 주임님과 여경 둘이 이
        송합니다. 119와 긴밀히 소통, 중간 도로에서 만나, 연계하겠습니다. 사태 진
        압 상태니 무리하지 마세요, 선배님. (하고, 무전기 끄는데)
정 오   (땀나는, 긴장한, 진지한) 경장님, 여기 아이스 팩,
명 호   (아이스 팩을 잡고, 주변만 보며) 현장 오는 119에 아이스박스 있는 거 확인
        했어?
정 오   네.
명 호   내가 이제 현장 들어가면, 니가 할 일은?
정 오   폴리스 라인 치고, 정자세로 차렷, 주변 통제합니다. (폴리스 라인을 치고, 정
        자세로 차렷하는)
명 호   (그사이, 핸드폰 꺼내, 사건현장을 보존하기 위해, 한 자세로 몸만 돌려, 주변
        사진을 면밀히 찍는, 그러다, 명호, 침대 밑에서, 잘린 혀를 발견하고, 핸드폰
        으로 찍고, 이후, 그걸 아이스 팩에 차분히 담아, 정오를 부르는) 한정오,
정 오   ?!
명 호   (일어나, 정오에게 아이스 팩 주며) 인계해. 어디로?

그때, 밖에서 119 사이렌 소리가 나는,

정 오   (피가 흥건한 혀가 담긴 아이스 팩 보고, 침 삼키고) 현장 오는 119 구급대
        요. (하고, 말 끝나자마자, 나가는)

* 점프컷, 복도 》
정오, 봉지 들고, 폴리스 라인의 상수를 제치고, 죽어라, 뛰다, 아이스 팩을

놓치는, 얼음물이 조금 밖으로 흐른, 놀라 울고 싶지만, 빠르게 진정하고, 다시 들고, 뛰는,

＊ 점프컷, 방 안 》
명호, 장갑 벗어, 주머니에 넣고, 다시 새 장갑 끼고, 주변 사진을 찍는,

씬 13. 병원 수술실 앞, 낮.

구급대원, 비명 지르는 여자를 침대에 싣고, 바로, 수술실로 들어가는,
상수, 한표, 뒤에서 뛰어와, 수술실 좌우에 정자세로 서는,

한 표 (숨 몰아쉬고, 진지하게) 저 여자 혀, 봉합수술 잘 되겠지?
상 수 (보며, 이상한) 근데, 성폭행사건인데.. 왜 여자 혀가 잘렸죠? 보통 남자가 여
       잘 겁탈하려고 하면, 여자가 남자 혀를.. 그러는 거 아닌가? 남자가 변탠가?
       키스는 안 하고, 혀를 자르고?
한 표 (앞 보며, 진지한) 변태거나, 여자가 피의잔가 보지.
상 수 (앞 보다, 이해가 안 돼, 눈 껌벅이다, 보며) 여자가.. 남잘 겁탈이요?!
한 표 (보며, 차갑게, 진지하게) 신났냐? 사건 나서?
상 수 (보다, 말을 못 하겠는, 정자세로 앞을 보는)

씬 14. 모텔 방 앞 + 안, 낮.

폴리스 라인 쳐진, 정오와 명호, 정자세로 서 있고,
그 안에서, 과학수사 요원 한 사람이 번호 표식을 여러 개 놓고 자세히 사진을 찍는, 장미, 서서 창을 확인하고, 장 경관, 주변을 꼼꼼히 눈으로 체크하는, 장미, 창으로 가, 이층 높이란 것을 확인하고, 그 아래 박스가 가득한 트럭이 있는 것을 확인하고, 주변에 씨씨티브이가 있는 것을 확인하는, 그 그림 위로, 명호의 대사 들리는,

* 점프컷 ≫

명 호 (폴리스 라인 앞에서 정자세로 말하는) 도로 주변 상황 이미 기록했습니다.
씨씨티브이 기록도 확인 요한다, 기록했습니다.
장 형사 (웃으며, 사진 찍으며) 명호 경장이랑 일하기 진짜 편하네.
명 호 보고 배워라.
장 형사 (웃으며) 알았다.
정 오 (명호가 든든하다, 멋있어, 작게 호감 어리게 명호 보고, 이내 앞 보는)

* 점프컷 ≫

장 미 (그들이 대화하는 사이, 화장실 문 열고, 화장실 창문이 닫힌 걸(그러나, 잠
금장치가 고장 난) 확인하는, 담담한) 충분히 도망갈 수도 있었겠는데.... 피해
자가, 과잉방어에 걸리겠네..

씬 15. 카페 안, 낮.

양촌, 혼자 있는, 시계 보면, 오후 4시다, 서장에게 전화하는데 안 받는, 전화
기 끄고, 차 마시고,

양 촌 피한다.. 나를.. (어이없이 웃고, 웃음 이내 가신) 피해질까, 내가.. (하고, 일어
나, 나가는)

씬 16. 카페 밖, 낮.

양촌, 차로 와서, 운전석에 앉아, 안전벨트를 매는데, 차 창문을 똑똑 두드리
는 소리가 나, 보면, 심각한 주영의 얼굴이 보이는, 웬일인가 싶다,

씬 17. 선술집 밖, 밤.

젊은 주인, 앞치마 하고 '에이, 짜증나, 뭐하는 짓들이야, 경찰이..' 하면서 나와 거리로 가는,

씬 18. 선술집 안, 밤.

양촌, 주영, 막걸리 먹던 상황,
아무도 없는, 둘의 탁자에만 술상이 차려진,

양 촌   (눈가 붉어, 화가 나, 옆의 술이 반쯤 든 플라스틱 막걸리통으로 주영을 연거푸 때리는)

주 영   (담담히, 속상하지만, 맞기만 하는)

양 촌   (일어나, 출입문 잠금쇠를 걸어 잠그고, 다시 자리로 와서, 플라스틱 막걸리통으로 주영을 마구 때리다, 분에 못 이겨, 주영의 멱살을 잡아, 벽에 밀고, 씩씩대고 보며, 손 내밀고, 화를 진정하려 하며, 가라앉은) 내 차 메모리 카드 내놔!

주 영   (맘 아프게 맞다가, 울먹이며, 속상해) 형,

양 촌   (없앴구나, 싶은, 눈물이 왈칵 나, 두어 대 주영의 뺨을 치고, 주영을 바닥에 내팽개치고, 맘 아픈, 의자에 앉아, 바닥의 주영을 내려다보며, 툭 내뱉듯) 없앴냐, 카드..

주 영   (맘 아픈, 누운 채, 담담히) 애가 아프다... 나도 좀 살자... 조직도 위하고, 나도 몸 편한 수사과장 자리도 좀 가고.. 썅!

양 촌   (물 마시고, 다시 주영 내려다보며, 짐짓 담담히) 내가 그날 술 처먹었단 기살, 술 안 처먹은 걸로 바로잡는 게 그렇게 힘든 거냐?

주 영   호철 형님이 해결한 미제사건 당시 책임자가 서장이랑, 지금 지방청장 새끼야, 여기서 호철 형님 건, 형 건이 안 끝나고 청문감사실 가면, 당시 걔들 부실수사 밝혀지고.. 걔들이 덮자면 덮어야 돼. 우리가 힘 있냐? 씨*, 덮으람 덮어야지!

양 촌   (말꼬리 끊고, 울분에 차서, 일어나, 발로 밟으며) 개들은 개들이고, 니가 감

히, 나를, 니가 감히 나를, 지금, 술 처먹고 동료 죽인 개새끼로, 개새끼로, 개새끼로.. (하고, 다시 앉아, 주영 보고, 씩씩대는, 참으려 하는)

주영 (아프게 몸을 뒤틀며, 오기 어려) 좋다, 죽여, 쌍, 죽여! 이미 카드도 다 없앴는데, 죽여, 그냥! (하고, 속상해, 우는)

양촌 (그런 주영을 가만 보기만 하다가, 애써 차분히) 내가 너를 알지.. 너는, 절대 그 카드를 한 번만 쓸 놈이 아냐... 복사해서 어디 아주 잘 짱박아 놨을 거야... 그래서, 내가 딜 한다.. (맘 아픈) 내가.. 딜 할게... 나도 이 조직이 엿 같아도 배운 게 도둑질이라고 어디 갈 데도 없고, 또 내가 나감, 니들 기뻐 날뛸 꼴도 못 보겠고.. 좋다, 지구대, 간다.. 경감 놓고 경위, 강등받고! (맘 아픈, 심호흡하는)

주영 ...

양촌 그런데, 내가.. 지구대 발령, 강등은.. 참아도, 죽어도 못 참겠는 게 딱 하나 있어... (맘 아프지만, 눈물을 참고) 호철 형수가.. 호철 형님을 친동생 같은 내가 (맘 아픈, 참고) 죽였다고 믿는 거. 그러니까, 호철 형님, 순직 등급은... 젤 높은 걸로, (울고 싶지만, 참고) 고작! 십만 원, 이십만 원이라도 형수랑 애들이.. 연금 더 받을 수 있게. 그리고.. 니가 가진 카드, 호철 형수한테만은 보여줘. 남편 잃은 불쌍한 형수가 나한테만은 의지할 수 있게.. (버럭) 나한테는 의지해야지, 어? (일어나, 미안하고, 맘 아프게, 누운 채 있는, 주영 보며, 막막하게) 그것만은 해. 이 개새야.. (하고, 지갑에서 술값 십만 원 꺼내놓고, 나가는)

씬 19. 선술집 밖 + 차 안, 밤.

양촌, 휘청휘청 나와서, 선술집 뒤에 있는 주차장으로 가서, 차에 타, 시동 걸고 주차장을 나가려다가(십 미터 정도 간) 멈추고, 그냥 가만히, 의자에 기대 명해 있는, 잠시 후, 순찰하던 경찰들이 그 앞을 지나가다, 이내 다시 양촌의 차로 와서는(양촌은 제 생각에 빠져, 못 본), 플래시로 차 안을 비추는, 양촌, 뭔가 싶은, 차 창문 열고 보는,

경찰 (담담히) 선생님, 술 드셨나 봐요?
양촌 운전 안 했어요. 아니.. 가려다가, 아차 하고.... 봤잖아요, 차 멈춰 있는 거? 시

동도 꺼지고?

경 찰　(플래시로 키 비추고) 키 꽂혔네. (뒤에 양촌의 차 있던 자리 보고, 양촌 보
　　　며) 이동하셨네요, 저기서 여기까지, (음주측정기 내밀며) 부세요. 면허증도
　　　주시고.

양 촌　(아, 진짜.. 되는 일 없다, 싶어, 속상한, 빤히 경찰 눈을 오 초 정도 보는)

경 찰　(양촌을 빤히 보는, 보면, 뭘 하는 눈빛이다)

양 촌　(경찰을 빤히 보며, 주머니에서 지갑 꺼내 경찰증 꺼내 주는)

경 찰　(받아 보고, 어이없게 양촌 보고) 경찰이시네.. (측정기 내밀며, 한심하게 보
　　　며)

양 촌　(측정기 뺏어, 불고 주는)

경 찰　(측정기 받아 보고, 맘에 안 들어, 비아냥조로) 0.05.

양 촌　(참담한) 경계네.. 그냥 좀 봐주면,

경 찰　(말꼬리 끊으며, 스티커 끊으며) 법대로, 면허정지 100일입니다. (신분증 보
　　　며, 진술서 작성하고, 신분증 주고) 경감님, 차에서 나오시고 대리 부르세요.

양 촌　(한숨 쉬고, 나와서, 그냥 가는) ...

경 찰　키 안 가져가셨죠? (하고, 차 안 보면, 키 꽂혀 있는)

양 촌　(대답 없이 가는, 참담한, 슬프고, 답답하고)

씬 20. 지구대 조사실 안, 밤.

명호, 서서, 영사막에 사건 사진들을 띄워놓고, 시보들을 교육하고 있는, 남
일, 무심히, 상황을 보는, 한표, 원우, 정오, 상수, 헤리 서거나 앉아 있는,

명 호　낮의 사건현장 사진이다, 여기서 빠진 사진은?

정 오　(사진들을 예의 주시하고, 보며) 출입구에서 왼쪽 벽, 티브이 있는 쪽 사진이
　　　없습니다.

한 표　(컴으로, 티브이 쪽 방면 사진들을 띄우는)

상 수　침대 밑의 사진이 없습니다.

한 표　(침대 밑 사진을 영사막에 띄우는)

정 오　침대 밑에 피가 있는 것으로 봐서, 피해자의 잘린 혀가 있을 것으로 추정되

는데, 여기엔 혀로 추정되는 것이 없습니다.

한 표 (침대 밑에 혀 있는 사진을 영사막에 띄우는)

명 호 (혜리에게) 혜리 순경, 뭐가 없어?

혜 리 (당황해, 보지만, 안 보이는) 저는 현장을 안 가서..

명 호 (단호한) 유추도 안 돼?

혜 리 해보겠습니다. (하고, 진지하게 보다, 손 들고, 크게) 화장실 내부 사진이 없고.. 현관, 현관 출입구 사진이 없습니다.

명 호 (기특하게 보고, 작게 웃고) 모텔 외경 사진 중 다른 게 있다, 뭐가 다른지 아는 사람?

정 오 (진지하게 보며) 모텔 남쪽 사진이 다릅니다.

상 수 (정오 보며) 맞는데, 사차선 도로 인접,

정 오 (사진만 보며) 모텔 남쪽 방면엔 사차선 도로가 있고, (생각하며) 주유소가 있는데.. 여긴 없습니다.

한 표 (박수를 치는) 와우!

남 일 (정오 보고, 웃으며, 제 두 손가락으로 제 눈을 가리켰다, 정오를 가리키며) 관찰력 좋고! (상수 혜리에게) 니들은 조심해, 그러다 짤려. (정오에게) 너 내 부사수로 와. (명호에게) 쟤 내 꺼다. (나가며) 난 퇴근이다.

정 오 (내심 뿌듯한)

상 수 (화나는, 스스로가 답답한, 침착하려 작게 숨 쉬는)

명 호 이 사건은 회사 여자 선배가 술 취한 남자 후배를 여관으로 유인, 일단 술에 취해 잠을 자고 아침에 겁탈하려다 발생했다. 현재 둘은 쌍방 고소를 한 상태. 남자는 여자를 성폭행범으로, 여자는 남자를 상해죄로. 지금부터 가정해보자, 여자를 상해한 남자는, 처벌이 어떻게 떨어질 것 같아?

상 수 무죄로 추정됩니다. 남자의 상해는 성폭행으로 인해 일어난 이차 사고이므로,

혜 리 남자의 정당방위, 방어권을 인정해야 합니다.

정 오 남자는 성폭행 피해자로 보기 애매하고, 상해에 대한 처벌을 받아야 합니다. (한표에게) 여청계에서 찍은 남자 피의자 사진과 여자 피해자 사진(몸 부분만 찍힌) 부탁합니다.

상수, 혜리, 한표 (정오 보면) ?

명호, 원우 (정오가 대단하단 듯, 미소 띠고)

한 표   (자료를 찾아, 영사막에 띄우는, 남자 몸엔 붉은 멍만 하나 있는)

정 오   두 사람의 몸에 큰 상처가 없는 것으로 봐서, 여자의 강압이 그닥 세지 않았
        을 것으로 추정됩니다. 또한, 모텔 방은 이층에 위치,

한 표   (영사막에 모텔 전경(이층이 확연한 사진)과 주차된 트럭 사진 띄우는, 정오
        의 말에 따라 사진을 확대하는)

정 오   창엔 방범망이 없고, 모텔 창밖 아래 도로엔 트럭이 주차, 남자가 성폭행의
        위협을 느끼고 도주할 방법은 충분히 있었습니다. 화장실 창문 역시 도주할
        공간이 충분했고, 무엇보다 남자의 모텔 출입은 자발적으로 이뤄진 상태였습
        니다. 위의 증거들로 봤을 때, 남자는 안전한 자기방어 방법을 충분히 고려하
        지 않고, 무조건적으로 상해를 가했습니다.

상 수   (아차 싶다, 빠르고, 진지하게 말하지만, 한발 늦었단 생각이 드는, 속상한)
        위 사건과 비슷한 판례가 미국 법원에서 1968년 있었습니다. 제가 잊었습니
        다.

한 표   그때 판결문 내용은?

상수, 정오   여자가 겁탈하려 할 때, 남자는 자기방어를 할 수 있는 두 손이 자유로웠
        다. 그럼에도 불구하고 남자는 자기방어보다 여자를 상해하려는 데 목적이
        앞섰다, 그러므로 남자의 성폭행 고소는 무효이며, 여자를 상해한 죄는 성립
        된다.

한표, 원우   우우.. (하며, 기특해, 박수를 쳐주는)

명 호   (담담히) 인수인계하고 퇴근해. (창 바깥 보면, 2팀이 오는 게 보이는, 2팀에
        인사하며 나가는) 안녕하십니까? (2팀 경찰, '오늘 사건 많았다며?', '그만그만
        요' 하며 서로서로 인사하는)

한 표   (시보들에게) 뒷정리하고 퇴근해. (하고, 원우와 나가는)

        상수, 책상 보며, 참담한, 굳은, 혜리, 샘나고, 초조해지는, 뒷정리하고, 정오,
        뒷정리를 하는데, 기분 좋은,

상 수   (정리하며, 답답한) 이건 분명한 남녀 불평등이야, 여자가 남자 혀를 잘랐다
        면, 분명 그 여잔 무죄일걸?

정 오   (정리하며) 여자도 비슷한 경우가 있었어, 성폭행하려던 남자를 칼로 찔러
        죽였는데,

상 수 　(정오에게 대들듯, 다다다 말하는) 주변에 도움을 요청할 수 있는 상황이었
　　　음에도 그러지 않아서, 유죄! 1997년 부산 송도,

정 오 　(말꼬리 끊으며, 가며, 웃고) 대견한걸. (하고, 나가는)

상 수 　(화나, 정오 보는)

혜 리 　(일하며) 시보 기간 중에 표창받아서 바로 1호봉 승진한 케이스가 있대.. 정
　　　오가 그럴 거 같지 않냐?

상 수 　웃기는 소리 마, 우리 중 너나, 정오보다, 무조건 내가 먼저 간다. (하고, 일하
　　　는)

혜 리 　(어이없는, 웃으며) 새끼, 승부욕 있네.

상 수 　(열심히 일만 하는)

씬 21. 지구대 일각, 복도, 밤.

　　　정오, 무덤덤히 딱딱하게 핸드폰으로 전화하는,

정 오 　문자 안 보셔서 음성 남겨요, 돈 달라는 전활까 봐, 피하시나 봐요. 이번엔 돈
　　　드리려고 전화한 거예요. 제 번호로, 아버지(얼결에 나온 말이지만, 싫은) ..
　　　계좌번호 보내세요. (하고, 끊고, 여자 휴게실로 가려는데)

　　　앞에 퇴근하려고, 옷 입고 나오던 한표가 편안하게 서 있는,
　　　정오를 보고,

한 표 　(편하게 웃으며) 아버지 있었어?

정 오 　?

한 표 　나 너랑 고등학교 동창. 기억 안 나? 나 니가 사귀던 정다형 베프, 몰라?

정 오 　(다형이란 말에, 조금 불편하지만, 짐짓 가볍게) 모르겠는데요,

한 표 　하긴 다른 반이었으니까, 다형인 알지?

정 오 　물론이죠.

한 표 　(가볍게 웃고, 가며) 비휴 잘 지내.

정 오 　(고개 돌려, 가는 한표를 답답하게 보다, 돌아서려다, 뭔가 툭 부딪혀, 놀라서

보면)

누군가, 정오의 두 어깰 잡고 정오를 바로 세우는, 정오, 올려다보면, 명호다,
명호, 정오의 어깨를 잡은 손을 바로 내리며,

명 호 (담담히) 앞 보고 다녀라. (하고, 가다) 참, 모텔 사건 피해여성 혀 봉합수술
잘 끝났다드라.

정 오 (가는 명호를 보고, 맘에 드는 듯 작게 웃고, 여자 휴게실로 들어가는)

씬 22. 지구대 화장실 안, 밤.

명호, 볼일 보고 있고, 그때, 종민(여기저기 얼굴에 화재현장에서 묻은 검정
먹칠이 있는), 와서 볼일 보고,
명호, 볼일 보고, 손 씻으며,

명 호 (손만 씻으며, 안 보고) 오늘 인석시장 화재현장에 투입된 119 대원이 위독하
다며? 별일 없어야 될 건데?

종 민 ... (볼일만 보는)

명 호 니 활약은 들었어, 아무도 있는지 몰랐던 할머니 구했다며? 표창 먹겠다?

종 민 (옷 추스르고, 손과 얼굴만 씻으며) 내 계급 무시하고 말 까지 마라.

명 호 (참고, 돌아서서 가려다가, 다시 와서, 종민 보며) 경사님, 동규한테 너만 의
리 있는 거 아냐.

종 민 (씻다 멈추고, 담담히 꼬나보며) 여기가 지구대 아님 넌 나한테 죽었어. 이 배
신자 자식아? (하고, 나가는)

명 호 (따라 나가는)

씬 23. 지구대 복도, 밤.

종민, 앞서서, 물 묻은 손을 제 옷에 닦으며 가는데,

명 호   (툭 내뱉는) 배신자란 말은 너무 과하지, 경사님?

그때, 각자, 휴게실에서 사복 입고 나오던 상수와 정오, 혜리, 그 말에 멈칫하고,

종 민   (명호의 말에 굳어져 돌아보는)

정오, 상수, 혜리, 제자리에 서서 이러지도 저러지도 못하고, 벽에 붙어, 서 있는, 고개 숙이는,

명 호   (주변 무시하고, 종민에게 낮은 목소리지만, 진지하고, 차갑게 말하는) 난 경찰 될 때, 시민에게 충성하라 배웠어. 시민을 버린 경찰, 그거 감찰 가란 게 (종민에게 다가가) 배신이냐?

종 민   (화나, 버럭) 경찰도 제복 입은 시민이고, 경찰의 안전은 시민의 안전이야, 임마?! 동규가 국회의원한테 당할 때, 내가 공집 넣자니까 니가 분명 그랬지, 참으라고! 그 참은 대가가, 청문감사실이냐?! 위험한 경기도 외곽 근무야?! 동균 누가 봐도 훌륭한 경찰이야!

명 호   (속상하지만, 차분히) 그래서 보냈다, 자랑스런 내 동기가 평생 떳떳하라고!

종 민   ..

명 호   6개월만 고생하면 속 시원히 죄값 털고 끝나는 일인데, 왜 동규를, 동료들이 쉬쉬하며 짜고 숨겨주는, 찌질한 놈을 만들려고 그래, 넌? 넌 그게 의리냐? 난 아냐. (하고, 남자 휴게실로 들어가, 문을 쾅 닫는)

정오, 상수, 혜리   (고개 숙이고, 벽에 붙어서 그 얘길 진지하게 맘으로 듣는)

종 민   (할 말 없는, 명호 간 쪽 가만 보다가, 정오 상수 혜리 보며, 버럭) 뭐하냐, 퇴근하지! (하고, 밖으로 나가는, 명호의 말이 일부 맞다 싶어, 흔들리는, 그래도 분이 안 삭는)

상수, 정오, 혜리, 나가려는데, 경모, 화나, '비켜!' 하며 일행을 가로질러 식당으로 가고, 그 뒤에 삼보, 힘들게 걸어가며, '경모야, 임마, 니가 임마, 성질내면, 나는 언제 성질내냐, 지금은 니가 아니라, 내가 성질낼 때야, 내가?!' 하며

따라가는,

한솔, 혼잣말처럼 말하며, 식당 쪽으로 가며 '성질낼 일이 없어, 별걸 다 성질을 내고, 저거 저거.. 야, 식당은 왜 가, 나가서 소주 한잔하고 얘기하자니까, 야, 경모야!' 하며 가는,

상수, 정오, 혜리, 가는 선배 일행을 보는,

경 모 (E) 뭘 참어, 뭘!
한 솔 (E) 조용히 해, 왜 소릴 질러?! 시보 애들 들어?!
상 수 (피곤한, 고개 저으며, 나가며) 아, 정신없어.. 이 지구대, 진짜..
혜 리 (절레절레 고개 젓고, 나가며) 피곤해.. (상수에게) 근데 동규가 누구야?
상 수 난들 알까?
정 오 (고개만 젓고, 가는)

씬 24. 지구대 식당 안, 밤.

경모, 열받아, 서서 물을 따라 마시고, 삼보, 힘든지, 의자에 앉아, 숨을 고르고,

한솔, 경모를 답답하게 보며, 허리에 두 손을 올리고, 달래듯,

한 솔 임마, 나도 양촌이 오는 거 머리가 시끄러워, 그런데, 위에서 받으라잖아.
경 모 (열받아, 소리치는) 핑계 대지 마요! 지구대장이, 지구대 팀장이 못 받겠다는데, 요즘 같은 시절에, 누가 감히 받으라고 압력을 넣어요?!
삼 보 니 말이 맞다, (한솔 보며) 대체 걜 왜 받으려는 거냐, 대장?
한 솔 (삼보 보며, 답답한) 형님은 갑자기 왜 양촌이가 싫어요? 양촌이 시보 때부터 이 부서 저 부서로 데리고 다니면서, 호랑이로 키운 거 형님이잖아? 최근에도 둘이 연락은 하잖아?
삼 보 (고개 돌리며, 답답한) 말 못해. 하지만, 싫어.
한 솔 (어이없게 보다, 경모 보며) 너 어려서 양촌이한테 장미 뺏긴 게 지금까지 분하냐?
경 모 (어이없게, 화나 보면) ?!

한 솔	(버럭) 그게 아님, 양촌이 받아.
경 모	(속상해, 버럭대며) 내가 팀장인데, 나이 많은 선배가 계급도 같은 선배가, 팀으로 오면, 나는 뭐가 돼요? 왜, 이번에도 팀장 자리 내주라, 그게요? 전번에도 그러드니, 이번에도?! 다른 지구대나 서로 간다니까, 팀장 자리 준다고, 억지로 잡아 놓고, 뭐하는 짓이에요, 나한테?!
한 솔	(버럭) 누가 같은 계급이야? 양촌인, 강등돼서 경원데! (하고, 경모 보는)
경모, 삼보	?
삼 보	(이상한) 걔가 왜? 술 마신 기사 오본 거 아는 놈은 다 아는데? 미제사건 풀고, 바다에 뛰어든 사람 살리고.. 왜 걔가 강등이야?
한 솔	그래서, 데려오려는 거예요, 그래서! 여기저기서 상처받은 놈인데, 나까지 못받겠다 못하겠어서! (경모 보며, 진지한) 양촌인, 이제 니 밑이야. 니 사수였던 놈이 니 밑으로 온다. 골치 아픈 시보들이나 주자. 원한 있음 니 밑에 두고 그놈을 밟든, 조지든.. 니 알아서 하고, 일단 받아. (하고, 나가는)
삼 보	(짜증나, 머리 박박 긁고, 일어나, 나가는)
경 모	(가만 물을 먹는데, 답답하고, 오기도 뻗치는, 스텐 물잔을 던지는)

씬 25. 장미의 집 안, 밤.

장미(무덤덤한), 송이, 대관, 쇼 프로를 보고 웃는데, 양촌, 들어오는,

대 관	(양촌 보고, 제 방으로 들어가고)
양 촌	(대관 보다, 송이 보면)
송 이	(그냥, 제 방으로 들어가는)
양 촌	(애들 방들 보며, 버럭) 니들은 왜 아빠 보고 인사도 안 하냐?!
송 이	(바로, 나와서, 대충 꾸벅하고, 들어가고)
대 관	(방에서 나와, 꾸벅 인사하며, 맘 없이) 안녕하세요. (하고, 방으로 들어가는)
장 미	(쇼 프로만 보는)
양 촌	(애들 방 쪽 맘에 안 들게 보다, 소파에 앉으며) 와인 한잔할래?
장 미	(티브이 보며, 담담히) 현관에 둔 가방 들고 아버지한테 가. 서류는 나중에 시간 날 때 정리하자. (하고, 티브이 끄고, 방으로 가는)

양 촌　(현관 보면, 가방이 있는, 잠시 보다, 방으로 가는)

씬 26. 장미의 방 안, 밤.

　　장미, 침대에 눕는,

양 촌　(서서, 그런 장미 보며, 울고 싶은, 이런저런 상황에 맘도 아픈) 내가 다 잘못
　　했어. 내가 개새끼야. 사수가 죽었어도 당신은 부모가 죽었는데.. 여보 미안
　　해, 용서해, 어? (하고, 옆에 누워, 장미 쪽으로 몸을 돌리고, 팔을 장미 몸에
　　얹고, 얼굴을 장미의 등에 파묻고) 우리 여행 가자, 둘이.. 나, 모레 홍일지구
　　대 출근하는데, 한솔이 형님한테 말해서, 휴가 얻어서.

장 미　(눈 감은 채, 담담히) 예전부터 너랑 갈라서고 싶었는데, 부모님도 애들도 걸
　　렸어.

양 촌　(그 말에 미동이 없는) ...

장 미　근데 이젠 걸릴 게 없어. 조용히 나가. 쌍스럽게 소리치며 헤어지지 말자. 소
　　름 돋으니까, 손 치우고.

양 촌　(눈가 붉은, 화나고, 속상한, 벌떡 일어나, 버럭대는) 내가 도대체 뭘 그렇게
　　잘못했냐?!, 뭘 그렇게 잘못했어?! 사람이 잘못했음 뭘 잘못했는지, 말을 해
　　주던가, 쌍?!

장 미　(일어나, 침대에 앉아, 양촌을 보는)

양 촌　(장미 보며) 그럼 내가 사과라도 할 수 있잖아, 사과라도! 내 사정, 누구보다
　　니가 더 잘 알잖아?! 내가 지금 어떤 심정인지, 경찰 동료로서, 니가 더 잘 알
　　잖아?! 아니냐?!

장 미　(말꼬리 자르며, 아무렇지 않게) 너한테 어떤 일이 벌어졌든, 그건 니 일이야.

양 촌　?

장 미　내 부모가 죽은 건, 내 일이고.

양 촌　(가슴이 쿵 하는) .....

장 미　(가만 보다, 아무렇지 않은 듯, 툭툭 뱉는) 자꾸 잊지? 내 부모 죽은 건 니 일
　　이 아니라, 내 일이니까. 나도 그래. 니가 지금 어떤 상탠지, 관심이 없어, 나
　　도.

양 촌	(참담한, 달래는, 맘 아픈) 여보.. 누나,
장 미	그냥 나가.
양 촌	(눈물 그렁해(울지 말 것), 장미를 한참 보다가, 나가는)
장 미	(침대에 눕는)

잠시 후, 현관문 소리 쾅 하고 나는, 잠시 후, 초인종 소리가 나는,

씬 27. 장미의 거실 안, 밤.

대관, 심드렁하게 나와, 인터폰 켜면, 양촌이다,
양촌, 인터폰 있는 벽에 손을 대고, 화난 숨을 진정하려고 몰아쉬고, 짐짓 애써 담담히,

양 촌	누구냐?
대 관	대관이,

송이, 방에서 나와, 팔짱 끼고 대관을 보는,

양 촌	아빠가 엄마한테 잘못한 게 있어서, 화가 나셨어. 아빠, 할아버지 집에 가 있는다. 당분간 며칠. 그동안, 엄마, 잘 지켜. 대답 안 해?
대 관	(무덤덤) 어.
양 촌	누나도 잘 지키고, 자식아. 어?
대 관	(송이 보고, 다시 양촌 보고) 어.
양 촌	공부 잘하고 있어. 간다. (하고, 가는)
대 관	(인터폰 끄고, 송이 보고, 속상한) 난 엄마 아빠 이혼은 별론데?
송 이	(담담히) 너 아빠처럼 되고 싶어?
대 관	아니.
송 이	누나가 아빠 같은 사람 만나면 좋겠니?
대 관	(퉁명스레) 절대 싫지.
송 이	근데 왜 엄만 아빠랑 살래? 말 돼?

대 관   (눈가 그렁해지며, 속상한) 안 돼. (하고, 자기 방으로 가는)

송 이   (대관 보다, 제 방으로 가는데, 속상한)

씬 28. 양촌 부의 집 앞(경기도 외곽, 철 대문, 마당이 있는) + 마당, 밤.

택시 서고, 양촌, 가방 들고, 내리고, 택시 가면, 양촌 부의 집 대문 앞으로 가
서, 문을 쾅쾅 두드리다가, 문이 열린 걸 보고는, 들어가, 문 걸어 잠그고, 불
켜진 방으로 들어가는,

씬 29. 양촌 부의 방 안, 밤.

양촌, 가방 들고 문 열면,
양촌 부, 앉아서, 돋보기를 끼고, 양말을 꿰매고 있다가, 양촌 보는,
양촌, 들어와 가방 놓고, 말없이 장롱을 열어, 이불을 꺼내며,

양 촌   (무뚝뚝하게) 집에 문을 왜 안 잠가요? 세상이 얼마나 무서운데..?

양촌 부   (덤덤히, 양촌을 보다가) 밥은?

양 촌   됐어요.

양촌 부   (양말 놓고, 돋보기 벗어놓고, 나가는)

양 촌   (이불을 깔고, 누워, 티브이를 켜는)

양촌 부   (김치, 짠지, 밥 담긴 그릇이 담긴 작은 밥상을 들고 들어오는)

양 촌   (누워, 양촌 부 보다가, 답답한) 안 먹어요!

양촌 부   (상 내려놓다가, 다시 들고, 나가려면)

양 촌   (일어나, 상 뺏어 들고 나가는)

양촌 부   (그런 양촌을 보는)

＊ 점프컷 ≫

양촌, 양촌 부, 각자 이불에 나란히 누워 뉴스를 보는,

양 촌   안 주무셔?
양촌 부   (눈 감고, 등 돌리는)
양 촌   (티브이 끄고, 등 돌리는)

씬 30. 상수의 동네 일각, 낮.

상수와 정오(군은), 혜리, 앞서가고, 정오 모, 땀을 흘리며, 공황장애 불안증
이 오는지, 불안한, 수건으로 얼굴의 땀을 닦으며, 따라가는,

상 수   지구대까진 버스로 십 분, 자전거론 이십 분.
정 오   (주변 구경하며, 정오 모의 상태를 다는 모르는) 거린 좋네.
혜 리   야, 저 집 좋다.

그때, 불안한 정오 모, 어떤 집의 대문 앞에 앉으며,

정오 모   (불안증에 버럭) 어우, 난 못 가, 못 가! 대체 얼마나 더 걸어?! 얼마나?!
상 수   (웃으며) 이 집인데, 들어오세요. (하고, 들어가는)
혜 리   (집이 좋은) 와, 괜찮네? (하며, 들어가는)
정 오   (정오 모 보며, 답답한) 들어가.
정오 모   너나 보고 와. 힘들어.
정 오   (속상하지만, 답답한) 그래서 내가 힘드니까, 오지 말랬잖아. 근데 굳이 엄마
        가 온다고,
정오 모   (속상한) 너 대출받았다며, 그 돈 받으러 온 거야.
정 오   (속상한, 화나는) 진짜, 안 들어오지? 그럼 여깄어. (하고, 들어가는)
정오 모   (속상한) 아버지한테 줄라고 대출금 받은 거 엄마 줘, 야?!
정 오   (그냥 가고)

상수, 무관심하게(?), 혜리, 관심 있게, 정오 모의 말을 듣게 되는,

정오 모   니 아버지가 준 돈을 왜 갚어, 그 돈 나 줘, 어?! 정오야, 어?! 엄마, 카페 하고

싫어, 야?!

씬 31. 옥탑방 안(두 개의 방과 작은 거실이 있는), 낮.

정오, 혜리, 빈방을 구경하는,

혜 리　(싱크대 열어보며) 좋네. 꽤 쎄빙이다?

정 오　(방을 구경하며, 상수에게) 보증금 천에 칠십이랬지?

상 수　어.

혜 리　백사십 받아서, 방세 내고, 공과금 내고.. 언제 돈 버냐?

정 오　(창문을 열어, 창문이 든든한지 확인하는) 승급시험 봐야지.. 얼른얼른.. (상수에게) 니네 집은 어디야?

상 수　아래층?

정오, 혜리　(보며, 어이없는) 여기 니네 집이야? 야, 그럼 좀 깎아줘야지!

상 수　(편하게) 우리도 전세. 주인은 외국에 있어. 울 엄마랑 내 꿈이 이 집 사는 거, 내가 이 집 사게 되면 깎아줄게. 천에 오십으로. 집 보고 가, 밤에 지구대서 보자. (하고, 나가는)

혜 리　(어이없게 보다, 정오 보며) 쟤 (손가락으로 한 뼘 정도 벌리고) 이 정도만 작음 매력 있을 거 같지?

정 오　(무심히) 지금도 괜찮잖아?

혜 리　너 지구대원 중에 혹시 상수가 젤 맘에 들어?

정 오　(싱크대 곳곳을 열어보며) 아니, 명호 경장님.

혜 리　(행동 멈추고) 진짜? 나돈데.

정 오　(행동 멈추고, 보면)?

혜 리　(가만 보다가) 너 가져. (하고, 나가는)

정 오　(뒤따라 나가는)

씬 32. 옥상 + 마당, 낮.

혜리, 주변을 보는,

정 오	(어이없이 웃으며, 나오며) 너 명호 경장님 왜 나 줘?
혜 리	(주변 보며) 난 남자한테 신경 쓸 여유가 없으니까, 우리 집은 내가 가장이거든. 부모님이 계시지만, 여동생들은 내가 키울 거야. 아직 둘 다 학생.
정 오	(웃으며, 주변 보며) 명호 경장님은 그냥 눈요기, 정도? 나도 돈 벌어야 돼. 못 들었어, 아까? 울 엄마가 돈 달래잖아. (하다가, 대문 쪽 보면)

상수 모, '땅바닥보단 의자가 낫죠, 들어오세요, 들어오세요' 하며 정오 모를 마당 안쪽 의자로 이끌고, 정오 모, 마지못해, '괜찮은데..' 하며 의자에 앉는, 상수, 뜨거운 차를 가져다 정오 모에게 주며, '천천히 드세요, 뜨거워요' 하고, 인사하고 들어가는 게 보이는,

상수 모	(밝게) 딸이 경찰 돼서 좋죠? 난 우리 애가 경찰 돼서 너무 좋아서.. 자다가도 일어나, 웃어요. 우리 애들 아빠가 사고로 죽었는데, 아마 살아 계셨음 동네방네 매일 잔치를 열었을,
정오 모	(말꼬리 끊으며) 제가 불안장애가 있어요.. 막 심장이 떨리는.. 말 좀 안 했으면 싶네요, 지금은.. (하고, 차 마시는)
상수 모	(멋쩍은) 아.. 네.. (하고, 어색해, 제 슬리퍼를 보다, 정오 모를 보는)

그 그림 위로, 정오, 혜리 대사 오버랩이 되는,

혜 리	아빠랑 따로 사나 봐?
정 오	(정오 모 보다, 주변 보는)
혜 리	부모님 이혼했구나?
정 오	(주변이 어떤가 보며, 무덤덤히) 묻지 마.
혜 리	대출받았어? 경찰은 그게 좋지, 대출받기 쉬운 거? 근데, 아빠 돈을 왜 갚어?
정 오	(그때, 핸드폰으로 문자 오는 소리 나고, 보면)
정오 부	(E) 돈 갚을 필요 없다. 하지만, 니가 그게 불편한 거 같아 계좌번호 넣는다.

* 점프컷, 인서트 - 문자 》

돈 갚을 필요 없다. 하지만, 니가 그게 불편한 거 같아 계좌번호 넣는다. 우정 은행 12-6754-10-101

혜 리   어, 니네 엄마 나가신다, 정오야.

정 오   (문자 보고, 핸드폰 넣고, 아래층 마당을 보면)

상수 모   왜 가세요, 따님이랑 같이 가야지...

정오 모   (길에 오는 택시를 타는)

정 오   (속상한, 걱정스런) 엄마! 어디 가?! 엄마!

정오 모   (차 창문에 고개 내밀고, 속상해, 울 것 같은 얼굴로 말하는) 내가 언제까 지 공황장애를 앓으며 보험 일을 해야 되는데, 내가 언제까지! 이 기집애야?! (울먹이며) 너는 공황장애 없으니까, 이 병이 쉬워 보이지?! (하고, 기사에게 '가요!' 하는, 차 떠나는)

상수 모   (정오 보고, 집으로 들어가고)

정 오   (머리 쓸어 올리며, 속상하고, 난감한, 진정하려, 숨을 몰아쉬는)

혜 리   니네 엄마 진짜 카페가 하고 싶은가 보다. 대출금 받았다며, 해줘?

정 오   (정오 모에게 전화하는, 신호음 가지만, 전화 안 받는, 다시 하는)

혜 리   (핸드폰 뺏어, 뒤로 숨기며) 아버지 돈을 왜 갚어?

정 오   아버지 없어, 내놔!

혜 리   (보다가, 핸드폰 주고, 담담히) 너는 니네 아버지가 아버지가 아니라고 생각 해도, 니네 아버진 널 딸이라고 생각하니까 돈을 준 거야.

정 오   (혜리 보며, 핸드폰을 하며, 어이없는, 안 보고, 작게 구시렁) 웃기고 있네, 딸 은 무슨..

혜 리   니네 아버지가 널 딸이라고 생각 안 했음 돈을 왜 줘? 내가 달래도 줬겠냐? 미친 애 아냐? 하고 말았겠지.

정 오   (보는) ?!

혜 리   너도 아버지라고 생각 안 했음 왜 거기 가서 돈을 달래? 옆집 아저씨한테 달 래지!

정 오   (혜리 보는데, 전화는 하면서, 화가 나지만, 그 말이 맞다 싶어, 할 말 없는)

혜 리   내심 둘 다 속으론, 부모 자식 인정하니까 돈까지 주고받은 거잖아! 그게 팩 트야! 참고로, 울 아버진 방앗간 하는데 그 방앗간은 내 꺼야! 자존심이 없 어서? 아니, 딸로서, 당연하니까! (하고, 옥탑방으로 가는)

정오 모   (전화받으며, E) 왜, 전화야, 엄마 말은 듣지도 않으면서, 내가 가는 건 신경
          쓰이냐?

정 오   (가는 혜리를 보며, 진지하게 혜리 말을 생각하는, 그러며, 전화하는, 정오 모
          달래는) 갈 때 가더라도 나랑 밥 먹고... (사이, 걱정) 기다려. (하고, 뛰어 나
          가는)

씬 33. 상수의 집 대문 앞 + 길가, 낮.

정오, 집에서 나와, 큰길로 내달리다, 멈춰 서면,
정오 모, 한쪽 벽에 기대앉아, 땀을 흘리는, 숨을 고르는, 힘든,
정오, 속상해, 그런 정오 모 앞으로 가서 앉아, 손잡아주고, 가만 보며,

정 오   (차분히) 엄마, 천천히 천천히..
정오 모   (천천히 숨을 고르는, 진정하려 하는)

          ＊ 점프컷 》
          상수, 대문 쪽에서 그런 정오를 가만 담담히 보는, 모르는 척해주고 싶은, 들
          어가는,

씬 34. 경찰서, 여청계 안, 낮.

여자들과 청소년들이 이곳저곳에서 조사를 받는, 장미, 서류를 보고 있는, 여
고생(교복) 둘, 장미 앞에 껌을 씹고 불량하게 앉아 있는,

장 미   (서류 보고, 여고생들 보는데, 전화벨 울리고 담담히, 전화받는) 왜?

          ＊ 점프컷, 버스 안의 양촌, 교차씬 》

양 촌   (담담히, 창가 보며, 일상적으로) 누나, 내 양말 파란 거 어딨어?

장 미   가방 안쪽 지퍼백.

양 촌   거기 뒤져봤는데, 내가 좋아하는 발가락 양말이 없어.

장 미   (서류 내려놓고, 가만 앞의 여고생들을 보는) .....

양 촌   (느낌이 이상한) 취조.. 중이구나.. (빠르게, 배려하는) 알았어, 하나 사지 뭐, 끊어. (하고, 전화 끊고, 답답하게, 창밖을 보고 창문에 입김을 불어, 누나라고 쓰는, 답답한)

장 미   (전화 끊고, 서류 보다, 여고생들 보며, 차분히, 웃음 띠었지만, 만만찮게) 왜 말을 못해? 공사장에서 훔친 구릴 어디다 팔았냐니까.

여고생1 (퉁명스레) 그냥 여기저기..

장 미   그러니까, 여기저기 어디?

여고생2 지나가는 사람한테도 팔고, 고물상에도 팔고,

장 미   그러니까, 고물상 어디?

여고생1 몰라요, 기억 안 나?

장 미   (차분하지만, 단단하게) 약 했어, 기억 안 나게?

여고생1, 2   약 안 했거든요!

장 미   (차분하고, 담담한) 120킬로나 되는 많은 구릴, 니들이 팔긴 가능하지 않아, 니들 뒤에 누가 있지?

여고생2 (비웃으며) 딱 맞네, 있어요, 근데 그놈이 튀었어요.

장 미   (가만 보다가, 자료 보고, 의자에 기대 팔짱 끼고, 따뜻하게 작게 웃으며) 몇 년 전 백화점에서 니들 또래 애들이 수차례 물건을 훔친 사건이 있었는데, 그때 걔들은 선배한테 감금당해, 성행위 동영상을 찍고, 도둑질을 강요받았어.

여고생1, 2   (어이없이, 키득대고 웃는)

장 미   (진지하게 보며, 웃음 가신) 그와 또 유사한 사건의 애들은.. 임신을 했지. 근데, 낙태 비용이 없었어.

여고생1, 2   (순간, 웃음 가신) ?!

장 미   (두 아이의 눈을 차분히 보며, 서랍 뒤져, 임신 테스트기를 꺼내 앞에 놓으며) 둘 다, 나랑 화장실 좀 같이 갈까?

여고생1, 2   (웃음 가신, 껌만 씹으며, 장미를 노려보는)

장 미   (조서를 꺼내, 애들 앞에 놔주고, 볼펜을 주며) 니들이 지구대에서 쓴 진술서 내용 말고.. 여기 다시 쓴다, 진지하게. 사실대로. 그리고 훔친 구리가 있는 장

소도.

씬 35. 지구대 전경 + 화장실 안, 낮.

상수, 밀대로 화장실 청소를 하는데, 화장실 안에서 경찰1(2팀, 사복 차림) 나오며,

경찰1　좋겠다, 오늘 니들 시보 맡을 멘토 온다며?
상 수　(보면) ?
경찰1　못 들었구나.. 대단한 분이야, 잘 모셔! 부사수라면 누구라도 모시고 싶은.. 강력반의 레전드! 퇴근한다. (하고, 나가는)
상 수　(뭔 소린가 싶은, 소변기에 물 내리고, 닦는데)

그때, 승재, 다른 칸에서 나오는,

상 수　(놀라, '악, 악!' 하는)
승 재　(근무복 차림으로, 상수 보며, 어이없는, 장난) 니들 사수 오는 게 그렇게 좋아?
상 수　(놀란, 숨을 몰아쉬고, 다시 청소하려 옆 칸을 여는데, 놀라 소리치는) 악악악!
민 석　(어이없이, 변기에 앉아서, 어이없는) 이 미친...

씬 36. 지구대 옥상 일각, 낮.

상수, 옥상을 여기저기 보며, 정오와 혜리를 찾는,

상 수　야, 니들 여깄어? 야, 야, 시보들! 정오야, 혜리야?
혜 리　(한쪽 구석에서 고개 내밀고) 왜?
상 수　(혜리에게 가며) 너 오늘 우리 맡아줄 사수, 온단 얘기 들었어? 완전 (엄지 들

며) 대박 레전드래! 완전! 쌩, 나 무조건 잘 보여서, 내가 그 사수 완전 오른
팔 될 거야. 다른 부사수 원우, 승재, 한표 그 자식들 전부 엿 먹이고, 내가
(하다가, 구석으로 들어선 순간, 멍한) 선배님,

* 점프컷 》

정오(손에 담배 든), 승재, 원우, 한표(담배 안 피우는), 혜리(담배 안 피우는),
담배 피우다, 상수를 어이없게 보고 있는,

원 우   (바닥에 침 뱉고, 담배통에 담배 끄고, 굳어서 상수를 어깨로 치고 나가다,
       돌아보며) 선배님? 왜 아까처럼 이 자식, 저 자식 해보지? (하고, 가는)

승 재   (어이없는) 내가 어려도 니 선배다, 잊지 마라, 너?

정오, 혜리   곧 내려가겠습니다, 선배님들!

한 표   (머그잔의 커피 마시며) 난 이해해, 다들 또랜데, 뭐.. 난, 내 앞에 있을 때만
       나한테 잘 보임 돼.

상 수   (정자세 하고, 뒷짐 지고, 고개 숙이고) 죄송합니다. (하고, 담배 끄는 정오에
       게) 담배 펴?

정 오   (아무렇지 않게) 가끔..

혜 리   (한표에게) 그래서, 정말 그분이 기한솔 지구대장님을 구했어요?

한 표   그랬다니까, 강남 클럽 조폭 난동 출동 때 조폭 두목이, 도주 길목을 막은
       (칼로 베는 시늉하며) 기한솔 지구대장님을 들고 있던 사시미칼로 그냥 배를
       스윽....

정오, 상수   (끔찍한, 진지하게 듣는)

혜리, 상수   (진지한) 그래서요?

한 표   (시늉까지 하며) 배를 가르니까 어떻게 됐겠어, 배에 있던 창자가 밖으로 확
       쏟아진 거지! 소장, 대장, 할 거 없이, 와르르르..

정오, 상수, 혜리   (끔찍한)

한 표   (시늉하며) 근데, 새로 오시는 그분이 그냥 그걸 (상수에게 내장을 집어넣는
       시늉하며) 마구 주워서, 마구마구 주워서, 한솔 대장님 배에 넣고, (업고, 뛰
       는 시늉까지 하며) 그냥 업고 2킬로미터나 되는 근처 병원으로 죽어라, 죽어
       라, 달렸다는 거 아니냐, 그냥 죽어라... (하고, 뛰던 자세 멈추고) 완전 (엄지
       들며) 이거! (하고, 가는)

혜리, 상수	(박수를 치는, 감탄) 와..
정 오	(안 믿기는)
상 수	완전 대박! 근데, 그분 성함이 뭐예요?
한 표	(가다, 돌아보며) 오양촌! (하고, 가는)
상수, 혜리	(박수 치다, 서로 보고, 굳는) ?!
정 오	(담담한, 그냥 돌아서서, 생각 많게 다른 풍경 보는)
상 수	(한표 사라진 거 알고) 아, 쌍! (침 뱉고, 성질나 가는)
혜 리	(속상한) 이게 뭔 일이래? (하고, 핸드폰의 아버지 문자를 보는 정오에게 가서, 문자를 건너다보며) 안 내려가?
정 오	(문자 접고, 은행으로 전화하며) 은행에 돈 좀 보내고. (시계 보고) 아직 조례 이십 분 전이잖아. (핸드폰 안내 방송에 따라, 돈 넣는)
혜 리	기어이 아빠한테 돈 갚냐? 진짜.. 못마땅하다, 너? (하고, 가는)
정 오	(이체 후 전화 끊고, 정오 부에게 전화하는)
정오 부	(E) 나다.
정 오	(참담한 맘이지만, 담담히, 걸어가며) 돈 드리려고 했는데, 못 드릴 거 같아요.
정오 부	.. (차분히, 담담히, E) 너도 니 엄말 닮았구나. 책임감 없는 거.
정 오	(걸어가다, 멈추는, 화를 참고, 짐짓 담담히) 나는 그런 말을 들을 만큼.. (아버지란 소리가 불편한) 아버지한테 잘못한 게 없는데요? 제가 뭘 잘못했죠?

씬 37. 정오 부 회사 복도, 낮.

정오 부	(걸어가다, 멈추고, 담담한, 차분히, 너무 냉정하지 않게) 나는 너한테 첨부터 돈 받을 맘이 없었어. 근데, 니가 갚겠다고 했고, 이번엔 또다시 안 갚겠다고, 전에 니 엄마랑 똑같이, 무책임하게,

* 점프컷, 교차씬 ≫

정 오	내가 안 갚는 이윤, 엄마한테 자식으로서, 책임을 다하기 위해서예요.
정오 부	?

정 오   (눈가 붉지만, 당당하게, 처지지 않게) 엄마가 아버지 돈을 안 갚은 이유, 무
         책임해서가 아니라, 어린 날, 혼자 책임지기 위해서였구요. 아버진 어떤 책임
         을 지셨죠?

정오 부   (답답한, 큰 소리로) 너 낳았을 때, 나도 널 키우겠다고,

정 오   결과적으론 안 키우셨어요.

정오 부   ...

정 오   (차분히, 또박또박) 아버지한테 미안한 맘 없어요. 당당하게 안 갚을 거예요..
         당당하게! (하고, 전화 끊고, 다시 전화 걸며, 가는) 엄마 카페 월세 계약해,
         대출금 보냈어! (하고, 전화 끊고, 가는)

씬 38. 지구대 안, 밤.

양촌, 사복 차림으로 벽에 기대, 심드렁하니, 앉아 있고, 대원 대부분 근무복
차림으로 서 있는, 경모, 조례를 주도하고 있고, 한솔, 뒤에 서서, 경모가 하
는 말을 듣고 있다 양촌을 보는데, 양촌이 맘에 안 드는, 그러나 너무 티 내
지 않고, 경모를 다시 주시하는, 혜리, 정오는 담담하고, 진지하고, 상수는 양
촌이 신경 쓰이고 싫은, 지원 나온 다른 팀도 보이는, 명호, 편하게 서 있는
데, 종민, 목운동을 하는 척하며, 명호를 툭툭 치는, 명호, 담담히 보면, 종민,
아닌 척 제 할 일만 하는, 명호, 웃고 마는, 앞 보는,

경 모   (서류 보며, 깐깐하게 사무적으로 툭툭 말하는) 신서동 89-61번지, 마고슈
         퍼에 연일 좀도둑이 든다는 제보, 삼보 주임님이 돌아봐주시고, 명진동 14번
         지, 지난주 강도 신고 들어온 집에 할머니가 연일 무섭다고 전화하시니까, 근
         처 순찰 때마다 들러 안심시키시고, (화났지만, 참고) 천안 강도살인사건 용
         의자를 명우지구대가 우리 관할 지역에서 검거.. (기분 나쁜, 참고, 말하는)
         이게 말이 돼? 다른 지역 지구대가, 우리 지역에서 범인을 잡는 게? 다들 정
         신 차립니다, 진짜? (자료 보며, 읽는) 인천 모녀 살인사건 용의자 서울에서
         도 카드를 썼단 증거 확보, 수배전단 나왔으니까, 꼼꼼히들 보시고, 서, 청문
         감사실에서 내려온 민원, (남일, 승재 보고) 주차 스티커 적당히 끊으라고,

남 일   (팔짱 끼고, 그냥 경모를 보는, 별 반응이 없는)

승 재   (그냥 별스럽지 않게 듣는)

경 모   하지만, 이 민원 무시하고 우린 불법에 한해선 스티커 끊습니다.

남일, 승재   (보는)?

한 솔   (맘에 안 들게, 경모를 보는)

양 촌   (어이없어, 경모 보는)

종 민   (작게, 구시렁) 경찰이 스티커 장사냐, 스티커에 목매게..

경 모   (매섭게 종민 보고) 오늘, 반 경사네 조, 김 경사네 조는 교통안전계와 연계,
        음주단속 지원 나갔다가, 홍대 클럽 순찰.

종 민   (경모 맘에 안 드는, 대충 고개 끄덕이는)

민 석   (기분 좋게) 옛썰!

경 모   (사무적으로) 그리고, 오늘 1팀 지원 나온 3, 4팀 팀원분들에게 고맙다고 열
        렬히 박수.

1팀, '감사합니다' 하고 인사하고, 3, 4팀 같이 박수 치며 인사하는,

경 모   오늘 양 순경, 순천경찰서로 전근합니다, 수고했어.

여 경   (인사하면)

모 두   (박수 치는)

명 호   다음은 오양촌 경감님,

경 모   경위님. (하고, 양촌 보면)

양 촌   (편하게, 고개 끄덕이는)

명 호   (편하게, 웃으며) 네, 오양촌 경위님 오늘 첫 출근이신데, 한 말씀 듣고 싶습
        니다.

모두, 박수 치는, 즐거운, 상수, 답답하고, 떨떠름한, 혜리, 떨떠름한, 정오, 편
한,

한 솔   (경모가 어떤가 싶어, 보면)

경 모   (아무렇지 않게, 제자리에 앉아, 서류를 보고)

한 솔   (경모를 어이없게 보고, 양촌을 보며) 오양촌 경위, 한마디 하셔요. 시보들 교
        육 담당도 하게 되셨는데... 빼지 마시고,

경모, 삼보, 상수만 안 좋고, 정오, 혜리는 그만그만한 표정, 그 외는 모두 환영하며 박수들을 치고, 휘파람 불며, 환호하는,

양 촌	(무성의하게) 난 오양촌. 끝.
명 호	그러시지 말고, 으라차차하게 한 말씀 해주세요. 시보들이 어떤 자세로 근무를 해야 하는지, 우리 후배들한테도.. 박수 더 크게! (하고, 박수 유도하는)
모 두	와! (하며, 박수를 치는데)
양 촌	(미간 찌푸리고, 명호 보며) 그만해라.
모 두	(박수 멈추면)
경 모	(자리에 앉은 채, 양촌 꼬나보고)
한 솔	(양촌이 맘에 안 들지만, 참고) 구호 제창! (하고, 오른손 들고)

모두 오른손을 들고, 동시에, 구호 제창하는,
모두 강렬하게 제창하는, 그러나 양촌은, 대충 손만 흔드는,
상수, 양촌 때문에 아주 불편한 맘으로 소리치는,

한솔 외	오늘도 우리는 아무도 다치지 않는다! 경찰의 안전은, 시민의 안전이다! 빨리 가려면 혼자 가고, 멀리 가려면 함께 가라! 우리는 한 팀이다, 우리는 한 팀이다! (하고, 박수를 세 번 치며, 해산하는)
양 촌	(일어나 가려는데)
한 솔	(아무도 모르게, 양촌이 있는 자리로 가, 어깨 잡아 눌러 앉히고, 담담히 보며) 오 경위님, 간혹 어떤 개놈의 경찰들은 지역 지구댈 강등받아 오는, 개나 소나 아무나 들락거리는 깔때기쯤으로 알든데.. 너도 그래? 내 구역에서, 상냥한 태도 보여라?
경 모	(서류 보지만, 신경 쓰이는)
양 촌	(어이없는, 웃으며) 아, (주변 둘러보며) 내 구역? 내 나와바리? 참 내, 높은 자리 앉더니, 이 형 우리 서장 닮아가네..

양촌, 일어나 가는데 옷자락이 한솔의 얼굴을 스치고, 일어나 가려는 경모의 어깨를 제 어깨로 부딪치고 가는,

경 모	(화나, 가는 양촌 보고, 무심히 핸드폰의 톡을 보는) 빽 좋은 수사과, 강력반 만 돌더니, 지역 지구대도 형님도 우스운 거지.
한 솔	(서류 보다, 경모 보면)
경 모	(보며, 대들듯) 맞잖아? 저게 지금 형님이 좋아하는 사명감 있는 경찰의 모습 이냐고?
한 솔	(서류 보다, 확 집어던지고, 답답한)
경 모	(핸드폰에서 안장미를 찾아, 가만 보다가, 답답한 듯 전화기 놓는)

씬 39. 지구대 식당, 밤.

상수, 물 마시고, 정오, 선배들이 마신, 찻잔을 물로 씻고, 혜리, 정오가 닦은 물잔을 행주로 닦으며 말하는,

상 수	(물 마시고, 정오 혜리 보며, 화나, 답답한) 완전 개구라야! 한솔 대장 덩치 가 좀 커? 그런 사람을 어떻게 2킬로를 업고 뛰어? (주변 살피며, 누가 들을 까 봐 조심하며) 그래, 그래, 설사 그렇다 쳐, 말도 안 되지만, 그렇다 쳐! 그럼 배도 안 꿰맸는데, 출렁출렁 뛰다, 소창, 대창, 막창, 전부 다 밖으로 튀어나왔 게? (하고, 뒤를 살피고)
정 오	(담담히, 무덤덤) 난 오양촌 좋은데. (하고, 상수가 든 물잔 뺏어 닦는)
혜 리	난 좋을 것도 싫을 것도 없어.
상 수	(정오 보며, 어이없는) 뭐, 오양촌이 좋아?
정 오	(컵 다 닦고, 수건으로 손 닦으며) 난 그 인간 덕에 경찰학교에서 수갑 채우 는 건 확실히 배웠어. 능력 없는 사수보다 낫지? (하고, 가는)
혜 리	근데 너 그렇게 오양촌 싫어하는 거 티 내다, 짤려?
상 수	미쳤냐, 내가 티 내게?! 나는 이제부터 티 안 나게, 난 진짜 악랄하게 비굴하 게 잘할 거야, 그 인간한테! 그래서 이기적으로 살아남을 거야, 아주, 그냥, 끝 까지!
혜 리	(손 내밀며) 오기 좋고!
상 수	(하이파이브 하고, 나가며) 오양촌은 우리가 지한테 배운지도 모르는 거 같

지, 돌대가리. 참 근데, 걔 왜 경위냐, 그때 분명 경감이었는데?

잠시 후, 주방 한쪽 쪽문이 슬그머니 열리고, 양촌, 담담히(얘기 다 들은 느낌) 들어와 물을 마시고, 작게 웃는, 이것들 봐라 싶은, 물 먹고 나가는,

씬 40. 지구대 복도, 밤.

상수, 정오, 혜리, 죽 서 있고,
휴게실에서 나머지 대원 모두 나와 가는,

삼 보   (휴게실에서, 나와, 시보들 보며) 니들 오늘 고생 좀 하겠다.. (하고, 가는)

정오 외   (무슨 소린지 모르겠는)

종 민   (웃으며, 농담조로, 노랫가락 붙여, 부르며, 나가는) 죽어났네, 죽어났네, 죽어나겠어!

민 석   (웃으며, 상수 어깨 치며) 열심히 해, 열심히! (하고, 가는)

상수, 정오, 혜리, 왜 이러나 싶은 얼굴로, 차렷 자세로 서 있는,
그때, 명호(편한), 한표(긴장한) 나와, 벽에 서는,
마지막으로, 양촌, 근무복의 넥타이를 하며 나오는,

양 촌   (정오 외, 앞에 서서, 넥타이를 매고, 웃옷을 바지 속에 넣으며) 여기저기서 듣자 하니 니들 시보들 불만이 현장 나가서, 딱히 하는 일 없이, 뒷짐 지고, 구경하는 거라고 해.. 오늘은 현장 나가 일 처리하는 거 니들한테 맡길 생각이다, 현장 나가기 무서운 놈은, 명호 경장 차 타고.. (하고, 나가는)

명 호   (양촌 가면, 정오 외 앞에 서서) 어쩔 거야?

정오, 혜리   (진심으로) 현장 나가고 싶습니다.

상 수   (오기 부리며) 현장 가고 싶습니다!

명 호   (웃으며, 옆의 한표에게) 우리는 뒤에서 얘들 백업하자. (나가고)

한 표   넵! (하며, 가고)

정 오   (상수에게) 싫음 빠져?

상 수   왜, 너만 일 배우게? 일은 일! 웃기고 있어. (하고, 가는)

정오, 혜리   (상수가 귀여운 웃고, 가는)

씬 41. 도로, 밤.

상수가 운전하는 양촌의 순찰차, 앞에 가고(뒷좌석에 정오, 혜리 탄),
뒤에 명호와 한표의 순찰차 따라가는,

씬 42. 달리는 양촌의 순찰차 안, 밤.

상 수   (정중하게) 경위님, 일단 사건 많은 24지역 쪽으로 한번 돌겠습니다.

양 촌   (앞만 보며) 경위라고 부르지 마.

상 수   (곁눈질하며) 경감님, 일단 사건,

양 촌   (바깥 예의 주시하며, 말꼬리 자르며, 담담히) 경감 아닌데?

정오, 혜리   (뒤에서 두 사람의 대화를 예의 주시하는, 뭔가 싶은)

상 수   (이상한, 조심스레) 그럼.. 선배님?

양 촌   싫은데..

상 수   (답답한, 큰 소리로) 그럼, 형님으로 모시겠습니다.

양 촌   너 같은 동생 둔 적 없는데?

상 수   (난감한, 양촌 보고, 운전하며) 그럼 뭐라고..?

양 촌   (아무렇지 않게) 그냥, 오, 양, 촌 씨?

상 수   (보면) ?!

정오, 혜리   ?

양 촌   (눈을 빤히 보며, 아무렇지 않게) 이제부터 너는 나를 오양촌 씨라고 부른다.
         (돌아보며, 정오 혜리에게) 니들은 사수라 불러.

정오, 혜리   (안심하는) 네!

상 수   (난감한) ..

양 촌   (상수에게) 뭐라고 부르라고?

상 수   (어쩔 줄 모르겠지만, 화도 나는, 참고, 부르는) 오.. 양.. (오기 부리며, 크게)

촌 씨!

양 촌 　(순간, 상황판 보고, 무전기 들고, 담담히, 흥분하지 않고, 사무적으로) 26지역 폭행사건, 순 열여덟이 접수, 순 열여덟이 접수! (상수 보며, 진지하게) 이 사건은, 한정오가 나선다. 명호가 뒤에 있으니까, 걱정 말고 당당히! (상황판 보며, 담담히) 데이트 폭력으로 보인다, 남자가 여잘 패네. 잘할 수 있나?

정 오 　(긴장한) 네!

양 촌 　못함 짤려?!

정 오 　네!

양 촌 　염상수, 1분 안에 현장으로! 그것도, 안전하게! 대답은 네 알겠습니다, 오양촌 씨! (하고, 사이렌 켜고)

상 수 　(울 것 같은 얼굴로, 오기 부리며, 급하게 유턴하며) 네, 알겠습니다, 오양촌 씨!

　　＊ 점프컷 ≫
　　상수의 순찰차 유턴해 달려가는, 명호의 차, 함께 유턴하는,

씬 43. 사거리, 밤.

　　양촌과 명호의 순찰차 두 대 와서 서는,
　　명호, 한표 내려, 차 앞에 서서, 경계를 하고,
　　정오, 내리고, 순찰차 안에 양촌, 상수, 혜리 앉아, 정오를 보는,
　　젊은 남자, 여자를 가방으로 때리고 있는, 사람들 모여 있는,

정 오 　(때리는 남자에게로 가며) 뭐하십니까, 왜 사람을 때리세요? 폭행은 위법행위로 처벌받을 수 있습니다!

남 자 　(여잘 가방으로 치며) 너 죽었어, 너 죽었어?!

정 오 　선생님, 선생님! (하며, 남자의 팔을 잡으려 하는)

명 호 　한 경관, 뒤로 빠져! (하고, 한표와 정오 쪽으로 가는)

　　정오, 그 말 못 듣고, 남자가 '뭐야, 넌?' 하며 가방으로 정오를 때리면, 정오,

아랑곳 않고, 남자의 팔을 잡아 꺾는데, 남자 '악!' 하며, 다른 손으로 정오의 가슴을 콱 잡는, 정오, 놀라, 다른 손으로 남자의 뺨을 때리는,

명호, 한표   (맞은 여자 일으켜 세우다, 정오 보고 놀라는) ?!

정 오   (남자를 제압해, 수갑을 채우면서 미란다 고지하는) 선생님은 여성에 대한 폭행과 경찰의 정당한 직무를 방해하고 추행하였으므로 공무집행방해 및 강제추행 혐의로 현행범 체포합니다. 변호인을 선임할 수 있고, 체포구속적 부심을 청구할 수 있으며 변명을 할 기회가 있습니다.

씬 44. 다른 음식점 앞, 밤.

여자 둘, 혜리의 머리카락을 잡고, 엉켜 있고, 혜리, 여자들의 머리카락을 잡고 있는,
조금 멀리, 양촌의 순찰차 안에서 양촌, 상수, 상황을 보는,
명호의 순찰차 앞에, 명호, 한표 서서, 답답하게 혜리를 보다,

명 호   (한표에게, 턱짓하고, 난동 부리는 곳으로 가면)

한 표   (호루라기를 불고) 송혜리! 손 놔, 손 놔!

혜 리   (머리 뜯겨 아파하며, 소리 지르는) 악악!

씬 45. 다른 사고 지역, 밤.

양촌, 차 안에서(정오, 혜리 없는) 상수가 하는 양을 꼬나보는,
상수, 웃통 벗고 덤비는 술 취한 취객을 상대하는,

상 수   (진정시키려 하며) 선생님, 여기서 이러시면 안 됩니다, 여기서 이러시면, 사람들이 다칠 수도 있고,

남 자   (상수의 가슴을 머리로 밀며) 내 맘이지, 내 맘이지, 개새끼, 내가 이러든 말든, 민주주의 국가에서 내 맘이지, 이 짭새 새끼야! 너 죽을래?

상 수　(단호한) 선생님, 여기서 이러시면, (하면서, 뒤로 밀리는데, 차도 쪽으로 뒷걸음질 쳐 가게 되는) 안 됩니다, 진정하시고..

양 촌　(빠르게 나와, 순식간에 남자의 멱살을 잡아, 메다꽂고, 수갑 채우며, 아주 담담히, 빠르게, 미란다 고지를 하는) 선생님을 공무집행방해 혐의로 현행범 체포합니다. 선생님은 변호인을 선임할 수 있고, 체포구속적부심을 청구할 수 있으며, 변명할 기회가 있습니다. (하고, '놔, 놔' 하는 남자를 데리고 차로 가, 뒷좌석에 넣고, 싸늘히 상수 보며) 운전해. (하고, 뒷좌석에 타는)

상 수　(마른침을 삼키고, 긴장해, 차에 타, 운전해서 가는) ?!

씬 46. 지구대 복도 한 켠, 밤.

정오, 혜리, 열중쉬어 자세로, 난감하고, 속상하게 서 있는,
양촌, 상수를 밀어 넘어뜨리는 소리가 나고, 상수, 넘어졌다, 일어나는 듯한
소음이 두어 번 반복해 들리는,

씬 47. 지구대 식당 안, 밤.

양촌, 일어나 열중쉬어 한 상수를 다시 어깨를 세게 미는,
상수, 밀려 넘어졌다 다시 정자세 하면, 양촌, 발로 정강이를 까는,
상수, 오기 부리며, 아파서, 움찔하다, 바로 서는,

양 촌　(무표정하게, 상수 보며) 다 들어와!

정오, 혜리　(뛰어 들어와 상수 옆에 정자세로 서면)

양 촌　(상수만 보며, 담담히) 이제부터 니들은 각자, 오늘 밤 출동 때 뭘 잘못했는지, 출동도 순찰도 하지 말고 밤새워 공부한다. 멍청한 니들 덕분에 오늘 다른 팀원들은 두 배로 사건사고 해결하느라 죽어나가게 생겼다, 미안해하고, 해산, 공부! (하고, 나가는)

상 수　(화나, 나가는)

정오, 혜리　(상수 따라 나가는)

씬 48. 지구대 옥상, 밤.

상수, 담배를 들고 화나 얘기하는, 정오, 혜리 답답하게 상수의 얘기를 듣는,

상 수   (열받아 소리치는) 내가 도대체 뭘 그렇게 잘못했어?! 내가 도대체 뭘 그렇게 잘못했어?! 너네 둘은 잘못이 분명하지만, 나는 아무리 생각해도 잘못한 게 없어?! 만약 내가 잘못했다면, 대체 뭘 잘못했는지, 가르쳐주면 되지, 왜 폭력을 써?! 왜 경찰이 폭력을 쓰냐고! (정오 혜리 보며) 성질 같아선 당장 경찰인권위에 고발장을 확,

혜 리   참어.

정 오   욕해, 병나, 참으면.

상 수   오양촌은, 개자식이야. 내가 경찰학교에서 뺑이치고, 오늘 정강이 채이고 밀리고 그런 거 땜에 이러는 게 아니야? 기사 찾아보니까, 그 인간이 동료를 죽이고,

정 오   (답답한) 야, 그건 오보래?

혜 리   맞아, 윗선 문제라고.. 경찰 사이트에 경찰들이 오양촌이 억울하다고 막 썼던데?

상 수   억울은 무슨.. 그럼 엊그제 술 처먹고 음주운전해서 면허 잃은 것도 억울하겠네?

정 오   진짜? 면허 없대?

혜 리   경찰이? 음주운전?

상 수   내가 (하고, 담배 피우는데, 불이 꺼진, 라이터를 켜는데, 잘 안 되는, 정오 혜리 보며) 싹 다 알아봤어? 경찰의 레전드는 무슨.. 오양촌은 그냥 미친 개새야, 미친 개새! (하고, 다시 불을 켜는데, 라이터가 되는)

양 촌   (E) 담뱃불 좀.

상 수   (불을 붙이려다, 고개 돌려 보면)

양 촌   (담배 물고, 얼굴을 상수에게 디밀며, 담담히) 붙여봐봐. 담뱃불. 이 개새한테.

정오, 혜리   (정자세로, 얼은)

상 수   ?! (멍한, 담뱃불을 양촌에게 붙이려는)

양 촌   (담뱃불을 붙이려 하며, 상수를 담담히 보는데, 눈빛이 무서운)

그런 모습에서 엔딩.

4부

반드시 물어야 할 것,
반드시 따져야 할 것

씬 1. 클럽 밖 + 도로, 밤.

  명호 한표, 종민 원우, 민석 승재, 3팀 경찰1, 2의 순찰차 네 대가 서 있고, 지
  나가는 사람들 많은,
  남녀 학생들 여덟 명 정도(학생들이지만, 성숙해 보이는, 더러는 확연하게 어
  려 보이는 학생들도 있는) 각 순찰차에 나눠 타는데, 저마다 웃고, 떠들고,
  짜증내는, '(뻔뻔하게) 우리 빽차 타요? 울 엄마 알면 안 되는데 한 번만 봐줘
  요!', '새끼야, 내가 클럽 안 온다고 했잖아!', '오니까 좋다고 했잖아, 새끼야!',
  '아저씨 한 번만 봐줘요! 아, 낼 나 시험인데..', '아저씨 나 진짜 스물이에요!
  학교 2년 빨리 들어갔어요!' 등등 떠드는 말소리 들리는,

종 민 (화난) 조용히 안 해! 정신없게 이것들이! 한 차에 세 명씩 타, 세 명씩! (앞자
      리 타는 학생 뒷덜미 잡아채며, 어이없어, 짜증내는) 뒤에 타, 얘야!
민 석 (답답한) 아주들 신나셨네요! 애기 때부터 경찰차 타서! 신났네, 신났어!
학생1 (종민 차 타며) 아 쌍, 학주 알면 안 되는데!
승 재 (버럭) 학주는 무섭고 경찰은 안 무섭냐! 콱! 조용히 타, 다들!

  * 점프컷 》
  한표, 짜증난 매니저(30대)를 클럽 안에서 팔을 잡고 나오는(수갑 안 찬), 매

니저, 침을 짜증스레 길바닥에 뱉으며, '아, 쌍, 재수 없어, 진짜!' 하며 뒤에서 따라 나오는 명호에게,

매니저	(짜증) 진짜 학생인 줄 몰랐다고?! 애들이 얼마나 발랑 까졌는데..!
명 호	(매니저 팔을 거칠게 돌려서, 경찰1이 순찰차에 태우려 하는 어린 여학생(술에 취한)을 보게 하며) 누가 봐도 미성년이에요!
매니저	(우기는, 화난) 내 눈엔 성인으로 보인다고!
명 호	(매니저 쏘아보며, 차갑게, 화 참고 말하는) 그럼 눈알이 해태시네! (화나, 거칠게 매니저를 순찰차에 태우고, 조수석에 타며, 운전석의 한표에게) 가자.

다른 순찰차들 출발하고, 종민, 차에 타서, 마이크로 '차 좀 가게 비켜주세요, 시민 여러분 협조 바랍니다' 하고, 가는,

* 점프컷, 명호 한표의 순찰차 안 ≫

한 표	(매니저 맘에 안 들어, 짜증나, 운전하고 가는데)
매니저	아, 쌍! 씨*! (발로, 앞좌석을 성질나 여러 번 차는, 가림막 파손되는)
한 표	(화나, 급히 차 멈추고)
명 호	(바로, 내려, 뒤에 있는, 매니저의 멱살을 잡아 끌어내서, 차에 기대게 하고, 거칠게 수갑 채우며, 화났지만, 차분히) 공무집행방해, 경찰차를 발로 차는 등, 공용물건손상 혐의로 현행범 체포합니다. (하고, 다시 순찰차에 거칠게 밀어 넣어서, 태우고, 조수석에 타며) 변호인을 선임할 수 있고, 체포구속적부심을 청구할 수 있으며 변명할 기회가 있습니다.
한 표	(차 몰고)

씬 2. 옥상, 밤. (3부 엔딩씬 편집)

양 촌	(담배 물고, 얼굴을 상수에게 디밀며, 담담히) 붙여봐봐. 담뱃불. 이 개새한테.
정오, 혜리	(정자세로, 얼은)

상 수   ?! (멍한, 담뱃불을 양촌에게 붙이려는)

양 촌   (입은 담뱃불을 붙이려 하며, 눈은 상수를 담담히 보는 거 같지만, 무서운, 담뱃불 붙이고, 지구대 난간 쪽으로 걸어가서, 한쪽에 둔, 재떨이에 담배 끄고, 난간에 기대서 상수를 가만 보다, 괜히 다른 데를 보는데, 차분하지만, 싸늘한)

자막

제4화 반드시 물어야 할 것, 반드시 따져야 할 것

양 촌   지금부터 내가 왜 개새인지, (정오 보며) 한정오부터 말해본다.

정 오   (뒷짐 지고, 정자세로, 참담한, 진심으로) ... 저는.. 불만 없습니다. 피의자가 가슴을 만지면 공무집행방해죄로 체포했으면 그뿐, 당황해 뺨을 칠 필욘 없었습니다.

양 촌   자칫하면 독직폭행*으로 니 시보 인생 종칠 수도 있었어, 그지? (하고, 혜리 보면)

혜 리   (뒷짐 지고, 정자세로, 상수가 폭력을 당했단 것 때문에 화난, 참으며) 주취자가 경찰의 머릴 뜯으면, 일사불란하게 제압하는 게 맞는데, 같이 머릴 뜯어서, 경찰의 품위를 손상시켰습니다. 다시는 이런 일 없게 하겠습니다.

정 오   (혜리가 말하는 사이, 곁눈질로 상수(담배를 물고, 뒷짐 진, 고개 숙인, 화나는 걸 참는)를 보고, 얼른 상수 입의 담배를 뺏어들고, 뒷짐 진 채, 앞을 보는, 진지한)

양 촌   (혜리의 말이 끝나면, 상수 앞으로 와서, 상수 보는)

상 수   (화 참고) 불만 없습,

양 촌   (말꼬리 끊으며) 불만 있는 줄 아는데, 없다고 함 죽는다? (상수를 앞 씬에서 주취자가 밀듯이 미는)

상 수   (휘청하고, 다시 정자세 하는, 두렵지만, 오기 부리는)

양 촌   이제부터 뒷담화 말고 앞담화 깐다. 시작! (하고, 다시 상수의 어깨를 밀면)

상 수   (휘청했다, 바로 서며, 오기가 나는) 저는.. 저는 솔직히 제가.. (주저하다, 당당

---

* 독직폭행 인신구속에 관한 직무를 행하는 특별공무원의 폭행 또는 가혹행위.

히) 뭘 잘못했는지 모르겠습니다.

정오(상수가 왜 저러나 싶어, 답답한), **헤리**(두려운)   ...

양 촌　(꼬나보면)

상 수　(양촌 보며, 두려워도, 난감해도 오기 부리며 또박또박 말하는) 저는 흥분한
　　　　주취자를 진정시키려고 최선을 다했습니다. 주취자도 시민인데, 시민한테 업
　　　　어치기를 하라곤 경찰학교에서도 배운 적이 없어서.. 솔직히 뭘 잘못했는지
　　　　(버럭) 진짜 모르겠습니다! 그리고, 잘못이 있다면 동기들도 있는데 왜 저만
　　　　맞아야 합니까?

양 촌　(상수를 주취자가 하듯 밀치는)

상 수　(뒤로 휘청였다 바로 서는, 오기가 나는, 양촌이 두렵지만, 쏘아보면)

양 촌　(똑바로 보며, 상수 어깨를 계속 밀치고, 상수 밀리면, 또 밀며, 차분하고, 진
　　　　지하게) 너만 맞고, 니 동기들이 안 맞은 이유 첫 번째, 동기들은 지 죄를 지
　　　　들이 알고 있는 것 같아서, 너만 맞고 동기들은 안 맞은 이유 두 번째, 지들
　　　　은 안 맞고 너만 맞는 걸 보면서, 차라리 맞는 게 낫지, 보는 건 정말 괴롭구
　　　　나! 그렇게 생각할 거 같아서.

정오, 헤리　　(참담한, 속상한)

양 촌　(어깨 밀치던 걸 멈추고, 상수만 꼬나보며, 담담히) 한정오는 염상수의 잘못
　　　　을 낱낱이 짚어준다. (상수만 보며, 강하게) 고자질하란 말이 아니라, 초기대
　　　　응 매뉴얼을 읊으란 얘기다!

정 오　(상수에게 미안한, 그래도 담담히 말하는) 도로에서.. 주취자가 염상수 순경
　　　　을 밀칠 때, 주취자는 이미 시민이 아니라, (참담한) 범법자입니다.

상 수　(고개는 안 돌렸지만, 정오 쪽으로 신경이 가는, 범법자란 말에 긴장하고, 아
　　　　차 하는)

　　　　상수의 모습 위로, 정오의 대사 들리는,

정 오　(참담하지만, 진지하게 말하는) 그때 현장은 왕복 6차선 큰 도로와 인접했다
　　　　고 들었습니다,

* 점프컷, 사건현장, 상상 》
상수, '선생님, 선생님, 이러시면 안 됩니다' 하며 주취자를 말리려 하지만, 밀

려서, 도로 쪽으로 발을 내려놓는데, 그 순간 차가 상수 뒤에서 경적을 울리고, 상수, 돌아보자마자, 달려오는 차와 쾅 하고 부딪히는, 그 그림 위로, 정오의 말소리 들리는,

정오 (E) 염상수 순경이 주취자에게 몸이 밀려 차도 밖으로 발을 디뎠을 경우, 지나가는 차와 충돌, 큰 사고 위험이 있을 수 있었습니다. 안전하고도 강력하게 제압하는 게 맞습니다.

＊ 점프컷, 현실 》
양촌, 다시 상수를 밀치고,
상수, 휘청하며 넘어지고,

양촌 (가며) 매뉴얼도 모르고, 뒈질 몸 살려준 것도 모르고, 언제 경찰 될래? (하고, 가는)

잠시 후, 상수와 혜리, 화나 가는,

정오 (가는 두 사람 보며) 상수야, 미안해.. 상수야, 상수야?! (하는데, 답답한, 따라가는)

씬 3. 지구대 안, 밤.

지구대 전체, 클럽에서 잡아온 미성년자들을 조사하느라, 정신이 없는,
주민등록번호를 가짜로 말하는 학생, 한 번만 봐달라고 학교에서 정학 맞는다고 말하는 학생, 가지각색이다,
양촌, 문 앞에서 민원인들이 못 빠져나가게 예의 주시하는,
한솔(대원들이 바빠, 본인도 조서를 쓰는 상황), 컴퓨터로 학생1을 조사했는지, 빠르게 컴을 하며,

한솔 자식 이거.. 한두 번이 아니네... 한두 번이?

학생1   (꼬나보며) 자식 자식 하지 마요.

한 솔   (어이없어, 버럭) 미안하다! 자식이래서! (보호석을 가리키며) 가! (하고, 식당
          으로 가는) 우리 집 자식이나 남의 집 자식이나... 에고..

          학생1, 보호석으로 가서, 앉으려다가, 번잡한 틈을 타, 양촌 뒤로 나가려 하
          면, 양촌, 막아서는,

양 촌   어디 가?

학생1   화장실..

양 촌   (일하는 원우에게) 민원우 순경, 손님 화장실로!

원 우   (컴으로 작업하다) 나 따라와! (하고, 가는)

씬 4. 지구대 화장실 안, 밤.

          학생1, 소변보며, 화장실 창문을 힐끔 보는, 창살을 본,
          원우, 문 쪽에서 학생1을 담담히 주시하며,

원 우   창살 보지 마라! 지금은 부모님 오심 훈방 처리지만, 그거 뜯음, 공용물건손
          상죄로 쇠고랑 차!

학생1   (소변보며, 짜증) 아버지가 진짜 무서워요. 그냥 보내주면 안 돼요?

원 우   지구대 오면 그냥은 못 나가.

학생1   (소변보고, 나가고)

원 우   (따라 나가는)

          그때, 명호, 종민 들어와 소변을 나란히 보는,

명 호   우리 그만하자, 한 직장 안에서 이게 뭐하는 짓이야, 애들처럼 쌩까고,

종 민   (명호를 그냥 덤덤히 보다, 소변보는)

명 호   (어이없는, 소변 보고)

씬 5. 남자 휴게실, 밤.

상수, 바닥에 앉아 경찰 초기대응 매뉴얼을 읽는, 심각하고, 화가 난 듯하다,
그 옆에서 정오, 미안하지만, 그러나 담백하게,

정 오   너 나랑 진짜 말 안 할 거야? 야? 염상수?
상 수   (책만 보는)
정 오   (답답한, 왠지 화도 좀 나는) 아깐 내 입장이.. 나도 모른다고 하면,
상 수   (책만 보며) 알면서 모르는 척도 웃겨.
정 오   (가만 보며) 니가 부당하게 맞은 건 나도 인정해.
상 수   (책만 보는, 책에 집중한 채, 덤덤한) 인정해줘서 고마워.
정 오   (어이없고, 조금은 서운한) 그딴 식으로밖에 말 못해?
상 수   (책만 열심히 보며, 담백하게) 지금은 이딴 식으로밖엔 말이 안 나와.
정 오   (화가 나는, 작게 한숨 쉬고, 시계 보고, 참고, 짐짓 편하게) 오늘 일 끝나면,
        술 한잔하자, 내가 살게. 모레 니네 집으로 이사 가는데, 이렇게 찜찜하게,
상 수   (오기 부리며, 책만 보며, 진지한) 공부해야 돼. 안 그럼, 또 맞으니까. 너도 맞
        기 싫지? 나도 맞기 싫어.
정 오   (답답한, 조금은 화도 나는, 가만 상수만 보는) ...

그때, 명호, 들어서며 담담히,

명 호   한정오, 염상수 보는 눈빛이 왜 그렇게 진지해?
정 오   (조금 놀라, 돌아보는) ?
상 수   (보고, 그냥 책만 보는)
명 호   (한쪽에 이불 깔고, 누우며) 나 휴식 없이 네 시간 순찰했다, 좀 자야, 다시
        열일한다.. 연애할 거면 조용히.. (하고, 무심히, 눈 감는)
정 오   (명호 보고, 상수 보며, 작게) 나중에 얘기해. (하고, 나가는)
상 수   (책만 보는)
명 호   (눈 감고, 편하게) 야, 염상수.. 한정오 괜찮지, 않냐?
상 수   (책만 보며, 담백하게) 나두 남자예요.

명 호	(눈 감은 채, 피식 웃으며) 좋아한단 소리처럼 들린다?
상 수	(책만 보며, 무심하게) 좋아하면 뭐해요.. 쟨 내가 찐따처럼 보일 건데...
명 호	(웃긴, 눈떠, 상수 보는, 어이없는) 뭐, 찐따? .. 크크크..
상 수	(공부만 하는)

씬 6. 지구대 식당 안, 밤.

한솔, 허리에 손을 짚고 서서, 혜리(뒷짐 진 채, 서 있는, 굳은)를 어이없이 보는, 답답한, 화나, 소리치는,

한 솔	알았어, 경고한다고, 오양촌한테 다신 니들 패지 말라고?! 그럼 됐지, 대체 뭘 더 어쩌라고, 나보고?!
혜 리	좀 더 강력한 조치를,
한 솔	(화나, 버럭) 말이 되는 소릴 해, 임마! 육차선 도로에서 후배 경찰 몸에 손 대는 주취자를 대신 제압해주고, 주취자한테 밀리는 게 경찰 본인한테 어떤 결과를 초래하는지 가르치다, 경력 이십 년 차 경위가, 열받아서, 시보 정강이 두어 대 찬 걸 가지고.. 그럼 뭐, 오양촌이 강등, 파면이라도 당해야 되냐?! (버럭) 그게 넌 이 사회가 정의로운 거라 생각하냐? 그래? 어?
혜 리	(고개 숙인, 그러나 화가 안 풀리는) 제 사수 바꿔주십시오, 최명호 경장님으로,
한 솔	(참고, 말꼬리 끊으며) 이삼보 경위님은 어때?
혜 리	(싫은, 난감한) 최명호 경장,
한 솔	(꼬나보며) 삼보 경위님은 왜, 늙어 싫으냐?
혜 리	(바로 대답하는) 네.
한 솔	(진지한) 그럼 우리 사수들은 어떻겠냐? 너같이 일 못하고, 싸가지 없이 대장한테 사수 뒷담화 하고, 늙은 사수 무시하고 싫어하는 부사수, 좋겠냐?!
혜 리	...
한 솔	이제부터, 니 사수는 늙었지만 배울 게 많은 이삼보 경위님, 니 평가는 이삼보, 오양촌 경위 두 분의 의견을 다 받아, 내가 결정한다!
혜 리	저는 최명호 경장님께,

한 솔   (버럭) 니가 지구대장이야?!

혜 리   (속상한, 잠시 생각하다, 인사하고, 가는데, 양촌 오면, 그냥 지나가는)

양 촌   (말없이, 물을 마시며, 가는 혜리를 어이없이 보는)

한 솔   (혜리를 굳은 얼굴로 보다 양촌 보며, 버럭) 너는 요즘 세상이 얼마나 무서운 데, 애들을 패냐?!

양 촌   (물 마시며, 아무렇지 않게, 안 보고, 비아냥) 무식해서, 팹니다, 왜? (하고, 나 가려 하면)

한 솔   (양촌의 어깨를 한 손으로 잡아, 제 자신을 보게 하며, 화나, 가라앉은) 갈 데 없는 너까짓 거 받아주니까, 내가, 우리 지구대가 많이 우습냐?

양 촌   (화나는, 꼬나보는) 고만합시다, 형님.

한 솔   (다가가, 눈을 빤히 보며) 조직에 배신당했다고? 그래서 애처럼 삐쳐선.. 아무 데나 삐대냐? 너는 서장, 청장이 니 조직이냐? (강조) 나는,

양 촌   (화나는, 속상해 보면) ..

한 솔   (진지한, 단호한) 나는 우리 지구대 애들이, 경찰 사명감 하난 그 누구보다 제대로 장착한 니가.... 내 조직이다, 새끼야.

양 촌   ... (가만 보는데, 가슴이 살짝 뭉클한, 그러나 처지지 않게 보는)

한 솔   (양촌을 진지하게 보며, 단호하게 말하는) 한 번만 더 내가, 한땐 니 부사수 였지만, 지금은 (강조) 니 상관인 경모가, 말하는데 삐대라? 그것도 애들 보 는 앞에서. 나는 누가 뭐래도 지구대가 시민들을 가장 근거리에서 지키는, 대 한민국 최고의 자랑스런 경찰 집단이라 믿는다. 내 생각에 동의하면 지구대 에 남고, 아님, 당장 사표 쓰고, 나가, 새끼야. (하고, 나가는)

양 촌   (무덤덤하게, 어이없게 웃음 지으며, 가는 한솔 뒤에 대고 비아냥) 아고 무서 워라.. (하고, 커피를 타려, 자기 이름이 쓰인 머그컵을 드는데)

정 오   (와서, 양촌의 잔을 뺏으며, 담담히) 제가 커피 타겠습니다. (하고, 뜨거운 물 을 담아, 커피 봉지를 뜯으려는데)

양 촌   (커피 봉지를 뺏어, 뜯으며, 정오 꼬나보며) 니가 다방 레지야? 일이나 잘해? (하고, 커피 타서 마시며, 나가는)

정 오   (어이없어, 꼬나보며, 숨을 후후, 쉬고, 열받는, 물 마시는)

씬 7. 지구대 안, 무기고 앞, 아침.

경모의 확인하에, 1팀, 무기를 반납하는, (한솔은 없는), 경모, 예리하게 총기 반납을 감시하고, 2팀, 근무복 입고, 무기류를 가지고 나오는, 2팀장이 감시하는,

종민, 명호, 양촌, 정오(테이저건), 상수(총), 혜리(총) 반납하려 줄선,

정오, 뒤에서 상수를 보며 미안한, 그러나 이내 제 할 일 하는, 양촌, 상수(화난 듯, 굳은)가 굳은 얼굴로 총기 반납하고 제 옆을 그냥 스쳐가는 걸 보고 어이없는, 양촌, 경모 앞에서 총기 열어 보이며 반납하는,

양 촌   (담담하게) 4발 장전, 공포 하나, 실탄 셋! 이상 무.

경 모   (담담하게) 탄 분리, 분리대로!

양 촌   (경모를 꼬나보듯 보며, 탄을 분리해, 권총과 실탄, 공포탄 놓는 곳에 놓고 나가며, 경모의 어깨를 치는, 그냥 가는)

명 호   (바로 뒤에 서서, 그 모습을 보며, 경모(양촌 때문에 짜증나지만 참는)가 신경 쓰이는, 총기 반납하는)

씬 8. 거리, 아침.

상수, 화난 채, 걸어가는,

혜 리   (E) 상수 너한테 진짜 화난 거 같지?

씬 9. 거리, 아침.

정오, 혜리 걸어가는, 그러다, 정오, 서며,

정 오   (어이없게, 혜리 보며, 답답한) 솔직히 내가 뭘 그렇게 잘못했냐? 그럼 내가 뭐 아는 걸 모른다고 그래? 그게 맞아? 너도 그렇게 생각해?

혜 리   (담담히 보지만, 단호하게) 어.

정 오　?! (가만 보는) ..

혜 리　(가만 지지 않고, 정오 보며) 나도 상수가 매뉴얼대로 안 한 거, 알지만 말 안
　　　했어. 의리상,

정 오　(가만 보며, 지지 않고, 빤히 보며) 진짜 니가 매뉴얼을 안다고?

혜 리　(가만 보며) .. 아니. (하고, 가는)

정 오　(가만 꼬나보며) 솔직하니까, 봐준다. 담엔 아는 척하지 마, 확 물어볼 거니
　　　까. (하고, 가는, 답답한)

씬 10. 거리, 아침.

　　　양촌, 가는데, 경적소리가 나 돌아보면,
　　　한솔, 자기 차로 퇴근하다, 차 안에서 양촌 보며,

한 솔　사표 썼냐?

양 촌　(퉁명스레, 꼬나보며) 목구멍이 포도청이라 참았습니다, 왜?

한 솔　(양촌 보고, 진지하게) 목구멍이 포도청인 줄 알면, 눈알도 풀어, 새끼야? (하
　　　고, 가는)

양 촌　(화나, 가는 한솔의 차를 보며, 후후 성질나 숨을 몰아쉬다, 핸드폰 꺼내, 전
　　　화하는, 신호음 가고, 통화되면) 밥 먹자.

씬 11. 경찰서, 일각, 아침.

　　　장미, 피곤한 얼굴로 벽에 기대 전화하는,

장 미　(담담히) 담부턴 전화를 걸면, 내가 전화받을 수 있는 상탠지 아닌지, 그것부
　　　터 물어?

　　　그때, 경모, 사복 차림으로 커피를 두 잔 뽑아 와서, 장미 하나 주고, 옆에 서
　　　서 커피를 마시는, 장미의 전화 내용이 신경 쓰이지만, 아닌 척 다른 데 보는,

＊ 점프컷, 교차씬 》

양 촌   (화난, 속상한, 머릴 확 긁으며) 그만해라, 진짜! (하고, 크게 한숨 쉬고, 진정
        하려 하며, 대충대충 말하는) 그래, 그래, 내가, 내가 그래 죽일 놈이다, 죽일
        놈이야, 내가 가정 소홀하고, 당신한테도 못하고... 그러니까, 제발 우리 그만
        하자, 진짜!

장 미   (담담한, 싸늘한) ...

양 촌   (조금 진정이 된, 한숨 쉬고, 진지하게) 이제 지구대 와서, 강력반 있을 때처
        럼 긴급하게 막 몇 날 며칠, 한 달씩 출장 가고 그럴 일 없잖아, 하루걸러 밤
        새서 몸은 죽어나도.. 시간은 쫌,

장 미   (소리치지 않는, 싸늘한) 니가 일할 땐 한 달이고 두 달이고 일이 최우선이면
        서... 너만 경찰이야?

양 촌   (담담한) 여보야,

장 미   오늘 어린 여자애가 인근 산에서 끔찍하게 성폭행당한 사건이 발생했어, 이
        제 당신은 어떻게 해야 될 거 같아?

양 촌   .... 담에 전화할게. (하고, 전화를 끊는데, 참담한, 화도 나는, 가며) 아, 진짜
        되로 주고 말로 받네..

경 모   (담담하게, 편하게) 사건 터졌어?

장 미   (경모 보는데, 맘에 안 드는) ?

경 모   (어색하게 웃으며) 2년 내 아침이면 같이 밥 먹다, 갑자기 혼자 먹으려고 하
        니까, 어색해서. 밥 먹자?

장 미   나한테 찝쩍거리는 거처럼 보여, 너? 괜히 오다가다 들러서 뭐하는 거야?

경 모   (커피 마시고, 편하게, 안 보고) 찝쩍은.. 아니고, (보며) 미련이 남아서... (하
        고, 가며) 밥은 담에 먹자.

장 미   (가는 경모, 담담히 보고, 가는)

그때, 장 형사, 서류봉투 들고 와, 장미에게 주는,

장 형사   (어두운, 속상한) ..

장 미   (서류봉투에서 여자 아이의 끔찍하고 세밀한 폭행 사진(얼굴 없는) 꺼내 사

진만 보고, 답답한) 범인 체액은?

장 형사   없어요. 애를 나무에 묶고, 바닥에 깔개까지 깔고, 그 와중에 콘돔까지 긴 거지.. 백퍼 상습범이에요.

장 미   (사진을 주고, 가며) 유사사건 다 재조사하고, 해바라기센터로 가자. 퇴근 접고.

씬 12. 상수의 집 전경 + 옥상, 다른 날, 낮.

정오, 혜리, 이사 온, 트럭 세워져 있고,

상수, 트럭 기사에게서 짐을 받아, 짐을 나르는,

정오와 혜리도 트럭에서 짐을 들고 옥상으로 올라가는,

혜리, 짐 가지고, 집으로 들어가고,

정오, 짐을 한쪽에 놓고, 힘든지, 땀을 닦고, 한쪽에 둔 음료를 잔에 따라 한 잔 마시고, 다시 음료수 따라, 집에서 나오는 상수에게 주면, 상수, 그냥 짐을 가지러 가는,

정오, 그런 상수 보고, 화나는 것 참고, 잔에 따른 음료를 마시는,

씬 13. 정오의 집 안 + 화장실, 낮.

상수, 땀 흘리며, 전등을 달고,

정오, 설거지하고, 혜리, 방바닥을 걸레로 열심히 닦는,

상수, 등 달고, 화장실로 들어가, 화장실 물 내려보고, 나와서, 장갑 벗으며,

상 수   (굳은) 이제 나 가도 되지?

혜 리   같이 밥 먹고 출근하자? 삼겹살 샀어?

상 수   됐어. (하고, 나가려는)

정 오   (설거지를 하다, 탁 소리 나게, 그릇 놓고, 상수 보며, 화나 말하는) 쫌생이 진짜.. 야, 어지간히 해!

상 수   (나가려다, 정오 보며, 화난) ?!

혜 리   (걸레 던지며, 화나, 정오 상수를 번갈아 보며) 아, 진짜! 너네 둘 다 애지간히
         해! 뭐하는 거야?! 어제오늘 내내 도배하고, 장판 깔고, 이사하는 동안, 계속
         옆 사람 불편하게 쎄하게, (상수 보며) 너 정오가 오양촌 앞에서 너보다 똑똑
         하게 초기대응 매뉴얼 읊은 게 그렇게 쪽팔리냐?

정 오   (상수만 보며, 화 참고, 차갑게) 내가 오양촌 앞에서,

상 수   (버럭, 속상한, 소리치는) 고만해, 진짜, 둘 다!

정오, 혜리   ?

상 수   (정오 보며, 속상한, 진지한) 니가 초기대응 매뉴얼 똑똑하게 읊은 게, 대체
         뭐가 문제야?! 내가 진짜 화난 이유, 딱 하나, 내가 진짜 경찰 자격이 없는 멍
         청한 놈이란 거야!

정오, 혜리   ?!

상 수   경찰 돼서 지금까지 성과 올릴라고, 민원 안 먹고, 잘했다 소리 한번 들을라
         고, 고작 월급 백 몇십만 원 시보 자리 안 짤릴라고 등신, 찐따처럼 주취자가
         나를 위험하게 차도로 밀어붙이는 것도 모르고, 선생님, 선생님, 비굴하게!

정오, 혜리   (가만 상수를 담담히 보지만, 화는 풀리는, 상수의 진심도 이해가 가는) …

상 수   (진정하는, 다른 데 보고, 작게 한숨 쉬고, 정오 보며, 화가 나지만, 진심으로)
         너 오양촌 앞에서 잘못한 거 없어! 아주 기초적인, 초기대응 매뉴얼도 까맣
         게 잊어버린, 내 능력이 문제지.. 노력할 거야, 다신 그런 일 안 당하게! (하고,
         나가는)

정 오   (상수 간 쪽 보다, 설거지하며, 편하게) 비굴은 무슨, 열심이지..

혜 리   (방바닥 닦으며, 구시렁) 내 말이..

         잠시 후, 상수, 김치를 한 바가지 들고 들어오는,

정오, 혜리   (상수 보는) ?

상 수   (테이블에 김치 놓고, 밥그릇에 밥 푸며) 내가 배는 안 고프지만, 밥을 먹어
         줘야, 내가 니들한테 화난 게 아니라, 나 자신에게 화났단 걸 믿을 거 같아
         서.. (정오 보며, 툭) 뭐해, 반찬 놔!

정 오   (보다, 어이없게 웃으며, 설거지하며) 니가 놔. 나 설거지하잖아.

혜 리   (냉장고에서 반찬 꺼내놓으며) 야, 한정오, 너 왜 상수 보고 실실 쪼개? 명호
         경장님이 좋다며?

상 수   (밥 푸다, 보는) ?

정 오   (혜리 보며, 어이없게 웃으며, 설거지하는)

상 수   (밥 푸며, 정오 안 보고, 담담히) 너 명호 경장 좋아해?

정 오   (웃으며, 편하게) 왜 안 돼?

상 수   (밥 푸며) 안 될 거야, 뭐... (하는데, 맘이 안 좋은)

정 오   참, 조 정해졌대. 혜리는,

혜 리   (반찬 정리하며, 무덤덤하게) 늙은 삼보 할아버지,

정 오   난, 강남일 경사님.

상 수   (주격으로 밥 먹으며, 화나고, 오기 나는) 난 죽으나 사나 오양촌이겠지. 쌍!

씬 14. 지구대 전경, 밤.

지구대원들   (E) 잘 먹었습니다.

종민, 명호, 커피 마시며, 지구대 밖으로 나와 서로 다른 데 보며 커피 마시는, 쎄한,

씬 15. 지구대 식당 안, 밤.

다른 지구대원들, 각자 밥 먹은 걸, 개수대에 가져다 놓고, 식당 아줌마, 설거지하고, 상수, 혜리만 계속 밥 먹고, 경모, 신문을 보며 차 마시는, 양촌, 삼보는 밥을 다 먹었는지, 앉아 물 마시며, 상수와 혜리를 보고, 정오, 커피를 가져다, 양촌과 삼보에게 주는,

양 촌   (정오 보며, 버럭) 넌 왜 자꾸 커피 배달을 해? 경찰이?

상수, 혜리   (밥 먹으며, 정오를 보는) ?!

삼 보   (양촌 보며) 그냥 주면 먹어! 군기 잡지 말고! (하고, 커피 먹는)

양 촌   (삼보를 맘에 안 들게 보는)

민석, 승재   (식기 놓고, 가려다, 못 가고, 정오와 양촌을 보는) ?!

경 모   (눈으로 신문 읽지만, 맘은 양촌과 정오에게 있는)

정 오   (담담한, 기죽지 않고) 저는 사수님들이 식사 후 다들 커피를 드시니까,

양 촌   (정오 꼬나보며) 경찰 일이나 제대로 해, 점수 땜에 알랑방귀 뀌는 거처럼 보여.

상 수   (양촌, 맘에 안 드는, 밥 먹는)

경 모   (신문만 보는)

정 오   (자존심 상하는, 참담한, 마지못해) 네.. (하고, 화 참고 가다가, 못 참겠는, 돌아서서 다시 양촌에게 와서, 보며) 저, 사수님께 알랑거린 거 아닌데요.

상수, 혜리   (놀라, 음식 삼키다, 캑 하고, 손으로 입 막고 눈만 들어 정오 보는) ?!

경 모   (신문만 보며, 의미심장한 혼자 작게 웃는) ..

삼 보   (정오를 어이없게 보는) ..

양 촌   (어이없이 정오 보면) ?

정 오   저는 경찰학교에서 사수님께 배운 게 현장에 나와, 너무 많이 도움이 돼서, 그게 고마워서,

양 촌   (안 지고 보며, 생각난) 경찰학교? (하며, 상수 혜리도 보는, 기억난다는 듯이, 정오 보며) 뭐가 그렇게 고마운데?

정 오   아무리 덩치 큰 범인이라도 수갑 채우는 법 하나는 제대로 배운 거요. 그래서, 부사수로서, 커피 서빙 정돈 당연히, 해야 한다고 생각했습니다. 커피 탄 것과 시보 평가는 별개인 줄 저도 압니다.

양 촌   (일어나, 정오 앞에 서서 담담히 보면)

정 오   (담담하지만, 진심으로) 알랑거린다는 말은 자존심 상합니다. 사실도 아니구요.

양 촌   (비아냥) 니가 나한테 수갑 채우는 걸 그렇게 잘 배웠어? 그렇다면, 만약 범인이, (하고, 정오의 팔목을 잡으며) 이렇게 니 팔목을 잡았다면,

모 두   (긴장해 보는) ?!

정 오   (양촌의 말이 끝나기도 전에 양촌의 팔을 비틀어, 업어치기를 하고, 등 뒤에 올라타, 수갑 채우는)

그런 정오의 행동 사이로,
상수, 혜리, 밥 먹다, 캑캑대고, 삼보, 어이없고, 경모, 웃으며, 나가고,

정 오   (양촌 뒤에서, 수갑 채운 채, 오기 부리며, 단호하게) 경찰한테 손을 댄 범인
       은 그 어떤 이유도 용납하지 않고, 가차 없이, 제압해야 합니다.
양 촌   (얼결에 당해, 아프지만, 참고) ..

씬 16. 몽타주, 도로, 밤.

       1, 도로, 밤.
       한표(운전), 명호(진지한), 순찰차 타고 가며, 무전 하는,

명 호   25구역, 89-1번지, 가정집 소란, 인근 주민 신고, 순 스물넷 접수, 순 스물넷
       접수. 단순 소란인지, 가정폭력인지 신고자 내용으론, 파악 불가, 파악 불가.
       가정폭력 대비 차원 여경 지원 바람, 가정폭력 대비 차원, 여경 지원 바람.

       2, 다른 도로,
       정오(운전), 남일, 순찰차 타고 가며, 무전 하는,

정 오   25구역 89-1번지, 순 스물셋, 스물셋, 지원 접수, 지원 접수.
남 일   좌회전,
정 오   (좌회전하며) 좌회전,

       3, 도로, 밤.
       상수, 양촌이 정오에게 당한 게 고소해 아주 작게 웃으며 운전하고, 양촌, 창
       가를 보며, 담담히 가는,

양 촌   (창가만 보며, 담담히) 한정오가 오늘 수갑 채우는 거 잘.. 봤지?
상 수   (기분 좋은 것 숨기고, 담백하게) 네.
양 촌   (상수 꼬나보지만, 담담히) 수갑은... 그렇게 일사불란하게 정확히, 반복된, 이
       차 공격을 할 수 없게, 매뉴얼대로, 확실히 채우는 거다.
상 수   네. 어떤 순간에도 매뉴얼대로 하겠습니다.
양 촌   (상수 꼬나보듯 보며, 담담히) 편해 보인다? 음주단속 지원이니까.. 왜, 저번

날처럼 주취자한테 밀려 도로 밟고 디질 일은 없을 거 같아서, 뭐, 대충 시간이나 때우면 될 거 같아서 그러냐?

상 수 (맘에 없지만, 편하게, 그냥 큰 소리) 아닙니다!

양 촌 (상수 맘에 안 들게 보며, 차갑게) 경찰 일 중에 쉬운 일 하나 없다. 긴장해라.

상 수 (큰 소리로, 우회전하며, 양촌 놀리듯) 네, 알겠습니다! 오양촌 씨!

양 촌 (상수 보는, 맘에 안 드는) ?!

씬 17. 도로, 밤.

민석, 승재, 종민, 원우, 혜리, 상수, 주변 차량 인도하며 호루라기를 불며, 라바콘(빨간색 꼬깔콘 모양)을 세우고, 음주단속 안내판을 세우는, 원우와 혜리는 음주측정하는 곳과 조금 떨어진 곳에서, 야광봉으로 차량에게 서행 신호하는, 삼보(운전석)와 양촌, 한쪽에 있는, 순찰차 안에 있는, 차량들 그 사이 서행해서 지나가는, 그때, 음주측정 준비가 되는 걸 확인하며, 민석, 시계 보면, 정각 10시인, 호루라기를 불면, 승재, 야광봉을 흔들며, 차를 서행시키고 음주측정을 하는 모습이 점프컷들로 보여지는, 일사불란한,

* 점프컷, 양촌과 삼보의 순찰차 》

삼 보 (싫은, 답답한) 내가 이 나이에 운전을 해야 되고.. 경찰이 음주운전해 면허정지되는 게 말이 되냐?

양 촌 (무시하고) 근데, 힘드실 건데 왜 사건사고 많은 이 지구대에 계세요. 낼모레 정년인데 그냥 조용한 시골 지구대에 내려가셔서,

삼 보 (짜증나는) 나도 말년에 정년 앞두고, 사건 일 번지 이 지구대에서 마지막 남은 혼신의 힘을 불사르라 그런다. 왜? 왜, 내가 늙어서, 일도 못하고, 남들 피해만 줄 거 같으냐? 그래? 새끼가.. 진짜.. 전에도 그러드니.. (하고, 앞 보다, 다시 보며) 너나 잘 살어? 부인한테 별거당한 주제에... (하고, 고개 돌려, 차창 보는)

양 촌 (삼보가 왜 그러는지, 도무지 모르겠는, 말을 말자 싶어, 화나, 한숨 쉬고, 고개 트는) ?!

* 점프컷 》

승 재   (차량에 다가가, 경례하고, 측정기를 보이며) 음주단속 중입니다. 후, 하고, 불
        어주시고요,

* 점프컷, 건너편 》

상 수   (차량에 다가가, 경례하고) 홍일지구대 염상수 순경입니다. 음주단속 중입니
        다. 협조 부탁드립니다. (측정기를 대며) 후, 후, 하고, 불어주십시오.
운전자 고생하십니다. (하고, 후후 불면)

        그때, 민석, 호루라기 불고,

상 수   (보면)
민 석   (급하게) 반 경사, 피해! (하고, 계속 호루라기 부는)

* 점프컷 》
질주해서 라바콘을 밟고 음주단속하는 곳으로 오는 차 보이는,

* 점프컷 》

종 민   (야광봉 들고, 자기한테 달려오는 차를 보고, 순간적으로 몸을 날려 차량을
        넘고, 차량 그대로 달려가는, 넘어졌다 일어나, 뛰어서, 순찰차로 가며, 부사
        수들에게) 음주측정 계속해! (하고, 자기 순찰차에 올라타고, 질주하는 차량
        을 쫓아 빠르게 운전해 가는)

* 점프컷 》
이미, 삼보 양촌의 차, 도주 차량을 쫓아가는, 뒤에 종민의 차도 도주 차를
쫓아가는,

* 점프컷 》

헤리, 그 광경 보고, 당황해 울상 짓고, 이 앙다물고, 야광봉으로 차량들을
인도하고,

상수, 놀라 가슴이 두근거리는, 그래도 차분하려 하며, 오는 차량들에게 '안
녕하십니까, 음주단속 중입니다.' 하며 음주측정하고, 그 그림 위로,

민 석　(차량들 경계하며, 무전기 하는, 단호한) 인근 순찰차들 들어라, 음주측정 불
　　　응하고 도주한 차량 회색 차량, 45규 3590, 45규 3590, (단호한) 경찰을 치
　　　고 갔다, 경찰을 치고, 연동사거리로 도주, 연동사거리로 도주! 경찰을 치고
　　　갔다, 지원 바람, 지원 바람!

* 점프컷, 다른 도로 》

다른 순찰차들, 사이렌을 켜고, 달리는,

* 점프컷 》

양촌의 순찰차, 사이렌을 켜고, 작은 길목으로 들어가, 지름길로 가는, 그러
다, 큰 도로가 나오면, 앞에 가는 도주 차를 보고,

양 촌　(마이크에 대고, 말하는) 3590 정지, 정지, 정지하시기 바랍니다! 경고합니
　　　다, 정지! (그러나 도주 차량 차선을 비틀거리며, 다른 차와 충돌 직전까지 가
　　　다, 피해 그대로 가는, 긴장해도, 차분하게) 형님, 쟤 맛췄다, 이러다 큰 사고
　　　난다, 가자!
삼 보　(땀난, 두려운) ..
양 촌　(이상한, 보며) 형님, 가자고요?!
삼 보　.. (두렵지만, 버럭) 그래.. 가자! (하고, 액셀을 밟아, 그대로 도주 차를 뒤에서
　　　박는)

동시에 다른 순찰차 두 대가 도주 차량 앞을 가로막는, 모든 경찰들과 종민,
순찰차에서 내리는, 양촌, 차에서 내려 손짓을 하면, 종민, 차에 타고, 다른
경찰들 모두 다시 순찰차로 들어가거나, 차 옆에 서서, 무기에 손 올리는,

종 민 (도주 차량만 예의 주시하며, 무전하는) 45규 3590 도주 차량, 진압, 렉카차 지원 바람, 렉카차 지원 바람.

양 촌 (도주 차량으로 가서, 차 문 열려는데, 안 되고, 차 창문을 노크하는, 숨을 몰아쉬는, 눈은 매서워도, 말은 차분히) 내리시죠? 선생님을 음주측정 불응죄로 현행범 체포합니다.

운전자 (만취한, 정신이 혼미한, 짜증나는, 양촌을 보고, 차 창문 안 열고, 침을 뱉고, 옆 좌석의 물병을 차 창문에 던지고, 액셀 밟아 종민의 순찰차를 쾅 받고(종민, 휘청하고), 다시 후진해, 뒤차를 받는)

경찰들 (그 바람에 뒤로 물러나고, 긴장하며, 소리치는) 어, 어, 어, 어!

양 촌 (열받았지만, 참고, 냉정하게, 다시 도주 차로 가서) 그렇다면, 선생님.. 합법한 경찰 매뉴얼대로 차 문은 제가 열어드리죠. (하고, 삼보의 차로 가서, 뒤 트렁크 열어, 공구함에서 삽을 꺼내, 도주 차의 보닛으로 올라가, 차 창문 앞으로 운전자 보며, 도구 보여주며) 차 창문을 깨겠습니다. 선생님은 거기 그대로 안전히 계시다, 지구대는 제 순찰차로 가시겠습니다! (하고, 삽으로 차창을 깨고, 금이 가면, 삼단봉으로 과격하게 창을 두들겨 패는)

삼 보 (고개 젓는, 어이없고, 황당해, 웃음 나는)

종 민 (차 안에서, 목 뒤를 만지다, 박수 치는, 안 웃고, 멋있다 생각하는) 경찰한테 덤비면 어떻게 되는지, 제대로 보여주네.

운전자 (술 취해 나와선, 차를 보며) 야야야야!

경찰들 (진지하게, 팔짱 끼고, 그 광경을 보는, 운전자에게 화난 듯한)

양 촌 (아무렇지 않게, 운전자 보며, 차 위에서 삼단봉 넣고, 운전자 보며, 싸늘한 비아냥) 이제야 술이 좀 깨시나 보네요? 선생님?

씬 18. 도로, 밤.

상수, 음주측정을 거부하는 차량(1부 동규의 씨씨티브이에 나온 전직 국회의원과 다른 현직 국회의원(운전석)이 타고 있는)과 대치 중이다,

상 수 (어느 때보다, 진지한) 음주측정 3회 거부하셨습니다. 음주측정 이번에도 거부하시면, 선생님은 현행범으로 체포가 가능합니다. (측정기를 대며) 마지막

기회입니다. 깊게 후 후, 두 번 불겠습니다!

현직 국회의원   (측정기를 탁 치며, 안 취한) 이 새끼가 진짜, 불었잖아, 아까!

상 수   (진지하게, 당당하게) 그렇게 호호 부시면 안 되시구요, 후후, 제가 더더더더 하면 더더더더 부셔야 됩니다. (하고, 측정기 내밀면)

현직 국회의원   그만하자!

전직 국회의원   아, 쌍! (하고, 측정기를 뺏어, 밖으로 던지며) 너, 어느 지구대야?! 마포 야? 홍일이야? 대체 어느 지구대 놈이길래, 우리도 못 알아봐?! 니 상관 데려 와!

상 수   (화난, 참고, 민석 쪽 보면, 열심히, 다른 주취자의 신원조회를 하고 있는 게 보이고, 승재, 음주측정하는 게 보이는, 다들 일하느라, 바쁜, 참고, 음주측정 기를 길바닥에서, 주워, 주머니에 꽂고, 차로 가, 차 문 열고, 수갑 꺼내며) 내 리시죠? 음주측정 불응죄로 선생님을 현행범 체포합니다. 지구대로 가시겠 습니다.

현직 국회의원, 화나, 나오며, '자식이' 하며 상수 뺨을 치고, 수갑 채우려던 상수, 동요 않고 일사불란하게 현직 국회의원의 팔을 꺾어, 차에 밀치고, 그 바람에 차에 부딪힌 현직 국회의원 입가에 피가 터졌지만, 상수, 아랑곳없이 수갑을 채우며,

상 수   (큰 소리로 미란다 원칙을 고지하는) 선생님을 음주측정 불응죄와 공무집행 방해 혐의로 현행범 체포하겠습니다. 선생님은 변호인을 선임할 수 있고, 체 포구속적부심을 청구할 수 있으며 변명을 할 기회가 있습니다.

그때, 전직 국회의원, 나오며,

전직 국회의원   저거, 저거, 저거, 미친 새끼, 아냐, 저거! 너, 죽을래?! (다른 지구대원들 에게) 야, 자식들아, 니들 애 좀 말려?!

그때, 다른 지구대원들, 상수 쪽을 보면,

상 수   ('수갑 풀러' 하며 몸부림치는 현직 국회의원을 순찰차에 태우려는)

승 재	이런.. (하고, 민석 보면)
민 석	(심각한, 한숨 나는) 일 났네, 일 났어, 이거.. 상수가, 들개 새끼들을 건드렸네.

씬 19. 빌라 앞, 밤.

남일, 정오, 명호 서 있는,

남 일	(초인종을 계속 누르는)

그때, 한표, 계단으로 오르며,

한 표	신혼부부 집인데, 매일 부부가 시도 때도 없이 싸우는 소리가 났대요. 신고자가 신고하자마자, 잠시 후에 여자 고함소리가 오 분도 안 돼서, 조용해졌다고.
남 일	(명호 보며) 한표랑 나랑은 뒷문 쪽으로 가서, 대치할게, 문 따. (계단 내려가고)
한 표	(가며) 공구함 가져오겠습니다.
명 호	(담담히) 단순 소음사건이면 좋겠는데, 사람이 안에 있는 거 같지?
정 오	(두렵지만, 차분하려 하며) 네.

＊ 점프컷 ≫

명 호	(함마로, 문고리를 부수고, 문(거실에 불이 켜져 있는)을 여는데, 이상한)
정 오	(긴장하는, 낮은 목소리로) .. 비린내가.. 나는 거.. 같습니다.
명 호	(잠시, 작게 숨 쉬고, 차분히, 천천히 문을 열고, 안으로 들어가며) 경찰입니다. 소음 신고받고 왔습니다. (하고, 들어서다 멈추는)
정 오	(뒤따라 들어가다, 거실을 보고, 굳는, 정오의 뒤쪽으로 거울이 있어, 화면에 정오 얼굴과 거실의 사체가 함께 보이는)

* 점프컷, 인서트 》

여자가 속옷 차림으로 난자되어 피를 흘리며 죽어 있는,

* 점프컷, 현관 앞 + 집 앞 》

명 호 (차분히, 정오(계속 사체 쪽을 보는데, 두려움이 일어도 차분하려 하는)를 남
　　 겨두고, 밖으로 나가, 공구함에서 덧신을 꺼내 신고, 장갑 끼고, 거실로 들어
　　 가, 무릎 꿇고, 사체의 경동맥을 짚고, 정오 보며) 사망인데.... 얼마 안 된 거
　　 같애.. (하고, 시계 보는)

정 오 (당황스럽고, 두렵지만, 짐짓 차분히, 일사불란하게, 무전하는) 25구역
　　 89-1번지 살인사건 발생, 강력반 지원 및 과학수사팀 지원 요청 바랍니다.

명 호 (그대로, 무릎 꿇은 채, 핸드폰으로 주변의 사진을 찍는)

정 오 25구역 89-1번지 살인사건 발생, 강력반 지원 및 과학수사팀 지원 요청 바
　　 랍니다. (하며, 사건현장을 보는데, 공포심이 이는, 그러나 내색 않으려, 차분
　　 하게 진정하려는)

씬 20. 지구대 안, 밤.

보호석에서 주취자 몇몇 자고 있는 게 보이는,
민석과 승재, 원우가 자리에 앉아 있는, 조사실 쪽이 신경 쓰이는, 답답한, 모
두 참담한,

씬 21. 지구대 조사실 안, 밤.

전현직 국회의원, 화가 나 씩씩대며, 의자를 내팽개치다, 물 마시는, 그러다
스텐 물잔을 내팽개치고, 계속 씩씩대는, 현직 국회의원, 화가 나, 책상 위에
다리 올리고, 씩씩대고,

전 직 이것들이, 진짜.. 우리가 얼마나 바쁜데.. (하고, 문 열고, 소리치는) 니들 대장

안 오냐!

현 직　(자리에 앉아) 국회의원이 부르는데, 대체 지구대장은 어디 간 거야!

씬 22. 지구대, 남자 휴게실 안, 밤.

종민(화 참는), 양촌(담담한, 무거운), 삼보(속상한), 나란히 벽에 기대앉아 있고, 상수(난감한, 땀을 흘리는, 굳은, 아무리 생각해도 자기가 잘못한 건 아닌 것 같아, 오기도 나는), 혜리(두려움에 굳은, 이런 상황이 슬프기도 한), 나란히, 서서, 뒷짐 지고 있는, 전현직 국회의원 잡아 온 문제로 다들, 착잡하고, 화도 나는,

경 모　(문 열고) 사수들만 잠시 회의.

양촌 외, 사수들 일어나 나가는,
상수, 오기 부리며 서 있는, 땀만 나는,
양촌, 그냥 상수를 스쳐 지나가는,

씬 23. 지구대 식당, 밤.

한솔, 테이블에 손 얹고 서서 생각 많은,
경모 외, 다들 와서 서면,

삼 보　(답답한) 대장, 이번엔 전현직 국회의원 아니, 대통령이래도 그냥 넘어가면 안 된다.

종 민　(화난, 버럭) 상수가 시보래도 경찰인데, 어디 감히 경찰 귓방망일 쳐 패고.. 상수가 뭐가 잘못이 있어요, 매뉴얼대로 했는데!

경 모　(한솔 보며, 속상하지만, 담백하게) 우리 경찰들 늘 하는 말 있잖아요, 형님. 지구대 현장 나올 땐 간 쓸개 집 냉장고에 처박아두고 나온다. 걔들 우리가 안 풀어주면, 서에서 풀어. 알잖아.

양 촌	(담담히, 어이없이) 쳇.. (하고, 웃으며 경모 꼬나보는)
경 모	(양촌 보며) 쳇 하면 뭐가 달라져?
삼 보	왜 니들끼리 지랄이야, 같이 중지를 모으자고 모여서는!
양 촌	(경모 보다, 한솔 보는, 한솔이 안됐단 생각이 드는)
한 솔	(고민하다, 차분히) ... 난 저 인간들.. 그냥 내보낸다. (하고, 나가는)
종 민	(화나) 대장님!
경 모	(한솔 따라가고)
종 민	(화나, 소리치며 따라가려는) 경찰이 개 밥그릇이에요, 왜 맨날 차여, 왜?!
삼 보	(종민 말리며, 화났지만, 참으며) 그만해라, 대장도 오죽하면 저러냐? 서에 밉보이면, 니들 성과에도 문제 있어 임마! 대장도 다 니들 생각해서.. 고만해라!
종 민	(의자를 발로 차며, 성질 피우는) 아우, 쌍, 진짜!
양 촌	(답답한, 화난, 참는, 머리 긁는)

씬 24. 지구대 안 복도, 밤.

경모, 한솔 내려가며, 말하는,

경 모	(답답하지만) 그냥 들어가자마자, 무릎 꿇으셔. 같이 들어가 무릎 꿇을까? 그래줘?
한 솔	큰소리 나도 들어오지 마! (하고, 지구대 조사실로 들어가는)
경 모	(자리에 앉아, 조사실 보는 민석 외 지구대원들에게) 일들 해. (하고, 괜히 서류 보는)
민석 외	(경모가 맘에 안 드는, 일들 하려 하지만, 안 되는)

씬 25. 조사실 안, 밤.

한솔, 뒷짐 지고 서 있는, 전직 국회의원, 화가 나 한쪽에 있는 책을 들고 와, 한솔의 머릴 치며,

전 직	니가 우릴 잡아 옴 어쩔 건데? (책으로, 뺨 칠 듯하며) 콱 이걸 그냥,
현 직	(음주측정기를 후후 불고, 한솔에게 보이며) 0.03이다, 이 정도면 무사통과 맞지? (입가 터진 거 보여주며) 니들 폭력 경찰이야!
한 솔	(참담해도, 차분히, 담담히) 그게, 여기 오실 땐 분명히 음주측정 불응죄 맞으시구요, 경찰이 단속할 때 안 하시고, 두 시간이 지나 자가 음주측정하신 건 저희로선 합당한 음주측정 방법이 아니기 때문에,
현 직	(한솔의 뺨을 치며) 내가 자식아, 국무총리를 만나러 가는 길이었어! 니가 감히 국민이 뽑은 국회의원 가는 길을 막고... 니가 나를 무시하는 건, 국민들을, 무시하는 거야, 국민들을!
한 솔	(차분하게, 비굴하지 않게) 국민, 국민 하지 마세요.,
전 직	(한솔 뺨 치며) 하면, 하면 어쩔 건데, 니가?!

＊ 점프컷, 조사실 창밖 》

경모의 모습이 보이는, 조사실 안이 보이진 않지만, 소리가 다 들리는,
대원들 모두 화를 참으며 경모를 보는,
경모, 화를 참다, 다시 뺨 치는 소릴 듣고, 더는 못 참고, 벌떡 일어나, 조사실
안으로 문을 벌컥 열고 들어가는,

＊ 점프컷, 조사실 안 》

경 모	(화난, 참으며) 그냥 조용히 가시면, 여기서 끝내겠습니다. 의원님들, 그냥 가세요!
현 직	넌 뭐야?
한 솔	(전현직 보며, 차분하고 조용하지만, 할 말은 하는) 국민이, 의원님들이 이러신 줄 알았음 애저녁에 안 뽑았겠죠. 그러니까, 국민 국민 하지 마시라고요, 네?
현 직	이 자식이 끝까지? (하고, 뺨 치려 하는데)
한 솔	(순간, 빠르게, 팔을 잡아, 바닥에 눕히고, 수갑 채우며, 화나, 버럭대는) 의원님을 음주측정 불응죄, 경찰의 몸에 손을 대는 순간 공무집행방해 혐의로 현행범 체포합니다. 변호인을 선임할 수 있고, 체포구속적부심을 청구할 수 있으며, (변명을 할 기회가 있습니다!)

전 직   (한솔의 말이 끝나기 전에) 야, 지금 니가 누굴 ! (하며, 한솔의 뒷덜미를 잡
        으려는데)

경 모   (이판사판이란 맘에, 전직 국회의원의 팔을 잡아 비틀어, 벽에 밀치며, 수갑
        채우며) 공무집행방해 혐의로 현행범 체포합니다. (뒤에 지구대원의 모습에
        오버랩 되는 대사) 변호인을 선임할 수 있고, 체포구속적부심을 청구할 수
        있으며, 변명을 할 기회가 있습니다!

        그때, 조사실 창문 너머로, 양촌과 삼보, 지구대원들 모두 그 광경을 듣는, 종
        민, 양촌, 삼보, 이 앙다물고, 소리 듣는, 사태가 심각하다 여기는, 삼보, 이 일
        을 어쩌냐 싶어, 크게 한숨 쉬며, 고개 젓는,

씬 26. 살인사건 현장, 빌라 집 안, 새벽.

        과학수사 요원 두 명, 번호표를 놓고, 증거를 채취하는 게 보이는, 경찰, 한
        명, 과학수사 요원이 사진을 찍고 난 후, 사체 옆의 피 묻은 칼을 살펴보는,

씬 27. 살인사건 현장, 빌라 집 밖, 새벽.

        한표, 정오(담담하지만, 두려움이 있는, 긴장한) 폴리스 라인 치고, 서 있는,
        한쪽에서 남일, 명호, 사복 경찰과 이런저런 사건에 대한 얘기를 하고, 사복
        경찰, 폴리스 라인 안으로 들어가면, 남일, 명호, 한표와 정오에게 오며,

남 일   (차로 가며) 현장 인계했으니 가자. 꼬박 밤새니 죽겠다, 아주.
정 오   (남일을 따라가는데)
명 호   (정오를 보며) 한정오,
정 오   (보면)
명 호   나랑 시간 되는 부사수들이랑 오후에 만나, 사건 스터디 할 건데,
남 일   (차에 타며) 난 빠진다.
정 오   함께하겠습니다. (하고, 남일의 순찰차로 가서, 타고, 운전해 가는)

한 표 형님, 정오, 쟤, 많이 놀란 거 같은데.. 빼죠? 처음 접한 살인사건인데..

명 호 (차로 가며, 담담히) 경찰 일 관둘 거 아님 맞닥뜨려야지... 피한다고 되냐?

씬 28. 정오 남일 순찰차, 새벽.

남일, 눈 감고 가는, 정오, 운전석에서, 운전하며, 어두운,

씬 29. 남자 휴게실, 낮.

상수(땀 흘리며, 참담한, 화가 나는), 근무복 차림으로 여전히 뒷짐 지고 서 있고, 양촌, 종민, 원우, 승재, 담담히 사복으로 갈아입는,

종 민 (옷 입으며, 참담하지만) 염상수, 퇴근해. 한솔 대장 맞은 거 너 때문에 아냐. (하고, 나가는)

원우, 승재 (사복 차림으로 옷 갈아입고, 참담한, 양촌에게) 모레 아침에 뵙겠습니다. (하고, 나가는)

양 촌 (옷 입고, 나가려고 하면)

상 수 (진지하고, 속상한, 화도 나는, 진심보단, 그냥 하는 말) 죄송합니다.

양 촌 (멈춰 서서, 답답하지만, 담담히) 뭐가, 죄송해? 전현직 국회의원 한꺼번에 잡아 온 거?

상 수 (눈가 붉은, 오기 나는, 속으론 뭐가 잘못됐는지 모르겠는) 저는 그냥 매뉴얼대로.. 죄송합니다,

양 촌 (어이없는) 사리 분간 못하는 새끼.. 너, 그래서, 경찰 하겠냐? 시보로 니 인생 종치게 해줘? (하고, 나가는)

상 수 (자존심이 상하는, 옷 갈아입으려다, 입으려던 웃옷을 거칠게, 던지며) 쌍, 경찰 매뉴얼 매뉴얼 할 땐 언제고, (다시 옷 들어, 입으려다가, 던지며) 아우! (하고, 창가로 가서, 벽에 기대앉아, 씩씩대는)

씬 30. 여자 휴게실 안, 낮.

혜리, 옷 갈아입으며, 옷 갈아입는 정오(지친, 어두운)에게 속상해 구시렁거리며 말하는,

혜 리 진짜 불공평하네, 누구는 맨날 같잖은 사건에 들러붙어서.. 욕이나 처먹고, 누구는 건건마다 대형사건, (정오 보며) 뭐 이번엔 살인사건? 부럽다, 진짜... (하고, 나가며)

정 오 (옷을 입다, 순간 멈추는)

＊ 점프컷, 인서트 》
앞 씬 피 묻은 여자의 사체,

＊ 점프컷 》
정오, 멍한, 목에 땀이 나는, 두렵고, 무거운, 침 삼키고, 마저 차분하려 하며 옷을 입는,

씬 31. 지구대 앞, 낮.

지구대 안엔 2팀 보이는,
명호, 한표의 차 와서 서고, 명호와 한표 내리는데,
그때, 양촌, 경모, 삼보, 종민, 민석, 우르르 나와, 길을 가는,

한 표 퇴근하세요?

다들, 굳은 얼굴들로 가는,

한 표 (명호 보며) 다들 표정이 왜 저러죠?
명 호 (보며, 걱정스런) ?

씬 32. 해장국집 안, 낮.

한솔, 후루룩 편하게 국밥을 먹고, 경모, 양촌(열받아, 술만 마시는, 참담한, 굳은), 민석, 종민, 삼보, 명호 어이없게 한솔 보는, 밥도 술도 안 먹는, 모두 사복,

경모 (술 한 잔 따라 마시고, 화났지만, 차분히) 정말, 서장이 국회의원 놈들 다 풀 어줬어요? 진짜?

한솔 (밥만 허겁지겁 먹으며, 맘에 없이, 툭툭 말하는) 국회의원 놈들이, 서장실에 서 나와, 의기양양, 내 뺨을 톡톡 치며 그러드라. 경찰 일 똑바로 해! 새끼야?!

경모 (화나, 버럭) 아우, 이 개새들, 진짜!

민석 (말 끝나기 전에, 답답한 얼굴로, 옆의 곽 휴지통을 집어 경모 주면)

경모 (곽 휴지 잡아 던지는)

양촌 (골똘히 생각만 하는, 열받는, 그러나 표정은 담담한)

종민, 삼보 (속상해, 한숨 쉬며, 술 마시는)

명호 (진지하게) 대장님, 이건 경찰인권위에 제소해요.

종민 (명호 꼬나보는)

삼보 진짜, 더러워, 경찰 일 못해먹겠네! (하고, 일어나 가려 하면)

민석 (삼보 팔 잡고) 앉아요. 형님.

삼보 (다시 앉아, 속상하고, 답답한) 진짜 우리가 이러고 살아야 되냐? 경찰 일 계 속해야 되냐고?!

양촌 (한솔 보며, 진지하게) 씨씨티브이 있잖아, 언론에, 까? 지렁이처럼 밟히지만, 말고, 따질 건 따지고 넘어가자, 우리? 내가 총대 맬게, 잘됨 국회의원 엿 제 대로 먹이는 거고, 안 됨 내가 또 강등 먹을게, 경위나 경사나지, 뭐.

경모 (비아냥) 그거 괜찮은 생각이네.

양촌 (보는)

두 사람, 서로 팽팽히 보고, 그 그림 위로,

종민 (양촌 보며) 아까 서에서 나와, 지구대 안에 찍힌 씨씨티브이 자료 다 들고

갔어요. 증거 인멸 들어간 거지, 벌써.

민 석   이미, 데이터베이스도 손봤을걸요?

한 솔   (밥만 먹으며) 당근이지. 얼마나 용의주도한 놈들인데.

경 모   (양촌에게) 들었지?

양 촌   (한솔 보며) 형님, 이 건은 나한테 맡겨, 내가 경찰위원회에 아는 애들도 있고,

명 호   우리 지구대원들 모두 증인 서면,

한 솔   (핸드폰 꺼내 녹음 내용 들려주는)

서 장   (답답한, E) 정 지검장까지 전화 오고 난린데, 그럼 나는 어쩌라고?

모 두   (영문을 모르겠는) ?!

한 솔   (녹음 멈추고, 진지하게, 경모, 양촌 보며) 서부지검 정 지검장까지 이 건에 낀 거지. (다시, 녹음 들려주는)

서 장   (E) 우리가 고소해도, 검찰이 기소를 하겠냐? 우리한테 기소권*이 있냐고?

한 솔   (녹음 멈추고) 검찰이 단독 기소권을 가지고 있는 게 얼마나 위험한지를 보여주는 좋은 사례. 나중에 쓸 일이 있겠지? (주머니에서, 바디캠 꺼내들어, 흔들어 보여주는) 내 바디캠. 나라는 돈이 없다고 일일이 경찰마다 안 사주니까, 내가 사비로 샀지, 이 자론 여기에. (핸드폰 꺼내 동영상 틀어 보여주는, 한솔의 바디캠에 찍힌, 국회의원 행태가 나오는)

삼보, 종민, 민석   (진지하게) 그런데, 왜 참어, 이게 있는데?

경모, 양촌, 명호   (알아듣고, 박수를 치는, 안 웃는)

양 촌   (종민 보며) 지금 풀어봤자지, 놈들은 기자회견해서 대가리 숙이고 죄송합니다 말 한 마디면 끝이야, 국민들은 후루룩 화냈다, 바로 후루룩 잊겠지!

경 모   (의미심장하게 미소 띠고) 이 귀한 걸 그렇게 퉁칠 순 없지, 기다리고 묵혀뒀다,

한 솔   (역시, 하는 눈빛으로 양촌, 경모를 보고, 다른 사람들 보며) 국회의원 놈들이 젤 무서워하는 계절... 조만간 닥칠 선거철이 오면, 그때 온갖 에스앤에스, 언론, 쫙~~

---

* 기소권 검사가 특정한 형사사건에 대하여 법원의 심판을 청구하는 권한

음악 신나는 것, 나오고, 경모, 양촌, 삼보, 명호, 종민까지 서로 술을 따라주며, '아사, 아사!' 하며 신난,

한 솔　전현직 국회의원, 서장, 지검장까지 그냥 단칼에, (제 손목에 스냅을 줘, 제 목을 치는 시늉하며) 파파바박!

경 모　(술잔을 한솔 주고, 악쓰며, 신난) 건배! 건배! 건배!

명 호　(일어나, 신난) 술이 들어간다, 쭉쭉쭉..

　　　양촌까지, 모두들, 노랠 부르며, 건배를 하는,

한 솔　(술 마시고) 시원하다. (하며, 여전히 핸드폰을 팀에게 보여주며) 야, 나 진짜 제대로 맞았지, 않나? 일부러, 더 정중하게 말하는 거 들리지? 조목조목, 내가 전부 계획적으로,

경 모　계획은 무슨, 첨엔 비굴하게 끝낼라고 했으면서..

한 솔　어떻게 알았지? 크크크.. 근데 놈들이 너무 세게 때리잖아!

양 촌　야야야, 시끄러, 술! (하며, 바로 노래하며, 잔을 부딪치는)

　　　모두들, 신이 난, 종민, 술을 따르며, 술 권하는 노랠 부르고, 일어나, 춤추고, 양촌, 한솔, 신나게 노랠 부르는, 다들 신난,

씬 33. 달리는 택시 안, 낮.

　　　종민, 명호, 조금 술 취해 뒷좌석에서 앉아 가는,

종 민　(명호 보며, 비아냥) 상관이 맞음 충성을 다하고, 동료가 맞음 감찰로 보내고,

명 호　(앞만 보며, 담담히, 조금 술 취한) 상관은 그냥 맞았고, 동료는 시민을 버렸고.. (담담히 보며) 사이좋게 지내자. 내가 여기 지구대에 친구가 어딨냐, 너밖에.

종 민　(보고, 어이없는, 잠시 생각하다, 핸드폰 녹음기를 틀어, 명호 귀에 대주는, 애

기의 심장박동) 웃기지 말고, 이거나 들어?

명 호   (들으며, 신기한) 애기? 와이프 뱃속에 있는?

종 민   (핸드폰 소리 자기가 들으며, 좋은, 조금 술 취한) 부럽지? 사내놈이다, 새끼
        야. (초음파 소리만 듣는)

명 호   (핸드폰 뺏으며, 웃으며) 야, 한 번만 더 들어보자, 한 번만.

씬 34. 달리는 택시 안, 낮.

        양촌과 한솔은 뒷좌석에, 경모는 앞좌석에 타고 가는,

한 솔   (눈 감고, 술 취한, 쓸쓸한) 너.. 아버지 집에 안 가?

양 촌   (술 취한) 우리 집 가서 옷도 좀 가져오고..

경 모   (술 취해 앞만 보며, 가는)

한 솔   오늘 나 맞은 거, 니들 1팀은 몰라도 지구대 2, 3, 4팀 애들은 모르게 .. 입단
        속 시켜라.. 나 쪽팔리지 않게..

양 촌   쪽팔릴 게 뭐 있냐?

한 솔   억울해도.. 먹고살라고 따질 것도 제대로 못 따지고.. 그래도 똥폼 잡을라고,
        선거철 운운하고... 솔직히, 그게 가능하냐? 내가 모가지 안 내놓으면... 아, 썅,
        사는 게 왜 이렇게 구질스러..

양 촌   지금은 입만 열면, 다 구질스러워져.. 자요, 자..

한 솔   (양촌의 어깨에 기대, 자는)

경 모   (눈 감고, 속상한) 엿 같다, 진짜 지구대 떠나고 싶다.. 아, 빨리 승진해야지..
        그래서 이런 꼴 얼른 안 봐야지.

양 촌   (창가 보며, 괜히 노랠 부르는, 너무 처지지 않는, 담담한) ...

씬 35. 카페 전경, 낮.

        정오(진지한, 어두운), 한표, 원우, 명호, 사복 차림으로 뭔가 각자 노트북에
    자료(앞의 살인사건, 여자(얼굴은 안 보여주는)가 여러 군데 칼에 찔린 사진

과 칼, 집 안 창문, 옆에 놓인 과일, 그대로인 집 안 물건 등이 찍힌 사건 사진 및, 씨씨티브이 사진)가 있는, 작은 도로 사진을 띄워놓고 공부하는 모습 보이는,

씬 36. 카페 안(스터디 룸으로 된), 낮.

정오(생각 많은), 명호, 한표, 원우, 승재, 앉아 있는, 모두 진지한 모습이다, 정오의 생각 많은 얼굴 위로 대사가 들리는,

원우   그날 경비업체에서 일하는 남편은, 밤 근무였어요.

＊ 점프컷, 상상, 주택가에 세워둔 차 》
남편(경비업체 유니폼을 입은), 와서 차를 타고 가는 게 보이는,

원우   (E) 출근한 시각은 평소보다 삼십 분 정도 늦은 21시 2분.

＊ 점프컷, 상상, 같은 장소 》
애인, 걸어서 집 쪽으로 가는 게 보이는,

원우   (E) 애인(검은 옷을 입은)이 피해자 집으로 간 시각은 남편이 출근하고, 2분 후예요, 어디서 기다렸다, 피해자가 남편이 없으니 와라, 아무래도 그런 거 같죠? 아님 늘 같은 시각에 들르거나?

＊ 점프컷, 현실 》

원우   우리 지구대로 소음 신고가 들어온 건, 남편이 나간 5분 후인, 21시 7분,
한표   신고자는 소음이 1시간가량 지속됐다 그랬고, 소음이 잦아든 건, 우리가 도착하기 5분 전, 그러니까 21시 15분이랬으니까, 이렇게 되면,
원우   부인은 남편하고도 애인하고도 싸운 게 되는 거지.
명호   서에서 남편을 취조한 내용하고도 일치해. 남편은 아내가 잠자릴 거부하는

게 의심돼서 아내와 종종, 그날도 다툰 건 인정해. 씨씨티브이에 찍힌 사람은 여자가 결혼 전에 만났던 남자래. 남편이 알더라고. 동네 사람들한테 탐문한 결과, 이 남자가 집에 들락거리는 걸 종종 봤대.

한 표 (칼 사진 보며) 칼엔 지문이 없다... (사체 사진을 보며) 사체 상태로 봤을 때, 범인 옷에 피가 안 묻을 수가 없는데.... (애인이 나가는 씨씨티브이 사진을 보고) 옷이 검어 보이질 않으니.... 이 남잔 수배 중이라고 했죠?

명 호 어. 남편이 이름을 알아서, 조사했는데, 직업도 없고, 집도 없고, 현재 행방이 묘연해.

한 표 그럼 범인은 이 남자 아니에요? 남편은 집에 다시 들어온 흔적도 없고, (거래처 건물 앞에 세워진, 남편의 차 사진을 보이며) 여기 거래처에 남편 차가 21시 6분부터 한 시간가량,

정 오 (생각만 하는) ..

명 호 씨씨티브이에 촬영된 건, 남편의 차지, 남편이 아냐. 그날 거래처 사람들은 모두 퇴근해 남편을 본 사람도 없고, 완전한 알리바이가 없단 증거지. 그리고, (도로 사진을 보며, 빨간 표시된 곳 보며) 사건현장으로 가는 길에 설치된 씨씨티브이는, 여기 여기 여기 세 곳, 그리고.. (지도를 보다, 한 곳에 표시하고, 보여주며) 여긴, 사건현장으로 가는 또 다른 길이야, 씨씨티브이가 없는... 남편은 이 동네 토박이야, 이 길을 알 확률이 높지. 남편도 용의 선상에서 완전히 제외시켜선 안 돼.

정 오 (생각만 하는)

한 표 (명호 보며) 남편을 만났을 때, 옷에 혈흔이 없었다면서요?

원 우 그때 남편은 근무복을 입었어. 우리처럼 근무복을 두어 벌 더 가지고 있을 가능성이 충분히 있지, 사건 후 피 묻은 근무복을 바꿔 입었다면?

명 호 (정오를 보며) 한정오, 넌, 무슨 생각을 그렇게 골똘히,

정 오 나는 이게 자꾸 걸려요. (노트북의 동영상을 보여주는, 도로에서 남편의 차가 잘 가다, 유턴하는 게 보이는) 왜 유턴했을까?

한 표 출근하려다가, 거래처 용무가 갑자기 생각나서 유턴했다잖아. 남편 차가 유턴해서 간 방향은, (사진 보여주며) 여기, 거래처.

원 우 그 거래처가 집과 걸어서 불과 5분, 뛰면 1, 2분 거린 게 이상한 거지.

명 호 (생각하며) 잠깐, 만약 남편이 출근하다 되돌아와 아내를 죽였다고 가정한다면,

정 오 (노트북만 보며, 담담히, 생각하는) 그는 왜, 신혼 3개월 내내 아내의 불륜을 의심만 하며 싸우다, 이날, 왜, 갑자기, 의심을 확신으로 바꿨을까요? (목에 땀이 나는, 제 컴퓨터에 뜬 씨씨티브이의 남편이 유턴하는 동영상을 보여주며) 남편이 차를 돌린 시각은 21시 4분,

승 재 (컴퓨터로 애인이 집에 들어가던 씨씨티브이를 찾아, 모두에게 보여주며, 진지한) 애인이 집에 들어간 시각은, 21시 3분. 거의 동시네.

정 오 차를 타고 가다, 갑자기, 대체, 왜, 무슨 근거로? 애인이 집에 들어간 같은 시각에 도로에서 차를 돌렸을까요?

명호, 원우 (진지하게 듣다가) 정확히 무언가.. 봤다면?

한 표 (어이없는 듯) 도로에서? 대체, 뭘? 어떻게 봐?

승 재 (진지한) 핸드폰으로,

명 호 (긴장해, 진지한, 담백) 집 안에 몰카. 우리가 도착한 게 사건 발생 후, 5분 이내,

한 표 아낼 죽이고, 칼의 지문을 닦고, 순마의 사이렌 소릴 듣고, 도주했다,

원 우 그렇다면, 몰카는 아직,

명 호 집에 있겠네.

승 재 (일어나, 서둘러, 가방을 챙기고 나가고) 차 뺄게요.

한 표 (짐 챙겨, 서둘러 나가는)

원 우 (짐 챙겨, 나가는)

명 호 (가방을 챙기며, 정오에게) 넌 집에 가.

정 오 (가방 챙기는, 목에 땀 난, 담담하게) 아뇨, 갈래요.

명 호 (짐을 챙기며, 안 보고) 시체 첨 봤지? 그것도 피투성이 시체?

정 오 (안 보고, 두려운, 들킨 것 같은, 가방 챙기는) ?

명 호 (짐 챙기며) 누구라도 놀랄 일이야. 나도.. 그랬고.. 오늘 스터디에 시보인 널 끼워준 건 니가 집에 있어도 못 잘 거 같아서 그랬어.. 이제 가서 좀 자. (하고, 문을 나서는데)

정 오 (안 보고, 두려운, 막막한) 선배님, 이런 사건은.. 어쩌다 있는 거겠죠?

명 호 (멈춰 서서, 돌아보고, 그냥 가는)

정 오 (눈가가 붉어지는, 머리 짚고, 가만있는)

씬 37. 길거리, 액세서리 노점상 + 뽑기방, 밤.

장미, 이것저것 고르다, '이뻐요, 사요!' 하는 주인에게 인사하고, 걸어가다, 인형 뽑기방을 보고는, 그리로 가, 돈을 넣고, 인형을 뽑으려 하는, 재밌는지, '어어어어' 하며 열심히 하다, 놓치고, 아쉬워, 다시 하는, 핸드폰 오고, 보면, 양촌이다, 핸드폰 주머니에 넣고, 다시 하는,

씬 38. 장미의 집 안, 밤.

양촌, 거실 창 쪽에서 자다 깬 얼굴로 우유를 병째 마시고 핸드폰 하다가, 끄고, 주방에서 밥 먹는 송이에게 퉁명스레 말하는,

양 촌	니 엄만 바람났냐? 일 끝나도 왜 집에 안 와?
송 이	나도 곧 알바, 대관인 도서관, 집에 오면 뭐해? (밥 먹으며, 구시렁) 자기도 현장 나감 전화 안 받으면서..
양 촌	엄마한테 전화해봐.
송 이	(어이없는) ?
양 촌	(눈 부라리며) 내 전화 안 받잖아, 니가 해봐?
송 이	(손 내밀면)
양 촌	(우유 마시며) 니 전화기로 해, 내 꺼라 안 받는 거 같으니까.
송 이	(옆의 제 전화로 전화하는, 그러다, 끊으며) 안 받아요. (하고, 밥 먹는)
양 촌	(맘에 안 들게 보며, 자리에 앉아) 넌 아빠한테 왜 그렇게 쌀쌀맞아? 대체 너도 대관이도 왜 그렇게 나한테 다들 쌀쌀맞아, 어?
송 이	(어이없는, 퉁명스레) 쌀쌀맞은 게 아니고, 어색한 거야.
양 촌	야, 아빠가 왜 어색하냐?
송 이	(어이없는) 어쩌다 보니까. 어려서도 커서도 자주 안 봤잖아.
양 촌	(어이없는, 핸드폰을 디밀며, 사진 보여주는, 장미와 대관, 송이의 사진이다) 그래도 임마, 내가 니들을 얼마나 이뻐하는데! 현장 나가 일할 때도 매일 사진 보고, 여기 입 맞추고. (하며, 핸드폰에 입 맞추는 시늉하면)
송 이	불만 없어요. 난 전에도 지금도 아빠가 집에 없는 게 훨씬 편하니까.

양촌   (속상한, 서운하게 보며, 답답해, 우유를 벌컥벌컥 먹으면)

송이   (양촌 보며, 싫은) 우유 흘러요. 드럽게. (하고, 일어나, 밥상 치우는)

양촌   (계속 우유를 마시며, 송이를 서운하게, 째려보는)

씬 39. 요양원, 밤.

양촌 부, 수건으로 양촌 모를 닦이고 있는, 양촌, 연시를 까며,

양촌   아버지도 안 보고 그냥 갔다고, (연시를 들며) 이것만 사다 놓고, 말도 없이 그냥?

양촌 부 (양촌 모를 닦이기만 하다, 옆의 메모를 양촌에게 주는)

양촌   (보면)

장미   (E) 아버지 보면, 울 것 같아, 엄마만 보고 그냥 가요. 연시도 체해, 꼭꼭 씹어 드셔.

양촌   (속상한, 눈가 붉은, 연시를 먹으며, 빈 침대 보며, 맛없게 연시 먹으며) 장인 장모는 돌아가실 때 편하게 가셨죠?

양촌 부 (양촌 모만 닦이며, 덤덤히) 참, 빨리도 묻는다.

양촌   (서운하게 양촌 부 보는)

씬 40. 공원, 밤.

장미, 벤치에 앉아, 캔맥주 마시며, 멍하게, 노부부가 손주랑 손잡고, 가는 걸 보는, 부모님이 그리운, 눈가 붉은, 맥주 마시고, 다시 노부부를 보는, 맘이 짠한,

씬 41. 상수의 집 마당 + 옥상, 밤.

마당에서, 상수, 땀 흘리며, 역기를 들고, 그 옆에 핸드폰에 스피커 연결해 음

악을 틀어놓은,

헤리, 땀 흘리며 줄넘기를 하는,

옥상에서, 정오, 평상에 앉아, 음악을 들으며, 핸드폰을 하고 있는,

명 호   (E, 담담하고, 따뜻하게) 당연히 서의 경찰들, 좋아서 난리 났지!

정 오   (차분하고, 담담한) 몰카는 어딨었어요?

씬 42. 길거리 + 차 안, 밤.

명호의 차, 세워져 있고, 차 안에서 명호, 전화하는,

명 호   (담담히) 세톱박스 안에. 유선 티브이 연결 박스 알지? (웃으며) 너, 서장님한
         테 칭찬 듣겠드라. 그래봤자, 잘했다 말 한마디에.. 기껏 포상은 오만 원짜리
         도서상품권이 전부겠지만.

         ＊ 점프컷, 교차씬 ≫

정 오   (어색하게 웃으며, 짐짓 편하게) 칭찬받으면 좋죠, 뭐.

명 호   (편한 말투 바꿔서, 따뜻하게) 뭐했어? 안 자고?

정 오   그냥, 애들은 운동하고.. 나는 음악 듣고.

명 호   너 주량 얼마나 돼?

정 오   (편하게) .. 무리 안 하면, 소주 한 병.

명 호   그럼 반병만 원샷 하고 자.

정 오   (잠시 생각하다) 며칠이나 가요, 이런 기분?

명 호   꽤 오래. 그래도 술은 오늘만 마셔, 그리고 다른 날은.. 지금처럼 음악 들어.
         생각날 때마다, 음악을 듣는 거지.

정 오   .. 네.

명 호   자라. (하고, 전화 끊고, 운전해 가는)

정 오   (전화 끊고, 집 안으로 들어가는)

＊ 점프컷 ≫

상 수   (역기만 들며, 생각하는, 오기 나는)

＊ 점프컷, 회상 ≫
양촌, 다시 상수를 밀치고,
상수, 휘청하며 넘어지고,

양 촌   (가며) 매뉴얼도 모르고, 뒈질 몸 살려준 것도 모르고, 언제 경찰 될래? (하
         고, 가는)

＊ 점프컷, 회상 ≫

상 수   (눈가 붉은, 오기 나는, 속으론 뭐가 잘못됐는지 모르겠다) 저는 그냥 매뉴얼
         대로.. 죄송합니다,
양 촌   (어이없는) 사리 분간 못하는 새끼.. 너, 그래서, 경찰 하겠냐? 시보로 니 인생
         종치게 해줘? (하고, 가는)

＊ 점프컷, 현실 ≫

상 수   (역기만 하며, 화난, 구시렁) 이랬다, 저랬다, 이중인격자..

씬 43. 정오의 집 안, 밤.

정오, 집에 들어와, 핸드폰으로 음악을 틀고, 냉장고에서 먹다 만 소주를 큰
유리잔에 가득 따르는, 다시, 음악을 경쾌한 걸로 바꾸고, 술을 마시는, F. O.

씬 44. 산동네, 낮.

양촌, 상수, 순찰차에서 내리는, 양촌, 먼저 급하게 가고, 상수, 트렁크에서 공구함 꺼내들고, 뛰어가는,

* 점프컷 》
마당이 있는, 허름한 집, 대문이 열린, 양촌, 들어서며 말하는, 상수, 이내 따라 들어오는,

양 촌 사람 없어요, 신고받고 나왔습니다. 김사철 씨, 동생 김영철 씨가 어제부터 연락이 안 돼 걱정된다고 신고하셔서 나왔습니다. 집에 계세요?!

조용한,

상 수 (빠르게, 공구함에서, 장갑과 덧신을 주는)
양 촌 (장갑 끼고, 덧신을 들고, 주변을 둘러보고, 방으로 가며) 뒤져.
상 수 (긴장해, 열심히 하겠단 생각으로, 장갑 끼고, 부엌을 열어보면, 사람이 없는, 다시 다른 공간으로 가는)

* 점프컷, 안방 》
양촌(덧신을 신은), '신고받고 왔습니다' 하며 안방을 열어보면,
방 안엔 술상이 다 엎어져 있는, 집 안이 아주 더러운, 술잔이 두 개다, 이상한, 텔레비전이 켜 있고, 밥을 해 먹었는지, 식기들이 널브러져 있는, 한쪽에 이불이 덮여 있는, 사람이 있는 것처럼 보이는, 조심히 가서, 이불을 들추며,

양 촌 김사철 씨? (하고, 보면, 없는, 답답한, 바닥을 보면, 신발 자국이 보이는, 얼른 핸드폰 꺼내 족적을 찍는데)
상 수 (E, 다급한, 흥분한) 사람이 죽어가요! 경위님, 사람이.. 여기 사람이.. 죽어가요!
양 촌 (놀라, 뛰쳐나가는)

* 점프컷 》
상수, 마당 한쪽에 있는 목욕탕에서 늙은 남자를 질질 끌고 나오는,

상 수   (놀라고, 땀나는) 이 사람 살았.. (하고, 바로, 눕혀, 인공호흡을 하는)

남 자   (잠시 후, 구토를 하고, 캑캑대는)

상 수   (이내, 무전기 들어) 119 지원 바람, 119 지원 바람, 34구역 100-2번지, 번개
        탄 가스에 중독된 사람 발견, 119 지원 바람. (말하며, 양촌을 보면)

양 촌   (상수의 행동과 상관없이 목욕탕 문을 보면, 문밖에 붙여놓은 청테이프가
        다 뜯겨지고, 목욕탕 안을 보면, 번개탄에 물이 뿌려져, 연기가 나고 있고, 바
        닥은 모두 물이 흥건한, 창문이며, 목욕탕 문밖으로, 온통 청테이프가 쳐져
        있는, 선명한 족적에 물이 묻은, 어이가 없고, 답답한, 보며, 상수에게) 여기
        문밖에 청테이프 니가 뜯었니? 여기 사건현장에 물, 니가 뿌렸어!?

상 수   (남자의 혁대를 풀며) 목욕탕에서 소리 나서, 테이프 뜯고, 물은.. 제가.. 불이
        날 거 같아서..

양 촌   (문을 두 손으로 짚고, 현장만 보며, 열받아, 서서히 격앙되어, 소리치는) 누가
        니 맘대로 나한테 묻지도 않고, 함부로, 그러랬냐?! 이제 어쩔 거야, 이거!

상 수   (남자의 혁대만 풀며, 양촌 보는) ?

씬 45. 산동네, 낮.

구급차가 가는,

씬 46. 허름한 집 목욕탕 안 + 집 앞, 낮.

목욕탕 안에선, 경찰과 과학수사팀이 사건현장을 사진 찍는,
폴리스 라인 쳐져 있고, 혜리, 삼보, 그 앞에 서 있는,
혜리, 골목 쪽을 보는, 걱정스런,

씬 47. 허름한 집 근처, 골목 일각, 낮.

나이 든 과학수사팀장, 한 손엔 청테이프(목욕탕 앞문에 붙어 있던 것)가 뒤 엉킨 걸 담은 투명 봉지 들고, 다른 한 손엔 서류철을 들고, 서류철로 뒷짐 지고 선 양촌을 쿡쿡 찌르며 팰 듯이 말하고, 상수, 멀리 뒷짐 지고 난감하게 서 있는,

팀 장   니가 다른 놈도 아니고 과학수사팀에서 3년이나 지낸 놈이, 현장을 이따위 로, 이따위로 엉망진창으로 망쳐놔! 내가 자식아, 널 그렇게 갈쳤어?!

양 촌   (담담하게, 참담한) 할 말 없습니다.

팀 장   동생이 형을 죽일라 그래놓고 걱정된다 거짓 신고한 거 딱 보면 몰라? 목욕 탕 문밖에, (청테이프 담긴 투명 봉지 들어 보이며) 이 청테이프 딱 쳐진 거 보면, 이건 자살시도가 아닌 타살시도구나, 초보자도 알겠다, 임마! 이제 어 쩔 거야? (청테이프 담긴 투명 봉지 들어 흔들며) 이 증거물, 청테이프에 묻 은 지문도, 다 뜯어서 훼손해놓고, 사건현장은 물 뿌려놓고.. 피해자 형은, 살 아나도, 말도 못할 지경인 거 같은데.. 동생이 범행 자백 안 하면, 이제 범인 어떻게 잡을 거야! 어떻게!

양 촌   방 안에서 족적, 제가 확보했습니다. 다른 증거물도 나올 겁니다.

팀 장   이게?! (뺨 칠 태세로) 확! 반나절이면 끝날 일을, 드럽게 꼬아 놓고 말이 많 어, 이게?! 내가 오늘 니들이 현장 훼손한 거, 위에 낱낱이 낱낱이 보고한다. (하고, 바닥에 침 뱉고 가며) 일도 많아 죽겠는데, 저런 덜 떨어진 것들 땜에.. 아우..

양 촌   (가고)

상 수   (참담한, 속상한, 이를 앙다물고, 사람을 살렸는데, 왜 이런 대접을 받나, 화 나, 눈가 그렁해, 양촌 따라가는)

씬 48. 지구대 남자 휴게실, 밤.

상수, 삼보, 민석, 승재, 원우 사복으로 갈아입고 있는,
양촌, 사복으로 다 갈아입고, 먼저 나가는,

삼보, 민석   (상수 보며, 답답한, 혀를 차거나, 맘에 안 든다는 듯 고개 젓는)

승 재	(상수에게) 쫓아가, 어서, 그러다, 시보 짤려?
상 수	(생각 많은, 답답한, 옷만 입는)
원 우	어차피 짤릴 건데, 냅둬.
상 수	(옷만 입는)
민 석	(상수 답답한) 들리는 풍문에 이번 달 니 점수는 상중하 중, 하라드라. 지역 내에서 하는 너 하나. (하고, 나가는)
상 수	(화나, 라커 문 쾅 닫고, 가방 들고, 나가는)
삼 보	(쾅 소리에 놀라, 상수 간 쪽 보며) 저게 지금?!

씬 49. 버스 정류장 앞, 밤.

양촌, 버스를 기다리는, 상수, 와서, 양촌에게 말하는,

상 수	(참담한, 본심과 다른) 오늘 일.. 죄송합니다.
양 촌	...
상 수	시보 평가 다시 재고해주시면.. 아니, 제가 어떡하면 좋은 경찰이 될 수 있는지,
양 촌	(말꼬리 자르며, 비아냥) 좋은 경찰 되는 법은 좋은 경찰한테 가서 물어, 새끼야. (하고, 버스 오면, 그냥 타는)

상수, 참담한, 버스가 다른 사람들을 태우고 출발하는 동안 그대로 가만히 서서 생각하는, 참담한,

씬 50. 양촌 부의 집 앞, 밤.

양촌, 걸어와 문 열고, 집으로 들어가는,
잠시 후, 택시 와서 서고, 상수, 택시에서 내려 양촌 부의 집 대문을 두드리는,
잠시 후, 양촌, 나오는,

양촌   (어이없게 상수 보며) 이게 집까지.. (멀리 가는 택시 보고, 상수 보며) 너 미쳤냐?

상수   (화나고, 속상한, 버럭) 왜 한 입 갖고 두말해요, 왜, 한 입 갖고 두말해?!

양촌   ?!

상수   언젠 매뉴얼대로 하라 그러고, 매뉴얼대로 하면, 사리 분간 못한다 그러고, 오늘도, 사람 목숨이 먼저지, 증거가 먼저예요?! 증거 찾다, 사람 죽음, 그땐 어쩔 건데!

양촌   (어이없는, 화를 참으며) 니가 지금 나랑 붙잔 얘기냐? 또라이.. (하고, 들어가려는데)

상수   (양촌 먹살 잡아, 벽에 밀치고 보며, 눈가 붉어, 화난, 애써 참으며) 어차피 시보 자리도 곧 짤릴 거, 이판사판, 못 붙을 것도 없지, 오양촌 씨?

그런 상수의 모습에서 엔딩.

5 부

그대 어깨 위에
내리는 눈

씬 1. 양촌 부의 집 앞, 밤(4부 엔딩씬, 연결).

상 수   언젠 매뉴얼대로 하라 그러고, 매뉴얼대로 하면, 사리 분간 못한다 그러고,
오늘도, 사람 목숨이 먼저지, 증거가 먼저예요?! 증거 찾다, 사람 죽음, 그땐
어쩔 건데!

양 촌   (어이없는, 답답한) 니가 지금 나랑 붙잔 얘기냐? 또라이.. (하고, 들어가려는
데)

상 수   (양촌 멱살 잡아, 벽에 밀치고 보며, 두려워도, 애써 오기 부리며) 어차피 시
보 자리도 곧 짤릴 거, 이판사판, 못 붙을 것도 없지, 오양촌 씨?

양 촌   .... (어이없고, 열받아, 가만 보다가, 헛웃음이 나) 허허허허허.. (웃다가, 다시
어이없고 귀엽게 보다, 갑자기, 차분히 웃음 가신) 그담은? 오양촌 씨 한 다
음에 내 멱살 잡고 그다음은 니가 어쩔 건데?

상 수   (멱살 잡고, 어쩔 줄을 모르겠는, 멍한) ... 그, 그담은..?!

양 촌   (어이없어, 상수 이마며 뒤통수를 가볍게 툭툭 치며(상수는 그 바람에 양촌
의 멱살을 놓치고, 들고 있던 가방도 놓치고, 맞은 게 아파, '아, 아' 하며 움찔
대며, 양촌에게 밀리는), 조금은 가볍게) 너 그담은 생각 안 했지? 오양촌 씨
하고 멱살 잡고, 그담은 생각 안 했지, 이 새끼, 그렇게 무계획적으로, 그렇게
계획 없이 앞뒤 사리 분간 못하고, 그담은 어쩔 거야, 경찰이 경찰을 팰 거야,
어쩔 거야, 니가?! 새끼야, 새끼, 이 새끼야! (하다가, 어이없고, 이걸 어쩌나

싶어, 허리에 손 올리고, 보며, 답답한) 아우, 갈치같이 길기만 한 새끼, 이거. 진짜... 콱 잡아서 튀겨 먹을까 보다. (하고, 다시 칠 태세를 취하면)

상 수 (맞을까 움찔하는)

양 촌 (답답한) 내가 너 같은 걸 파트너라고.. 아우.. (하고, 길가로 가는)

상 수 (속상하고, 오기도 나고, 무섭기도 한, 그래도 오기 부려 가방 주워 메고, 가는 양촌 들으라고, 크게 말하는) 대답하고 가요! 왜 그냥 가?! 내가 질문한 거, 첨부터 다, 다, 다, 대답해요! 어차피 이판사판,

양 촌 (길가로 그냥 가다, 순간 멈춰 서는)

상 수 (말하다 멈추는, 자기한테 달려들까 두려운, 긴장하는, 버티는) ...

＊ 점프컷 》

양촌 부, 어두운 길을 손에 검은 봉지를 들고, 걸어오는 모습이 보이는,

양 촌 (속상해, 양촌 부에게 소리치는) 뭐한다고 이 밤에 노친네가 걸어 다녀요?! 버스 없으면 택시 타면 되지! 설마 세 시간을 다 걸었어? 요양원서 여기까지?

상 수 ? (뭔가 싶어, 앞 보면, 양촌 부 보이는)

양 촌 (양촌 부 쪽으로 걸어가며) 택시비 없어? 장미가 돈 안 줘요?

양촌 부 (그냥 말없이 들어가고)

양 촌 (멈춰 서서, 양촌 부 쪽 보며, 버럭) 사람이 말을 하면 왜 대답을 안 해요! (순간적으로 바로, 뒤돌아서서, 두 사람을 이상하게 보던 상수 보며, 화나, 버럭) 너는 왜 니 갈 길 안 가고, 거기 서 있어?! (놀라, 움찔거리는 상수에게 다가서서) 왜 니가 하 받았는지, 아직도 몰라서 거기 서 있어? 그래, 어?

상 수 (무서워도, 오기 부리며) 네.

양 촌 (상수 보며, 숨 고르고, 애써 화 참고) 너, 지난주 월요일, 지지난주 화요일, 수요일, 토요일, 조례 시간 5분, 3분, 7분, 4분.. 늦었지?

상 수 (무서워도, 지지 않고) 그건 출근이 늦은 게 아니라, 화장실 청소,

양 촌 (말꼬리 자르며, 쏘아보며) 조례하고, 청소하면 누가 잡아먹냐? 널 잡아먹는 놈 누구야?

상 수 (억울한, 오기가 나는) ...

양 촌 그리고, 전현직 국회의원 잡아들였을 때,

상 수	(말꼬리 자르며, 지지 않고 보며) 그때 전 경위님 말씀대로, 음주단속 매뉴얼 대로 다 했거든요, 그 의원 놈들이 음주측정을 삼 회나 거부해서 체포한 것 (뿐이거든요),
양 촌	(말꼬리 자르며, 버럭) 그래서 그때까지 니 점수는 상중하 중, 중!
상 수	?!
양 촌	(다시 차분히, 상수 눈을 똑바로 보며) 그렇게 일을 매뉴얼대로 잘 처리해놓고.. 너 나한테 뭐랬어? 국회의원 잡아 온 다음에.. (강조) 죄송합니다, 그랬지? 넌 머리가 돌이야? 니가 잘한 일 잘못한 일도 (강조) 사리 분간 못하고, 아무 때나 (버럭) 사명감 없이, 죄송합니다!
상 수	(양촌 말이 맞아도 억울한, 쏘아보듯 보는)
양 촌	그래서, 사리 분간 못하는 니 점수는 (강조) 중 갔다가 도로 하! 이해됐냐?! (하고, 양촌 부의 집으로 들어가는)
상 수	(억울한, 분이 안 풀리는, 양촌 부의 집을 째려보듯 보며, 구시렁) 지 하고 싶은 말만 하고.. 내가 증거보다 사람 목숨 챙긴 게 뭐가 잘못됐냔 질문엔 왜 대답 안 하고 그냥 가! (길로 가면서, 화나 구시렁) 할 말 없겠지.. 내가 맞으니까.. (캭 침 뱉고, 가며) 재수바가지...

씬 2. 양촌 부의 방 안 + 거실 + 부엌, 밤.

양촌 부, 옷을 벗고 있는, 양촌, 방문 쪽에 검은 봉지를 들고 서서, 답답하고, 속상해서, 소리치는,

양 촌	말씀 좀 해봐요, 매일 병원을 밤이고 낮이고 걸어 다니셨냐고?!
양촌 부	..
양 촌	(속상한, 어이없는, 검은 봉지 열어보고, 냄새 맡고, 찡그리고) 웬 갈치?
양촌 부	(옷을 벗고, 내복 차림으로 앉아, 양말을 벗으며, 덤덤히, 양촌 안 보고) 니 에미가 좋아하던 게 생각나.. 보이길래 샀어... (하고, 텔레비전을 켜는)
양 촌	(속상한, 비아냥) 아, 아버지가 언제부터 어머니.. (양촌 부 밉게 보며, 구시렁) 젊어서 패질 말지? (하며, 카메라, 양촌 동선 따라가는), 양촌 부의 방문 닫고, 부엌으로 가려다, 순간, 느낌이 이상해, 거실 문 쪽 보면, 문이 열리는)

상 수	(눈치 보며, 거실로 들어와 거실 문 닫고, 눈인사하고, 서 있는)
양 촌	(상수 하는 짓 보며) 애야, 넌 또 뭐야?!

상수, 어정쩡하게 서 있는, 마냥 기죽은 건 아닌, 양촌에게 퉁명스럽게 말하는,

상 수	하룻밤만 재워주세요. 버스도 끊기고, 콜 불러도 차가 없다 그러고.... 차 있는 시내까지 걷기는 너무 멀고.. 춥고..
양 촌	(기가 차고, 어이가 없는) 너 나랑 친해?
상 수	(눈치 보며, 그러나 여전히 화난 듯, 방으로 들어가며) 안 친하지만, 죄송합니다, 너무 추워서.. 오늘 하룻밤만 신세 좀.. (하고, 양촌 부의 방으로 들어가는)
양 촌	(방 쪽 멍하니 보다, 머리가 아픈, 잠시 생각하다, 방으로 가, 문 열고 보면)

＊ 점프컷, 양촌 부의 방 안 》
상수, 어색하게 서서, 텔레비전 보는 양촌 부에게,

상 수	(목례하며) 저는 오양촌 경위님 부하 직원 염상수입니다.
양촌 부	(덤덤히 보면)
상 수	(앉아, 이불에 손 넣으며) 하룻밤만 신세 지고 가겠습니다. 차가 없어서.. (하고, 방문 쪽 보고, 양촌과 눈 마주치지만, 아랑곳없이 텔레비전을 보는)
양촌 부	(텔레비전을 보는)
양 촌	(상수를 어이없게 보다, (양촌의 동선을 따라가는) 방문 닫고, 부엌으로 가서, 갈치를 닦으며, 상수가 이해가 안 된다는 듯 혼잣말하는) 저건, 아무리 생각해도 저게 저게 돈 놈이지, 저게.. 야, 살다 살다 내가 별 또라일 거지발싸개 같은 놈을 다 보네, 와.. 개또라이.. 저거....

씬 3. 지구대 여자 화장실 안, 밤.

정오, 혜리 열심히 청소를 하고 있는,

정오, 고무장갑을 끼고, 변기에 손을 넣어, 무릎을 꿇은 채 닦고 있고,
혜리, 물을 한 양동이 받아서, '짜증나, 진짜 맨날, 주구지장지지, 이게 뭐야!'
하며 바닥에 물을 확 뿌리는, 그 바람에 물이 변기를 닦는 정오에게 튀는,

정 오 (어이없어, 혜리 보면)?

혜 리 (아무렇지 않게, 마대질을 하며, 화나, 큰 소리로 투덜대는) 진종일 주취자에
주차위반, 퇴근 시간 넘어서까지 또 주취자들 오바이트한 거나 닦고.. 되는
일도 드럽게 없고..

정 오 (답답하게 혜리 보고, 변기만 닦으며) 마대질 하고, 마른 걸레로 닦아. (하고,
변기에 물 내리고, 세면대로 가서, 걸레를 빨며) 바닥 미끄러워서, 주취자들
볼일 보다 넘어지면, 진짜 니가 바라던 대형사고 나니까.

혜 리 (그런 정오 보며, 짜증내는, 버럭) 내가 다 알아서 해! 니 눈엔 내가 청소도
제대로 못 할 거처럼 보이냐?!

정 오 (짜증나, 걸레 빨다, 혜리 보면)?

혜 리 니가 보면? (하고, 바닥만 닦으며, 구시렁) 맨날 지만 똑똑한 척.. 짜증나게..
지가 나처럼 늙은 사수랑, 술 처먹은 고딩들만 상대해봐.. 지는 기분 좋은가?

정 오 (혜리 보다, 다시 맘잡고, 걸레 빠는, 짜증이 나는, 맘이 무거운, 혜리의 계속
되는 혼잣말에 더욱더 열이 받는)

혜 리 (청소하며, 정오 보며) 너, 나중에 가정폭력, 소음 신고 그런 사건 있음 나보
다 먼저 무전받지 마, 기집애야! 대형사건이나 공부될 만한 사건 있음 동기들
과 나누는 게 의리지, 너만 달라냐? 난 시보 끝나면 강력반 지원할 거라고!
지 성과 점수만 챙기는 기집애! (하고, 정오 쪽 안 보고, 청소에 집중하며) 의
리 없는 기집애!

정 오 (말꼬리 끊으며, 더는 못 참고, 빨던 걸레를 바닥에 내팽개치는)

혜 리 (순간, 화나, '뭐야, 이거' 하는 눈빛으로, 정오를 꼬나보는)?!

정 오 (장갑을 벗어, 내팽개치고, 주머니에서, 도서상품권을 꺼내 자신을 멍하게 보
는 혜리 얼굴에 던지며, 가라앉은) 내가 살인사건 지원하고 받은 도서상품
권, 너 다 가져! (하고, 나가는)

혜 리 (열받는, 가라앉은) 저게, 진짜!

정 오 (다시 와서, 허리에 손 올리고, 눈가 조금 붉어지며, 진지하고, 단호하게, 속상
하지만, 차분히 따지는) 사람이, 죽었어, 그것도 그냥 죽은 게 아니라 (강조,

또박또박 말하는) 온몸에 칼을 맞고, 집 안 여기저기 피바다에, 온몸이 전부 피투성이가 돼서! 넌 그게 보고 싶냐? 내가 그거 본 게 그렇게 부러워!

혜 리   (정오를 보는데, 피투성이란 말에 쿵 하는, 미동 없는) ?!

* 점프컷, 인서트 - 회상 》

혜리 부, 방앗간에서 손이 잘려, 피투성이가 되어 고통스럽게 몸을 뒤트는, 어린 혜리(8살 정도), 혜리 부를 잡고, '아빠 아빠!' 하며, 우는,

정 오   (맘 아픈, E) 난 태어나서 사람이 그렇게 피를 많이 흘리는 거 첨 봤어. 경찰 학교에서 수없이 그런 일은 우리 곁에서 비일비재하게 일어난다고 들었어도, 겁주는 줄 알았지, 그런 일이 진짜 내 눈앞에서 벌어질 줄은 몰랐다고,

* 점프컷, 현실 》

정 오   (서운한, 조금 격앙된) 너는.. 그런 끔찍한 사건이, 기껏, 성과로만, 점수로만 보여?!

혜 리   (눈가 붉어져, 정오를 가만 보다, 쌩까듯, 그냥 대걸레질만 하는)

정 오   .. 너 한 번만 더 내 앞에서 사람 죽고 다치는 사건 가지고, 지금처럼 성과니, 점수니, 싸가지 없이 말하기만 해, 그땐 진짜 내 성질 제대로 보게 될 테니까, 기집애야. (하고, 문 쾅 닫고, 나가는)

혜 리   (눈가 붉어지며, 옛 생각에 맘 아픈, 걸레질만 하는, 짐짓 덤덤한)

씬 4. 지구대 옥상, 눈 오는 밤.

정오, 걸어와, 난간을 짚고, 숨을 후후 쉬는, 맘이 아픈, 정오의 어깨 위로 눈이 내리는,

자 막
제5화 그대 어깨 위에 내리는 눈

* **자막 사라지고, 점프컷 》**

카메라, 한쪽으로 가면, 옥상 문 쪽에서 혜리, 정오를 담담히 보고 있는,

혜 리   (퉁명스럽게, 속상한) ... 야, 한정오.. 퇴근하자.
정 오   (미동도 않는)

혜리, 담에 말하자 싫어, 그냥 가는데, 명호, 담배를 입에 물고 라이터를 들고 오다, 혜리(명호를 못 본 척 그냥 가는)와 스쳐 지나가고, 한쪽의 성오를 보고는, 입에 물었던 담배를 손에 들고, 정오를 물끄러미 보는, 무슨 일인가 싶고, 서 있는 정오가 예쁘단 생각도 드는, 차분히 보는,

씬 5. 양촌 부의 불 꺼진 방 안, 밤.

양촌 부, 텔레비전 틀어놓고, 자고,
양촌, 눈 감고, 상수, 눈 뜨고 누운, 상수와 양촌 이불을 같이 덮었는데, 상수 발만 삐죽이 나온,

상 수   (리모컨으로 조심스레 티브이를 끄려 하면)
양 촌   (답답한, 눈 감은 채) 울 아버지 깬다, 냅둬라.
상 수   (소리만 조금 줄이고, 리모컨 놔두고, 한쪽 벽을 보면)

* **점프컷, 인서트 – 벽에 붙은 훈장 케이스 》**

상 수   (담담히) 와.. 상 받았네요.
양 촌   (담담히) 상 받은 게 한두 개냐..
상 수   (천장 보며, 속상해도 담담히) 전 경찰헌장 내용에서 경찰은 (강조) 국민의 생명과 재산을 보호한단 게 진짜 좋았습니다.
양 촌   (피곤한, 어이없게, 상수 째려보며) 또 무슨 골 때리는 말을 할라고, 이 오밤 중에 경찰헌장까지 들먹여, 너는?
상 수   (고개만 돌려 양촌 보며, 진지한) 오늘 일, 제가 증거보다, 일 분 일 초가 급한

인명을 우선에 둔 게, 대체 뭐가 문제예요?

양 촌 (답답하게 상수 보는)

상 수 (앉아, 양촌 보는, 지지 않는, 진지한) 어떻게 인명보다 증거가 우선이에요? 그게 맞아요? 그래서 오늘 제가 사람을 살린 건 칭찬받지 못하고, 그 일로 경위님은 절 쌩까시고, 과수팀장*은 경위님을 때리고,

양 촌 (상수 보며, 담백하게) 난 과수팀장한테 뺨 맞아도 싼 짓 했지!

상 수 (보면) ?

양 촌 (답답한, 진심, 상수 보다, 천장 보며) 위급상황 땐 2인 1조가 원칙인데, 내가 그걸 무시했거든. (자조 섞인, 비아냥) 너는 너 알아서 해라, 나는 나 알아서 한다. (상수 보며) 아무리 같잖은, 파트너라고 해도, 파트넌 파트넌데.. (천장 보며) 무시는, 잘못이지.

상 수 (보면) ?

양 촌 (상수 꼬나보듯 보며, 말하지만, 진지) 만약 니가 화장실에서 피해자 노인의 신음을 들었을 때, 나를 불렀다면, (강조) 내가 그렇게 시켰다면, 너는 사람을 살리고 나는 증거를 챙기고, 도랑 치고 가재 잡고, 매뉴얼대로 멋지게 일을 마쳤겠지. 안 그래?

상 수 (가만 보다, 누우며, 눈 감고, 담백하게) ... 맞네.. 요.

양 촌 (어이없게 상수 보다, 천장 보며) 멍청한 부사수는 없다, 언제나 일을 제대로 못 가르친 멍청한 사수가 있을 뿐이다. 따라서, 오늘 일은 이 멍청한 나, 사수 오양촌의 잘못! (상수 보며) 근데, 너랑 나랑... 한 팀, 잘 되겠냐? 진짜 대략 난감이다. (하고, 상수를 등지고 모로 돌아눕고)

상 수 (담백하게) 이하 동문입니다.

양 촌 (몸을 상수 쪽으로 돌려 칠 듯이) 콱!

상 수 (움찔하고, 웃는)

양 촌 웃기는.. (하고, 저도 웃으며, 다시 모로 눕는데) ..

상 수 (눈 감고, 웃으며) 근데, 결혼하셨다고 들었는데 가족은 어디 가고, 아버지랑 살아요? (가만, 대답 기다리다, 대답이 없어서, 이상해, 눈 떠, 옆 보면)

양 촌 (고개 돌린 채, 무섭게, 상수를 쏘아보는)

---

* 과수팀장 과학수사팀장

상 수   힉! (놀라, 딸꾹질을 하는)

씬 6. 양촌 부의 부엌 + 양촌 부의 방 안, 아침.

양촌, 화난 듯 무표정한 얼굴로 국을 푸고, 상수(세수한 얼굴), 냉장고에서 반찬을 꺼내 상에 놓는, 양촌, 국그릇 세 개를 상에 올리면, 상수, 상을 들고, 양촌 부의 방(양촌 부, 텔레비전만 보는)에다 가져다 놓고, 얼른 와, 싱크대에서 쟁반을 찾아, 양촌 옆에 들고 서 있으면, 양촌, 밥그릇에 밥을 퍼, 쟁반에 놓아주고, 상수, 쟁반 들고 방으로 들어가, 양촌 부 앞에 밥을 놓고, 상 정리를 하는, 그사이 양촌은 숟가락 세 개 젓가락 세 개를 챙겨 가지고 들어와서, 상수를 주면, 상수, 일사불란하게 (양촌과 상수 둘의 호흡이 척척 맞는) 양촌 부 먼저 수저를 주고, 양촌과 제 수저를 챙겨놓고, 양촌 부가 먼저 국을 뜨면, 그제야, 바쁘게 밥을 먹는,

양 촌   (밥 먹다가, 양촌 부의 발목과 어깨, 곳곳에 파스가 붙어 있는 걸 보고, 방 한쪽에 놓인 파스 더미를 보고, 걱정스런, 밥 먹으며, 퉁명스레) 오늘은 병원 가지 마요.

양촌 부   (텔레비전만 보며, 밥 먹는)

상 수   (밥 먹으며, 둘을 번갈아 눈치 보는)

양 촌   (밥 먹으며, 퉁명스레) 다리 아프죠?

양촌 부   (텔레비전만 보며) 안 아퍼.

양 촌   안 아픈데, 파스는 몸 구석구석 왜 붙여? 그러게 병원까지 맨날 왔다 갔다 왕복 대여섯 시간을 뭐하러 걸어요.. 도가니 나가게! 오늘은 병원 가실 거면 택시 타든가, 버스 타든가 해요, 알았죠? 예?

양촌 부   (아랑곳없이, 텔레비전만 보며, 밥을 먹는)

상 수   (밥을 먹으며, 두 사람 눈치를 보는)

양 촌   (짜증, 수저 놓으며) 아, 진짜... (하고, 리모컨 찾아, 티브이를 끄고, 버럭) 병원 가지 마시라고?! 아버지, 도가니 나가서 걷지도 못하고 똥오줌 못 가림 내 고생이고, 우리 장미 고생이라고?!

양촌 부   (화가 나는, 가만 양촌을 꼬나보는) ?

양촌	(속상한) 아버지가 언제부터 엄마한테 그렇게 잘했어요?! 내가 왜 경찰이 됐는 줄 알아요? 아버지같이 사람 패는 사람 잡을라고, (하다가, 상수 의식해 상수 보는)
상수	(눈치 보다 양촌의 눈 피하고, 밥을 먹는, 이 상황이 뭔가 싶다) ..
양촌	(상수가 있으니 참자 싶은, 말 안 하고, 밥을 먹으며, 혼잣말처럼 구시렁) 술 먹고, 팰 땐 언제고.. (그러다, 옛 생각이 나는지, 다시 화가 나는, 양촌 부 보며, 버럭) 이제 와 낼모레 죽을 날 받아 놓은 사람한테 잘하면 뭐해?! (상의 갈치그릇을 들었다 탁 놓으며) 이깟 갈치 사면 뭐해!
상수	(갈치 집으려다, 놀라고, 눈치 보고)
양촌 부	(화가 나는, 일어나 옷을 입는)
양촌	(밥 먹으며, 안 보고, 다시 구시렁대는) 그러게 내가 밭 사지 말라니까 밭을 왜 사?! (다시, 옛날 생각나, 화가 나는, 순간적으로 큰 소리) 아버지가 (바깥을 가리키며) 저, 밭만 안 샀어도 엄마가 땡볕에 김매다 왜 쓰러져(요),
양촌 부	(옷 입다 말고, 양촌의 말 끝나기 전에 밥상을 엎어버리는)

상수, 양촌, 그 밥상을 둘 다 뒤집어쓴,

| 양촌 부 | (화나, 버럭) 불알 달린 사내새끼가 밥상머리에서 뭔 말이 그렇게 많어! 지랄을 하고 떠들고.. (하고, 나가고) |

양촌, 참담한, 가만있는,
상수, 흩어진 찬그릇들을 주섬주섬 줍는,

씬 7. 정오 모의 카페 안, 낮.

정오, 힘든, 빠르게 커피를 내리고, 우유를 담고, 주스를 만들어, 손님에게 주는, 과정이 컷컷 보이는,

* 점프컷, 시간 경과, 정오 모의 카페 주방 》
정오, 열심히 설거지를 하는, 정오 모, 그때 외출 차림으로 들어오며, 앞치마

를 하고, 빠르게, 설거지를 하며 정오에게 말하는,

정오 모   늦었지, 병원에 사람이 많아서.. 어서 가, 담엔 비휴 때 와, 출근 날 오지 말고,
정 오   엄마가 일을 잘해봐? 내가 오나! 일 끝나고 힘든데, 서울에서 천안까지!
정오 모   (듣기 싫은, 일만 하는)
정 오   (화난, 앞치마 풀다, 정돈 안 된 싱크대 보고는, 걸레 들어, 닦고, 이것저것 정
            리하며, 답답하고, 속상한) 시간 날 때마다 주방 좀 치워! 뭐가 이렇게 정리
            정돈이 안 되고.. 죽어라 힘들게 일하고, 오면, 또 일해야 되고! 힘들어 죽겠는
            데..
정오 모   (듣다 듣다, 일하며, 화난, 버럭) 아, 그렇게 힘들면 때려쳐, 그럼!
정 오   (어이없게 정오 모 보는)
정오 모   돈 좀 번다고, 유세는.. 야, 남들 다 하는 경찰 일 뭐가 그렇게 힘들다고! 아픈
            에미도 일하는데! 힘들면 그만둬! 그깟 일!
정 오   (싱크대를 쾅 닫고, 가방 챙기고 나갔다, 다시 들어와, 정오 모 보며, 서운한,
            속상한) 내가 힘들다고 일 그만두면, 이 카페 대출금은 엄마가 책임질 거
            야?! 남들 다 하는 일? 경찰 말고 누가 사람 죽은 걸 보냐?! 그게 얼마나 힘
            든 일인지, 엄마가 알기나 해?! (하고, 나가는)
정오 모   (답답한, 속상한, 설거지하며) 맨날 오기만 하면 짜증을 내고, 지가 돈을 벌
            면 얼마나 번다고..

씬 8. 국도변, 낮.

      양촌 부, 걸어가는,

상 수   (E) 제가 드릴 말씀은 아니지만,

씬 9. 지구대 남자 휴게실, 낮.

      상수, 근무복으로, 양촌(무표정, 무덤덤), 운동복으로 옷을 갈아입는,

상 수	아까.. 아버지한테..
양 촌	(말꼬리 자르며) 니가 할 말이 아니면 하지 말어?
상 수	아버지한테 심하십니다.
양 촌	(착잡한, 옷만 입으며) 너나 니 아버지한테 잘해, 자식아.
상 수	(퉁명스레) 전 잘할 아버지가 없거든요.
양 촌	(상수 보는) ?
상 수	(안 보고, 옷 갈아입으며) 돌아가셨어요.
양 촌	(상수 가만 보다, 운동복 갈아입으며, 무덤덤히, 툭) .. 왜, 돌아가셨어? 살아 계셔도 젊으실 나인데.
상 수	(담담히) 뺑소니. (보며, 담담히) 근데, 범인을 잡았는데.. 경찰! (안 웃고) 웃기 죠?
양 촌	(안 믿기는, 툭) 실화냐?
상 수	(옷 갈아입으며, 고개 끄덕이는) ..
양 촌	(상수 보며) 내가 설마 싶어 말하는 건데.. 넌 그럼 경찰 된 게 .. 경찰에 대한 복수심으로?
상 수	(진지하게, 꼬나보는)
양 촌	(미안해, 라커 닫고, 나가는)
상 수	(꼬나보다, 옷 갈아입는)

씬 10. 지구대 피트니스장, 낮.

지구대원들, 운동하는,
삼보, 러닝머신을 하고, 경모, 명호, 양촌, 다른 운동을 하는, 땀이 비 오듯 하
는,
삼보, 힘이 드는지, 숨을 크게 몰아쉬고, 민석, 종민, 혜리는 다른 기구들을
열심히 하는, 모두 땀이 난,

경 모	(힘들어하는 삼보를 보며) 형님, 숨을 왜 그렇게 헉헉대.. 천식 있어?
혜 리	(늙은 삼보가 싫은, 기구만 하는)

양촌, 명호 (운동하며, 걱정스레 삼보를 보는)

삼 보 (뛰다, 기계를 끄고, 숨을 몰아쉬고, 물을 마시고, 다시 서서, 역기를 드는)

양 촌 (자기 운동만 하며, 삼보에게) 고만해요.

삼 보 (말꼬리 자르며, 버럭) 내가 알아서 해! (하고, 다시 역기 들다, 못 들고, 나가며) 에이 쌍!

양 촌 (어이없고)

민석, 종민 (가는 삼보 보며 답답한)

경 모 (삼보 나간 쪽 힐끗 보고, 기구만 하는)

혜 리 (나가는 삼보 보며) 괜히 오기 부리고... (하고, 나가며) 싫어, 진짜.

명 호 (양촌 옆에 와서, 앉아, 물 마시며, 말하는) 오 년 전쯤 삼보 형님이 형님이 있던 강력계 가고 싶다고 했는데,

양 촌 (기구 하며, 진지한) 기억나, 내가 오지 말랬지. 늙었다고. 그것 땜에 저러는 거 알아. (경모 보며) 한솔 형님도 너도 웃겨, 새끼야.

경 모 (꼬나보며, 운동만 하면)

양 촌 이 사건사고 많고 빡세기론 대한민국 첫 번째 가는 홍일지구대에 늙다리 삼보 형님을 대체 왜 받냐? 조용한 시골 파출소나 가게 하지. 그러다 노친네 어디 뼈라도 뿌러져 다치기라도 하면, 니가 새끼야, 형님 인생 책임질 거야?

경 모 (기구만 하며) 내가 왜 삼보 형님 인생을 책임을 져? 삼보 형님 인생은 삼보 형님 스스로 충분히 책임질 수 있는데, (하고, 문 쪽 보며) 그지, 형님?

＊ 점프컷 ≫

종민, 민석, 기구 하다, 경모가 보는 쪽 보면,

삼보(세수를 하고 온), 한쪽에 서서 얘길 다 들은 듯 양촌에게 오는,

모두들, 아차 싶고, 걱정돼, 고개를 절레절레 젓는, 혹은 외면하는,

경모, 웃으며 가고,

＊ 점프컷 ≫

삼 보 (세수하고 왔지만 그래도 땀이 나는, 어느새, 양촌 옆의 의자에 앉아, 기구 하는 양촌 보며, 차분히) 내가 늙어서 이 지구대에, 너한테, 피해 준 거 있냐? 넌 안 늙을 거 같냐?

명 호   (삼보 보며, 속상한) …

양 촌   (삼보 보다, 외면하고, 기구만 하며, 아랑곳없이, 진심으로 말하는) 나는 형님
          이 내 첫 사수셨고.. 그래서, 난 그냥 걱정이 돼서, 형님이 안전하게 일하셨음
          좋겠어서,

삼 보   (말꼬리 자르며) 내 인생에 끼어들지 마. 하나도 안 고마워 새끼야.. (하고, 가
          는데, 자괴감이 드는)

          민석, 가는 삼보 보며, 양촌에게,

민 석   삼보 형님이 맘이 안 좋으세요. 낼모레 정년인 데다, 최근에 아들이 이혼까
          지 해서..

종 민   (양촌 쪽으로 와) 암 환자나 정년퇴직자나 스트레스 지수가 같다잖아요, 이
          해하세요.

양 촌   (기구만 하며, 맘 안 좋은)

씬 11. 지구대 전경, 밤.

한 솔   (E) 최근 연이어 테이저건* 사고가 두 건이나 발생, 테이저건 사용 교육 강화
          차원에서 다시 한 번 점검하고 넘어가겠다.

씬 12. 지구대 안, 밤.

          한솔, 테이저건을 들고 설명하고, 경모, 그 옆에 서서 교육 내용을 돕고 있는,
          모두, 근무복 차림으로 편하게 앉거나, 서서 교육받는, 혜리, 정오, 나란히 앉
          아 있지만, 어색한, 상수, 한솔 보며, 진지한,

---

* 테이저건 전극침 발사 장치가 있는 전자충격기

한 솔 (테이저건 보이며) 테이저건은 매뉴얼만 제대로 지켜도, 국민의 안전과 경찰의 안전을 동시에 지킬 수 있는 가장 안전한 장구다. 테이저건 사용 시 가장 안전한 부위는,

경 모 (제 몸을 손으로 치며(마치, 스튜어디스가 하듯), 정확히 가리키는) 심장, 머리, 안면, 성기 부분을 제외한 팔다리 근육에 쏜다. 복창!

모 두 (경모는 대원들이 복창할 때, 다시 앞과 같이 정확히 신체부위를 가리키는) 심장, 머리, 안면, 성기 부분을 제외한 팔다리 근육에 쏜다!

한 솔 테이저건 최대 사거리는 6.5m지만 유효 사거리는,

경 모 3~4.5m, 유효 거리를 확실히 인지한다.

교육하는 상황 속에서 혜리 정오, 말하는,

혜 리 (앞만 보며, 정오에게 작게) 너 아직도 나한테 화났냐?

정 오 (앞만 보며, 작게) 내가 너만 신경 쓰고 살 만큼 한가해 보이니?

혜 리 (할 말 없는, 앞만 보며, 담담한)

한 솔 테이저건이 바르게 사용되기 위해선, 무엇보다, 사격연습이 필요하다.

종민, 남일 (비웃으며) 사격연습을 어떻게 자주 해. 피곤해 죽겠는데.

양 촌 (자조적인 웃음) 집에서 비비탄 사서 해?

남일, 민석 딱콩 딱콩!

정오와 혜리 빼고, 지구대원들 (웃고)

한 솔 (정색) 그만해! (그 말에 모두 정색하는, 지구대원들 보며, 진지한) 우리가 피곤하든 말든, 우리 지구대 근처에 사격연습장이 없어서, 연습장 찾아, 멀리까지 가야 되든 말든, 사고가 나면,

양 촌 (말꼬리 자르며, 진지한, 비아냥, 크게) 국가는 그게 범인을 잡는 거든, 공무든, 이유 불문, 우릴 보호해주지 않는다, 모두 개인 책임.

삼 보 (부사수들에게, 버럭) 그러니까, 핑계 대지 말고, 잠잘 시간 줄이고, 사비 털어, 사격연습 열심히들 해, 알았냐?!

정오 상수 외 부사수들 (크게) 넵!

한 솔 (양촌 꼬나보다, 대원들 보며, 진지한) 여기 선배들 말씀이 다 맞다, 국가는 우릴 책임지지 않는다. 우리는 우리가 지킨다. 그러니까, (지구대원들 보며, 강조) 정신 차리고 똑바로 사용해라!

전 원   네.

정오, 상수, 혜리의 얼굴 위로 대사 들리는,

한 솔   마지막으로,
경 모   테이저건은, 임산부, 14세 미만의 청소년에게는 사용하지 않는다. 복창!
정오 외 모두   (진지한) 임산부와 14세 미만 청소년에겐 사용하지 않는다!

모두, 박수 치며, 일어나 나가거나, 잠시 화장실을 들르기 위해, 움직이는,
혜리, 상황근무석에 앉아, 거울 보는, 그때 삼보, 오며,

삼 보   (의자에 앉으며, 혜리에게 버럭) 여기가 어디라고 거울을 봐?!
혜 리   (지지 않고, 버럭) 이에 고춧가루 꼈나, 확인했거든요! (하고, 컴 보는)
삼 보   (어이없는) 요즘 것들은 진짜..

    ✳ 점프컷 ≫

한솔, 경모   (그런 삼보와 혜리를 답답하게 보는)
경 모   (한솔 보며, 걱정) 어린 여자애랑, 노친네랑 한 조는 좀..
한 솔   여기 어린 여자애가 어딨고 노친네가 어딨어? 내 눈엔 경찰밖에 안 보이는
데?

그때, 노모(뒤의 자살사건에 나오는), 음료 박스를 들고 오는,

경 모   (무심히, 노모 보고) 어떻게 오셨습니까?
한 솔   (반갑게, 노모(한솔이 반가운)의 손을 잡고, 노모를 데리고 한쪽에 가서 앉
히고) 아이고, 어머니가 웬일이셔? 오다가다 봐도 생전 아는 척도 안 하셔서
나는 우리 지구대 잊었는 줄 알았는데.. 어떻게 여길 찾아왔어?
노 모   (웃으며, 반가운, 살짝 슬프기도 한) 그냥 갑자기 보고 싶어서..
삼 보   (웃으며, 노모에게로 가 노모가 사 온 음료 박스에서 음료를 꺼내 따서 마시
며) 어머니, 이런 걸 뭐하러 사 와? 돈 들게?

노 모   (삼보를 경계하며, 음료를 뺏고, 삼보에게) 넌 누구야? (음료 병을 박스에 담아, 한솔 주며) 너만 먹어!

한 솔   (노모의 행동이 의아한, 이상한) 어머니 삼보 주임님이잖아요?

경모, 혜리   (노모를 몰라, 그냥 자리에 있다가, 그 소리 듣고 뭔가 싶은) ?

삼 보   (노모에게 편하게) 어머니 저 모르셔요? 며칠 전에도 길에서 보고 인사했는데... 나, 삼보, 이십 년 전 한솔 대장이랑 한순이 업고 뛰던?

노 모   (말꼬리 자르며, 버럭, 돌변한 듯 화난) 우리 한순인 아무 일도 없었어! 우리 한순이 나쁜 일 안 당했어! 니가 뭔데 한순일 들먹여! 이 자식아! (하고, 일어나 지구대를 빠져나가는)

모 두   (의아한)

한 솔   (걱정) 어머니, 어머니! (하고, 따라 나가는)

삼 보   (멍한) ..

경 모   왜 그래요? 누군데?

삼 보   (자리에 앉아, 서운하고, 답답한) 그게, 한 이십 년 전에 나랑 대장 여기 있을 때, 의붓아버지가 의붓딸을 성폭행한 사건이 있었어. 일 다녀왔던 엄마가 그 현장을 보고.. 그 밤에 둘이 청소하는 락스를 퍼 먹고.. 주인집 신고로 우리가 떴는데.. 아까 오신 할머니가 그 엄마. (그러다, 문밖 보며, 구시렁) 근데, 왜 날 못 알아보지.....

＊ 점프컷 》

혜 리   (상황 컴 보며, 무전 하는, 진지하고, 정확하게) 오방오거리 성원길 27 스피드 피씨방에 30대로 추정되는 아이 엄마가 쓰러져 있고, 아이가 방치된 상황, 오방오거리 성원길 27 스피드피씨방에 30대로 추정되는 아이 엄마가 쓰러져 있고, 아이가 방치된 상황,

씬 13. 도로, 양촌 상수의 순찰차 안, 밤.

양촌, 조수석에서 무전 하며, 차분하고, 진지한,

양 촌 순 열여덟 접수, 열여덟 접수, 신고자는 누구냐, 송혜리 경관?

* 점프컷, 지구대 상황근무석 – 교차선 》

혜 리 (상황 컴퓨터 보며, 진지한) 신고자는 피씨방 알바생, 나이 스물둘, 이름 김영남 씨입니다. 삼십 대로 추정되는 아이 엄마가 피씨를 하다 갑자기 쓰러졌고, 아이가 방치돼 있다고 합니다. 여청계와 119 동시 연계됐습니다.

양 촌 일목요연하게, 상황 접수 잘했다, 칭찬한다, 송혜리! (하고, 무전 끄고, 상수 보면)

상 수 (사이렌을 켜고, 유턴하는)

* 점프컷 》

혜 리 (뿌듯하게, 삼보 보면)
삼 보 뭘 봐? 폴맵* 똑바로 안 봐?
혜 리 (칭찬 들으려다, 기분 상한, 컴 보고, 무전 하는, 진지한, 긴급한) 근정삼거리 에머럴드피트니스장, 손님끼리 다투다, 폭행 발생, 폭행 발생! 인근 순찰차 지원 바람.
삼 보 (무전기 뺏으며, 담담한) 코드 원, 코드 원. 현재 난투극 상황은 종료. 근정삼거리 에머럴드피트니스장, 손님끼리 다투다, 폭행 발생, 폭행 발생! 인근 순찰차 지원 바람.

씬 14. 도로, 밤.

남일 정오의 순찰차가, 사이렌을 울리고, 앞차에, 마이크로 '67러 4890 차량, 정지하세요, 4890 차량 정지하세요!' 경고하며 따라가는, 정오, 운전하는, 앞차, 가다가 서는, 남일 정오의 순찰차도 서는,

---

* 폴맵 순찰차, 신고자의 위치 등이 표시되는 지리 정보 시스템

남일, 나오는, 정오, 운전석에서, 남일을 맘에 안 들게 보는,

남 일   (앞차 운전석 쪽으로 가서, 경례하며) 동승자분 안전벨트 미착용에, 운전 중
         디엠비 시청하셨죠?

         ＊ 점프컷 ≫
         앞차, 가는,
         남일, 순찰차로 와서, 조수석에 타며,

남 일   우린 오늘 여기 대기.
정 오   편의점에서 주취자 난동이 있다고, 지원 요청,
남 일   (말꼬리 자르며, 맘에 안 드는) 니가 사수야? 우린 여기 대기! 이것도 다 일이
         야. 살인사건, 강력사건만 일이냐? 이것도 성과야. (하고, 핸드폰으로 음악을
         틀고, 바깥을 보는) 쟤들이 주취자 난동사건엔 알아서 다 가네.

         ＊ 점프컷 ≫
         정오 남일의 순찰차 옆으로, 명호 한표의 순찰차가 가는 게 보이는,

         ＊ 점프컷 ≫
         정오, 화나는, 남일 보다, 고개 앞으로 돌리는,

씬 15. 피씨방 앞, 밤.

         구급대원, 이동침대의 삼십 대 여자를 구급차에 싣는,
         장 형사, 동행해 타고 가는, 양촌의 순찰차, 한쪽에 보이는,

씬 16. 오래된 피씨방 안, 밤.

         손님 두엇 있고, 한쪽에 여자가 있던 자리 보면, 더러운 겨울옷과 즉석 라면,

즉석 밥 등이 보이고, 여섯 살 정도로 보이는 남아, 꼬질꼬질한 얼굴로 과자를 먹고 있는,

장미   (남아를 편하게 보고 웃고) 맛있어? ('아' 하며) 아줌마도 줘봐.
남아   (담담히, 과자 하나를 장미에게 주고)
장미   (받아먹고, 따뜻하게 웃고)
남아   (웃고)

장미, 여자가 사용하던 게임(캐릭터 키우기)을 관찰하는, 그때, 상수가 오고,

상수   (인사하며, 진지하고, 담담한) 저, 안장미 팀장님..
장미   (보면) ?
상수   (담담한, 조금 굳은 듯도 한) 오양촌 경위님이 나오시라고.. 밖에.
장미   (게임이 실행 중인 화면을 핸드폰으로 찍으며) 아이 옆에 꼭 있어. 여기 모든 물건 전체 부분으로 각각 나눠서 사진도 찍고.. (하고, 나가는)
남아   (상수에게 과자를 주는)
상수   (불편한, 담담히) 너 먹어. (하고는, 주변의 널브러진 것들을 둘러보는데, 기분이 안 좋은, 핸드폰 꺼내, 사진을 찍고, 정리하다, 한쪽에 놓인 여자의 약봉투를 보고(약이 가득 든), 사진을 찍고, 약봉투 앞면의 약품명을 보고 사진을 찍는)

씬 17. 피씨방 밖, 화장실 근처 + 화장실 안, 밤.

장미, 양촌 쪽으로 가고, 알바생, 장미를 스쳐 지나가는,
양촌, 핸드폰으로 뭔가를 하는,

양촌   (장미 힐끗 보고, 마저 일을 처리하며, 담담히) 자기 핸드폰으로 알바생한테 얻은 정보 다 보냈다. 여자가 거의 십 개월을 여기 피씨방에서 살았대. 주거진 이 건물 뒤쪽 고시원.
장미   (벽에 기대, 담담히, 양촌 보며) 우울증 환자야. 약봉지가 빵빵한 게, 약만 타

다 놓고, 안 먹었어.

양촌 　돈은 어디서 나서 생활한 거야, 그럼?

장미 　아까 약봉투 보니까, 약값이 오백 원, 기초생활수급잔 거지. (핸드폰 건네는)

* 점프컷, 인서트 – 핸드폰 화면 》

남아가 옷을 벗고 있는, 온몸이 아토피 흉터로 흉측한,

양촌 　(불편한, 짐짓 담담히 사진을 보는)

장미 　(불편하지만, 담담히) 오자마자 애 몸 먼저 확인했는데, 아토피가 심해. 애가 엄마한테 폭행을 당하진 않았지만,

그때, 상수, 남아와 오며,

상수 　애기가 오줌 마렵다고.. (하고, 남아를 데리고 화장실로 들어가는)

* 점프컷, 화장실 안 》

상수, 남아의 바지를 벗겨, 소변기에 세워주는,

그 모습 위로 장미와 양촌의 말소리 들리는, 촬영 여건이 가능하면, 상수와 양촌 장미의 모습이 한 화면에 잡히는,

장미 　문제는 아이가 치료도 못 받고, 방임 상태에 오래 노출되어 있었단 거야. 엄마는 게임에서 아이 이름이랑 같은 주연이란 캐릭터를 키웠어. 현실에선 버리고, 게임에선 챙기고.

양촌 　(핸드폰을 건네주며) 현실도피네. 근데, 방임도 학대잖아?

장미 　(핸드폰 받으며) 방임도 학대지..

상수 　(맘이 슬픈, 그러나 아무렇지 않은 듯, 담담히, 남아가 소변보는 걸 보는)

남아 　(갑자기) 아저씨, 똥.

상수, 옆의 문 열고, 변기 들어주고, 남아가 변기에 앉아 웃어도, 안 웃고, 가만 남아를 보기만 하다, 주머니에서 손수건 꺼내 물을 묻혀 똥 싸는 남아의 얼굴을 담담히 닦아주는, 그 그림 위로, 양촌과 장미의 대사 들리는,

양 촌	일단 애는 아동보호 전문기관에 보내야지?
장 미	연락했어. 곧 그쪽 사람들이 올 거야.

＊ 점프컷, 양촌과 장미 ≫

양 촌	근데.. 우린 언제까지 이러고 살아? 애매모호하고, 짜증나게.
장 미	(안 보고) 애매모호하고 짜증나지 않게, (보며, 담담하게) 이혼하자.
양 촌	(답답한) 사건현장 화장실 앞에서 그게 할 소리냐?
장 미	(보는, 담담한) ?
양 촌	(답답한, 어쩔 줄 모르겠지만, 짐짓 애써 담담하려 하는, 그러나 화나는) 좋다, 일단 비휴 때 만나, 만나서, 그래, 그때 니 말대로 이혼을 하든, 썅, 별거를 계속하든,
장 미	(그때, 전화 오면, 핸드폰 보고) 아이 데려갈 기관 사람 왔다, 고시원 가서 아이 엄마랑 아이, 당장 필요한 짐 좀 챙겨. (하고, 가며, 전화받는) 네, 안장밉니다. 네네, 피씨방으로 들어오시면 됩니다,
양 촌	(답답한, 가는 장미에게) 비휴 때 전화할게! 그땐 좀 오래 보자, 어? 밥도 먹고 차도 마시고!
상 수	(남아(상수가 좋은지, 목을 안고, 웃고)를 안고, 나오는, 담담히)
양 촌	(상수 보며) 애 데려갈 기관 사람,
상 수	곧 온다고.. 화장실에서 다 들었어요. (하며, 가는)
양 촌	(따라가며, 답답한) 그럼 너 내 마누라가 나한테 이혼하자고 한 말까지 다 들었냐?

씬 18. 고시원 방 안, 밤.

방 안이 난장판이다, 양촌, 동영상을 찍고, 상수, 앉아서, 담담히, 옷가지들을 챙기는, 양촌, 동영상을 찍으며 한쪽 박스를 보면, 약만 수북한,

양 촌	(동영상을 찍으며, 심란한) 이런, 약을 하나도 안 먹고 모았네,

상 수 (화가 나는, 속상하고 맘 아픈, 옷만 챙기며) 짜증나, 진짜... 이래도 법은 엄마
      한테 집행유예나 때리겠죠. 그러면 결국 애는 계속 방치되고! 폭력이나 방임
      이나 뭐가 달라! 무식한 나라, 어른들만 좋은 나라! 엄마가 돼서, 애는 안 돌
      보고 오락만 하고, 별 그지 같은 여자가 다 있어, 진짜! 애를 못 키우겠으면
      고아원에 데려다주든가!

양 촌 (동영상 끄며) 말하지 마, 니 말까지 다 녹음되잖아!

상 수 (속상한, 옷만 챙기는)

양 촌 그러고 임마, 애를 고아원에 데려다주라니.. 애는 나쁜 부모든 좋은 부모든
      그래도 고아원보단 부모랑 사는 게,

상 수 (말꼬리 자르며, 무섭게 보며, 진지한) 밥 한 끼 제대로 못 먹는, 애도 그렇게
      생각할까요? (하고, 챙긴 옷 들고, 양촌 탁 치고, 나가는)

양 촌 (상수 보며) 저게, 왜 저래? (하고, 이내, 큰 약봉지를 열어보면, 낱개로 된 작
      은 약봉지가 모두 뜯어져 낱알씩 흩어져 난리가 난, 이상한, 약봉지 있는 박
      스를 뒤지면, 수면제만 잔뜩 모아 놓은 병이 보이는, 그걸 찍으며, 심란한, 구
      시렁) 뭐야, 수면제만 따로 모았네.... 한발 늦었으면 큰일 날 뻔했던 거 아냐,
      이거...

씬 19. 지구대 앞, 깊은 새벽(밤).

      택시, 서 있고,
      삼보, 뒷좌석 문 열고 타고 있는 이십 대 남자 손님(목에 핸드폰 줄을 달고,
      핸드폰을 보는)을 가만 유심히, 관찰하는,
      혜리, 운전석 창가에 서서, 기사의 푸념을 듣고 있는,

기 사 (운전석에 앉아, 혜리 보며, 뒤의 남자를 가리키며) 아주 꼴통이라니까, 꼴통!
      계속 저렇게 핸드폰만 보고, 도하1동 주민센터 데려다 달래서 데려다주니까,
      내리지도 않고 돈도 안 주고, 그러다 갑자기 쌍욕을 하면서, 나한테 침까지
      뱉었다니까!

      그때, 삼보, 뒷좌석 남자만 관찰하듯 보다, 지구대 안으로 들어가는,

혜 리   (가는 삼보를 보며, 화났지만, 참고, 손님에게로 가서, 차 문 열고(카메라 남자
          의 전체가 아닌, 얼굴과 상반신만 보여주는)) 저기요, 선생님, 택시에서 내리
          세요! 예?! 택시비도 안 내고, 내리지도 않고, 이렇게 자꾸 그러시면, 제가 강
          제로 끌어냅니다. 네, 선생님?! 오 초 시간 드릴게요.

남 자   (주먹으로 콱 혜리를 치는)

기 사   어어어, 저 봐요, 저 봐!

혜 리   (피하며, 화난, 남자 보며, 단호하게) 오 초 셉니다. 하나, 둘, 셋, 넷,

삼 보   그만 세!

혜 리   (보면) ?

삼 보   (걸레 들고, 모포 들고, 와서, 모포를 핸드폰만 하는 남자의 허리에 둘러주
          는)

          그때, 승재, 와서,

승 재   (편하게, 남자 보며, 웃으며) 화장실 가요, 선생님. 내리세요. 바지가 젖어서,
          추워요, 감기 걸려.

남 자   (가만 승재 보는)

승 재   옷도 갈아입고, 추우니까, 따뜻한 데 들어가요, 네?

남 자   (제 바지 쪽 보다, 택시에서 내려서, 승재가 이끄는 대로 가는, 신발을 짝짝이
          로 신은)

혜 리   (남자 보다, 의아해 삼보 보는)

삼 보   (걸레로 남자가 앉았던 자리를 닦으며, 기사에게) 지적 장애예요.. (하고, 주
          머니에서 이만 원 주고) 기사님 좋은 일 하셨다 생각하시고, 그거 가지고 세
          차나 하세요.

혜 리   (지적 장애라는 말 듣는 순간부터, 가슴이 쿵 한)

기 사   (돈 받아들고, 짜증) 아.. 쌩! 장애인들이 왜 새벽부터.. 문 닫아요!

삼 보   안전운전하세요. (하고, 문 닫아주고)

          택시, 가고,

삼보 (멍한 채 속상해하는 혜리 보며) 신고가 들어오면 일단 차분히 사태파악 먼저 해야지, 경찰이 다짜고짜 화 먼저 내고.. 딱 보면, 모르냐, 비정상인 거? 핸드폰을 목에 차고 있고, 신발은 짝짝이, 말귀는 못 알아듣고, 입에 침 고이고, 누가 봐도 비정상,

혜리 (말꼬리 자르며, 쏘아보며, 화난, 버럭) 비정상이란 말은 쓰면 안 되는 거거든요! (강조) 우린 비장애인, 저 선생님은 장애인! 그렇게 말해야 맞거든요! (하고, 지구대로 가는데, 속상한) 무식하긴..

삼보 (작게, 구시렁) 저것도 아는 게 있네.. (하고, 웃고, 지구대로 가는)

씬 20. 지구대 식당, 밤.

상수, 남아 생각에 멍하니 물잔을 앞에 놓고, 앉아 있고, 정오, 힘들게 컵라면을 먹고 있는, 혜리, 들어와 정오 앞에 화해의 뜻으로 군것질거릴 놓고, 한쪽에 앉아, 핸드폰으로 영상 통화를 하는,

혜리 아빠, 일어났네? (시계 보고) 이제 새벽 다섯 시밖에 안 됐는데?

혜리 부 (따뜻하게) 방앗간은 지금이 젤 바뻐. 떡 주문이 많아. (웃으며) 우리 딸, 제복 입었네.

혜리 내 동기들 보여줄게. (하고, 핸드폰을 들어서, 상수와 정오를 보여주며, 말하는) 남자앤, 아래층 사는 키 큰 동기, 여자앤 한 집 사는 새침떼기 동기.

정오 (신경이 쓰이는, 그냥 라면만 먹는)

혜리 아빠, 엄마 뭐해? 혜영인 뭐하고, 혜민인 뭐해?

혜리 부 자지, 근데, 아빠 일해야 돼. 전화 끊어.

혜리 (거수경례하며) 옙! (하고, 전화 끊고, 정오 보며, 옆에 있는 자신이 준 간식을 뜯어서 다시 정오 주며) 울 아빠한테 인사 좀 하지, 기집애야.

상수 (답답해, 나가는)

정오 (혜리 안 보고, 마지못해, 간식 받아서 먹으며) 지금 내가 니네 아빠랑 인사할 기분이 아냐, 저녁도 못 먹고, 도로에 순마 세워놓고, 사수는 처자고, 사건은 많은데.. 나는 교통위반 스티커나 끊고, 공황장애 엄마는 나한테 삐져서 전화도 안 받고,

혜 리   (담담히, 정오를 물끄러미 보며, 차분히) 놀랐겠다. 살인사건 본 거.

정 오   (그제야, 혜리, 담담히 보는) ..

혜 리   (담담히, 진심) 나도 피투성이 된 사람 본 적 있거든, 그래서 그 충격이 어떤
         건지 알아.

정 오   ?

혜 리   (씁쓸한, 작게 웃으며, 애써 담담히) 울 아빠, 장애인.. 손이 잘렸어. 그걸 내가
         봤지. (웃음 가신, 담담하게) 성과 챙긴다 재수 없다 한 건 미안. (하고, 정오
         가 먹던 간식 뺏어서 먹으며, 담담히 가는)

정 오   (가는 혜리 보며, 화가 가라앉아, 차분한, 라면 먹는)

         그때, 명호, 와서, 간식 코너에서 간식을 들고 와, 먹으며, 편하게,

명 호   오늘 기분은?

정 오   (어색한, 라면 먹으며) ... 그냥 쫌,

명 호   그냥 쫌 뭐? ..

정 오   (라면 먹다 멈추고, 명호 보고, 조심스런) 솔직히, 강력반, 수사팀까지 다양하
         게 경험하신 능력 있는 경장님이 들으시면 욕하실 거 같은데... 무서워요. 경
         찰 일이.

명 호   (담담하게 정오 보는)

정 오   오늘 종일 스티커만 끊는데, 강남일 경사님껜 왜 다른 사건 안 가냐고 투덜
         댔지만, (명호 보며, 어색하게 웃으며) 솔직히 저도 진심 편했어요. 날라리 같
         죠?

명 호   (간식 먹으며, 잠시 생각하고, 따뜻하게 보며) 아니, 사실 나도 사건이 무서워.
         말은 안 해도 경찰들 속으론 다 그럴걸. (하다, 어느새 와서, 물을 마시는, 경
         모와 한솔에게) 그죠, 대장님, 팀장님도 경찰 일 무섭죠?

경 모   (물 마시며, 아무렇지 않게) 아니, 난 경찰 일 안 무서운데, 왜, (정오 보며) 한
         정오는 무섭냐? 그럼 간단해, 그만둬! 무서운데 일을 어떻게 해. 집에 가서 애
         나 봐. (하고, 나가는)

한 솔   (경모 맘에 안 들게 보고, 정오에게) 쟤는 근본이 싸가지가 없다, 캐릭터가 그
         래.

정 오   (어색한, 옆에 있는 물 마시는)

명 호	(정오 걱정스레 보다, 가면서, 한솔에게 작게) 전번 날 살인사건 때문에.. 진심, 위로가 필요합니다. (하고, 가면)
정 오	(안 보고, 한솔에게) 은 팀장님 말씀 틀린 거 아니죠, 뭐. (한솔 보며, 차분히, 담담하게) 경찰이 사건이 무서우면, 시민과 경찰이 다를 게 없으니까.
한 솔	(젓가락 들고 정오 앞에 앉아, 컵라면 보고, 정오 보며) 먹어도 돼?
정 오	(한솔에게 라면 주면)
한 솔	(먹으며) 괜찮아, 무서워도 돼. 다만, (진지하고 따뜻하게, 정오 보며) 시민은.. 무서우면, 피하고, 우리 경찰은 무서워도.. 사건을 들여다보지.
정 오	... (담담하지만, 뭔가 편해지는)
한 솔	넌 선택만 하면 돼. 무섭다고 도망가든가, 무서워도 들여다보든가? 어쩔겨?
정 오	(고마운, 물 마시고, 한솔 보며) 아직은.. 들여다보고 싶네요... (하고, 작게 웃고, 가는)
한 솔	(가는 정오 보고, 편안히 웃고, 라면 국물 먹다가, 놀라) 앗 뜨거 뜨거 뜨거!

씬 21. 정오 상수의 집 안 마당, 낮.

상수 모	(E) 왜 밥을 안 먹어? 힘들게 일하고 들어와선?

씬 22. 상수의 화장실 안, 낮.

상수, 세수하는데, 상수 모, 문 열고 상수 보며 말하는,

상 수	(세수만 하며, 짜증스런) 그냥 안 먹어, 밥맛 없어.
상수 모	(밉게 보고, 구시렁) 너 안 먹음 나도 안 먹어. (하고, 나가는)
상 수	(세수하다, 멈추고, 화나는, 생각에 빠진)

씬 23. 상수 모의 방 안, 낮.

상수 모, 누워 있는,
상수, 세수한 얼굴로 서서, 그런 상수 모를 답답하고 걱정스레 보며,

상 수 (속상한, 마지못해, 달래는) 알았어, 알았어, 내가 잘못했어, 밥 먹을게, 그러니까, 인나, 밥 먹자, 어?

상수 모 (졸린) 안 먹어.

상 수 엄마도 새벽 근무하고 암것도 안 먹었다며, 그러다 아프면?

상수 모 졸려.. 가, 너나 밥 먹고 자.

상 수 자지 마, 밥 차려 올게. (하고, 나가는)

씬 24. 상수의 주방 + 회상, 낮.

냄비에 찌개가 끓고 있고,
상수, 상에 반찬을 탁탁 놓는, 얼굴이 담담한 것 같지만, 어딘가 슬퍼 보이는,
상수, 찌개가 끓는 가스레인지로 가서, 레인지를 끄는, 상수의 손이 어린 여덟 살 상수의 손과 오버랩 되는, 이후, 어린 상수와 젊은 상수 모로 바뀌는,
어린 상수, 냄비를 힘들게 양손으로 집어서(바닥엔 발판 놓고, 올라갔다 내려온 것), 거실(더러운, 소주병과 막걸리병 등 술병이 뒹구는, 라면 봉지, 과자 봉지, 옷가지들이 즐비한) 한쪽에서 울다 지쳐 자는 젊은 상수 모 앞에 냄비를 갖다 놓고,

어린 상수 (젊은 상수 모를 흔들며) 엄마, 라면 끓였어, 라면 먹어.

젊은 상수 모 (미동도 않는)

그때, 어린 상준(상수 형, 열두 살 정도), 가방 들고 들어와 젊은 상수 모를 밉게 보고,
가방에서 햄버거 두 개를 꺼내, 어린 상수에게 주고, 자기도 먹는,

어린 상수 (햄버거를 맛있게 먹으며) 형, 이거 어디서 났어?

어린 상준 (햄버거만 먹으며) 넌 몰라도 돼.

어린 상수 오늘도 친구가 줬어?

어린 상준 어.

그때, 어린 상준에게로 빈 막걸리통이 날아오는, 술 취한 젊은 상수 모, 일어나, 소리치는,

젊은 상수 모 이 쌍누무 새끼, 너 또 친구들한테 돈 뜯었지?

어린 상수 (먹으며, 멍한) ?

어린 상준 (눈가 붉어, 버럭, 화난) 그랬다, 왜?!

젊은 상수 모 (앉은걸음으로 막걸리통 들고, 어린 상준에게 가, 먹살 잡아, 때리며) 이 깡패 같은 새끼, 오늘 너 죽고 나 죽자! 맨날 애들 때리고, 돈 뺏고, 내가 너를 이렇게 갈쳤어, 내가 너를 이렇게 갈쳤어!

어린 상준 (먹살 풀려 하며, 발악하는) 그럼 어떡해?! 상수도 나도 배고픈데, 엄마는 아빠 죽고 밥도 안 하고 술만 마시고! 일도 안 하고, 돈도 안 벌고!

젊은 상수 모 (어린 상준 때리며) 그렇다고 깡패 짓을 해?!

어린 상준 왜 때려?! 엄마가 뭔데 우릴 때려?! 밥도 안 해주고, 돈도 안 벌고! 술만 먹고, 엄마 싫어! 차라리 고아원이 나! 상수랑, 나, 고아원 보내줘! 고아원에 보내줘! (하고, 울며, 나가고)

어린 상수 (울먹이며) 형.. (하고, 따라 나가는)

젊은 상수 모 (눈가 그렁해, 속상한) 개새끼들.. 니 엄마도 힘들어.. (하며, 다시 쓰러져 눕고)

＊ 점프컷, 현실 》
상수 모, 상수(생각 많은), 밥을 먹는,

상수 모 (웃으며) 너 내가 진짜 밥 안 먹을 줄 알았지?

상 수 (밥그릇 거의 다 비우고, 담담히, 편하게) 아니거든? 엄마가 나 먹일라고 머리 쓴 줄 다 알거든!

상수 모 (상수가 이쁜) 효자야, 아주 잘 자랐어. (하고, 머리 만지면)

상 수 (싫은, 낮게) 머리 만지는 거 싫어..

상수 모 (웃으며) 팅기기는,

상 수   (그때, 전화 오고, 보며, 반색) 아, 형이다! (전화 상수 모 주면)

상 수 모   난 엊그제 통화했어, 너 해? (밥 먹으며) 난 안 해도 돼.

상 수   (일어나, 반갑게, 웃으며, 나가며, 전화받는) 어, 형, 간만일세!

씬 25. 회상, 기찻길, 낮.

어린 상수와 상준 양쪽 난간에서 균형 잡기를 하며 즐거운, 눈이 내리는,

상 준   (E, 웃으며, 편한) 하하하.. 기억나지.. 그때.. 일..

상 수   (E, 편한) 형, 진짜 그때 삥뜯는 거, 나 같은 경찰한테 잡혔음 지금 전과 10범은 됐을걸.

상 준   (E) 자식아, 뺑치지 마. 어쩌다 두어 번 그런 걸 가지고..

상 수   (E) 어쩌다 두어 번은... 내가 또렷이 기억하는 것만도 대여섯 번은 넘는다.

상 준   (E) 아니거든요. 나 착한 애거든요.

상 수   (E, 웃으며) 그건 그래.

상 준   (E) 참, 근데, 그럼 피씨방에 있던 그 애는 어떻게 되는 거야?

씬 26. 아동보호 전문기관 마당, 눈 오는 다른 날, 낮.

피씨방의 남아, 혼자서 친구들이 축구를 하는 걸 물끄러미 보는, 남아의 어깨 위에 눈이 내리는,

상 수   (E, 담담하지만, 슬픈) 몰라... 나도... 근데, 내가 어쩔 수도 없는데, 걔가 자꾸 신경이 쓰인다, 나는 엄마가 그럴 때.. 형이라도 있었지만, 걔는 아무도 없는데... 아이는 혼자 살 수 없는데..

씬 27. 장미의 집 안, 눈 오는 낮.

장미, 양촌 외출복 차림으로 앉아 있는,

양 촌 (담담하지만, 편하게) 분위기 좋은 카페 가 밥도 먹고 차도 먹고 그러지, 답답하게 집에서.. 지금이라도 나가자. 눈도 오는데,

장 미 (한쪽에 놓인, 서류를 주고)

양 촌 (서류 보고, 답답한, 그러나 담담히, 찢어서 던져버리는, 화나고, 맘이 아프고, 억울한, 숨 고르는)

장 미 (담담히, 차분한, 그러나 진지한) 담번에 서류 가져오는 건, 니가 해.

양 촌 (화난, 답답한, 버럭) 나 이혼 합의 못해! 소송 가! 아주 끝까지, 장미의 전쟁인지 뭔지 하는 영화처럼, 막장 드라마 써, 너랑 나랑, 쌍! (하고, 일어나 정수기 혹은 냉장고에서 물 따라 마시고) 이 건은 판사도 이해 못할걸? (하고, 앉아, 장미 보며) 진짜, 야, 내가 너한테, 누나한테 대체 뭘 그렇게 잘못했나? 때렸냐? 평생 딴 여잘 봤냐, 아님, 돈을 안 벌어다 줬냐, 남편 구실을 못했냐?!

장 미 (편하게, 차분하게, 말꼬리 자르며, 차분히) 니가 날 안 때려서, 딴 여잘 안 봐서, 돈을 벌어다 줘서, 내가 불행한데도 사는 건 웃기지 않니?

양 촌 (버럭대는, 화난) 대충 그냥 좀 살어라, 넌?! 대체 넌 뭐가 맨날 그렇게 복잡해?! 내가 널 사랑하고, 행복하고,

장 미 (말꼬리 자르며, 담담하지만, 진심) 난 널 안 사랑하고 안 행복해.

양 촌 (눈가 붉어지는, 가슴이 뻐근한, 가만 보다, 일어나 문 쾅 닫고, 나가는, 그러다, 다시 들어와, 자리에 앉아, 눈가 붉어, 숨 고르며, 장미 보면, 맘 아픈) ...

장 미 (눈가 붉어, 양촌 보며, 담담히) 내 인생에 한 번쯤은 니가 절실히 필요할 때가 있을 줄 알았어. 근데, 아니드라. 난 너 없이도, 다 할 수 있드라. 아이 낳을 때, 아이 아플 때, 우리 엄마 아버지 내 아이들 돌보다 골병들고 쓰러져,

양 촌 (맘 아픈, 어쩔 줄을 모르겠는)

장 미 병 수발할 때, 그리고, 두 분 장례식까지.. 너 없이 나 혼자 다 할 수 있드라고.

양 촌 (미안한, 맘 아픈, 눈가 붉은)

장 미 물론.. (맘 아픈, 눈물이 나는, 양촌을 보는데, 너무 맘이 아픈, 그러나 차분히) 그런 때, 니가 옆에 있었다면, 좋았겠지.. 내가 무섭고 두렵고 절박했던, 그런 순간에.. 근데 넌, 단 한 순간도 내 옆에 없었어, .. 개새끼야.

양 촌 (맘 아픈, 눈물 그렁한, 고개 숙이는, 맘 아프게, 다시 장미 보며, 진심으로) ...

	나도 일했잖아.. 누나... 놀러 다닌 게 아니라.. 그래도.. 그래도, 미안해.. 진짜..
장 미	(담담히, 차분히, 양촌이 안쓰럽기도 한, 그러나 담백하게) 엄마 아버지 뼛가루 뿌리면서, 너한테 남은 일말의 정도.. 뿌려버렸어. 못살겠어, 너랑. (눈물 나면 닦고, 차분히) 내가 너한테 그동안 잘했지? 그렇다면 조용히 이혼만은 해주라, 오양촌.
양 촌	(맘 아픈, 눈물이 뚝 흐르는, 참으려 하는)
장 미	(가방과 옆에 있던, 핸드폰을 챙겨, 일어나, 나가려다, 돌아보며) 넌 남편으로선 별로래도, 최고의 경찰인 건 맞아.
양 촌	(순간 울컥하는) ..
장 미	니 사수 호철 선배... 그건 그냥 사고야.
양 촌	(눈물이 나는, 맘 아픈, 안 울려 하는) 그 얘길 왜,
장 미	(진심으로) 바다에 뛰어든 사람, 그가 술주정뱅이라도 살려야지, 경찰인데.. 사건 아닌 사고까지 니가 어떻게 다 책임을 져. 경찰도 사람인데... 호철 선배 일, 니가 자책하지 않았음 좋겠어.
양 촌	(맘 아픈, 그제야, 두 손으로 얼굴 가리고, 엉엉 맘껏 우는)
장 미	(나가는)
양 촌	(엉엉 우는)

씬 28. 아동보호 전문기관, 눈 오는 낮.

피씨방 남아, 아이들이 축구공을 흘리면 그걸 차서 주고, 다시 앉는, 아이들과 놀고 싶은, 그때, 상수, 사복 차림으로 와서, 남아의 옆에 앉는,

남 아	(상수 보고 환하게 웃는)
상 수	안 추워?
남 아	(고개 끄덕이고, 애들 보며, 시무룩하게) 낼 엄마가 데리러 온대요..
상 수	좋겠다.. 엄마 와서,
남 아	(애들 노는 것 부럽게 보며) 피씨방 또 가기 싫은데..

상수, 짠한, 가방에서, 햄버거를 꺼내서 뜯어서 웃으며 건네주면, 남아, 좋은,

맛있게 먹으며, 상수를 보는, 상수, 남아의 입가에 묻은 소스를 닦아주고, 짠하게 보며 웃는, 눈이 내리는,

상 수　오십 번씩 씹어.

남 아　(웃으며, 열심히 씹는)

상 수　(남아 예쁘게 보고, 웃는)

씬 29. 지구대 옥상, 낮.

상수, 양촌, 둘만 근무복 입고 벤치 같은 곳에 앉아 있는, 차분하고, 담담한,

양 촌　... (하늘만 보다 상수 보며) 뭐? .. 아이한테 니 명함을 줘?

상 수　(하늘만 보며, 착잡한)

양 촌　(다시 하늘 보다, 천천히 고개 돌려 상수 보며) 니가 뭐 슈퍼맨이냐? 니가 걔한테 뭘 해줄 수 있는데? 걔가 전화하면 일하다 말고 달려가길 할 거야? 월급 탄 걸 엄마 안 주고 걔 줄 거야? 니가 뭘 할 수 있는데?

상 수　(양촌 보며, 차분히) ... 할 수 없는 건 안 하고.. 할 수 있는 것만 할려고요. 암 것도 안 하는 건 못 참겠어서...

양 촌　(가만 보다) .. 난 모르겠다. (하고, 착잡하게 가는)

상 수　(진지한, 전화하는) 네, 안 팀장님, 홍일지구대 염상수 순경입니다, 제가 보낸 아이 동영상,

씬 30. 경찰서, 주차장 + 지구대 옥상, 교차씬, 낮.

피씨방 남아 엄마, 경찰서를 빠져나가는, 장미, 그 모습을 착잡하게 지켜보며, 상수와 전화하는,

장 미　(답답하지만, 차분히) 보여줬어. 애를 아동보호 전문기관에 보내고 엄마는 치료받아라 권유도 했고. 고시원에서 다량의 수면제를 발견했다, 애를 키우

려는 게 아니라 본인이 죽으려는 거 아니냐, 그게 엄마가 할 짓이냐, 법정에
서게 하겠다, 으름장도 놓고, 근데.. 엄마가 죽어도 애를 키우겠대. 우리로선
엄말 잡아둘 방법이 없고, 그래서 일단 방면. 검찰이 아동학대로 엄말 기소*,

상수	(말꼬리 자르며, 차분한) 기소되기 전에, 일 나면요.
장미	(착잡한) ...
상수	엄마가 건강하면 당연히 애랑 있는 게 좋죠, 근데, 그 엄만 치료받을 환자지, 애를 키울 상태가 아니에요. 그럼 애 혼자 살아야 하는데, 개는 그냥.. 애예요.. 혼자선 아무것도 할 수 없는,
장미	(착잡하지만, 단호하게) 조용. 내가 분명히 말해. 염상수 순경이, 우리 경찰이, 할 일은 오늘 이 시간부로 끝났어. 그러니까, 내 전화 끊는 순간, 넌, 피씨방 아이는 잊어. 더는 이 사건에 매달리지 말라고. 그러다 다른 사건 놓쳐. (하고, 전화 끊고, 가는데, 맘이 안 좋은)

* 점프컷 》
상수, 착잡한, 옥상 난간으로 가서, 동영상을 찾아 보는, 슬픈, 시청자에겐 동
영상 안 보여주는,

씬 31. 구식 오피스텔 건물 복도 + 엘리베이터 안, 낮.

20대 초반의 여자(동남아계, 슬립 차림, 얼굴에 피멍이 들고, 다리 사이에 피
가 흐르는, 맨발), 손에 핸드폰을 들고, 겁에 질려 두려워하며, 울며, 문을 박
차고, 복도 끝에서 뛰어나와, 엘리베이터로 와선, 버튼을 여러 번 누르는데,
여자가 나온 방 쪽에서 남자가 여자를 잡으러 나오다, 멈칫하고 멀리 복도를
보면, 엘리베이터 근처의 오피스텔 안에서 여자가 나오다, 엘리베이터를 타려
는 다친 슬립 차림의 여자를 보고, '어머! 악!' 하고, 소리치는, 남자, 그걸 보
고, 잡으러 가려던 걸 포기하고 다시 오피스텔 안으로 들어가 문 닫는, 슬립
차림의 여자, 슬픈, 엘리베이터 열리면, 엘리베이터에 타고, 그걸 본 목격자

---

* 기소 검사가 특정한 형사사건에 대하여 법원의 심판을 구하는 행위

여자는 현관문을 빼죽이 열고 두려운, 112에 신고하는,

목격자   거기 112죠?

씬 32. 엘리베이터 안, 낮.

피해여성, 벽에 기대, 씨씨티브이 쪽으로 얼굴을 돌리고 (씨씨티브이가 있는 것을 인지 못한), 숨을 몰아쉬며, 핸드폰의 단축 다이얼을 눌러 전화를 거는,

씬 33. 도로, 낮.

정오(운전석), 남일, 경모, 함께 순찰차를 타고 가는, 사이렌을 켠,

경 모   (E, 진지하게, 화난) 누가, 이런 위급한 상황에 사이렌을 켜냐, 근처에 있을지도 모르는 범인 도망가라고.. 매뉴얼도 모르냐, 넌! 사이렌 안 꺼!
정 오   (진지한, 사이렌을 끄는)
남 일   비상등은 켜고!
정 오   (진지한, 비상등을 켜고, 운전하는)
남 일   (무전 하는) 명호야, 어디냐?

씬 34. 오피스텔 근처 상가 안 + 밖, 낮.

명호, 한표, 주인과 함께 씨씨티브이 화면을 보고 있는,

* 점프컷, 인서트 – 씨씨티브이 화면 》
다친 슬립 차림의 피해여성, 건물 안에서 나와, 건물 뒤쪽으로 돌아가는 상황,

명 호   (무전 하며) 인근 상가에서 씨씨티브이 확인했어. (주인에게) 감사합니다. (한 표와 나가며, 무전 하는) 여자가 사라진 곳으로 가볼게, 그쪽은 씨씨티브이 사각지대라 안 보여,

남 일   (E) 우린 곧 현장 도착이야, 신고 시간부터 출동 시간까지 고작 10분도 안 걸렸어,

명 호   여자가 근처에 있을 수도 있는 시간이네.. 알았어. (하고, 오피스텔 쪽으로 뛰 어가는)

씬 35. 오피스텔 건물 복도, 낮.

장미, 장 형사, 엘리베이터에서 나와 복도를 보는, 피가 길게 복도 끝방 쪽까 지, 연결되어 있는, 여자의 피 묻은 족적도 보이는, 방 앞에 이미 폴리스 라인 이 쳐진, 방 쪽으로 가는, 답답하게 그걸 보는,

장 형사   은 팀장님이 벌써 도착했네요.

장 미   (사건현장으로 가서, 폴리스 라인을 걷고 안으로 들어가는)

씬 36. 낡은 오피스텔(작은방) 안, 낮.

장미, 안을 보면, 창가의 두꺼운 커튼이 열려 있고, 침대 하나와 스탠드만 덩 그러니 놓인, 먹다 만 물잔도 보이는, 침대엔 남녀의 행위가 이뤄진 듯 보이 고, 침대와 바닥엔 피가 흐른, 한쪽에 여러 성행위 도구들이 즐비한, 장미, 미 간을 살짝 찡그리고, 장 형사, 핸드폰 꺼내 사진을 꼼꼼히 찍는, 장미, 화장실 안쪽으로 가면, 경모(신발에 덧신을 신은), 화장실 안(샤워한 듯, 물기가 흥건 한)에서, 핸드폰으로 휴지통(휴지가 있는)과 면도기와 수챗구멍의 체모까지 사진을 찍다 장미 힐끗 보고, 핸드폰 넣고, 주머니에서 장갑 꺼내 끼고, 쪼그 려 앉아, 체모를 들어서 가만 보며 말하는,

경 모 (진지한) 빨리 왔네? 애들은 목격자 진술받고, 근처 탐문 중이야.

장 미 (담담히) 여러 명 꺼야?

경 모 (진지한, 보며) 얼핏 봐도... 노랑머리 검은머리, 곱슬머리, 외국 여성들 데려다 하는 불법 성매매 같지? (수챗구멍에 체모를 놓고, 서서, 장갑 벗으며, 장미 보며) 여자 하체에 피가 흘렀던 걸로 보면, 변태 성욕자가 몰상식한 도구를 사용한 거 같아. 여잔, 불법 성매매가 걸릴까 두려워, 신고도 못하고 도망가고.. 과수팀*은?

장 미 (화장실 내를 관찰하며) 곧 올 거야.

경 모 피해자나 피의잘 못 찾음,

장 미 장기사건 되는 거지.. 체모 DNA 조사해봤자, 전과자가 아니면, 범인을 잡으리란 보장도 없으니까.

그때, 경모의 전화벨이 울리고,

경 모 (받으며) 어, 명호야.. (장미 보고, 턱짓으로 나가자는 신호하고, 가며, 사이) 알았어, 어디로 가면 돼?

장 미 (주변 답답하게 보다, 따라 나가는)

씬 37. 오피스텔 관리실 밖, 낮.

남일, 관리실 밖에서 목격자와 관리실 사람들을 조사하는,

씬 38. 오피스텔 관리실 안, 낮.

정오, 입주자 관리실 한쪽에 앉아, 입주자 명부를 꼼꼼히 체크하는, 그러다

---

* **과수팀** 과학수사팀

뭔가를 발견하고, 다시 앞 장을 보는, 그리고 긴장해 사진을 찍는,

씬 39. 오피스텔 건물 앞(뒤쪽 부근은 시멘트 바닥), 낮.

명호, 앞에 서 있고, 장미, 경모, 나오면, 명호, 오피스텔 뒤쪽으로 가며, 말하는,

명 호   인근 씨씨티브이를 확인해보니까 여자가 여기로 뛰어왔어요. (건물 뒤로 돌아가고, 뒤쪽 바닥에 핏자국이 닦인(물기가 있는) 바닥을 보여주며) 여기로 와서 피를 흘리며, (벽을 턱으로 가리키면)

경모, 장미   (보면, 벽에 손바닥에 묻은 피가 묻었다가, 물로 닦인 흔적이 보이는)

명 호   벽에 기댔던 거로 추정됩니다.

경 모   (바닥 보며) 핏자국을 닦은 사람은, 그럼... 따로 있네. 씨씨티브이를 보면, 여자가 핸드폰을 들고 있었고, 누군가에게 연락을 했고...

장 미   (바닥을 보면, 물기가 길게 비상구까지 연결된, 비상구로 가는)

경 모   (가며) 한표는?

명 호   (가며) 겨울이라 핏자국을 닦은 물자국이 남아 있어서.. 그걸 쫓아갔어요, 지금쯤 여자가 간 방을 찾았을 수도 있죠.

씬 40. 비상구 계단, 낮.

장미, 경모, 명호 계단 오르는데, 위에서 한표가 말하는,

한 표   (진지한) 816호에서 물자국이 멈췄어요.

장 미   나만 간다. (하고, 위로 올라가, 비상구를 나가는)

경 모   (장미에게) 우리는 경계할게. (한표에게) 이 건물 출입구는?

한 표   비상구랑, 현관밖에 없습니다.

경 모   (한표에게) 넌, 남일이랑 현관 막아.

한 표   (빠르게 계단을 내려가는)

경모, 명호   (비상구 쪽으로 가, 문 앞에 서는, 복도 쪽 소리에 귀를 기울이는, 경계하는)

씬 41. 오피스텔 복도, 낮.

오피스텔 안 어디선가, 희미한 물소리가 나는, 장미, 바닥의 물자국을 따라 걸어서, 816호 오피스텔 앞에 멈추고, 잠시, 심호흡하고, 노크를 하는데, 엘리베이터 서는 소리가 나고, 문이 열리고, 정오가 내리는, 정오, 장미와 눈이 마주치는, 둘 다 잡시 서로를 가만 보는, 정오, 장미를 보는 순간, 과거의 그 여자(장미를 알아보는)다 싶은, 침을 삼키며, 긴장하지만, 내심 안 그런 척하는, 장미, 정오(장미가 신경 쓰이는, 먹먹한, 이후, 카메라는 정오를 쫓으며, 그 미세한 느낌 놓치지 말고, 정오의 감정을 살려줄 것)를 그저 담담히 보고, 이름표를 보고, 차분히, 턱으로 816호 문 옆 벽에 붙으란 신호하고(근무복 입은 정오가 안의 아이홀에 보일까를 염려하는), 다시, 작게 노크를 하는, 물소리만 나는, 장미, 아무렇지 않게, 아이홀에 안 보이게, 정오 옆으로 와 벽에 기대, 담담히, 작은 목소리로, 그러나 긴장감 있게 말하는,

장 미   난, 마현경찰서, 여청계 안장미 팀장. (정오 보고, 담백하게) 홍일지구대?

정 오   (장미의 존재가 신경이 쓰이는, 그러나 담백하게, 앞만 보며, 작게) 네.

장 미   (차분한) 넌 여기.. 어떻게 알았어?

정 오   (주머니에서 핸드폰으로 찍은 입주자 명부 두 장을 보여주며, 작게) 관리실에서 입주자 확인하다, 명부에 사건현장 512호랑, 여기 816호랑 법인회사 사무실로 기록이 되어 있는데, 하나는 EM, 하나는 CM이란 다른 회사명이지만, 대표자 이름이 같아서.. 확인해보려고 왔습니다.

장 미   (다시 집 앞으로 가서, 초인종을 한 번 누르는, 대답 없는, 이번엔 여러 번 누르는, 물소리가 끊기는, 초인종을 누르다 멈추는)

정 오   (순간, 생각나, 무릎 꿇고, 벽에 있는 수도계량기함을 열어보는, 수도계량기가 멈춘, 잠시 후, 물소리가 다시 나면, 수도계량기(혹은 가스계량기)가 도는, 그걸 보고, 장미를 보며) 사람이 있어요.

장 미   이 오피스텔을 밖에서 보면,

정 오   모두 방범창이 돼 있어요,

장 미　　그럼.. 창으로 뛰쳐나갈 순 없겠네. (하고, 오피스텔 문을 쾅쾅 두드리는)

씬 42. 비상구 앞 계단, 낮.

경모와 명호, 긴장해 있다 문을 쾅쾅 두드리는 소릴 신호 삼아, 뛰쳐나가, 엘리베이터 앞에 서는, 손은 총기에 놓인, 오피스텔을 경계하는,
장미, 문을 두드리며,

장 미　　경찰입니다, 문 여세요, 경찰입니다! 안에 사람 있는 거 알아요! 문 열어요! 문 안 여시면 강제로 엽니다. 문 여세요!
정 오　　(긴장하는)

잠시 후, 문이 열리고,
동남아계 여성(30대)이 문을 여는, 두려운,

동남아계 여성　　왜? 그러세요?
장 미　　(편하게, 신분증 보이고, 들어가는)
동남아계 여성　　(서툰 한국말, 두려운) 나는 아무 잘못이 없어요. 여권도 있어요!
정 오　　(여성을 한쪽으로 데리고 가며) 잠시만 진정하세요.
명 호　　(정오 옆에서, 여성을 보고, 여성의 상태를 확인하는)
경 모　　(안으로 들어가려는데)
장 미　　(E, 차분하고, 단호히) 들어오지 마!
경모, 명호, 정오　　?!

씬 43. 오피스텔 화장실 안, 낮.

이십 대의 여자, 겁에 질려, 욕조에 벗은 몸으로 앉아, 샤워기를 바닥에 대고 물을 뿌리고 있고,
장미, 화장실 문 열고, 이십 대 여자를 보며 서 있는, 그러다, 욕조 바닥을 보

면, 물이 흥건한, 핏기가 씻겨나가는 게 보이는, 담담한,

장미   미안해요, 샤워하는데.. (하고, 문 닫고, 방 안을 보면)

지저분한 방 안에 동남아계, 러시아계, 젊은 여자들 서너 명이 앉아, 핸드폰을 하거나, 자다 깨서, 두려움에 떠는, 장미, 그 여자들을 보며, 답답한, 작게 한숨 쉬는,

씬 44. 달리는 정오 남일의 순찰차, 낮.

남일, 운전하고, 경모, 앞좌석, 정오, 뒷좌석에서 창밖을 보며 가는, 담담한, 정오의 얼굴 위로, 대사 들리는,

남 일   (답답한) 816호 욕실 바닥에 피가 씻겨져나간 게 보였다면, 피해여성이 816에서 씻고 빠져나간 게 일이 분 사이란 거 아니에요.

경 모   여잘 데려간 조직책들이 근거리, 우리 지역에 있단 얘기지.

남 일   불법 성매매가 우리 지역까지.. 안 팀장님 고생하시겠다. 결정적 성매매 증거도 없고, 피해자, 피혐의자* 다 놓치고, 여자애들은, 여권에 학생증, 체류증까지 있어서, 고스란히 다 놔주게 생겼던데...

경 모   (답답한) 이거 아무래도 지역에 큰일이 나는 거 같다.. 에으.. 한정오, 오늘 일 일사천리드라. 안 무서웠냐?

정 오   무서워도.. 들여다보려구요.

남 일   (기특한 듯 웃고) 오우!

경 모   (창가 보며, 착잡한) 더도 말고 덜도 말고, 안장미 팀장님처럼만 돼라.

정 오   (담담한, 하늘 보며, 생각 많은, 그럴 수 있을까 싶다, 핸드폰을 꺼내, 엘리베이터 안의 씨씨티브이에 찍힌 다친 여자 얼굴을 확대해서 보는, 진지한, 여잘 구하고 싶은, 다시, 다른 사진을 보면, 엘리베이터 안에 탄 피혐의자(20대, 흰

---

* 피혐의자 범죄의 혐의를 받고 있는 사람

색 모자 쓴 남자)를 보는, 잡고 싶은)

경 모   (장미에게 문자 넣는, E) 조심해.

씬 45. 경찰서 복도, 낮.

장 미   (걸어가다, 핸드폰으로 경모의 문자를 보고, 담담히, 핸드폰 닫고 가며) .. 한
          정오, 한정오.... (작게 기특한 듯, 미소 짓고) 잘 컸네, 제법 잘 컸어... (하고, 사
          무실로 들어가는)

씬 46. 도로, 밤.

차 두 대가 부딪혀 있고, 상수, 50대 운전자 남자 둘의 신원을 조회하는,

양 촌   (한쪽에게 무전 하는, 답답한) 삼보 형님 그쪽 사정 어때요? 우린 그쪽으로
          출동하다, 도로에서 차량 추돌사고 나서, 렉카차 부르고, 기다리고 있어요.
          그쪽 괜찮아요?

씬 47. 동네 지하 술집 밖, 밤.

삼보와 혜리, 씩씩대며 화난 젊은 남자(부유해 보이는, 입가에 피 터진)의 팔
을 양쪽에서 잡고 뒤에서 밀다시피 해서 나오며, 양촌과 무전 하는, 젊은 여
자, 따라 나오는,

삼 보   (무전 하며) 진정 국면이야. 니 사건 봐. (하고, 젊은 남자를 끌고, 나와, 혜리
          보고) 너, 팔 놔.
혜 리   (팔 놓고, 허리에 손 올리고, 젊은 남자를 고깝게 보면)
젊은 남자 아, 별 그지 같은 새끼 진짜.. 내가 참을라고 해도 참을 수가 없네.. (하고, 다
          시 술집으로 들어가려 하면)

삼 보   (젊은 남자를 안고, 잡으며) 선생님, 참으세요.

그때, 종민, 술집 안에서 나와,

종 민   (젊은 남자에게) 여기서 끝내세요, 안에 있는 분도 맞았는데.. 그만 참고,
젊은 남자 저 그지 같은 새끼가 술집 때려 부순 거까지 내가 다 카드 긁었는데, 고맙단
         말도 안 하잖아, 저 그지 같은 새끼! (젊은 여자에게) 내가 저걸 진짜 패고,
         깽값 물어? (하고, 들어가려 하면)

삼보, 종민, '선생님, 왜 이래!' 하고 말리는,

혜 리   (여자도 남자도 다 싫은, 화난, 버럭) 어디서 감히 경찰 앞에서 깽값 문단 소
         릴 해요?!
삼 보   (혜리를 잡고, 멀리 가서, 으름장) 진정 안 해? 내가 저놈 말리다, 이제 너까지
         말려야 되냐?
혜 리   (화나, 길바닥에 침 뱉고, 후후 한숨 쉬고)
젊은 남자 (혜리 보며) 저건 또 뭐야?
젊은 여자 뭐긴, 짭새지! (젊은 남자 끌며) 구질스런 동네 괜히 왔다, 가자, 가.
젊은 남자 아 쌍, 짜증나.. (하며, 젊은 여자와 가고)
종 민   (가는 남녀 보며) 음주운전하지 마시고요! (그러다, 남녀가 안 들게) 젊은 새
         끼가 어른보고.. 새끼 새끼 하고..싸가지..

그때, 원우, 나오며,

원 우   안에 남자분은, 좀 진정됐어요.
종 민   우린, 지구대 들어갈게요. 오늘 교대도 못하고, 피곤해 죽겠어. (하고, 원우와
         순찰차 타고 가는)

그때, 정오, 뛰어와, 가는 종민네 보고, 삼보 앞에 서는,

정 오   지원 나왔습니다. 오는 진입로에 차가 많아서, 저만 오고, 강남일 경사님은,

우회해서 진입로 찾아서 오신다고,

지구대 상황근무자 (무전 오는, 승재, E) 도하2동, 고은빌라 근처 도로에 주취자가 누워 있습니다. 도하2동, 고은빌라 근처 도로에 주취자가 누워 있습니다.

혜 리 (무전받으며) 네, 순 스물하나, 스물하나, 접수합니다.

삼 보 (혜리 어이없게 보고) 힘들게 또 그걸 왜 맡어! 퇴근 안 해?!

혜 리 (짜증나는) 가는 길이잖아요! (하고, 순찰차 운전석에 타고)

삼 보 (혜리 밉게 보며) 에으.. (정오에게) 들어가서, 안에 있는 사람, 남일 경사랑 같이 집에 돌려보내는 거까지가, 니 일이야. 주인이 그렇게 해달래. (하고, 순찰차에 타면, 순찰차 출발하는)

정 오 (가는 거 보고, 핸드폰으로 전화하는) 강남일 경사님, 어디 계세요?

씬 48. 작은 골목, 밤.

차가 꽉 찬, 순찰차에 앉아, 답답한, 전화하는,

남 일 야, 여기, 완전 주차가 난리야. 나, 다시, 돌아서 갈게. 사탠 진정됐다며? 종민이한테 연락하니까 그러든데. (사이) 일단, 혼자 개별 행동 말고, 주취자는 술 깰 때까지 경계해야 되니까, 진정됐다고 방심하지 말고, (차 후진하며) 경계하고 있어.

씬 49. 동네 지하 술집 앞, 밤.

정오, 전화하는,

정 오 알겠습니다. 경사님 오실 때까지, 경계하고 있겠습니다.

그때, 정오의 말 끝나기도 전에, 여주인 나와서,

여주인 아 좀 들어와봐요, 저 사람 자꾸 술 달래. 무서워 죽겠어, 나 혼자.

정 오   (긴장한, 핸드폰 넣으며) 아, 네. (하고, 안으로 들어가는, 테이저건에 손을 대고, 긴장한, 경계하는)

씬 50. 술집 안, 밤.

여기저기 술병이 어질러져 있는, 정오와 여주인, 들어오는, 여주인 '난 주방 치울게, 옆에 있어요..' 하고, 가는, 남자, 초라하게 가만 의자에 앉아 있는, 정오, 그 옆에 서 있는, 그때, 부인(손에 검은 봉지를 들고), 계단을 내려오는, 초라한, 동네 사람으로 보이는,

부 인   (속상한, 남자에게) 잘한다, 잘해.

정 오   관계가 어떻게,

부 인   집사람이에요. (하고, 남자 팔을 이끌며) 집에 가자, 여보.

정 오   (남자에게) 선생님, 사모님 오셨는데, 일어나서 집에 가시는 게,

부 인   (남자 이끌며) 가자, 여보..

그때, 젊은 남자, 들어오며,

젊은 남자 꼴에 그지 같은 게, 마누라는 또 있네. (하며, 바닥에 떨어진 핸드폰을 들고 나가려는데)

남 자   저 새끼가.. (하며, 젊은 남자의 뒤통수를 치려는데)

정 오   (남자 팔 잡고, 말리며, 당황한) 선생님 참으세요!

남 자   (순간 정오를 밀쳐, 바닥에 나가떨어지게 하고, 의자 들어, 젊은 남자를 치는)

정 오   (남자에게 밀려, 바닥에 넘어지는, 그 바람에 근처 유리에 손이 찔리고, 얼굴에도 상처가 나는)

젊은 남자 (남자의 의자를 피하고, 다른 의자를 들어, 남자를 치는)

부 인   (젊은 남자를 말리며, 악쓰며) 악! 그러지 마요!

정 오   (아픈, 참고, 얼른 감은 눈을 뜨다, 놀라, 남자들 쪽 보면)

남자들, 서로 엉겨 주먹다짐을 하는, 젊은 남자가 남자를 아래에 눕히고, 주

먹으로 얼굴을 계속 치는,

부 인   그러지 마, 그러지 마! (하고, 울며, 젊은 남자를 말리다, 안 되자, 옆의 맥주병
        을 들어, 젊은 남자 뒤에서 머릴 치려 하는데)

순간, 테이저건이 부인의 어깨에 맞는,

＊ 점프컷 》
정오, 누운 자리에서, 윗몸만 일으키고, 앉아, 테이저건을 쏜, 땀이 나는, 멍
한,
그때, 여주인, 주방에서, '어머, 어떡해!' 하고 방방 뛰며 소리치는,
부인, 맥주병을 놓치고, 힘없이 주저앉는데, 다른 손에 든 봉지를 놓치는, 바
닥에 떨어진 봉지에서 임신 테스트기가 빠져나온, 젊은 남자, 여주인의 소리
에 부인 쪽 보고, 남자, 그사이에 젊은 남자를 힘껏 밀치고, 피를 흘리며, 기
어가서 부인을 안고, 당황한,

남 자   여보, 여보..
남 일   (계단을 내려오다 그 모습 보고, 멍한, 당황한) ?!
남 자   (정오에게, 울부짖는) 뭐하는 거야, 우리 와이프 임신했는데! 우리 애기 어떡
        해! 여보, 여보!
정 오   (테이저건 쏜 자세로, 멍한, 이게 무슨 일이지 싶은) ...

그런 정오의 모습에서, 엔딩.

6부

지금 우리에게
필요한 것

씬 1. 고시원(5부, 피씨방 남아가 사는), 밤.

　　어질러진 집 안, 남아는 꼬질한 얼굴로 핸드폰으로 티브이 프로그램을 보고
　　있고, 아이 엄마, 힘들고, 기운 없는 얼굴로, 서서, 남아를 보며,

아이 엄마　밥 먹으러 나가자고, 엄마가 너 좋아하는 피자 사준다고?
남 아　　　(핸드폰만 보며, 시무룩하게) 배 안 고파.
아이 엄마　(달래는) 주연아, 너 안 가면 엄마만 간다. (하고, 혹시나 아이가 따라나설까
　　　　　　싶어, 사라지는)
남 아　　　(핸드폰만 보는)
아이 엄마　(잠시 후, 다시 돌아와, 바닥에 앉아, 남아를 보며, 슬픈, 옆에 있는 약봉지를
　　　　　　뜯어 약을 먹으려다가, 수면제통을 가만 보는, 그러다 남아를 보고, 작심한
　　　　　　듯 수면제를 한 손에 한 움큼 덜어서 들고는(아직 안 먹은), 물 마시는)

씬 2. 동네 지하 술집, 밤(5부 엔딩씬, 연결).

　　5부 상황과 다르게, 모두 정오의 시점으로 보이는,
　　정오, 이미 테이저건을 쏜 상태로 테이저건을 들고 있는, 땀이 나는, 멍한,

＊ 점프컷, 인서트 》

부인, 넘어져, 머리 뒤쪽에서 피가 흐르는,

봉지에서 나온 임신 테스트기,

＊ 점프컷 》

남일, 들어와 벌어진 상황 보는, 놀라고, 두렵고, 멍한,

＊ 점프컷 》

정오의 멍한 얼굴 위로, 남자, 젊은 남자를 밀치고, 부인을 안고, 울부짖는 목소리 들리는, '뭐하는 거야, 우리 와이프 임신했는데! 우리 애기 어떡해! 여보, 여보!' 하는,

＊ 점프컷 》

남 일   (다급하지만, 진지하고, 애써 침착하려 하는, 부인의 목에 손 대고, 경동맥 확인하고, 눈으로 한쪽에 놓인 임신 테스트기를 보고, 침 삼키고, 부인의 머리 뒤에서 피가 나는 걸 보며, 무전 하는) 연희2로 일이칠팔 번지 지하 호프집, 40대 임산부로 추정되는 여자가 경찰의 테이저건을 맞고 쓰러졌다, 후두부에 출혈,

정오, 테이저건 내리며, 멍한, 이게 무슨 일이지 싶은, 땀이 나는, 그런 정오의 얼굴 위로 남일의 목소리가 이명처럼 들리는,

남 일   (E) 의식불명, 의식불명.. 119 지원 바람, 119 지원 바람. 연희2로 일이칠팔 번지, 지하 호프집, 40대 임산부로 추정되는 여자가 경찰의 테이저건을 맞고 쓰러졌다, 40대 임산부로 추정되는 여자가..

F. I.

자 막

제6화 지금 우리에게 필요한 것

씬 3. 도로, 밤.

구급차 달려가는,

씬 4. 구급차 안, 밤.

부인, 의식을 잃고 침대에 누워, 호흡기를 하고 있고, 구급대원1, 거즈를 부인의 후두부에 대고, 지혈하고 있는, 남자, 아내의 손을 잡고, '여보, 여보, 정신좀 차려봐, 여보..' 하며 우는,
옆 좌석의 남일, 답답하고 맘 아프게, 멍하게, 부인을 보는, 막막한,

* 점프컷, 도로 》
구급차를 스쳐서, 앞 씬 피씨방 남아의 엄마, 핸드폰을 들고, 눈물을 흘리며, 휘적휘적 걸어가다, 한쪽 건물의 계단에 앉아, 핸드폰을 들어, 전화하는, 신호음 가는,

씬 5. 도로(5부에 나왔던), 밤.

상수, 진지한, 전화를 받으며 한쪽으로 걸어가는,
상수의 뒤로, 레커차가 와서, 차를 견인해 가는 게 보이는, 양촌, 레커차가 원활히 갈 수 있게 호루라기를 불며, 주변 차량을 안전하게 통제하거나, 소통시키는, 그 그림 위로,

상 수   (걱정, 차분하고, 진지하게) 대체 무슨 일이에요? 아이 엄마가 죽어도 애기키우겠다더니, 갑자기 왜 아일 아동보호 전문기관에 보내겠다고,

씬 6. 경찰서 사무실 안, 밤.

장미, 자리에 앉아 편하게, 담백하게 전화하는,

장 미 애가.. 염상수 순경이 보내준 동영상에서처럼 웃는 걸, 보고 싶대. 엄마 맘이 그렇지 뭐.

장 형사 (밖에서 들어와, 장미의 책상에, 70대 노숙자로 보이는 범죄자가 번호판을 들고 찍은 사진을 서너 장 놓는)

장 미 (그 사진을 들고, 보며, 담담히 전화하는) 염상수 순경이 한 건 했다. 그럼 수고. (하고, 전화 끊고, 사진을 보는, 진지한)

장 형사 (진지한) 외국계 여성 불법 성매매 장소로 추정되는 오피스텔, 명의자예요. 무전취식, 주취소란, 편의점 생필품 상습절도로 경찰서랑 교도소를 왔다 갔다 하는 노숙자. 딱 봐도 바지사장, 상선은 따로 있는 거죠. 오양촌 경감님이 계셨던,

장 미 (눈만 들어, 장 형사를 보고, 진지한)

장 형사 (진지한) 장동 지역에서도 지난달, 조직적으로 불법 성매매하는 장소로 추정되는 곳이 발견됐는데, 거기도 법인사무실로 등록되어 있고 대표자는 노숙자예요.. 현재 그쪽 서에서 거취 추적 중이고, 오양촌 경감님 직속이었던 이주영 경위가 담당이에요.

장 미 (맘에 안 드는) 주영이가 담당이라.. (그래도 받아들이는) 그쪽과 공조해. (하고, 뒷사진을 보면, 5부에 나왔던 엘리베이터의 피해여성의 여권 사진이 보이는)

장 형사 캄보디아 여자예요. 출입국관리소에서 얻었어요. (하고, 제 핸드폰에 찍어둔, 사건현장 엘리베이터 안의 동남아 여자를 보여주는)

장 미 동일인물 맞네. (하며, 컴의 자판을 툭 치면, 화면에, 모자 쓴 20대 남자, 사건현장 엘리베이터 안에서 나와 주차장 쪽을 한번 보고(검은 차 앞에 흰 차가 주차되어 검은 차를 뺄 수 없는), 잠시 주저하다, 큰길로 빠르게 걷는 모습이 보이는)

장 형사 (장미와 컴을 같이 보며, 답답하게) 아.. 이놈.. 여자를 그따위로 만들고.. 어떻게 저렇게 차분하게... 이놈을 찾아야 되는데..이거..

씬 7. 도로, 일각, 밤.

상수, 편안하게 서서, 핸드폰 속 동영상을 보는,

* 점프컷, 인서트 – 동영상 내용 》
눈이 날리는데, 피씨방 남아가 아이들과 축구를 하는 모습을 상수가 찍은, 남아, 뛰어다니다, 넘어지면, 친구들이 와서, 손잡아 일으켜주고, 남아, 울지 않고, 일어나 뛰며, 친구들과 너무 밝게 웃는, 즐거운,

* 점프컷 》
상수, 동영상 속 아이 보며, 짠하게 웃는,

* 점프컷 》
양촌, 멀리 레커차 가는 걸 보며, 핸드폰 하고 있는, 착잡하고, 진지해지는,

양 촌	(눈으로 상수 보고, 전화하는, 답답한) 그래서.. 한정오는 어딨어? (사이, 답답한, 차분한) 알았어, 원우야. 곧 들어갈게. (하고, 휘파람을 불어, 상수를 부르고, 순찰차 조수석에 오르는)
상 수	(핸드폰 주머니에 넣으며, 빠르게 와서, 순찰차 운전석에 타고, 시동 걸며) 사건 났어요?
양 촌	(답답하고, 차분하게, 보며) 지구대로 간다. 한정오가 테이저건으로 임산부를 쐈대. 병원으로 옮긴 임산부는, 의식불명.
상 수	(쿵 하는, 가만 양촌을 보다, 놀란 맘, 애써 참고, 진지하고, 빠르게, 사이렌 켜고, 빠르게 유턴해서 가는)

씬 8. 병원, 수술실 앞, 밤.

의사들, 수술실 앞에 서 있고,

구급대원, 산소마스크를 한 부인이 누워 있는 이동침대를 끌고 수술실로 빠르게 들어가는,

뒤따라오던 남편, 수술실에서 간호사들에게 '못 들어가십니다' 하고, 제지당하자, 주저앉아, '여보, 여보' 하며 엉엉 우는, 남일(남편과 멀리 떨어진), 뒤따라오다, 벽에 기대는, 착잡한, 민석, 연락받고 오다, 걱정스레 남편 보고, 남일에게,

민 석 (진지하게, 걱정) 정오가 테이저건 쏠 때, 넌 뭐하고 있었어?

남 일 (속상한) 그 기집애가 그냥, 가만있음 될 걸, 저 혼자 나댄 거라고! 아우! (하고, 바닥에 주저앉는)

씬 9. 아파트 앞 도로, 밤.

한솔, 사복 차림으로 걱정되고 진지한 얼굴로 죽어라 뛰어나오며, 거리의 택시를 부르는, '택시, 택시, 택시!'

씬 10. 지구대 안, 밤.

무기고에서, 2팀장, 근무복 입은 2팀원들이 총기를 가지고 나가는 걸, 관찰하는, 진지한, 그때, 한솔, 헉헉대며, 이 앙다물고, 서둘러 뛰어 들어와, 그대로 이층으로 올라가는, 이내, 양촌 상수, 들어와 이층으로 가는,

2팀장 (걱정스레 그들을 보는, 다시 무기 가져가는 걸 관찰하며) 다음..

그때, 조사실 안에서 소리치는 소리 들리는, 2팀장 보는,

젊은 남자 (E) 야, 말은 바로 해!

씬 11. 조사실 안, 밤.

술집의 젊은 남녀, 의자에 앉아 있고, 종민, 조서를 꾸미던 중인,

젊은 남자 (여기저기 터져(남편과 다툴 때), 책상을 치며, 소리치는) 내가 그 여잘 총으로 쐈냐?! 니들 짭새들이 그 여잘 (총 쏘는 시늉하며) 빵빵 쐈지!

종 민 (화나, 서류로 책상을 탁탁 치고, 일어나, 버럭) 누가 총을 쏴! 테이저건이지! 그리고, 내가 지금 테이저건에 대해 조사해요?! 당신들 폭행사건 조사하지?! 술집에서 처음,

젊은 여자 (말꼬리 자르며) 두 번짼 몰라도, 첫 번짼 그 늙은 놈이 내 남친을 먼저 때렸다구요! 씨씨티브이 봐요!

젊은 남자 내가 그 자식도 니들 경찰도 다 고소할 거야! 너도 그놈도 그놈 마누라도 다 흙수저니까, 흙수저끼리, 한패 돼서 날 엿 먹일라고? 웃기지 말어, 우리 아버지가 누군지나 니들이 알어?!

종 민 (앉아, 열받는, 젊은 남자를 보며, 뭐 이런 게 있나 싶게 보는) ?

씬 12. 남자 휴게실 안, 밤.

혜리, 원우, 승재, 한표, 사복 차림으로 답답하게 앉아 있거나 벽에 기대서 있는, 생각 많은,

경 모 (E, 답답한) 테이저건 맞은 부인은 넘어지면서, 계단에 부딪혀 후두부가 7센티 정도 찢어졌는데, 막 수술 끝났대.

씬 13. 여자 휴게실 안, 밤.

정오, 벽에 기대 혼자 앉아 있는, 멍한, 그 앞에서, 명호, 정오를 걱정스레 그러나 차분히 마주 보고 앉아 있는, 둘 다 근무복 차림인, 잠시 후, 근무복 차림의 상수 오면,

명 호	한정오 손이랑 얼굴 상처 좀 치료해. (하고, 나가고)
상 수	(한쪽에서 구급상자 가져와, 앉아, 얼굴을 먼저 치료하는, 걱정돼도, 차분한)
한 솔	(E) 임산분데 마취 안 되잖아?
경 모	(E) 그래서 그냥 쌩으로 했대요. 부인은 의식을 찾았는데, 심박이 불안하고, 남편은 임신한 여잘 총으로 쏘는 법이 어딨냐고, 한정오를 과잉진압으로 고소하겠다고 길길이 날뛰나 봐. 뱃속에 아이 상태도 안전한지 아직은 알 수 없고,

씬 14. 지구대 식당 안, 밤.

양촌, 경모, 한솔, 삼보, 자리에 앉아 진지하게 말하고 있는,

양 촌	(진지하고, 예리하게 경모 보며, 담담한) 한정온 임산부한테 왜 테이저건을 쏴? 매뉴얼 몰랐대?
경 모	겉으론 티가 안 나, 남편이 말해서 알 정도.
한 솔	(경모 보며, 걱정돼도, 담담히) 현장에 임신 테스트기가 있었다면서, 그럼 임신인지 아닌지, 아직 모르는 거 아냐?
경 모	한 번 해보고.. 재차 확인해볼라고.. 또 산 거래요. 초산은 아냐, 셋째래요.. 퇴근했던 산부인과 의사가, 연락받고 병원으로 오는 중이니까, 곧 답 나오겠지.
한 솔	(답답한, 걱정) 애가 임신 삼 개월은 넘어야 할 건데... 안 그럼 전기충격이 위험할 건데...
삼 보	(답답하지만, 진지한) 가게 씨씨티브이를 돌려봤는데, 정오가 테이저건으로 부인의 어깰 쐈드라고,
경 모	매뉴얼대로 팔 근육을 겨냥했다 비껴 맞은 거 같아. 부인이, 넘어지다 다친 건 사고 거지,
삼 보	맞아, 우리 경찰 책임은 아냐, 그건?
양 촌	(생각하며, 담담한) 호철 선배 일은, 사고였어도, 청문감사실에선 나한테 책임 물었어. (한솔 보며, 진지한) 고소든 민원이든 들어가서, 감찰이 뜨면, 이미 걔들은 우리 편이 아니야.

한 솔   (생각 많은)

         그때, 명호, 오고, 모두 명호를 보면,

명 호   (진지한, 차분한) 한정오가 테이저건 쏠 때 사전 경고를 안 했네요. 매뉴얼은
         아니지만,
한 솔   (생각 많은) ..
경 모   (답답하고, 화나, 버럭대며) 그래도, 경고는 해야 맞지! 몇 번을 말해! 언론도
         국가도 일 나면 모두 우리 편 아니라고!
양 촌   (한숨, 답답한, 진지한)
삼 보   (경모 보며, 답답한, 버럭) 젠장, 그럼 우리 경찰보고 어쩌라고! 위급상황에서
         구구절절.. 그러다 사람 죽음 어쩔라고?!
양 촌   (한솔에게, 진지한) 경고는 그렇다 쳐도, 안전한 타격점인 팔다리 근육이 아
         닌, 어깰 쏜 건 문제가 될 거야.
삼 보   사람이 가만있냐?! 움직이는데 어떻게 타격점을 백 프로 제대로 맞춰! (양촌
         보며) 여깄는 우리들도 못 맞춘다!
명 호   (생각하는, 그러다 한솔 보며) 한정오가 그 상황에서 빠르게 테이저건으로
         제압을 안 했다면 살인이나, 살인미수까지 갈 수도 있는 일이었어요.
삼 보   (한솔 보며) 사람이 넘어진 거까지, 티도 안 나는 임산분 거까지, 경찰한테
         다 책임 전가하면, 이 세상에 경찰복 입을 놈이 누가 있냐?!
경 모   (삼보 보며, 답답한) 문제 감찰 놈들은 경고니, 타격점이니 그런 것만 따진다
         는 거예요! (말 톤을 바꿔, 한솔에게, 진지한, 강하게) 이건 한정오뿐만이 아
         니라 지구대 전체의 위기예요, 남편이 고소하면,
양 촌   (한솔에게, 차분히, 그러나 냉정하게) 우리도 공집이랑, 경찰 폭행으로 맞장
         떠요. 강하게 가.

         그때, 한솔의 전화 오고,

한 솔   (담담히, 핸드폰 보며) 서야. 벌써, 민원 들어갔단 얘기네. 이렇게 되면 한정오
         는 바로 감찰이야. (양촌에게) 넌 한정오가 경고는 잊었어도, 다른 매뉴얼은
         완전히 인지했는지 확인하고, (경모에게) 넌, 남편하고 맞짱 뜰 때 뜨더라도

병원 가서 일단 달래.

경 모   (답답한) 아, 썅.. 진짜... (하고, 나가고)

한 솔   (전화받으며, 나가며) 어, 김 경감.. (하다가, 갑자기 화나는) 뭐, 지구대원들을
대체 어떻게 갈쳤냐고? (버럭) 야, 임마, 그럼 경찰이, 살인을 방조해야 맞냐?
테이저라도 쏘는 게 맞지?! 너 말을 무슨 그따위로 해!

명 호   (양촌에게) 저도 병원 갈게요. (하고, 나가는)

삼 보   (나가며) 뱃속에 애기가 별일 없어야 할 건데..

양 촌   (물 마시는, 진지한)

씬 15. 여자 휴게실 안, 밤.

상수, 정오(얼굴에 밴드를 붙인)의 손에 약을 발라주는,

정 오   (가라앉은) 테이저건 맞은 여자랑.. (눈가 붉은) 뱃속에.. 애기는?

상 수   (맘 안 좋지만, 짐짓 차분히, 보며, 고개 저으며) 몰라.. 아직..

정 오   (막막하고, 참담한, 멍한) 죽을 수도 있나.... 엄마랑.. 애기가...

상 수   (치료하며, 차분한) 넌 잘못 없어. 매뉴얼대로 다 했잖아, 테이저건도 팔다리
근육을 맞추려다 어깨 쏜 거 아냐?

정 오   (눈가 붉은 채, 담담히) 아니, 몰랐어.

상 수   (치료하다, 멈추는, 가만있다가, 보면)

정 오   그 순간에 매뉴얼 같은 건 생각도 못했어. 까맣게 잊었다고... 그냥 반사적으
로... 아무렇게나 쏜 거야. 심장을 맞출 수도 있었던 거지..

상 수   (맘이 쿵 하는, 담담히, 치료를 하며) ... 청문감사실 가게 되면. 아무렇게나
쐈다곤 말하지 마. 잘못하면 너 옷 벗어.

그런 상수, 정오의 모습 위로, 상수의 말꼬리 자르며, 양촌의 말소리가 들리
는,

양 촌   (E) 청문감사실 가면 무슨 말을 하지 마.

정오, 상수   (그 소리에 문 쪽 보는)...

양 촌 (매섭게 꼬나보며, 서 있는)

씬 16. 지구대 피트니스장 앞, 밤.

상수, 혜리, 답답하게 앉아 있고,

씬 17. 피트니스장 안, 밤.

양촌, 정오, 마주 앉아 손에 차 들고 있는,

정 오 (참담하게 앉아 있는)

양 촌 (차 한 모금 마시고, 정오 보며, 차분히, 그러나 진지하고, 담백하게) 낼 오전 감찰에서 연락 오고, 조사받게 되면.. 매뉴얼을 잊었단 말은 .. 절대 하지 마.

정 오 (양촌 보는, 막막한, 그러나 기운이 빠지진 않은)

양 촌 (정오의 눈을 똑바로 보며) 넌, 얼결이 아니라, 경찰의 사명감과 함께, 매뉴얼 대로 정확히, 테이저건을 여자의 팔 근육을 겨냥해, 쏜 거야. 어깨는 비켜 맞은 거고. 니 잘못은 없는 거지.

정 오 (눈가 붉어지지만, 차분히, 양촌 보며) 거짓말.. 이잖아요, 그건.

양 촌 (차분히 보며, 진지한) 결과는 거짓말이 아니지. 가끔은 진실보다 사실이 더 중요해.

정 오 (눈물이 나려 하는, 맘 아픈, 참고, 진지하게) 과정은 무시되고, 결과가 좋다고, 자위하는 건,

양 촌 (정오의 눈을 보며, 진지하고, 따뜻한) 지금 니가 하는 자책이.. 자위보다, 난 건 뭔데? 힘들게 입은 경찰복 벗을 거야?

정 오 .... (할 말이 없는, 그러나 맘 아픈, 눈물이 나는, 창가 쪽 보는데, 눈물이 뚝뚝 흐르는, 어쩔 줄을 모르겠는, 눈물을 닦으며, 먼 데를 보는)

양 촌 (담담히, 정오 보며) 뭐 그것도 나쁘진 않겠다.

정 오 (안 보는)

양 촌 그럼, 너 말고 또 위급한 상황에선 매뉴얼을 잊는, 너보다 경험 없는 능력 없

는 시보들이 그 자리에 오겠지.

정 오 (안 보고, 맘 아픈) ... 전 아무래도 좋은 경찰이 될.. 자격이,

양 촌 (보며, 착잡한) 좋은 경찰이 뭔데?

정 오 (눈가 그렁해, 보면) ..

양 촌 나는 솔직히 아직도 좋은 경찰이 뭔지 모르겠다, 다만.. 심오하게도, 좋은 경찰이 될 자격에 대한 생각을, 질문을 하는 니가... (진심, 가볍게) 이 지구대에서 좀 더 크길 바래. (밖에 대고) 염상수!

상 수 (문 열고, 양촌 보면)

양 촌 (일어나며) 정오 데리고 집에 가.

혜 리 (들어오며) 정오가 애기가 걱정된다고, 병원 가자고,

양 촌 (말꼬리 자르고, 상수 지나쳐 나가며) 가지 마.

상 수 (맘이 짠한, 정오 쪽으로 와서, 정오 앞자리에 앉는, 담담하게 정오 보는)

혜 리 (정오의 뒤에서, 정오를 안고, 고개 숙이고, 가만있는)

씬 18. 지구대 복도, 밤.

양 촌 (전화받으며 가는) 어, 명호야, 도착했구나? 태아는..? (사이) 진료한 산부인과 의사는 뭐래?

씬 19. 정오의 방 안 + 거실, 밤.

정오, 방으로 들어와 침대에 걸터앉는,
혜리, 제 방에서 이불을 가져와 침대 옆에 까는,
정오, 혜리 보면,

혜 리 (이불 깔며, 담담히) 상수가 니 옆에서 꼼짝 말래.

그때, 상수, 이불을 들고 들어와 거실에 까는,

혜 리 (상수 보며) 방 바꿔줄까? (하다가, 방바닥만 보며 제 생각에 빠진 정오를 보며) 농담이야. (하며, 이불 마저 깔고, 화장실로 가는)

상 수 (이불 깔고, 앉아, 천장만 보는, 담담한)

정 오 (생각하다, 일어나 나가는)

상 수 (벌떡 일어나, 가는 정오의 손목을 잡으며, 차분히, 담담하게) 어디 가?

정 오 (단호한) 병원. (하고, 가려 하면)

상 수 (손목을 잡아채, 정오의 두 손목을 잡고, 차분히) 오양촌 씨가.. 병원 가지 말래, 니가 가면, 남편이,

정 오 (눈가 붉지만, 단호한) 가만 안 두겠지. 남편이 하는 대로, 당할 거야.

상 수 니가 뭘 잘못해서,

정 오 (말꼬리 자르며) 지금 나한테 필요한 건, 걱정이나 위로가 아니라 뱃속에 애기랑 엄마의.. 생사 확인이야. (하고, 손 뿌리치고 가는)

상 수 (맞다 싶은, 옆에 벗어둔 웃옷 들고, 나가며) 같이 가. (하고, 먼저 나가는)

정 오 (가는 상수 보다, 나가는)

혜 리 (칫솔 물고, 나가는 둘 보며) 야, 니들 어디 가?!

현관문 닫히는,

씬 20. 병원 병실 복도, 밤.

정오, 상수, 엘리베이터에서 내려 병실 쪽으로 가려는데, 갑자기, 한쪽 병실에서 남편(여기저기 터진, 상처 난)이 나오다, 정오를 보며,

남 편 저 경찰 년이, (하고, 다짜고짜 정오에게 달려들어, 먹살을 잡고, 뺨을 여러 대 치며) 니년이 여기가 어디라고 와, 니년이 여기가 어디라고, 와!

상 수 (남편을 뒤에서 안고, 말리는, 맘 아픈, 다급한) 선생님, 선생님, 진정하세요, 선생님, 진정하세요.

남 편 이년, 이 잡아 죽일 년, (하며, 계속 때리는)

정 오 (맞고, 눈물 흘리며, 이런 상황이 맘 아파 바닥에 주저앉는, 멍한, 아픈지도 모르겠는)

명호, 민석　(오다가, 그 모습을 보고, 상수에게서 남편을 잡아끌어, 다른 데로 데리고
　　　　　가며) 진정하세요, 진정하세요... 애기도 부인분도 다 괜찮다잖아요, 진정 좀
　　　　　하세요.. 이러다, 이제 선생님이 쓰러지겠어요....

남　편　(울며, 끌려가며) 너 땜에 우리 마누라랑 애기가 죽을 뻔했다고! 너 땜에, 이
　　　　　년아!

상　수　(명호와 민석을 보다, 정오를 안쓰레 보는, 정오 앞에 가서, 한쪽 무릎 세우
　　　　　고, 한쪽 무릎은 꿇고, 눈가 붉어, 차분하게 정오 보며) .. 정오야.. 들었지? ..
　　　　　남편이, 선배들이.. 하는 말.. 애기도 부인도 괜찮다고.. 너, 들었지?

정　오　(눈물이 흐르는, 안도감이 드는, 고개를 천천히 끄덕이는) ...

상　수　(차분히, 우는 정오를 가만 보고, 정오의 한 손을 살짝 잡고, 가만 정오가 진
　　　　　정되길 보기만 하는) ..

　　　　✻ 점프컷 》
　　　　남일(지치고, 답답한), 한쪽에서 정오를 보다, 돌아가며, 핸드폰 하는,

남　일　(착잡한, 답답한) 알았어, 지금 가?! 간다고? 배달하러! (하고, 전화 끊고, 가
　　　　　는, 답답한)

종　민　(E) 진짜, 남일이 새끼, 그거 진짜 의리 없어.

씬 21. 식당, 희뿌연 새벽.

　　　　경모, 양촌, 종민, 삼보, 민석, 밥을 허겁지겁 맛있게 먹으며,

종　민　어떻게, 지만 쏙 집에 가냐, 지 부사수 일을.. 남 일처럼.. 하튼 얍삽한 새끼.

삼　보　명호는?

경　모　(별스럽지 않게) 그 자식은 정오 좋아하나 봐?

삼　보　그럼 현수는 잊은 건가?

민석, 종민　잊으면 다행이지, (웃긴) 근데, 진짜?

경　모　(먹으며, 대수롭지 않게) 안 그러면 상수도 있는데, 왜 지가 정올 집에까지
　　　　　모셔다준대.

양 촌	(밥 먹으며) 명호가 정오 좋아하는 게 뭐가 문제냐, 니가 임마, 내 마누라 넘 보는 게 문제지?

종민 제외한 모두　(먹다 뿜는)

종 민	(웃음을 참는)
경 모	(꼬나보며, 담담히) 그렇게 잘살지, 왜?
양 촌	(화나 경모 보는) ?!
삼 보	(둘 사이에 손 넣어, 손사래 치며, 버럭) 야, 야, 야, 니들 삼각관곈 니들만 있을 때 따져!
한 솔	(화장실에서, 손의 물기를 바지에 닦고 나와, 웃으며, 앉으며) 그러게 말이에요, 형님 알고 싶지도 않은데, 자꾸 정볼 주고 지랄들이야, 그지? (밥 먹으며) 아, 근데 왜 난 자꾸 피똥을 싸냐?
모 두	술을 애지간히 마셔, 쫌! 치질수술도 받고요.
민 석	근데, 오늘 사건, 부부 말이야, 지지리 가난한 사람들 같은데.. 술집에서 싸운 젊은 놈들이 고소한다고 난리 핀 건 어떡해? 자칫하다간 남편은 폭행, 부인은 임신한 상태에서 특수상해 미수로 벌금 먹게 생겼든데..
삼 보	(밥 먹으며, 걱정) 그러게, 당장 병원 응급실비도 없어서, 양촌이, 나, 민석이, 경모, 명호 되는 대로 대충 각출은 했는데..

양촌, 경모　(사람들 말이 오가는 사이, 자신들의 감정을 추스르는, 일단 참자 싶은)

한 솔	(밥 먹으며, 다 아는 듯 무심히) 종민아, 읊어.
종 민	(핸드폰에서 동영상을 모두가 보게 앞으로 해서, 보여주는)

한솔 빼고, 모두 보는　?

＊ 점프컷, 인서트 – 핸드폰 동영상 》

동네 지하 술집 근처 골목, 밤.
젊은 남녀가 외제차를 타고, 백 미터 정도 가다가 멈춰 서는, 젊은 남자, 나와, 술집 쪽으로 가는,

종 민	(보여주며, 말하는) 지금 보는 이 씨씨티브이 동영상은 첫 번째 시비가 붙고 난 담에, 이것들이 술집에서 나와, 지들 외제차를 몰고, 백 미터 정도 보란 듯이 음주운전을 한 장면! 그러다 핸드폰을 술집에 둔 걸 알고, 아차! 다시 남자는 차에서 나와 술집으로.. 사고 친 거지, (핸드폰을 흔들며) 이 영상은, 원

우랑 승재가 찾았어요. (하고, 핸드폰 놓고, 웃으며, 밥 먹고) 놈이 이걸 보고 그 전까지 악악대다, 지 아버지 알면 죽는다면서, 갑자기 태도가 돌변해 손이 발이 되게 (시늉하며) 싹싹싹!

한 솔　남자 놈 아버지가 음주운전하면, 놈이 젤 아끼는 외제차를 뺏는다 그랬대. 그래서 내가 종민이한테 딜을 시켰지. 음주운전 건 눈감아주는 대신 남편 폭행 건은 고소 마라.

종 민　그리고, 1차 폭행사건 땜에 2차 테이저건 사건이 벌어져 부인이 다친 거니까, 알아서 선처 바란다 그랬더니... 거금, 오백을!

한 솔　남편에게 척! 그러면서 부인의 특수상해 미수도 자기 잘못이니 선처 바란다, 탄원서까지 쓰고.... 크크.

삼 보　(기분 좋은) 아사사사... (하며, 박수를 치는)

양 촌　(박수 치는, 시원한 느낌이다) 잘했다!

경 모　(농담조, 비아냥, 한솔과 종민 보며) 상사나 부하나... 경찰이 딜 하냐? 법대로 해야지!

한솔, 양촌, 삼보, 민석, 종민　(경모에게) 너나(형님이나) 좋은 경찰 되세요! 법대로 하는! 너나(형님이나)!

다 들　(웃는)

경 모　(한솔에게) 낼 한정오 강남일, 감찰 가서, 별일 없겠죠? 어깨 쏜 게 자꾸 걸려서.. 그게 자칫하면, 안면이나 목이라, 만약 그게 문제 생기면 걔 시보 생활 못할 건데..

한 솔　(밥 먹으며) 별일 있을 게 뭐 있어? 한정오가 매뉴얼을 확실히 인지하고 했는데.. (양촌에게) 그지?

양 촌　(피하는) 오줌 싸고 올게! (하고, 가는, 답답한)

모두들　아, 드럽게 자식!

씬 22. 정오의 거실 안, 아침.

정오, 차를 타고 있고, 명호, 상수 앉아 있고, 혜리, 정오 방에서 이불을 가지고, 제 방으로 가는,

혜 리 잘됐다, 애기랑 엄마가 괜찮아서... 이제야 좀 편히 자겠네.. (하고, 제 방에 이불 놓고, 정오에게 와, 볼에 입 맞추고) 그만 웃어. (하고, 명호에게) 차 드시고 가세요. (하고, 제 방으로 가는)

명 호 (앉아, 주변 둘러보며) 집이 이쁘다. (옆의 상수 보며) 넌 니네 집 안 가?

상 수 (턱으로 한쪽에 깔린 제 이불을 가리키고, 정오가 쟁반에 가져온 차를 마시는) 오늘은 여기서 잘려구요, 엄마가 주무셔서.. 들어가면 깨요.

명 호 (귀엽단 듯, 웃는) ..

상 수 (정오에게) 괜찮지? 나, 거실에서 자도. 세수나 좀 해야겠다. (명호에게) 선배님은 곧 가실 거죠? 제가 피곤해서.. 빨리 잘라고.. 안녕히 가세요. (하고, 화장실로 들어가는)

정 오 (차를 마시며, 한쪽에 앉는, 명호 안 보고) 죄송해요.

명 호 사고 안 치고 경찰 된 놈 있음 나와보라 그래.

정 오 (차분히, 찻잔만 보는, 차분한) ... 어쩌다 경찰이 됐지만, 어차피 된 거면, 능력 있는 경찰이 되고 싶었어요.

명 호 자.

정 오 (보면)

명 호 너한테 지금 필요한 건, 잠. (정오가 귀여운, 머릴 흩트리는)

상 수 (화장실에서 세수하고 나오다, 그 모습 보고, 맘에 안 드는) 그거.. 터친데.. 정오는 여후밴데... 그러는 거.. 매너 아닌데..

명 호 (상수 보고, 웃고, 정오 보고, 따뜻하게) 낮에 감찰 조사 잘 받고.. (하고, 나가는)

상 수 (가는 명호 보고, 정오 보면)

정 오 (찻잔 놓고, 방에 들어가는)

상 수 (정오 들어간 것 보고, 두 사람의 잔을 씻는데)

혜 리 (방문 열고, 상수 보며) 너 정오 좋아하지? 크크크... 넌 최명호한테 (엄지손가락을 들었다 내리며) 졌어. (하고, 문 닫고)

상 수 (고개 돌려 물끄러미 보고, 안 웃고, 다시 고개 돌려, 찻잔만 닦는)

씬 23. 양촌 부의 동네, 낮.

양촌 부, 연(색깔 없는 한지 연이다, 양촌 부가 손수 만든)을 날리고 있는,
양촌(양복에 넥타이를 매지 않고, 그냥 길게 목에 건), 양촌 부를 부르는,

양 촌   (답답한) 아부지, 아부지!
양촌 부   (못 듣고, 연만 담담히 날리는)
양 촌   (답답한, 말없이 양촌 부 쪽으로 걸어와서, 연을 빼앗아, 자기가 날리는, 제법 잘하는) 애처럼 연은..
양촌 부   (보면)
양 촌   (연만 날리며, 양촌 부 안 보고) 오늘, 법원 가요. 장미가 이혼해달래서...
양촌 부   (자리에 앉는, 연을 보는)
양 촌   (연만 날리며, 맘 아파도, 덤덤히) 난 싫어도... 장미가 해달라니까... (양촌 부 보며, 담담히) 안 된다 그럴까? 소송 가면 내가 이길 수도 있는데?
양촌 부   (안 보는)
양 촌   말해봐요? 소송 가?
양촌 부   (담담히) 니가 장미한테 평생 뭘 해준 게 있다고.. 장미가 이혼해달라는 것도 안 해줘, 미친놈아. (하고, 앞을 보는)
양 촌   (맞는 말이다 싶지만, 기분 나쁜, 맘에 안 드는, 연 날리다) 아.. 쌩..! (하고, 하늘 보면)

연줄이 끊어져, 훨훨 날아가버리는,

양 촌   이런 도망갔네.. (하고, 양촌 부를 보면)
양촌 부   ... (연만 보며, 담담히) 연 떨어진 얼레 꼴이다.. 너나, 나나..
양 촌   (손에 든 얼레를 보는, 멍한, 이내 담담히, 얼레를 양촌 부 옆에 놓고, 가다, 뒤돌아서서, 양촌 부 보며, 답답해 묻는) 엄마를 좋아하긴 했었어요? 젊어선 맨날 패기만 했었으면서?
양촌 부   (연만 보며) .. 너는... (양촌 보며) 너는 기회가 있어... 아직 안 끝났어.
양 촌   (울컥하는, 맘 다잡고, 가는, 속상해서, 툭) 뭐, 그럼 아버진 끝났나? 엄마가 듣든 못 듣든 맬 미안하다 그래요! 맬! 내가 반성하나 안 하나 지켜볼 거야, 아주! (하고, 길로 성큼성큼 가는, 맘이 안 편한)
양촌 부   (멀리 나는 연만 보는)

씬 24. 경찰서, 청문감사관실 복도, 낮.

정오, 남일 조금 긴장해 의자에 앉아 있는, 경찰서 사람들 두어 명 그 앞을 지나가는,

남 일 (앞만 보며, 긴장한, 작게 구시렁) 사건 발생은 십팔 시, 오십 분경, 한정오 순경과 제가 현장에 간 건, 십구 시 십 분경, 저는, 주택가에 주차되어 있는.. (고개 젓고) 저는 주택가에 불법 주차되어 있는 차들 때문에 우회하고.. (작게 긴장되는지, 한숨 쉬는, 정오 안 보고) 사건 브리핑은 내가 할 거니까, 넌 조사 때 말 제대로 해.

정 오 (앞만 보는)

남 일 (맘에 안 드는) 무조건, 초지일관, 감찰 담당이, 뭘 묻든, 너는 앵무새처럼 매뉴얼대로 했다만, 반복하라고?

정 오 ...

남 일 (생각하니 화가 나는, 보며) 그러게, 혼자 개별 행동 말고, 경계만 하라고 했잖아! 왜 필요 없이 나대서, 일을 만들어?!

정 오 (참담한, 앞만 보는)

남 일 너는 여자라,

정 오 (남일 보는, 불쾌한 맘이지만, 참는, 싸늘한)

남 일 (보며, 화를 참고) 맞잖아, 여자! 넌 경찰 일 관두면, 너 하나 직장 잃는 거지만, 나는 애가 있고, 아내가 있어! 한 집안에 가장이라고?!

그때, 사무실 문 열리고, 감찰 담당 얼굴 내밀고,

감 찰 들어와요. (하고, 들어가는)

남 일 (들어가는)

정 오 (들어가는)

씬 25. 감찰 조사실 안, 낮.

책상을 사이에 두고, 감찰 담당 직원 두 명과 남일 정오가 앉아 있는,

남 일　(앞과 다르게, 당당하게) 한정오 순경이 테이저건을 발사했던 순간은, 누가 봐도 위급상황이었습니다. 당시 현장에 있었던, 술집 주인의 진술과 씨씨티브이 영상 속에서도, 그 사실은 명백합니다.

감 찰1　(조사 서류를 쓰는, 매서운 눈이다)

＊ 점프컷, 시간 경과 》

감 찰2　(정오에게 매섭게, 사람 전신 모양의 그림에 어깨 안쪽이 붉은 펜으로 그려진 걸 보여주며) 묻잖아요, 현장 초동조치 매뉴얼 잘 기억하고 있었냐고?! 그걸 다 기억하고도, 왜, 매뉴얼대로 팔다리 근육을 안 쏘고, 한 치만 비켜 나감 위험부위인 목, 심장, 안면인데 (표시된 곳을 손으로 치며) 어깰 쐈냐고! 어?

정 오　..

감 찰2　(버럭) 한 순경, 사실대로 말해, 매뉴얼 몰랐지?!

남 일　(정오를 답답하게 보며, 탁자 밑으로 감찰 담당이 안 보게, 정오 툭 치고) 말해.

정 오　(목에 진땀나는) ...

＊ 점프컷, 플래시컷, 회상 》

양 촌　가끔은 진실보다 사실이 더 중요해. (중략) 힘들게 입은 경찰복 벗을 거야?

＊ 점프컷, 현실 》

감 찰2　(정오에게, 차분히, 그러나 차갑게) 대답해요, 매뉴얼 알았어, 몰랐어?!

남 일　(정오를 보는, 왜 이러나 싶다)

정 오　...

씬 26. 법원, 일각, 낮.

장미, 양촌, 한쪽에 서 있는, 장미, 양촌의 넥타이를 매주고 있는,

양 촌   (담담히) 해보려고 했는데, 잘 안 되드라고. 맨날 넥타이 모양이 만들어져 있
는 것만 하다 보니까..

장 미   (편하게, 넥타이 매주며) 이혼하러 오면서, 넥타이는..

양 촌   (담담히) 전남편이래도 후줄근하면 그렇잖아.

장 미   (넥타이 다 매주고, 피식 웃고, 벽에 기대) 멋지네.

양 촌   (넥타이 바로 고치고, 담담히 보며) 내가 니가 나랑 헤어진 걸 땅을 치고 후
회하게 만들 거야, 아주! 다시 결혼해주세요, 악을 쓰게 만들 거야, 두고 봐,
내가, 그렇게 만드나 안 만드나?

장 미   (친구처럼 편하게, 웃고) 니가 이래서 좋았지.

양 촌   (바지 주머니에 손 넣고, 장미 담담히 보며, 툭툭 가볍게 던지는) 애들 보러
는, 아무 때나.. 나 가고 싶을 때 갈 거야.

장 미   (툭, 담담히) 이혼 전에 좀 그렇게 하지?

양 촌   (툭, 담담히) 월급도 70프로는 누나한테 보낼게.

장 미   (툭, 담담히) 땡큅니다.

양 촌   (보며, 담담히, 툭) 그냥 살면 안 돼?

장 미   (꼬나보면) ?

양 촌   (알았다는 듯) 아.. 이런 말이 싫구나. (담백한 척) 오케이. (하고, 시계 보다,
갑자기 장미 보며, 속상한) 진짜 못돼 처먹었어.

장 미   (담담히, 뭐라 그래 하는 얼굴로 보는) ?

양 촌   (화나고, 속상한) 내가 너랑 이십 년을 넘게, 한 집에서 애를 둘이나 낳고 산
남자야! 그럼, 적어도 나한테 사전에, 이혼하잔 폭탄 선언하기 전에, 이혼당하
고 후회 말고 조심해라, 경고는 했어야지! 야, 경찰이, 범인한테 총을 쏠 때도
움직이지 마, 그럼 총 쏜다, 그러다 총 맞는다! 세 번은 경고해! 그게 매뉴얼
이야! (한숨 쉬고, 다른 데 보는)

장 미   (가만 보기만 하는, 뭔 소릴 하나 그저 듣자 싶다) ..

양 촌   (다시 장미 보며, 가슴 치며, 눈가 붉어) 범인한테도 그렇게 배려하는데, 한 침대에서 살 부비고 애 낳고 산 마누라가 남편한테, 적어도 (손가락, 펴 보이며) 세 번은, 애도 부모도 돌보기 버겁다, 도와줘라, 너 그러다 나한테 이혼당한다, 외롭다 힘들다, 정도는 경고했어야 되지 않냐? (버럭) 어떻게 이렇게 하루아침에, 나는 니가 좋아 죽겠는데, 이혼하자! 정떨어졌다! 꼴 보기 싫다! 그리고 바로 법원! 이게 옳으냐?!

장 미   (담담히, 시계 보고, 양촌 보며) 시간 됐어.

양 촌   (장미의 말이 끝나자마자, 버럭) 알았어!

장 미   (양촌을 보며) 자꾸 정떨어지게 할래?

양 촌   (한숨 쉬고, 장미 보며, 힘들어도 담백하게) 우린, 잠자리만 안 하는 거야. 우린, 보긴 보는데.. 매일 못 보는 거뿐이야. 노력할 거야, 니가 날 다시 사랑할 수 있게. 들어가자. (하고, 들어가는)

장 미   (담담히, 따라 들어가는)

씬 27. 법원 상담실 안, 낮.

상담원, 서류 보면,
양촌, 장미(담담히) 앉아 있는,

양 촌   (담담히, 사무적으로, 스마트하게) 우린 합의 이혼이고, 아내가 원하는 건 무조건 해줄 겁니다. 막내가 미성년자지만, 이 상황을 이해하니까, 숙려 기간은 세 달 말고 한 달로 안 되나요?

상담원   아이가 있으면 무조건 삼 개월입니다.

양 촌   (장미 귀에 대고) 삼 개월만 버텨. (하고, 상담원 보며) 그럼 이제 어떻게 해야 되죠?

씬 28. 사격장, 낮.

정오, 상수, 한표, 원우, 승재, 진지하게 총을 쏘는,

그 진지한 모습을 여러 번 컷컷 보여주는, 다들 목이며, 이마에 땀이 흥건한,

＊ 점프컷 》

원우, 승재 땀을 흘리며, 팔이 아픈지 팔을 움직이며, '아, 힘들어' 하고 나가고,

정오, 상수, 총을 쏘는,

한 표	야야, 잠시, 쉬었다 하자. (하고, 나가는)
정 오	(다시, 총알을 장전하는)
상 수	(나가려다, 정오 보며) 그만해, 팔 안 아퍼?
정 오	(장전하며, 단호한) 지금 나한텐 능력이 필요해. (총알을 끼우며, 상수 보며, 진지한) 어떤 순간에도 매뉴얼을 기억하고, 총이든 테이저건이든 쏠 때, 움직이는 표적의 팔다릴 쏠 수 있는.. 능력. 감찰한테 거짓말했어. 떠올리지 못한, 까맣게 잊어버린, 매뉴얼을.. 마치, 달달 외우고 있던 것처럼... 다 알고서 행동했다고.
상 수	(가만 보는) ..
정 오	(표적에 조준하며, 차분하고 담담하게) 다신, 그런 치졸한 거짓말 안 하고 싶어. (하고, 총을 쏘는)
상 수	(장전하고, 총을 같이 쏘는)

씬 29. 구청(혹은 다른 지역의 쉼터가 있는) 주차장, 낮.

삼보(삼보(걱정과 화), 조수석, 혜리(짜증), 운전석, 둘 다 사복)의 똥차가 주차장 초입부터 안으로 무척 거칠고 빠르게 획 들어와 수많은 차 사이로 빠르게 주차되는, 혜리, 사복 차림에 짜증이 난 채 차의 운전석에서 나와 허리에 손 올리고 삼보 쪽을 보고 있고, 삼보, 사복 차림으로 걱정도 되고, 화도 난 얼굴로 조수석에서 내려, 허리에 손 올리고 답답한 마음으로 혜리를 보는,

혜 리	(삼보 맘에 안 들게 보며) 내가 이래도 운전을 못하고, 주찰 못해요?!

삼 보 (답답하게 보며, 단호한) 주차선 봐?
혜 리 (보면)

* 점프컷, 인서트 - 차가 주차된 자리의 주차선 》
차가 삐뚤게 선을 밟고 주차된,

* 점프컷 》

삼 보 옆 차 간격 봐.
혜 리 (짜증나, 보면)

* 점프컷 》
삼보의 차가 옆 차와 거의 붙어서, 옆 차가 문을 열 수 없는 상태인,

* 점프컷 》

삼 보 차를 그따위로 거칠게 몰고, 옆 차가 문도 못 열게 주차해 놓고, 새끼야, 이것
　　　도 주차냐?! 운전을 삼 년씩이나 했다는 새끼가,
혜 리 (어이없는) 참 내, 그 속도로 달려서, 이 정도면,
삼 보 (차에 타, 빠르게 후진해서, 차를 몰고, 나갔다, 주차장으로 빠르게 와서, 한
　　　번에 칼처럼 주차선을 맞춰 주차시키고, 나와, 혜리 보며) 이게 주차다, 임마!
혜 리 (어이없는, 답답한, 대들듯) 이게 경찰 일이랑 무슨 상관인데요? 이게 대체 뭐
　　　가 중요하다고, 출근 전에 내가 삼보 주임님한테 끌려 나와서, 관할 지역을
　　　뺑뺑이 돌아야 하는데(요),
삼 보 (말꼬리 자르며, 버럭) 그럼 너는 뭐가 중요하냐?! 주취자 오바이트 치우는
　　　거, 장애인 오줌 싼 거 치우는 거, 운전, 주차조차 안 중요하면 넌 뭐가 중요
　　　한데?!
혜 리 살인사건이요!
삼 보 (어이없어, 화나는) 살인사건에 범인만 있냐! 피해자는 어쩌고! 어떻게, 경찰
　　　이 피해자가 생기길 바랄 수가 있어! 이 철없는 새끼야!
혜 리 (어이없이 보며, 반성 없이, 화나 말하는) 나는 그냥 범인을 잡고 싶단 말을

하는 거예요! 나는요, 삼보 주임님처럼 평생 안전한 지구대만 전전할 생각이
없어요, 명호 경장님, 오양촌 경위님처럼 강력반, 수사팀, 가서 강력범 살인범
잡아, 표창도 많이 받고,

삼 보   (속상한, 차분한, 화난 게 아니라, 맘 아픈) 니가 나 늙었다고, 싫어하는 거
다 알아!

헤 리   (미안해도, 외면하는)

삼 보   (차에서, 휴지 묶음이며, 이런저런 캔 음식 담은 것들을 빼내서 들고, 가려다,
혜리 보며, 답답한 듯 말하는, 그러나 진심이 느껴지는) 근데, 너도 여자라 다
른 애들이 싫어해.

헤 리   (속상한, 소리치는) 나도 알아요! 삼보 주임님도 나도, 다 싫어해서, 결국 우
리 둘이 찬밥, 떨거지끼리 만난 거! (하고, 가는)

삼 보   (속상해, 혜리 보고, 답답한, 구청 건물 쪽으로, 가는)

헤 리   (삼보 보다, 그냥 가는, 속상한)

아줌마1   (E) 한순이 할머니 오늘 아침 여기 일 그만뒀는데요.

씬 30. 쉼터 안 + 복도, 낮.

아줌마들 서넛, 김치에 도시락에 컵라면 등으로 밥을 먹고 있는,
삼보, 문턱에 걸터앉아 있는,

삼 보   (의아하게, 얘기 듣는) 오늘 아침에 일을 그만둬요?

아줌마1   (밥 먹으며) 딸이 중증.. 근무력증이라나 뭐라나, 몇 년 전부터 겨우 입하고
손가락만 까딱거려서.. 애 돌본다고..

삼 보   (몰랐던 사실을 알게 된, 걱정되는) 아... 애가 아팠구나, 어려선 안 그랬는데..

아줌마2   그게 이십 년 전에 애가 큰일을,

아줌마1   (버럭) 그런 말을 뭐하러 해! 병하곤, 상관도 없는 얘길. (삼보에게) 할머니가
살짝 치매기가 있어요.. 애보다, 그게 더 힘든 거 같더라고..

삼 보   (안타까운) 아이고... 그래서 날 몰라봤구나..

아줌마1   근데, 진짜 할마씨 웃기네. 우리 먹으라고 음료를 (턱으로 음료 박스를 가리
키며) 사다주질 말든가, 쓰던 청소제를 가져가지 말든가.. (턱으로, 한쪽에 여

러 청소 제품들이 놓인 쪽 가리키며) 크레졸, 염산, 락스, 별에(의)별 걸 다 가져갔드라니까. 짠순이, 진짜..

삼 보 (청소제 있는 곳을 보는) ?

아줌마2 (라커를 보며) 진짜, 그런 걸 뭐하러 가져가, 딸 사진이나 뜯어 가지.

삼 보 (라커 보면)

＊ 점프컷, 인서트 – 라커에 붙은 사진 ≫

노모와 딸이 최근 웃으며 찍은 사진,

＊ 점프컷 ≫

삼 보 (짠한) .. (착잡한, 손에 든 것 주며) 이거 여기 쓰세요.. (하고, 청소제 쪽 다시 무심히 보는) ..

씬 31. 고등학교 운동장, 다른 날, 낮.

방과 후라 학생이 적은 학교,
건물 위를 보면, 몸이 여려 보이는 남학생, 기운 없이, 멍한 얼굴로, 땀을 흘리며, 높은 건물 옥상 난간에 앉아 있고, 이 학생의 얼굴 위로, 아래 운동장에 있는 사람들의 말소리 들리는,
건물 아래쪽엔, 남선생과 여선생들 두엇과 남녀 학생들이 건물 옥상 쪽을 올려다보며, '어떡해, 어떡해, 철민아, 내려와!' 하며 발을 동동 구르며, 서 있는,
여선생, 초조한 얼굴로 등 돌리고, 전화하며 서 있는,

남선생 (위를 올려다보며, 다급한) 야야야, 철민아, 제발 내려와, 거기 위험해!

아이들 (올려다보며) 야, 철민아, 내려와 위험해!

여선생 (크지만, 가라앉은, 단호한) 모두 조용!

모 두 (일제히, 여선생을 보면) ?

여선생 (전화하고 있는) 모두 조용히 시켰어요.

씬 32. 도로, 낮.

앞엔 민석 승재의 순찰차, 뒤엔 양촌 상수의 순찰차가 사이렌 울리며, 달리는,

*** 점프컷 》**

승재, 운전하고, 민석, 조수석에 앉아, 걱정되지만, 차분히 전화로 지시하는,

민 석   잘하셨구요.. 자살 기도자는 예민한 상태니, 되도록 신경 건드리지 않게, 선생님만 남으시고, 모두 그 자리 뜨라고 지시하세요.
여선생   (단호하지만, 차분히, E) 모두 여기서 자리들 떠! 선생님 얘들 데리고 다른 데로 가주세요! (민석에게, E) 시키시는 대로 했어요.
민 석   이제 선생님은 우리가 쉽게 들어갈 수 있게, 교문 활짝 열어두십시오.
여선생   (E) 네, 그렇게 할게요! (하고 전화 끊는)
민 석   (무전 하며, 차분하고, 진지하고 빠르게) 오양촌 경위님, 업무 분담합니다. 건물 옥상은 경위님과 염상수 순경이 오르겠습니다. 저와 승재는 매트 실은 소방대를 도와 일 진행합니다.

*** 점프컷, 양촌 상수의 순찰차, 교차씬 》**

양 촌   (무전 하며) 알았다, 그렇게 한다.
승 재   (말하는 중간에 앞만 보며, 진지한) 학교 근처 다 와갑니다, 사이렌 끄고, 비상등만 켭니다. (민석 승재의 순찰차, 사이렌 끄고, 비상등을 켜는)
상 수   (승재를 따라 하는)
민 석   (승재와 말이 겹쳐도 하는, 낮고 정확하게, 감정 없이) 자살 기도자는 공황장애가 있는 학생입니다. 인지하시고, 건물 옥상은, 도착하자마자, 오양촌 경위님과 염상수 순경이, 빠르게, 오르겠습니다.
양 촌   (무전 하며, 상수 보며) 알겠다, 건물 옥상은 오양촌과 염상수가 오른다.

씬 33. 학교 운동장 안, 낮.

여선생과 남선생, 교문을 활짝 열면, 그와 동시에 사이렌 안 켠 소방차와 구급대차, 양촌 상수 순찰차와 민석 승재 순찰차가 조용히 들어와, 예상 낙하 지점 앞에 서는, 옥상의 남학생, 조용히, 멍하게 앉아만 있는,
소방대와 구급대원, 신속히 차에서 내려, 조용히, 에어매트를 깔고, 에어매트를 부풀리는 모습이 일사불란한, 민석 승재도 진지하고, 빠르게, 많이 해본 듯, 돕는, 상수와 양촌은 각자 손에 장구함을 들고, 차에서 내리자마자, 남학생을 한번 주시하고, 빠르게, 다른 대원들이 일을 하는 것엔 아랑곳없이, 죽어라, 건물 옥상 쪽으로 뛰는,

씬 34. 건물 안, 엘리베이터 입구 + 엘리베이터 안, 낮.

상수, 급하게 뛰어 들어와, 엘리베이터 버튼 누르고, 문 열리면, 안으로 들어가고, 양촌, 어느새 뛰어 들어와, 최고층을 누르고, 장구함을 열어, 일사불란하게 로프를 착용하는, 양촌, 자기 것을 빠르게 하고, 상수(두려워도 차분하려 하는, 진지한) 것을 도와주며,

양 촌   (진지하고, 빠르지만, 차분히) 옥상에 올라가면, 일단 너랑 나랑은 문 좌우 쪽에 로프를 건다.
상 수   (맘 급해도, 진지하고, 똘똘하게) 제가 좌, 경위님이 우로 가죠.
양 촌   (상수의 로프 해주며, 눈만 보며, 맘에 드는) 그래, 니가 좌, 내가 우. (층수 표시판에서 눈 안 떼고 보며, 진지해도, 차분하려 하며) 일단 로프를 걸고, 내 지시를 기다린다. 자살 기도자 신경 건드리지 않게, 최대한 신속하게,
상 수   (눈은 층수 표시판만 보며) 에어매트 깔면 그래도 안전하지 않나요?
양 촌   (층수 표시판만 보며) 안전하게 바닥으로만 떨어지란 법이 어딨냐? (상수 보며) 건물에서 뛰어내리다, 벽에 머리가 부딪혀.. 두개골이 깨진 경우를 본 적 있어. (층수 표시판 보며) 정신 차려.

순간, 떵 소리 나면, 양촌, 상수, 죽어라, 옥상으로 올라가고, 양촌, 문 열고,

상수, 들어가는,

씬 35. 옥상 + 운동장, 교차, 낮.

남학생, 아래만 보며, 멍하니 앉아 있는,
아래, 대원들은 모두 숨죽여, 위를 보는,

민 석 (조용히, 핸드폰으로 검색해, 조용한 음악 트는)
대원들 (민석 보면)
민 석 (조용히, 남학생만 보며) 혹시나 싶어, 틀어보는 거예요. 나 보지 말고, 다들,
      이 음악이 시간을 끌어주길 기도하세요.
대원들 (긴장해, 에어매트 잡고, 서서, 학생을 보는)

양촌, 상수, 각자 말없이 문 옆 양쪽에 있는 로프 걸이에 자신들의 로프를 걸
고, 서서 남학생 뒷모습을 보는,

양 촌 (상수에게, 손가락을 펴 보이며, 입 모양을 작게 해서, 수신호처럼 말하는)
      다섯을 세면, 우리 둘이.. 같이 뛰어가는 거야.. 그리고, 내가 말한 대로, 기억
      하지?
상 수 (고개 끄덕이고)
양 촌 (남학생 보며) 하나, 둘, 셋,

      * 점프컷 》
      남학생, 천천히, 일어나 난간에 서는, 여전히 멍한,

상 수 (눈은 남학생을 보며, 제 손의 수갑을 한쪽은 차고, 한쪽은 남겨두다(화면에
      보여주지 말 것, 뛸 때는 보여도 됨), 작게) 움직인다..
양 촌 (순간 긴장하고) 뛰어!

상수, 양촌, 동시에 뛰는, 남학생, 멍하니, 뛰어내리려 몸을 앞으로 숙이는데,

＊ 점프컷 ≫

상수, 뛰어와, 재빠르게 남학생의 발목에 자기의 수갑을 확 채우는, 양촌, 순간적으로 돌려차기를 해, 남학생이 앞으로 넘어지지 않게 배를 차, 뒤로 넘어지게 하고, 상수, 남학생의 다릴 안고, 뒤로 넘어져, 상수의 머리가 바닥에 쿵 하고 부딪히는,

씬 36. 산동네 일각, 낮

순찰차 두 대, 다세대주택이 빼곡한 언덕길 산동네 초입에 세워져 있는,

＊ 점프컷 ≫

3층 다세대의 한 집 앞에서, 한표, 주인과 인사하고, 주인 들어가면, 답답하게 다른 곳을 찾아가는,

＊ 점프컷 ≫

명호, 집 앞에서 주인과 말하고 있는,

주 인 우리 경찰에 신고한 적 없는데요?
명 호 (답답한) 아.. 네.. 감사합니다. (하고, 뛰어 내려가는)

＊ 점프컷, 다른 골목 ≫

삼보, 집 앞에서 대문을 빼꼼히 열고 선 30대 여자와 얘기 중이고, 혜리, 주변의 집들을 두리번거리며, 탐색하는,

삼 보 (다급하지만, 침착하게) 그게 112 신고가 들어와서요, 십 분 전쯤.. 비명이나 싸우는 소리 혹시 못 들으셨나.. (해서요?)
여 자 (말꼬리 자르며, 짜증) 몰라요! (하고, 문 쾅 닫고 들어가는)
삼 보 (계단 내려오며, 답답한, 혜리에게) 또 허위신고 아냐? 문자신고라며?
혜 리 (답답한) 저도 모르죠.

* 점프컷 》

그때, 한표, 다른 길에서 삼보 쪽으로 오며, 답답한,

한 표   일곱 집이나 문을 두드렸는데, 아무도 문 여는 집이 없어요.

명 호   (삼보 쪽으로 오며, 한솔과 스피커폰으로 핸드폰 하는) 대장님, 이 일대 다 찾았는데, 다세대가구 밀집지역이라 신고자 찾기가 쉽지 않아요?

한 표   (명호의 핸드폰에 대고 말하는) 대장님, 허위나 오인신고 아닐까요? 스마트폰 앱에 긴급신고 버튼 생기고, 허위 오인신고가 이십 프로나 늘었다는데,

혜 리   (핸드폰에 대고) 주머니에 핸드폰을 넣어두면, 잘못 만져 오인신고된 경우가 종종 있다고 들었거든요?

씬 37. 지구대 안, 낮. (교차씬)

한솔, 경모, 핸드폰을 스피커폰으로 해서 듣고 있는, 답답한,
종민, 원우는 상황근무석에서 답답하고 걱정스레 보는,

경 모   긴급신고 아니고, 문자신고야, 우리 엄마는, 살려주세요, 문자로 신고가 왔다고.

한 솔   이후, 우리가 확인 전화하니까, 전원은 꺼진 상태고.

삼 보   (전화에 말하는, 답답한) 그러니까 이상하잖아?! 자기도 아니고, 엄마를 살려달라면서.. 엄마 집 번지수나 층수도 안 남기고!

경 모   (답답한) 이래서 신고자 신원확인을 우리 경찰이 할 수 있게 해야 한다고? 대충 위치추적만 할 수 있게 하지 말고! 이러다 사람 죽음 어쩔라고 진짜...

종 민   내 말이 그 말이에요! 24시간 통신회사에 연락을 취하면 영장 없이, 경찰이 정보를 알 수 있게 해야 해요. 인권침해, 개인정보 악용을 들어 반대하지만, 그건 어쩌다 그런 거고, 사람의 생명이 걸린 일인데, 개인정보 보호, 웃기고 있네! (하고, 화나, 제 옆의 서류를 탁 치고, 가는)

한 솔   (전화하며) 명호야,

명 호   (삼보에게서 핸드폰 달라고 해, 들고, 스피커폰으로) 네.

한 솔	허위든 오인이든, 신고는 신고니까, 일단, 니들이 그 일대 다시 한 번.. (하다가, 한쪽에 놓인, 5부의 노모가 사 온, 음료수 병을 보고, 뭔가 이상한, 차분히) 삼보 형님.. 거기 홍안3동 엄마손약국 일대랬지?
삼 보	어.
한 솔	(감이 오는, 구시렁) 한순이... 경모야, 이 일대 이한순, (생각하며) 생일이, 81, 혹은 82년생, (정확히) 날짜는 3월 5일생 여자 한번 찾아봐.
경 모	(원우에게) 찾아.
원 우	(빠르게, 상황근무석의 다른 컴퓨터를 작동하는)
경 모	(한솔에게) 생일을 어떻게 기억해?
한 솔	연도는 헷갈리는데, 생일이 내 딸하고 같았어.

* 점프컷 》

삼 보	(느낌이 오는) ..

* 점프컷, 플래시컷, 회상 》
쉼터의 청소제들이 놓인 곳,

* 점프컷, 현실 》

한 솔	(긴장해도, 차분한) 형님, 오늘 한순이 엄마 쉼터에 안 오셨다고 했죠?
원 우	주소지 찾았어요. 홍안3동 119-1번지, 홍일빌라, 지하 1층, 102호예요.
삼 보	(멍한, 구시렁) 청소제야.. 예전에도 딸이랑 청소제 먹었잖아.. 이번에도 청소제야! (하고, 마구 뛰며, 힘들지만, 힘내는, 울 것 같은) 홍일빌라, (확신하는) 지하 1층, 102호, 홍일빌라, 지하 1층 102호로 가!

명호 외, 삼보를 모두 앞질러 가고,
삼보, 힘들어도 열심히 뛰는,

씬 38. 지구대 앞, 낮.

한솔, 급히 지구대에서 나와, 걱정되는 얼굴로 순찰 오토바이 타고 가는,

씬 39. 빌라 대문 앞, 낮.

삼보, 울 것 같은 얼굴로 문을 두드리고, 문고리를 열려 하며,

삼 보   어머니, 어머니, 한순 어머니, 한순아! (그때, 쨍강 하며, 유리창 깨지는 소리
나고, 소리가 난 곳으로 뛰어가는)

* 점프컷 》
명호, 제 웃옷을 오른팔에 둘둘 감아서, 유리창을 깨고, 창문 가장자리를
□자로 한 번 훑어, 붙어 있던 유리 파편을 제거하는,
안전하게 유리창이 다 깨진 걸, 혜리, 한표 지켜보고, 명호가 경찰복을 유리
창에서 떼고, 방 안 보면(카메라, 안 보여주는), 명호, 가슴이 철렁하는, 혜리,
한표 다급해, 옆의 유리를 치워, 명호가 안전하게 들어갈 수 있게 하고, 삼보,
어느새 와서, 명호를 밀치고, 그 안을 들여다보는,

* 점프컷, 인서트 – 방 안 》
여러 개의 청소제 병이 나뒹구는,
딸은 병원용 침대에 노모는 바닥에 몸을 뒤틀다 죽었는지, 부자연스런 자세
로 입에 피를 흘리며, 죽어 있는, 딸의 한 손엔 핸드폰이 있는,
삼보, 멍한, 모녀를 보다, 방으로 들어가 냉장고에서 우유를 꺼내는,

명 호   (그사이 방 안에 들어와, 딸의 목에 손을 대는, 죽은)
한 표   (명호와 함께 들어와, 노모의 목에 손을 대보지만, 죽은)

서로, 참담한,
삼보, 명호와 한표는 아랑곳없이 한순에게 가서, 입안에 우유를 마구 붓는,
혜리, 밖에서 삼보의 행동을 막막하고, 맘 아프게 보는,

한 표 (한쪽의 염산 병 보며, 맘 아픈, 그러나 차분히) 주임님, 염산은.. 우유로 희석
이 안 돼요.. 그리고, 이미 사망.. (말을 못 잇는)

삼보, 눈물이 뚝뚝 흐르는, 멍한, 한순에게 우유를 먹여보려 하지만, 안 되고,
다시 노모에게로 가서, 우유를 먹이려 하다, 안 되자, 노모를 심폐소생술 하
다, 멈추고, 가만 멍하니, 노모를 보는, 눈물만 흐르는,

명 호 (삼보를 안쓰레 보며, 차분히 무전 하는) 홍안3동 119-1번지, 홍일빌라, 지하
1층, 102호. 모녀 동반자살로 추정되는 사건 발생, 형사팀과 과학수사팀 지
원 요청 바람. 홍안3동 119-1번지, 홍일빌라, 지하 1층, 102호. 모녀 동반자살
로 추정되는 사건 발생, 형사팀과 과학수사팀 지원 요청 바람.

* 점프컷 》
한솔, 뛰어와, 지하 창밖에서 딸의 손에 든 핸드폰을 보는,

한 순 (E) 우리 엄마는.. 살려주세요..
한 솔 (맘 아픈, 눈가 붉은)

씬 40. 달리는 양촌 상수의 순찰차, 낮.

상수, 목에 피가 묻은 채, 뒤통수에 반창고를 크게 하고, 운전하며, 신나게 '사
노라면'이란 노래(다른 것도 됨), 크고 빠르게, 부르는,

양 촌 (조수석에서 상수를 보며, 어이없게 웃는) 진상, 대가리 터지고 좋댄다!
상 수 (그러든지 말든지, 양촌 보며, 버럭, 버럭, 노래만 부르는) .. 가슴을 펴라, 내일
은 해가 뜬다!
양 촌 (함께 노랠 부르는, 즐거운) 내일은 해가 뜬다! 흐린 날도.. (2절까지 부르는)

둘이 노랠 부르는데, 합이 착착 잘 맞는, 추임새며, 느렸다, 빨랐다 변주해 부

르는 박자가 잘 맞는,

＊ 점프컷, 회상 – 옥상 》

옥상 상황이 그림으로 보여지며, 상수의 목소리 들리는,

상수, 남학생의 발목에 수갑을 걸고,

상 수　(E, 기분 좋은, 약간 흥분한) 여기서 진짜 중요한 건, 오양촌 씨가 아닌, 내가,
수갑으로 학생의 발을 탁 걸었다는 거지, 그리고 그와 동시에,

양촌이 돌려차기 해 남학생의 배를 다리로 차고, 상수, 남학생의 다리를 안
고 뒤로 넘어져, 쿵 하고 머리를 부딪히는,

상 수　(E) 오양촌 씨가 돌려차기로, 학생이 앞으로 안 떨어지게 배를 딱 차고, 내가
그 학생의 다릴 안고 뒤로 넘어지는 찰나, 오양촌 씨가,

카메라, 상수의 넘어진 얼굴에서, 큰 화면으로 전환하면, 양촌, 어느새 제 발
을 넘어지는 남학생의 머리 밑에 넣어 남학생의 머리가 바닥에 부딪히지 않
게 한,

상 수　(E) 잽싸게, 학생의 머리가 안 깨지게 학생 머리에 발을 탁!

양 촌　(헉헉대며, 안도하는, 차분히) 염상수, 니가 사람 살렸다…

상 수　(감격에 차, 누운 채) 악! 악! (하고, 소리 지르는)

씬 41. 지구대 식당 안, 밤.

상수, 자랑스레, 뒤통수를 보여주고, 원우(서서), 승재(서서), 정오(의자에 앉
아, 상수가 기특한, 너무 밝은 건 아니지만 편하게) 뒤통수를 보며, 박수를 짝
짝짝 세 번 쳐주는,

상 수　(기분이 너무 좋은, 주먹을 부사수들과 맞대며) 완전, 대박 팀웍! 완전 레전

드!

원우   (귀엽단 듯 웃으며) 자식, 레전드 하나 제대로 썼네, 진짜! (하고, 웃으며, 물
        마시며 가고)

승재   (웃고, 음료 마시며) 근데 걔는 왜 자살기도를 한 거야?

상수   (맞은편 자리에 앉아, 과자 먹으며, 편하게) 극심한 공황장애.

정오   (정오 모 생각나) ?!

승재   (생각 없이, 무심히) 말도 안 돼. 공황장애가 죽을병도 아니고, 뭐 그런 병 땜
        에, 자살시도를, 미친 거 아냐?

정오   (맘에 안 드는) 무슨 말을,

상수   (정오와 동시에, 승재 보며, 진지한, 화나 으름장 놓듯) 무슨 말을 그렇게 해!

정오   (상수 보는) ?

상수   (승재만 보며) 나이 어려도 선배라고 깍듯이 대해주니까, 아무 말이나.. 선배
        가 그 병이 얼마나 힘든지 알아? 그 병 걸려봤어? 암것도 모르면서, 그 병은
        사람이 맬 죽을 것 같은 공포에 사는 병이야! 아주아주, 힘든 병이라고!

승재   (미안하지만, 화나는) 야, 나는 그냥.. (화나는) 야, 아무리 내가 말실수했다고
        해도, 넌 어떻게 선배한테 반말을.. (가며, 화난) 진짜, 위아래가 없어, 새끼들..

상수   (진지하게, 승재 보며, 으름장) 선배면 선배답게 하든가, 쌍. (정오 보며, 진지
        하게) 그래, 안 그래?

정오   (상수가 귀여운) 쫌.. 멋지다!

상수   (툭툭 말하는) 너도 엄마한테 잘해, 공황장애 진짜 무서운 거드라. (하고, 담
        담히 가다, 돌아서서, 웃으며) 나, 사람 살렸다! (수갑 채우는 시늉하며) 손맛
        죽였어. (버럭, 좋은) 아자! (하고, 가는)

정오   (귀엽게 보는) 귀연 놈.. (하고, 정오 모에게 전화하며, 짐짓 가볍게) 엄마, 아직
        도 화났냐, 어제 전화했는데도 안 받고,

씬 42. 카페 안 + 주방(정오와 교차씬), 밤.

정오 모   (속상함 감추고, 손님에게 커피 주고, 전화하며, 주방으로 들어가며, 속상해,
        소리치는) 내가 기집애야 화난 게 아니라 속상해서 전화 안 받았어! 열흘 만
        에 얼굴 보고 가면서, 온갖 쏘가지를 다 부리고 가? 그럴 거면 집에 오지

마, 기집애야!

정 오   (미안한, 그러나 서운한, 답답한) 나는 그냥 힘들다고 말한 건데, 엄마가 철없이 경찰 일 그만두라니까,

정오모   그럼 어떤 엄마가 딸년이 일을 하면서(진심이다, 속상한) 무섭다고 하는데, 그 일을 돈 땜에 계속하라 그러니?!

정 오   (진심이 느껴져 짠한) ...

정오모   힘들면 참으라고나 하지, 무서운 일을 어떻게 하라 그래?!

정 오   (진심으로 정오 모 마음을 받고, 살짝 미소 짓고, 조금 가볍게) .. 울 엄마가.. 딸이 무서운 일 하는 게.. 진짜, 싫었구나..

정오모   (깊게 한숨 쉬고, 답답하지만, 진심으로) 너랑 나랑 사지육신 멀쩡한데 뭘 하면 못 먹고살어, 그러니까, 무서우면 그 일,

정 오   .. 됐거든, 그냥 한번 징징댄 거야. (하고, 문 쪽 보면)

남 일   순찰 가자! (하고, 가는)

정 오   (조금 다급한) 엄마 나 근무 가야 돼, 끊어요, 사랑해..

정오모   (전화 끊고) 사랑은 무슨.. 성질을 피질 말지.. (하고, 커피잔 닦는)

씬 43. 달리는 남일 정오의 순찰차, 밤.

정오, 운전하고, 남일, 조수석에 탄,

남 일   (창가 보며, 아무렇지 않은 듯, 담담히) 테이저건 맞은 임산부랑 통화했는데, 우리한테 고맙다드라.

정 오   (편하지만, 조금 차갑게, 앞만 보고, 운전하며) 들었어요, 팀장님이 부인한테 전화받았다고,

남 일   (창가만 보며, 별 느낌 없이) 자칫 사람 해칠 뻔했는데, 그럼 애긴 범죄자 엄마를 갖게 되는 건데.. 우리 덕에, 아니 니 덕에 면했다고.. 남편도 너한테 고맙대.

정 오   (보면)

남 일   (보며) 부인이 셋째라 지우고 싶었는데, 이번 일로 애기에 대한 애정이 생겼다고.. 애기 낳겠다 그랬다고, 고맙대.

정 오   (남일 보다, 담담히, 앞 보는)

남 일   너 내가 얼결에 (조금 작게) 여자가 어쩌구저쩌구해서.. 화났냐? 그건 내가
        미안,

정 오   (말꼬리 자르며, 앞만 보며) 여자라 소리보다, 너는 여자라, 경찰 일 관두면,
        너 하나 직장 잃는 거지만, 나는 애가 있고, 아내가 있고, 한 집안에 가장이
        라고, 말씀하신 게 화났어요.

남 일   (무슨 소린가 싶은, 보는) ?

정 오   (앞만 보며, 담담히, 당당히) 저도, 생계를 책임지는 가장이에요. 내 인생은
        물론, 공황장애를 앓는 아픈 엄마까지 혼자 책임져야 하는.

남 일   (미안한, 창가 보며, 주머니에서 껌 꺼내 주며, 화해의 뜻으로) 먹을래?

        남일의 말과 동시에,

지구대 상황근무자   (승재, E) 연지길 123 연승빌라 앞, 주차 시비, 인근 순찰차, 접수
        바람, 접수 바람.

정 오   (무전받으며) 순 스물셋, 스물셋 접수, 종발, 종발! (남일 보며) 혼자 씹으세
        요. 다신 여자라 어쩌구저쩌구하는 소리 마시구요. (하고, 유턴해 운전해 가
        는)

남 일   (껌을 주머니에 넣는, 미안한)

씬 44. 지구대 남자 휴게실 안, 밤.

        상수, 자고,
        삼보, 벽에 기대 멍하니 앉아 있고, 혜리, 문 열고 물을 가져와, 삼보 옆에 놔
        주고, 앉는, 조금 걱정스런,

혜 리   (조심스럽게 삼보에게) 대장님이 그냥 퇴근하시라고..

삼 보   ..

양 촌   (세수한 얼굴로 와서, 라커에 수건 넣으며) 형님, 대장이 같이 퇴근해서 술
        한잔하재요. (상수 발로 치며) 마지막 순찰 가자! (하고, 웃옷 입는)

상 수	(일어나, 졸린 채, 앉아 있고)
명 호	(사복 차림으로, 문 열고 삼보 보며, 걱정스런) 형님 나오세요, 혜리도 퇴근하고. 2팀에서 일찍 온대.
삼 보	(일어나 옷을 갈아입으려 하고)
혜 리	(나가며, 조심스런) 그럼 전 퇴근하겠습니다.
명 호	(삼보에게) 아래서 기다릴게요. (하고, 가는)
삼 보	(옷을 벗는데, 기운이 없는)
양 촌	(그 옆에서 삼보의 옷을 벗겨주고, 라커에 걸어주고, 옷 꺼내 주는)
삼 보	(옷을 말없이 입는)

씬 45. 5부의 사건현장 오피스텔 앞 도로, 밤.

남일 정오의 순찰차 그 앞을 지나가는데,
모자 쓴 남자(엘리베이터 사건, 피의자, 모자가 바뀐)가 순찰차를 스쳐 지나가, 주차장에 놓인 검은 차의 문을 여는 게 보이는, 이후, 40대 조폭처럼 보이는 남자, 한쪽에서 기다렸단 듯, 그 차에 타는, 정오, 순찰차 운전해 가며, 백미러로 그 광경을 보고, 차의 번호판을 보는, 문득 생각이 떠오르는, 운전해 가는데, 신경은 온통 오피스텔 주차장에 가 있는,

* 점프컷, 회상 - 오피스텔 사건 당시 씨씨티브이 영상 》
모자 쓴 남자가 엘리베이터에서 나와, 주차장을 힐끗거리고, 차(검은 차 앞에 흰 차가 주차되어 차를 뺄 수 없는)를 보고 주저하다, 큰길로 가는(앞 씬에서 장미가 본 것과 같은 영상),

* 점프컷 》
정오, 긴장하는, 긴가민가, 확신은 없는,

씬 46. 다른 오피스텔 앞(도로와 인접한, 골목은 아님), 밤.

남일 정오, 서서 남자 둘을 보고 있는,
남자 둘, 남일에게 머리 조아리며, 미안한,
정오, 남일의 옆에 서 있어도, 계속 신경이 좀 전의 사건현장 오피스텔 앞으로 가 있는,

남 일   (화난) 이렇게 선생님들끼리 서로서로 이해하시면 될 걸, 뭐하러 바쁜 경찰까지 불러요, 부르길!

남자들   (미안한, 고개 숙이며) 미안합니다, 미안합니다,

남 자1   저희가 그냥 욱해서.. (남자2에게) 그러니까, 당신이 왜 차를 내 차 앞에 대고,

남자 2   또 싸워, 경찰 불러놓고 또 싸워?!

남 일   (버럭) 그만 좀 하세요! (남자2에게) 차 빼세요.. 제가 후방 봐드릴게. (하고, 도로의 차들을 호루라기로 통제하는)

정 오   (남일에게, 조금 다급한) 저 잠시만.. 다녀올 데가.. 있어서, 죄송합니다. 바로 올게요. (하고, 마구 뛰어가는)

남 일   (어이없게 정오 보면서도, 오는 차를 통제하느라 호루라기 불며 차 쪽 보는)

＊ 점프컷 ≫
정오, 다급하게 뛰는 얼굴 위로,

＊ 플래시백 ≫
피 터진 오피스텔 사건 피해여성의 씨씨티브이 장면,

＊ 플래시백 ≫
모자 쓴 남자가 주차장 쪽을 보던, 씨씨티브이 장면,

＊ 점프컷, 현실 ≫
정오, 죽기 살기로 뛰어, 5부 사건현장 오피스텔 근처까지 가서, 차량을 보고, 플래시를 켜는데,

＊ 점프컷, 차 안 ≫

40대 조폭, 모자 쓴 20대 남자의 멱살을 잡고 뺨을 마구 치다, 정오의 플래시에 눈부셔, 둘 다, 정오 쪽을 보는,

20대 남자 (정오를 보고, 입가에 피 터져, 마구 차 창문을 두드리며) 살려주세요, 살려주세요!

＊ 점프컷 》
정오, 플래시를 든 채, 멍한, 놀란, 긴장한, 호루라기를 부는,

씬 47. 공원, 밤.

남학생1(교복), 입에 피가 터져 두려움에 울고 있고, 양촌, 그 아이의 입안을 살피는, 걱정되고, 담담한, 상수, 양촌의 행동을 진지하게 보는, 양촌이 남학생1의 입안을 잘 볼 수 있게 플래시로 남학생1의 입안을 비추고 있는, 남학생1을 중심으로 여러 불량스러워 보이는, 남자애들이 서서 마구 말을 쏟아내는,

양 촌   아, 해봐, 아아아아...
남학생1   (두려움에) 아.. (하고, 입을 벌리는)
양 촌   (입안을 잘 살피는) .. 어디서 피가 나냐..
남학생2   (마구 떠들며, 무서움도 없는) 그게 우리가 당구 치는데, 친구랑 시비가 붙은 거예요,
남학생3   그 자식이 무슨 친구야, 개자식이지? 그게 아니라요, 요 밑에 식당 알바 놈이, 우리랑 친구였는데, 지금은 아닌데,
남학생2   그 새끼, 학교도 관뒀어요! 완전 양아치예요!
상 수   (애들이 철없단 생각이 드는, 맘에 안 드는)
남학생3   암튼 그 새끼랑 우리가 당구장에서 만나서, 내기 당구 쳤는데, 우리가 이겼거든요, 근데 돈을 안 준다고 해서,
남학생4   우리랑 시비가 붙었는데, 그 새끼가 다짜고짜 얘를 막막 쳤어요,
양 촌   (남학생1의 입안을 살피다, 버럭) 입 닥쳐! 시끄러 죽겠네, 자식들! (입안을

살피고, 혀 차며) 쯔쯧, 이가 두 개나 흔들흔들.. 침 뱉어봐.

남학생1   (침 뱉는)

침에 이가 두 개 섞여 나오는,

상 수   (미간 찡그리고)

양 촌   (답답한) 이가 나갔네..

남학생1   (울며) 다리도..

양 촌   (다리 만져보며) 안 부러졌어, 괜찮아, 괜찮아. 일어나봐, 걸어봐.

남학생1   (울며, 버럭) 아프다구요!

남학생2   (갑자기 소리치는) 어, 저 새끼예요!

모두, 남학생2가 가리킨 쪽 보면,
공원 한쪽에서 양촌 외 남학생들의 모습을 보며 걱정하던 서형, 두려움에 슬
금슬금 뒤로 피하더니, 갑자기 죽자 사자 달리는,
상수, 그런 서형을 발견하고, 순간 플래시 놓고, 죽자 사자 쫓아가는,

양 촌   (그런 상수 보고) 야야야야야, 관둬, 관둬, 관둬!

남학생들   구경 가자! (하며, 우르르 상수가 달려간 쪽으로 달려가는)

양 촌   (서형을 쫓는 상수와 뛰어가는 남학생들을 보다가, 다친 남학생1을 보며) 아
이고, 진짜.. 그러게 왜 싸우냐? 일어나봐, 엄살 피지 말고 일어나라고,

남학생1   (일어나보려 하는)

씬 48. 내리막길, 밤.

서형, 울상으로 죽기 살기로 뛰고,
상수, 죽기 살기로 서형을 잡으려고 뛰는, 비장한,
서형, 오는 사람들 밀치고, 가고,
상수, 죽어라 뛰어가서, 서형의 팔 한 짝을 잡는데, 서형, 갑자기 뒤돌아, 커
터칼로, 상수의 목에서 얼굴까지 슥 긋는, 순간 상수, 얼굴을 돌리는, 상수의

상처 난 곳에서 피가 나는,
그런 상수의 모습에서 엔딩.

7부

파트너
혼자서는 절대 갈 수 없는 길을
함께 가주는 사람

씬 1. 오피스텔 주차장 + 차 안, 밤.

40대 조폭, 모자 쓴 20대 남자의 멱살을 잡고 뺨을 마구 치다, 정오의 플래시에 눈부셔, 둘 다, 정오 쪽을 보는,

20대 남자 (정오를 보고, 입가에 피 터져, 마구 차 창문을 두드리며) 살려주세요, 살려주세요!

* 점프컷 》
정오, 플래시를 든 채, 놀랐지만 침착하게, 호루라기를 부는, 주변의 두어 사람, 정오의 호루라기 때문에 멈춰 서는, 정오, 차분하게, 한 손으로 테이저건을 들고, 조폭을 겨냥한 채, 무전기를 들고, 긴장했지만, 차분하게 무전 하는 그 모습과 차 안의 남자들의 행동이 화면에 번갈아 보이는, 정오, 예의 주시하는,

40대 남자(이후, 중간보스) (답답하고, 어이없게, 정오를 보다, 20대 남자의 귀에 대고, 뭔가 말하는, 들리지 않는, '너랑 나랑은 아는 선후배고, 내 애인을 니가 넘봐, 내가 널 좀 팼다 그래라, 그러니까, 아무 일 없다고.. 안 그럼 지구 끝까지 쫓아간다'는 내용)

20대 남자 (멍하니, 두려움에 중간보스의 말을 듣고 있는)

정 오   (그들의 행동을 눈으로 보며, 긴장하고 분노도 올라오지만, 차분히) 홍일지구
         대 한정오 순경입니다. 동진오피스텔 주차장에서 사십 대 남자가 젊은 남자
         를 폭행하고 있습니다! 지원 바람! 동진오피스텔 주차장 폭행사건 발생, 동
         진오피스텔 주차장 폭행사건 발생, 강남일 경사님과 인근 순찰차 지원 바람!
         지원 바람!

         그들의 모습 위로, 경찰의 사이렌 소리 들리는,

씬 2. 동진오피스텔 인근 도로 + 봉고차 안, 밤.

         남일, 다급하게 순찰차를 몰아 봉고차 앞을 지나쳐, 정오가 있는 사건현장으
         로 가는, 다급한 느낌이다,

장 형사   (E) 돌아버리겠네, 아, 쌍!

         ＊ 점프컷, 봉고차 안 》
         동진오피스텔 주차장의 씨씨티브이를 화면으로 보며, 장미, 장 형사와 조 형
         사, 기운 빠지는,
         동진오피스텔 주차장의 피혐의자 차와 차 안이 잘 보이게 씨씨티브이를 설치
         하고 잠복근무하는 중인,
         씨씨티브이 화면에는 오피스텔 주차장의 피혐의자 차에 정오가 테이저건을
         겨누고 있고, 차 안에서 중간보스, 약간 비웃으며, 담담히 나와, 손 올리고 있
         고, 20대 남자는 겁에 질려, 차 안에 있는 상황에서 남일이 급하게 와서, 삼
         단봉을 획 하고 꺼내들고, '얌전히, 손들고, 나와!' 하는 상황이 보이는,

장 형사   (머리 긁으며, 버럭버럭, 성질내는) 뭐하는 짓이냐고, 지금! 다 된 밥에!
조 형사   (열받은) 진짜, 지구대 저것들 완전 미친 거 아냐!
장 미   (의자에 앉아, 답답한, 뚫어지게, 화면만 보며, 차갑게 가라앉은) .. 접어.
장 형사   (화면들을 끄며) 아, 욕 나와, 쌍!

씬 3. 내리막길, 밤.

상수, 상처 난 곳에 피가 나며, 뒤로 휘청하고(서형이 칼로 긋는 순간부터 보여주기), 순간적으로 두 손을 얼굴에 대는, 그리고 상처에서 두 손을 떼고 두 손을 보는, 피가 흥건한, 숨을 헉헉대며, 기운 빠지지 않고, 빠르게, 앞에 도망가는 서형을 쫓아가고, 그 광경 얼빠지게 보고 있던 학생들, 놀라 주춤대며, 다시 공원 쪽으로 뛰며, 양촌에게 알리려 소리치는, '경찰이 다쳤어요! 경찰이 다쳤어요! 서형이 새끼가 칼로 경찰을 찔렀어요!' 하는 소리가 상수의 뛰는 모습 위로 들리는, 상수, 피가 나는데도 당황하지 않고, 서형을 죽어라 쫓는, 행인1, 그런 상수를 보고, 놀라고, '어머머, 어떡해', 하며 피하는,

＊ 점프컷, 공원 》

양촌, 일어나려 애쓰는 다친 남학생1(울면서)을 일으켜 세우며, '오구오구, 잘한다, 잘한다.. (안심시키며, 편하게) 야 봐, 임마. 다리 멀쩡하잖아, 울지 마! 사내놈이..' 하는데, 그 얼굴 위로 남학생들 뛰어오며 소리치는,

남학생들 경찰이 다쳤어요! 서형이가 칼로 경찰을 찔렀어요! 아래로 막 뛰어갔어요! 서형이가 경찰을 목부터 얼굴까지 칼로 (시늉하며) 죽 그었어요!

양 촌 (칼로 그었단 말에, 가슴이 쿵 하는) ?!

남학생들 그지, 그지, 그지? 막 피났어요! (하며, 자기들끼리 흥분해 난리가 난)

양 촌 (놀라고, 긴장했지만, 차분히, 무전기 빼들고) 니들은 여기서 119 올 때까지, 친구 옆에 있어! (하고, 뛰며, 걱정되지만, 정확하고 빠르게) 홍일공원 입구, 홍일공원 입구! (뛰며, 속상한, 참고) 경찰이, 홍일지구대 염상수 순경이.. 피혐의자에게 칼로 상해를 당했다. (버럭대는) 119 지원 바람 119 지원 바람! 인근 순찰차 지원 바람! (하며, 죽기 살기로 뛰는데)

행인1 (양촌 보고) 저리로 갔어요! (하며, 골목길을 손가락으로 가리켜주는)

양 촌 (행인1 보고, 속도를 안 줄이고, 이를 앙다물고, 뛰어가는, 걱정되는, 속상한)

＊ 점프컷, 동네길 》

서형, 죽어라 울상 되어 다른 골목으로 휙 돌아, 들어가고,
상수, 얼굴에 피를 흘리면서도 죽어라 이 앙다물고 쫓아가는데, 쾅 하는 소리 나고(사고 장면 안 보여주는), 잠시 후, 양촌(상수 뒤에 있는, 상수의 뒷모습을 보는 상황), 뛰어오는, 카메라, 양촌을 따라, 골목으로 가면,

* 점프컷, 골목 상황 ≫
상수, 서서, 피를 흘리며, 숨을 고르면서, 넘어진 아이들을 멍하니, 보고 있는, 그 상황에서도 나름 침착한,
오토바이 배달원과 서형이 부딪혀, 서형(다릴 잡고, 아파하는(다리뼈가 나간 상황)도 배달원(헬멧 써서, 많이 안 다쳤지만, 옆구리를 아파하는)도 길바닥에서 뒹굴며 아파하는, 배달 음식 여기저기 흩어져 나뒹구는, 양촌, 헉헉대고 숨을 고르며 빠르게 눈으로 아이들을 보고 사태 파악하고, 긴장되고 걱정돼, 상수에게 가서 맘 아파도, 담담히, 상수의 얼굴을 살피며, 차분히, (양촌의 시점으로)

양 촌	(침착하려 해도, 속 타지만, 차분한) 니 누, 눈은? 앞 보여?
상 수	(눈을 껌벅거리며, 잘 모르겠는) 잘 모르겠어요.. (담담히, 아무렇지 않은 듯, 주머니에서 손수건 꺼내 상처 난 곳에 대며, 듬직하게(?)) 괜찮아요. (하고, 양촌 지나쳐, 이내, 오토바이 배달원에게 가서, 부축하며, 어른스레, 담담히) 일어나봐요?
양 촌	(답답한, 서형에게로 가며, 상수에게) 그냥 눕혀놔.
배달원	(누워 앉으며) 가슴이 아파요.
양 촌	(다릴 잡고, 아파, 뒤트는 서형에게 가서, 다리 한쪽 구부리고 앉아, 상태 보고, 상수 보며) 다른 데 괜찮고, 다리뼈가 나간 거 같네.
상 수	(상처에 댄 손수건에서 피가 뚝뚝 떨어지는, 아픈지 인상을 찡그리며, 서형에게, 화난) 야, 자식아, 너 경찰한테 칼 쓰면 어떻게 되는 줄 알아? 특수(강조) 공무집행방해치상이야, 자식아! (손수건 보며, 담담히, 통증에 멍한) 오양촌 씨.. 경위님, 나 피가 자꾸 나. 요. 나, 왜 이래요?
양 촌	(맘 아픈, 참고, 상수의 수건을 빼앗아, 상수의 목을 싸매주고, 한 손으로 상수의 피 나는 목을 잡고, 한 손으로 무전 하며, 걱정되는 마음에, 눈가가 자기도 모르게 살짝 붉어지는, 차분히 말하려고 애쓰는) 홍일공원 새명로, 새

명로, 양원빌라 앞, 인근 순찰차, 지원 바람, 인근 순찰차..

상 수   (이때, 무심히, 양촌의 눈가를 보게 되는)

양 촌   (속상한, 버럭) 왜 안 오냐?! 다들 뭐하냐들!

자 막

제7화 파트너
혼자서는 절대 갈 수 없는 길을, 함께 가주는 사람

씬 4. 지구대 앞 + 종민 원우 순찰차 + 민석 승재 순찰차, 교차씬, 밤.

종민과 원우, 피곤해 짜증이 나, 순찰차를 타기 위해 지구대에서 나오고, 그
때, 민석과 승재, 순찰차에 주취자 남자 둘(입가며, 눈가가 터진)을 태우고 와
내리며 종민 원우 보며,

민 석   오 경위님 쪽에,

승 재   (나오며) 지원 가요?

종 민   (화나, 말없이, 차에 타고)

원 우   (승재에게) 사태 파악됐음 너도 따라와?

승 재   (피곤해 입술이 터진 제 입 가리키고, 순찰차 안을 턱으로 가리키며, 답답
       한) 이거 보고도 그 말이 나와? 2팀, 4팀도 지원 나왔다며?

원 우   학원폭력 나서 모두 출동했어! 넌 무전 안 듣냐? (답답한, 차 타고)

승 재   (답답한, 순찰차 안의 남자들 끌며) 나와요! 그만, 버티시고!

한 표   (지구대 안에서 근무복을 추스르고 나오며) 같이 가요! (하고, 종민의 차 타
       는)

종 민   (피곤한, 이를 앙다물고, 성질난) 열 시간을 꼬박 순찰하고..

한 표   상수 별일 없겠죠?

종 민   (화난) 일을 어떻게 처리했길래, 애들이 네 명이나 다쳐, 오양촌 지만 멀쩡하
       고, 아오! (하고, 사이렌 켜고, 가고)

민 석   (가는 종민의 순찰차 안타깝게 보고, 순찰차 안의 주취자 남자들 끌며) 나
       오세요, 쫌!

씬 5. 도로 + 달리는 삼보의 차 안, 밤.

혜리(담담히, 술 안 먹은)가 운전하는 삼보의 차에 옆엔 한솔, 뒷좌석엔 명호, 삼보(많이 취한, 계속 울었는지, 아직도 눈물이 차서, 고개 숙이고 멍한),

한 솔 (삼보에게 얘기하는, 술 취한, 속상해 말하는) 형님, 고만 웁시다. 솔직히 잘된 거 아니냐? 노모도 치매 걸려 집에 약봉지가 한가득이고, 한순이도.. 너무 힘들잖아!

명 호 (삼보에게, 많이 안 취한) 주임님, 형님, 나랑 어디 가서 한잔 더 하실래요? 내가 이차 쏠게, 어?

삼 보 (고개 숙이고, 눈물만 흘리며, 멍한) 한순이가, 손가락만 움직였다는데.. 걔가 죽어가면서도.. 문자로, 지 엄마는 살려달라고.. 지는 죽어도 지 엄마는.. 살려 달라고.... (창가에 기대, 눈 감는)

한 솔 (속상해도, 좋게 생각하려는, 답답해 삼보에게) 같이 가는 게 낫다고! 엄마혼자 살면 뭐해? 팔십 가까운 치매 걸린 노친네가. (속상한, 긍정적으로 말하면서도, 자신도 슬픈) 살아서도 둘이, 죽어 저승길도 둘이 같이, 손 꽉 잡고, 잘됐지, 뭐! (속상해서) 긍정적으로! 형님.. 우리 경찰은 어차피 벌어진 일엔, 늘, 긍정적으로! 어?!

그때, 혜리, 차를 멈추고,

혜 리 대장님 댁 근처에 왔는데요?

한 솔 퇴근했는데, 운전시켜 미안하다. 근데, 이런 게, 인간이면 마땅히 해야 할 의리야, 알어?

혜 리 (담담히) 네.

한 솔 (툭툭거리지만, 정감 있게) 니가 몸이 마음이 아프면 우리도 해준다. 알았지? (하고, 내리고, 삼보를 보며, 국립경찰가를 크게 부르는, 삼보를 응원하는 듯한) 무궁화 아름다운 삼천리강산, 고귀한 우리 겨레 살고 있는 곳, 영광과 임무를 어깨에 메고, 이 땅에 굳게 서다, 민주 경찰! (이어지는)

명 호	(혜리에게) 혼자 모시고 갈 수 있어?
혜 리	(담담히) 저 경찰입니다.
명 호	아.. 미안.. (하고, 거수경례하고, 내려, 노래하는 한솔을 끌며) 대장님, 집에 갑시다, 가요, 예?! (하며, 차 문 닫아주면)
혜 리	(출발하며, 삼보 들으라고, 경찰가를 틀고 가는)

씬 6. 거리, 밤.

한솔, 경찰가를 부르며, 가고, 명호, 부축하는데, 한솔, 갑자기 욱 하며, 한쪽에 가서 오바이트를 하고, 명호, '시원하시겠다' 하며, 한 손으로 등을 두드리는데, 명호의 전화 오고, 명호, 한 손으로 받으며,

명 호	어, 한표야... (하고, 잠시 긴장해 듣다가, 전화 끊고, 차분히, 한솔에게) 대장님, 집에 혼자 갈 수 있죠? 지구대에 일이 생겼대..
한 솔	(보면)
명 호	대장님 가실 수준은 아니고.
한 솔	(다시, 구토하며, 가라는 손짓하고)
명 호	낼 봐요. (하고, 거리로 뛰어가며) 택시, 택시!
한 솔	(구토를 심하게 계속하는)

씬 7. 삼보의 집 안(작은 아파트 거실, 혹은 서민 빌라), 밤.

텅 빈, 어두운, 바닥에 이부자리가 깔려 있고, 사방에 신문이며, 물잔이 놓여 있고, 주방에 설거지가 가득한, 혜리, 목소리 들리는,

혜 리	(E) 비밀번호 뭐예요, 비밀번호? 주임님, 비밀번호 뭐냐고요? 정신 좀 차리시고!
삼 보	(E, 술 취한) 2, 4.. 6, 8.
혜 리	(버튼 키 누르고, 삼보를 부축해 들어와, 거실 바닥에 앉히며, 어이없는) 와,

경찰이 비밀번호가 2468이 뭐냐, 야, 진짜, 험한 세상 너무 안일하게 사신다,
비밀번호 바꿔요!

삼 보   (바닥에 쓰러져, 대자로 누우며, 술 취한, 슬픈) 가..

혜 리   (불 켜고, 주변 보며, 인상을 찡그리고, 답답한, 주방으로 가서, 설거지통 보
고, 냉장고 열고, 주스를 꺼내며, 퉁명스레) 나도 힘들어요, 주임님 부축하고,
여기까지 왔는데.. 좀 쉬었다 갈래요. (하고, 주스 마시다, 뿜으며) 아, 썩었어,
썩었어! 퉷퉷!

삼 보   (천장만 멍하니 보는)

혜 리   (주변 둘러보며, 혼자 구시렁) 걸레는 어딨어? (하고, 싱크대 열어, 찾으며, 삼
보 들으라고 말하는) 사모님 없어요? (하고, 한쪽 사진을 보면, 삼보 부부와
아들, 딸, 며느리, 손주 둘 사진이 환하게 웃고 있는) 가족들 다 어디 갔어요?

삼 보   (천장만 보며) 마누라는.. 이혼한 아들네 애 보러.. 갔어.

혜 리   (걸레 찾으며) 딸도 있는 거 같은데..

삼 보   외국서.. 공부해.

혜 리   (걸레 못 찾은) 걸레는 어딨어? (하고, 맘에 안 드는, 그냥 가려고, 현관까지
나가려다, 다시 주변을 보고, 자는 삼보를 보고, 안됐고, 짜증나는, 잠시 머뭇
대다, 다시 들어가, 바닥에 있는 이불을 삼보에게 덮어주고, 설거지하며, 짜증
나는, 구시렁) 집이 왜 이렇게 드러.. 언제부터 안 치운 거야.. 드러, 진짜.. 설
거지통에 물도 썩고, 돌아, (역겨운) 욱.. 욱... (얼굴 찡그리면서도, 설거지를 빠
르게 하는)

씬 8. 응급실 복도, 밤.

종민 원우, 문 열고 뛰어 들어와 응급실 문 열고,
구급대원들 두 그룹, 울며 소리치는 남학생1, 오토바이 배달원을 침대에 싣
고 들어와, 응급실로 들어가고, 종민 원우, 따라 들어가는,

씬 9. 수술실 앞, 밤.

구급대원, 침대에 고통스러워하는 서형을 데리고 들어오는, 간호사가 수술실 앞에서 기다리다, 침대 받아 끌고 수술실로 들어가는, 구급대원 다시 밖으로 나가며, 한표, 명호가 들어오자, '수고해' 하고 가고, 한표, 명호는, '고생하셨습니다!' 하며 답답한,

씬 10. 응급실 안쪽의 처치실 안, 밤.

상수, 목과 눈 바로 밑까지 상처가 깊숙하게 난, 피가 철벅인,
양촌, 초조하게, 맘 안 좋게, 의자에 앉아, 치료 과정을 보고 있고,
의사, 소독 솜으로 상수의 피를 닦지만, 닦은 자리에 또 피가 나는,

의사 (미간 찌푸리며) 이런.. 깊게 베였네..

상수 (이를 앙다물고, 참으려 해도 안 되는, 땀이 이마에 송글거리는) 아아.. (농반진반으로) 근데.. 나, 오늘 진짜 잘했죠?, 내가 그놈 죽기 살기로, (아프지만 웃는) 나 쫌 멋졌죠?

양촌 (의자에 앉아, 애써 참으려 하지만 초조하고, 걱정스러운, 눈은 상수의 상처만 보며, 의사에게) 동맥은 안 다친 거 같은데 왜 이렇게 피가 많이 나요?

의사 (본드를 붙이는)

그때, 원우(양촌에게, 일을 이렇게 크게 만든 게 짜증난), 문 열고, 서서, 양촌(원우 힐끗 보고, 상수만 보는) 보며,

원우 (양촌이 맘에 안 들어, 사무적이고, 약간 시비조가 섞인) 피해자 학생은 이가 두 대 나간 거 외엔 다른 덴 큰 부상 없어서, 치료하고, 조사 후 일단 부모님 오셔서 귀가조치했습니다. 오토바이 배달원은 갈비뼈가 부러졌지만 단순 골절이라 별다른 치료 없이 현재 최명호 경장, 김한표 순경이 조사 이후, 귀가조치 준비 중이고, 피혐의자 알바 학생은 다리가 완전 으스러져 현재 수술 중입니다. 피혐의자는 신분이 확실해서, 일단 치료받게 놔두고, 저랑 반 경사님, 최명호 경장님, 김한표 순경은 서에 진술서 넘기고, 지구대에 다른 사건 터져 들어갑니다.

양 촌   (상수만 보는) ...

원 우   (양촌의 태도가 맘에 안 드는, 보다가, 문을 쾅 닫고, 나가는)

양 촌   (화나는, 문 쪽 보고) ?!

의 사   (치료하다, 놀라) 뭐야..

상 수   (그 때문에 치료받다 아파하는, 상처 난 곳에선 피가 나는) 아..

양 촌   (문 쪽을 화난 듯 보다가, 상수의 상처를 보는, 답답한)

씬 11. 병원 밖, 밤.

원우, 화나서, 나와, 차에 기대고, 종민, 한쪽에서 담배 피우고, 씩씩대다 순찰
차로 오며,

종 민   짜증나, 정말, 무슨 일을 이따위로 처리해?! 오양촌 지는 뭐하고, 시보한테 피
       혐의잘 혼자 쫓게 하고..

그때, 명호, 한표 오며,

한 표   (답답한) 배달원 애가 너무 안됐네요.. 괜히 일하다 사건에 휘말려서.. 부모님
       이 두 분 다 아프고, 그 애가 일해 먹고산다는데, 당분간 일도 못하게 생겼어
       요. (하는데, 코피가 나는)

명 호   (차 안에서, 휴지 꺼내 한표의 코에 박아주며, 담담히) 피곤한가 보다. (종민
       에게) 가자, 지구대 일 터졌다며?

종 민   (버럭) 나도 일 분만 쉬자, 쫌! (하고, 한쪽 바닥에 앉는)

명 호   (차에 기대, 답답한) 그래라..

종 민   (답답한, 머리 긁는) ... 아우!

원 우   (답답한, 명호에게) 근데, 오양촌 경위님 레전드 맞아요? 사고뭉치 아니에요?
       아님 안하무인 실적주의든가? 번번이 일처리가 왜 이렇게 과격해! 진짜, 짜
       증나.. (하고, 운전석에 타는)

명 호   (답답하게, 원우 보면)

종 민   (명호 보며) 원울 왜 노려봐?

명 호   (종민 보면)

종 민   (일어나며, 열받아, 명호에게) 오양촌 경위가, 니 첫 빠따 사수였다고, 무조건 편드냐? 같잖은 사건에 애들이 넷이나 다치고, 파트너까지! 그 사람은 파트너 다치게 하는 게 본업이야?! 대체 파트너들이 몇 명이 다치는 거야! 몇 명이?!

명 호   (답답한, 화나는, 버럭) 얌마, 형님이, 일부러 그랬냐?!

한 표   (명호 말리며) 형님 차 타세요, 그냥.. 다들 오늘 너무 피곤해서.. 예민해.. 타요, 타.. (명호를 양촌의 순찰차에 태우고, 자기도 타는)

명 호   (속상해서, 안전벨트 하는, 크게 한숨 쉬며, 가고)

종 민   (가는 명호 맘에 안 들고, 제 순찰차의 조수석에 타며, 화난) 자식이.. 편들 걸 편들어야지.. 아무 때나 편들고..

원 우   (운전해, 가는)

씬 12. 지구대 안, 밤.

승재, 공원 쪽 남학생들 조서를 쓰느라 정신없는, 1팀, 2팀 상황이 동시에 벌어져 정신없는 상황이다,

남학생2   그 새끼가 먼저 내 친구를 깠어요!

남학생3   당구를 하는데, 그놈이 겐세이를 놔서 우리가 뭐라 그러니까,

남학생4   우리 필규가 먼저 맞았어요!

승 재   (피곤해, 짜증나는, 조서 쓰다, 옆의 서류로 책상 치며, 남학생3 보며) 조용! 니들 말하지 마, 말하면서 이것들이 서로 입 맞추고.. 니들 말대로 니 친구 필규만 맞았다면, 식당 알바생, 서형이 얼굴에 왜 상처가 있어! 니들도 팼잖아, 같이! 한 놈을 여럿이!

2팀 경찰1 퇴근해, 퇴근해, 내가 할게,

승 재   팀원 다친 사건이라고 팀장님이 마무리하라시잖아요. 물 좀 마시고 올게요. (하고, 남일 쪽으로 지나가는, 피곤한)

2팀 경찰1 (가는 승재 보며) 난리네, 난리. (남학생들 보고, 남학생2 보며) 너만 남고, 나머진 저기 보호석에 앉아 있어, 어서!

* 점프컷 》
상황근무석 쪽에 앉은, 2팀 경찰2, 3 컴 보고, 집중하며, 일하는,

2팀 경찰2 (차분한) 안정4길 현남아파트 우측 공원에서 아파트 주민으로 보이는 아버지와 아들이 칼을 휘두르며, 싸우던 중, 인근 주민이 목격 후 신고, 인근 순찰차 지원 바람, 인근 순찰차 지원 바람. 코드 제로, 코드 제로, 안정4길 현남아파트 우측 공원 아들이 아버지한테 칼을 휘두르며, 싸운다. 인근 순찰차 지원 바람, 인근 순찰차 지원 바람.

2팀 경찰3 (경찰2와 말이 겹치는, 다급한) 성유산 인근에서 화재 발생, 화재 발생, 119 지원 요청, 성유산 인근에서 화재 발생, 화재 발생, 인근 순찰차 지원 바람.

* 점프컷 》
민석, 동진오피스텔 주차장의 20대 남자(진술서를 쓰는, 두려운)가 쓴 진술서를 뚫어지게 보다,

민 석 (20대 남자를 화나 쏘아보며, 차분히) 그러니까, 당신이, (고개 젓고) 선생님이 저 인간, 아니, 저 선생님의 애인을 찝쩍대서, 저 선생님이 선생님을 두어 대 팼는데, 선생님은.. 다 이해하니, 둘 다 조용히 보내달라고.. 요? 그게 지금 사실이라고? (너무 화나, 이를 앙다물고, 쏘아보는) 아까는 현장에서, 당신이, 아니, 선생님이 살려달라며, 살려주세요! 우리 경찰한테 소리쳤잖아.. 요! 그럼 그건 뭐예요?!

* 점프컷 》
민석과 상당히 떨어진 곳에 위치한 책상에서 남일, 중간보스를 조사하고 있는 중인, 중간보스, 진술서를 박박 찢으며, 20대 남자를 보고 귀엽단 듯 웃는,

남 일 (책상 치고, 일어나며) 뭐, 뭐, 뭐하는 짓이야, 당신!
중간보스 (진술서를 박박 찢으며) 아, 내가 깜박했는데.. (하며, 진술서를 바닥의 휴지통에 넣으며) 이거 진술서를 내가 안 써두 되는 거잖아.. (비아냥) 진술서 쓰는

게 이게.. 강제조항이 아니지, 아마? 내가 깜박했네? 나 못 써.

남 일 (허리에 손 올리고, 숨을 쉬는, 만만찮은 놈이다, 싶은) 야.. 진짜, 이봐요, 선생님, 아까 (참다가, 버럭) 선생님이 그 현장에서, 분명히,

중간보스 말했잖아, (턱으로 20대 남자를 가리키며) 저놈이 내 애인을 찝쩍거리고, 그래서 내가 화나 줘 팼다고.. 근데.. 우리 둘 다 서로서로 이해하기로 했다고! 경찰님들 편하게! 뭐가 잘못됐는데?

* 점프컷 》
종민, 원우, 명호, 한표 들어오는데, 그 얼굴 위로,

남 일 반 경사, 명호 경장, 이 (선생님이라고 하기 싫은) 선생님들 잠시, 보호. (하고, 조사실로 들어가며, 턱으로 민석도 들어오라고 하는)

민 석 (들어가는)

종민, 원우, 명호, 한표 (힘들지만, 팀별로, 중간보스와 20대 남자 앞에 앉는)

중간보스와 20대 남자, 서로 눈빛을 교환하면,

종민, 원우 (동시에) 서로 앞들 봐요, 눈빛 주고받지 마시고!

중간보스 선생님 붙여.

명호, 한표 (열받는)

그때, 술 취해 노랠 고래고래 부르는 여자 둘을 2팀 경찰4, 5가 데리고 들어오는, 여자, 악을 쓰다, 말리는 경찰의 뺨을 치고, 경찰, 여자의 반지에 얼굴이 긁히는, 아파서 '아!' 하는,

씬 13. 조사실 안, 밤.

경모(답답한), 정오(사건 브리핑을 한 상황, 긴장한), 서 있는, 책상 위에 스피커폰이 켜져 있는, 민석, 남일 들어오며, 스피커폰이 켜져 있는 상황 모르고 말하는,

민 석   (자리에 앉으며) 아, 새끼들 언제 둘이 입을 딱 맞춘 거야, 대체?

남 일   (답답하게, 서서, 책상 짚고 경모 보며) 둘이, 여자 문제로 시비했대요. 완전
        개구라.. 이건 누가 봐도 딱 보면, 척 하는 상황이에요! 성매매 여성 폭행사건
        당일, 용의자인 대학 조교라는 저 젊은 놈이 사건현장 오피스텔 앞에 제 차
        를 두고 간 걸, 저 조폭같이 생긴 놈이 미리 알고, 지키고 있다가, 두들겨 팬
        거죠.

민 석   (경모 보며, 진지한) 저 조폭같이 생긴 놈은 분명 불법 성매매 조직책이에요.
        장사 못하게 된 피해여성 병원비를 조교 놈한테 받으려고 했을 거예요. 근데
        조교 놈은 안 주겠다니까, 줘 팬 거죠.

경 모   (답답한) 조교 놈은, 맞을 땐 살려달라고 했지만, 한정오 땜에 살고 보니까,
        학교에 불법 성매매한 게 알려질 게 두려워 말을 뒤집은 거지. 근데, 일이 꼬
        였다.. (하고, 스피커폰을 가리키며) 안 팀장님이 사건현장에서, 놈들 미행하
        려고 씨씨티브이까지 용의자 차가 보이는 위치에 달아 놓고 잠복했었대.

정 오   (참담한, 스피커폰 보는)

남일, 민석   (놀란) 예?

장 형사   (E, 버럭대는) 어쩔 거예요, 이제!

모 두   (스피커폰을 보는)

씬 14. 봉고차 안, 교차씬, 밤.

        장 형사와 조 형사, 짜장면을 먹고, 장미, 냉정하고 답답하게 앉아 있는, 카메
        라, 장미의 답답한 모습을 주로 잡는,

장 형사   (먹다가, 화나, 스피커폰으로 통화하는) 우리가 꼬박 사흘을 잠복하며 개고
        생했는데! 자기들 맡은, 초동조치나 잘하지, 누가 사건 들쑤시고 다니라고 그
        랬냐고! 누가?!

남 일   (답답한, 화난) 장 형사, 넌, 무슨 말을 그렇게 해?! 우리가 사건 뽀개고 싶어
        서 뽀갰냐?

장 형사   (화난, 버럭) 조직적 불법 성매매가 분명해도 결정적 증거도 없는 사건이라..

개들 미행해, 상선들 모조리 일망타진할려고.. 우리가 얼마나 준비하고 별렀
는지, 알아요?! 이제, 지구대가 냄새 맡았겠다 싶어서, 앗 뜨거라, 여기저기 벌
려논 사업장들 싹 다 접고 튈 게 뻔한데,

민 석 (버럭, 화난) 사람 살려달란 소릴 듣고, 그럼 우리가 그걸 쌩까야 맞습니까?!

경 모 (진지한, 조금 격앙된) 장 형사, 너 내 말 잘 들어? 우리가 일을 그르친 게 아
니라, 니들이 일을 잘못한 건 왜 반성 안 하냐!

정 오 (착잡한, 참담한)

경 모 니들이 우리한테 공조하자! 우리 잠복한다, 관할 지역 책임부서인 우리 지구
대한테 알려만 줬어도,

민 석 내 말이 그 말이야! 지역 내 벌어진 사건인데, 공조 왜 못해?!

남 일 지구대 무시해요?!

장 미 (차분히, 냉정하게) 다들 내 말 잘 들어.

경 모 (답답하고 화나, 버럭) 말해!

장 미 공조 안 한 건.. 이런 사건 대부분이 (강조) 경찰이 끼지 않으면 안 되는 사건
이니까.. 비밀 유지가 필요했어. 위에서도 그걸 강조했고.

경 모 (답답해도, 인정하지만) 아무리 그렇다 쳐도, 이번 일 그르친 걸 우리 지구대
에 문제 삼는 건, 심히 오바야. 사람이 살려달라고 차 문을 두드리며, 한정오
가,

장 미 한정오,

정 오 (차분히, 진지한) 네.

장 미 (차분히) 성과가 필요했어?

남 일 (속상한) 무슨 말을 그렇게 해요?! 얘가 뭘 잘못했어요?! 매뉴얼대로 했는데!
(말하기 싫은, 나가며, 문 쾅 닫는) 아, 정말!

정 오 (진지한, 진심) 아닙니다. 성과 때문에, 그런 거.

경 모 (아차 싶은, 한숨 크게 쉬고, 스피커폰에 진지하게 얘기하는, 자신이 모순을
놓친 게, 참담하기도 한) 내가 잊었네... 안 팀장님, 미안.

민 석 (왜 그러나 싶은) 팀장님?!

경 모 (저지하고, 차분하게) 한정오가.. 오피스텔 근처 주차문제로 출동할 때, 20대
오피스텔 용의자를 발견했다면, 놈한테 달려갈 게 아니라.. (하고, 정오를 보
며, 진지한, 책망하는 건 아닌) 팀장님한테, 여청계로.. 용의자 발견 보고가
(스피커폰을 보며) 우선이었네..

정 오	(인정이 가는, 눈 감는, 또 틀렸구나 싶은)
장 미	(스피커폰을 꺼버리는, 장 형사에게) 나도 밥 좀 먹자.
민 석	아.. 답답하다, 진짜.. 저놈들 둘이 고소 의향이 없고, 진술 내용이 일치하는 한, 저것들 더는 못 잡아두니까, 내보낼게요. (하고, 나가는)
정 오	(창밖으로 중간보스와 20대 남자가 민석의 지시로, 나가는 것을 보는, 답답한, 참담한, 경모에게) 죄송합니다.
경 모	그래도 니가 잘한 게 있어. 오피스텔 용의자 조교 놈 진술서 쓴 덕에,

그때, 장미 전화 오고, 경모, 받는(스피커폰이 아닌),

경 모	네.
장 미	(E, 차분히 냉정히) 조교 놈이 만진 불펜이며 사물들에서,
경 모	(차분히, 정오 보며) 지문 채취하고, 놈이 물을 마셨는데, 물잔 과수팀에 넘길게요. 오피스텔 현장의 체모 디엔에이와 대조할 수 있게.
장 미	(E) 옆에 한정오 있으면 바꿔.
경 모	(전화기 정오 주면)
정 오	(전화기 받아, 받으며) 전화 바꿨습니다.

* 점프컷, 교차선 》

장 미	(차분하고, 냉정히) 한정오, 니가 결정적으로 크게 잘못한 게 또 하나 있는데,
정 오	(참담한, 차분히) 알고.. 있습니다.
장 미	.. 알고 있는 게 뭐야?
정 오	(참담한, 눈가 살짝 붉어지며) 제 섣부른 행동으로.. 아마도 지금도 병원에 가지 못하고 있을..

* 플래시컷, 회상 》
씨씨티브이에 찍힌 엘리베이터 안의 피해여성,

정 오	(E) 힘없는 피해여성의 안전을.. 위험하게 했습니다.

정 오　(참담한, 진심) 죄송.. 합니다.

장 미　(가만, 차분히) 은 팀장 바꿔.

정 오　(전화기 주고, 경모에게 인사하고, 나가는)

경 모　(장미에게 전화하는, 진심으로) 오늘 일.. 미안하고, 우리랑 이 사건 공조해.

장 미　(차분하게) 대장한테 자료 넘길게. (하고, 전화 끊는)

경 모　(답답한, 조사실 문 열고) 1팀 퇴근해! 쉬고, 밤 근무해야지! 1팀, 일들 접어!

씬 15. 지구대 앞, 밤.

20대 남자, 중간보스 나와, 걸어가는,
명호, 정오, 서서, 그들을 가만 보는, 명호, 어쩔 수 없다는 생각이 들어, 들어
가며, 정오에게 '들어와' 하는, 정오, 그들을 보는,

* 점프컷 》
중간보스, 앞만 보고 걸어가는데 전화 오고 받으며 말하는, 정오, 중간보스
의 뒷모습만 보는 바람에 내용을 못 듣는,

중간보스　(전화받으며, 답답한) 벌써 내 소식 들었나 보네.

* 점프컷, 고급차 안 》

주 영　(초조한, 가라앉은) 사업장, 싹 다 접고, 튀어. 욕심내다 나 엿 먹이면 죽어,
너? (하고, 전화 끊고, 차 돌려 가는)

* 점프컷 》

중간보스　(전화 끊으며) 미친놈. (20대 남자에게) 우리 계좌번호 알지, 돈 보내라. 학교

찾아가기 전에. (하며, 큰길로 가고)

20대 남자 (두려운, 반대편 길로 가는)

* 점프컷 》

정오, 뒤에서 그들을 차분하게 주시하다, 지구대 안으로 들어가는,

씬 16. 지구대 안, 밤.

정오, 들어와, 흰 장갑을 끼고, 중간보스가 찢어서 버린 진술서를 사진 찍고 그걸 꺼내, 조각을 맞추는, 남일, 20대 남자가 만진 진술서와 볼펜의 사진을 찍으며,

남 일   (답답해서 내뱉는) 한정오, 기운 안 빠졌지? 범인 잡으면 돼.

정 오   (제 할 일 하며, 진지한) 경사님도 기운 빠지지 마세요.

남 일   (정오 보고, 살짝 든든한, 다시 일하는)

정 오   (서랍에서 비닐을 찾아, 물건을 넣는 등, 제 할 일을 하는)

씬 17. 상수의 병실, 밤.

상수, 목에 붕대 하고, 바로 눈 밑까지 길게 상처가 난, (목 쪽과 눈 밑을 두어 바늘씩 꿰맨) 작게 코를 골며 자고 있는,
양촌, 화장실에서 나와, 상수의 얼굴 앞에 손을 한번 휘휘 젓고, 자는구나 싶은, 머리에 손을 올려보고, 괜찮다 싶은, 나가려는,

상 수   (졸린) 나.. 표창받아요? 한정오처럼.. 오만 원짜리, 문화상품권도 타냐고요?

양 촌   (보는)

상 수   (너무 졸린, 작게 웃으며) 내가 드뎌 훈장이 생겼어요.. 경찰은 몸에 칼 상처 몇 개쯤 나야 뽀대나잖아요.. 상처가 오래가야 할 건데.. 빨리 남 서운할 거 같(애, 말을 마저 못하고 다시, 코 골고 자는)

양 촌   (답답한)

그때, 상수 모, 걱정돼 조심스레 문 열고 들어오고,

상수 모   (걱정돼서, 눈가 붉어, 상수 보고, 양촌 보며 서운한) 상수.. 엄마 됩니다.
양 촌   (미안한) .. 큰 상처는 아닙니다. 죄송합니다.
상수 모   근데.. 왜 우리 상수만 다쳐요.. 경위님은 멀쩡하시고..
양 촌   .. 죄송합니다.
상수 모   경찰 일이 너무 험하네요.. (하며, 상수 옆에 앉아, 손잡는, 울먹이는)
양 촌   (착잡해, 나가는)

씬 18. 복도 + 다인실 병실 안, 밤.

양촌, 담담히, 상수의 병실을 나와, 다인실 병실(서형이 있는)로 가서, 깁스한 서형(창가 보며, 화가 나고, 속상해, 눈가 붉은)의 다릴 보고, 한쪽 의자에 앉는,

양 촌   (덤덤히) 다리 수술은 잘됐단다.
서 형   (보고, 속상해, 눈가 붉어져, 버럭) 그놈들이 먼저 날 팼다구요! 내 얼굴 봐요, (웃옷 벗어 몸을 보여주면, 여기저기 멍 자국) 내 몸 보라구요! 놈들이 삑하면 일터로 와서 지들하고 안 논다고 날 팼다구요! 그래서 무서워서, 칼 들고 나간 거고! 그런데 경찰이 쫓아오니까..
양 촌   (답답한, 으름장, 화난, 큰 소리) 필규 이는 니가 부러뜨렸잖아! 그리고, 무섭다고 임마! 칼을 쓰냐?!
서 형   그럼 어떡해요, 내가 잡히면, (한쪽 가리키며) 저 기집애 또 남자들한테 돈 뜯으러 다닐 건데!
양 촌   (그 말에 한쪽 보면)
여동생   (어린, 화장을 잔뜩 한 채, 교복을 짧게 입고, 껌 씹으며 자고 있는)
양 촌   (답답한)
서 형   거의 매일 맞아도 참았다구요! 근데 그날은 걔들이 내 동생 건드린다고.. 협

박하고, 이제 내 동생 어떡해요! 나 빵에 가고, 집에 없으면, 내가 돈 안 벌어주면, 내 동생 또 나쁜 짓 할 건데 어떡하냐구!

양 촌　(속상한, 일어나, 옆에 모포를 여동생에게 덮어주고, 창가로 가, 밖을 보는, 답답한) ...

씬 19. 양촌 부의 주방 + 방 안, 밤.

양촌 부, 찌개를 끓이는, 간을 보는, 그리고, 불을 작게 조절하는, 한쪽 작은 상에 밥상이 차려져 있는, 그걸 들고 방으로 들어가, 한쪽에 놓고, 신문지를 대충 덮어놓고, 텔레비전을 켜고, 시계 보면, 열두 시가 넘은, 그러다 양촌의 훈장(경찰서장상)을 보고는, 일어나 그걸 들어, 걸레로 닦는, 그때, 전화 오면, 받는,

양촌 부　.. 안 오냐..?

양 촌　(E, 무뚝뚝) 오늘 못 들어가요. (하고, 전화 끊는)

양촌 부, 전화 끊고, 일어나 나가서, 찌개 불을 끄고, 방 안으로 들어와, 작은 상의 신문지 치우고, 밥을 한 숟갈 뜨다, 숟가락 내려놓고, 작은 상을 옆에 밀어놓고, 한쪽에 있는 연 도구 중 대나무 살을 들어, 칼로 슥슥 다듬는,

씬 20. 지구대 화장실, 낮.

한솔, 경모와 소변을 보고 있는,

한 솔　진짜 일개 지구대에 무슨 일이 이렇게 많아... 그래서, (경모 보며) 염상수 상태 어떤데?!

경 모　(말하기도 싫은) 안 죽었대. (하고, 나가며) 상수네 엄마한테나 전화 넣요! 번호 문자로 넜어!

한 솔　(소변 다 보고, 한쪽에서, 전화기 확인하고, 전화하며) 아이고, 어머니, 안녕..

('하시죠', 하려다, 미안해서) 못하시죠, 상수 어머니?

씬 21. 삼보의 집 안, 낮.

앞 씬과 다르게 깨끗이 치워진 집, 혜리, 소파에 쭈그리고 누워 자고 있고, 삼보, 주방에서 찌개의 간을 보고, 밥을 푸고, 나물에 참기름 넣고, 무치는, 달걀을 굽고, 혜리의 밥을 차리며,

삼 보   인나라! 송혜리! 송혜리! 종발!

혜 리   (머리가 산발이 돼선, 벌떡 일어나며) 예! 종발! (하고, 이상하다 싶어, 멍하게, 삼보 보는, 졸린)

삼 보   (담담히, 밥상 마저 차리며) 지랄염병을 하고.. 자빠지고.. 왜 여기서 자?

혜 리   (졸린) 주임님 집 치우고 피곤해서.. (보며, 버럭) 집 좀 치우고 살아요!

삼 보   씻고 나와. 소파 앞에 봉다리 가지고 들어가고, 일회용 칫솔, 편의점에서 속옷 하나 샀다.

혜 리   (봉지 속에 칫솔과 팬티를 꺼내, 팬티를 펴보면, 캐릭터 팬티다, 삼보를 맘에 안 들게 보고) 웬 피카츄? (하고, 화장실로 들어가는)

삼 보   (밥을 차리는)

❋ 점프컷, 식탁 》
혜리, 밥을 아구아구 먹다가, 눈이 휘둥그레져서 삼보를 보는,
삼보, 밥 먹으며,

삼 보   그러니까 너도 나대지 말고, 조심해. 만약 어제, 상수가 아니라 니가 다쳤어봐라, 이쁜 기집애,

혜 리   (밥을 입에 가득 물고, 답답한) 기집앤 여성 비하 발언, 여자!

삼 보   (바로 말 바꿔) 이쁜 여자 얼굴에 상처가 (손가락으로, 제 얼굴을 그으며) 죽!

혜 리   (밥 먹으며, 웃고) 상수는 괜찮대요, 상철 본드로 붙였대. (밥 먹으며) 근데, 사모님 좀 너무하시다, 아들 손주도 좋지만, 어떻게 남편을 이렇게 안 챙기

냐? 나물 무치신 솜씨가 보통이 아닌데, 혼자 오래 계셨나 봐요?

삼 보   (버럭) 밥이나 처먹어!

씬 22. 상수의 병실 안, 낮.

상수, 밴드를 뜯어서, 정오에게 목에 난 상처 보여주고, 다시 거울 보며, 밴드를 붙이는,

정 오   (답답한, 조금 걱정되는) 불과 며칠 사이에 뒤통수 다치고 목 다치고, 눈 다치고.. 너 일을 왜 그렇게 위험천만하게 해?!

상 수   (아무렇지 않게, 담담히 보며) 경찰이 일하다 보면 뭐.. 그럴 수도 있지 않나?

정 오   근데 왜 너만 다쳐? 오양촌 경위님은 뭐하고?

상 수   (보며, 아무렇지 않게) 피해자 보호하고 있었지..

정 오   (편하게) 너 나댔지? 점수 따서, 나 이길라고?

상 수   그랬다, 왜?

정 오   (귀엽게 보며) 오양촌 씬?

상 수   목욕 갔다 지구대 간대. 난 의사가 오후에 자기 보고 퇴원하래. (안 쉬고) 너, 나랑, 사귈래?

정 오   (어이없이 보고) .. (장난이지 싶어, 작게 웃으며) 너 오양촌 씨 닮아가, 왜 말을 이 말 했다 저 말 했다 해? (담백하게) 난 키 큰 애 별로야.

상 수   (편하게, 웃으며 그러나 진심이다) 키 큰 애도 한번 사귀어봐. 나랑 사귀면, 진짜 재밌을 건데?

정 오   (어이없게 보다) .. 야, 남잘 무슨 재미로 사귀냐?

상 수   (어이없게 보며) 그럼, 남잘 재미도 없는데 왜 사귀냐? 골 아플라고 사귀냐?

정 오   (어이없이 웃으며, 상수가 귀여운) 싫어, 난 출세하고 돈 벌어야 돼. (상수 머리 흩트리며) 좀 자. (하고, 나가는)

상 수   (가볍게) 그래? 그럼 나중에 사귀자! (하고, 나간 문 쪽 담담히 보다, 눕고, 천장 보는)

씬 23. 지구대 안 조사실, 밤.

명호, 종민, 민석, 한표, 삼보, 혜리, 남일, 정오 앉거나 서거나 자리해 있고, 모두 진지한, 한솔, 경모, 영사막에 자료를 띄우고, 말하는,

＊ 점프컷, 영사막 ≫
엘리베이터의 피해여성 사진이 떠 있는, 지나가면, 그 여자의 여권 사진 보이는,
이후, 다른 외국인 여자들의 여권 사진이 떴다, 지나가는, 경모, 컴을 작동하는,

한 솔 모두 불법 성매매를 하는 외국인 여성들로 의심되는 사람들이다, 일일이 기억하기 힘들 거다, 각자의 폰에 사진 발송할 테니까, 예의 주시하기 바란다.

경 모 (컴을 작동해, 중간보스의 사진을 띄우고) 불법 성매매 조직책으로 보인다. 어제 강남일 경사, 한정오가 놈이 찢은 진술서에서 주소지를 찾아, 조사한 결과, 초지일관 폭행 전과로 4범. 다른 전과는 없다. 주목할 사항은, 주소지가 홍일3동 인근이라는 것, (진지하게) 최근 불법 성매매 신고가 있었던 장동 지역에서 이사했다는 것.

종 민 (답답한) 냄새가 폴폴 나네.

정 오 (진지하게 보는)

한 솔 근데, 어제 우리 지구대에서 귀가조치 후, 놈이 사라졌다. 놈의 주소지에, 서의 장 형사가 잠복하고 있었는데, 밤새 나타나지 않았어.

삼보, 남일, 정오 (답답한)

경 모 홍일1동 말고, 홍일3, 4동에서도 법인사무실을 가장한 불법 성매매 사업장으로 보이는 곳이 있다는 정보를 여청계에서 확보하고, 잠복 중이었는데, 오늘 낮, 그곳들이 모두 부동산에 나왔다.

민 석 (답답한) 철수 들어갔네...

한 솔 하지만, 아직 기회는 있다.

남 일 우리가 동진오피스텔 816호에서 만난 여자만 다섯인데,

경 모 발견된 사업장이 여섯 곳, 그렇다면 근무하는 여자들은 다섯이 아닌 삼십여 명은 족히 넘을 것으로 추정.

한 솔	그 여자들을 한꺼번에 일사천리로 다른 지역으로 움직이긴 쉽지 않을 거다.
경 모	(엘리베이터 피해여성 사진을 띄우고) 놈들은, 여자가 돈인데, 다친 여자도 있고..
명 호	(여자들 사진을 모두 영사막에 띄우는) 홍일3동과 4동, 다세대주택촌에, 이주여성들이 모여 사는 가구가 많은 걸로 알고 있습니다, 일단 저희 조는 그 쪽부터, 탐문수사하겠습니다.
경 모	오케이.. 그리고 각 순마 대시보드에 (지구대 씨씨티브이에 찍힌 중간보스의 사진을 나눠주며) 이놈 사진을 잘 붙여두고, 발견 즉시, 개별 행동 말고, 팀과 여청계에 보고한다.
모 두	(사진 받아서, 보고, 챙기는)

씬 24. 지구대 안 + 조사실 안, 밤.

양촌, 들어오며,
상황근무석에 있던 원우와 승재에게,

양 촌	다들 어딨냐?
원 우	(안 보고, 컴만 보며, 인사도 안 하고) 조사실이요.
승 재	(팔짱 끼고, 컴만 보는)
양 촌	(들어가다, 기분이 안 좋은, 원우, 승재 쪽 보다, 조사실 문 열고, 얼굴 디밀고, 사진을 나눠 갖는 팀들 보고) 출근했어요.. (한솔 보며) 근무복이 더러워서.. 갈아입고 올게요.. (하고, 나가려는데)
종 민	(구시렁) 지 멋대로구만.
양 촌	(나가려다, 그 말 듣고, 종민 보며, 기분 상한, 참고) 뭐랬냐?
종 민	(팔짱 끼고, 양촌 무시하듯, 한솔만 보는)
민 석	(맘에 안 들게 보고, 한솔을 보며) 조례에 늦으셨으면 미안하단 말씀 먼저 하셔야 되는데, 안 그러시니까, 다짜고짜 하실 말씀만 하시니까,
명 호	(양촌을 생각해 일어나려 하는)
한솔, 경모	앉아!
명 호	(앉고)

정 오	(양촌이 걱정되는, 분위기가 쎄한 게 불편한)
혜 리	(분위기가 왜 이런가 싶은)
삼 보	(한솔만 보며) 대장, 조례 마저 하셔!
한 솔	(양촌 무시하고, 조례하는) 이주여성들의 거주지를 탐문할 시, 아이가 있는 여성, 40대 이상의 여성, 가정을 이룬 여성들은 일단 제외한다. 독신여성이나 둘셋씩 모여 사는 여성들을 중심으로 조사하고,
양 촌	(상수 걱정 안 하는 동료들에게 서운해, 한솔의 말이 끝나기 전에 문 쾅 닫고 나가는)

명호와 한표, 정오, 혜리를 제외하고, 나머지 대원들, '뭐야? 참 내' 등등, 짜증
스럽게 반응하는,

한 솔	(화를 참고, 마저 말하는) 불법 성매매를 하는 여성의 거주지가 의심되면, 바로 팀과 여청계로 보고한다. 다음은, 핫존클럽 보안팀장의 신고 건인데,

씬 25. 지구대 식당 안, 밤.

삼보, 한솔, 경모, 혜리, 명호, 한표, 밥을 먹는, 종민, 민석 앉아 커피를 마시
는,
원우, 승재, 양촌(답답한, 그러나 담담한 척)순으로 밥을 푸려 서 있고, 각자
밥을 푸고, 양촌, 밥 퍼서, 자리에 앉으려고 의자를 찾으면, 모두 자리에 앉아
있어 구석 자리 빼고는 의자가 없는, 명호, 한표, 양촌의 자리를 찾아보는데
없는, 양촌, 구석에 난 자리에 앉아, 밥을 먹는, 경모, 한솔, 아랑곳없이 밥 먹
는,

혜 리	(식판을 들고, 양촌 보며) 오양촌 경위님 제 자리에,
종민, 민석	(혜리에게) 빨리 먹고 일 나가.
삼 보	아무 자리나 앉으면 어때?
명 호	(진지하게, 양촌 보고, 이내 밥만 먹는)
양 촌	(밥만 먹는)

원 우   (밥맛이 없는, 두어 숟갈 먹다가, 접는)

종 민   좀 더 먹어.

원 우   너무 피곤해 그런가, 밥맛이 없네요. (하고, 식판 들고 일어나다, 양촌이 밥
          먹는 팔을 툭 쳐, 양촌의 숟가락의 밥알이 튀는)

명호(양촌이 걱정스런), 종민   (그 모습을 보는)

원 우   (사무적으로, 양촌에게) 죄송합니다. (하고, 식판 정리하고 나가는)

양 촌   (그냥 밥을 먹는데)

한 솔   (양촌 보며) 홍대 입구 핫존클럽에서 신고가 들어왔다. 상습 절도범 검거해
          달라고.

양 촌   (밥 먹으며) 서의 형사과에 넘겨요.

경 모   (맘에 안 들게 양촌 보며, 담담한) 우리한테 직접 신고가 들어왔어, 쌩까다
          민원 먹을까? 삼보 주임님, 혜리, 오양촌 경위랑, 상수가, 밤 열두 시, 클럽 피
          크 타임에 잠복근무 나간다,

양 촌   (말꼬리 자르며, 상수란 말에 열받는, 밥 먹다, 수저를 팽개치고) 목부터 얼굴
          까지 칼 맞은 놈한테, 무슨 잠복근무?!

삼 보   그건 그렇다, 종민이 니가,

종 민   (화난, 애써 참고) 우린 순찰 안 합니까?!

삼 보   그럼 2팀, 3팀 다른 팀한테 자원근무,

민 석   (답답한, 속상한) 무슨 자원근무를 맨날 뻑하면 받아요! 거지처럼?! 그 사람
          들도 우리만큼 날밤 새고, 다치고, 난리도 아니에요! (양촌 보며, 답답한) 우
          리는 상수 생각 안 하는 줄 압니까?!

종 민   (양촌 보며, 답답한) 남일이랑 정오, 명호, 한표는 여청계랑 연계해, 오피스텔
          사건 뛰어들어야 하고, 나랑 원우, 민석이 승재는 어제도 날밤 새고, 오늘은
          팀원들 빈자리, 전부 채워가며, 일대 전부 순찰에, 상황근무해야 되고, 그럼
          잠복을, 지구대 전체 지휘해야 되는 대장님이 뛰어야 맞습니까?

승 재   (속상해, 나가는)

          그때, 상수, 들어오다, 분위기 이상한, 나가는 승재 보고, 식당 쪽 보고, 왜 그
          런가 싶어, 조심히, 양촌 옆에 가서 앉는, 혜리, 상수 보고, 걱정되는,

경 모   (양촌 보며, 지지 않고) 나도 안 놀아, 클럽 잠복 나도 나가.

명 호	(답답한, 나가며, 상수의 어깨 만져주고, 가는, 맘 안 좋은)
한 표	(답답한, 나가며, 이해하란 뜻으로, 상수 툭툭 쳐주는)
양 촌	(열받는, 경모만 보며) 그래도 애가 (턱으로 상수 가리키며, 버럭) 다쳤잖아!
한 솔	(버럭, 단호한) 그 애, 누가 다치게 했냐?!
상 수	(순간 조금 놀라고, 맘 아픈, 사태 파악되는, 양촌이 걱정돼, 미안하게 보는)
모 두	(착잡하고, 속상한, 답답한)
양 촌	(한솔 보는데, 화나고, 속상한, 지지 않고 보는)
종 민	(속상한, 답답한, 양촌 보며) 우리도 상수 걱정합니다. 그래서 상수한테 문자 넣고, 아프냐 안 아프냐? 현장 나갈 수 있겠냐? 다들 묻고 또 묻고..
민 석	(종민 일으켜 세우며) 야야, 말하지 마, 말할수록 우리만 치사해진다! (하고 나가는)
양 촌	(그제야 상황이 파악되는, 그래도 화는 나는)
한 솔	(양촌 보며) 1차 사건 발생 시, 피해학생 이가 나갔을 때, 피혐의자의 신원이 확실한 상태에서, 왜 상수가 피혐의자를 쫓게 했냐?
양 촌	(말 않고, 입 다물고 있는, 변명하기 싫은)
상 수	(속상한, 생각나는) ..

✻ 점프컷, 회상 》

남학생2	(갑자기 소리치는) 어, 저 새끼예요!

모두, 남학생2가 가리킨 쪽 보면,
공원 한쪽에서 양촌 외 남학생들의 모습을 보며 걱정하던 서형, 두려움에 슬금슬금 뒤로 피하더니, 갑자기 죽자 사자 달리는,
상수, 그런 서형을 발견하고, 순간 플래시 놓고, 죽자 사자 쫓아가는,

양 촌	(그런 상수 보고) 야야야야야, 관둬, 관둬, 관둬!

✻ 점프컷, 현실 》

상 수	(답답한, 가만있는)

경 모 (진지하게 양촌 보며, 충고하는) 형량 보고 대응해야지?! 살인 같은 강력사건
도 아니고.. 기껏 애들끼리 까불다 이 나간 걸 가지고... 게다가 피혐의자 신분
도 확실하니, 나중에 불러서 조사하면 될 일을! 설마, 사수가 돼서 그런 판단
도 안 돼?

양 촌 (경모를 매섭게 보는, 열받아도, 참고, 씩씩 숨을 고르는)

상 수 저 그게,

경 모 (말꼬리 자르며) 2차 사건에서 상수 말고도 먹고살 거 없는 지지리 가난한
애들이 둘씩이나 다쳤어. 시민들 밥줄 끊는 일 하는 게 경찰이냐? (하고, 나
가는)

삼 보 (눈치 보며, 밥 먹는 혜리에게, 답답한) 우리는 나가자. 염상수도 나가자!

상 수 (답답하고, 미안한, 한솔에게) 저 대장님, 오양촌 경위님은 잘못이,

한 솔 (상수에게 버럭) 나가!

삼보, 혜리 일단 나가, 나가.. (하며, 상수 끌고 나가는)

상 수 (나가는 맘 무거운)

한 솔 (맘 아파도, 단호히, 차분히) 대체... 니 파트너가 몇 명이나 더, 얼마나 더 다
쳐야.. 니가 정신을 차릴래?

양 촌 (한솔 보는, 서운하고, 오기 어린, 호철 생각에, 눈가가 붉어지는)

한 솔 (맘 아파도, 차분히, 가라앉은) 너랑 일하다 나 칼 맞고, 호철 형님 죽고... 그
래, 니 사수들이야, 니 책임 아니라 치고, (강조) 부사수는 챙겨야지! 훈장,
표창받고, 경찰 레전드 소리 들음 뭐할 거야, 사람 죽고 다치면, (버럭) 그게
다 무슨 소용이야! 임마! (하고, 나가는)

양 촌 (한솔 가는 걸 보는데, 맘 아픈, 눈가 그렁해 가만있다가, 외면하고, 물 마시
는, 참으려 잠시 있는)

그때, 상수, 와서, 양촌의 앞자리에 앉아, 먹먹한, 미안하고, 참담한,

상 수 (잠시, 미안해서, 보다가, 담담히) ... 왜, 말씀 안 하셨어요? 경위님은, 말렸다
고... 제가 독단으로,

양 촌 (냉정히 보고, 말꼬리 자르며) 너 까서.. 내가 얻는 게 뭔데?

상 수 (진지한, 맘 아픈, 그러나 기죽은 건 아니다) .. 내 딴엔 잘할라고 한 건데.. 일
이 또 엉망이 됐네요. 힘없고 가난한 애들 다치게만 하고,

양 촌	(밥 먹으려다 보며, 냉정히) 배달원은 골목에서 과속했고, 피혐의자 사정 봐
	줘가며 잡아들이는 건 매뉴얼에 없어. 감정 넣지 마.
상 수	(양촌 맘 알겠는, 눈가 살짝 붉어지는, 그래도 애써 담담히) .. 제가... 경위님한
	테 빚졌네요.. 빚, 갚을(게요),
양 촌	(말꼬리 자르며, 버럭) 안 나가냐!
상 수	(맘이 숙연한, 그래도 여기가 끝이 아니니, 일하자, 다짐하고 나가는)
양 촌	(밥을 먹는, 참담한)

* 점프컷, 회상 》

1, 5년 전, 클럽 복도, 지하, 밤.
한솔(사복, 경찰서의 형사 때, 땀이 뒤범벅이 되어 뛰어 들어오며, '양촌아, 양
촌아, 나와! 팀들 온대, 어서, 나와, 위험해! 양촌아!' 하며 허둥지둥 지하 계단
을 내려가, 입구로 들어가려는데, 조폭, 칼로 한솔의 배를 찌르고, 가로로 북
긋는, 한솔, 칼 맞고, 쓰러지는,

2, 환락가 골목, 밤.
 양촌(형사), 한솔을 업고 울면서 죽어라 뛰면서,
'한솔 형님, 정신 차려, 한솔 형님, 대답해!' 하며 가는,

3, 2부, 바닷가, 회상씬.
호철, 바닷가를 보면, 아무도 없는, '양촌아!' 하며 물로 뛰어드는,

* 점프컷 》

양촌, 멍하니, 호철에게 심폐소생술을 하는,
마지막 컷, 호철의 얼굴로,

4, 7부 앞 씬, 골목에서,
상수, 피를 흘리며, 사건현장을 보던,

한 솔	(E) 대체, 니 파트너가 몇 명이나 더, 얼마나 더 다쳐야, 니가 정신을 차릴래?

* 점프컷, 현실 》

양촌, 눈가 그렁하지만, 참담해도, 참고, 밥을 먹는,

씬 26. 도로, 명호 한표의 순찰차 안, 밤.

명호, 운전하고, 한표, 순찰차 대시보드에 지구대 CCTV에 찍힌 40대 중간 보스의 사진 붙여놓은 걸 보며, 지나가는 남자들을 주시하고 확인하는,

한 표   비슷했는데 아니네... 홍일3동 외국인 여성들 밀집 거주지로.. 가죠. 제가 운 전할까요?

명 호   (유턴해 가며) 좀 쉬어. 밤새 돌 건데..

그때, 빵 하는 경적소리 나고, 명호와 한표, 옆을 보면,
종민, 원우, 순찰하며, 거수경례하고 가는,

명호, 한표   (가며, 거수경례하고, 명호, 빵 하고 경적 울리면)

* 점프컷, 다른 쪽 도로의 양촌 상수의 순찰차 》

상수(운전하는), 양촌, 조수석에서 명호 한표를 보고 서로 담담히 거수경례 하고, 가는,

* 점프컷 》

한 표   (양촌에게 거수경례하고, 가며) 경찰이 뭔지, 칼 맞은 담날도 일해야 되고.. (가볍게) 이렇게 기분이 더러운 날은 이 노래가 제격이죠. (하고, 밝은 음악 틀고, 춤추는)

명 호   (한표의 재롱에 웃고)

지구대 상황근무자   (민석, E) 코드 투, 코드 투, 양영고교 앞, 주정차 금지구역에 정차 하려던 차가 이미 정차되어 있던 자전거를 쳐 쓰러뜨리는,

씬 27. 달리는 상수 양촌의 순찰차 안, 밤.

지구대 상황근무자　(민석, E) 바람에 차량 운전자와 자전거 주인이 시비가 붙은 걸, 주변 사람들이 보고 신고가 들어왔다.

양촌　(무전 하며, 차분히) 순 열여덟, 열여덟, 접수, 종발. (하고, 상수에게) 이런 일 어떻게 처리해야 돼?

상수　(운전하며) 자전거랑 자동차 운전자가 안 다쳤으면 물적 피해 교통사고로, 차주가 보험 처리하라, 정보 주면 됩니다.

양촌　(상수 보다, 앞 보며, 사무적으로, 시계 보며) 클럽 잠복 갈 시간 다 됐어. (창가 보며) 가자마자, 참으세요, 마세요, 중재할 생각 말고, 무조건 원칙대로 매뉴얼만 읊고 일 끝내.

씬 28. 조사실, 밤.

정오, 남일, 각자의 컴퓨터로 동네 골목골목을 보고 있는,

남일　(답답한, 씨씨티브이를 이곳저곳 보며, 피곤한) 눈알 빠지겠다, 홍일 일이삼동, 골목골목 칠팔십 개 씨씨티브이를 어떻게 다 뒤지냐? 하루도 아니고, 오피스텔 사건 당일부터 오늘까지 백여 시간이.. 아.. 기 빨려..

정오　(컴으로 골목의 씨씨티브이를 보는, 찾는 사람이 없자, 다른 씨씨티브이를 찾는) .. 좀 쉬세요.

남일　(컴 보며, 진지한) 됐어.. 그냥 투덜대보는 거야.. 답답해서..

씬 29. 도로, 두 대의 차 안, 교차씬, 밤.

삼보의 순찰차 안, 양촌(굳은, 답답한, 그러나 진지한), 삼보, 근무복 차림으로 타고 가고,
경모의 자동차에 사복 입은 경모, 운전석에, 상수, 혜리가 뒤에 탄, 두 차가

앞뒤로 가며, 서로 스피커폰으로 얘기하는,

경 모   (차분히) 오늘 클럽 연쇄, 상습 절도범 잠복.. 우습게 보지 말기 바랍니다. 최
근 절도 도난사건은 일파만파로 번지는 특징이 있는데, 얼마 전 부산, 여수
지역에서 도난당한 핸드폰의 개인정보가 대량으로 유출, 보이스피싱이나, 여
성들이 묻지마 폭행을 당하거나,

상 수   (경모 보며, 사건이 크다 싶고, 피해자 생각에 진지하고, 심각한)

양촌, 삼보   (여자들이란 말에, 답답한)

경 모   인신매매단에 납치되는 데 쓰인 사건이 연이어 발생하고 있습니다.

상 수   (잡아야겠다 싶은, 진지한)

삼 보   그럼 이번에도 그럴 가능성이 있단 거야?

경 모   보통은, 지갑에서 돈만 터는데.. 클럽 애들은, 돈, 지갑, 핸드폰, 신분증을 싹
다 털어가는 등, 합리적 의심이 갑니다. 신고한, 클럽 보안팀장과 제 추측으론
클럽 내 직원이 가담하지 않으면 일어날 수 없는 일로 보입니다.

삼 보   당연하지, 클럽 내 씨씨티브이에 안 찍혔다면, 당연히, 씨씨티브이 동선을 알
고 피했다는 얘긴데, 내부 공모가 있지.. 상수, 혜리, 니들은 오늘 총도 테이저
건도 없는데, 몸조심해.

양 촌   (진지한, 차분히) 상수, 혜리 순경, 신분증 뺐냐?

상수, 혜리   (아차 싶어, 주머니에서 신분증과 경찰증을 빼서, 경모를 주는)

경 모   (받으며) 정신 안 차려! 이걸 왜 들고 오냐?!

상수, 혜리   (진지한) 정신 차리겠습니다.

양 촌   (차분히, 예리하게, 창가 보며, 당부하는) 상수와 혜리는, 신분 노출 안 되게
그 누구도 눈에 띄는 행동하지 마라.

씬 30. 클럽 안, 밤.

상수, 혜리, 맥주병을 하나 들고, 다른 남녀처럼 신나게 춤을 추는, 귀에는 그
룹 콜을 하기 위해, 이어폰들을 한, 누굴 감시한다거나, 관찰하거나 하는 튀
는 행동은 하지 않는,

양 촌　(E) 니들은 지금 근무복이 아닌 사복을 입고 있으므로, 범인을 발견하면, 검거하지 않는다. 혹시 몸싸움이 나면, 시민들은, 니들이 경찰인 걸 모르기 때문에, 자칫 범인이 아닌 니들한테 덤벼들 수 있다. 그러므로, 절도범이 확인되면 전화나 문자로 지원 요청 후 대기해라, 다시 말한다, 함부로 나서지 마라. 검거하지 마라.

씬 31. 클럽이 멀리 떨어져 있는 후미진 곳, 밤.

　　　　양촌, 삼보의 순찰차 있는, 그룹 콜로 경모와 모두 함께 대화하는,

양 촌　(그룹 콜로 알리는) 범인 검거는, 제복을 입은 나랑, 삼보 주임님이 맡는다. 다시 한 번 말한다, 절도범이 확인되면 전화나 문자로 지원 요청 후 대기해라.

씬 32. 클럽 보안실, 밤.

　　　　경모와 보안팀장, 클럽의 씨씨티브이 화면을 보는,

양 촌　(E) 함부로 나서지 마라.
경 모　(상수, 혜리가 춤추는 걸 보며, 그룹 콜을 스피커 설정해서, 말하는) 지금 무엇보다 중요한 건, 니들 안전이다, 경찰의 안전이다.

씬 33. 순찰차 안, 밤.

경 모　(E) 다시 말한다, 범인 검거보다 니들 경찰의 안전이 최우선이다.
삼 보　(양촌 보며, 담담히) 너보다 경모가 낫네.
양 촌　(꼬나보고, 그룹 콜 하는) 우린 일대를 돌며 일상적인 순찰로 위장한다.
클럽 직원 (순찰차 쪽을 보면)
삼 보　(운전해 클럽과 반대편으로 가는)

씬 34. 클럽 보안실, 밤.

경모, 씨씨티브이 화면을 이곳저곳 예리하게 보다가, 다시 상수, 혜리 쪽 화면을 보는, 그러다 뭔가를 발견하고,

경 모 　(긴장하며) 상수, 혜리, 클럽 좌측 씨씨티브이 방면, 씨씨티브이 사각지대에, 직원으로 보이는 덩치 큰 놈(이후, 덩치)이 씨씨티브이를 등졌고, 그 앞에 후드티 입은 남자가 있는 것으로 추정된다. 확인해봐.

　　　　*** 점프컷, 교차씬, 클럽 안 》**
　　　　상수, 혜리, 일부러 지친 듯, 맥주를 마시고, 상수, 한쪽에 그들이 보이는 유리벽을 보고(유리에 비친 내용, 흰 운동화를 신은 후드티 남자, 씨씨티브이 사각지대에서, 여러 개의 지갑, 핸드폰을 덩치에게 주는), 주변에 티 안 나게 작게, '검정 후드티가 덩치에게 지갑과 핸드폰을 줬습니다.' 하고, 보고하고, 후드티 남자가 나가는 출입구 쪽으로 나가는, 혜리, 그들 쪽으로 별일 없는 듯 가는,
　　　　혜리, 덩치 옆에서 춤을 추는,
　　　　덩치, 잠시 주변을 보다 다른 출입구로 가는,
　　　　혜리, 춤추다, 맥주 마시고 덩치를 따라가며,

혜 리 　이동합니다.

　　　　*** 점프컷 》**

경 모 　(씨씨티브이 화면 보며) 섣부르게 행동하지 마라, 확실한 현장 증거 없이, 범인은 없다. 섣부르게 하지 마.

　　　　*** 점프컷 》**
　　　　출입문 열고, 혜리, 주변을 보면, 위로 계단이 보이고, 옆엔 창고로 보이는 문이 있는, 혜리, 위를 잠깐 보고, 창고 문을 열려 하면,

덩 치	(E) 손님 거긴,
혜 리	?!
덩 치	(계단 위에서 무섭게 혜리 보며) 폐쇄된, 창곤데..

* 점프컷 》

경 모	(소리만 듣는) 송혜리... 나대지 말고, 철수해.

* 점프컷 》

혜리, '화장실 찾으려다가.. 죄송합니다' 하고, 문 닫고, 클럽 안쪽에서, 화나, 밖으로 나가려는데, 덩치, 어느새 혜리 앞에 와서, 혜리의 이어폰을 빼고, 보며,

덩 치	(웃으며) 우리 클럽 음악 들으셔야지..
혜 리	(긴장하지 않은 척, 웃으며) 아, 네.. (하고, 이어폰을 주머니에 말아 넣는데, 삼보의 말소리 들리는)
삼 보	(E) 무슨 일이야?
혜 리	(삼보의 말소리 못 듣고, 클럽으로 들어가, 춤을 추며, 맥주를 마시는)
덩 치	(한쪽에 서서, 혜리 주시하듯 보는)

씬 35. 골목 + 순찰차 안, 밤.

양촌, 삼보, 차 안에서 둘 다 핸드폰 들으며, 앉아 있는,

삼 보	(핸드폰에 대고) 혜리야? 송혜리 순경? (하다, 핸드폰, 내리며, 답답한) 아, 젠장... 뭔가 일이 이상하네.
양 촌	(답답한, 핸드폰 내리며) 직원 놈이 주시하니까, 피하는 거 같네요.
삼 보	이 자식.. 시보 평가 점수 좀 챙겨줄라 그랬더니, 나 같은 늙은 사수 만나 맨날 실적도 없이 돌아다니다, 잠복한다고 좋아했는데... 젠장..

양 촌	(핸드폰 내리고, 삼보 안 보며, 조금은 비아냥) 덕분에 형님 부사수는 안전하게 됐는데, 뭐?
삼 보	(양촌 맘에 안 들게 보며) 말뽄새가 그게 뭐야, 너?
양 촌	(안 지고 보며, 담담히) 다들 안전 안전 하니까 하는 말이에요, 나도?
삼 보	됐어, 이 의리 없는 새끼야. (하고, 외면하는)
양 촌	(삼보 보며, 속상하지만, 그러나 차분히) 내가 의리가 없음, 누가 의리가 있냐?
삼 보	(쏘아보는) ?
양 촌	(속상하지만, 차분히) 형님 강력반 안 부른 거, 나는 그거 의리야. (조금 격앙된) 강력반 있을 때, 한솔 형님 칼 맞고, 바로 그 자리에 형님이 오겠다는데, (버럭) 내가 아무리 형님이 좋아도, 어떻게 그 자리를 오라 그러냐?! 형님 같으면 그러겠냐?!
삼 보	(이해도 가지만, 아직은 속이 더 상한)
양 촌	(차에서 내려가다, 다시 차로 와서, 차 문 열고, 삼보 보며, 화 참으며, 차분히) 훈장, 표창, 레전드? 형님도 한솔 형님처럼, 내가 그런 걸 좋아해서, 여적 이 바닥에 있었다고 생각하냐?! 그래?.. (다른 데 보고, 한숨 쉬고, 삼보 보며, 담담히) 있잖아, 그딴 거 개나 주라 그래요. (하고, 차 문 쾅 닫고, 다시 길가로 가며, 핸드폰을 듣는)
상 수	(E, 다급한) 저, 저, 저기요, 잠깐만요, 저기요, 잠깐만요. 악!
양 촌	(가다, 그 소리 듣고, 삼보 보며, 긴장했지만, 차분히) 상수야, 너 왜 그래?
삼 보	(핸드폰 들으며, 양촌 보며, 상수가 걱정되는) 은 팀장, 상수 왜 그러냐?

씬 36. 클럽 화장실 복도, 밤.

취객 남자, 상수를 툭툭 치며, 시비하고 있고, 여자, 술 취해 바닥에 앉아, 제 팔 잡으며 아파하는, 주변에 여러 사람들 다니는,

취 객	너 내 여자 건드렸지?
상 수	(취객을 저지하려 하며) 아니, 진정하시고, 저는요, 건드린 게 아니고요.. 그냥 부딪혀서,

취 객	(뺨 치고, 상수를 패며) 이 새끼가 그래도 할 말이 있네!
상 수	(아파하는) 악!
삼 보	(E) 은 팀장, 은 팀장, 상수 왜 그래?

＊ 점프컷, 보안실 ≫

경 모	(상수가 있는 곳의 씨씨티브이 화면 보며, 진지한, 차분한) 주취자랑 시비에 말렸어요. 별 상황 아니야. 염상수, 당황하지 말고 빨리 시비 종결하고, 근처에 후드티 좀 찾아봐! (그러다, 씨씨티브이 화면에, 후드티가 화장실을 나가는 게 보이는) 야, 염상수, 후드티 화장실 나갔어!

＊ 점프컷, 순찰차 안 ≫

양 촌	(답답한, 핸드폰만 진지하게 듣는)
상 수	(E) 선생님 제발 이러지 마시고, 악!
삼 보	(핸드폰만 들으며, 양촌 보며) 야야야, 이거 들어가 말려야 하는 거 아니냐?

＊ 점프컷, 클럽 화장실 앞 ≫

취 객	(넘어져 있는 상수의 멱살 잡고) 너 내 여자친구 왜 건드려? 어? 왜 건드려?
상 수	저기, 저는요, 그냥 지나가다 길이 좁으니까, 여자친구랑 부딪힌 거뿐이고요, (하다, 후드티가 밖으로 나가는 게 보이는, 속 타는)
취 객	그냥 부딪혔는데, 내 여자친구가 왜 주저앉아?
여 자	아파..
취 객	이 새끼가! (하고, 때리려 하면)
상 수	(취객의 팔을 비틀고, 눈은 후드티 보며) 왜 주저앉았는진 저 모르겠.. 술 취해서 그런 거 같은데.. 제가 급해서, 그럼 이만! (하고, 남자를 밀치고, 클럽 밖으로 나가는, 헉헉대며, 이어폰에 대고 작게, 팀만 듣게) 후드티 쫓아 밖으로 나왔어요.

씬 37. 순찰차 안, 밤.

차 안의 양촌, 삼보, 긴장하는,

경 모   (E) 바깥 씨씨티브이에 너는 보이는데, 후드티는 안 보인다.

씬 38. 클럽 밖, 밤.

상수, 클럽 밖으로 나와 후드티를 찾지만, 없는, 여러 무리들의 남녀들, 각자 웃으며, 이차 갈까 삼차 갈까 얘기하고, 복잡한,
그때, 취객, 클럽에서 나와, 상수를 돌려세워, 주먹으로 치고,
상수, 맞고, 넘어지는, 아픈, 헉하는,
사람들, 놀라, '악! 악!' 하며 '어머, 왜 사람을 때려요!' 하는 시끄러운 소리 들리는,

* 점프컷, 순찰차 안, 보안실 안, 교차씬 》
핸드폰으로 상수가 맞는 소리, 사람들 '뭐야, 이것들은' 하며 웅성이는 소리가 들리는,

삼 보   (걱정) 아, 돌겠네, 은 팀장, 상수 맞는 거 같은데, 우리가 나서야 되는 거 아니냐? (양촌 보며) 야, 입 닫고 있지 말고, 너도 말 좀 해봐?
양 촌   (핸드폰 소리만 들으며, 진지한) 가만있어요.
삼 보   미치겠네, 진짜..
경 모   (진지하게 화면(상수가 취객에게 맞는) 보며, 후드티를 찾는데 없는, 혼자 작게 긴장해서, 구시렁) 후드티 얘가 어디 갔냐?
삼 보   야야야, 은 팀장, 야, 일 접어, (양촌에게) 야, 접으라 그래, 니가!
양 촌   (핸드폰만 집중해 듣는)
상 수   (E, 맞는 상황) 억! .. 그러지 마세요.. 악!
삼 보   (가만있는, 양촌 보며, 열받은) 이러다 애 크게 다쳐! 다친 놈을 또 다치게 하면 되냐?! (핸드폰에 말하는) 은 팀장!

상 수 (일어나 맞으며, 팀들 들으라고, 아파도, 진지한, 작고 차분하게) 아뇨, 아뇨,
일 접지 마세요. 전, 괜찮아요..
양 촌 (걱정돼도, 진지하게) 염상수, 정신 차리고, 후드티 찾아.
경 모 (화면만 보며, 진지한) 염상수, 후드티 찾아. 절대 이놈 멀리 안 갔다. 클럽을
들락날락거리며, 지 일 계속할 거야. 찾아. 찾아서,
양 촌 씨씨티브이 쪽으로 어떻게든 몰아. 정신 차려!

* 점프컷 》

상수, 넘어져, 취객의 발길질을 받으면서도, 다리들을 살피는, 그때, 흰 운동화
가 보이고, 맞으면서도, 흰 운동화가 후드티임을 확인하곤, 이 앙다물고, '으
으으' 하며 일어나, 취객의 허리를 붙잡으며, 눈으론 멀리 씨씨티브이가 있는
것을 확인하고, 취객의 허리를 안고, 씨씨티브이 쪽으로 돌진하는, 작게 말하
는,

상 수 으으으으, 찾았어..

* 점프컷 》

경 모 (씨씨티브이 화면만 보는, 사람들이 상수를 따라가고, 그 바람에 후드티도 사
람들의 지갑을 털며, 따라 움직이는 게 보이는, 차분한) 상수가, 씨씨티브이
쪽으로 후드티를 몰았어.
양 촌 (차분히) 정신.. 차린다, 염상수.
삼 보 (듣다가, 핸드폰 빼고, 문 쾅 닫고, 나가, 차에 기대, 답답한) 아우! 독한 놈들,
진짜!

* 점프컷 》

취객, 상수를 주먹으로 치고, 상수, 맞으면서도, 후드티를 눈으로 쫓으면, 후
드티, 구경하는 사람들(젊은 사람들, 술 취해, '뭐야? 딴 데서, 붙어? 야, 저리
가! 이차 가자, 어디로 가?' 하며, 여럿이 모여 지들끼리 말을 하는 등, 무관심
한, 더러는 웃으며 '더 싸워, 더' 하며 구경하는) 사이로 지갑이나 핸드폰을
절도하는, 상수, 그걸 보고,

상 수   (맞으면서도, 작게) 놈 작업 시작.. 봤어요?

＊ 점프컷 》

경 모   (화면 보며, 진지한, 단호한) 봤다. 씨씨티브이에 소매치기 현장 확보. (급한, 단호한) 양촌이 형, 클럽 정문으로 가! (안 보이는 양촌을 위해) 흰 운동화에 검은색 후드티!

＊ 점프컷, 순찰차 안 + 거리 》

양 촌   (그 말과 동시에, 차에서 나와 핸드폰 들고, 죽어라, 뛰어가는, 상수 걱정에 눈가가 살짝 붉은)
삼 보   (핸드폰 하며, 양촌 뒤를 쫓는)
경 모   (E, 다급한) 삼보 형님, 혜리가,
삼 보   (멈추는, 헉헉대는, 불안한) ?!

＊ 점프컷, 보안실 》

경 모   (화장실 쪽 씨씨티브이 화면 보면, 덩치가 들어가는 게 보이고, 이내, 혜리, 들어가는 게 보이는) 혜리가 덩치 따라 남자 화장실 간다. 현장 검거 안 해도 돼, 형님, 들어가서, 무조건 혜리만 챙겨!

＊ 점프컷, 거리 》
삼보, 눈가 붉어, 죽어라 뛰는,

＊ 점프컷, 클럽 밖 》
상수, 여전히, 취객의 허리를 잡고, 고개 숙이고, 버티고, 취객은 계속 상수를 때리거나, 몸을 뒤틀어, 제 몸에서 떨어져 나가게 하려는, 사람들 모여 있고, 후드티는 구경하는 척, 여전히 제 일을 하는데,
양촌, 뛰어오며,

양 촌 상수야, 주취자 진정시켜!

후드티 (절도하다, 양촌 보고, 놀라, 뛰어가며, 훔친 지갑이며 핸드폰들을 놓치고, 뛰어가고)

양 촌 (후드티 쫓아가는)

상 수 (일사불란하게, 주취자의 팔을 꺾어, 한쪽으로 밀어버려 넘어지게 하고, 헉헉대는)

취 객 (아파하며, 상수 보며, 취한) 너.. 이 새끼!

상 수 (앉아, 땀범벅이 돼서, 숨 몰아쉬며, 취객에게) 아, 물주먹 갖고 드럽게 덤비네. 우리 둘.. 쌍방 폭행, 퉁칠래요, 아님 맞고소 갈까?!

씬 39. 길가, 밤.

후드티, 죽어라 뛰는,
양촌, 죽어라, 뛰어가, 후드티의 모자를 잡아, 멀리 패대기치고, 구르는, 후드티, 양촌의 힘에, 밀려, 풍선 간판에 부딪히고, 넘어지는, 양촌, 구르다 다리가 찢긴, 아프지만, 빠르게 일어나, 수갑 들고, 아파하는 후드티에게 다가가며,

양 촌 (시원하게) 얘야... 수갑 차자..

씬 40. 클럽 화장실 안, 밤.

덩치, 작은 화장실 안에서(변기 물통을 열어 그 안의 비닐주머니(여러 개의 지갑, 신분증, 고급 시계, 핸드폰이 든)에 넣어놓은 지갑 등에서 돈을 꺼내 주머니에 넣고, 다른 것들은 다시 비닐에 담아, 변기 물통에 넣다가, 뭔가 느낌이 이상해, 위를 보면, 혜리, 옆 칸 화장실의 변기 위에 올라가, 핸드폰으로 덩치의 행동을 동영상 촬영하고 있는, 혜리, 담담히, 주머니의 이어폰을 핸드폰에 연결해서,

혜 리	남자 화장실, 마지막 칸, 특수절도 범인 현장 증거 포착. (하고, 담담히, 내려 가는)
덩 치	(열받아, 문을 열고, 나가려면)

삼보, 테이저건을 들고 서 있는,

덩 치	(빠르게, 삼보 먹살을 잡고, 주먹으로 얼굴을 치고)
삼 보	(맞아도, 참고, 먹살 잡힌 채, 덩치의 허벅지에 테이저건을 쏘는)
덩 치	헉! (하고, 주저앉으면)
혜 리	(옆 칸에서, 나와, 박수 치고, 삼보 보며, 윙크하고, 손을 뻗으며) 완전 스웩!
삼 보	(어이없이 웃으며, 덩치를 수갑 채우며) 새끼.. 잘했다.
혜 리	(들리는 클럽 음악에 춤을 추는)

씬 41. 목욕탕, 샤워실 안, 밤.

삼보, 경모, 양촌(엄청나게 깊은 상처나 멍이 몸에 서너 개 있고, 다리에선 정 강이가 찢겨 피가 조금 나는), 상수, 온몸에 비누를 칠하고, 샤워를 하는, 상 수, 양촌 몸을 보고, 질렸다는 듯, 고갤 절레절레 젓고, 씻는,

삼 보	(가볍게, 경모와 양촌 보며) 야, 진짜 어이없다, 어이없어, 어떻게 둘 다 생긴 건 다른데, 똑같냐, 하는 짓이?
상 수	(씻으며) 저랑 오양촌 경위님이요?
삼 보	너두 너지만, 은경모랑 오양촌!
경모, 양촌	(아무렇지 않게, 크게) 욕을 해라!
삼 보	상수가 그렇게 처맞는데도, 둘 다 똑같이 야야야, 상수야, 후드티 쫓아! 야야, 그게 할 소리냐? (양촌에게) 다친 부사수, 팀원이 또 맞는데도, 그저 범인 범 인, 야, 독한 새끼들!
양 촌	(씻으며, 경모 안 보고, 담담히, 비아냥조) 경찰의 안전을 그 어떤 것보다 최 우선으로 하는 은경모를 믿었지?
삼 보	입술에 침도 안 바르고 경찰의 안전이 최우선이라고 구라 까는 놈을 믿어?

경 모 (편하게, 거만하게) 내가 씨씨티브이로 딱 상황을 보면서, 그 정도는 염상수가 참아낸다, 딱 판단한 거지. (상수 보며, 큰 소리로) 내가 믿어줘서 고맙지, 염상수?!

상 수 (씻으며, 시원하게 소리치는) 옛썰!

경 모 (양촌 꼬나보며, 손바닥을 내밀면)

양 촌 (손바닥 치고, 어려서 하듯, 주먹을 아래위로 서로 부딪히고, 손 맞잡고, 어깨 부딪히고, 편한, 그러나 시비조로) 급하니까, 파트너 때처럼 형 소리가 나오드라?

경 모 (물로 씻고, 나가며, 아무렇지 않게) 내가 살짝 미쳤었나 보네. 6개월 차이에 웬 형?

양 촌 (맘에 안 들게 보며) 저 개새..

삼 보 (씻고 나가며, 고개 저으며) 완전 또라이 놈들..

양 촌 (씻으며, 담담히, 상수 보고) 기고만장하지 마라?

상 수 (다 씻고, 양촌 보며, 교만하게) 첨으로 성과 생각, 시보 짤리든 말든 상관없이, 딱 하나만 생각했어요.

양 촌 (어이없이 보며) 교만하게 턱 들고 지랄한다, 또?

상 수 (약간 교만하게) 이 사건 종결시켜, 더는 선량한 피해자들이 안 생기게 하겠다! 경찰의 사명감이 제대로, 팍 생긴 거죠! (하고, 친구한테 하듯 으스대듯 나가는) 빨리 나와요, 순찰 가게.

양 촌 (어이없이, 그러나 대견한 듯 보고, 웃고, 씻는)

씬 42. 조사실 안, 밤.

남일, 정오, 라면 먹은 흔적 주변에 보이고, 여전히 피곤하게 컴을 본 듯,

정 오 (피곤하고, 진지하게, 컴을 보다가, 화면에, 어떤 여자 두 명이 지나가는 걸 보고는, 이상한) 잠시만, 강 경사님, 이 여자 좀 보세요.

남 일 (피곤한, 정오 자리로 와서, 보면)

정 오 이 여자..

남 일 오피스텔 피해자 아니잖아, (하다가, 촉이 오는) 잠시만, (하고는, 제 컴으로

가서, 사건 오피스텔의 엘리베이터(사건 당일이 아닌, 다른 날) 안에 816호에서 장미가 문 두드릴 때 문 열어주던 여자가 타고 가는 게 보이는, 씨씨티브이를 찾아, 그 화면을 정오에게 보여주는) 여자들 떼로 모여 있던 816호에서 본, 여잔데?

정 오   그 옆에 여자도 그날 816호 있던 여자예요.

남 일   (다시 컴을 빠르게 뒤지며, 다른 화면을 찾는) 그 골목이랑 연계된 곳에 씨씨티브이가 있지. (하고, 찾아선, 정오 보여주는, 정오의 화면에 있던 두 여자가 다가구주택 3층으로 들어가는 게 보이는, 다른 외국인 여자가 문을 열어주는 것도 보이는) 홍일2동, 마안길 118의 1이네. (하고, 전화하는) 아 팀장님, 저 홍일지구대 강남일입니다. 저희가 피해여성의 주거지는 못 찾았는데, 816호에 있던 여자의 주거지를 찾았습니다. (하고, 스피커폰으로 돌리는)

정 오   (화면을 핸드폰으로 찍고, 마안길, 118-1이라고, 안 팀장님이라고 되어 있는 톡으로 장미에게 보내며) 지금 안 팀장님께, 위치 전송했습니다.

상 수   (들어오며, 기분 좋은) 정오야, 나 한 건 했다!

장 미   (E) 우리는 지금 이동한다, 지원 나와.

남 일   예, 알겠습니다. (하고, 전화 끊고, 급하게, 컴을 챙기고)

정 오   (컴 챙기는데)

남 일   (정오에게) 그건 내가 해, 넌 차 빼!

정 오   (챙기다 나가고)

상 수   (바쁜 상황을 이해 못해, 어리둥절한) ?

씬 43. 교차씬, 밤.

1, 명호 한표 순찰차, 밤.
명호, 한표(운전), 빠르게, 현장으로 가는, 사이렌 안 켠,

명 호   (무전 하며, 진지한, 차분한) 최명호, 김한표, 마안길, 118-1로 이동, 마안길, 118-1 이동,

2, 달리는 봉고차, 밤.

장미, 장 형사(운전), 빠르게 현장으로 가는,

명 호   (E) 순 스물넷, 스물넷, 마안길, 118-1로 이동, 순 스물셋, 들었나? 순 스물셋, 들었나?

3, 도로, 밤.
정오, 운전하고, 남일 타고 가는,

남 일   (무전으로, 긴장했지만, 차분히) 순 스물셋, 들었다. 순 스물셋은, 마안길, 118-1로 곧 종착, 마안길, 118-1로 곧 종착! (정오에게) 긴장해라..
정 오   네..

씬 44. 지구대 식당 안, 밤.

한솔, 커피 타는데, 양촌, 세수한 얼굴로 들어와 어색하게 뒷짐 지고 서서, 진심이지만, 투박하게,

양 촌   앞으론 파트너 잘 챙길게요. 범인보다.. 파트너, 안 잊을게요. (하고, 이동해 커피 타는데)
한 솔   (커피 마시며, 담담히) 니가 훈장, 표창 따위에 눈 어두워, 범인 잡는 데 미친 거 아니라는 거 알아. 경찰의 사명감은, 범인을 잡는 거보다, 시민의 안전을 지키는 거지. 니가 그걸 잊을 리가 없지.
양 촌   (담담히, 커피만 마시는)
한 솔   너랑 나랑 경찰 초년병 때 놓친 범인 땜에 우리 앞에서 죽어갔던 정안이.. 고작 15살 난 그 여자애..
양 촌   (정안이란 말에 맘이 아픈, 순간 눈가가 붉어지는, 아닌 척, 커피를 마시는)
한 솔   (차분히, 따뜻하게) 그때부터였겠지.. 니가 사건 보면 미친개가 되는 건. 근데, 양촌아.. 피해자를 챙기는 것도 파트너를 챙기는 것도.. 니가 멀쩡해야 할 수 있는 거 아니냐?
양 촌   (한솔의 진심이 느껴져, 먹먹한) ..

한 솔   니 온몸에 상처.. 나도 보기 힘든데.. 장미는 오죽했겠냐? 매일 벌어지는 사건
        에 매일 목숨 걸고 달려드는 너.. 보기 안 힘들었겠냐? 피해자만큼 아내한테,
        가족한테 널 보는 동료들한테도.. 맘 좀 내. 오늘은 그만 상수도 너도 퇴근해.
        (하고, 한쪽에서 구급상자 찾아 주고 나가며) 찢긴 다리 피도 좀 닦고, 자식
        아. (하고, 양촌 어깰 잡아주고, 나가는)

양 촌   (울컥하지만, 참고, 다릴 보면, 찢긴 옷에 피가 엉긴, 의자에 앉아, 바지 들어,
        정강이에 약을 바르고, 밴드를 뜯어 붙이는, 눈가가 붉은, 담담한)

        그런 양촌의 모습에서 음악 흐르며, 그림 이어지는, 엔딩.

8부

막상막하
(莫上莫下)

제8화 막상막하(莫上莫下)

씬 1. 지구대 남자 휴게실, 밤(7부 엔딩 이후 상황).

양촌, 퇴근하려고 사복 바지를 입다가 문자를 보는 중인,

* 점프컷, 인서트 – 사진 》
주영과 호철의 부인(2부에 나왔던)이 맥주잔을 부딪치며, 기분 좋게 사진 찍은, (이 장면부터 시작)

양 촌   (사진을 보고, 문자를 보는)
주 영   (E) 형님과의 약속대로, 제가 호철 형님 형수 시간 날 때마다 잘 챙기고 있습니다. 형님이 보내주시는 돈도, 호철 형수한테 잘 전달하고 있고요. 언제 나랑 밥 한번 먹읍시다.
양 촌   (다시, 사진으로 가서, 호철 형수 사진을 확대해 보는, 짠한)
경 모   호철 형수, 돈 보내냐?
양 촌   (핸드폰 주머니에 넣고)

경 모   너는 주영이가 너 강등까지 먹였는데, 개랑 연락을 하고 싶냐?

양 촌   (욕하는 게 듣기 싫은, 꼬나보며) 안 꺼지냐? (하고, 바지를 갈아입는)

경 모   (양촌에게) 그래서, 엠티 안 간다고?

민 석   (자다 일어나, 부스스한 채, 피곤해 울상 돼서, 짜증나, 버럭) 엠티는 무슨! 나
       도 쉬는 날은 자원근무도 말고, 애인 좀 만나서, 결혼 좀 하자! (하고, 눕는)

승 재   (누워 뒤척이며, 귀찮은) 노는 날엔 좀 놀아요, 우리도!

양 촌   (경모 보며) 귓구녕으로 들었지, 다들 죽자 사자 엠티 싫어라 하는 거?

       그때, 상수, 들어오며,

상 수   (아무렇지 않게, 옷을 갈아입으려 하며) 우리 엠티 가요? 난 좋은데? (하고,
       사복으로 갈아입는)

양 촌   (상수 칠 듯이) 누가 너보고 물어봤어, 콱 쌍!

상 수   (움찔하며, 보는) ..

종 민   (세수하고 들어오며, 경모 보며) 나도 찬성.

양 촌   (어라 싫어, 종민 맘에 안 들게 보는) ?

경 모   (빼대듯) 그럼 3대 3인데, 명호 한표는 오래전부터 엠티 엠티 노랠 불렀으니
       까, 게임 오버네. 가는 걸로 정리해.

민 석   (벌떡 다시 일어나, 답답한) 삼보 형님하고 혜리도 물어봐야죠! 뺀질이 강남
       일은 무조건 싫달 게 뻔하고, 한정오도 꽝이고, 이리저리 따지면, 싫은 사람
       이 더 많지!

승 재   (힘든, 일어나 앉으며) 그냥 가고 싶은 사람만 가요! 민주주의 국가에서 왜
       독재적으로,

한 솔   (들어오며, 버럭) 이미 정한 일에 뭐가 이렇게 말이 많아!

모 두   (보면)

한 솔   (모두 보며) 니들은 이랬다저랬다 하는 게 민주주의냐? 한 달 전에 내가 싫
       다는데 니들이 굳이 굳이 엠티 가자, 일정 잡았잖아! 이제 와 왜 말이 많아?!

양 촌   (상수 보며, 턱으로 가리키고) 대가리 깨지고, 칼 맞고, (손가락으로 자신을
       가리키며) 다리 찢기고, (경모와 종민을 차례로 가리키며) 애랑 재랑 나랑은
       사이도 안 좋은데,

종 민   (말꼬리 자르며, 양촌에게 대들듯(그러나, 악의보단, 그냥 툭툭 하는 말이다))

그러니까, 엠티 가서 풀자구요, 형님 감정, 내 감정! (턱으로 경모 가리키며) 그리고 형님하고 (턱으로 양촌 가리키며) 형님 감정! 왜, 나 피하고 싶어요?

양 촌 (황당하고, 어이없는) ?

한 솔 (양촌 보며, 담담히 말하지만, 비아냥조) 한집에 살면서 어떻게 피해, 남자끼리 이혼도 못하고,

양 촌 (어이없이 한솔 보는)

한 솔 (양촌 보고, 혀를 쏙 내밀고, 빠르게 상수 보며, 아무렇지 않게) 니가 총무해, 엠티비, 사수는 두당 십만 원, 부사수는 두당 칠만 원,

경 모 (바로 말 받아서) 시보들끼리 걷어서 시보들끼리 집행해!

민 석 (짜증, 야속해, 울상) 형님!

경 모 (다른 사람 보며, 아무렇지 않게) 출발은 퇴근하고 한숨들 자고, (상수 보며) 오후 두 시!

상 수 .. 네.. (하고, 양촌 눈치 보는)

양 촌 (화나, 전투적으로) 좋다, 가! 내가 지옥의 엠티가 뭔지 보여줄 테니까 (경모 종민 보며) 니들 나랑 가서 아주 현찰 박고 제대로 붙어!

한 솔 (재밌는) 이번 엠티 버전은 라이벌전이냐?

양 촌 누가 라이벌이에요? 떼거지에 독곤데. 그리고 상대가 인정하지도 않는 라이벌이 세상천지 어딨어?! (경모 종민 보며) 죽었어, 아주! (하고, 나가는)

경 모 (양촌 보고, 웃으며, 호기롭게, 박수 치며) 좋다, 붙어보자!

한 솔 자, 자, 그럼 엠티는 가는 걸로, (박수 치며) 결정 결정 결정!

지구대 상황근무자 (삼보, E, 차분하고, 정확한) 코드 원, 코드 원! 지하철에 성추행범이 있단 신고. 홍대역 1번 출구, 지하철에서 성추행을 하는 용의자를 20대 남자 대학생 둘이 현장에서 붙잡아, 현재 1번 출구 앞에서, 시비 중에 주취자 가담, 일파만파 일이 커지고 있는 상황이다. 지원 바람. 신고자는 용의자를 붙잡은 20대 남학생. 코드 원, 코드 원! 지하철에 성추행범이 있단 신고. 홍대역 1번 출구, 지하철에서 성추행을 하는 용의자를 20대 남자 대학생 둘이 현장에서 붙잡아, 현재 1번 출구 앞에서, 시비 중에 주취자 가담, 일파만파 일이 커지고 있는 상황이다. 지원 바람.

삼보의 목소리 위로, 움직이는, 지구대원들 모습이 보이는,

민석, 승재   아.. 진짜... (아고, 죽겠다 하면서도, 일어나, 준비하고)

종 민   (자는 원우에게) 원우야, 사건 사건!

원 우   (벌떡 일어나, 모자만 들고 뛰쳐나가고)

혜 리   (근무복 입고, 문 열고) 상수야, 병원 가자!

상 수   (미안하게, 남은 대원들 보며) 죄송합니다, 저는 오늘 송혜리랑 병원 가서 홍일공원 피혐의자 면담을 좀 해야 해서,

한 솔   (말꼬리 자르며) 다 알어, 이불이나 개고 나가! 혜리 도와!

혜 리   (들어와, 이불 개는)

상 수   (얼른 이불을 개는)

한 솔   주취자에 죽자 사자 도망치려는 성추행범이다, 다칠 수 있다! 모두 안전을 최우선으로!

씬 2. 도로, 밤.

명호, 한표의 순찰차, 도로를 순찰하는, 둘 다, 긴장한 듯한,

명 호   (그룹 콜(남일, 정오, 장미, 장 형사, 한표) 하는, 진지하고, 차분한) 최명호, 김한표, 마안길 근처, 118-1에서 차로 3분 거리, 순찰 위장 중, 순찰 위장 중.

씬 3. 도로 + 골목, 밤.

남일, 정오(운전)의 순찰차, 사이렌 안 켜고, 조용히, 도로에서 들어와 한쪽에 차를 세우는, 정오와 남일 나와, 서로 눈짓하고, 각자, 다른 길로 가는, 진지하고, 차분한, 정오, 혼자, 씨씨티브이에 나온 집 근처 쪽으로 순찰하면서 핸드폰으로 그룹 콜 하는,

정 오   강남일 경사, 한정오 순경, 현장 도착해, 일대 순찰 위장 중입니다.

    * 점프컷, 118-1번지에서 좀 떨어진 곳의 회색 승합차 안 》

운전석은 비어 있고, 뒷좌석은 개조해, 씨씨티브이 화면을 볼 수 있게 만들어놓은, 불 꺼진, 밖에서 안 보이게 어두운 커튼이 쳐진, 승합차 뒷좌석 장 형사, 씨씨티브이 화면으로 밖의 동태를 보는, 진지한,
뒷좌석 장미, 썬팅 된 유리창문(커튼이 조금 열린)으로 정오를 보며, 그룹 콜로 통화하는,

장 미   (담담히, 차분히) 이 사건, (차 안에 붙여놓은 여러 외국인 여자들 사진(오피스텔 엘리베이터 안의 피해여성 사진도 보이는)을 보며) 여성 피해자들이.. 아주 많을 거다.. (창밖으로 정오를 보며) 한정오,

* 점프컷 》

정 오   (순찰하듯, 걸어가며, 장미 안 보고, 차분히) 지난번처럼 실수하는 일 다신 없을 겁니다.
장 미   (정오 보며) 그래야지.. (하고, 핸드폰 내리는)
정 오   (핸드폰 내리고, 가는)

그때, 검은색 승합차(창에 커튼이 쳐진) 한 대가 정오를 스쳐 118-1 주택 앞에 서는, 정오, 그냥 모르는 척 지나쳐, 다른 골목으로 들어가서, 멈추는, 검은 승합차의 시야에는 정오가 안 보이는, 정오, 핸드폰을 이어폰에 껴, 듣는, 검은 승합차에서 조직책1, 2 나오는, 경찰복 입은 정오가 지나간 것이 거슬리는, 둘 다 정오 쪽으로 가보는,

* 점프컷, 장미의 승합차 안 》

장 미   (짙은 썬팅이 되어 있는 검은 봉고를 주시하는, 차분히, 조용히 그룹 콜로 정오에게 말하는) 뒤에 놈들이 널 따라간다.

* 점프컷 》
정오, 이어폰을 안 보이게 하고, 뒤도는,
조직책들, 정오 앞에 서 있는, 정오, 그들을 빤히 보는,

조직책들   (정오를 빤히 보는)

정 오   (편하게, 보며) 무슨 일, 있으세요?

조직책1   (가만 보는)

정 오   .. 제가 도와드릴 일이라도?

조직책1   (보다, 담담히) 아네요, 가시던 길 가세요..

정 오   (그들을 지나쳐 가려는데)

그때, 멀리서, 남일 목소리 들리는,

남 일   한 순경, 이쪽 순찰해야지!

정 오   (남일 보고, 조직책들에게, 차분히) 조심해서 가세요. 이쪽이 우범지대라..
        (하고, 남일 쪽으로 가는)

조직책들   (둘을 보다, 118-1로 가는)

＊ 점프컷 ≫

남 일   (앞만 보고, 가며, 긴장한) 나대지 마라.

정 오   (가며) 네.

남 일   우린 지시 있을 때까지 일대만 순찰이야, 좌로 가. (하고, 자긴 우로 가는)

정 오   (좌로 가는)

＊ 점프컷 ≫

조직책들, 검은 승합차로 오는데,

＊ 점프컷, 118-1 다가구주택 2층 열린 현관문 앞 ≫

중간보스   (나지막이, 다급하게 조직책들에게) 니들 뭐해?

조직책1   (2층을 올려다보는)

중간보스   (나지막이 다급한) 어서, 올라와!

조직책들, 다급하게 다가구주택 2층으로 가는,

중간보스, 주변을 관찰하며, 조직책들이 집으로 들어가면, 문 닫는,

＊ 점프컷 》

장 미   (씨씨티브이 화면으로 그들의 행태를 보는)
장 형사 (그룹 콜로 차분히, 지시하는) 놈들이 주택에 모였습니다. 동진오피스텔 주차
        장 폭행사건 피의자, 조직책으로 보이는 놈도 주택 안에서 모습을 드러냈습
        니다.

＊ 점프컷 》

순찰하는 명호 한표의 순찰차 위로,

장 형사 (E) 오늘 이곳에서 여자들이 발견되면, 현장 검거합니다. 그러나, 지시가 있
        을 때까지,

＊ 점프컷 》

정오, 남일, 각자 떨어져 후미진 골목이나 빈 건물들을 플래시로 보는, 그 모
습 위로,

장 형사 (E) 각자의 위치에서, 차분히 순찰합니다. 강남일 한정오 경관은, 118-1번지
        에서 반경 100미터 이내에 있습니다. 언제든 지시가 있으면 현장에 올 수 있
        게 합니다.
정 오   (이어폰으로 그 말 들으며, 티 안 나게, 주변을 순찰하는)

씬 4. 편의점 안, 밤.

혜리, 어이없는 얼굴로 서진(서형의 동생)이 치약, 샴푸, 과자 등 이것저것을
마구 사는 걸 따라다니며 보는,

혜 리	(참자 하고 보다가, 더는, 못 참고, 말하는) 애 봐라, 애 봐, 아주 살림을 차리 네, 살림을 차려! 야, 누가 너보고 이것저것 다 사래? 경찰이 니 봉이냐? 김밥 이나 사?!
서 진	(물건 사다, 꼬나보며) 내가 거지냐? (화나, 다시 물건들을 다 제자리에 놓는, 김밥도 놓고 나가는)
혜 리	(서진의 하는 양을 어이없이 보다가, 나가는 서진의 앞을 가로막고) 저녁 안 먹었다며? 김밥은 사?!
서 진	김밥 싫어. 고기 먹을 거야. (하고, 나가려 하면)
혜 리	(어이없는) 돈 있어?
서 진	나이 든 남자들한테 달람 줘요. (하고, 나가려 하면)
혜 리	(팔을 확 잡아채, 무섭게 서진을 보는)
서 진	(어이없는, 아무렇지 않게) 날 꼬나보면? 뭘? 어쩌라고?
혜 리	(팔 놓고, 화 참고, 물건 진열대로 가서, 서진이 집었던 걸 들며) 이거, 이거, 요거, 그리고, 요거, 저거... (하다가, 생각 안 나 서진 보며, 버럭) 또 뭐야, 니 가 사고 싶은 게?!

씬 5. 병원 다인실 안, 밤.

서형의 자리 옆에 앉은 상수의 얼굴에 물이 확 뿌려지는(C. U),
서형(다리 다쳐, 침대에 누워 있는), 옆의 물잔에 든 물을 자리에 앉아 있는
상수의 얼굴에 확 뿌린 상황, 상수, 서형을 덤덤히 꼬나보면,

서 형	(눈가 그렁해, 씩씩거리며, 상수를 보고, 화가 나 옆의 동생 가방이며, 인형이 며를 상수에게 던지는) 너 땜에 내 동생도 나도 다 끝났어! 일자리도 잃고!
상 수	(물 맞은 채, 서형의 행동을 가만 주시하듯 보는, 담담하지만, 눈빛은 강한)
서 형	(버럭) 다 필요 없어, 가! 가!
상 수	(담담히 일어나, 서형이 집어던진 물건들을 주워, 한쪽에 잘 놓고, 컵에 물 따 라, 서형의 얼굴에 확 뿌리는)
서 형	(물 맞고, 눈가 그렁해, 노려보는)
상 수	받은 대로 돌려주는 거야? (하고, 제 핸드폰에 뭔갈 적어서, 서형의 핸드폰으

로 보내는)

서형　(옆에 둔 핸드폰에 문자가 오지만, 안 보고, 상수만 슬프게 보는)

상수　(정확하고, 단호하게, 서형 보며, 차분하게 말하다 격앙되는) 니가 가난하면 법이 널 용서해야 하나? 애들이 널 패고 협박하면, 니 동생이 남자들한테 삥 뜯으면, 니가 경찰한테 칼을 드는 게 정당한 게 되는 거냐고?!

서형　(상수를 오기 어려 보는) ..

상수　(작게 심호흡하고, 투박하게 말하는) 너 때린 놈들, 오늘 전부 서에서 재조사했어. 인근 씨씨티브이와 당구장 주인의 진술로 너는 일방 아닌 쌍방 폭행으로 판명 났고, 당당하던 그놈들은, 협박, 폭행 건으로 너랑 동등하게 재판받을 거야, 나랑 우리 경위님은, 너를 위해 법에 선처 바란다, 탄원서를 낼 거고.

서형　(맘이 조금 움직이지만, 노려보는)

상수　내가 니 핸드폰에 보낸 건 너같이 힘든 사람들을 돕는 정부보장사업 혜택에 필요한 서류들이야, 잘 준비해. 치료비 보조, 재활치료 경비까지, 혜택 가니까. 그리고, 잘난 척하지마, 너? (강조, 버럭) 니가 자식아, 얼마나 세상을 살아봤다고, 경찰도 세상 사람도 싹 다 안 믿고, 니 멋대로 칼 들고 날뛰어?!

서형　(울먹이며, 속상해) 내가 얼마나 힘들게 살았는지, 니가 알아?!

상수　(답답한, 속상한, 버럭) 그럼 너는 아냐, 내가 이 자리에 오기까지 얼마나 힘들게 살았는지?!

서형　(속상한, 맘 아픈) ..

상수　(안 지고, 속상하지만, 단호히) 너두 나 칼로 그을 때 겁났지? 왜 겁나는 인생을 사냐? 떳떳하게 살지! 병원 나오면 지구대로 연락해. 밥 사줄게. (하고, 나가는)

서형　(가는 상수를 보는, 눈물이 나는, 속상한) ...

서진　(하드 먹으며, 물건을 한아름 들고 들어오는)

서형　(화난, 서진에게) 너 돈 어디서 났어?!

서진　경찰한테 삥뜯었어. (하고, 하드 먹는)

서형　(답답해, 천장 보는)

씬 6. 장미의 승합차 안, 밤.

장 형사, 씨씨티브이 화면으로 집만 관찰하다, 답답한, 장미, 담담히, 씨씨티브이 화면을 보는,

장 미   (씨씨티브이 화면만 보며, 차분히 답답해하는 장 형사에게) 기다려. (하다가, 뭔가 이상해, 커튼을 열고, 검은 승합차를 보면, 살짝 움직이다, 멈추는, 바퀴를 보면, 바퀴 뒤쪽이 눌린 게 보이는, 그걸 보며) 차가 움직여, 저 안에 사람이 있다는 얘기야.

장 형사 (장미 보고, 차분히) 들어갔던 애들이 반드시, 다시 나올 거란 얘기네요... (씨씨티브이 화면 보며, 낮게) 애들 나와요.

장 미   (씨씨티브이 화면 보는)

씬 7. 다가구주택 전경, 밤.

조직책들, 손에 짐을 들고, 서둘러, 시끄럽지 않게, 일사불란하게 뛰어나와, 자신들의 승합차 문을 열고, 짐 넣고, 기다리고, 중간보스, 주택의 현관문을 열고, 조직책들을 보고, 집 안에 있던, 더러는 짐을 들거나, 빈손으로 나오는 여자 일곱 명(속옷 차림(모포 걸친) 여자 둘, 멀쩡하고 외출복 입은 여자 셋(816호에서 만난 여자들), 맞거나 아픈 게 역력해 보이는 멍이 들고 입가에 피가 터지기도 한 여자 둘(한 명은 오피스텔 피해여성))에게, 나오라고 하고, 차에 타라고 하는,

중간보스 (낮고, 긴박하게) 가, 가, 다들 조용히, 조용히,
여자들 (승합차로 가는)
조직책 (여자들에게, 낮게, 위협적으로, 영어, 태국어, 캄보디아어로 빠르게 말하는) 차곡차곡 들어가! 다른 나라에 팔아버리기 전에..

＊ 점프컷 ≫

장 미   (씨씨티브이 화면으로 보며, 그룹 콜 하는, 차분한) 강남일, 한정오, 잠시 후 27머 3478 검은 승합차가 일대를 나갈 거다, 잡지 말고, 검문하지 말고, 보내.

* 점프컷 》

검은 승합차에 여자들과 중간보스, 조직책이 타고, 차 떠나는,

* 점프컷, 거리 》

정 오   (걸어가며, 이어폰을 듣는)

장 미   (E) 다시 한 번 말한다. 우리 쪽 인원이 적다, 27머 3478 차량, 그냥 보낸다.

그때, 정오 옆을 검은 승합차가 스쳐 지나가는, 정오, 모르는 척, 다른 쪽으로 가는,

* 점프컷, 검은 승합차 안 》

여자들이 스무 명 가까이 비좁게, 구겨져 타고 있는, 오피스텔 피해여성, 서너 살짜리 아이를 안고 있는(아이는 자세히 말고, 얼핏만 보여주는), 중간보스, 지나가는 정오의 뒷모습을 보는, 땀이 나는, 안도하는,

* 점프컷, 다가구주택 앞 》

장미, 장 형사, 승합차에서 나와, 다가구주택으로 가며, 그룹 콜 하는,

장 미   (차분히) 최명호, 이제부터 니가 맡는다. 27머 3478 검은 승합차다.

장 형사   (빠르게, 주택으로 날렵하게, 담 넘어 들어가, 장미가 들어오게 문 열고, 중간 보스가 빠져나간 빈집처럼 보이는, 집 앞에서, 도구로 문을 따는)

장 미   (그걸 지켜보며, 차분히) 27머 3478 검은 승합차다. (하고, 바깥을 보는데, 순찰하던 정오와 눈이 마주치는, 정오에게 손으로 오라고 신호하고, 현관문 열리면, 집으로 들어가며) 최명호, 들었나?

명 호   (E, 긴장한, 차분한) 홍일지구대 순 스물넷, 스물넷, 접수!

정 오   (장미의 신호를 보고, 주변 경계하고, 빠르게, 집으로 들어가는)

씬 8. 도로, 밤.

검은 승합차, 도로로 나와, 달리는, 명호의 순찰차를 스쳐 지나가는,

* 점프컷 》
한표가 운전하는 명호의 순찰차, 사이렌 없이 승합차를 앞질러, 백미러로 승합차를 보며, 큰 도로에서 반대 방향 도로로 가는,

명 호　(무전 하며, 긴장한 채, 차분히, 단호하게) 홍일지구대 순 스물넷, 스물넷 접수! 인근 순찰차 들어라. 불법 성매매단이 여성들을 운반하는 것으로 추정되는 검은 스마스 승합차가 장일대로 상암 방면으로 도주 중, 27머 3478, 27머 3478 검은 스마스 승합차 도주 중, 인근 순찰차들은 사이렌을 켜고, 3478 검은 스마스 승합차를 공사 중인 현성대로로 몰아라. 불법 성매매단이 여성들을 운반하는 걸로 추정되는 승합차 도주 중, 3478, 3478 검은 스마스 승합차, 인근 순찰차들은 사이렌을 켜고, 3478을 공사 중인 현성대로로 몰아라. 112 상황실, 지원 바람.

한 표　(명호의 무전 들으며, 차를 유턴해, 다른 길로 가는, 긴장되고, 단호한)

씬 9. 다가구주택 안, 밤.

장미, 장 형사, 정오 각자 총이며 테이저건을 들고, 주변을 경계하며 아주 더럽고, 이사 간 듯 여러 물건들과 쓰레기가 널린 거실로 들어서는,
장미, 한쪽 방을 보고, 정오를 그리로 가라고 턱짓하고, 자신은 다른 방으로 가는, 정오(이마에 땀이 맺힌, 긴장했지만, 다부진), 경계하고, 방문을 열면, 불법 낙태시술을 했던 장소로 보이는 광경인(피 묻은 침대, 피 묻은 휴지가 가득한 휴지통, 비위생적으로 보이는 수술 도구들), 정오, 그 광경을 담담히 보는데, 눈가가 그렇해지는, 그러다 한쪽 커튼을 여는데, 땀 흘리며 아파 보이는, 늙은 여자가 숨어 있는, 늙은 여자의 발이 보이는, 정오, 그 발을 보는데, 눈물이 차오르는, 테이저건을 그 여자에게 대고, 가만 보는, 단호하려 하지만, 맘 아픈,

씬 10. 도로, 밤.

다른 지구대 순찰차들이 각각의 지역에서 사이렌을 켜고, 가는 모습이 점프 컷으로 보이는,

상황실 (E) 112 상황실 접수, 코드 제로, 코드 제로, 인근 순찰차 쉰여섯, 마흔셋, 구십, 지원 바람. 27머 3478 검은 스마스 승합차를 현성대로로 몰아라. 무리하게 잡지 마라, 시민들이 다친다, 현성대로로 몰아라. 인근 순찰차 쉰여섯, 마흔셋, 구십, 지원 바람. 27머 3478 검은 스마스 승합차를 안전하게 현성대로로 몰아라. 잡지 마라, 시민들의 안전을 위해, 현성대로로 몰아라.

＊ 점프컷 》
검은 승합차, 갑자기 자신들을 쫓는 순찰차에 놀라, 유턴해서, 현성대로(이정표 보여주기)로 방향 틀고 가는,

＊ 점프컷 》
현성대로(공사 중인)로 승합차가 진입하는데, 명호의 순찰차가 반대편에서 와 빠르게 유턴해 그 앞을 가로막고, 승합차 운전자, 놀라, 핸들을 꺾는 바람에 빙그르르 돌아, 공사 중인 바리케이드에 부딪혀 멈추는, 중간보스, 조직책 등 서너 명 순간적으로 도끼니, 파이프를 들고 차에서 내리고, 명호와 한표, 땀 흘리며, 긴장했지만, 단호하게 총을 들고 차에서 나와 조준하고 앞에 선, 다른 순찰차들 사이렌을 켜고 도착하고, 각 순찰차에서 모든 경찰들 나와 총기로 조직책들을 조준하는,

다른 지구대원 무기 버려! 무기 버리고, 머리 위로 손 올려!

중간보스, 조직책, 속상한, 땀 흘리며, 열받고, 당황한, 무기 버리고,
한표와 다른 지구대원, 빠르게 무기들을 치우는 사이, 다른 지구대원들, '모두 뒤돌아!' 하고, 조직책들 뒤돌면, 지구대원들, 조직책들에게 다가가서, 경계하며, 수갑 채우는,

명호, 그사이, 총기로 조준한 채, 승합차로 가, 안을 보면, 스무 명 가까운 여자들이 겁에 질려 빼곡하게 두려움에 차 앉아 있는, 그중에 겁먹은 오피스텔 피해여성과 피해여성이 안고 있는 겁먹은 아이와 눈이 마주치는,

명 호 (땀 흘리는, 피해여성과 아이를 보자, 맘 아픈, 분노가 이는, 참고) 돈 무브, 플리즈.. 돈 무브..

중간보스 (수갑 찬 채) 걔들도 다 원해서 하는 일이야!

명호, 참고 있다가, 그 말에 분노해, 중간보스에게 다가가, 주먹으로 치고, 넘어진 중간보스를 발로 짓밟는,
한표와 지구대원들 둘엇, 놀라서, 명호를 말리는, '참으세요! 그러지 마! 참으세요!' 하고, 한표, 속상해, 명호의 허리춤을 안고, 뒤로 데리고 가려고 하고, 명호, 한표를 거칠게 뿌리치고, 다른 데로 가는데, 속이 상해, 이를 앙다문, 눈가가 그렁한, 느린 그림,

씬 11. 다가구주택, 불법 낙태시술을 한 방 안, 밤.

정오, 아픈 늙은 여자에게 테이저건을 겨눈 채, 가만있는,
장미, 이미 와서, 늙은 여자를 보고 있다가, 총 내리고, 무전 하는, 담담하고, 진지한,

장 미 119 지원 바람. 홍일2동 마안길 118-1, 불법 낙태시술을 받은 것으로 추정되는 여자 환자가 있다. 홍일2동 마안길 118-1, 불법 낙태시술을 받은 것으로 추정되는,

119 (E) 119 지원 요청 접수. 출동 요청하겠다.

장 미 (무전 내리고, 늙은 여자만 보며, 정오의 건을 제 손으로 내리는)

정 오 (눈가 그렁하지만, 참고, 숨을 후 하고 토하고, 휴대폰으로 증거 사진을 찍는)

장 형사 (오면서, 담담한 듯 말하는) 옆에 방이 두 개 더 있는데.... 쓰레기만 잔뜩.. 있어요.. (주변 보며) 이곳에서 최소 열 명 이상 기숙한 거 같아요.. 아니면, 더 있을 수도 있고, 놈들이 또 올 거 같은데요, 여자가 증건데 두고 간 게 아무

래도 이상해요.

장 미   (그때 뭔가 소릴 들은) 가만, (하고, 문으로 조심히 가는)

장 형사   (문 쪽으로 가고)

정 오   (핸드폰으로 주변 사진을 찍다가, 장미 보는)

씬 12. 다가구주택 앞, 밤.

남자 둘(조직책), 3층에서 아래로 죽어라 뛰어내려와 각자 다른 길로 뛰어가는,

장 형사, 2층 집 현관에서 나와, 그걸 보고는, 남자2를 죽어라 쫓아가는,

장미, 방에서 나와, 남자1을 죽어라 쫓아가는, 정오, 장미를 뒤쫓아가는, 그
때, 오던 남일을 정오가 스치고 뛰어가며, 말하는,

정 오   집 안에 피해여성이 있어요! 보호해주세요! 지원 부탁드릴게요!

남 일   (가는 장미와 정오 보며) 내가 안 팀장님 지원, (하다가, 이미 때를 놓친 거
같아 망설이다, 무전하며, 118-1로 뛰어 들어가는) 인근 순찰차 지원 바람!
인근 순찰차 지원 바람, 불법 성매매 조직원 추적 중, 홍일2동 마안길 118-1
일대, 인근 순찰차는 지원하라!

＊ 점프컷, 골목 》
남자1, 헉헉대며, 달려가는,
장미, 죽어라 남자1을 쫓는,

＊ 점프컷, 막다른 길 》
남자1, 막다른 길로 뛰어 들어와, 담이 있는 곳을 넘어가고,
장미, 쉬지 않고, 땀을 흘리며, 남자1을 따라 담을 뛰어넘는,

＊ 점프컷, 다른 골목 》
남자1, 다른 골목으로 뛰어가는데, 그 앞에 정오가 서서, 테이저건으로 남
자1의 허벅지를 단호하게 쏘는, 그러나, 테이저건이 빗맞아, 남자1, 휘청하고,

이내 뒤돌아, 쫓아온 장미를 주먹으로 치고, 칼을 꺼내는, 장미, 쓰레기더미
로 넘어지는, 그사이, 정오, 뒤돌아 도망가려는 남자1의 얼굴을 발로 돌려차
기 해, 맞추고, 남자1, 칼을 떨어뜨리고, 휘청대면, 장미, 그사이 일어나, 팔
꿈치로 남자1의 얼굴을 가격해 휘청이게 하고, 정오, 장미처럼 팔꿈치로 남
자1의 얼굴을 가격하고, 남자1, 몸을 숙이면, 장미, 니킥으로 남자의 얼굴을
쳐 뒤로 넘어지게 하는, 남자1, 넘어져 기절한, 장미, 남자1에게 총을 겨누고,

장 미 (입가가 터진, 힘들어도, 조준하고, 차분히 미란다 고지를 하려는) 불법 성매
매 혐의로 현행범 체포,
정 오 (수갑을 남자1에게 채우고, 목에 손 대고) 기절했어요, 근데 구급차는,

사이렌 소리가 들리는,
장미, 사이렌 소리에 긴장이 풀리는, 조준한 총 내리고, 벽에 기대, 숨을 몰아
쉬는, 너무 힘든,
정오, 너무 힘들어 누워, 숨을 고르는, 서로 마주 보지 않는,

씬 13. 경찰서 전경, 밤.

씬 14. 숙직실 안, 밤.

장미(많이 힘든, 지친, 땀도 나는), 바지에 브래지어만 하고 등 돌린 채, 서 있
고, 정오, 장미의 등에 여기저기 찢긴 상처(잔 상처)를 소독 솜으로 닦고, 연
고를 바르고, 멍든 곳에 파스를 붙이는, 차분한,

＊ 점프컷, 회상, 허름한 어둡고, 지저분한 불법 낙태시술소 방 안 》
장미(젊은 30대 초반, 경찰복 입은(경사), 대역, 이름표를 단), 플래시를 들고,
피 묻은 침구를 보다가, 다른 문이 있는 것을 보고, 조심스레 그리로 가 문을
열어보면, 계단이 있는, 그 계단을 내려가다, 멈추는, 한쪽에 플래시를 비추
면, 고등학생 17세의 정오(대역, 이름표를 단), 계단에 다리 사이에 피를 흘리

며, 땀에 젖은 채 앉아, 두려운 눈으로 장미를 보는,

장 미   (E) 우리가 발견한 피해여성들 말고도, 범인들이 있었던 3층에, 피해여성들 세 명이 더 있었대.

* 점프컷 》

정 오   (치료하는데, 옛 생각이 나, 막막한) ..
장 미   (힘들지만, 티 안 내고, 치료받으며) 강남일 경사가, 다른 지구대원들하고 뒷일 처리한다고.. 넌 지구대 들어가래. 힘들면, 내가 일 시킨다고 핑계 대고, 여기서 쉬다 가고.
정 오   (담담한, 치료 끝내고) 이제 옷 입으셔도 돼요.
장 미   (라커에서, 새 옷 꺼내 입으며) 여기서 안 쉴 거면, 가.
정 오   (인사하고, 가려는데)
장 미   (옷 입으며, 안 보고) 잘 뛰드라?
정 오   (천천히 돌아보면)
장 미   (안 보고) 재밌었어, 너랑 한 팀으로 움직이는 게... (사이) 또 보자.
정 오   (자기를 아는구나 싶은, 맘이 짠해지는, 작게 웃으며) .... 예전이나 지금이나 똑같으세요. 시간이 많이 흘렀는데..
장 미   (정오도 자신을 기억하는구나 싶은, 잠시 가만 그 맘을 느끼다가, 거울로 가서, 터진 입가를 보고, 한쪽에 둔 연고를 들어 바르며, 아무렇지 않게) 니가 몰라서 그래, 늙었어. 가.
정 오   (장미가 고마운, 나가는)

씬 15. 경찰서 여자 숙직실 앞, 복도, 밤.

명호, 복도에 서 있다, 나오는 정오를 보며, 편하게,

명 호   나 오늘 일 안 하고, 농땡이 칠려고.. 뒷일 처리 한표만 보냈어. 같이 농땡이 칠래?

정 오   (명호 보고, 고개 끄덕이면)
명 호   나와. (하고, 나가는)
정 오   (명호 따라가는)

씬 16. 한강공원, 밤.

명호, 정오, 걸어와, 강가를 보고, 명호, 핸드폰으로 음악을 틀고,
정오, 그런 명호를 보는, 둘 다, 너무 어둡지 않은, 담담한,

명 호   (차분히, 정오 보며) 다른 생각 하지 마, 세상이 왜 이러나, 왜 이렇게 나쁜 놈
         이 많나, 그런 생각 말라고, 그냥 심플하게, (강가 보며, 자신에게 하는 말처
         럼 말하는) 우리가 범인을 잡았다,
정 오   (명호 보며, 따뜻하게 미소 지으며) 우리가 범인을 잡고, 우리가 힘든 여자들
         을 도왔다.. (강가 보며) 그 생각만.. 할게요.
명 호   (강가 보며, 따뜻하게) 잘한다, 한정오.
정 오   (작게 웃으며, 강가 보는)

씬 17. 시장 상가건물 앞, 밤.

민석 승재, 종민 원우의 순찰차 두 대 서 있는,
원우, 심하게 뻗대는 시장 아줌마 셋을 순찰차에 태우는,

아줌마1   우리가 대체 뭘 잘못했니?!
원 우   그건 지구대 가서 따져요, 지구대 가서!
아줌마1, 2, 3   (뻗대며 차에 안 타려고 하며) 야, 왜 우릴 이 차에 태워, 최씨 그놈을
               이 차에 태워야지!
아줌마2   그놈이 우리 돈을 다 해 처먹고 지는 외제차 타고 다니고, 억울한 건 우린데!

그때, 민석, 건물 안에서 덩치 큰 30대 남자를 수갑 채워 힘들게 끌고 나오며,

민 석   (맞아 눈가가 터진 채, 버럭) 억울하다고, 사람을 패요?! 경찰도 패고?! 상가
         앞을 지나가던 사람이 신고 안 했음, 사람 죽일 뻔했잖아요! (원우에게, 버럭)
         민원우 순경, 상대하지 말고 지구대로 출발해!

         * 점프컷 ≫
         원우, '잘잘못은 지구대 가서 따지세요, 지구대 가서!' 하며, 아줌마들 차에
         태우고, 순찰차 뒷문 쾅 닫고, 차에 타, 운전해 가는,

         * 점프컷 ≫
         민석, 순찰차에 30대 남자(눈가에 멍든)를 태우려 하면, 30대 안 타려 하며,

30대   (민석에게) 아, 이거 놔봐! (하고, 차로 안 가고, 버티며, 악을 쓰는) 우릴 왜
         잡아가?! 우리가 때린 놈이 나쁜 놈인데, 왜 우릴 잡냐고?! 나도 맞았다고?!

         그때, 승재, 60대 남자를 수갑을 채워 데리고 나오는,

60대   (승재에게) 최씨 그놈이 가난한 우리 상인들 돈을 20억을, (주저앉으며, 울
         것처럼 악쓰는) 내가 평생 모은 돈을 3억이나 해 처먹었다고!

         60대 남자가 말하는 사이, 남일의 순찰차 오고, 남일, 순찰차에서 내리다
         60대 남자의 말을 들은,

남 일   (힘든, 버럭) 사기는 사기대로 집단폭행은 집단폭행대로 다 형사처벌감이에
         요! 사기 친 사람이라고 패는 게 합법적인 줄 아세요?!
민 석   (화나는, 남일에게) 넌 왜 이제 와!
남 일   (화난, 민석 꼬나보며, 폭행 가담자들 의식해 낮은 목소리로) 놀다 오냐..
민 석   (화나는, 쏘듯) 3층 312호로 가, 다친 사람 있어. 종민이랑 맡아. 곧 119 올
         거야.
남 일   (화나지만, 가는)

민석 승재, '난 못 가, 최씨 데려오기 전엔 난 못 가! 최씨 데려와!' 하며 버티는 30대와 60대 남자들을 차에 태우려 하며, 실랑이하는,

승 재 그러니까, 지구대 가시면 그 사람 곧 온다구요, 그 사람 다리 부러져, 어디 도망도 못 가요!

씬 18. 상가 계단 + 복도 + 상가 사무실 안, 밤.

남일, 힘들게 계단 올라가는데, 종민, 계단 내려오며,

남 일 (종민 보는) ?
종 민 (짜증난) 빨리빨리 오지 뭐한다고.. 쌍! 암튼 빼질이,
남 일 (열받는) ?!
종 민 (스쳐 지나가며) 안에 폭행 피해자 있어, 폭행 가담자들은 피해자가 사기꾼이래, 지는 아니라고 하고.. 난 그 작자 신분증이 1층 사무실에 있대서, 119 오기 전에 신원조회나 할라고... (하고, 빠른 걸음으로 내려가는)

남일, 가는 종민 보며, 열받아, 한참 보고, 애써 화를 참고, 사무실 안으로 들어가는, 그러다 순간 멍한, 어질러진 폭행현장만 있을 뿐, 아무도 없는, 당황하지 않으려, 침 삼키고, 창을 보면, 창문이 열린, 서둘러 창문으로 가 내다보면, 최씨(입가며, 눈가, 목에 온통 멍이 든, 허벅지가 찢겨, 피가 나는), 창문 쪽의 완강기 밧줄을 잡고, 건물의 중간쯤에 매달려 있는,

남 일 (놀라, 밧줄을 잡고) 반 경사! 반 경사, 종민아!
최 씨 (남일의 말소리에 놀라, 반동을 주어, 바닥으로 떨어져, 넘어졌다, 빠르게 일어나, 죽어라 달리는)

남일, 놀라, 사무실 밖으로 뛰쳐나가, 계단을 내려가는,
종민, 급하게 계단 오르며,

종 민   (남일 보고) 뭐야, 뭐야?!

남 일   (뛰며) 그놈이 튀었어! 건물 뒤로 갔어! (하고, 최씨를 쫓아가는)

종 민   (이상한, 남일 보다, 쫓아가는)

씬 19. 상가 뒤쪽, 밤.

남일과 종민, 죽어라 범인을 쫓으며 말하는,

종 민   걔 다리 부러졌다고 막 뒹굴었는데.

남 일   다리 부러진 놈이 튀냐? 뻥이지!

종 민   신원조회했는데, 암것도 없어! 폭행 가담자들은 그 사람이 사기 수배자라는데 수배 기록이 없었어. (하고, 뛰며, 최씨의 신분증 보며) 이런, 얼굴이 비슷한 형젤 수도 있겠네. (하고, 죽어라, 뛰는)

남 일   (뛰며) 띨띨한 놈! (무전 하며) 지원 바람, 지원 바람! 사기범으로 추정되는 40대 남자 하은41길로 도주 중! 인근 순찰차 지원 바람!

씬 20. 조사실 안, 새벽.

남일, 민석, 종민, 뒷짐 지고 참담하고, 화나 서 있고,
한술, 경모, 어이없단 얼굴로 셋을 보고 있는,

경 모   (어이없고, 기가 막힌, 차분히) 니들이.. 오늘 놓친 피의잔, 특정경제범죄가중처벌법상 사기 혐의로 기소중지자*에 체포영장이 발부된 A 수배범이다. 특정경제범죄가중처벌법 제3조에 의하면 사기, 공갈, 횡령, 배임 등 특정재산범죄의 이득액이 5억 원 이상일 경우엔, 3년 이상의 유기징역에 처할 만큼 중범죄다.

---

* 기소중지자 피의자의 소재 불명 등을 이유로, 검사의 수사 중지 처분을 받은 자

한 솔 　 이번에 놈이 상인들의 계주를 하며 사기 친 금액은 20억, 재작년에 벤처기업을 상대로 계주를 하며 사기 친 금액은 14억, 그럼 최하... 5년 이상 유기징역 나오겠지? (세 명을 꼬나보며) 그놈 놓친 거, 누가 책임질 거야?

남 일 　 (답답한, 화난) 최선을 다했는데, 못 잡은 범인을.. 경찰이 다 책임지고, 징계 먹음.. 징계 안 먹을 경찰이 어딨어요?!

민 석 　 (답답한) 우리가 놀다 범인을 놓친 것도 아니고, 나는 폭행 가담자들 인계하고 있었는데,

종 민 　 (답답한) 최씨란 놈이, 다리가 아프다고 데굴데굴 구르며 막 악을 썼다구요. 다리에서 피가 철철 나고..

경 모 　 (꼬나보며) 그건, 그놈이 쇼한 거지, 내가 그놈 쇼에 니가 속아 넘어간 거가지, 지금 이 상황에서 참고해야 되냐?

종 민 　 (답답한, 외면하는, 크게 숨 쉬며, 버럭) 아오!

남 일 　 (답답하고, 진지한) 책임 못 집니다, 전!

민 석 　 저도 책임 못 집니다.

종 민 　 불가항력입니다, 이번 일은.

한 솔 　 (답답히, 꼬나보며) 단합이 잘돼, 보기 좋네! (경모에게) 셋 다, 감찰받게 해. (하고, 나가는)

남일, 종민, 민석 　 (나가는 한솔 보다, 경모 보는, 답답한) ?!

경 모 　 (사정을 다 알지만, 차분히) 시장 상인들이 니들을 싹 다 민원 넣어. 대장과 내 생각은 이래. 원래는 니들 전부가 감찰을 받아야 하지만, 그건 너무 억울하고, 지구대도 손해. 근데, 감찰을 막을 수도 없는 일.. 그렇다면, 한 사람을 책임자라 우기고, 그 사람만 감찰받게 하자.

종민, 민석, 남일 　 (열받는, 억울한)

경 모 　 니들끼리 정해, 누가 감찰을 대표로 받을지..

종 민 　 (참담한, 답답한) 감찰받는 건 어렵지 않아요, 근데, 징계가,

경 모 　 최하 3개월 감봉 정도. 별거 아니지?

종 민 　 (말꼬리 끊으며, 열받는, 나가는)

민 석 　 (나가는)

남 일 　 (경모 보며) 제가 징계 대상이 되는 건 너무 억울,

경 모 　 (꼬나보며, 말꼬리 자르며) 동기들과 상의해. 나한테 말 말고.

남 일 　 (답답한, 나가는)

경 모	(답답해, 고갤 절레절레 젓는데)
한 솔	(전화하며, 들어와, 답답한) 알았어, 축하해, 그래, 그래. (하고, 전화 끊고, 경 모 보며, 답답한) 지금 막, 애들이 놓친 사기꾼 최씨라는 놈을 안포 하나지구 대에서 잡았단다. 그래서 1분기 실적, 우리 지역에서 우리 지구대가 꼴찌에서 이등!
경 모	해마다 우리가 일등이었는데...
한 솔	(착잡한) .. 누가 감찰 간대?
경 모	모르죠, 지들끼리 치고받다 보면 떨어져나가는 놈 나오겠죠.
한 솔	(답답한, 나가며) 에우..
경 모	(장미에게 전화하는, 연결되면, 걱정) 한정오한테 들으니까, 좀 다쳤다며? 많 이 다쳤어?

씬 21. 지구대 남자 휴게실 안, 새벽.

종민, 남일, 민석 옷 갈아입으며 얘기하는,

남 일	(답답하고, 냉정히) 니들 분명히 해, 첨에 신고받은 사람이 책임져? 난 지원 나간 거야?
종 민	간만에 지원 나왔나 보네, 늘 우리가 부름 교통 스티커 끊느라 안 오면서?
민 석	(종민에게) 여기서 매뉴얼 어긴 사람 너뿐이야. 왜 피혐의잘,
종 민	(화나는) 폭행사건에선 피해자!
민 석	(지지 않고 보며) 피해자도 혼자 두면 안 되지.
남 일	(종민 보며) 첨 사건 접수자도 너고, 매뉴얼 어긴 사람도 너야. (하고, 옷 갈 아입는)
종 민	(남일 어이없게 보고, 민석 보면)
민 석	(무시하고, 옷만 갈아입는)
종 민	(어이없는, 옷 갈아입으며, 포기하듯, 어이없게 작게 비웃듯 웃고) 좋다, 내가 징계 먹을게.
남일, 민석	(옷 갈아입다가, 미안해지는, 안 보고, 옷을 갈아입는데 맘이 불편한)
종 민	(옷만 입으며, 짐짓 편하게) 첨부터, 솔직히 징계 말 나올 때부터.. 결국은 내

가 징계 먹겠구나.. 예상했어, (둘을 보며, 비아냥) 왜냐?

남일, 민석 (보면) ..

종 민 니들은 평생 의리라곤 (강조) 눈, 꼽, 만, 치도 없으니까. 동규가 징계 먹고 이 지구대 떠날 때도, 고작 문자로 잘 가! (굳은) 야, 새끼들아! 그게 동기한테 할 짓이냐?! (하고, 라커 문 쾅 닫고, 나갔다 다시 들어오며, 울분에 차) 나, 낼모레 애 나! 그래도 징곌 내가 먹는 게 맞냐?

민 석 (속상해, 소리치는) 나는, 평생 솔로로 지내다, 이제야 여자 만나 결혼한다고 날 잡았다, 임마! 여자 집에서 내가 나이 많고 집 없고 경찰인 것도 맘에 안 들어해서 승진시험 봐, 곧 경위 될 거라고, 그러니까 허락해달라고, 손이 발 이 되게 빌어서 간신히, 허락받았는데.. 여자 집에서 좋아하겠냐? (하고, 속상 해, 옷 들고 나가는)

종 민 (민석이 조금 이해가 되는, 남일 보며, 화나는 걸 간신히 참으며) 너 지지난 달에 아파트 산다고.. 자랑질했지? 우리 다 전세에 월센데..

남 일 (옷만 입는)

종 민 (비웃으며) 그래, 혼자 잘 먹고 잘 살아라.. (하고, 나가는)

남 일 (옷 다 입은, 전화 오면 받으며) 어, 지금 퇴근이야. 알았어, 시장 봐서 갈게.. 장사는? (안 됐다 소리에 답답한) 그러게, 왜 피임약을 걸러서, 셋째를 배?! (하고, 전화 끊고, 주저앉아, 속상한, 울 것 같은) 알았어, 그래, 니 책임 아니 고, 내 책임이다, 내 책임, 내 책임!

씬 22. 장미의 주방 + 거실, 새벽.

양촌 부, 주방에서, 미역을 잘라, 냄비에 담고, 고기를 넣고, 물 넣고, 가스레 인지에 올리고 불을 켜는, 그리고는 베란다로 가서, 장미가 오나 안 오나 밖 을 내다보고 있는, 덤덤한, 차 오면, 장민가 싶어 보고, 장미가 아니면 다시, 길가 쪽을 보는,
양촌, 거실 한쪽에서 이불 깔고 자고 있는,
대관, 교복 입고 방에서 나와, 냉장고에서 우유 꺼내 마시며, 양촌 부에게,

대 관 할아버지 밖에 왜 봐? 엄마, 기다려?

양촌 부	(아래를 내려다보며) 기다리긴.. 그냥 밖에 봐... (하고, 주방(꽃다발이 있는)으로 다릴 절며 가서, 그릇 꺼내 쌀을 씻는)
대 관	할아버지 다리 아퍼?
양촌 부	안 아퍼.
대 관	(양촌 부 보며, 편하게) 나 할머니한테 이번 주에 갈라고..
양촌 부	(편하게) 바쁜데 뭐하러 와.
대 관	보고 싶으니까.....
양 촌	(벌떡 일어나) 야, 니 엄마는 새벽에 일 끝났다면서, 대체 왜 안 오냐?!
대 관	아빠가 밥해! 왜 할아버지가 밥을 해?!
양 촌	집에선 내가 다 해!

그때, 송이, 방에서 나오며, 졸린,

송 이	(주방으로 가며, 졸려, 양촌에게 짜증난, 양촌 부에겐 편하게) 할아버지 제가 할게요. 텔레비전 보세요. (하고, 쌀 그릇 뺏어, 씻는데, 손목에 멍 자국이 있는)
양촌 부	(다리 절며, 소파로 가며) 니 엄마 생일이야, 미역국은 내가 올려놨다.
양 촌	(송이 보며, 맘에 안 드는) 넌 기집애가 밤에 무슨 술을 그렇게 고래고래 마시고 다녀?! 혼자서!
송 이	(쌀 씻으며) 누가 혼자서 술을 마셔, 남자친구 있었는데?
양 촌	(황당해, 송이 옆에 오며) 너 남자랑 술 처먹고 새벽 두세 시에 다니냐?
송 이	(화나 보면)
대 관	누난, 성인인데 뭐 어때?
양 촌	(대관에게, 버럭) 조용히 해! (하고, 송이 보며) 그놈 뭐하는 놈이야? 그놈 뭐하는 놈인데, 걘 회사 안 가? 새벽 두세 시까지 널 데리고 놀고, 그놈 놈팽이야? (하다가, 송이 손목에 난, 멍든 상처를 보고, 손목 잡고) 너 이거 왜 이래?
송 이	(참다, 못 참고, 잡힌 손목 빼고) 친구랑 장난치다,
양 촌	(말꼬리 자르며) 장난을 뭐 이따위로 쳐, 멍들어가면서!
송 이	그만 좀 해요, 진짜! (하고, 밥솥에 쌀 넣고, 버튼 누르고, 방으로 들어가는)
양 촌	(송이 방 쪽 보며) 야!

양촌 부	(양촌의 '야' 소리와 동시에, 쿠션을 양촌에게 확 던지는)
양 촌	(양촌 부 보면) ?!
대 관	(둘을 우유 먹으며, 눈치 보는, 싸우는 게 싫은)
양촌 부	(속상한, 기운 없는, 가라앉은) 장미, 오늘 지 부모 죽고.. 첫 생일이야. 조용히 좀 해. (하고, 옆에 둔, 연을 만드는)
양 촌	(참자 싫은, 대관 보며, 툭) 넌 엄마 아빠 이혼했는데, 기분이 어떠냐?
대 관	(밉게 보며, 무심히) 엄마 아빠 이혼한 건 괜찮은데, 아까처럼 아빠가 누나한 테 막 소리치고 그런 거는 짜증나고 화나.
양 촌	(좀 미안한) 그건 아빠가.. 누나가 걱정되니까... (하다, 말 말자 싶은, 답답한, 거실 베란다로 나가, 문 열고, 열 식히려 후후 큰 숨을 쉬다, 아랠 보면)

* 점프컷, 아파트 주차장 》

장미의 차 오고, 차에서 경모와 장미, 내려, 서서, 얘기하는,

* 점프컷 》

양 촌	(그들을 보는, 어이없고, 답답한, 주머니에서 핸드폰 꺼내 전화하려 하면)
대 관	(어느새 양촌 옆에 와 밖을 보며 툭툭 말하는) 둘이 친구 같은데, 아빠가 엄 마한테 오바해서 뭐라 그럼.. 엄마, 진짜 아빠한테 정떨어질 거 같은데....
양 촌	(대관 보면) ?
대 관	내 생각에. (하고, 양촌 부에게) 학교 다녀올게요. (하고, 나가는)
양 촌	(대관 보다, 아래를 보는, 맘에 안 드는, 답답한)

씬 23. 장미의 아파트 주차장, 새벽.

장미(손에 선물가방 든), 경모를 왜 이러나 싶게 보고, 경모, 괜히 할 말을 못 하고, 주저하며, 서 있는,

장 미	할 말 있어? 집에 들어가서, 차 한잔할까?
경 모	애들 있잖아.

장 미	(경모가 귀여운, 웃으며, 편하게) 애들 있으면 뭐, 너랑 나랑 비밀 얘기도 없는데..
경 모	(진지하게) 이제 양촌이랑도 끝났으면서, 나 좀 진지하게 생각해주라, 좀!
장 미	(차에 기대, 경모 가만 보며, 조금 걱정스런) 너, 나한테.. 진짜야?
경 모	(진지하게) 부모님한테도 말했어. 다시, 선배 너 만날 수도 있으니까, 예전처럼 반대하지 말라고, 말 많고 잘난 판사, 외교관 형들한테도 주의 줬어, 더 이상은 내 인생에 끼지 말라고,
장 미	(보며) 2년 전에 헤어진 우희 씨나 다시 만나?
경 모	(가만 보며) 내가 진지하다고 얘기했지?
장 미	(진지하게, 편하게) 그럼 나도 진지하게 말할게, 나, 오양촌이, 아직도 좋아.
경 모	(보고, 답답한, 한숨 쉬는) ..
장 미	너만 알아. 그 인간 알면.. 피곤해. (작게 한숨 쉬고, 보며) 지금은.. 혼자가 좋거든.
경 모	(참담한, 장미 보며) 진짜, 이해할 수가 없다, 대체 오양촌이 뭐가 그렇게 좋냐?

그때, 대관 오며,

대 관	엄마!
장 미	(대관 쪽 보고, 편하게) .. 학교 가?
대 관	(경모 별로다 싶게 보며) 누구?
경 모	(웃으며) 엄마 친구?
대 관	(장미 앞에 손 내밀고) 간식비.
경 모	(지갑에서 돈 꺼내 주는)

* 점프컷 》
양촌, 베란다에서, 그 모습을 꼬나보는,

양 촌	받기만 해봐, 이놈.

* 점프컷 》

대 관   (장미 보며) 엄마가 줘.

장 미   (편하게, 지갑에서 돈 꺼내 주며) 내가 이거 주면 넌 뭐 해줄 건데.

대 관   (장미 볼에 무심히 입 맞추고, 가는)

장 미   (웃으며, 가는 대관 편히 보다, 경모 보며, 웃으며) 가. 그리고 난 잊고. (하고, 가는)

경 모   (장미를 보다, 편하게, 뒷걸음질 치며 가며) 생일 축하해!

장 미   (보면)

경 모   (뒷걸음치고 가며, 편하게) 오양촌이랑 이혼한 것도 축하하고!

장 미   (웃으며, 돌아서서 가는)

* 점프컷 》

양 촌   (둘의 그 모습 내려다보며 돌겠는, 어이없어, 헛웃음이 나는) 야... 야... 야....! (하고, 베란다 창문을 쾅 닫는)

* 점프컷 》

경 모   (가며, 전화 오면 받는) 어, 주영아, 왜? (이상한) 밥? .. 어, 그래, (이상한) 그러지 뭐.. 어, 날 잡아, 연락 줘. (하고, 전화 끊고, 가다가, 장미에게 전화하는) 불법 성매매 건, 상선 아직 못 잡았지? 이 사건 장동서에서도 공조한다고 들었는데, 거기 담당자가 혹시, 옛날 양촌이 부사수였던, 주영이야? (사이) 아, 그래.. 근데 놈이 왜 나한테 밥을 먹재지?

씬 24. 장미의 주방, 아침.

양촌 부, 양촌, 장미, 송이 밥 먹는,

장 미   (밥상에서, 전화하는, 양촌(장미를 무심히 보고 있는) 보는데, 양촌이 주영이 일을 모르게 하고 싶은, 별 전화 아닌 척, 받고 있는) 내 촉은.. 걔가 연루된 거 같애. 우리 서 쪽 수사 동선이 어찌 되나, 너한테 물어본다면.. 내 촉이 맞는 거겠지. 근데, 모르게 해라..

경 모   (E) 뭘 모르게 해... 양촌이?

장 미   어. 알잖아, 그 인간 성격. (양촌 보며, 아닌 척, 담담히) 지 부사수였던 인간이 이런 끔찍한 일에 낀 줄 알면, 난리 난다. 그래.. 연락 줘. (하고, 전화 끊는)

양 촌   (밥 먹으며, 장미 보며) 무슨 전화야?

장 미   (국 먹으며, 양촌 부에게) 국 맛있다, 담백하고, 진짜 맛있어.

양 촌   간은 내가 봤어.

송 이   내가 다시 봤어.

양 촌   (송이 밉게 보는)

송 이   (장미만 보며) 친구가 준 선물은 뭐야?

장 미   글쎄, 안 봤어.

송 이   (식탁에 놓인, 종이 백을 열어보며) 열어봐도 돼?

장 미   어.

송 이   (열어보면)

양 촌   (기분 나쁘게 밥을 우적우적 먹고)

양촌 부   (밥 먹으며, 그런 양촌을 무심히 보는)

송 이   (상자에서 스카프를 꺼내며) 우와.. 완전 명품.. 경찰이, 명품을 주네?

양 촌   (밥만 먹는)

송 이   이거 나 할까?

장 미   (가볍게) 싫은데?

양 촌   (장미 보면)

장 미   (송이 보며) 나도 그렇게 좋은 거 해보게.

송 이   맞다, 엄마도 이런 거 좋은 거 해라. (하고, 스카프 장미 목에 걸어주며) 우와, 이쁘당!

양 촌   (샘나, 소리치는) 밥 먹다 말고 뭔 짓이야?!

양촌 부   (장미 보며) 이쁘네.

양 촌   에이! (하고, 일어나 물 먹는)

송 이   친구가 낫네, 할아버진 연 만드시고, 아빤 빈손인데.

양촌 부   (밥만 먹으며) 꽃은 니 아빠가 샀어.

장 미   (옆의 꽃 보며, 좋은) 야, 별일이네, (반찬을 양촌 부에게 놔주며) 니가, 당신이 꽃을 다 사 오고..

양 촌 (다시 앉아, 반찬 놔달라고, 숟가락 장미에게 내밀면)

장 미 (무시하고, 밥 먹는)

송 이 (장미 안고, 볼에 입 맞추고) 생일 축하해. 설거지랑 청소는 내가 할게. 엄만 자. (하고, 화장실로 들어가는)

양 촌 (서운하게 숟가락 내리고, 송이 방으로 가는)

장 미 (양촌 부의 수저에 반찬 놔주며) 나 보고 싶었어? 난 아버지 보고 싶드라? 그렇잖아도 한숨 자고, 요양원 갈라 그랬는데.. (하며, 양촌 부에게 말하느라, 양촌이 송이 방에 가는 것 모르는)

씬 25. 송이의 방 안, 아침.

양촌, 들어와 송이의 핸드폰을 켜면, 잠금장치가 돼 있는, 답답한, 그러다, 생각나는 게 있어서, 제 핸드폰의 톡을 열고, 송이를 치면, 송이 톡의 배경화면이 보이는,

* 점프컷, 인서트 – 배경화면 》
송이와, 남친, 고양이가 한 화면에 웃으며 있는,
〈남편과 나 그리고 우리 쩡〉이라고 써 있는,

* 점프컷 》
양촌, 답답하게 송이의 톡을 보는,

씬 26. 장미의 아파트 옥상, 낮.

장미, 연을 날리고 있는, 재밌는, '어머머머, 너무 멋있어, 신기하고' 하며 좋아하는,
양촌 부, 장미의 그 모습을 보며,

양촌 부	(덤덤히) 니 엄마나 나나 죽어야 니가 편할 건데?
장 미	(연만 날리며, 편하게) 또 또 쓸데없는 소리 하신다...
양촌 부	(연만 보는)

씬 27. 요양원, 낮.

양촌 부, 양촌 모의 똥기저귀를 갈다가, 양촌 모의 등을 보면, 욕창이 심한, 고름이 차고, 진물이 나오는, 답답한, 이불 걷어 다리를 보면, 한쪽 다리가 까맣게 변해버린, 답답한, 똥기저귀를 가는데, 먹먹한,

| 양촌 부 | ... 죽어라.. 그냥.. 이리 살면 뭐하냐.. (하고, 심박동기를 보고, 양촌 모의 호흡기를 보는, 뗄까 망설이는, 막막한, 눈가가 슬픈) |

씬 28. 도로 + 달리는 승합차 두 대, 낮.

사수(종민 운전)들은 사수들끼리, 부사수(상수 운전)는 부사수들끼리 차를 나눠 타고 가고 있는,

* 점프컷, 부사수들의 차 안 》
상수, 혜리, 정오, 한표, 승재, 신나게 노래 부르며 가고 있고, 원우는 종민이 징계받기로 한 것 때문에 떨떠름한,

* 점프컷, 사수들 차 안 》
종민, 삼보, 한솔, 경모, 명호, 양촌, 신나게 노래 부르며, 가고, 남일과 민석은, 떨떠름하고 착잡한 모습인,

| 한 솔 | (노래 부르다, 민석과 남일 보며) 야, 니들은 왜 우거지상이야? |
| 종 민 | (룸미러로 둘을 보며, 툭툭 말을 던지는, 비아냥) 남들이 보면 니들이 징계 먹는 줄 알겠다, 자식들아. 웃어! 니들이 뭔데, 안 웃어, 징계 먹는 나도 웃는 |

데?!

삼보, 양촌   뭔 소리야?

종 민   (자랑하듯) 내가 멋지게 징계 먹을라구요. (운전하며, 앞만 보며) 내가 의리
가 있잖아. 담 달면 7년 만에 애까지 태어나는 마당에, 징계라니 진짜... (룸
미러로 민석, 남일 보며) 내가 너희 같으면 동기가 첫애 낳는데, 선물 주는 맘
으로라도 의리로 징계 먹는다, 새끼들아.

명 호   (종민이 말하는 사이, 팔로 양촌 툭 치고, 남일 보라고 하는)

양 촌   (남일 보면)

남 일   (이 앙다물고, 창가만 보는)

종 민   (경모 보며) 의리 없는 새끼들.

경 모   (남일, 민석 보며) 아이고, 진짜 의리 없는 자식들!

종 민   의리는 역시, 반종민이지!

민 석   (열받아, 소리치는) 아, 진짜, 썅, 드럽게 생색내네! 야, 너 징계 먹지 마, 징계
내가 먹어! 내가!

양 촌   (민석에게, 으름장) 니가 징곌 왜 먹어! (종민 보며) 누가 봐도 징계감은 너야!
그리고, 너 진짜, 의리 있으려면 의리 팔아 생색내지 마!

종 민   (양촌 보다, 할 말 없는, 운전만 하는)

양 촌   (한솔 턱으로 가리키며) 형님은, 나 땜에 칼 맞았어도, 칼 맞고 나서,

한 솔   (자랑하듯) 양촌아, 너는 괜찮냐? 형이 좀 아프다.. 배에 칼 꽂고.. 크... 진짜,
나는 의리가 있어. (남일 보며) 의리 없는 놈. 혼자만 살겠다고.

남 일   (모른 척, 창가만 보는)

양 촌   (종민, 남일, 민석 보며, 단호하게) 분명히 말한다, 내가 세상에서 젤 싫어하
는 게, 성폭력, 묻지마 살인, 경찰 비리,

경 모   (경찰 비리란 말에 양촌을 보는, 주영이 비리에 연루된 걸 양촌이 알게 될까
걱정되는) ?!

양 촌   경찰끼리 의리 없이 싸우는 거야. 누가 징곌 먹든, 조용히 먹어. (하고, 경모
쏘아보며) 넌 왜 자꾸 날 봐?

경 모   좋아서 본다! 왜? (하고, 외면하는)

삼 보   왜 그래 또, 니들은?

한 솔   걔들은 원래 그래.

양 촌   (경모 밉게 보고)

민 석	(종민 보며) 어쨌든, 반종민, 내가 징계 먹을 거니까, 이제부터 너 의리 없게, 의리 의리 하며 생색내지 마!
종 민	내가 징계 먹어.
민 석	내가 먹을 거야, 징계!
삼 보	(깔깔대고 웃으며, 장난스레 박수 치며) 붙어라! 붙어라! (한솔 보고, 웃으며) 오늘 다들 독 올라, 경기 재밌겠다, 야.
한 솔	(웃으며) 그러게요, 우린 굿이나 보고 떡이나 먹자고요. (하고, 노래 부르는)
명 호	(사람들 말하는 사이, 민석의 귀에 대고, 웃으며) 잘했다, 나중에 표창 먹음 회복돼. 경찰들 표창이 얼마나 많냐? 내가 도와줄게.
민 석	(웃으며) 니가 최고다!
남 일	(그 소리 들으며, 민석과 명호가 맞잡은 손 보고, 창가 보는데, 맘 안 좋은)

씬 29. 도로 + 부사수들의 차 안, 낮.

상 수	(어이없는) 왜 우리가 져요?! 늙은 사수들하고 젊은 부사수가 붙음 당연히 젊은 부사수가 이기지!
혜 리	맞아, 우리가 왜 져! 절대 못 져, 그동안 팀비 모은 거, 게임당 삼십만 원씩 걸린 상금은 전부 우리 꺼야.
승재, 한표	다른 건 몰라도 계주는 못 이겨, 니들 여자들 땜에!
혜 리	나, 잘 달려요?!
정 오	(어이없는) 나 달리는 거 보면 놀랄 건데?
한표, 승재	명호 선배, 육상 선수 출신!
정오, 혜리	(아쉬운, 그러나, 웃으며) 아, 아쉽다!!
상 수	(정오 보며) 뭐가 아! 고, 아쉬워야, 나도 육상 선수 출신이야!
한 표	야야, 넌 웃기지 마, 달리다 휘청거리지나 마!
정 오	(깔깔대고 웃는) 맞아, 맞아!
상 수	뭐가 맞아? 나, 계주 때 무조건 명호 경장이랑 붙는다, 나 간 보지 마. 그리고, 대체 왜 다들 명호 경장보고 잘한다 잘한다 하는 거예요?! 그 선배가 그렇게 잘했음 왜 경장이야?! 경위는 돼야지! 아니 최소, 경사는 돼야지!
한 표	(명호 무시하는 게 화나는) 그건 명호 형님이!

모 두   (보면) ?

한 표   (말하지 말자 싶은) 사정이 있었어!

승 재   아주, 가슴 아픈!

한 표   (승재에게 으름장) 조용히 해!

정 오   (그 말에, 한표 보는)

상 수   (못 알아채고) 암튼, 오늘부로 알게 될 거예요, 내가 명호 경장님의 무서운
        라이벌인 걸!

한표, 승재   (상수에게) 야야야야, 웃기지 마! 뭐 라이벌이 니가 원하면 되냐!

혜 리   (상수 보며) 미친 거 아냐?!

상 수   (운전하며, 정오 보며) 너 나 응원할 거지?

정 오   (농담) 내가 왜 널?

        원우 제외한 모두, 깔깔대고 웃고,
        상수, 앞만 보며, 답답한,

한 표   (카톡 보고) 어, 이거 뭐야, (원우 보며) 야, 징계 니 사수가 아니라, (승재 보
        며) 니 사수가 먹는대? 지구대 단톡방에 니 사수가 올렸어!

원 우   (그때까지, 시무룩하다가, 한표 보며) 정말, 우리 사순 징계 안 먹어, 그럼?

승 재   (굳는) ?!

씬 30. 수련원 운동장, 낮.

        모두들 둥글게 모여, 손바닥 뒤집기를 해 편을 가르는,

모 두   엎어 치나 메치나, 엎어 치나 메치나, 엎어 치나, 메치나..

        그런데, 쉽게 편이 갈라지지 않는, 상수는 명호를 주시하고, 종민은, 양촌을
        주시하는, 양촌은 경모를 주시하며, 편을 가르는,

상 수   (손을 뒤집었다, 바로 했다 하며) 그냥 사수 부사수로 나눠요! 엎어 치나, 메

치나..

한 솔   (손 움직이며) 그건 족구 때 해, 팀 단합이 중요하지! 엎어 치나 메치나..

서너 번 하다, 간신히, 양촌, 상수, 민석, 남일, 정오, 원우, 혜리 팀과 한솔, 삼
보, 종민, 명호, 한표, 승재, 경모 팀으로 나뉘는,

양 촌   (신나는) 아자! (경모 보며) 너너넌, 넌 나랑 붙어!

경 모   (버럭, 호기롭게) 당근이지!

상 수   (명호에게) 선배님 나랑 붙어요!

명 호   (웃고) 그래.

민 석   지명전이야? (종민에게) 넌 나랑 붙어!

종 민   (열불나) 누가 무섭냐? (원우에게) 너, 승재 무조건 이겨!

승 재   (원우에게) 형, 나 만만찮다.

정 오   (남일 귀에 대고) 꼭 이기세요!

남 일   (종민과 민석 가만 보며, 몸 풀고)

＊ 점프컷 》

두 팀으로 나뉘어, 계주를 하는,

남일과 한솔은 죽어라 뛰고,

다들 자기 팀을 응원하느라 '악, 악! 달려! 죽여 죽여!' 하며 난리다,

승재, 원우, 혜리, 정오는 이미 달린, 남일과 한솔 달리고 있고,

이후, 양촌 경모, 종민 민석, 상수 명호순으로 달리는,

한솔팀   대장, 달려, 달려!

양촌팀   남일아, 강 경사님 달려, 달려!

남일, 티 나게 한솔을 이기고, 양촌에게 바통 주는, 정오, 물 가져다, 남일 주
고, 정오는 남일의 종아리, 혜리는 남일의 어깨 주무르며, '잘했어요, 잘했어
요!' 하고,

양촌, 바통 잡고 안 달리는,

양촌팀	왜 안 달려요!
경 모	(바통 잡으려 대기하며, 양촌 보며) 나 기다려야지, 그지? 정정당당하게? 둘이 똑같이, 뛰어야지, 그지?
양 촌	입 닥쳐.
삼 보	(양촌 보고, 웃으며) 저러다 저거, 저거, 지지, 져!
양촌팀	달려요! 왜 기다려?!

그때, 한솔, 경모에게 바통 주고, 경모, 양촌, 거의 동시에 달리는,
양촌, 경모, 엎치락뒤치락 달리고, 팀들 자기 팀 응원하느라 난리가 난,

상수, 혜리, 정오	오양촌 씨, 이겨라! 오양촌 씨, 이겨라!

양촌, 경모를 의식하며 죽어라, 뛰는데,

* 점프컷, 플래시컷 – 아파트 앞 》
1, 경모, '생일 축하해, 오양촌이랑 이혼한 것도 축하하고!' 하던,
2, 경모, 느린 그림으로 장미 돌아보며, 작게 웃던,

* 점프컷 》
양촌, 열받아 '으으으!' 하며 달려, 경모를 이기는, 양촌, 종민에게 바통 주고,
잠시 후, 경모, 민석에서 바통을 주면,
종민, 민석, 죽어라 달리는,

* 점프컷 》
양촌, 벤치로 가서 앉고, 경모, 와서 힘들게 양촌의 옆에 앉으며, 물 마시는데
답답한,

양 촌	(물 마시고, 안 보고) 쨉도 아닌 새끼가...
경 모	(힘든, 양촌 보며) 니가 장미 선배랑 진짜 행복했으면 했다.
양 촌	?
경 모	내가 장미 선배한테 프러포즈하려던 날, 니가 나한테 무릎 꿇고 울면서 그

랬지... 경모야, 포기해주라, 내가 장미 선배 세상 누구보다 행복하게 해줄게..
(보며, 진지한) 근데, 고작 결과가 이혼이냐? (하고, 물 마시는)

양 촌 니가 내가 무릎 꿇어, 장미를 포기했다고? (작게 웃고, 보며) 솔직히 말해, 니
네 잘난 집안 식구들 때문이잖아. 집에서 장미 반대하니까,

경 모 (보며, 진지한) 솔직히 말할까, 왜 포기했는지?

양 촌 (보며, 툭툭 말하는) 마마보이니까, 넌?

경 모 (진지한, 진심) 내가 봐도 니가 멋있었어.

양 촌 ?

경 모 동료로도... 남자로도.

양 촌 (가만 보는, 진심이 느껴지는) ?

경 모 물론, 지금은 아니지만. (하고, 가는)

양 촌 (할 말 없는, 물 마시는)

　　　　＊ 점프컷 》

종민, 앞서고, 민석, 울상 돼서 '악!' 소리 지르며, 달려, 종민을 간발의 차이로
앞서는, 남일, 둘을 부럽게 보는,
민석, 상수에게 먼저 바통 주고, 종민, 명호에게 바통 주는,

　　　　＊ 점프컷 》

상수, 죽어라 달리며, '정오야, 내가 이기는 거 잘 봐봐!'

원우 한표 승재 혜리　얼레리꼴레리 염상수가 한정오를 좋아한대요, 좋아한대요! (반복)
정 오 (웃으며, 큰 소리) 이기는 남자가 내 남자다!

　　　　＊ 점프컷 》

그때, 명호, 마치 정오에게 응답하듯, 상수를 제치는,
모두, '악!' 하고 환호하고,

　　　　＊ 점프컷 》

민 석 (한쪽에서 헉헉대며) 어떠냐, 나한테 지는 맛이?

종 민	(웃으며) 안 좋다, 왜? (하고, 한쪽에 앉아 있는 남일을 지나쳐 가는)
민 석	(웃으며, 종민과 어깨동무하고, 남일 지나쳐 가고)

그때, 승재, 남일에게 쪽지를 주고 담담히 가는,
남일, 뭔가 싶어 보는데, 어두워지는, 그러다 가는,
한솔, 그런 남일 보는,

＊ 점프컷 》
상수, 명호 엎치락뒤치락하다, 상수가 한 발자국 앞질러 골인하는,

＊ 점프컷 》
상수, '악!' 하며 신나, 정오에게 달려들어, 안고 빙글빙글 도는, 팀들, 둘을 보며, '야, 진하다, 니들!' 하며 웃고, 명호, 웃으며 기분 좋게, 박수 쳐주는,

상 수	(정오 내려놓고, 호기롭게) 다음 경긴 족구, 족구! 사수 대 부사수! 사수 대 부사수!

씬 31. 실내 족구장, 낮.

경모가 심판 겸 감독이고, 정오, 상수, 혜리, 원우, 승재, 한표가 한 팀인,
한솔이 심판 겸 감독이고, 명호, 남일, 종민, 삼보, 민석, 양촌이 한 팀인,
각자, 둥글게 서서 작전 회의하는,

＊ 점프컷, 경모팀 》
경모, 한솔 팀에 대고 말하는,

경 모	근데 우린 여자가 둘이라 너무 불리하다..
한 솔	(경모 쪽에 대고) 우린 (삼보와 자기를 가리키며) 늙은이가 둘이다, 임마!
혜 리	나, 삼보 주임님 이길 수 있어요!
정 오	나도 잘할 수 있는데?

상 수   (박수 치며) 좋아, 좋아, 좋아!

           경모, 손바닥을 내밀면,
           모두, 그 위에 손바닥을 얹고,

경 모   니들 지면, 죽는다. 나 다른 건 몰라도, 오양촌한테 지는 건 못 참는다! 무조
           건 꺾는 거야! 이기면 상금은 니들 뿜빠이, 술값은 내 지갑에서 턴다!
부사수들   (좋은) 아자!

           * 점프컷, 한솔팀 ≫
           모두 다 손을 얹고,

한 솔   사수들이 부사수들한테 지면, 쪽팔린 거 알지? 종민이 민석이 남일이 니들
           여기서도 합 못 맞추면, 나한테 죽어, 아주!
삼 보   나한테도 공 줘, 공, 알았지, 나도 할 수 있어! 나, 안 늙었어, 공 줘!
양 촌   (종민에게) 우리 감정 풀고, 잘해보자, 어? 남자들끼리라 이혼도 못하는데..
           (하고, 윙크하고)
종 민   (어이없어 웃고, 남일 민석에게) 너희들도 아자 해, 감찰은 내가 먹어!
민 석   내가 먹어! 아자!
남 일   (감찰이란 말에 답답해도) 아자!
명 호   (진지하게) 마이 잊지 마세요, 공 받을 때 마이마이!
한솔팀   쳐부수자, 깨부수자, 박살 내자! 홧팅! (하고, 흩어지고)

           * 점프컷, 경모팀 ≫

경모팀   이기자, 승리하자, 상금 갖자! 홧팅! (하고, 흩어지는)

           * 점프컷 ≫
           경모, 한솔 심판대에 올라가서 진지하게 경기 보고 있고,
           경기에 부사수팀은 상수, 정오, 원우가 나서고,
           사수팀은, 양촌, 명호, 삼보가 낀,

나머지는 각 팀 벤치에서 응원하는,

* 점프컷 》
삼보, 공 받아, 양촌에게 주고, 양촌, 신중하게 공 받으면,
명호, '마이마이마이' 하며, 달려들고,
양촌, 명호에게 주면,
명호, 멋지게 공을 차서, 인라인에 넣는,

한 솔   (미친 듯이) 굿 아이! 굿 아이! 명호 굿 아이!

* 점프컷 》
상수, 양촌이 보낸 공을 '마이마이' 하며 뛰어나와, 헤딩해서, 힘 있게, 명호를
맞추고, 이기는, 기분 좋아, 포효하는, '악!'

경 모   (버럭대는) 부사수팀 윈! 7대 8! 부사수, 윈! 7대 8! 이 게임 듀스 없고, 30점
원 셋트, 원빵으로 끝내는 거야! 자자, 힘내, 힘내!

* 점프컷 》
정오, 진지하고 열심인, 물구나무서듯, 공을 받아, 인라인에 넣는, '악!' 소리치
는,

* 점프컷 》
혜리(정오 교체), 포효하듯, 공을 차, 인라인에 넣고, 소리치는, '악!'

* 점프컷 》
원우, 승재에게 패스해, 승재, 공 차고 인라인에 넣고, '악!' 하며, 서로서로 좋
아하고,

* 점프컷 》
양촌, '마이마이' 하며, 공을 차, 경모(상수 대타)에게 보내면, 경모, 공을 되돌
려 차, 양촌의 안면에 맞추고, 양촌, 코피 나고, 경모, 좋아 '악!' 하며 뛰어다

니는, 양촌, 경모 뛰는 꼴 보고, '힘내자, 힘내!' 하며, 팀들 독려하고,

＊ 점프컷 》

양촌, 코에 휴지 박고, 삼보에게 패스하면, 삼보, 죽기 살기로 공을 차지만, 아웃라인, 한솔, '아이고!' 하고, 아쉬워하는, 삼보, 기죽는,
혜라, '힘내라, 힘!' 하며 응원하는,
삼보, '아자, 아자!' 해보지만, 늙어, 힘들어서 슬픈,

＊ 점프컷 》

명호, 두세 번을 연이어, 상수 쪽에만 공 줘서, 두세 번 다 인라인에 넣는, 뛰어다니며, 좋아서, '악!' 하는, 정오, 박수 치고, 상수, 속상하지만, '안 끝났어, 안 끝났어!' 하고,

＊ 점프컷 》

상수, 공 차면, 인라인에 들어가는, '악악!' 소리치고,

＊ 점프컷 》

상수, 다시, 힘 있게 공을 차면, 명호, 받아내고, 상수, 아쉬운,

＊ 점프컷 》

경 모　29대 29대! 부사수들, 마지막 한 골이다! 정신 차려! 듀스 없다! 이거 셋트 없어! 30점으로 끝나는 거야!

한 솔　(버럭대는, 흥분한) 야야야, 마지막 한 골이야! 이거 지면 부사수들이 우리 무시할 거야! 그럼 나는 자다가도 벌떡 일어날 거야! 독립운동하는 투사처럼, 최선을 다해! 이건 족구가 아냐! 독립운동이야! 나라를 구하는 것처럼 해! 마지막 한 골! 진격!

＊ 점프컷 》

양촌, 서브하고, 상수 공 받아, 원우 주면, 원우, 다시 상수 주고,
상수, 공을 있는 힘껏 차 명호에게 보내면, 명호, 공 받아, 양촌 주고, 남일,

'마이마이' 하고, 남일, 폼 나게 공을 차면, 상수, 받아, 명호 쪽에 있는 힘껏
보내지만, 명호 받는데,

* **점프컷 》**

종민, 민석　(벤치에서, 흥분해) 남일이 줘, 남일이!
명 호　(남일 주면)
남 일　(타이밍 놓쳐, 공격 못하고, 다시 양촌에게 공을 주는, 답답한)
종민, 민석　(벤치에서, 흥분해) 남일이 줘요, 남일이!
양 촌　(다시 공을 남일 주는)

남일, 죽어라, 있는 힘껏, 공을 차 인라인에 넣는, '아자!' 하며 종민 민석 모두
와서 남일 부둥켜안고, 국립경찰가를 부르는,
명호, 그들 보며, 좋고, 같이 부둥켜안고, 노래 부르고,
상수, 답답한, 정오를 보고,
정오, 물 마시며, '아쉽다!' 하면서도 명호를 웃으며 보고 있는,
상수, 물 마시며, 속 타는,

씬 32. 수련원 거실 안, 낮.

한솔과 남일 없는, 양촌, 경모를 보며, 담담히 술 마시고 있고, 삼보, 재밌는
듯, 양촌 옆에서 웃고 있고, 경모 외 모두 노래방 기기 켜놓고 노래 부르며, 신
난,
한참 후, 한솔, 와서, 박수 치며, 흐뭇하게, 양촌 삼보 옆에 가서 앉는,

삼 보　남일이랑 나가지 않았어? 근데 왜 혼자? 설마, 이 뺀질이.. 집에 갔어? 지난번
에도 그러드니?
승 재　(옆에 와, 잠시 쉬는, 그러다 한솔의 얘기 듣는)
한 솔　(웃으며) 빙고, 당근 집에 갔죠, 경기 끝나자마자. 근데, 감찰, 남일이가 먹겠
다네요.

삼 보	(놀란) 그 뺀질이가? 왜?
승 재	?
한 솔	몰라요, 나도. 근데 그 자식 맘 바뀔까 봐, 이유도 안 묻고 그냥 내가 오케이! 니가 먹어라, 확 그랬어요! (하고, 노래방 책자 보고, 번호 입력하고)
삼 보	별일일세, 그놈이.. (하고, 양촌 보며) 경모가 얄밉냐?
양 촌	(경모만 보며, 술 마시며, 담담히) 형님, 저놈이 장미랑 살았음 잘살았을까요, 정말?
삼 보	(무심히) 아마도... (하고, 노래 부르러 가는)
양 촌	(착잡한, 경모만 보는)
한 솔	야, 마이마이마이 송이야! (하고, 노래 부르고)

* 점프컷 》

명호, 한솔 보고 웃으며, 나가고,

상수, 그런 명호 보다, 주변 보면, 정오가 없는, 이상한,

* 점프컷 》

승재, 술 마시며, 생각 많은,

씬 33. 피자집 안 + 밖, 낮.

남일, 포장하며, 생각 많은,

승 재	(E) 이번 징계 제 사수인 김민석 경사님이 받는 건 부당합니다. 도망가는 범인을 보고도 놓친 건, 분명히, 반종민 경사님과 강남일 경사님이시니까요. 반경사님은 징계를 자청하는데, 왜 강 경사님은 묵묵부답인지, 전 이해가 안 갑니다. 강남일 경사님 조가 위험에 처했을 때마다,

* 점프컷, 플래시컷 》

오피스텔 주차장에서 지원 요청하던 정오,

정 오 　(대사, 편집된) 동진오피스텔 주차장 폭행사건 발생 지원 바람! 인근 순찰차 동진오피스텔로 지원 바람, 지원 바람!

* 점프컷, 플래시컷(앞 부에 없는 상황, 촬영 요) 》
1, 도로, 종민의 순찰차, 급하게 유턴해 가는,
2, 민석, 승재, 죽어라 뛰어가는,

승 재 　(E) 반 경사님 원우 형, 그리고 민석 경사님과 전, 몸 사리지 않고, 언제나 최선을 다해 지원을 나갔었습니다.

* 점프컷, 플래시컷 》
1, 5부에서, 교통 스티커를 끊는 남일,
2, 정오, 지원 가자 하는데, 남일, '쟤들이 알아서 지원 가네', 하며, 음악 듣던,

승 재 　(E) 동료들이 그렇게 경사님 조를 위해, 최선을 다할 때, 경사님은, 어디 계셨습니까.

* 점프컷, 플래시컷 》
6부, 병원에서, 정오가 맞을 때, 그 모습 보고 돌아서던, 남일,

* 점프컷, 플래시컷 》
1, 경기할 때, 정오가 자신을 응원하던,
2, 족구 때, 자신을 응원하던, 종민 민석, 패스해주던 명호,
3, 다 같이 기뻐하던, 팀들,

* 점프컷 》
남일, 포장만 하는,

승 재 　(E) 김민석 경사님 어머니가 최근에 암 재발해 수술받으셨습니다. 병원비도 모자란데, 감봉까지... 제가 주제넘은 행동인 줄 알지만.. 이런 사정들, 경사님께 말씀이라도 드려보고 싶었습니다. 죄송합니다.

그때, 남일 부인(임신 5개월), 들어오며,

부 인 오늘 주문 어때?

남 일 (담담히) 많아.

부 인 (기분 좋은, 카운터에 가서, 주문 현황 보며) 집 장만할 돈 싹 다 털어 애들 키울라고 낸 가겐데, 잘됐다. 참, 징계 건은 어떻게 됐어?

남 일 (배달 옷 입으며) 내가 먹어야 될 거 같아. (하고, 포장한 피자를 들고 밖으로 나가, 배달통에 넣는)

부 인 (따라 나와, 보며, 답답한) 종민 씨, 민석 씬, 뭐하고?

남 일 (오토바이에 타며) 종민이 민석이 처지도 나랑 막상막하야, 애 낳지, 결혼하지, 어머니 편찮으시지, 집도 없지..

부 인 (답답한) 나, 셋째 가진 거 말하지?!

남 일 (속상해, 소리치는) 말함 뭐해! 서로서로 누가누가 더 힘들고 궁상인가, 내기 하나?! 야, 나도 좀 인간답게 살자! 맨날, 경찰이 뺀질뺀질 교통 스티커나 끊고.. 나도 좀 인간답게 살자, 진짜.. (하고, 오토바이 타고 가는데, 속상한)

씬 34. 수목원, 밤.

정오, 주머니에 핸드폰을 넣고, 음악을 들으며 혼자 걸으며 주변 경관을 구경하고 있는,
그때, 비눗방울이 날아와 얼굴에 부딪혀 터지는,
주변 보면, 비눗방울이 떠다니는,
정오, 주변에 사람이 있나 살피지만 아무도 없는,
다시, 뒤쪽에서 비눗방울이 정오 쪽으로 오고, 정오, 돌아보면,
명호, 웃으며, 비눗방울을 정오 쪽으로 부는,

명 호 (웃으며) 오는 길에 팔더라고.. 옛날 생각이 나서... 뭐해, 여기서?

정 오 (보고, 웃으며) 산책이요. 주변이 너무 이뻐서.

명 호 음악 좋다? (하고, 비눗방울을 정오의 얼굴에 부는)

정 오   (비눗방울 피하고 웃으며, 손 내밀며) 저도 주세요, 한번 해보고 싶다.

명 호   (웃으며, 주고)

정 오   (잔디 바닥에 앉아서, 비눗방울을 불고, 날아가는 비눗방울을 보며) 와....

명 호   (정오 옆에 앉아, 그런 정오를 이쁘게 보고)

정 오   (비눗방울을 여러 번 불며, 좋은) 너무 이쁘다! (하고, 한참 보며) 비눗방울이
         저러다 달까지 가겠어요.. 그죠?

명 호   (정오의 볼에 입을 맞추는)

정 오   (보는) ?

＊ 점프컷 》

멀리, 상수, 제가 탈 자전거와 정오가 탈 자전거 두 대를 옆에 손으로 잡고
세워놓고, 그런 정오와 명호를 마음이 먹먹해서 서서 보고 있는,
그런 세 사람에서 엔딩.

9부

우리를 슬프게 하는 것들
1
- 안톤 슈낙

씬 1. 수목원, 밤(8부 엔딩 편집).

정 오 (비눗방울을 불고, 날아가는 비눗방울을 보며) 와....

명 호 (정오 옆에 앉아, 그런 정오를 이쁘게 보고)

정 오 (비눗방울을 여러 번 불며, 좋은) 너무 이쁘다! (하고, 한참 보며) 비눗방울이 저러다 달까지 가겠어요.. 그죠?

명 호 (정오의 볼에 입을 맞추는)

정 오 (보는) ?

*** 점프컷 》**
조금 멀리서 상수, 옆에 제가 탈 자전거와 정오가 탈 자전거 두 대를 세워 놓고, 그런 정오와 명호를 마음이 먹먹해서 서서, 보고 있는,

*** 점프컷 》**
명호, 정오 서로를 보고 있는,

명 호 (어색한, 그러나 따뜻하게, 정오 보는) ...

정 오 (가만 보는, 멍하고, 이게 뭐지 싶은) ...

잠시, 서로 그렇게 바라보다,

명 호 (어색한 웃음 작게 짓고, 편하게) 내가.. 니가 좋다는 말을 먼저 했어야 하는
건데, 그지?

정 오 (어색한 작게 웃고) 그런.. 가.... (잠시 어쩔까 하다, 비눗방울 불고, 명호 보며,
짐짓 가볍게) 우리 걸을래요?

명 호 (편하게 웃으며) 그래.. (하고, 일어나, 정오에게 손 내밀며) 손.

정 오 괜찮은데.. (하며, 명호의 손잡고, 일어나는)

명 호 (정오 보고, 뒷걸음치며, 비눗방울을 정오 쪽으로 부는)

정 오 (웃으며) 그러다, 넘어진다.

  * 점프컷 》
  상수, 그런 두 사람을 담담히 보다가 돌아서면,
  혜리, 자전거를 옆에 세워놓고, 하드를 먹으며 정오와 명호를 보고 서 있다가,
  돌아선 상수를 보며 무표정하게,

혜 리 (무심하지만, 진심으로) 안됐다.

  하고, 자전거를 끌고 뒤돌아가며, 혜리 뒤에서 자전거를 끌고 뒤따라오던, 원
  우 승재 한표에게 손사래 치며, 작게,

혜 리 돌아가요, 돌아가요, (입에 손가락 대며) 조용히, 뒤돌아 가!

한표 원우 승재 (앞 상황 모르고, 그 말에 뒤돌아 자전거 끌고 가며, 어리바리한) 왜?
왜? 왜?

혜 리 (일행들 밀며, 답답하단 듯) 명호 경장님이랑 정오랑 입 맞추고 있어, 보고 싶
어?

한표 원우 승재 (혜리 따라가며, 놀라) 엥? 진짜로? 오 마이 갓!

  * 점프컷 》
  상수, 정오와 명호에게 등 돌리고, 일행들 가는 걸 보며, 감정 없는 듯, 굳어
  있다가, 일행 따라 두어 걸음 걸어가다, 서는, 순간 물러서지 말자, 작심하고,

다시 뒤돌아서 몇 걸음 앞으로 걸어가 크게 힘 있게, 소리치는,

상 수   정오야! 정오야! 나랑, 자전거 타자!

＊ 점프컷 》
정오, 명호의 비눗방울을 뺏어, '나 한번 더 해볼래!' 하며, 불다가, 소리 난 쪽 보고,

＊ 점프컷 》
혜리 일행, 상수 소리에 모두 상수 보는, 뭔가 싶은,

＊ 점프컷 》
멀리, 이 모든 광경이 내려다보이는 언덕이나 건물 쪽에서, 한솔, 양촌, 경모, 종민, 삼보, 담배를 피우거나, 맥주를 마시며, 명호와 정오, 상수를 보고 있었던,

삼 보   (웃긴) 깔깔.. 기가 차고 코가 막힌다, 염상수.. 야, 저 상황에 말 거네.. 그러기 쉽지 않은데... (하고, 깔깔대고 웃는)

한 솔   (재밌는) 낄낄.. 상수 저거 저거 보통 아니네, 저거, 저거.. 안 피하고 맞짱 뜨겠다 이거지. 싸나이네, 저놈! 야야, 강력사건 범인 잡는 현장만큼 흥미진진하다, 야, 진짜.. (하고, 맥주 마시며, 삼보, 경모 보며, 웃으며) 저거, 완전 미친 거 아냐?

경 모   크크크 그러게요..

종 민   (박수를 작게 치며) 브라보, 브라보, 최명호.. 드디어 니가 현수를 잊는구나.. 할렐루야, 아미타불!

양 촌   (상수를 보며, 걱정스런) 저 또라이.. 저거... 아우.. (하고, 고갤 절레절레 젓는)

＊ 점프컷 》

상 수   (속상해도, 참고, 힘 있게) 정오야, 나랑 자전거 타자! 대답해! 정오야!

씬 2. 예쁜 거리, 밤.

상수(무표정한, 조금은 슬픈), 정오(담담하고, 편안한, 명호와의 키스가 설레기도 한, 상수가 키스하는 걸 봤다는 생각을 못하는), 자전거를 타고 가는, 정오의 설레는 모습 위로,

* 점프컷, 회상 》
명호가 정오의 볼에 입 맞추던,

* 점프컷, 현실 》
정오, 기분 좋고 시원하고 설레는 맘을 애써 자제하려 하며 자전거 페달을 마구 밟아, 상수를 앞질러 가는,

* 점프컷 》
상수, 차분히, 정오를 뒤따라가는,
정오가 뒤돌아보며,

정 오   (밝게) 상수야, 빨리 와, 안 그럼 나 혼자 막 간다! (하고, 좌로 우로 자전거를 몰아 가며, 상수를 보고 웃으며) 빨리 와! (하며, 웃는 모습, 느린 그림으로 보이는)

상 수   (그런 정오를 그립게 보는데, 왈칵하지만, 참고, 차분히 페달 밟아, 앞질러 가는)

정 오   (따라가며, 힘든, 밝은) 야, 상수야, 너무 빨라.. (하고, 멈춰 서는) 같이 가!

상 수   (담담히 돌아서서, 정오 쪽으로 와서, 자전거를 세우고, 메고 있던 작은 배낭에서 보온병을 꺼내, 열어서, 정오를 주는)

정 오   (마시고, 웃으며) 따뜻한 놈. (하고, 상수의 볼을 톡톡 치는)

상 수   (흐트러진 정오의 스카프를 단정하게 다시 해주는)

정 오   (친구한테 하듯 편하게, 손으로 상수 볼을 톡톡 치며) 진짜, 따뜻한 놈.

상 수   (맘이 아파, 순간 눈가 붉어, 정오의 손을 탁 치고, 그냥, 자전거를 타고 가는데, 속상한)

정 오   상수야, 너 왜 그래? 상수야! 염상수! (하고, 따라가는)

그렇게 가는 두 사람의 그림 위로,

자 막

제9화 우리를 슬프게 하는 것들 1

- 안톤 슈낙

씬 3. 도로, 낮.

지구대원들의 승합차가 두 대 달려가는,

＊ 점프컷, 부사수들의 차 안 》
부사수들 모두 자고,
혜리, 운전하고, 조수석에 정오가 탄,
상수, 제 자리에서 창밖을 멍하니 보며 가는, 슬픈,

혜 리   (상수를 백미러로 보며, 담담히, 혼잣말하는) 상처받았네, 저거. 아주 드럽게
       상처받았어.
정 오   (혜리 보다, 뒤돌아, 상수 보고) 상처? (이상한, 혜리 보며) 진짜 쟤 왜 저래?
       어젯밤부터?
혜 리   (앞만 보고, 운전하며) 별일 아냐.
정 오   그러니까, 별일 아닌 게 무슨 일이냐고?
혜 리   (룸미러로 자는 일행 확인하고, 앞 보며, 툭) 쟤, 어제 너랑 명호 경장이 입 맞
       추는 거 봤어.
정 오   (순간, 굳는) ?!
혜 리   (앞만 보고, 운전하며) 널 좋아하니까, 맘이 그렇겠지 뭐.
정 오   (어이없고, 답답한) 상수가 뭘 날 좋아해? (하고, 다들 아나 싶은, 그러나 너
       무 무거운 반응은 아니다, 창가 보다, 혜리 보며, 담담히, 툭) 나랑 명호 경장
       님, 누구누구 봤어? 넌 본 거 같은데?

혜 리	(생각하며) 아마도.... (정오 보며) 싹 다?
정 오	(어이없는, 안 믿기는) 싹.. 다? 지구대가 다?
혜 리	(무심히, 운전하며) 어?
정 오	(답답하고, 어이없는, 고개 절레절레 젓는데)

그때, 빵빵 하는 소리가 나고,
정오, 밖을 보면,

* 점프컷, 사수들 차 안 》
명호가 운전하고 가며, 정오를 보고 경적을 울린, 조수석에 양촌이 탄, 다른
사람들은 모두 자는,
명호, 정오 보고 환하게 웃으며 손 흔들고 가고,

* 점프컷, 부사수들의 차 안 》
정오, 명호 어색하게 보고, 이후, 지구대가 자기들을 봤단 게, 마냥 편하진 않
은, 어쩌지 생각하는,

* 점프컷, 사수들 차 안 》
양촌, 정오와 명호 두 사람의 눈짓을 보며, 짐짓 덤덤한,
양촌, 옆의 부사수들 차를 보면, 상수가 무표정하게 자리에 앉아 가는 게 보
이는, 조금 신경이 쓰이는, 그래도 어쩌냐 싶은, 그런 상수를 보는데,

경 모	(명호에게) 명호야, 너 낼 나랑 한 약속 안 잊었지?
명 호	(정확히, 편하게) 네. 안 잊고 있습니다.
양 촌	무슨 일인데?
경 모	(답답한) 넌 몰라도 되는 일. (하며, 룸미러로 자신을 보는 명호에게, 담담히, 알아듣겠지 하는 듯이 눈빛 보내고, 명호, 룸미러로 경모에게 알았단 듯 끄덕이는)
양 촌	(명호와 경모 눈짓 주고받는 느낌 알아채고) 이것들이 뭐하는 짓이야?
한 솔	(눈 감은 채, 답답한) 넌 몰라도 되는 일이라고 말했잖아, 경모가.
양 촌	(서운하지만, 귀찮기도 한) 아, 됐어, 됐어, 나도 골 시끄러운 일 많아, 알고 싶

지도 않아... (하고, 핸드폰으로, 송이의 카톡 대문 사진(남자와 고양이와 찍은)을 다시 보곤, 답답한, 송이에게 전화하는, 안 받는, 끊고, 답답한)

씬 4. 양촌 부의 동네, 낮.

양촌, 집 쪽으로 걸어가는데, 구급차와 순찰차가 그 앞을 스쳐 지나가는, 양촌, 무심히 보다가, 한쪽을 보면, 양촌 부, 멀리서 가는 구급차와 순찰차를 슬프게 보고 있다가, 다리를 절며 밭으로 가는, 파란 싹이 난 모종들을 가래로 뒤집는,

양 촌 (그런 양촌 부를 보며) 뭐예요? 저 차들은? (하고, 양촌 부 쪽으로 가는)

양촌 부 (말없이, 밭만 뒤집는, 먹먹한) 영국이가 죽었어.

양 촌 (이상한) 영국이? 상수리나무집 영국이 아저씨요? (하고, 한쪽 바닥에 놓인 막걸리를 잔에 따라 한 모금 마시고, 답답한, 양촌 부 보며) 그 양반이 왜 죽어요? 멀쩡하셨잖아? 심장마비야?

양촌 부 (안 보고, 일만 하는) ...

양 촌 ? (그러다, 양촌 부 하는 양을 보면, 가래로 모종밭을 다 뒤집는 게 보이는, 가래 잡으며, 이상한) 뭐해요? 모종을 왜 뒤집어?! 기껏 심어놓고!

양촌 부 (가래 놓고, 다리 절며, 막걸리 있는 쪽으로 가서 앉는, 영국의 죽음 때문에 가슴이 먹먹한, 그래도 말은 덤덤히 하는) 거둘지 못 거둘지도 모를 모종 심어, 뭐해..

양 촌 (양촌 부 보며, 답답하고, 속상한) 못 거두긴 왜 못 거둬요! 심음 걷지! 그러게 다리 아프니까, 심지 말랬잖어! (하고, 막걸리를 따라, 양촌 부 주면)

양촌 부 (막걸리를 받아 그냥 땅에 뿌려버리는, 막막하게 먼 곳을 보는)

양 촌 (속상해 보다, 옆의 물을 잔에 따라 주는)

양촌 부 (그런 양촌 보고, 안 받고, 그냥 먼 데만 보는, 심란한)

양 촌 (답답하고, 속상한, 양촌 부 보며) 왜 그래요, 왜? 그 좋아하는 막걸리도 안 먹고, 물도 안 먹고, 다리 아픈 것도 치료받으라고 해도 안 받고, 왜, 그러다... 그냥, 가게(죽게라는 뜻)?!

양촌 부 (멍하니, 앞만 보는) ...

양 촌	(답답해 물 마시고, 그 잔에 막걸리 따라 마시며, 답답해 포기하고 마는) 아우, 맘대로 하셔, 맘대로! 언제 아버지가 내 말 들어.. (하고, 잠시 있다가, 양촌 부가 안된, 안 보고, 퉁명스레) 영국이 아저씨 죽은 게.. 많이 안 좋아?
양촌 부	(먼 데 보며, 먹먹한) ... 연탄불을 피웠대..
양 촌	(보면) ?
양촌 부	저 재 너머 혼자 사는.. 철명이라고 있는데.. 그놈이랑.. 같이. (먹먹한, 그러나 담담히) 웃으며 죽었더래. 본 사람들이 그래. 좋은 데 가는 것처럼 입꼬리가.. 올라갔다고.. 아주 편해 보였대.. (덤덤히, 쓸쓸히) .. 죽을 나이 됐지 뭐.. 아쉬울 게 뭐 있어...
양 촌	(먹먹하지만, 부러 더 아무렇지 않게) 쓸데없는 소리 하시네, 진짜! 뭐가 죽을 나이가 돼요? 죽을 때 되면 어련히 알아서 죽을 걸, 뭐하러 번거롭게 연탄불까지 피워가면서.. 미쳤네, 진짜! (하고, 밭으로 가서, 파헤쳐진 모종 보고, 그걸 다시 심는) 그냥 심는 거예요... 아버지보고 가꾸라 소리 아냐.. 얘도 그냥.. 사는 데까진 살라고... (하고, 일하다, 양촌 부 보는데, 안된, 그냥 모종만 심는)
양촌 부	(먹먹해, 먼 데 보고 있는)

씬 5. 상수의 집 전경, 밤.

청소기 소리 나는,

씬 6. 상수의 집 안, 밤.

상수, 청소기를 들고 청소하는, 상수 모, 고기를 볶고 밥하는, 고기 간 보고,

상수 모	드럽게 맛있네, 상수야, 정오랑 혜리랑 10분 후에 밥 먹자 그래.
상 수	어. (하고, 청소기 끄고 들고, 나가는)
상수 모	이거 간 좀.. (하다가, 상수 없는 걸 보고, 간 보며) 맛있다, 맛있다.. 세상에서 내가 한 게 젤 맛있네..

씬 7. 정오의 집 안, 밤.

정오, 반찬 하고, 혜리, 설거지하는, 상수, 청소기 들고 들어와, 청소를 해주는,

혜 리 (상수 보며, 설거지하며) 너 진짜 맘에 든다. 자식이 말이야, 볼수록 싸가지가 있고, 말이야, 야, 너 나랑 결혼하자?

상 수 (담담히, 맘 없이) 좋지. (하고, 청소만 열심히 하는)

정 오 (반찬 하며, 웃으며, 편하게, 상수와 혜리 보며) 생각 잘했다, 니들은 서로 잘 모를 수 있는데, 옆에서 니들 가만 보면 은근 잘 어울려. 둘 다 완전 귀엽고, 완전 재밌고!

상 수 (청소하다, 전원 끄고, 정오 보며, 진지하게, 툭 뱉는, 좀 화난 듯, 빤히 보며) 뭐가 잘 어울려, 우리가?

정 오 (순간 얘가 왜 이러나 싶은, 멍하니 상수 보는) ?

혜 리 (상수 보며, 어이없는, 정오 보고, 다시 상수 보며) 아리아리요.. 야야야야... 분위기가 갑자기 왜 이래? 야, 염상수, 우리가 농담하니까, 정오도 한 거지, 임마! 괜히 분위기 싸하게 눈알 부라리고..

상 수 (혜리 안 보고, 정오 빤히 보며) 혜리 너 나가.

혜 리 (답답한, 어이없는) 야, 니가 정올 좋아하면, 정오도 꼭 너를 좋아해야 되냐? 그럼 내가 널 좋아하면, 너도 나 좋아해야겠네?

상 수 (혜리 보며) 너 나 좋냐?

혜 리 (답답한, 으름장) 적당히 해라, (정오가 해놓은, 반찬그릇 들고, 상수 보며, 툭툭 내뱉는) 그러다 사랑도 잃고, 우정도 금 가, 찐따야. 밥 먹게 둘 다 나와, 엄마 기다려. (하고, 나가는)

상 수 (청소기 들고 나가려는데)

정 오 (상수 맘이 진짠가 싶어, 상수만 가만 보는, 안 믿고, 이상한) 너 나 좋아하는 감정.. 진짜였어?

상 수 (툭툭 거칠게 말하지만, 진심인) 좋아한다 했잖아, 사귀자 했고, 가볍게 말하면, 가짜냐?

정 오 (잠시 생각하다 상수 보며, 차분하지만, 분명히 해야겠다 싶은, 처지지 않게)

나는 아닌데... 어쩌냐? 난 너 그냥 친군데, 귀엽고, 재밌고..

상 수 (답답한 마음에 청소기 놓고, 주방으로 가서, 잔 들고, 물 마시고, 보며) 남자
는 아니고, 그지?

정 오 (깔끔하게) 어.

상 수 (답답한, 혀로 입가 닦고, 잠시 답답한 듯 있다가, 보며) 그럼 그냥 너는 니 갈
길 가고, 나는 내 갈 길 가자. 그럼 되겠네.

정 오 무슨 뜻이야?

상 수 나는 나대로 그냥 너 좋아할 거란 얘기야. 넌 남자보다 돈이잖아? 출세고?
니가 전에 분명히 그랬잖아, 연애 관심 없다고?

정 오 (편하게 달래는) 나 친구 이상으론 좋아하지 마, 그러다 너 상처받아?

상 수 (화나는, 조금 큰 소리) 내가 상처받을 거까지, 니가 뭐하러 신경을 써? 오지
랖 넓게! 밥이나 먹어! (하고, 나가는)

정 오 (답답한, 상수에게 미안하기도 하지만 과일 들고 나가며, 가볍게) 어쨌든 난
아니라고 말했으니까, 뭐..

씬 8. 카페 앞, 다음 날, 낮.

경모, 카페로 가려는데, 주영, 주차장의 자기 차에서 내리며,

주 영 형님!

경 모 (주영 보고, 주영의 차를 보는, 너무 고급이다 싶은) 어.. 어, 주영아. (차로 가
며, 이리저리 보며, 부러운 듯, 말하지만, 이상한) 야, 근데 차가 뭐가 이렇게
좋아..

주 영 (조금 켕기는, 설레발치며) 어, 그게 우리 형 차.. 중고, 자기가 타다 준 거예
요. 들어가요.

경 모 (따라가며, 차를 이리저리 보며) 차 좋네..

씬 9. 카페 안, 낮.

주영, 카운터에서 커피를 주문하고,
경모, 주영이 안 보게, 핸드폰으로 주영의 차를 사진 찍고, 사진을 장미와 명호에게 보내고, 테이블에 폰 놓고, 물 마시고, 주영 오면,

경 모   (웃으며) 야, 근데 너 얼굴 좋아졌네! (하는데, 전화 오는)
주 영   (경모의 핸드폰에 안 팀장이란 이름 뜬 걸 보고, 굳는)
경 모   (재빠르게, 그걸 간파하고, 편하게 주영 보면서 전화받는) 어, 안 팀장님?
주 영   (차 마시는 척하지만, 긴장하는) ?
경 모   (주영 빤히 보며, 듣든지 말든지 상관없단 듯, 편하게) 불법 성매매 건은 최명호 담당인데 거기다 물어봐야지, 네, 거기에 물어봐, 난 친구 만나는 중이라, 전화가 좀 그런데?

씬 10. 야산, 낮.

장미, 산에 오르는, 뒤에 조 형사가 따라가는,

장 미   주영이 만났구나, 아까 보낸 차 사진은 그럼 주영이 차겠네? 알았어, 끊어. (하고, 산 쪽으로 올라, 한쪽을 보면)

폴리스 라인이 쳐져 있고, 다른 지구대원들, 주변을 경계하는, 폴리스 라인 안쪽에 장 형사, 과학수사 요원, 증거 사진을 찍거나, 증거물에 번호판을 놓는 등 수사 중인,
장미, 폴리스 라인 안쪽으로 들어가, 주변을 살피는,
큰 나무 옆에 깔개가 깔려 있고, 혈흔이 조금 보이고, 성폭행한 흔적이 있는, 옆에 가방이며, 책이 널브러져 있고, 교복이 찢겨져 있는, 장미, 답답하고 맘 아프게, 그걸 보는, 그 그림 위로, 장 형사의 말소리 들리는,

장 형사   지난달 백운산 자락 5번 등산로 안쪽 입산 금지구역에서 벌어진 사건과 동일범 같아요. 범행 때 콘돔을 사용하고, 깔개로 휴대용 돗자릴 사용하고, 다행인 건 이번엔 깔개로 사용한 휴대용 돗자릴 증거물로 남긴 거예요. 등산객

이 길을 잃어, 이쪽으로 들어서다, 놈이 애를 강간하는 걸 보고, 소릴 질렀대요. 그래서, 놈이 전처럼 돗자릴 못 거두고, 튄 거죠. 등굣길에 당한 거 같아요.. 밑에 중학교가 있거든요. 이러다 연쇄로 가는 건 아닌지..

조 형사   피해학생은 하나지구대 여경이, 해바라기센터로 갔다 병원으로 옮긴 상태예요... 심하게 다친 거 같은데.. 이제 14살이래요.. (답답한) 아.. 독한 놈.. 어리고 약한 중고등학생 애들만 골라서..

장 미   (답답한, 찢겨진 교복 보며, 맘 아픈, 이게 무슨 일인가 싶다, 착잡한)

씬 11. 지구대 조사실 안 + 병원 일각, 교차씬, 낮.

경모, 사복 차림으로 전화하며 들어서는, 한솔, 근무복 입고 들어서며, 경모를 착잡하게 보는,

경 모   안 팀장님 촉이 맞았어. (스피커폰으로 돌려, 한솔도 듣게 하는) 우리 서랑 자기네 서랑 성과 다툰다고 하면서, 불법 성매매 수사 동선 묻더라고, 일단 우리 쪽도 지들처럼 현장 사무실에 등록된 법인 대표자, 쫓는다고 해뒀어.

한 솔   (스피커폰에 대고, 진지하지만, 가볍게) 엊그제 잡은 불법 성매매단 애들은 뭐래?

      ＊ 점프컷, 교차씬 - 병원 주차장 ≫
      장미, 전화하며, 차에서 내려, 병원으로 들어가 수술실 쪽으로 가는,

장 미   하나같이 입 맞춘 듯이, 지들 상선을, 법인 대표로 몰고 있어.
한 솔   시나리오대로라면 주영이가 곧 법인 대표로 돼 있는 노숙자를 잡아들이겠네.
경 모   그러겠죠. 그래서, 노숙자는 빵으로 보내고, 진짜 상선은 노숙자 뒤 봐주고, 다시, 다른 지역으로 옮겨 같은 일하고,
한 솔   (답답한) 돌겠네, 진짜...
장 미   명호는 뭐 좀 알아본 게 있대?
명 호   (사복 차림으로 들어오는)

경 모	이제 출근하네. (명호에게) 안 팀장님하고 통화 중.
명 호	(가방에서, 노트북 꺼내, 외제차 매장에서 주영이가 차를 보는 게 찍힌 사진 (매장 씨씨티브이)을 보여주는) 팀장님이 준 차 사진 출근길에 정보원들한테 풀었더니, 자동차 매장에 씨씨티브이에 찍힌 이 사진을 보내왔어요. 차를 형이 사준 게 아니라 자기가 산 거죠. 두 달 전, 모두 현찰로 돈을 주고 갔대요. 명의는, 이주영 형사의 형 명의.
경 모	(장미에게) 주영이 차 얘기야.
장 미	명호야, 니 멜 들어가봐, 장 형사가 동영상 자료 보낸 게 있을 거야.

* 점프컷, 교차씬 ≫

경모, 한솔, 명호, 동영상을 보면,
밤에 40대 남자1, 2가 한 건물로 들어가고, 잠시 후, 주영의 차가 건물 건너편에 세워지고, 주영 내려, 건물로 들어가는,

한 솔	설마, 애 아직도 도박하나? 십 년 전쯤 도박 연루 건으로 징계 먹은 적이 있을 건데..
장 미	나도 그게 생각나서, 우리 애들을 붙였는데.. 한 달 새, 거기서, 주영이 포함한 일행들이, 열한 번이나 모였어.
한 솔	(진지한, 동영상의 건물 보며) 도박 맞네 이거.. 이 지역 관할이 어디야?
장 미	장동 관할. 8지구. 워너마트 뒤.
경 모	(답답한) 그럼 이 지역 담당 지구대원 몇몇도 주영이랑 짰단 얘기네.
한 솔	(화나는, 버럭) 아, 진짜, 쌍! 이 개잡놈의 새끼들 진짜!
장 미	우리 쪽에서 장 형사하고, 조 형사 붙일게, 같이, 잠복 좀 해주라. 난 다른 일이 터져서.
명 호	(답답한) 근데, 남의 관할인데.. 우리가 나서면,

그때, 양촌, 들어서며, 편하게,

양 촌	다들 여기 모여 뭐해?
한솔, 명호, 경모	(양촌 보는)
경 모	(양촌 보며, 폰 들고, 스피커 끄고, 장미에게 답답함 참고, 말하는) 두 번의 기

회는 없고, 한 번에 실수 없이 현장 덮쳐, 확실히 잡아야 된단 얘기네.. (피곤한, 답답한) 답답하다, 진짜.. 최근 오토바이 날치기 사건이 지역을 넘나들며 벌어져서, 비상인데.. (좀 큰 소리로) 알았어요, 들어가. (사이, 답답한, 짜증난, 버럭) 알았어.. 자기가 좋아하는 그 인간 모르게 한다고! 내가 다 알아서! (하고, 전화 확 끊는)

양 촌 뭐야, 또 뭔 일이 났어? 일찍부터 다들 모여서,

경 모 (말꼬리 끊으며, 답답한, 양촌 보며, 버럭) 너는 팀장 지구대장 하는 일이 뭐가 그렇게 궁금해?! 일개 지구대 팀원이, 니 할 일이나 하지! (하고, 고개 돌려, 양촌 외면하고, 답답해, 숨 고르며, 서 있는)

양 촌 (어이없는, 성질이 확 나는, 열받는) ?!

명 호 (답답한, 한솔 보는) ..

한 솔 (답답한, 양촌 안 보고) 경모 지금 안 좋아, 니가 이해하고, 가!

양 촌 (경모 맘에 안 들게 보고, 참자 싶은, 문 쾅 닫고, 나가는)

한 솔 (경모 명호 보며) 양촌이, 저거, 주영이가 불법 성매매 가담했다는 거 알면, 눈알 뒤집혀, 개 물어뜯어 죽인다. 기껏 불법 성매매하는 양아치들한테 뒷돈 뜯을라고 양촌이 강등시키고, 자긴 편한 수사과 팀장으로 간 거 같은데..

명 호 네, 모르게 할게요. 팀들한테도 형님 모르게 하라고 다시 단속할게요. (하고, 나가는)

한 솔 (답답한) 우리가 박봉에 경찰 명예 하나 건질라고, 열심히 뛰면 뭐해? 비리 저지르는 개자식들 몇몇이 경찰 위신 다 말아먹는데, (버럭) 아, 진짜, 개쌍누무 새끼들, 확 그냥! (그러다, 배가 너무 아픈) 아... (하고, 몸을 숙이는, 더는 아파 움직이지도 못하는)

경 모 (한솔이 답답한, 그러나 무심히) 자꾸 왜 그래? 병원 좀 가봐요, 쫌! 술을 끊든가! (하고, 나가는)

한 솔 (배를 잡고, 가만있는, 땀만 나는)

씬 12. 수술실 앞, 낮.

장미, 수술실 앞 벽에 기대서 있는 해바라기센터 직원과 다른 지구대 여경을 보고, 가서 옆에 서면,

여 경   (장미에게 거수경례하고, 옆의 직원 소개하는) 해바라기센터 직원분이세요.

장 미   (눈인사하고, 직원에게) 피해아이는요?

직 원   (걱정, 애써 담담히) 수술 중이에요. 경부 쪽이... 많이 찢긴 거 같아요. 전화 좀 하고 올게요. (하고, 가는)

장 미   (참담한, 수술실 쪽을 보고, 한쪽 의자에 앉는데)

간호사, 수술실에서 수술 끝내고 마취된 상태로 자고 있는 피해자(얼굴이 맞아서 엉망이다)가 누워 있는 이동침대를 끌고 나와 장미 쪽을 스쳐 지나가고, 장미, 일어나 아이의 얼굴을 보는데, 너무 어린 게 맘 아파, 눈가 붉어지는, 무기력에 화도 나는, 장미가 아이 볼 때 느린 그림,

씬 13. 지구대 화장실 안, 낮.

상수, 열심히 청소하고 있고, 혜리, 옆 칸에서 휴지통을 들어, 쓰레기봉투에 휴지를 쏟아부으며,

혜 리   (아무렇지 않게) 너 내가 여자 소개시켜줄까?

상 수   (청소만 하며, 맘 없이) 그래.

혜 리   그럼 정오 포기할 거야?

상 수   미쳤냐? 정오도 나랑 명호 경장 양다린데, 내가 왜? 나도 양다리 걸칠 거야.

혜 리   (상수의 뒤통수를 치며, 어이없는) 미친... 정오가 왜 양다리냐? 니가 그냥 찝쩍대는 거지, 걔가 왜 양다리야?

상 수   (열받아, 보며) 내가 뭘 찝쩍대, 찝쩍대긴? 좋아하는 거지? 걔가 나 싫어하는 건 걔 자유, 내가 걔 좋아하는 건 내 자유! 뭐가 문젠데, 대체?!

그때, 종민, 들어오며, 상수에게,

종 민   그러지 마라. 우리 명호 피곤하게, 얌마, 걔 정말 간만에 여자 좀 만나는데 니가 똥물 튀기면 되냐?

상 수   (일하며, 답답한)

혜 리   (상수 욕하는 게 싫은) 무슨 얘가 똥물을 튀겨요? 어디다 똥물을 튀겨, 얘
          가?

민 석   (들어오며, 혜리에게) 나, 쉬할 건데, 계속 있을래?

혜 리   (열받아, 진지한) 내 동기한테 뭐라 그러지 마세요, 열받으니까. (하고, 나가
          는)

상 수   (화나, 청소만 하는)

민석, 종민   (소변보는)

민 석   (편하게) 상수야, 우리가 명호를 진짜 좋아해. 그놈 진짜 괜찮은 놈이거든.

종 민   사실 명호가 애인이,

상 수   (일하다, 보면) ?

민 석   야, 그 얘길 뭐하러 해!

종 민   시간 가면 알 얘길.. 뭐하러 쉬쉬해? 그게 더 이상하지? (상수 보며) 명호 애
          인이 우리랑 같은 경찰 동기였는데.. 사고현장에서 사람을 구하려다 죽었어.

상 수   (일하다, 가슴이 쿵 하는, 그래도 일은 하는) ?!

종 민   그래서, 명호가 휴직계 내고... 이리저리 방황하고 지내다.. 복귀한 지 얼마 안
          돼. 우리보다 계급이 낮은 것도 그 때문이고..

민 석   (상수에게 미안한 마음이 있지만, 그래도 할 말은 하는) 그래서, 우린 니가
          좀 서운해도 명호가 정오 좋아하는 거 지지할 수밖에 없다고. 미안하다, 넌
          어리잖아, 다른 여자 만나. (옷 추스르고, 나가는)

상 수   (답답한, 일하는)

          그때, 남일, 명호 들어오는,

남 일   (명호에게) 진짜? 징계 종민이가 먹는다고?

종 민   (옷 추스르며, 남일에게) 그래, 임마, 내가 너 대신 징계 먹는다. 동기의 의리
          로! (하고, 손 닦는)

남 일   (웃으며, 장난스레) 그럼 나야, 감사지! (소변보며, 종민 보며) 너 내가 싫다 그
          럴 줄 알았지?

종 민   (손 닦은 물, 남일에게 튀기며) 너 징계 먹는다 그런 거 쇼지? 결국은 내 성격
          에 도로 징계 가져올 줄 알고, 립서비스 한 거지?

명호	(소변보며, 농담) 당근이지, 임마. 남일이가 누구냐? 천하의 뺀질인데, 그 계산 없었겠냐?
남일	(명호 밉게 보며) 이 새끼가 날.. (웃으며) 제대로 아는구나! 크크크.. (웃고, 옷 추스르고, 종민 어깨에 팔 두르고, 나가며) 그 대신, 이제부터 내가 너 형님으로 부를게. 형님!
종민	(나가며, 남일의 팔 뿌리치며) 야야야, 징그러, 임마!

* 점프컷 》
상수, 청소만 하는, 맘이 복잡한,
명호, 손 씻으며, 조금 불편해도, 참고, 담백하게,

명호	(담담히) 상수야.. 나, 정오랑,
상수	(일만 하며, 답답하지만, 대수롭지 않게, 말꼬리 자르며) 나도 팀들도 수련원에서 둘이 입 맞춘 거 싹 다 봤어요. 그거.. 설명하는 거면 안 하셔도 돼요.
명호	?! .. (잠시, 상황을 떠올려보고, 난감한, 그래도 어쩌냐 싶다, 거울로 상수 보며, 담백하게) 미안하게 됐다.
상수	(일하며) 미안할 거 없어요. 하지만, 잘되란 소리도 못하겠네요. (명호 보며, 담담히) 그래도,
명호	(손 씻는 거 멈추고, 보면)
상수	정오가 불편해질 수 있으니까, 우리 둘 다 서로 어색해도 티 안 내는 게 좋을 거 같아요. 나중에 어떻게 되더라도... 네? 최명호 경장님.
명호	(편하게) 난 니가 명호 경장님, 명호 선배라고 하는 게 좋든데?
상수	(안 웃고) 전 이제 안 그러고 싶은데... (하고, 인사하고 나가는)
명호	(상수가 귀여운 듯, 웃고, 손 씻는)

그때, 정오, 손에 세제 들고 문 열다, '어머!' 하고,

명호	(문 쪽 보는)
정오	죄송해요, 아무도 없는 줄 알고, 세제 두러.. (하고, 세제 한쪽에 놓으며)
명호	(편하게, 담백하게) 오늘 이쁘다?
정오	(웃고, 나가려는데, 무전 소리에 멈추는) ?

민 석   (E, 사무적으로) 코드 투, 상명동 14-5번지 인근 주택 옥상에서, 드론을 띄
        워 몰카를 찍고 있다는 신고. 신고자는 14-5번지에 사는 여성 이명희 씨, 지
        구대 내 인원, 지원 바람. 지원 바람.
남 일   (E, 사무적으로) 강남일 접수. 한정오, 지구대 앞 순마로 와라.
정 오   (긴장하고, 명호에게) 저, 가요. (하고, 뛰어가는)
명 호   (편하게, 웃으며) 조심해!
정 오   (뛰어가며) 네!

        둘의 대화 위로, 연이어, 상황근무석의 무전 내용 들리는,

민 석   (E) 고성방가 신고. 연서동 191-7 양인하이츠빌라 101호, 반지하방에서 시
        끄러운 음악이 어젯밤부터 들린다는, 주민 신고, 지구대 내 인원, 지원 바람.
양 촌   (E, 일상적인) 순 열여덟, 열여덟 접수, 접수!

씬 14. 도로, 낮.

        삼보 혜리의 순찰차 가는,

민 석   (E, 사무적으로, 별일 아니게) 코드 투, 코드 투, 방영오거리 씨원편의점 알바
        생, 청소년보호법 위반 의심 신고. 노숙자로 보이는 남자가 학생들 담배 심부
        름을 한다는 신고. 방영오거리, 인근 순찰차, 지원 바람.

        ＊ 점프컷 》

삼 보   (편하게, 무전 하는) 청소년보호법 위반 의심 신고 건, 순 스물하나 스물하나
        접수, 종발, 순 스물하나 스물하나 접수, 종발.
혜 리   (담담히, 일상적으로) 유턴합니다. (하며, 급하게 유턴해서 가는)
민 석   (E) 일성동 1560-64번지, 가정폭력 신고, 신고자는, 부인. 남편이 낮술을 먹
        고, 아내를 폭행해 신고,

＊ 점프컷, 다른 도로 》

양촌과 상수의 순찰차 달리고 있는,

양 촌 (무전 하는) 순 열여덟, 열여덟 가정폭력 신고 접수, 종발.

정 오 (E) 순 스물셋 스물셋, 가정폭력 신고 접수, 종발.

상 수 ?

양 촌 (이상한, 무전 하는) 남일아, 왜 니가 와? 니네 오토바이 펑치기 건 접수해서 출동한 거 아냐?

＊ 점프컷, 도로를 달리는 정오 남일의 순찰차 안, 교차씬 》

정오가 운전하는,

남 일 (무전 하는, 피곤한, 일상적인) 놓쳤어요. 현장 도착하니까 벌써, 튀었드라구요.

양 촌 (조금 답답한) 대체, 명호네랑, 종민이넨 뭐하고 니들만 이리 뛰고, 저리 뛰어?

남 일 (일상적인, 피곤한) 지구대장님 팀장님 특별지시예요, 오늘은 경위님이랑 저랑, 삼보 주임님네가 인근 사건 다 처리하랍니다.

양 촌 (뭔가 싶다) ?

남 일 참고로, 지금 우리가 가는, 가폭 신고 들어온 일성동 1560-64번지는, 최근 삼 년 동안 일 년에 서너 번씩 낮이고 밤이고 상관없이, 상습 가정폭력 신고가 들어오는 곳입니다. 그간, 폭행 정도는 중경상 등 다양하지만, 신고가 들어올 때마다 경찰이 출동하면, 남편은 술에 취해 있다가도 이내 진정되고, 아내는 괜찮다고 무마하는 일이 번번이 발생했습니다. 오양촌 경위님, 참고하고 계시죠?

양 촌 (무전 하며, 담담히) 인지했다. 가서 보자. (무전기 내리고, 상수 보며) 말이 없다?

상 수 (담담히, 운전하며) 원래 말 많은 스타일은 아니에요.

양 촌 (창가 보며, 담담히) 정오랑 안 된 게 많이 슬프냐?

상 수 (담담히 툭툭 말해도, 진심으로) 정오랑 안 된 것도 슬프긴 하죠, 근데, 정말 슬픈 건, 나는 이런 일을 늘 당한다는 거예요.

양 촌   (보면) ?

상 수   (화나, 비아냥대듯) 여자들은 나 같은 앨 싫어하거든요. 가난하고, 많이 못 배우고, 홀어머니에 집도 없고, 안 생기고, 게다가 나는 대단하게 생각해도, 남들 보기엔 별 볼 일 없는 경장도 아닌, 순경... (말하다, 착잡하고, 슬슬 화 나는) 하긴, 내가 여자래도, 나랑 최명호 경장이면, 당근 최명호 경장이겠다. (슬슬 화가 더 나는) 잘생기고, 집안도 좋다는 소문이 있고, 일도 잘하고, 집도 전월세도 아니고 지 집일 거야, 그 인간은,

양 촌   (어이없는, 말꼬리 자르며) 아주아주 슬퍼 죽네, 죽어. 곧 초상 치르겠다, 너?

상 수   (순간, 속상한, 울화가 나는, 양촌 보며) 오양촌 씨도 내 편 아니죠?! (앞 보고, 구시렁) 갑이 아니면 결혼은커녕, 연애도 못하는 세상, 지랄 엿 같은 세상, 진짜 콱!

양 촌   (어이없고, 기가 찬, 헛웃음이 나는) 참 내... 미친놈도 여러 질이다, 진짜..! 정오가 학벌 스펙 재산 따져 명호를 좋아하는 거면, 너도 학벌 스펙 재산 만들어?!

상 수   (속상한, 버럭) 내가 어느 세월에 그걸 다 만들어요?!

양 촌   (눈 부라리고, 정확히) 그럼 버려, 정오를! 인간 안 보고, 학벌 스펙 재산만 챙기는 싸가지가 바가지인 앨 가져서 뭐해, 이 웃긴 새끼야! (하고, 창가 쪽으로 고개 틀어, 무심히 도로 쪽 보는)

상 수   (정오 땜에 속상하고)

양 촌   (창밖 보는데, 뭔가 이상한)

＊ 점프컷, 도로 》

경모(사복)의 차가 서 있고, 종민 원우의 순찰차와 명호 한표의 순찰차가 서 있는, 다섯 사람이 지도를 보며(도박장에 대한 정보 교환) 서로 구역을 나누는 듯, 진지한,

＊ 점프컷 》

양 촌   (그 모습 보며, 이상한, 답답한, 왜 저기 모여 있나, 생각하며 다시 앞 보다, 상수에게 버럭) 사건현장 지나쳤잖아! 뭐하는 거야?! 운전도 하나 똑바로 못하고!

씬 15. 편의점 안, 낮.

삼보, 혜리, 편의점 알바생(20대 여자)이 보여주는 씨씨티브이 화면(노숙자가 담배를 이것저것 여러 개 사서, 돈을 계산하고 나가, 바로 문 앞에서 만용에게 담배를 주는, 카운터와 문밖이 보이는 화면 두 개가 있는)을 보는, 그 그림 위로,

알 바 한두 번이 아니에요, 이 할아버지가 이렇게 담배를 사서, 애들 담배 셔틀 한 게. 신고한다 그래도 또 하고 또 하고, 이걸 만약 사람들이 보고 신고라도 하면,

삼 보 (답답해 보는, 긴장하지는 않는)

혜 리 (알바생의 동영상을 꼼꼼히 보는, 긴장은 하지 않는, 작은 사건이라 생각하는) 업주는 물론 (알바생 보며) 그쪽도, 청소년보호법 제28조에 걸리죠.

알 바 지난달에도 학생인 줄 모르고 담배 팔았다가 경찰이 안 믿어줘서, 한 달 월급 싹 다 벌금 냈는데..

그때, 씨씨티브이 속 노숙자 와서, 알바생에게,

노숙자 담배, (이것저것 가리키며) 이거 이거 이거.

삼 보 (알바생에게 팔라고 하는, 노숙자의 처지가 안됐고, 답답한)

혜 리 (노숙자 맘에 안 들게, 꼬나보고)

알 바 (담배 찾아, 노숙자에게 주는, 맘 불편한)

노숙자 (계산하고 나가는)

알 바 (나가는 노숙자 보며, 걱정되는) 저.. 저.. 할아버지 맞아요.

혜 리 (가는 노숙자 보다, 삼보에게) 뒤따라가보죠. (하고, 나가는)

삼 보 (답답한, 나가며) 저 양반이 애들한테 용돈 몇천 원 벌려다, 벌금이 더 세게 생겼네..

씬 16. 공원, 화장실 밖 + 안(등이 안 켜져 조금 어두운), 낮.

노숙자, 걸어서 남자 화장실 안으로 들어가는, 화장실 안에 남녀 고등학생들이 모여 있는, 노숙자, 만용에게 담배 봉투 주면, 만용, 노숙자에게 돈 주며, '이건 담뱃값, 이건 (이천 원을 주며) 할아버지 심부름값!' 하며, 노숙자에게도 담배 주고, 애들과 같이 담배를 피우려 라이터를 켜는데, 혜리, 그 모습을 핸드폰의 플래시를 터뜨리며 사진 찍는, 만용, 학생들, 황당하단 듯, '뭐야!' 하며, 문 쪽 보면, 삼보와 혜리, 서 있는,

혜 리   (핸드폰으로 화장실 내의 상황을 찍고, 핸드폰 주머니에 넣고, 차분하고 단호하게) 자, 다들 담배 꺼!

삼 보   (담담히, 긴장하지 않고) 담배 꺼!

남학생3, 남학생4   (담배 던지며) 아 쌍! 짜증나! (하고, 성질내며, 화장실 문을 차거나, 소리치는)

노숙자   (담담히, 담배를 바닥에 *끄고*, 아무렇지도 않게, 변기에서 소변보는)

삼 보   (답답하게 그런 노숙자(자신처럼 초라하다 느껴지는)를 가만 오래 보며) 참내, 어른이 할 짓이 없어서, 애들 담배 셔틀을... 에고, 선생님도 함께 지구대 갑니다, 알죠? (버럭) 대답해요!

노숙자   (덤덤히, 소변보며) 네..

삼 보   (노숙자 보다, 남학생1, 여학생1이 담배를 안 *끄고* 재 떨고, 다시 피려는 걸 보자마자, 입에 문 담배를 뺏으며) 이것들이,

만 용   (담배 한 모금 피우고, 거칠게, 담배를 내던지며) 아 쌍, 진짜. 재수 없어! (하고, 답답하게, 혜리 보며, 기 안 죽고) 좀 봐줘요, 우리 꼰대 알면 나 죽는다고! 다신 안 필 테니까, 쫌 봐줘라, 쫌!

남학생2   (기죽은, 키도 작고, 힘없는, 담배 소변기에 버리고, 삼보 보며) 전 담배 오늘 첨 핀 건데,

여학생2   (어린, 두려운) 전 안 피우고 싶은데, 만용 선배님이 담배 피라고,

만 용   (말꼬리 자르며, 거칠게) 이것들이, 쌍! (하고, 달려들려 하면)

혜 리   (달려들려는 순간 만용 앞을 가로막고)

여학생2, 남학생2   (움찔하고)

혜 리   (만용 앞에서, 으름장) 니가 시켰어, 쟤들 담배 피라고?

만용	(화나, 혜리 얼굴에 침 뱉는)
혜리	(어이없이, 웃으며, 닦고, 뭐 이런 놈이 있나 싶게 보는)
삼보	(만용 어깨 잡아, 돌려세우고) 어디 경찰한테.. 너 만용이지? 항공사 이 회장님 아들? 양영고등학교, 일진?
만용	(아차 싶다, 아버지가 두려운)
삼보	니 애비 무섭지? 너 오늘 니 아버지한테 제대로 혼나봐, (하고, 무전 하는) 어, 김민석 경사,
만용	(열받는) 아 쌍! (하며, 손으로 머리 쓸어 올리는 척하다가, 순간적으로 삼보의 배를 머리로 박고, 문밖으로 도망가려 하는)

그 바람에 삼보, 쿵 하고, 넘어지고,
혜리, 만용의 팔을 재빠르게 잡아, 손목을 꺾고, 만용, 앞으로 넘어지면, 혜리, 만용의 등 쪽으로 올라타, 두 손목을 다 잡아, 강하게 꺾는, 수갑은 안 채우는, 일사불란한,

혜리	(애들에게, 가라앉은, 으름장) 니들 팔 꺾이고 싶지 않으면, 가만있어라. (삼보 보며) 괜찮아요?
삼보	(넘어져, 아픈, 괜히 아무렇지 않은 척) 어.. 괜찮아. (허리가 아픈지(카메라, 넘어져 힘든 삼보 따라가는), 일어나는데, 안 좋은, 그러나 내색 않고, 참고, 일어서며, 무전 하는, 힘든, 그래도 할 말은 하는) 만용이 아버지, 지구대로 모셔라. 겁대가리 짱박은 아들내미가 경찰한테 침 뱉고, 치고, 애들 협박해, 담배 피우게 하고 아주 질이 나쁘다고!
만용	(혜리에게 잡혀, 격렬하게, 빠져나가려, 움직이며, 두려워 소리치는) 악, 쌍, 씨*!
삼보	(노숙자, 가려 하면 그 앞 가로막아 못 나가게, 서며, 아프지만, 아닌 척, 무전 하는) 그리고 포방공원 화장실로, 순찰차 한 대 지원하고.
만용	(움직이려 하지만, 위에서 무릎으로 자신을 누르는 혜리 때문에 안 되는, 화나, 열받아, 두려움에 소리치는, 그러나 잘못했다곤 생각 않는) 한 번만 봐주세요, 울 아버지 알면 나 죽어, 아버지 부르지 마! 내가 다 잘못했어, 내가 다 잘못했다고. 봐달라고! (하며, 머리를 바닥에 찧는)
삼보	(무전기 내리고, 웃옷 벗어, 만용의 머리 밑에 깔아, 안 다치게 하고, 담담히)

자해하지 마라. (일어나, 애들에게, 으름장) 우르르 말고, 다들 하나씩 조용히 나가서, 경찰차 올 때까지 기다린다.

만 용   (화나는, 두렵고, 슬픈)

씬 17. 허름한 단독 앞, 낮.

남일, 상수, 피가 조금 묻은 파자마와 러닝만 입은, 술이 조금 취한 남자를 끌고 나오는, 남자, 소리치는, 열받아 있는,

남 편   왜 날 잡아가, 우리 마누라 말 못 들었어? 나 고소 안 한다잖아! 니들이 뭔데 부부싸움에 껴들어?!

남 일   (달래려는, 답답한) 우리가 선생님을 왜 잡아가요. 잠시, 진정 좀 하시라고... 제가 차 드릴게, 잠시만 그냥 계세요, 예?

남 편   (남일에게) 너 이거 안 놔! 나 니들 경찰 고소한다? 이거 놔, 이거 놔!

상 수   (속상하지만, 내색 않고, 몸부림치는 남자를 이 앙다물고, 끌고 가는(강압적이기보단, 이 상황이 속상한), 그러다 차 문 열고, 남편을 확 밀어 넣는(감정이 섞인), 그리곤 피하고 싶어, 차에 기대서는)

남 일   (상수의 행동을 본, 남편에게, 달래듯) 잠시만 계세요, 잠시만... (하고, 상수 쪽으로 돌아, 자기 자리로 가며) 너만 성질 있어? 일 만들지 말고, 현장에나 가서, 도와. (하고, 차 안의 보온병에서 차를 따르며, 씩씩대는 남편에게, 웃으며) 근데 오늘은 왜 또 술을 드셨어요? 뭐가 화나셨어요?

정 오   (E, 차가운) 그러니까, 사모님은, 신고는 해도, 고소는 안 하신다는 거죠?

씬 18. 허름한 단독집 안, 낮.

부인, 입가며, 눈가며 다 터져 있고, 다리도 멍든 채, 집 안을 치우는, 집 안은 밥 먹다 밥상을 엎어, 지저분한, 양촌, 서서, 주변을 살피며 관찰하는, 여기저기 빈 병과 술병이 짝으로 있는 게 보이는, 답답한, 시선 돌려, 한쪽 사진 보면, 가족사진인, 교복 입은 여고생(언니, 이후 경진)과 여중생(동생, 이후 경

미)과 부모들이 밝게 찍은,

부 인 (치우며, 속상하고, 답답한) 네.. 고소 안 해요.. 술 먹을 때만 그러니까, 괜찮아요, 이제 가세요.

정 오 (부인을 답답하고, 화나, 냉정하게 보며) 남편분은 술을 거의 매일 마시지 않나요? 그럼 거의 매일 이런 일이, 벌어진다는 건데,

부 인 (속상해, 소리치는) 자꾸 왜 그래요, 고소 안 한다니까!

정 오 (화나, 포기하고, 양촌에게 사무적으로) 가죠, 경위님. (냉정한, 감정 없는) 사모님이 고소 의사가 없으시면 저희도 방법이 없잖아요.

양 촌 (말꼬리 자르며, 부인이 안쓰럽기도 하지만, 담담히, 부인에게) 저, 사모님, 그런데 이런 일이 반복되는 거면 되게 위험한 상황이에요. 자칫 방치했다간 더 큰 일이 날 수도 있습니다.

상 수 (들어와, 부인을 도와 치우며, 걱정스런) 맞아요, 애들도 있는 거 같은데.. 자칫 남편분이 애들을 다치게라도 하면,

부 인 (치우며, 맘 아프지만, 단호히) 내 애들은 안전해요! 내가 지키니까!

정 오 (화나, 외면하고 있다가, 다시 부인 보며, 맘 아프지만(자신이 고등학생 때 일을 당했을 때, 자신을 챙겨야 했는데, 정오 모를 먼저 생각했던 게 맘 아픈 상처로 남아 있는), 짐짓 차갑게, 나무라듯) 엄마가 안전하지 않은데, 어떻게 애들이 안전할 수가 있어요!

부 인 (치우며, 속상한) 고소하면 이혼해야 되고, 그럼 애들은 어떡해요! 난 어디 가서 돈 벌 데도 없는데!

정 오 (화나는) 그렇다고, 이런 위험한 집에 애들을,

양 촌 (정오 보며, 말꼬리 자르며, 화난, 으름장) 한 순경, 너 나가서, 대기해!

정 오 (속상하고, 밉게 부인 보며, 나가며, 혼잣말) 미쳤어, 진짜.. (하고, 나가는)

상 수 (정오의 혼잣말 들으며, 답답하고, 화나는, 그러나 제 일만 하는)

양 촌 (나가는 정오를 맘 없이 보고, 부인 보며, 담담히) 남편분 처벌을 원치 않으시면, 저흰 철수밖엔 도리가 없네요. (답답한, 상수에게) 염상수 순경, 사모님한테,

상 수 가정폭력 피해자 권리 및 지원 안내서 가져다드리겠습니다. (하고, 나가는)

부 인 (넘어진, 무거운 테이블을 들려고 하는데)

양 촌 (테이블을 같이 들어주며) 제가 도와드릴게요. 제가..

씬 19. 허름한 단독주택 앞, 낮.

남일, 정오(운전석에서 화나, 작게 숨을 몰아쉬며, 바깥만 보는, 굳은), 차에
앉아 있고,
이후 양촌, 상수, 집에서 나오는, 양촌, 자기 순찰차로 가서, 조수석에 타는,

상 수   (정오의 차로 와서, 남일에게로 오면)
남 일   (상수 보며, 답답한) 가정폭력 피해자 안내서는 받디?
상 수   (속상해도, 담담히) 필요 없다는 걸, 억지로 남편 모르게 줬죠, 뭐. 오양촌 경
         위님이, 근처 순찰하며 십 분만 돌자시네요. 남편이 우리 가면 부인을 또 때
         릴지도 모른다고, 남편 진정되는 거 확인될 때까지,
정 오   (말꼬리 자르며, 답답한, 화난 듯) 다른 사건도 많은데, 꼭 그렇게까지,
상 수   (말꼬리 자르며, 정오 보며, 화나 큰 소리) 넌 지금 이 상황에서, 경찰로서, 니
         가 할 수 있는 최선이, 그렇게 짜증만 내는 거냐?!
정 오   (속상한, 화도 나는, 진지하게 상수 보는) ?!
상 수   나는.. 순찰이다! (하고, 자기 순찰차로 가서, 차 몰아 가는)
남 일   (상수가 웃긴, 참고, 편하게, 무전 하는) 가폭사건 신고 상황 종료, 지원 순 스
         물셋, 열여덟, 인근 지역 십 분 순찰 후, 지구대로, 들어갑니다. (정오가 가는
         상수의 순찰차를 답답하고, 서운하고, 속상하게 보는 걸 보고는, 가볍게) 니
         가 졌어, 차 몰아.

         정오, 시동 걸다, 룸미러로, 집 쪽 보면, 가폭사건의 딸들로 보이는, 경진, 경
         미 자매가 하교 후 집 쪽으로 오다, 순찰차를 보고, 엄마가 또 맞았구나 싶
         어, 집 쪽 보며, 속상한, 경진, 화나, 벽에 기대는, 슬프고 맘 아픈 표정이다, 그
         러다 경미(핸드폰을 꺼내 심드렁하게 게임을 하는)를 보고, 경진, 흐트러진
         경미의 목도리를 잘 매주고, 경미의 손잡아 끌어, 한쪽 계단에 제 가방을 놓
         아주고, '앉아' 하는, 경미, 핸드폰만 하며 경진의 가방 위에 앉고, 경진, 서서,
         답답한 듯 괜히 발로 땅을 차는,

남 일   (답답한) 사건 난 집 애들 같네..

정 오   (경진, 경미 보고, 제 모습 같아, 속상한, 살짝 눈가 붉어지는, 그때, 경진, 정
       오를 보는, 둘이 눈이 마주친 채, 한참을 보는, 정오, 차를 운전해 가는)

경 진   (경찰이 안 도와주나 싶어, 원망스레 보는)

씬 20. 도박장으로 추정되는 건물 근처, 낮.

       경모(사복), 자기 차로 운전하며 경계하는, 사람들 무심히 지나다니지만, 의
       심 가는 인물은 없는,

경 모   (전화벨 울리고, 스피커폰으로, 받으며) 어, 장 형사?

씬 21. 다른 골목, 세워져 있는 차 안, 낮.

       장 형사, 조 형사, 주변 경계하며, 전화하는,

장 형사 (대시보드 앞에 씨씨티브이에서 본 인물들 사진을 보며, 답답한) 낌새 있어
       요? 통계 보면, 금요일은 이주영 형사가 밤 근무라 낮에 여기서 모였는데....
       벌써 5시가 넘어가는데.. 아무도 안 보이고....

씬 22. 한적한 도로 + 명호 한표 순찰차 안, 낮.

       종민 원우의 순찰차, 가고,
       명호, 한표, 자신들의 순찰차에서 가는 종민 원우의 순찰차 보고, 경모, 장
       형사와 그룹 콜 하는,

명 호   반 경사는 지구대에 인원이 부족해, 지금, 지구대로 들어갔습니다. 저흰, (시
       계 보며) 더 기다려보죠? 제가 장동 쪽 아는 동기한테 물어보니, 오늘 이주

영 형사, 비번이라, 게임할 가능성 높은데..

* 점프컷 》

경 모   (운전하며, 주변 경계하며) 그럼 오겠네.. 기다리자. 불법 성매매단 목숨 걸고
잡아 놓고, 피라미들만 건지면 존심 상하지. 여기서, 뭔가 일어나는 건 확실
해. 증거가 말하잖아. (하고, 전화기 내리고, 바깥 주시하며, 운전하는)

씬 23. 지구대 앞, 밤.

삼보, 혜리, 종민, 원우, 배웅(?)하고, 담배 핀 학생들, 부모들과 다 같이 나와
가는, 부모들은 속상하고, 학생들은 기죽거나 화난(남학생1, 여학생1), 누구
는 걸어가거나, 누구는 차를 타고 가는,

삼 보   (가는 애들 모두에게) 다신 담배 피우면 안 된다!
혜 리   담엔 훈방이 아니라, 서에 넘길 거야!
원 우   부모님들 고생 많으셨습니다!
종 민   아이들 너무 혼내지 마시구요! (하고, 원우와 들어가는)

마지막에 만용(두려운, 화도 나는)과 만용 부(정장을 한, 덩치 큰), 나와, 차로
가는데, 그 뒤에서, 삼보, 답답한 듯 말하는,

삼 보   만용아, 너 다신 이런 짓 하면 안 돼! 만용 아버님, 다른 건 몰라도 애들 협박
하는 건, 큰 문젭니다. 그러지 말라, 단단히 이르세요!

만용 부, 만용, 차에 타는,

* 점프컷, 만용 부의 차 안 》
만용 부, 안전벨트 매다가, 갑자기 겁먹은 만용의 뺨 치고, 머리통을 치고, 화
나 마구잡이로 때리는, '니가 어디서, 애들을 협박하고, 어디서!' 하며 마구

때리는, 만용, 순간, 무서워, 차를 빠져나와 죽기 살기로 달리는,
만용 부, 차 문 열고 나와, '너, 거기 안 서!' 하다, 차 타고 가고,

* 점프컷 》
혜리, 삼보, 그런 두 사람 보고, 고개 절레절레 저으며, 황당한,

혜 리   완전 콩가루 집안이네....
삼 보   (만용, 만용 부 모습 보고, 속상하고, 답답한, 등 돌리고, 담배 꺼내 물며) 쌩
        까, 그냥.
혜 리   (들어가고)

* 점프컷 》
민석 승재, 노숙자 데리고 나오다, 삼보가 담배 피우는 것 보고,

승 재   (삼보에게) 서에 인계할게요. (하며, 노숙자를 순찰차에 태우는)
민 석   (노숙자를 보는 삼보에게, 답답해 말하는) 저 양반, 얼마 전까지만 해도 잘나
        가는 회사.. 다녔던.. (걱정) 퇴직자래요..
삼 보   (담배 끄고, 맘에 안 드는, 화나는, 조금 큰 소리) 그래서? 나도 곧 퇴직인데,
        뭐 어쩌라고, 임마! (하고, 가는데 다릴 저는 듯한)
민 석   아니.. 저는.. (그러다, 삼보 다리 보고) 다리 아퍼요?!
삼 보   (돌아보며, 속상한, 버럭) 안 아퍼! 돈 받고 일하는데 뭐가 아퍼!
민 석   (왜 저러나 싶다, 참고, 얼른 순찰차 타고, 가는)
삼 보   (가는 민석의 차 보고, 지구대 계단 오르다, 다리도 허리도 아파, 잠시, 가만
        있는데, 땀이 나고, 힘든, 그 모습 위로)
만 용   (E, 분노한, 소리치는, 으름장) 꼰대 너 죽었어!
삼 보   (보면)
만 용   내가 우리 꼰대한테 말하지 말랬지! (지구대와 멀리 떨어진 곳에서, 입가 터
        져, 삼보를 꼬나보고, 뒷걸음치며 가다, 돌아서서 가는)
삼 보   (무서운 게 아니라, 만용이 어이없는, 고개 젓고, 지구대로 들어가는)

썬 24. 식당 앞, 밤.

구급차, 주취자를 태운 다른 지구대 순찰차 두 대 가고, 양촌(옷의 팔이 찢긴, 목에 상처가 난), 그 모습을 지켜보고 다른 지구대원들에게 거수경례하고, 건물 돌아 뒤로 가는, 화가 잔뜩 났지만, 참는,

썬 25. 골목 뒤에 세워진 양촌 상수의 순찰차 안, 밤.

상수(입가가 터진), 웃옷 벗고, 차 안에서, 멍든 어깨에 파스를 붙이려 하고 있고, 양촌, 들어와, 문 쾅 닫고, 핸드폰으로 지구대 그룹 콜로 연결하는, 씩씩대는, 화난,

한 솔   (E, 걱정) 사건 처리됐냐?
양 촌   (화 참으며, 몹시 화난) 뭐하는 짓입니까, 이게?

썬 26. 지구대 조사실 안, 밤.

한솔, 삼보, 종민, 그룹 콜 하고 있는, 답답한,

종 민   (답답하지만, 참고, 한솔 삼보 보며) 경위님, 그게, 저희도 일이 바빠서,

썬 27. 도박장 근처, 밤.

경모(화 참는), 명호(답답한, 참는), 각자의 자리에서 그룹 콜을 하는, 경모와 명호가 점프컷으로 보여지는,

종 민   (E) 어쩌다 보니, 큰 사건에 경위님만 가시게 했는데,

✻ 점프컷, 교차씬 》

양 촌 (화나, 버럭) 그러니까, 니들이 바빴다는 일이 뭐냐고, 묻잖아! 오늘 코드 제
　　　로가 두 번, 코드 원이 세 번이나 떴어! 근데, 명호랑 너는 대체 어디 가서 뭐
　　　하느라 코빼기도 안 보여! 현장에!

삼 보 (상황을 다 아는, 답답한) 야, 애들이 노냐, 팀장 지구대장, 지시로,

양 촌 (말꼬리 자르며) 그래서, 내 말은 팀장, 지구대장 지시가 대체 뭐였냐는 거잖
　　　아요?! 다들 아는 것 같은데 나만 빼고 뭔 짓이야, 이게!

한 솔 (버럭, 화나는) 고만해, 임마!

양 촌 뭘 고만해요! 내가 다칠 걸, 걱정하질 말든가, 독박을 씌우질 말든가, 이게 뭐
　　　야, 염병! 상수 자식, 불과 며칠 전에 머리 깨지고 목 긁히고, 오늘은 친구를
　　　칼로 죽이겠다는 주취자랑 레슬링하고, 나는 다른 주취자, 예닐곱 명을 혼자
　　　상대하고!

경 모 (화난, 버럭) 결과적으로 아무 문제 없잖아, 그럼 된 거 아니냐?!

양 촌 (화나는) 그게 팀의 안전을 제일로 생각하는 팀장이 할 소리냐, 자식아! 너,
　　　내가 싫어, 왕따냐?! 내가 너랑 공조하는 게 싫어? 그럼 너 빽 좋은데, 나, 짤
　　　러, 그럼 될 일을 왜 이렇게 복잡하게 만들어, 자식아! (하고, 그룹 콜 끊고,
　　　나가서, 차에 기대 후후 숨을 토하는, 진정하려 하는)

경모, 명호 (답답한)

상 수 오 경위님, 밖으로 나가셨습니다.

경 모 (그룹 콜 꺼버리는)

한 솔 (화를 참으며, 잠시 진정하고) 상수야, 고생 많았다, 일 잘 처리한 거, 시보 평
　　　가 점수 반영해줄게. (하고, 그룹 콜 나가는)

명 호 (상수에게) 염상수, 오늘 고생,

상 수 됐어요. (하고, 그룹 콜 나가버리는)

명 호 (담담히, 그룹 콜 나가다, 백미러 보면, 주영의 차가 지나쳐 가는 게 보이는,
　　　도박장 잠복팀과 그룹 콜 하는, 주영의 차 주시하며, 차분히) 이주영 형사 차
　　　가 팀장님 쪽으로 갑니다.

경 모 (핸드폰 내리고, 차를 뒤로 빼며, 앞을 주시하면)

✻ 점프컷 》

주영의 차, 경모의 차와 조금 멀리 세우고, 차에서 내려, 건물의 지하 술집으로 들어가는, 다른 남자 두 명 가방 들고 골목에서 건물로 들어가고, 경모, 뒤를 보면, 남자 네 명(모두 사오십 대에 신사복 차림에 가방들을 든, 그중 남자1은 청바지에 잠바 차림인 20대)이 차에서 내려, 건물 안으로 들어가는 게 보이는,

경 모　(그들을 보며, 그룹 콜 하는, 예리하고, 진지하고, 차분한) 장 형사, 조 형사, 최명호, 현재 이주영 포함 일곱 명이 우리가 도박장으로 의심하는 건물로 들어갔다.

　　　＊ 점프컷 》
　　　경모와 대각선의 위치에서 잠복 중인 장 형사 조 형사, 차에서 진지하게 무전 듣는,

경 모　(E) 도박은 현장을 덮쳐 증거물 확보하는 게 무엇보다, 우선이다.

　　　＊ 점프컷 》
　　　도로 쪽에서, 명호 한표 진지하게 무전 듣는,

경 모　(E) 놈들이 도박판을 벌이고, 게임을 할 때까지 우린 현재 위치에서 대기한다.

　　　＊ 점프컷 》

경 모　(건물만 보며, 진지하고, 차분히) 지금부터 한 시간 후까지 놈들이 안 나오면, 게임을 한다는 합리적 추측이 가능, 그때 작전 개시한다. (무전기 내리고, 차를 천천히 움직이는)

씬 28. 식당 근처 골목, 밤.

상 수　(혼자 등 쪽에 파스 붙이려다가 안 되는, 차 문 열고, 차에 기댄 양촌 보며) 파스 좀 붙여주세요, 등에.

양 촌　(화를 참고 있다가, 그 말에 문 연 채, 화 참고, 파스를 붙여주는데)

112　(E) 코드 제로, 코드 제로, 일명 악 사건. 홍일3동 45-1 낙원빌라에서 한 여성이 다급한 목소리로 아무에게도 알려주지 않은 도어락 비번을 누군가 누르고 들어왔다며, 번지수까지 말하고, 악 하는 비명소리와 함께 전화가 끊겼다. 절도, 강도, 강간, 살인, 모든 대형사건 가능성이 다 있다. 코드 제로, 코드 제로, 인근 순찰차 지원 바람. 인근 순찰차 지원 바람. 코드 제로, 코드 제로, 일명 악 사건.

상 수　(진지하게, 상황실 목소리 듣고, 다급해져 얼른 옷을 입고)

양 촌　(화가 나도, 차분히, 차에 타며, 무전기 들고) 순 열여덟 열여덟, 접수, 종발!

남 일　(E) 순 스물셋 스물셋, 접수, 종발!

상 수　(재빠르게 운전해 가며, 답답한) 또 남일 경사님네랑 우리네.. 돌겠다, 진짜..

양 촌　(삼보에게 무전 하며, 진지하고, 차분히) 삼보 형님, 112 상황실 보고 들으셨죠? 낙원빌라 사건, 아무도 모르는 도어락 비번을 누가 열고 들어왔다는 말이 걸립니다. 그렇다면, 면식범인데, 악 소릴 지른 것도 이상하구요. 피해자의 집을 예의 주시한, 인근 주변 사람, 그러나 피해자는 그 사람을 모른다는 가정이 가능합니다. 일단, 사건 지역 인근에 우범자 보고서 확인을 통해, 우범자가 있는지, 확인해 알려주시기 바랍니다. 저희는 사건현장으로 종중, 종중. (상수에게) 사이렌 꺼.

씬 29. 도로 + 차 안, 밤.

남일, 정오 긴박하게 달려가는, 사이렌은 끈,

남 일　(긴장해도, 차분히 무전 하는) 한 달 전 우범자 첩보 작성했을 때, 낙원빌라 3층 우측 세대에 갓 출소한 성범죄자가 거주 중이었습니다. 전자발찌 위치추적은 지구대로선, 확인 불가. 법무부에 위치추적 요청해도 당장은 안 될 텐데, 어쩔까요, 오 경위님?

양 촌   (무전 하는) 빌라 구조 아냐?

남 일   (E) 한 층당 좌우로 한 세대씩, 1층에서 3층까지, 총, 여섯 세대. 전자발찌를 찬, 성범죄자는 3층 우측 거주자입니다.

삼 보   (상황근무석에서 무전하는, E) 2주 전 층간소음 신고받고 출동한 적이 있어서 기억이 나, 방금 출동기록 확인한 결과, 2층 좌측, 미혼여성 혼자 거주하고 있다. 사건현장으로 의심, 주변 탐문 말고, 일단 2층 좌측 세대를 우선으로 수색 필요. 신고 접수 후, 현재 2분도 채 안 된 시간, 악 하고 비명이 나 걸로 봐서.. 실랑이가 있을 수 있다.. 더 큰 사건 나기 전에, 빨리 가.

상 수   (이 앙다물고, 빠르게 좌회전하는)

＊ 점프컷 ≫
정오, 진지하게, 빠르게, 유턴하는,

씬 30. 허름한 낙원빌라 복도, 밤.

양촌, 조용히 정오와 올라오고, 정오, 테이저건을 들고, 한쪽 벽에 붙는, 양촌, 2층 좌측 집의 문(도어락)에 귀를 대보는, 인기척 없는, 어쩌지 싶어, 주변을 살피면, 한쪽에 새 것으로 보이는 화재경보기가 보이는,

양 촌   (차분히, 작게) 올라오다, 화재경보기 봤어?

정 오   (화재경보기 보며, 확신이 드는) 아뇨.

양 촌   근데 왜 여기만 있지?

상 수   (어느새 와서 작게) 뜯어보죠..

정오, 양촌   (상수 보면)

상수, 큰 장도리 같은 도구 두 개를 들고 있다, 양촌에게 하나 주고, 자기도 하나 들고, 화재경보기 뜯어보면, 그 안에 몰카 선이 보이는,

정 오 몰카예요.

상 수 (작게) 남일 경사님은 뒷문 쪽에서 경계 서신답니다.

양 촌 (장도리 잡고, 손바닥에 침 뱉으며) 한 번에... 시간 없다. (하고, 말하자마자 도어락을 깨버리고)

상 수 (손바닥에 침 뱉고, 장도리 잘 잡고 있다, 양촌이 문고리를 날려버리면, 바로, 뾰족한 부분으로 떨어져 나간, 문고리에 넣어, 문을 뜯어내버리면)

양 촌 (총 꺼내 들고, 집 안으로 들어가, 버럭) 모두 꼼짝 마!

정 오 (테이저건 들고, 뒤따라 들어가고)

상 수 (테이저건 들고, 들어서면)

원룸에서 범인, 땀 흘리며, 바지를 허벅지까지 내리고, 침대에 범인에게 맞아서 피 터져 아픈 듯 신음하며 누워 있는 힘든 여자를 뒤에서 성폭행하려다, 놀라, 보는,

양 촌 (분노해도, 차분히, 범인에게) 일어서.

범 인 (땀을 흘리며, 옷을 입으려는, 전자발찌 찬)

상 수 (분노를 못 참고, 범인을 거칠게, 팔을 부러지게 꺾어, 비명을 지르든 말든, 벽에 밀어붙이고, 수갑을 채우며, 이 앙다물고, 화 참으며) 성폭력처벌법상 주거침입 강간치상 혐의로 현행범 체포한다, 변호인을 선임할 수 있고, 체포구속적부심을 청구할 수 있고, 변명할 기회가 있다.

양 촌 (눈은 범인 보며, 정오에게, 차분히) 피해자분, 확인해.

정 오 (여자에게 가서, 맘 아파도, 담담히) 경찰입니다. (하고, 한쪽의 이불을 덮어주고, 무전 하며 범인 보고, 분노를 참는, 차분히) 119 지원 바람, 홍일3동, 45-1번지, 낙원빌라 2층 좌측, 119 지원 바람.

범 인 (신음하는 여자 보며, 비열한) 아, 썅... 쫌만 늦게 처오지..

정 오 (말꼬리 자르며, 순간, 분노해 테이저건을 허벅지에 발사하고, 범인 기절시키는)

남 일 (무슨 일 있나 싶어, 들어오다가, 본) ?

상 수 (정오 보는) ?

정 오 (짐짓 아무렇지 않게, 아주 차분히, 테이저건 내리며) 피해자에게 달려들 것처럼 보였어. 내 눈엔.

상 수   (담담히, 거짓말하는) ... 내 눈에도. (하고, 남일 쪽을 보면)

남 일   (진짜 모르는) 난 무슨 말인지, 모르겠는데.. (하고, 양촌 보고)

상 수   (양촌 보는데, 조금 걱정스런)

양 촌   (총 내리고, 담담히, 총 집어넣으며, 아무렇지 않게) 뭘 봐? 잘했구만. 내 눈에 도 놈이 달려들 것처럼 보였어. 남일아, 도와. (하고, 남일과 쓰러진 범인을 양 쪽에서, 들쳐 메고, 나가는)

정 오   (침대 옆에 앉아, 피해자의 등을 다독여주는, 상수에게, 안 보고) 나가 있어.

상 수   (담담히) 119 올 때까지 문 앞에 있을게. (무전을 들으며, 정오에게) 여청계 출발했대. (하고, 나가는)

정 오   (피해자의 등을 차분히 다독이다, 옆을 보면, 피해자와 약혼자의 웃는 사진 이 박힌 청첩장 보이는, 맘 아픈, 눈 감는, 여자를 다독이는데, 맘 아파, 눈가 가 붉어지는, 아픈 맘 참고, 여자 귀에 대고, 낮고 따뜻하게) 아무 일 없었어 요.. 아시죠? 저희가 아주 빨리 왔어요..

피해자   (아파 기운 없는, 힘든, 차분한) .. 오늘 일.. 약혼자가.. 알면 안 돼요.. 낼모레 결혼하는데.. 절.. 더럽다고.. 생각(할 거예요)..

정 오   (그 맘이 이해 가는, 눈가 붉어, 맘 아픈, 말꼬리 자르고, 차분히, 조용히) 피 해자보호법에 의해, 저희는 그 누구에게도 이 사건을, 가족은 물론, (약혼자 사진 보며) 그 누구에게도.. 발설할 수 없어요. (피해자의 귀에 대고, 작게) 피 해자분이 원하시면, 이 일은.. 아무 일도 없었던 게 되는 거죠. 힘드실 건데.. 말씀하지 마시고, 잠시 그대로 계세요.. 곧 구급차가 올 거예요.

피해자   (아픈 가운데도, 눈물이 나는, 눈 감은 채, 가만있는) ....

정 오   (피해자 등을 맘 아프게, 눈가 붉어, 다독이는)

씬 31. 어두운 길(버스 정류장으로 가는 길), 밤.

삼보, 걸어가다, 다리가 아픈지, 다리를 몇 번 털고, 다시 가다가, 혜리의 전화 가 오고, 받으려는데,

'휙!' 하는 휘파람 소리가 나고, 삼보, 돌아보는데,

순간, 빨간 헬멧에 마스크를 쓴, 오토바이를 탄 두 사람이 가방으로 그대로 삼보의 얼굴을 치는, 삼보, 넘어져, 코피가 터지는, 다시, 오토바이 크게 도로

를 원을 돌아, 삼보에게 달려오며, '휙!' 휘파람 불어, 삼보를 부르고, 달려오고, 삼보, 넘어져, 코피 터진 채, 두렵게 보는,

씬 32. 편의점 안, 밤.

남일, 양촌, 앉아 있고, 상수, 컵라면 만들어 와 둘에게 주고, 자신은 커피 두 잔 들고 나가는,

양 촌 (컵라면 먹으며, 화 참으며) 근데, 대체 팀 애들, 무슨 일이냐? 이런 사건도 안 오면,

남 일 (거짓말, 말꼬리 자르며) 전 아무것도 몰라요.. (하고, 컵라면 먹으며) 우리 퇴근 시간 늦은 거 아시죠? 이제부턴 우리 사건 안 받는 겁니다. 진짜.. (하고, 먹는)

양 촌 (맘에 안 들게 보고, 라면 먹는)

씬 33. 순찰차 안, 밤.

정오(운전석), 상수(조수석), 커피를 마시는, 창가만 보며, 담담한,

상 수 (편하게 툭툭 말하는) 아까, 가폭사건 때 내가 너한테 쌀쌀맞게 한 건,

정 오 (창가만 보며, 담담히) 내가 차갑다고 생각했겠지. 근데, 난 그 엄마가 싫어서. 도움을 받아야 하는 사람이 도움을 거절하는 것도, 남편이 폭력적인데 애들이 안전하다고 믿는 것도, 혼자는 애를 키울 수 없을 거 같아, 이혼도 고소도 안 한다는 것도,

상 수 (정오 보며, 툭툭) 그 엄마는 나름대로 그게 최선이라고,

정 오 (눈가 붉어지는, 맘 아파도, 차분히, 창가만 보며) 애들이 밖에서 집엘 못 들어가고 있었어.

상 수 ...

정 오 집에 아빠가 있으니까. 애들한테 아버진, 폭력을 행사하는 범죄자일 뿐이야.

애들이, 순찰차를 보고도 도와달라고 말할 수 없는 건, 엄마 때문이지. 엄마 말을 들어주는 게 아이들은 엄마 편이 되는 거라고 생각하니까. (커피 마시고, 바깥 보며, 막막한, 애써 차분히) 나도 그런 적이 있어.

상 수　(정오를 보는, 차분하고, 따뜻한)

정 오　(창가만 보며, 맘 아프지만, 애써 담담히) 그때 그 누구보다 나는 나를 걱정하고 보호했어야 됐는데, 엄말 걱정하느라.. 아무것도 할 수가 없었어.

상 수　(정오를 담담하게 보지만, 다 이해가 되는)

정 오　(눈가 붉지만, 담담히) 아까, 성폭행 직전에 우리가 구해낸 여자도.. 자기 걱정은커녕, 결혼 상대자가 이 상황을 어떻게 볼까, 그걸 염려하더라.... 너무 슬프지 않니? 피해자가 자기 걱정은 안 하고, 주변의 사람, 주변 시선을 걱정하는 게.. (커피 마시고, 상수 보는데, 슬프지만, 담담한)

상 수　(등 기대고, 가만 정오 보며, 맘 아픈, 그러나 참고 담담히) 그러네... 슬픈 일이네. (하고, 정오 보는데, 정오가 좋은, 이러면 안 된다 싶어, 작게 한숨 쉬고, 그래도 짐짓 가볍게 말 꺼내는) 아까까지만 해도 난 니가 남자를 학벌 스펙 재산 등등으로 따져서, 좋아하는, 그런 싸가지 없는 앤 줄 알고 너무 맘이 슬퍼서, 확 버릴라 그랬는데,

정 오　(어이없는)

상 수　(진심이지만, 가볍게) 안 되겠다, 너 괜찮다, 생각이 아주아주 깊어, 나 너 쭉 좋아할래! (하고, 나가, 제 순찰차로 가서 타는)

정 오　(차 창문 열고 편하게, 친구한테 하듯, 순찰차 타는 상수에게) 야, 너 그러다, 진짜 나한테 상처받아. 나 너 책임 못 져!

＊ 점프컷, 양촌 상수의 순찰차 안 》

상 수　(차 창문 열고, 운전대 잡고, 가볍게, 정오 쪽 보며, 웃으며) 걱정 마, 부담스럽게 너만 보고 있진 않을게! 딴 여자도 만날게!

그때, 양촌, 와서, 차에 타, 안전벨트 하는데, 상수, 아랑곳없이 정오에게 말하는,

상 수　그러다, 뭐, 내 맘이 그쪽으로 가면, 그리 가고! 지구대서 보자! (하고, 차 운

전해 가는)

* 점프컷, 남일 정오의 순찰차 안 》

정 오   (어이없는, 웃음 나는, 고개 저으며) 못 말려, 진짜..

* 점프컷, 양촌 상수의 순찰차 안 》

양 촌   (상수 어이없게 보며) 너는 진짜 니 무덤을 니가 판다, 그냥 잊지, 뭐하러.. 질
           질.. 아이고, 진짜.
상 수   (운전하며) 남 일에 신경 꺼요.
양 촌   (어이없게, 보는)

씬 34. 도박장 근처, 밤.

돈을 다 잃어, 화가 난 남자 한 명, 건물에서 나와, 큰길로 가며,
블루투스 하고 도박장 근처로 오던 장 형사, 조 형사를 지나쳐, 가는,
장 형사, 잡을까 말까, 긴장하는,

경 모   (E, 차분히) 그놈은 그냥 보낸다. 큰놈만 잡자.. 각자의 역할에 집중.

장 형사와 조 형사, 지시 듣고, 남자 보내고, 건물 뒤쪽으로 가고,
경모, 차에서 나와, 건물 안쪽으로 들어가는, 블루투스 한,
명호 한표의 순찰차 오고, 차에서 내려, 경모 따라 건물로 들어가는, 모두 블
루투스를 한,

장 형사   (E) 지하 술집, 내부에서 연결된, 뒷문 경계 중.

씬 35. 건물 안 + 술집 안, 밤.

지하 술집 출입구, 경모, 명호, 한표(장비함 든), 앞에 선 경모, 삼단봉 꺼내들고, 명호, 테이저건 꺼내들고, 경계하고, 경모, 한표에게 눈짓하면, 한표, 차분히 노크하고, 두 사람 뒤로 가, 카메라를 꺼내드는, 눈은 문만 주시하는, 모두, 입구만 경계하는, 5초 정도 지나, 조심스레, 20대 남자1, 문을 열고, 고갤 내밀면, 경모, 재빠르게, 문고릴 잡고, 문을 열었다 닫으며, 문으로 남자1을 치고, 남자1, 놀라면, 바로, 먹살 잡아, 팔을 뒤로 꺾어, 수갑 채우고, 그사이, 명호, 한표, 들어가는,

명 호   (테이저건을 현장에 겨누고, 차분히, 그러나 큰 소리로) 모두 정지! 손 올려!
한 표   (들어서자마자, 카메라를 머리 위로 올려, 자동연발 스위치 작동해 여러 장의 현장 주변 사진을 한꺼번에 찍어대는, 플래시가 계속 터지고, 셔터가 계속 눌리는 소리가 나는, 증거 확보에 최선을 다하는)

* 점프컷 》
홀 중앙 테이블에 카드는 모아져 있고, 판돈이 네 뭉치가 보이는, 커피잔도 여러 개 보이고, 여기저기 드링크제 병도 보이는, 남자2, 3, 4(교수, 의사, 불법 성매매 업주(도박장 건물주)), 잠시 쉬는 시간인지, 라면과 김밥을 먹다가, 놀라, 멍하게, 경모가 총 들고, 수갑 채운, 남자1을 데리고 들어와, 한쪽에 앉히는 모습과 명호, 한표를 보고 있는,

경 모   (차분히) 당신들을.. 도박죄로 현행범 체포합니다. 다들, 그대로 정지. (주영을 차분히 눈으로 찾지만 없는, 네 개의 돈뭉치를 보고, 남자1, 2, 3, 4를 보는)
한 표   (장비함에서 비닐봉지를 꺼내, 돈을 담는데, 모두 천 원권인 게 이상한, 경모 보고, 경모가 담으라고 사인 주면, 돈을 모두 담고, 카드를 담는, 증거물을 확보하는)
명 호   (테이저건 안 내리고, 차분히) 이 중에 건물주 혹은 여기 술집 사장이, 누구죠?
남자4   (불법 성매매 업주 겸 건물주, 거칠게 생긴, 긴장하지 않는) 그냥 우린 장난친 거요. 판돈 다 모아도 이십만 원도 안 돼, 그럼 도박죄 성립 안 되잖아!
남자2, 3   (땀 흘리는, 긴장한, 먹을 것을 먹지만, 두려운 게 역력한)

명 호	(그들을 안 놓치고 보고)
경 모	(주변의 문들을 보며, 담담히, 그러나 긴장감 있는) 신분증들 모두 앞으로 내십니다. 수상한 행동하지 않습니다.
남자2, 3	(신분증 앞으로 내면)
한 표	(신분증 사진 찍고, 증거물 담는 비닐에 넣는, 진지한)
남자4	(거칠게, 신분증 던져주며) 진짜 이 사람이 뭐하는 거야! 천 원짜리 게임한 거 갖고, 지금 장난해, (경모 보며) 너 소속이 어디야?!
한 표	(남자4의 신분증 확보해, 사진 찍는)
경 모	(남자4가 그러든지 말든지, 한쪽 닫힌 문에서 불빛이 새어나오는 걸 확인하고, 뒷문은 자물쇠로 잠겨 있는 것을 확인하는, 다시 한쪽을 보면, 주방과 연결된 곳이 보이고, 화장실로 추측되는 곳도 보이는, 무전 하며, 차분히) 장 형사, 화장실로 추측되는 위치 건물 바깥쪽에 인원 한 명, 경계해.
남자4	(경모의 무전소리를 듣고, 경찰이 많다고 생각해, 순간, 긴장하는)
경 모	(남자4 보며, 살짝 비아냥) 경찰이 안에도, 밖에도 (겁주듯) 우글우글.. 우리가 좀 많이 왔죠?
남자3	(답답한) 그냥 저흰 장난으로,
경 모	(담담한, 비아냥) 장난은, 천 원짜린 칩이지. 돈다발 어딨어요? 차에 있어? 게임 끝나면, 진짜 돈다발 주고받잖아요? 천 원이 백만이야? 십만이야?
남자4	(화나, 테이블(테이블천이 바닥까지 길게 드리워진)위를 손으로 쓸어버리고, 일어나, 버럭대는) 좋아, 지구대 가! 그래, 도박했다, 도박했어! 천 원으로, 억 대 도박했다, 쌍! 근데, 니들 우리 차에서도 돈다발 안 나오면 죽는다! (하고, 가려 하면)
경 모	(남자4의 손목을 잡아채, 벽에 밀어, 명호의 수갑 꺼내, 재빠르게, 남자4의 손을 뒤로 해 수갑 채우는)
남자4	(화나, 버럭) 뭐하는 짓이야?! 왜 수갑을 채워! 니네 이거 과잉진압이야?!
경 모	(차갑고, 차분히, 한표가 던져주는 수갑들을 남자2, 3에게도 거칠게 뒤로 채우며) 과잉진압인지 아닌진, 나중에 따져! 도박죄에 도박개장죄가 전문지, (강조) 특수상해, 특수감금 같은, 또 다른 죄가 있을지, 모르잖아. (하며, 불빛 새어나오는 방 보고, 다시 남자4 보며, 차갑고, 분명하게) 아까, 테이블에 돈다발이 넷, 그런데, 도박한 사람은 셋!
남자1	(강하게) 왜 셋입니까, 저도 있는데!

경 모   (차분히) 넌 드링크 주는 심부름꾼! 여기 낄 수준이 못 되는 거 같지?

남자들   (긴장하는) ?

경 모   (차분히, 뭔가 이상한, 화장실로 가며, 단호하고, 분명하게 말하는) 그런데, 첨에 여기 들어온 인원은 모두... 일곱! (하고, 화장실 문을 여는)

남자들   (아차 싶다, 두려운)

경 모   (화장실 안을 들여다보는데, 아무도 없는, 창문이 너무 작고, 철창이 쳐져 있는 것을 확인하고, 담담히, 문 닫고, 남자4에게 가는)

명 호   (남자4를 보며, 차분히, 진지한) 그런데 한 남자가 조금 전 나가서, 여섯! 그런데, 여기 있는 당신들은, 모두 넷!

경 모   (남자들에게, 흥분하지 않고, 버럭) 두 명이 빈다! (하고, 남자1의 주먹 보면, 손가락이 까진, 그리고, 남자4를 위에서 아래로 훑으면, 신발에 핏방울이 묻은, 이거다 싶은, 총을 꺼내드는)

남자들   (놀라는)

경 모   (내색 않고, 불빛이 새어나오는 문 쪽으로 가다, 한쪽에 야구방망이가 피가 묻은 채 있는 걸 보는, 그걸 들고, 남자들 보며, 차분히) 난, 사라진 두 명의 남자가 여기 있단 생각이 드는데! (하고, 야구방망이로 문고릴 박살내고, 문 열면)

* **점프컷, 방 안 》**
청테이프로 손과 발이 묶이고, 입이 봉해진 채, 두들겨 맞은 남자가 정신없이 짐짝처럼 구겨져 있고, 돈이 삐죽이 나온 가방들이 보이는,

* **점프컷, 홀 》**
남자들, 포기하는 듯한, 두렵고, 화나고, 속상한, 남자4는 두렵지만, 오기를 부리는 듯한, 눈빛이다,

* **점프컷, 방 안 》**
경모, 답답한, 남자의 경동맥을 만지는, 화나고, 걱정되는,
경모의 행동과 거의 동시에, 명호, 와서, 그 모습 보고, 화나고, 걱정되는, 다급하지만, 차분히 무전 하는,

명 호 장동지역 8구역, 워너마트 뒤 건물 지하 술집에서 상습도박, 도박개장, 특수폭행 및 특수감금사건 발생, 119 구급대 및 인근 순찰차 지원 바람, 인근 순찰차 지원 바람!

경 모 (주영이도 다쳤을지 모른다는 생각에, 총 총지갑에 넣고, 야구방망이 들고, 홀로 가서, 큰 소리로 말하지만 지나치게 흥분하지는 않는) 장동경찰서, 이주영이 어딨어! 주영아! 이주영! (하고, 다급하게, 잠긴 뒷문으로 가, 그 문을 부수는)

씬 36. 도로 + 달리는 양촌 상수의 순찰차 안, 밤.

경 모 (E, 다급한) 주영아, 이주영, 주영아!

명 호 (E) 장동지역 8구역, 워너마트 뒤 건물, 지하 술집 상습도박, 도박개장, 특수상해와 특수감금사건 발생, 119 구급대 및 인근 순찰차 지원 바람, 인근 순찰차 지원 바람. 현재 사건현장 피해자 위독, 또 다른 피해자가 있을 가능성 있음! 인근 순찰차 지원 바람! 현재 사건현장 피해자 위독! 또 다른 피해자 발생 우려! 인근 순찰차 지원 바람!

경 모 (E, 문 부수는 소리와 함께, 슬프고, 다급한) 주영아! 이주영!

상 수 (무전을 진지하게 듣다, 놀라, 양촌에게) 이거, 최명호 경장님이랑 팀장님 목소린데요?

양촌, 눈가 붉은, 사태가 심각한 게 느껴지는, 순간, 상수가 잡은 핸들을 인도 쪽으로 돌리고, 끽 하고 차가 정차하면, 양촌, 차에서 나가 운전석으로 가서 상수의 멱살을 잡아, 운전석에서 빼내고, 운전석에 타는, 상수, 그사이, 재빠르게, 조수석으로 가서 타며 다급히 무전 하는,

상 수 장동지역 8구역. 도박사건, 순 열여덟 열여덟 접수, 종발! 순 열여덟 열여덟, 접수, 종발!

양 촌 (거칠게 차 몰아 가는데, 눈가가 붉은)

그런 양촌의 얼굴에서 엔딩.

10부

우리를 슬프게 하는 것들
2
- 안톤 슈낙

자 막
자 막
제10화 우리를 슬프게 하는 것들 2

\- 안톤 슈낙

씬 1. 한적한 도로, 밤.

혜리(퇴근길, 사복), 핸드폰으로 음악 동영상을 보며, 춤을 추며, 길을 걸어 가고 있는데, 그때, 갑자기, 오토바이 소리 들리고, 오토바이를 탄 소년1, 소 년2(모두 빨간 헬멧을 쓰고, 마스크를 한, 농구하는 아이들이라 덩치는 제법 커 아이들로 보이지 않는), 혜리 쪽으로 오는, 뒷좌석에 탄 소년2, 혜리의 어 깨에 멘 백을 낚아채 가는, 혜리, 당황하지만 재빠르게 이를 앙다물고, 투지 에 불타 달리는 오토바이 쫓아가며,

번호판 보고, 번호판 없는 무적* 오토바이인 것을 확인하는, 소년1, 오토바 이를 좌우로 천천히 운전하고, 소년2, 혜리의 가방을 미끼처럼 흔드는, 혜리, '야야야, 니들 가방 안 내놔!' 하며, 죽어라 달려와, 가방을 잡는, 소년2, 가방

---

* **무적(無籍)** 번호판이 없는 미등록 상태

을 확 잡아채려는데, 그때,

만 용	(마스크 하고, 검은 헬멧을 쓰고, 오토바이를 타고 지나가며, 기분 좋게, 소년
	들에게 소리치는) 야, 가방 줘!
혜 리	(가방 당기며, 그 소리에 만용 쪽(만용인지는 안 보이는) 보는) ?!

	소년2, 가방을 확 놓고 가는, 그 바람에 혜리, 나가떨어지고, 가방이 열려 물
	품들이 쏟아지는,

혜 리	(열받는)
오토바이 소년들	(낄낄대고 보고, 웃다가, 가는)

	혜리, 지체하지 않고, 일어나 죽어라, 쫓아가는데,
	만용과 소년들의 오토바이가 유턴해, 옆 차도를 달려가며, 경적을 울리는,
	혜리, 분해, 서서, 그 모습을 보는, 씩씩대는,

만 용	(큰 소리로, 혜리에게) 송혜리! 너 사복 입으니까, 섹시하다!
혜 리	(목소리가 이상한) 너 누구야?!
만 용	(오토바이 타고 되돌아와, 혜리 옆 스치고 가며, 웃으며, 큰 소리로) 글쎄?
혜 리	(감이 오는) 너, 너, 너, 만용이지?!
만 용	(웃음 띤, 아무렇지 않게, 큰 소리) 아니! (하고, 큰길로 가는)
혜 리	(가방 있는 데로 뛰어가, 떨어진 전화를 찾아, 삼보에게 전화를 거는, 걱정되
	고, 다급한)

씬 2. 어두운 길(버스 정류장으로 가는 길), 밤(9부 삼보 씬, 편집).

	삼보, 걸어가다, 혜리의 전화가 오고, 받으려는데,
	'휙!' 하는 휘파람 소리가 나고, 돌아보는 순간,
	오토바이가 오고, 소년2가 가방으로 그대로 삼보의 얼굴을 치는, 삼보, 넘어
	져, 코피가 터지는데, 다시, 오토바이 크게 도로를 원을 돌아, 삼보에게 달려

오며, '휙!' 휘파람 불며, 삼보에게 달려오고, 삼보, 넘어져, 코피 터진 채, 두려
움보단 투지와 오기 어려 보는, 정신이 바짝 드는, 바닥에 떨어진 전화기에선
벨이 계속 울리는, 화면에 '내 마지막 시보'라고 쓰인, 오토바이 소년들, 또 때
리러 오는, 삼보, 벌떡 일어나, 소년2의 가방을 잡아, 있는 힘껏 당기는, 소년2,
가방을 쥐버리고, 그 바람에 삼보, 나가떨어지는, 삼보, 다시, 일어나려 하는
데, 갑자기, 누군가(만용이가 오토바이를 타고 뒤따라온 것) 발로 얼굴을 차
는, 삼보, 나가떨어지지만, 다시 오기 부려 만용(삼보는 만용인 줄 모르는)을
잡으려 일어나는데, 오토바이 소년2가 와서, 삼보의 얼굴에 페퍼 스프레이를
뿌리고, 삼보, 괴로워하면서도, 페퍼 스프레이를 뿌린 소년2를 몸으로 감싸
안고, 눈을 부릅떠 보면, 헬멧 앞면 유리막으로 소년2의 눈썹에 피어싱 한
게 보이는, 삼보, 죽을힘을 다해, 헬멧과 마스크를 벗기려 하는데, 만용, 삼보
를 마구 짓밟는, 그 모습을 오토바이 소년1, 핸드폰으로 촬영하는,

오토바이 소년1   형, 이거! (하며, 만용에게 핸드폰 던져주면)
만 용   (핸드폰 받고, 고통스러워하는 삼보를 촬영하는)
오토바이 소년2   (페퍼 스프레이통을 가방에 담아, 메고) 형, 가자! 뒤에 차 와! (하고,
         오토바이로 가서 소년1과 타고 가는)

＊ 점프컷 ≫
도로에 차가 달려가는,

＊ 점프컷 ≫

만 용   (고통스러워하는 삼보를 찍으며(동영상 촬영하는 데 몰두해, 피어싱 한 소년
         이 동영상에 찍히고, 뒤의 무적 오토바이도 찍히는 걸 모르는), 담담한) 내가
         우리 꼰대한테 말하지 말랬지? 너두 맞으니까, 아프지? 꼰대야? (하고, 다시
         일어서려는 삼보를 발로 갈기고, 촬영 끝내고, 핸드폰 주머니에 넣고, 자신의
         무적 오토바이를 타고 가는)
삼 보   (바닥에 누워, 고통스러워하는, 페퍼 스프레이 때문에 눈물 콧물이 범벅이
         된, 입에서 피가 터지고, 얼굴에 멍이 들어, 처참한, 그러나 나약하지 않은, 통
         증을 참고, 일어나 앉은 채로, 핸드폰을 찾아, 혜리에게 전화하는, 최대한, 아

무렇지 않은 척, 눈은 멀리 번호판 없이 무적으로 달리는 두 대의 오토바이를 보는, 통화되면) 왜?

＊ 점프컷, 교차씬 》
혜리, 길을 걸어가며,

혜 리   (열받아) 별일 없어요? 내가 좀 전에 길 가는데, 퍽치기를 당할 뻔했거든요, 근데 그게 아무래도 만용이 짓 같아서,

삼 보   (자신이 다쳤단 건 알리고 싶지 않은, 혜리가 다쳤나 싶은, 긴장하며, 담담히) 넌 괜찮아?

혜 리   (아무렇지 않게, 왜 묻지 싶어, 이상한) 당근, 괜찮죠! (설마 싶은) 설마, 주임님도 당했어요?

삼 보   (혜리가 괜찮단 걸 확인하고, 말꼬리 끊으며) 아니. 전화 끊어. (하고, 끊는)

혜 리   (삼보 부르는) 삼보, 삼보 주임님! (전화 끊고, 가며, 열받지만, 구시렁) 아 쌍.. 만용이가 아닌가.. 긴 거 같은데...

삼 보   (전화기를 끄고, 아파하는, 참담한, 핸드폰 들어, 사진 모드로 해, 처참한 자신의 얼굴을 찍는, 슬프고, 막막하고, 오기도 나고, 복잡한)

씬 3. 도로, 밤.

양촌, 눈가 붉어, 빠르게, 도로의 차를 추월해 운전해 가는, 상수, 차의 속도가 너무 빨라 창 위의 손잡이를 잡고, 긴장해 가는, 양촌이 걱정되는, 구급차 사이렌 소리와, 문 두드리는 소리가 같이 나는,

E   (야구방망이로, 문을 부수는 소리) 쾅쾅쾅!

씬 4. 지하 술집 안, 밤.

경모, 서너 번의 야구방망이질로 뒷문의 열쇠를 박살 내고, 열어보면,

작은 통로에 막다른 문이 있고, 자물쇠가 채워진 게 보이는, 한쪽 벽에 사람이 빠져나갈 정도의 유리창이 열린 게 보이는, 그걸 확인하고, 뒤돌아, 도박한 무리들 보며,

경 모   (화난, 버럭) 이주영 어딨어, 이주영 어딨어?!

씬 5. 건물 앞, 밤.

구급차, 떠나고,
다른 지구대 경찰, 남자1, 2, 3, 4를 데리고 차에 나눠 태우고 떠나는,
장 형사, 그들을 지켜보고 있는,
그때, 양촌(비장한, 날카로운 눈빛이다, 주영이 다쳤을 걸 예상하지만, 냉정을 찾으려 하는 듯, 별 표정 없는), 상수(긴장한)의 차 오고, 둘 다, 내려서, 건물로 들어가는,

장 형사   (지나가며, 양촌이 걱정스런) 오셨어요?
양 촌   (무시하고, 내려가, 지하 술집 안으로 가는)
상 수   (장 형사에게 거수경례하고, 양촌을 따라가고)
장 형사   (둘을 보고, 걱정되는, 조 형사에게) 조 형사, 서에 먼저 들어가 있어! (하고, 지하 술집 안으로 가는)

씬 6. 지하 술집 안, 밤.

난장판이 되어 있는, 증거물들은 이미 압수되어 없는,
경모, 허탈하고, 지치고, 답답하고, 주영이 걱정되는 맘으로 한쪽에 앉아, 생수를 마시고 있고, 명호, 한표 역시, 답답하게, 서서, 생수를 마시고 있는, 그때 문 열리고, 양촌(주영이 다쳤을까 싶어, 눈가는 붉지만, 냉정한), 상수(긴장한, 굳은), 장 형사(양촌이 걱정되는, 답답하기도 한) 들어오는,

경 모	(허탈하고 속상하고 막막해, 앉아 물 마시다, 양촌 보는, 눈빛이 매서운, 속도 상하는) ?
명 호	(걱정스럽지만, 담담하게 양촌을 보며, 마시던 물 내리고)
한 표	(양촌 걱정스레 보고, 목례하는)
장 형사	(양촌 뒤에서 양촌 보며, 차분히) 안 팀장님 지시로, 불법 성매매 건 담당자인, 장동서의 이주영 팀장을 주시하고 있었어요. 그러다, 이곳에서 여러 차례 이주영 팀장 외, 좀 전에 체포한 도박꾼들이 모인다는 걸 알게 됐고,
양 촌	(말꼬리 자르며, 명호 보며, 분노를 참으며, 차분히) 오늘, 이주영이 여기 있었겠다, 추측한 근거는?
명 호	(담담히, 양촌 보며) 오후 5시경, 이주영 포함 총 일곱 명이 이곳에 들어오는 걸 잠복할 때 목격했어요.
양 촌	(잘 듣고, 냉정히, 차분히 질문하는) 누구누구 목격했어?
한 표	저, 팀장님, 명호 선배, 장 형사님, 조 형사님 총 다섯 명입니다.
양 촌	근데 이주영을 못 찾았다? (하고, 다친 남자가 있던 방문이 열린 걸 보고, 그 방 쪽으로 가는)
상 수	(따라가는)
명호, 한표	(따라가는)

＊ 점프컷, 방 안 ≫
남자와 돈가방들이 치워진, 창문이 없는,
피가 바닥에 낭자한,

＊ 점프컷 ≫
양촌, 가슴이 쿵 하지만, 차분히 방 안을 보는, 상수, 방 안을 보고 걱정되고 긴장한, 한표가 말하면, 보는,

한 표	오늘 게임에서, 돈을 수억 잃은 외과의사가 있었는데, 불법 도박을 신고한다고 난동을 피우니까,
명 호	(답답하지만, 담담히) 상해하고, 감금까지..

＊ 점프컷 ≫

양촌, 부서진 뒷문 쪽으로 가보는, 잠긴 문과 창문을 보는,

한 표 (담담히) 저, 창문으로 도망간 거 같아요.

양 촌 모두 여깄어. (하고, 그 창문으로 걸어가, 창문턱을 보면, 누구도 지나간 흔적이 없는, 그리고 바닥을 보면, 족적이 자신의 것만 있는, 냉정하지만, 차분히) 바닥에 내 족적은 있는데, 이주영 족적은 없잖아. 창문을 넘기 위해, 벽을 탄 흔적도. 창틀에도 먼지가 그대로. 창틀에 손을 대지 않고, 먼지도 묻히지 않고, 그놈이 나갔다고? (한표 보며, 낮게) 개가 귀신이냐? (하고, 홀로 가는)

상 수 (양촌의 말을 잘 듣고, 보고 있다가, 따라가고)

명 호 (아차 싶다, 빠르게 맘 정리하고 뭐가 뭔지 모르겠는 얼굴로 있는 한표를 툭 치고, 양촌 따라가는)

* 점프컷 》

경 모 (홀 쪽으로 오는 양촌을 속상하지만, 꼬나보는)

양 촌 (오자마자 차분히 테이블보가 쳐진 테이블을 확 들어 넘어뜨리는)

모 두 (양촌 보면) ?

경 모 (양촌 화나 보며, 버럭) 뭐하는 짓이야?!

양 촌 (경모를 냉정히 보며) 주영이 놈이 있나 확인하는 중. 다른 놈이면 몰라도, 도끼눈 가진 니가, 명호가, 주영이 놈이 여기 들어오는 걸 봤는데, 그 어디에도, 나간 흔적도 없는데.. 그놈이 (이 앙다물고, 바닥을 발로 쾅쾅 구르며) 땅에 묻히지 않고서야, (옆의 대걸레를 들어, 천장을 치며) 하늘로 솟지 않고서야, (의자를 끌고 와, 천장의 등을 뜯어내고, 그 안을 보며) 여기 없다는 게 말이 안 되지! (하고, 열받아, 의자에서, 내려와, 수색하기 위해, 벽을 몸으로, 쾅 하고, 처보고, 냉정하게) 들어오는 입구는 하나! 나간 흔적은 없다! (냉정히, 버럭) 추측하지 말고, 다들, 수색해!

경 모 (양촌 말이 맞다 싶은, 일어나, 냉장고 뒤쪽에 문이 있을까 싶어, 냉장고를 엎어뜨리고, 벽을 확인하는)

* 점프컷 》

명호, 의자를 가지고, 남자가 다쳤던 방으로 가, 전등을 뜯고 손전등을 비추

고 그 안을 보는,

* 점프컷 》
장 형사, 한표, 모든 벽에 걸어놓은, 포스터며, 바닥의 양탄자를 다 들춰내는,
상수, 한쪽의 포스터를 뜯어내다, 작은 문을 발견하고, 열려 하면, 경모, 와서,
상수 밀치고, 문 열고 그 안을 보면, 술만 가득한, 답답한, 다시 상수, 경모 다
른 곳을 수색하는,

* 점프컷 》
양촌, 경모, 상수, 각자, 다른 벽을 몸으로 쿵쿵 쳐보는,

* 점프컷 》
양촌, 벽 치다, 빠르게, 주방 쪽으로 가서, 싱크대 쪽(홀과 다르게 외진 곳에
화장실과 잇대어 있는, 홀에선 안 보이는, 화장실을 다녀오던 주영이가 홀로
가려다, 경모 외 경찰이 들이닥치자, 재빠르게, 싱크대 안으로 숨은 설정)으
로 가, 환풍기 통으로 빠져나간 것을 예상해, 위 수납장을 다 열어보는,

* 점프컷 》
상수, 어느새 와서, 엎드려 싱크대 밑바닥을 들여다보고, 일어나, 정확하게,
아래 수납장을 확확 열어보는, 그러다 수납장 한 곳을 열고, 순간, 굳어 멍한,

상수   (눈은 싱크대 안만 보며, 긴장해, 낮고, 빠르게) 오양촌 씨, 오양촌 경위님,

* 점프컷 》
양촌, 그 소리에 싱크대 위에서 내려와, 상수, 밀치고 싱크대 안을 보면,

* 점프컷, 싱크대 안 》
주영, 그 안에 눈가 붉은 채, 쪼그려 앉아, 두렵고, 맘 아프고 초라하게, 양촌
을 멍하니, 보는,

주영   (작게, 미안하고, 두려운) 혀.. 형..

* 점프컷 》

양촌, 눈가 붉어, 제 부사수가 이리 된 게 맘 아프고, 분노스러워, 말없이, 주영의 먹살을 잡아 끌어내, 마구 두들겨 패는,

그 모습을 보던 명호 외 모두 달려들어, 양촌을 말리지만, 분노한 양촌을 말리지 못하는, 양촌, 말리는 명호와 상수를 치고, 다시 주영이만 잡아서 죽어라 패는, 눈물 그렁해 이를 앙다문,

* 점프컷, 교차씬 》

1, 현실, 양촌이 주영을 패고, 주영, 울며, '형, 형' 하며 맞는,

2, 회상, 2부, 양촌이 주영의 차를 몰고 갈 때 뛰어 쫓아오던 주영,

3, 회상, 2부, 모텔로 와서 범인에게 총을 겨누던 웃던 주영,

4, 회상, 3부, 선술집에서, 양촌에게 맞고, 바닥에 누워, 눈물 그렁해, 울던 주영,

5, 현실, 경모, 주영을 때리는 양촌을 '그만해!' 하며 말리지만 말려지지 않아, 양촌을 패는,

경 모   (양촌 때리며) 정신 차려, 새끼야! 다 된 밥에 뭐하는 짓이야?! 너 이러다 폭행으로 걸리면, 우리 지구대 전체 징계 먹으면, 그땐 어쩌려고 그래! 정신 차려!

양촌, 아랑곳없이 독이 올라, 경모를 패고, 명호, 상수 외 모두, 속상해, '그만하세요, 이러지 마세요!' 하며, 두 사람을 말리는, 동료들에게 양쪽 팔이 다 잡혀 있는 양촌(눈물이 범벅이고, 이는 앙다문, 속상하고, 맘 아프고, 분노스런), 주영에게 가려 하는,

6, 회상(촬영 요, 앞에 없는 씬), 양촌과 주영, 파트너일 때, 범인을 잡은 이후인지 자동차로 운전해 가며, 신나게 노래 부르며 춤추며 좋아하던,

7, 현실, 양촌(눈가가 찢긴, 주먹도 터진), 피 터진 주영(양촌에게 미안해, '형.. 형!' 하는)을 보다, 자신을 말리는 상수와 명호, 장 형사, 한표를 뿌리치

고, 지하 술집을 나가는데, 참담한 모습이다,
경모(입가 터진), 그런 양촌을 속상하고 맘 아프게 보는,

씬 7. 요양원 안 + 복도, 밤.

요양보호사, 양촌 모의 입에서, 기계로 가래를 빼내는,
양촌 부, 집에 가려고 옷을 입은 채, 호흡기를 단 양촌 모를 가만 보는, 한쪽
에 있는, 호흡기를 단 다른 할머니를 보고, 다시, 양촌 모를 보는,
요양보호사, 가래를 다 빼내고, 집기들 챙겨, 양촌 부에게 인사하고, 나가는,
양촌 부, 가만 안쓰레 양촌 모를 보다가, 일어나, 침대 밑을 보면, 호흡기 등을
연결하는 전기코드가 보이는, 다시 양촌 모를 안쓰럽게 막막하게 보다, 머릴
안쓰레 쓸어 넘겨주는데, 맘이 아픈, 이내 멈추고, 몸을 숙여, 코드를 뽑는,
심박동기가 멈추는, 양촌 부, 양촌 모를 보고, 한쪽에 둔 빨랫감을 싼 보따리
를 들고 나가는, 표정은 서글픈,

씬 8. 지구대 식당 안, 밤.

양촌(경모에게 맞아, 조금 다친, 얼굴에 멍이 든), 한쪽에 넋 놓고, 근무복을
입은 채 앉아 있고, 상수(귀가 찢긴), 그 옆에 고개 숙인 채, 가만 앉아 있는,

* 점프컷, 시간 경과, 희뿌연 새벽 》
양촌, 혼자 그 자세 그대로 앉아 있는,
2팀 경찰들, 밥 먹는, 양촌을 배려해, 눈치 보고, 더러 나가는, 밥을 빨리 먹
는,

* 시간 경과 》
양촌, 앉아 있고, 명호(사복), 들어와 앉는,
한표(사복, 입가 터진), 들어와 커피 타서, 두 사람에게 주고, '퇴근합니다' 하
고 가는,

명 호   (한표, 가는 것 보고, 양촌에게, 차분히) 도박하던 놈들 중에 불법 성매매 상
        선이 있었어요. 그놈 몸에서 제 손으로 쓴, 수기 장부가 발견됐대요.
양 촌   (안 보고, 막막하게) 다친 사람은, 위급한 상태는 넘겼고?
명 호   네.
양 촌   (명호 안 보고, 막막하게) 주영인 포지션이 뭐야?
명 호   (막막하게 양촌 보며, 담백하게) 상선 중에 상선이요. 놈들이 불법 성매매를
        계획하고, 시작할 때부터,
양 촌   (막막하게 듣다가, 말꼬리 자르며) 가.
명 호   (가는)

        그때, 상수, 사복 차림으로 와서, 뒷짐 지고 서서, 양촌에게,

상 수   (양촌이 안쓰런, 담담히) 팀장님이,
양 촌   (안 보고, 제 생각에 빠져, 가만있는)
상 수   .. 조사실로 오시라고.....
양 촌   ....
상 수   (눈가 조금 붉어, 담담히) 경위님.. 사수. (하는데, 울컥하는, 눈가 손등으로 닦
        고, 담담히 서 있는)
경 모   (들어와 앉으며, 상수에게) 넌, 내 차 가지고, 니 사수 집까지 귀가시킬 준비
        해.
상 수   (맘 아픈, 애써 진심을 다해 말하는) 사수한테.. 부사수가 이주영만 있는 거
        아닙니다. 저도 사수의 부사숩니다! (하고, 나가는)
양 촌   (막막한 채, 가만있는)
경 모   (입가에 반창고를 하고, 다친 곳에 연고도 바른, 싱크대에서, 수건에 물 묻혀,
        양촌에게 던져주고, 의자에 앉으며, 담담히) 피 닦어, 새끼야.
양 촌   (안 보고) 입 닫어, 새끼야.
경 모   (비아냥, 양촌 보며) 니가 경찰 레전드라고? 야, 웃기지 말어, 어?!
양 촌   (화나, 차갑게 보면) ...
경 모   (화나는 것 참으려 하지만, 잘 안 되는, 조금은 격앙되는) 넌 새끼야, 아무것
        도 아냐. 내가, 동료가 의지할 수 있는 놈도 아니고, 안장미가 남편으로서 의

지할 수 있는 놈도 아니고, 너는 그냥.. 동료, 여편네 걱정이나 시키는, (조금 큰 소리) 성질 드러운 덩치 큰 애새끼야, 알어, 자식아?! (속상해, 눈가 붉지만, 강경하게) 20년 넘게 경찰 짓 하면서, 주영이 같은, 드런 미꾸라지 같은 경찰 놈들이 지랄하는 엿 같은 꼴, 우리가 한두 번 당하냐!

양 촌   (그 말에 눈가가 그렁해지지만, 동요 않고, 가만있는)

경 모   열라리 목숨 걸고, 처맞고 일해도, 결국엔 그런 놈들 한두 명 때문에, (속상한) 우리 경찰들 다 싸잡아서, 비리 경찰, 짭새, 양아치 경찰 소리 하는 거, 한두 번 들어?! 그럼 철 좀 들어야지!

양 촌   (맘 아픈, 그냥 일어나, 가는)

경 모   (가는 양촌 보며, 속상해 소리치는) 주영이 같은 하찮은 놈 땜에, 니 모가지 걸고, 동료들 패고, 뭐하는 짓이야, 임마! 이게! 자식아! 대답해봐, 자식아, 이게 뭐하는 짓이야, 이게!

양 촌   (그 소리 들으며, 복도 지나 계단을 내려가는데, 참담한)

씬 9. 한솔의 집 화장실, 낮.

한솔, 배가 아퍼, 변기에 앉아 전화하는,

한 솔   (답답한, 아픈 것 내색 않고) 됐어, 애들 많이 안 다쳤으면.. 주영이가 양촌이한테 맞았다고, 독직폭행으로 고소함, 내가 그 자식 줘 패고, 빵 간다. 걱정마. 그래, 명호야, 들어가.. (하고, 전화 끊는데)

한솔 부인(예쁜, 몸이 약해 보이는), 양복을 가지고 문 열고,

부 인   여보, 당신 이 양복 어때?

한 솔   (속상해, 버럭) 몰라, 나도! 사돈 상견례 자리에 아무거나 입으면 어때서!

부 인   (화나고, 어이없는) 왜 짜증이야?! 나도 머리 아픈데.. (하고, 문 닫는)

한 솔   (구시렁) 딸년 결혼식이 뭐 대수라고.. 일 터져도 지구대도 못 가게, 밤새 사람을 이리 저리 끌고 다니고. (하는데, 배가 아픈지, 배를 잡고) 아... 배야..

씬 10. 지구대 남자 휴게실 안, 낮.

양촌, 옷 갈아입는데, 전화벨이 계속 울리는, 상수, 사복 차림으로 문 열고,
들어와, 양촌의 옷을 뒤져, 전화 주며(장미에게 전화 온),

상 수　전화받으세요.

양 촌　(답답한, 옷 입으며, 받는) 나야.

상 수　차 대기시켰어요. 나오세요. (하고, 나가는)

양 촌　(전화받는, 차분히, 가슴이 쿵 하는) 뭐? 아버지가.. 뭘.. 어째?

씬 11. 요양원 안, 낮.

양촌 모, 누워 있고, 송이, 눈가 붉어, 걱정스레 양촌 모의 다릴 주무르고 있
고,
간호사, 링거를 조절하고, 의사, 청진기로 양촌 모를 진찰하는,

장 미　(양촌 모 보며 맘 아프지만, 목소리는 담담하게 양촌과 전화하는) 다행히, 심
박기가 요양원 데스크 비상벨과 연결되어 있어서.. 큰 문젠 없었는데, 요양사
분이 심폐소생술 하다 어머니 갈비뼈가 두어 대 부러졌네.. (하고, 의사와 간
호사 나가면, 그들에게 눈인사하며) 아버지한테 암말 마. 나 지금 아버지한테
가. (하고, 전화 끊는)

송 이　오늘은 내가 여깄을게.. (하고, 다리를 주무르는, 손이 고양이에 심하게 긁힌)

장 미　손이 왜 그래?

송 이　(다리만 주무르며) 그냥.

장 미　(송이 손 보는, 보긴 해도 그닥 심각하지 않게 보고, 가방 들고, 나가는)

씬 12. 양촌 부의 집 근처, 낮.

상수가 운전하는 경모의 차, 한쪽에 서면, 양촌(독이 오를 대로 오른, 그러나, 냉정한), 차 문을 벌컥 열고 나와, 양촌 부의 집으로 걸어가는,

상 수   (가는 양촌 보며, 걱정스런) 집에 뭔 일 있어요?
양 촌   (가고)
상 수   오늘은 푹 좀 자요! (하고, 가는)

씬 13. 양촌 부의 방 안 + 집 마당, 낮.

양촌, 방문 열고, 방 안을 보면, 텔레비전이 켜 있고, 양촌 부, 내복 차림으로 한쪽에 앉아, 밥상에 연 만드는 재료를 놓고, 연만 만드는, 양촌, 그런 양촌 부를 과잉되지 않게, 냉정한 모습으로 빤히 보다, 머뭇대지 않고 들어와 티브이를 들고 나가(카메라, 양촌의 동선만 따라가는), 마당에다 던져버리는, 그리고, 다시, 그걸 들어 여러 번 던져 깨버리는, 행동은 과격해도, 눈가만 붉어, 냉정한 듯 보이는, 양촌, 다 깨진 텔레비전을 숨을 몰아쉬고, 보다, 방으로 들어가, 양촌 부를 내려다보면,

양촌 부   (미동도 없고, 먹먹하게 가만있는) 니 에미한테 물어봤다면,
양 촌   ..
양촌 부   (안 보고, 눈가 붉어, 먹먹하게) 죽여달라.. 했을 거다. 평생 욕심 없이 산 사람이.. 무슨 미련이 있다고.. 암것도 해준 것도 없는데, 우리 좋자고 발목 잡고, 가지도 못하게..

* 점프컷 》
장미, 어느새 와, 문 앞에서 그 광경을 보고 있는, 양촌 부가 안쓰런,

양 촌   (고개 돌려 장미를 보는, 아랑곳없이, 다시 고개 돌려, 양촌 부 보며, 막막한, 가라앉은) 다신.. 엄마 요양원 가지 마요.. (하고, 나가는)
양촌 부   (눈가 붉은, 먹먹한)
장 미   (양촌 안 보고, 담담히, 와서, 양촌 부 앞에 앉아, 안쓰럽게 보다, 양촌 부의

손을 잡는데, 맘 아픈)

양촌 부   (가만있다, 손 빼고, 옆의 연을 들어 만드는)

장 미   (그런 양촌 부를 보는, 안쓰런) ....

씬 14. 양촌 부의 논, 낮.

양촌, 눈가 붉어, 막막하게 걸어와, 논두렁에 앉아, 후후 숨을 고르는,

씬 15. 정오의 집 안, 낮.

티브이로 게임을 하는,
혜리, 상수 한편 먹고, 정오와 명호가 한편 먹고, 열심히 오락을 하는,
상수, 혜리가 이기는, 신이 나서, '죽여, 죽여, 죽여!' 소리치는,
정오, 명호, 안타까운,

정 오   (명호에게) 죽여요, 죽여! 죽여버려, 그냥!

＊ 점프컷 ≫

상수, 혜리   안 돼, 안 돼, 안 돼, 하지 마, 하지 마! (하며, 서로 하이파이브 하며) 굿 플
레이, 굿 플레이!

＊ 점프컷 ≫

정오 명호, 이기고, 신나하며, 서로 보고, '굿 플레이, 굿 플레이!!' 하며, 하이
파이브 하고, 명호, 순간적으로 기분이 좋아, 정오의 어깨를 안고, 아무렇지
않게, 정오의 이마에 가볍게 뽀뽀하고, 머리 흩트리며,

명 호   (시원하게, 큰 소리로) 잘했어! 차 빼게 나와! (하며, 가방 들고, 먼저 나가는)

정 오   (순식간에 포옹을 당해, 멍한)

상수, 혜리 (명한, 명호 가는 것 보다, 정오 보며) 뭐야? 웬 터치?

상 수 (화난) 저 새끼, 저거 저거 선수 아냐?

정 오 (어색하게 웃으며, 아무렇지 않게) 왜, 난 맘에 드는데? (하고, 웃옷 입고)

혜 리 (옆에 있는 사과 먹으며, 상수 보며) 정오도 선수야.

정 오 (웃으며, 혜리에게 총 쏘듯 하며) 빙고! (사과 집어 먹는, 가방 들고 나가며) 나 오늘 늦을 거야.

상 수 어디 가는데?!

정 오 (나가다 돌아서 손가락 입에 대고) 쉿! 비밀! (하고, 나가는)

혜 리 (사과만 먹으며) 넌 찐따지?

상 수 (화나 혜리 보면) ?!

혜 리 (사과 먹으며, 삼보에게 전화하며, 상수에게 말하는, 신호음 들리는) 그냥 우리끼리 놀지, 뭐하러 정오랑 명호 경장 노는 데 끼어서 못 볼 꼴을 봐? 찐따야?

상 수 (답답한) 너 자꾸 우리 우리 하지 마라. 그러다 정들면,

혜 리 사귀면 되지, 뭐가 걱정이야?!

상 수 난 너 싫어!

혜 리 싫음 시집가라.

상 수 (어이없는) 넌 미쳤지? (하고, 가는)

혜 리 (전화 끊고, 삼보에게(전화 화면에 '늙은 사수'라고 쓰인) 다시 전화하며, 사과 먹으며) 아, 왜 이 꼰대 할아버지가, 어제도 오늘도 전활 안 받아.

씬 16. 삼보의 집 안, 화장실 안, 낮.

삼보, 세수하고 물 묻은 만신창이 된 얼굴을 거울에 비춰보고 있는, 눈이 심하게 붉은, 옆에 핸드폰이 있지만, 안 받는,

삼보 부인 (속상한, E) 여보 나 정도네 가요! 병원에 가보고! (혼잣말) 에우.. 술을 왜 마시고, 다치고 그러는지.. (현관문 닫히는 소리 나는)

삼 보 (거울을 가만 보는)

* 점프컷, 플래시컷, 회상 》

페퍼 스프레이를 뿌린 소년2의 마스크를 벗기려 할 때, 눈썹에 한 피어싱을 본 장면,

* 점프컷, 회상 - 9부 지구대 앞 》

만 용   너 죽었어, 꼰대!

* 점프컷, 현실 》

삼보, 웃옷 벗고, 바지 벗고, 울리는 핸드폰을 들어, *끄고*, 핸드폰 카메라로, 온몸에 피멍 든 걸 찍는,

씬 17. 달리는 명호의 차 안, 낮.

명호, 정오, 음악을 들으며, 가는,
정오, 창가를 편하게 보다가, 룸미러에 달려 있는 펜던트 같은 게 보여, 그걸 손으로 집어, 그림을 보면, 명호가 현수(경찰복(순경)을 둘 다 입은)의 볼에 입 맞추는, 즐거워 보이는 사진이 보이는,

정 오   ?

명 호   (운전하다, 무심히, 정오를 보고, 아차 싶은, 그러나 담담히) 아직도.. 그게 거 깄었네..

정 오   (편하게, 사진 보며, 현수가 이쁘다고 생각이 드는) 그렇게 말하는 거 보니까, 여자사람 친구가 아니라, 둘이 사귀었나 보다?

명 호   (운전해 가며, 작게 웃으며(살짝 서글픈 느낌이 들어도, 무겁지 않은) 그랬 지..

정 오   (사진 놓고, 창가에 몸 기대고, 보며, 편하게) 왜 헤어졌어요?

명 호   (차분하게 앞만 보며, 운전해 가며, 어둡지 않게, 담담히) 사고..

정 오   사고?

* 점프컷, 회상 - 국도변 》

현수, 국도변을 명호와 스피커폰 하며, 사복 차림으로, 운전해 가는,

명 호   (E, 밝게) 어디야?
현 수   (밝게) 지금 국도변 접어들었어.
명 호   (E, 밝게) 빨리 와. 보고 싶어, 사랑한다.
현 수   나도, 사랑합니다. 조금만 기다리세요. (하고, 전화 끊고, 가는)

현수, 가다, 도로에 불이 나는 차를 스쳐 지나가다, 보고, 놀라, 차를 세우고,
그리고 뛰어가, 불타는 차 안을 보면, 조수석에서 자는 아이와 운전석의 엄
마가 놀라, 울며, 차 문을 쾅쾅 두드리며 열려 하지만, 문이 고장 난 듯 안 열
리는, 현수, 놀라, 차 문을 여는데, 동시에 쾅 하는 폭발음과 함께 차가 폭발
해버리는,

명 호   (E) 날 만나러 오는 길에, 도로에 불타는 차가 있었나 봐. 그 안에 있던 아이
         와 엄마를 구하려다.. 차가 폭발해서.. 그 자리에서..

씬 18. 도로 + 달리는 명호의 차 안, 낮.

명호, 차를 한쪽에 세우는,

* 점프컷, 차 안 》

명 호   좀만 쉬다 가자.
정 오   (명호 안쓰레 보며, 그러나 어둡지 않게) 네..
명 호   (정오 안 보고, 옆 창가 보다, 다시 정오 보며, 담담하고 따뜻하게, 서글픈 느
         낌도 있는) 너한테.. 현수 얘길 하긴 해야 할 것 같았는데.. 어떻게 할까 고민
         했는데.. 이렇게 하게 되네.. (하다가, 펜던트를 떼서 보고, 주머니에 넣는)
정 오   (차분히 보며, 따뜻하게, 작게 웃으며) .. 안 그래도.. 되는데?
명 호   (따뜻하게 가만 보다, 정오에게 손을 내밀면)

정 오	(손을 잡고, 가만 응원하듯, 꽉 잡아주고, 짐짓 밝게, 흔들어주는)
명 호	(쓸쓸하게 웃는)
정 오	(손 놓고, 밝게) 우리 영화 보러 가요. 코미디로.
명 호	.. 그래. (하고, 시동 걸고 가는)
정 오	(명호 보고 웃다, 하늘 보는, 조금은 쓸쓸해지는)

씬 19. 지구대 피트니스장, 다른 날, 낮.

상수, 양촌, 역기를 들며, 땀 흘리며 운동을 하고 있고,
한표, 그 옆에서 아령을 들고 운동하는,

양 촌	(양촌 부 생각하며, 운동하는, 막막하고, 속상한, 양촌 부의 말이 이해도 되는, 복잡한, 잊으려는 듯 운동만 하는)
양촌 부	(E) 니 에미한테 물어봤다면.. 죽여달라.. 했을 거다. 평생 욕심 없이 산 사람이.. 무슨 미련이 있다고.. 암것도 해준 것도 없는데, 우리 좋자고 발목 잡고, 가지도 못하게..

* 점프컷 》

상 수	(물을 마시며, 가만 보다, 운동에 집중하며) 선배가, 명호 경장이랑 정오 말고, 나랑 정오를 응원하는 이유가 뭔데요?
한 표	(운동만 하며, 안 보고) 정오가 내 친구 다형일, 사귀다 한순간에 찼어.
상 수	(한표 보다, 양촌 보면)
양 촌	(운동하다, 상수 보고, 외면하고, 운동하며) 관심 없어.
상 수	(얘기해도 되겠지 싶어, 한표 보고, 역기 놓고, 앉아, 수건으로 얼굴을 닦으며) 마저 얘기해요.
한 표	한정오, 냉정한 애야. 내 친구가 개한테 까이고 오죽 힘들었으면 유학을 다 갔다. 원래 국문과 간다던 놈이, 전공까지 바꿔서..
상 수	(진지하지만, 툭 묻는) 이유가. 있었겠지.
한 표	그럼 이율 말해줬어야지. 내 친구 말로는 그냥 어느 날, 집 앞에 와 니가 싫

다, 만나지 말자, 하고는 연락 두절하더니 정오가 그냥 전학을 갔대. 그래서 내 친구는 아직도 영국에 있지. 정오랑 같이 근무한단 말 못했어. 친구 놈이 잘 지내는데.. 흔들릴 거 같아서.. 내 사수 명호 경장님껜 좀 더 따뜻하고, 착한 애가 필요해. 정오, 꼭 니가 가져라. (하고, 가는)

상 수 (한표 보며, 정오가 왜 그랬을까, 이해가 안 가는, 담담히 툭 양촌에게 말하는) 사수 눈에도, 정오가 냉정해 보여요? 난 별로 안 그래 보이는데?

양 촌 (말하고 싶지 않은, 아버지 일로 착잡한 게 좀 남은) 관심 없어.

상 수 관심 좀 가져요! 내가 남이에요! 부사수지! (하고, 나가는)

양 촌 (가는 상수 꼬나보다, 일어나, 나가는)

씬 20. 남자 휴게실 안, 낮.

양촌, 종민, 민석, 남일, 명호, 원우, 승재, 한표, 상수, 옷을 갈아입다, 삼보가 들어서는 걸 보고, 모두 놀라, '주임님 얼굴이 왜 그래요?' 하고,

양촌, 명호 (옷 갈아입다가 삼보 보며, 뭐지 싶은) ?

그때, 삼보, 제 라커로 가서, 말없이 옷만 갈아입고,
이내, 혜리, 들어오고,
부사수들, 기겁하며, '야야야!' 하며, 아래 춤을 잡고, 난리가 난, 사수들은 아랑곳없이 입으며,

종민, 남일 얌마, 너는 사내들 옷 입는데...

민 석 야, 우리도 프라이버시가 있어!

양 촌 (옷만 입으며, 눈은 삼보를 걱정스레 보며, 담담히) 주둥이 나불거릴 시간에 옷 입어라!

혜 리 (아랑곳없이, 삼보 보며, 걱정돼 조금 화난 듯) 얼굴이 대체 왜 그래요? 눈 좀 봐요. (하고, 안대를 확 들어 보는데, 삼보의 눈이 붉어, 놀란)

삼 보 (혜리 손 치고, 안대 바로 하며) 이게, 정말.. (옷만 입으며) 술 먹고 굴렀다잖냐!

종 민	(삼보 걱정스레 보며, 옷 입으며) 술 많이 안 드시잖아요?
혜 리	(아랑곳없이, 말꼬리 자르며, 삼보 보며, 걱정되고 속상한) 주간 근무 끝나고 퇴근하던 길에 무슨 일 있었죠?

* 점프컷 》
양촌, 명호 외, 모두 옷 입으며, 그 소리에 집중하는,

삼 보	(옷만 갈아입는)
혜 리	무슨 일이 없었는데, 왜 내 전화도 안 받고,
삼 보	(제 할 일만 하며) 소설 쓰네!
혜 리	주간 근무한 날 밤, 내가 전화했을 때, 나한테 그랬죠? 너는 괜찮냐고?! 그 말은 무슨 뜻이었어요? 왜 괜찮냐고 물었냐고요? 만용이한테,
삼 보	(말꼬리 자르며, 옷 입고, 그냥 나가며) 새끼, 진짜 귀찮네, 그거....
혜 리	(따라 나가며) 안 그럼 대체 술을 어디서 먹고, 어디서 굴렀는데, 눈알이 그래요! 네?!
명 호	(가만있고)
모 두	(양촌에게) 무슨 일 있었던 거 같죠?
양 촌	별일 없다시면 믿어, 말 만들지 마! (하고, 문 쾅 닫고, 나가는)
명 호	(말없이, 담담히, 걱정스레 옷만 갈아입는) ..
명호, 상수 제외한 모두	(걱정) 무슨 일이야...
상 수	(옷 갈아입으며, 삼보가 걱정되는)

씬 21. 지구대 안, 낮.

경모, 컴퓨터 보고 있고, 민석, 승재는 상황근무를 하는,
그때, 한솔 들어오며,

한 솔	늦었다, 미안. (하고, 자리로 가는)

그때, 혜리, 삼보 내려오며,

혜 리	(한솔에게) 오셨습니까!
삼 보	(한솔 지나쳐, 지구대 밖으로 나가고)
한 솔	(웃옷 벗다, 삼보 보고, 이상한) 어, 어, 형님, 얼굴이 왜 그래?
혜 리	(답답한, 인사하며) 순찰 갑니다.
한 솔	(이상한, 경모에게) 삼보 주임님 뭐야, 얼굴이?
경 모	(한솔에게 와서, 답답한) 술 마시고 굴렀대요..
한 솔	(어이없는) 미쳤네, 진짜. 야, 그럼 순찰 나가지 말라 그러지, 얼굴을 저렇게 갈았는데, 무슨 순찰! 경찰 품위가 있지.
양 촌	(내려와, 정수기 옆으로 가서, 물 마시며) 삼보 형님이 우리 말 듣습니까?
한 솔	(버럭, 양촌에게) 어지간히! 넌 입 닫어!
모 두	(한솔 보면)
상 수	(내려오다, 멈추는)
양 촌	?!
한 솔	(화나, 양촌 보며) 이제부터, 니 별명은 어지간히야. (버럭) 어지간히 좀 해라! 그래서 어지간히! 니가 깡패야?! 아무리 화가 나도, (맞은 대원들 보고, 양촌 보며) 어디 지 동료들을 패! 콱 그냥! (하고, 옷 갈아입으려고 이층으로 가는)
경 모	(가는 한솔 보다, 양촌 꼬나보고)
양 촌	(한솔 쪽 보며, 진심으로 툭 말하는) 알았어요! 이제부터 어지간히, 할게요! 어지간히. (하고, 나가는) 상수야, 순찰 가자.
상 수	네! (뛰어 내려가는)
경 모	(답답한)

씬 22. 도로, 낮.

지구대 순찰차 세 대가 달리는,

＊ 점프컷 》
양촌 상수의 순찰차 안, 긴장해, 사이렌을 켜고, 가고,

＊ 점프컷 ≫
삼보 혜리의 순찰차 안, 긴장해, 사이렌을 켜고, 달리는,

＊ 점프컷 ≫
종민 원우의 순찰차 안, 긴장해, 사이렌 켜고, 달리는,
그 그림 위로,

민 석   (E) 코드 제로, 코드 제로, 아동 실종사건, 현지동 꽃마루아파트, 3단지 8동 502호, 아동 실종사건 발생, 40분 경과. 인근 순찰차 지원 바람. 인근 순찰차 지원 바람. 코드 제로, 코드 제로, 아동 실종사건, 현지동 꽃마루아파트, 3단지 8동 502호, 아동 실종사건 발생, 40분 경과. 인근 순찰차 지원 바람. 인근 순찰차 지원 바람.

씬 23. 아파트 앞, 현관, 낮.

남일, 정오, 실종아동의 양모(울며불며, 극도로 예민한, '아이고, 우리 슬기 어떡해, 아우, 우리 슬기 어떡해!' 하며, 가슴을 치며, 우는, 혼이 나간)를 양쪽에서 부축하고, 달래며, 현관 앞의 순찰차로 가고, 주민들 여럿, 그런 양모를 보고 안쓰레 '어머머, 어떡해, 어떡해!' 하며 구경하고 있는,

정 오   (양모를 진정시키려 하며, 안쓰럽고, 답답한) 진정하세요.. 어머니.. 이러시다, 일 나요.. 제발 진정하세요, 네..

＊ 점프컷 ≫
정오 남일, 양모를 순찰차에 태우려 하는데,
그때, 실종아동의 친모가 뛰어오며, 양모 보고, 다가가,

친 모   (슬픈) 언니, 우리 슬기 어딨어?
양 모   (친모를 보고, 갑자기 분노해, 친모의 빰을 두어 대 치고, 머리채 잡고, 달려들며) 니가 우리 슬기 데려갔지, 이년! (하고, 머리채 잡고) 슬기 싫다고, 귀찮

다고 나한테 버릴 땐 언제고, 우리 슬기 내놔, 우리 슬기 내놔! 슬길 니가 왜 데려가!

친모   (머리 잡혀) 악!

정오, 남일   (말리는) 이러지 마세요, 이러지 마세요!

* 점프컷 》

주민들과 섞여, 한쪽에서 박스를 줍는 할머니(행색이, 더럽고, 정신이 거의 없어 보이고, 아주 힘들어 보이는), 눈은 그들을 멀뚱히 보며, 박스를 수집하는,

씬 24. 아파트, 실종아동의 집 거실 안 + 아이 방, 낮.

장미, 인터폰을 들어 보는, 빈 화면이 떠 있는,
한표, 명호, 장미의 옆에 서 있는,

* 점프컷, 인터폰 화면 》

아래쪽은 안 보이고, 위쪽만 보이는,

명호   (씨씨티브이 동영상을 핸드폰으로 보여주며) 이건 경비실 씨씨티브이 확인한 건데,

장미   (핸드폰 받아서, 보는)

* 점프컷, 인서트 – 동영상, 아파트 입구 》

유치원 차가 와서 서고, 잠시 후, 차 문이 열리고, 유치원 차 가면, 현관문이 열렸다 닫히는(아래는 안 보이고, 위만 보이는, 아이가 키가 작아 인터폰 화면에 보이지 않은 상황),

명호   (동영상 보며, 담담히 설명하는) 유치원 차가 온 건 오후 1시 15분. 유치원 교사 두 명과 다섯 명의 다른 아이들이 슬기가 이때 차에서 내려, 현관 초인종을 누르는 걸 다들 같이 봤다고 진술했습니다. 아이가 초인종 누르고 엄마랑 통화하는 게 확인되니까, 유치원 기사가 차를 출발한 거죠.

한 표	영상에 문이 열렸다 닫힌 건, 엄마가 문을 열어주었단 증거고요. (제 핸드폰으로 다른 동영상 보여주며) 그리고, 이거,

* 점프컷, 인서트 – 다른 씨씨티브이 동영상, 아파트 복도 》

양모, '슬기야, 슬기야!' 하며 아이를 찾으며, 집에서 나와, 엘리베이터 쪽으로 가보는, 걱정스런, 왜 안 오지 하는 느낌인,

장 미	(동영상 보는)
한 표	복도 씨씨티브이입니다. 아이 엄마는, 아이가 초인종을 누르고 나서 5분이 지나도 집 안으로 들어오지 않자, 밖으로 아일 찾아서 나갔고, 이후, 혼자 아파트 주변을 돌며 아이를 40여 분간 찾다가, 발견되지 않아, 112에 신고를 했습니다.
장 미	아파트 단지 내 다른 씨씨티브이는?
명 호	단지 내 씨씨티브이가 12개 있는데, 두 곳은 고장이 나 녹화가 안 돼 있고, 다른 곳은 확인했지만, 아이는 보이지 않았습니다. 단지 내에서 도로로 나가는 곳의 씨씨티브이는, 씨씨티브이 상황실에서 모니터 하고 있습니다. 현재, 아이가 사라진 시각은 (시계 보며) 한 시간 정도 경과했습니다.
한 표	(집 전화를 서서 주시하는)
장 미	(거실에 부부 사진만 있는 걸 보고, 아이 방으로 가며, 집중하지만, 담담히) 실종 프로파일링 접수 한정오가 하고 있어?

그때, 명호의 전화 오고, 정오인 것 확인하고, 전화 켜서, 장미에게 주며,

명 호	(차분히) 한정옵니다.
장 미	(전화받고, 침대맡에 아이의 독사진을 보고, 아이의 옷장을 뒤적이며, 전화는 담담히 받는) 말해.

씬 25. 지구대 조사실 안 + 지구대 안, 낮.

조사실 안, 남일, 양부(아내의 허릴 안고, 진정시키려는 듯, 토닥이는, 따뜻해

보이는), 양모(기절할 듯, 넋이 나간, 울며, 기진맥진한)를 조사 중이고, 경모, 뒤에 서서, 둘을 예리하게 주시하는,

| 남 일 | 아이가 평소 친하게 지내는 동네 친구는 없나요? |
| 양 부 | 잘 모르겠네요. 친구 얘긴 통 안 해서.. |

* 점프컷 》
정오의 자리로 보이는 데스크 쪽에서 친모가 울고 있는,
민석, 승재, 컴퓨터 주시하며, 상황근무를 하고 있는,

* 점프컷, 교차씬 》
한쪽 지구대 안 일각에서 정오, 전화를 하는,

정 오	(친모를 주시하며, 예리하고, 담담하게) 실종아이의 친모가 따로 있어요. (양부모 쪽 보며) 아이를 키우는 부모는 양부모인 거죠.
장 미	(귀는 전화 내용에 집중하며, 장롱 닫고, 아이의 책장 보는)
명 호	(재빠르게 서랍을 다 열어, 장미에게 보여주는)
정 오	친모는 양모와 한 동네에서 5, 6년간 이웃해 살며 친자매처럼 지냈었고, 결혼하고 싶은데 아이 때문에 고민이 된다고 상의하자, 아이가 없는 현재 양부모가 입양을 원했대요. 아이를 데려온 지, 3개월이 됐고요. 이후, 양부모의 부탁으로, 친모는 동네를 이사해서, 결혼해서 살고 있어요. 남편은 아이의 존젤 모른대요.
장 미	그럼 현재 법적 보호자는?
정 오	가정법원에서 서류심사 중이라.. 법적 보호자는 아직 친모인 상황입니다. 근데 이상한 건,
장 미	(서랍을 확인하며, 듣는)
정 오	(진지하고, 분명하게) 실종 프로파일링을 접수하는데, 양부모 쪽은 아이의 현재 키, 몸무게, 실종 당시 옷차림도 대충만 알 뿐, 분명하게 알지 못하고, 핸드폰에 아이와 함께 찍은 사진 한 장이 없어요. 그리고, 양모는 불안장애와 분노조절장애로 병원에서 치료하다, 최근 중단한 상태랍니다. 인근 탐문 때 경비원 말로는, 엄마가 아파, 아이가 늘 방치되어 있었대요.

장미	(눈은 서랍을 확인하며, 답답한) 기관이 아닌, 개인 간 합의 입양의 문제점이 고스란히 보이는, 사건이네. 불안장애, 분노조절장애가 있는 사람이, 애를 입양하고.. 그래도, 한정오, 양부모에 대한 편견 갖지 마. 통계상 아동학대 가해자 71프로가 양부모가 아닌 친부모야.
정 오	(친모 보며) 네.
장 미	(서랍들을 관찰하며) 신원조회 결관?
정 오	최근 5년간 신원조회 결관 양부모, 친모 전부 별다른 특이점이 없어요. 범죄경력은 저희가 할 수가 없고..
장 미	잠깐..

장미, 전화 들고, 한쪽 외진 서랍 안을 보는, 양부가 운영하는 학원의 홍보물 문구들이 보이는, 그걸 뒤져보면, 서랍 바닥에 학원 홍보물용 책받침(강사들의 사진이 있는)의 원장 얼굴이(양부) 칼로 마구 긁혀져 있는,
명호, 장미의 옆에서 그걸 보고, 핸드폰으로 그것들을 찍는,

명 호	(서랍 속에 같은 모양의 새 책받침을 확인하며, 원장 이름과 사진 보고) 아이 아빠데요.. (하고, 새 책받침도 사진을 찍고, 그것들을 증거물을 담는 비닐봉지에 넣는)
장 미	(명호의 행동 주시해 보며, 정오에게) 한정오, 장 형사한테 연락해 양부모 범죄경력 좀 빼보라고 해봐. 그리고, 유괴일 가능성 있으니까, 양부모, 친모 핸드폰,

＊ 점프컷, 지구대 안 ≫
한솔, 한쪽 자리에 앉아, 양부모와 친모의 핸드폰을 죽 늘어놓고, 양부모와 친모, 전화기를 번갈아 보며, 예의 주시하고 있는,

정 오	(전화에 집중하며, 한솔 보며, 말하는) 대장님께서 주시하고 계십니다. 장 형사님께 범죄경력 조회 요청해놓겠습니다. (하고, 끊고, 이동하는)

＊ 점프컷 ≫

장 미　(전화 끊고, 무전 하는, 담담한) 현지동 꽃마을아파트 3단지 8동 502호, 아동 실종사건 수색 중인, 타격대* 및 지역 경찰 들어라. 실종아동은, 신장이 평균보다 작은,

명 호　1미터 10센티가 넘었다면, 씨씨티브이에 찍혔을 거예요,

장 미　키가, 1미터 10 미만의 6세 여아다. 타격대원들과 지역 경찰은 키 작은 실종아동의 수색 요령을 다시 한 번 숙지하기 바란다. (하며, 나가는)

씬 26. 몽타주, 낮.

1, 타격대와 종민 원우, 아파트 뒷산 수색하는, 삼단봉으로 바닥을 뒤지는,

장 미　(E, 무전 하는) 수색 요령은 폐가, 공가, 공사장, PC방, 동네 은신처,

2, 명호 한표, 집 안 곳곳, 싱크대며, 세탁기 같은 곳을 수색하는, 장미, 답답하게 집 전화기를 주시(범인 전화를 기다리는 듯한)하며, 무전 하는,

장 미　(E) 벽장, 지하실, 다락방, 세탁물 밑,

3, 삼보 혜리, 동네를 돌며, 수색 중인, 쓰레기봉투며, 헌옷 수거함을 열어, 구석구석 수색하는,

4, 장 형사, 유치원 안에서 원장과 얘기하고, 조 형사와 타격대 두 명 정도, 텅 빈 유치원 안을 뒤지는,

5, 일부 타격대와 양촌 상수, 아파트 지하 주차장 등을 수색하는, 엎드려 차 밑바닥까지 보는,

---

* **타격대(112 타격대)** 대간첩 작전 및 각종 사건·사고, 재해 발생, 민생치안 등 긴급한 조치를 위해 경찰기관에 설치한 부대

장 미   (E) 길가에 버려진 냉장고, 세탁기, 건조기 안은 물론, 우물, 개집, 관목, 자동
       차 밑, 건물 벽 사이, 지붕 위, 소파, 큰 짐을 담을 수 있는 가방 안, 쓰레기 더
       미 등... 단 한 곳도 빼지 않는다.

       6, 장미, 아파트 안, 베란다에서 밑을 이리저리 아이를 찾듯 내려다보며, 진지
       하게, 무전을 하는,

장 미   (분명하지만, 차분히) 실종아동사건이 유괴사건일 경우, 3시간 안에 돈을 달
       라는 요구가 없으면, (답답한) 변사체로 발견되는 경우가 대부분이다. 이 점
       염두에 두고 샅샅이 수색한다. (무전 끄고, 다시 거실로 가서, 시계를 보는)
명 호   (수색 끝났는지, 장미의 옆으로 와서) 아이가 유괴됐다면, 범인이 돈 요구를
       할 거고, 아니면... 타격대가 어떤 형태로든 아이를 찾겠죠, 기다려보죠. (하
       고, 집 전화기를 보는)
장 미   (집 전화기를 보는)

씬 27. 넓은 공사장(건물을 깨부순 곳, 혹은 공사가 방치된 곳), 쓰레기 더미, 낮.

       혜리, 핸드폰으로 실종아동 사진을(아이 방에 있던 사진을 명호가 찍어 배포
       했단 설정) 보며, 삼보 걸어와, 주변을 보며, 심란한,

혜 리   (속상한) 아이가 설마 여기 있진 않겠죠?
삼 보   찾아. (하고, 쓰레기 더미를 뒤지는)
혜 리   (쓰레기 더미 여기저기 뒤지다, 뭔가 소리가 나 한쪽 보면)

       ＊ 점프컷, 혜리와 20미터 정도 멀리 떨어진 곳 》
       담배 셔틀 때 화장실에서 본, 거친 남학생1과 여학생1, 공사장 일각에서 나
       와, 입구로 나가며, 삼보 혜리 못 보고 자기들끼리 말하며 가는,

여학생1 (속상한) 갈수록 만용이 하는 짓이 너무 심하잖아! 애들 시켜 경찰 패고, 우리한텐 증거 없애라고 시키고! 이런 일 하는 거 엄마가 알면, 나 죽는단 말이야!

남학생1 우리가 경찰 팬 건 아니잖아! 퍽치길 한 것도 아니고! 뭐 어때? 돈도 받는데!

＊ 점프컷 ≫

혜 리 (뛰어가, 그 앞을 가로막으며, 으름장) 안녕! 담배 셔틀 맞지?! 니들, 여기서 뭐해?

삼 보 (쓰레기 뒤적이다, 혜리 간 쪽 보는)

남녀 학생 ?!

삼 보 야!

모 두 (보면)

삼 보 (차분히) 니들, 만용이한테 전해. 내가 반드시, 그날 일 증거 잡는다고. 그냥은 못 빠져나갈 거라고.

혜 리 (느낌이 이상한, 삼보 보는) 뭔 소리예요?!

남학생1 (버럭) 우린 그날 거기 없었어요!

삼 보 (학생들 앞으로 가며, 말꼬리 자르며, 차분히) 그날 거기?

여학생1 (남학생1의 팔을 잡으며, 끌고 가려 하며) 우린 아무것도 몰라요.

삼 보 (그 앞을 가로막아 서며, 담담히) 맞아, 니네들은 그날 거기 없었어. 니들은 만용이 친구잖아. 그날 일행 놈들이, 만용일 부를 때, 분명 형이라 그랬거든.

＊ 점프컷, 인서트 ≫
눈썹 피어싱을 한 소년,

삼 보 (E) 그놈들이.. 니놈들은 아냐.

＊ 점프컷 ≫

삼 보 (아이들 눈썹을 보는, 화는 나도, 차분한)

혜 리 (삼보 보고, 사태 감지하고, 남녀 학생들에게, 으름장) 그럼 그날 만용이랑 누가 있었어?

남학생1 (기 안 죽고, 침 뱉고) 뭔 개소리야? 웃기고 있어, 진짜! (하고, 속상해 있는, 여학생1을 '가자' 하며 끌고 가는)

혜 리 야, 말하고 가! 그날 만용이 누구랑 있었어!

삼 보 (가는 애들 보다, 남녀 학생들이 나온 곳으로 걸어가, 서서, 주변을 살피며) 저놈들이 이쪽에서 나왔지?

혜 리 (쫓아가며) 그날 애들한테 맞은 거 맞죠?

삼 보 (말없이, 주변만 주시하다가, 한쪽의 쓰레기 더미 밑에서 가방끈 같은 걸 보고는, 그걸 잡아 빼서, 안을 들여다보는데)

혜 리 (가방 뺏는)

삼 보 (분노에 차, 가방 확 뺏으며, 그 안을 열어보는데, 눈가 살짝 붉히는, 차분한)

＊ 점프컷, 가방 안 》
페퍼 스프레이와 여러 종류의 빈 가방이며, 빈 지갑들이 나오는,

혜 리 (가방 뺏어, 바닥에 놓고, 무릎 꿇고 앉아, 사진을 찍는)

삼 보 그거, 순찰차에 넣어놔. (하고, 실종아동을 찾아, 수색하는)

혜 리 주임님 눈, 이 페퍼 스프레이 때문에 그런 거죠. 당장 지구대에 알려요! 단순 폭행사건이 아니에요, (지갑들 보여주며) 이것만 봐도.. 이 자식들 최근에 무적＊ 오토바이 픽치기랑도 분명 연관이 있어요, 지구대에 알려요,

삼 보 (일만 하며, 말꼬리 자르며, 버럭) 개인적인 일이야! 실종아이나 수색해!

혜 리 (속상해, 가방 닫고, 어깨에 메는데, 전화 오는, 화면에 박서진이라고 뜬 걸 보고, 이상한, 전화받으며) 서진이?

씬 28. 길거리, 낮.

서진, 멀리 가는 여학생1(속상하고, 불안한)을 보며, 사탕 빨며 아무렇지 않

＊ 무적(無籍) 번호판이 없는 미등록 상태

게 전화하는,

서 진 좀 전에 우리 동네 일진 언니 만났다면서요? 그 언니한테 내가 전에 친한 경
찰 언니 생겼다고 자랑을 했더니.. 송혜리냐고, 물어서, 그렇다고 했거든요.

＊ 점프컷, 교차씬 ≫

혜 리 (차분히, 들으며) 그랬더니?
서 진 (아무렇지 않게, 툭툭) 언니, 톡 봐봐요.
혜 리 (톡을 확인하면, 서진이 보낸 동영상 나오고, 그걸 켜보면, 삼보의 린치 장면
이 찍힌, 목소리도 들리는, 보는데, 눈가 붉어져, 속상한)
서 진 만용이가 그걸 자기 부하들, 담배 셔틀 때 걸린 애들 전부한테 자랑질하려고
보냈대요. 날 엿 먹임, 니들도 이렇게 맞는다. 경고도 함께! 완전 미친놈. 일진
언니가 그거 주면서, 비밀 보장해달래요! 나중에 저 만나면 맛난 거 사주세
요. (하고, 끊고, 가는)
혜 리 (핸드폰으로 다시 동영상을 보다가, 끄고, 멀리 삼보를 보는데, 속상해, 눈가
가 그렁해지는)

그때, 상수의 목소리 들리는,

상 수 혜리야, 오른쪽 수색했어?
혜 리 (상수 보고, 짐짓 담담히) 아니!
상 수 (얼른 뛰어가, 오른쪽을 수색하며, 행동은 열심이지만, 바람을 담아, 속상해,
구시렁) 슬기야, 제발 여기선 나오지 말아라. 나오지 마.
양 촌 (이미 수색을 하고 있는)
혜 리 (양촌 보고, 삼보가 일에 집중하는 것 확인하고, 아무래도 알려야겠다 싶어,
양촌에게 톡을 보내고, 다시 열심히 일하는)
양 촌 (수색하다, 톡 소리 듣고, 핸드폰 꺼내 톡을 보고, 삼보의 동영상을 확인하는,
가슴이 쿵 떨어지는, 삼보 보고, 수색하는 혜리 보면)
혜 리 (열심히 수색하는)
양 촌 (답답한, 톡을 한솔에게 전달하고, 제 할 일 하는)

앞 씬의 폐지 줍던 할머니, 어느새, 나타나, 쓰레기 더미 속에서, 묵묵히 폐지만 줍는,

그때, 각자의 무전기로 상황이 통보되는,

장 형사	(E) 아동 실종시간 3시간 15분 경과, 아동 실종시간 3시간 15분 경과, 인근 수색 중인, 타격대와 지역 경찰은 철수하라. 수색 종료! 수색 종료! 인근 수색 중인, 타격대와 지역 경찰은 수색 종료합니다. 수색을 종료합니다.
상 수	(속상한) 벌써 수색 종료예요?! 그럼 애기는요?
양 촌	(답답한) 수색은 종료해도 수사는 이어가니까.. 지켜봐야지. (하던 일 멈추고, 일 멈추는 삼보를 안쓰레 속상하게 보는)

씬 29. 지구대 조사실 안, 낮.

한솔, 전화하고 있는데 톡 소리가 계속 나는,

한 솔	(답답한) 양 교수, 나 별일은 없겠지? (사이, 웃으며) 야, 나도 사람인데 피똥 싸면 겁나지? 알았어, 일단 낼모레 니네 병원서 봐. 어어, 그래, 고맙다. (하고, 전화 끊고, 양촌이 보내준 톡을 무심히 여기는데, 삼보가 맞는 것 보고, 얼굴이 굳어지는, 자리에 앉아, 진지하게 보는, 화가 나, 맘이 아픈)

씬 30. 지구대 앞, 밤.

지구대 2팀 대원1, 2, 힘들어하는 친모를 부축해 차에 태우고,
2팀 대원3, 4, 양부모를 다른 순찰차에 태우고, 가는,

* 점프컷 》
남일, 정오, 속상하고, 답답한 얼굴로 그 광경 심란하게 보는,

남 일 (가는 양부모 차 보며) 난 아무래도 저 양부모가 이상하다. 아니, 애를 찾지
도 않았는데, 입양 절차를 그만둔다니.. 애나 찾고 그런 말을 해야지, 아, 짜
증나.. (하고, 들어가고)

정 오 (장미에게 답답하게 전화해, 말하는) 팀장님, 공개수사는 안 하나요?

씬 31. 경찰서 안, 교차씬, 밤.

장미, 전화하며, 옷 벗으며, 자리에 와 앉으며,

장 미 공개수사는, 실종아동이 3시간 내에 확실한 납치, 유괴 등의 근거가 있거나,
변사체로 발견이 돼야 하는데, 이번 사건은 그런 상황이 아니잖아. 공개수사
명분이 없어. 일단, 내 재량으로 24시간까지 좀 더 수사해보고, 이후 실종심
사위원회를 열어, 상의해봐야지,

그때, 장 형사, 뛰어와, 서류를 장미 앞에 보여주는,

장 미 (전화하며, 서류 보며) 이걸 미제로 덮을지, 공개수살 할지...

장 형사 (장미에게 말하는) 실종아동 양부의 지난 20년간 범죄경력 조회 기록이에
요.

장 미 (전화기를 장 형사 앞에 두는, 정오가 들으라고 배려한)

장 형사 양부가 지금의 학원을 운영하기 7년 전에, 중학교에 교사로 근무한 적이 있
는데, 그때 중학교 2학년생을 성추행해 미성년자 성추행으로 집행유예 2년
을 받은 적이 있어요.

장 미 (전화기 들고, 정오에게) 지금 장 형사 말 들었지?

정 오 (화가 나는, 참담한) 네.

그때, 승재, 지구대 앞 현관에서 정오에게,

승 재 한 순경, 식당으로 부사수들 집합! (하고, 들어가는)

정 오	(승재 보는) ?
장 미	지구대장님께 말씀드릴 테니까, 24시간 동안 넌 이 사건에 집중해.
정 오	네. 자원근무 신청해놓겠습니다! (하고, 전화 끊고, 지구대로 들어가는)
장 미	(옷 입고 나가며) 일단, 양부, 주변 탐문수사하자.
장 형사	(조 형사에게) 가자. (하고, 둘이 나가는)

씬 32. 지구대 식당 안, 밤.

정오(근무복), 승재(근무복), 상수와 원우, 한표 사복으로 앉아, 커피 마시는,

정 오	혜리는?
원 우	오겠지.
정 오	사수들은?
상 수	(답답하게 보며) 회의실에 집합 중. 2팀 모르게. 조용히.
정 오	(심란한) 무슨 일이야?
다 들	(모르겠단 듯이, 고개 젓는)

씬 33. 도로(삼보가 맞았던 도로), 밤.

삼보, 서서, 주변의 상가며, 도로의 씨씨티브이를 관찰하는,
혜리, 차 세워두고, 삼보를 답답하게 보는,

혜 리	(답답히, 속상한) 여기 사건현장이죠? 씨씨티브이 찾는 거죠? 여기 씨씨티브이 없는 데예요!
삼 보	(차 타며) 근처 한 번만 더 돌아.
혜 리	(보며) 지구대 들어가요. 벌써, 우리 지구대원들이 삼보 주임님 린치사건, 다 알고 있을 거예요!
삼 보	(혜리 보는) ?
혜 리	(삼보 보며, 미안하지만, 속상해, 큰 소리) 내가 다 알렸어요, 미워할라면 미

워하세요! 아무리 쪽팔려도 이 일은 삼보 주임님이 혼자 처리할 일이 못 된다구요! 지구대 가요. (하고, 운전하는)

삼 보   (원망스레, 혜리 보는)

씬 34. 지구대 회의실 안, 밤.

한솔, 경모, 종민, 민석, 명호, 양촌, 남일, 한솔의 핸드폰을 컴에 연결해, 삼보의 린치 장면을 보고 있는, 모두, 맘 아프고, 속상한, 참담한,

종 민   (속상해, 머리를 쥐어뜯으며, 소리치는) 악! 쌍, 돌겠네, 진짜!

민석, 남일, 명호   (눈가 붉어져, 외면하고, 한숨 쉬고, 속상한) 아...

경모, 한솔   (속상하지만, 참고, 예리하게, 화면만 보는)

양 촌   (컴 정지하고(화면에 삼보 얼굴이 떠 있는), 한솔에게) 지난번 담배 셔틀 때 잡혀 왔던 이 회장 아들 이만용이가 자랑삼아 애들한테 뿌린 걸, 혜리가 아는 정보원이 혜리한테 보낸 거래요.

한 솔   (화면만 보며, 속이 많이 상한, 반드시 잡겠단 의지가 있는, 맘 아픈, 그러나, 냉정히) 형이라고 하는 거 보니까, 만용이보단 어린 놈들이 가담한 거 같네. 지난번 담배 셔틀사건 때 같이 온 애들은,

민 석   (답답한) 친구들이랑, 후배들이 한두 명 있었어요. 근데 그 후배 애들은 만용일 형이라고 부르지 않았어요. 선배님이라 그랬죠. 걔들은 아닌 것 같아요,

경 모   (한솔 보며, 냉정하게) 대장, 이 사건은 우리 지구대가 개입하면 나중에 큰 문제가 생길 수도 있어요. 서의 형사과에 의뢰해서,

종 민   (열불나, 버럭) 그렇게 해야 되는 게 맞죠! 근데, 이 사건이 지금 이대로 고스란히 형사과에 넘겨지면, 과연 사건 많은 형사과에서 우리 일처럼 일사불란하게 움직여줄 거 같아요? 애가 늙은 경찰을 깠어요! 미국 같으면, 몇십 년 형이 떨어지는 중형이에요! 근데, 우리나란 어때요? 분명 참으라 그럴걸?!

남 일   (화나는, 답답한) 언론 무섭다고 쉬쉬하면서! 현장경험 쥐꼬리만 한 젊은 경찰대학 것들이 책상 앞에 앉아, 상황파악 못하고 경찰이 왜 맞았냐 묻겠죠?!

민 석   (화를 참으며) 그냥 우리가 나서요. 다른 사람도 아니고, 삼보 주임님이, (눈가 붉어져, 소리치는) 개차반 되게, 맞았는데, 우리가 맡아요, 그냥!

명호, 남일   (비장한, 한솔 보며, 낮게) 대장님, 우리가 나서요.

양 촌   (경모 보며, 꼬나보며) 다들 같은 생각인데, 넌 꼭 형식대로 해야겠어?

경 모   (꼬나보다, 한솔 보며) 내 말은, 서의 형사과에 사건 인계하는 게 규정상 맞지만, 이 건은 우리가 해결해요, 우리가 맡어!

양 촌   (경모 보다, 한솔 보는)

명 호   근데, 걸리는 건, 부사수들이랑 시보예요.

남 일   시보는 빼죠. 문제 생기면, 경찰도 못 되고, 애들 인생 종쳐요. 부사수들도,

민석, 종민   야, 부사수 없이, 우리가 이 사건을 어떻게 맡아?

민 석   그거는 이 사건 안 맡자는 말하고 똑같애! (종민 보며) 너는 빠져, 와이프 애 낳는 거 오늘낼한다며, 집에 가.

종 민   됐어.

양 촌   시보 건은 제가 알아서,

한 솔   (말꼬리 자르며, 참담한, 낮게) 나한테 맡겨.

그때, 삼보, 눈가 붉어, 문 벌컥 열고 들어와, 지구대원들 보고, 대원들 모두, 속상하게, 삼보를 보는,
삼보, 지구대원들을 보다가, 컴에 있는, 제 얼굴을 보고는, 가서, 컴을 닫아버리고, 눈물이 그렁한, 양촌 보며,

삼 보   (자조적인, 모멸감에 가라앉은) 재밌냐?! 애들 앞에서 나 쪽 주는 게 재밌어?!

양 촌   (냉정히 보며, 속상해도, 담담히) 아뇨.

한 솔   (삼보 보고, 담담히) 형님은 가셔요.

경 모   (속상해도, 차분히) 주임님, 아니, 형님, 이건 단순한 보복사건이 아니야, 이건 경찰 권위에 대한 문제예요.

종민, 민석, 남일   저희가 주임님, 맘 모르는 건 아니지만,

삼 보   (버럭, 맘 아픈, 속상해) 니들이, 내 맘을 어떻게 알어?! 니들이 어떻게 내 맘을 알어! (눈물 나는, 소리치는) 니들이 나처럼 애들한테 맞아봤냐?!

모 두   (참담한) ..

삼 보   (맘 아픈, 자조적인, 담담히 말하려는데, 안 되는, 조금씩 격앙되는) 그것도 나처럼 늙어서, 힘이 없어서, 애들한테 발로 짓밟혀봤냐, 이 자식들아?! (하

한 솔	(맘 아픈, 담담히) 민석아, 혜리보고, 삼보 주임님 피트니스장으로 모시라 하
	고, 부사수들 전부 여기로 집결시켜.
민 석	네. (나가고)
한솔, 경모, 양촌	(참담한)

＊ 점프컷, 시간 경과 》

부사수들(혜리 없는) 모두, 뒷짐을 지고, 동영상을 본, 막막하고, 속상한, 승
재, 눈물 닦는, 한표, 상수, 정오, 원우는 맘 아프고, 속상한, 눈가 붉은, 애써,
담담하려 하는,
경모, 컴을 끄는,
부사수들, 막막한, 양촌 보면,

양 촌	(상수에게, 담담히) 좀 전에, 내가 만약 우리 지구대가 이 사건으로 문제가
	돼서 니가 감찰 가면, 뭐라고 해야 된다고 했지?
상 수	(막막하지만, 차분하게, 양촌 보며) 저는 가담하고 싶지 않았지만, 사수의 명
	령을 불복종할 수 없어, 어쩔 수 없이 가담할 수밖에 없었다고 말해야 합니
	다.
남 일	(정오에게, 담담히, 작게) 누가 시켰다고 그러라고?
정 오	(남일 보며, 속상하지만, 참고) 사수.. 가요.
종민, 민석, 명호	(차분히) 모두, 누가 시켰다고 그러라고?!
부사수들	(속상하지만, 큰 소리로) 사수가 시켰다고 말합니다!
명 호	나가!

부사수들 모두 맘 아프게 나가면,

한 솔	사수들도, 감찰받으면?
종민, 민석	우린 그냥 우리가 알아서 해요,
경 모	(다른 사수들 보며, 담담하지만, 강력하게, 말꼬리 자르며) 시끄럽게 여러 말
	하지 않는다.
양 촌	책임자는 지구대장님 한 명인 게, 깨끗해. 모두, 대장님의 지시였다 말한다.

(한솔 보는)

한 솔 (차분하고, 냉정하게) 일단 모두 집에 갈 사람은 가서, 두어 시간 자거나 쉬다, 열한 시에 다시 모인다. 무리하지 마라. (하고, 나가는)

종 민 (경모 보며) 오토바이가 무적이라면, 장물일 가능성이 높아요,

민 석 종민이네 조랑 전, 중고 및 장물 온오프라인 거래에 미성년자가 가담한 건이 있나 알아볼게요. (하고, 종민과 나가는)

남 일 (경모, 양촌에게) 일단, 한정오랑 전 오늘 밤 실종아동사건 때문에, 자원근무 신청한 상태니까, 순찰 돌면서, 동영상에 찍힌 오토바이나 눈썹 피어싱 한 놈이 있으면 눈여겨볼게요. (하고, 나가는)

양 촌 (눈으로 알았다, 인사하고, 전화하는) 어, 김 형사, 간만이다, 바쁘니까, 인사 고만하고, 최근 타 지역을 넘어서, 우리 지역까지, 오토바이 퍽치기 사건이 벌어지고 있던데,

경 모 (명호에게) 난, 혜리랑 동영상 준 정보원이나 일진 여자애 찾아볼게. (하고, 가는)

명 호 (양촌에게) 전 제 차로 사건현장 탐문할게요. (하고, 가는)

그때, 상수, 들어와 양촌 옆에 앉으며,

상 수 사수랑 저, 자원근무 신청했어요.

양 촌 (전화만 하는) 무적 오토바이, 퍽치기, 페퍼 스프레이를 사용한 공통분모를 가진, 중고등학생 범죄사건 기록,

상 수 단순 페퍼 스프레이 사건에, 촉법소년*들까지 포함시켜요. 그놈들이, 형이라 그랬다잖아요.

양 촌 (맞다 싶은) ?!

상 수 요즘 중딩, 초딩 애들 범죄 비율 엄청 높은 거 아시잖아요? 혜리한테 정보 준 애도 중학생이에요.

양 촌 (진지한) 지금 내 시보 말 들었지? 촉법소년까지, 폭넓게 자료들 모아주라!

---

* 촉법소년 형벌 법령에 저촉되는 행위를 한, 10세 이상 14세 미만의 자

씬 35. 피트니스장 앞 복도, 밤.

삼보, 피트니스장으로 가는데, 전화 오는, 멈춰서, 보면, 집이다, 혜리 쟁반(커피 가져다준) 들고 나오다, 삼보 보면, 삼보, 전화기 주며,

삼 보   늦는다고 해. (하고, 들어가고)
혜 리   (전화기 받아서) 여보세요? (하는데, 끊긴, 화면 보고, 전화 끄려는데, 통화목록이 보이면, '내 마지막 사보'라고 쓰인 게 보이는, 눌러보면, 제 전화가 울리는, 눈가 붉어지는, 자기 전화를 보면, '늙은 사수'라고 쓰인, 미안한, 눈가 붉은 채, 전화를 끄는)

그때, 경모, 사복 차림으로 혜리 앞을 지나가며,

경 모   넌 오늘 지구대에 삼보 주임님이랑 있어.
혜 리   (삼보 전화기 제 주머니에 넣고, 경모 앞질러 가며) 싫어요, 저도 그놈 잡으러 갈 거예요.

씬 36. 피트니스장 안, 밤.

한 솔   (커피 마시는, 삼보 안쓰레 보며) .. 형님, 맞은 증거 사진은 찍어놨죠?
삼 보   (고개 숙인 채, 끄덕이는) ..
한 솔   (따뜻하게) 형님.. 지금 난다 긴다 하는 양촌이도 명호도, 얼굴에 페퍼 스프레이 뿌림, 지들도 당하지 별수 없어.
삼 보   위로하지 마.
한 솔   늙은 건 형님이나 나나 같은데, 위론 무슨..
삼 보   (눈가 붉어, 외면하면)
한 솔   형님, 우린 혈기왕성한 애들한테 안 돼. 근데.. 우린 안 되지만, 우리한테 동료들이 붙음 그땐 얘기가 달라지지.
삼 보   (눈가 그렁해, 보면)

한 솔	형님, 우린 혼자가 아냐. 동료가 있어. 이번 일 동료들한테 맡겨요. 그리고, 형님은 이번 일에서 빠집니다. 만약, 내 명령을 어길 시엔, 한 달 후에 있을 형님 퇴임식도 못하고, 바로 옷 벗을 일 생길 겁니다. 나도, 애들도 징계 각오하고 덤비는 일에, 감정 섞어 (순간 아랫배가 너무 아픈, 애써, 참고) 초 치지 마시라고요.
삼 보	(안대 풀고, 두 손으로 얼굴 가리고, 우는)
한 솔	(아픈 것 참고, 이마에 땀이 난, 나가며) 어디서든 좀 자요..
삼 보	(우는)

씬 37. 몽타주, 밤.

1, 오토바이 수리점.
문 닫던 직원, 실종아동 슬기의 복사한 사진을 보고 있는, 그 앞에 종민, 원우, 민석, 승재 있는,

직 원	(시큰둥하게 보며) 모르는 앤데... (하고, 종민 보면)
원 우	(동영상 확대해 찍은 피어싱 소년 사진을 보여주며) 얘는?
직 원	몰라.
승 재	(만용 사진(학생증 사진) 보여주며) 얘는?
직 원	?! (아는 느낌이다)
민 석	(꼬나보며) 아는구나?
종 민	(꼬나보며) 너 아직도 장물 취급하지?

2, 도로.
양촌(운전), 상수 근무복 차림으로 순찰차로 순찰하는,
대시보드에 실종아동과 눈썹에 피어싱 한 소년의 사진이 붙어 있는,

상 수	정말, 운전면허 정지기간 끝났어요? 언제 끝났어요?
양 촌	(주변만 보며) 일주일 됐어.
상 수	잘됐네. (주변 예리하게 주시하는)

3, 한솔의 차 안.

한 솔 (스피커폰으로 그룹 콜 하는, 눈은 오토바이들이며, 거리의 아이들(엄마가 안고 가는 슬기 또래의 여아 보고, 사진과 확인하는, 오토바이 소년 또래의 아이들이 노는 걸 보고, 사진과 확인하는)에 집중하는, 대시보드에 슬기 사진과 오토바이 사진과 눈썹 피어싱 한 소년의 사진 붙여놓고, 확인하듯 보며, 말하는, 배가 아픈지, 목이며 이마며 땀이 나지만, 내색 않고) 강남일, 한정오, 니들은 실종아동사건에 주력해. 삼보 주임님 건은 니들한텐 후순위다. 니들은 실종아동이 먼저야.

4, 남일 정오의 순찰차 안.
정오, 운전해 가고, 남일, 그 옆에 앉아, 스피커폰으로 그룹 콜 하는,

남 일 걱정 마세요, (슬기 사진과 소년 사진을 보며, 주변 관찰하며) 1번, 실종아동, 2번, 삼보 주임님 건으로 우선순위 나눠 집중할게요.
정 오 여기가 삼보 주임님 사건현장이에요...
남 일 (주변을 관찰하며) 담배 셔틀 현장이 여기서 거리가 얼마나 돼?
정 오 (핸드폰으로 거리 확인하며) 오백 미터 정도요.

그때, 순찰차 앞을 오토바이가 한 대 지나가는데,
정오, 놀라, 운전대를 트는 바람에, 차가 한 번 휙 도는, 남일, 놀랐지만, 그 와중에 정신 차리고, 가는 오토바이 보면, 빨간 헬멧을 쓴 두 명의 소년과 번호판 없는 무적 오토바이다,
길가의 여자 퍽치기를 당할 뻔했는지, '야!' 하며 오토바이를 보며, 소리치는,

남 일 (오토바이 보며) 저 오토바이 무적이다!
정 오 (차를 바로 하려다가, 한쪽 보고, 이상한) 경사님, 저 사람, 실종아동 친모 아니에요?
남 일 (정오가 말한 쪽 보는)

* **점프컷** 》

친모, 좁은 골목으로 들어가는 게 보이는,

* **점프컷** 》

정 오   (남일 보며, 어쩔 줄을 모르겠는) 어쩌죠? 따라가야 될 거 같은데..
남 일   (멀리 가는 무적 오토바이를 보고, 주저하는)
정 오   (속상해도, 단호한) 전 실종사건이 우선순위, 일 번이에요. 갈래요. (하고, 운
        전해, 차를 한쪽으로 세우고, 나가, 친모가 간 골목으로 뛰어가는)
남 일   (오토바이 포기하고, 정오가 차에서 나가, 친모 쪽으로 뛰어가는 것 보고, 핸
        드폰으로 그룹 콜 하며, 차에서 나가, 정오 쪽으로 가며) 무적 오토바이 발
        견, 무적 오토바이 발견, 감목 가로수길로 진입, 감목 가로수길로 진입, 강남
        일 한정오는, 실종아동사건에 집중한다. 도와줄 수 없다! 무적 오토바이 감
        목 가로수길로 진입!

5, 달리는 명호의 차 안.
명호(조수석), 한표(운전석), 남일의 목소리 들으며, 냉정하게, 빠르게 달리며,

명 호   최명호, 접수했다!
한 표   이동합니다! (하며, 유턴하는)
남 일   (E) 강남일과 한정오는 실종사건에 집중한다! 도와줄 수 없다! 무적 오토바
        이 감목 가로수길로 진입!
명 호   (그룹 콜로 말하는) 모두 조심합니다! 애들 다치지 않게! 애들 다치면, 우리
        도 끝입니다. 저는 지금 감목 가로수길로 이동합니다!

6, 도로, 밤.
양촌, 운전석에서 유턴해, 감목 가로수길로 달려가는, 상수, 양촌의 핸드폰으
로 톡 내용 보는,

* **점프컷, 인서트 – 톡 내용** 》

눈썹에 피어싱 한 어린 중학교 1학년 남학생의 사진(다른 구타사건 때의 기록, 얼굴이 앳된)이 떠 있고,
이름 최진, 촉법소년. 13세, 중1. 신체특징, 농구해서 덩치가 큼. 3개월 전 페퍼 스프레이로 같은 학년 학생을 폭행한 건으로 자료가 남아 있어 확인했음.

* **점프컷 》**

상 수 (톡 끄고, 양촌의 핸드폰으로 전화하며) 김 형사님, 전 염상수 순경입니다. 오 경위님이 운전 중이라 제가 전화드립니다. 톡 사진 봤구요. 피어싱 모양이 특이한 게.. 맞는 거 같습니다. 네, 네, 수고하셨습니다. (전화 끊고, 자기 핸드폰으로 그룹 콜 해, 양촌의 톡의 사진을 보며) 삼보 주임님 린치사건 눈썹에 피어싱을 한, 공범 혐의자, 신원 확인.

양 촌 (운전해 가며, 듣는)

상 수 이름 최진, 촉법소년. 13세, 중1. 신체특징, 농구해서 덩치가 큼. 3개월 전 페퍼 스프레이로 같은 학년 학생을 폭행한 건으로 자료가 남아 있는 것을, 장동서 여청계 김 형사님으로부터 확인.

경 모 (그룹 콜 E, 강하게) 혜리 정보원이, 서진이란 애가 미성년자만 들어가는 일진 사이트에서,

양 촌 (운전하며, 그룹 콜에 집중하는)

씬 38. 피씨방 앞, 밤.

경모, 그룹 콜 하며 내려오고, 혜리, 내려와 차(경모의 차)에 타며,

경 모 만용이가 범행 모의한 정황을 확인시켜줬다. 만용이 아이디로, 작성된 (운전석에 타, 안전벨트 하며) 게시물 내용은 〈경찰한테 붙잡혀도 처벌받지 않는, 촉법소년 대상, 일당 십만 원 알바 구함〉. 그곳에 댓글을 단 사람은, 아이디 조사 결과 방금 전 염상수가 브리핑한 13세, 촉법소년. 한일중학교 1학년, 최진의 것으로 확인. 둘의 연관성이 커졌다.

혜 리 (심각하게, 안전벨트 하는데)

서 진   (차 문 열고, 손 내밀며) 언니, 나 돈 줘야지! 수고비!

혜 리   (주머니에서 돈 꺼내 주고, 문 쾅 닫는)

경 모   (운전해 가며, 그룹 콜 하는) 다들 감목 가로수길에 가고 있냐?!

씬 39. 가로수길, 밤.

오토바이(2명), 달려오다, 앞에서 명호의 차가 달려오자, 방향 틀어서, 다른
데로 가려는데, 앞 쪽에서, 멀리 양촌의 순찰차와 종민의 차가 오는,
오토바이, 다시 둥그렇게, 원을 돌아, 명호 쪽으로 가려 하면,
그 뒤에 한솔의 차가 빠르게 오토바이를 원으로 돌며 가두는,
명호의 차와, 경모의 차, 한솔과 함께 오토바이를 둥글게 가두는,
다른 대원들은, 차에서 나와, 원에 갇힌, 오토바이를 보는, 화가 나는,
소년들 당황해 좌우를 보는,
명호, 경모, 넓게 원을 그리며, 멈추고,
한솔, 차를 운전하다, 멈춰, 아프지만, 땀을 많이 흘리며, 화를 참으며, 차에서
빠르게 나와, 멈춰 선 오토바이 쪽으로 가서, 오토바이 뒤쪽에 있는, 소년의
어깨를 툭 치는, 소년, 돌아보면, 무덤덤히, 소년의 멱살 잡은 채, 재빠르게, 소
년의 몸을 돌려, 제 팔로 안듯이 해서, 이 앙다물고, 맘 아프게, 헬멧을 벗기
는, 모든 행동에 주저함이 없이, 일사불란한,

씬 40. 주택가, 밤.

친모, 나무가 있고, 평상이 있는 곳에 앉아 있는,
남일, 그 앞에서 쪼그려 앉아, 친모와 얘기하는,

남 일   (걱정스런, 주변 보며) 아... 예전에, 어머니가 일 갔다 퇴근해 돌아오면, 슬기
가 엄마가 오는 이 길목에서 엄말 기다렸구나.. 기특하게..

친 모   (넋이 나간 듯) 대체 무슨 일일까요..

정 오   (주변을 여기저기 살펴보지만 별다른 걸 못 찾겠는, 그러다 친모에게로 오다

가, 뭔가 밟는, 느낌이 이상해, 발아래를 보면, 바닥에 떨어진 머리핀이 보이는, 정오, 그걸 집어서, 보고, 친모에게) 어머니, 이 핀 좀 봐주세요.

친 모   (정오에게로 와서, 핀 집어 들고, 울며) 어머.. 이거 제가 사준 핀이에요. 어머 머머, 어떡해, 어떡해... (하며, 핀을 안고 울다, 뭔가 생각난 듯) 고은이네.. 맞아요, 부모가 이혼해, 할머니랑 단둘이 사는, 고은이네가 이 근처 살아요. (하고, 골목을 올라가는)

남일, 정오   (따라가는)

씬 41. 허름한 빌라 앞, 밤.

친 모   (빌라의 지하방 쪽을 가리키며) 저 빌라 지하 왼쪽 집이에요. (하고, 가려 하면)

정 오   (친모의 팔 잡고) 일단 어머니는 여기 계세요. 그러는 게 좋겠어요.

남 일   (어느새, 지하방으로 가, 문 두드리며) 고은아.. 고은이 할머니 계세요. (하다가, 문고리 돌려보는, 문 열리면, 고개를 디밀고) 고은아,

정 오   (친모를 남겨두고, 남일에게 가는)

씬 42. 빌라 단칸방 안, 밤.

남일, 문을 열면, 할머니(앞 씬에 나온) 자고 있고, 고은이가 혼자 더러운 얼굴로 밥그릇에 국을 말아서, 티브이 보며, 밥을 먹다가, 정오와 남일을 보는, 정오, 들어서는데 뭔가 냄새가 심하게 나는 게 느껴지는,

남 일   니가 고은이니?

고 은   (순간, 당황한) ?

정 오   (그 모습 보며, 느낌 오는) 너 슬기 알지? (하고, 주변 관찰하다, 비키니옷장 아래를 보면)

   ＊ 점프컷, 비키니장 밑 》

오줌처럼 누런 물이 흘러나오는,

남 일   (누런 물 보고, 얼른 신발 벗고 들어가, 고은이 안고, 서며) 고은인, 아저씨랑
        잠깐 있자.

고 은   (남일에게 안겨, 울먹이며) 슬기는 아빠가 싫댔어요! 슬기 내 친구예요, 슬기
        야.. (하고, 우는)

할머니   (자다, 일어나 앉으며, 힘든) ..

정오, 맘이 아픈, 애써 차분하게, 방 안으로 들어가, 비키니장을 열어 안을 보
는, 눈물 그렁해지며, 맘 아픈, 그런 정오의 얼굴에서 엔딩.

메이킹 PART 1

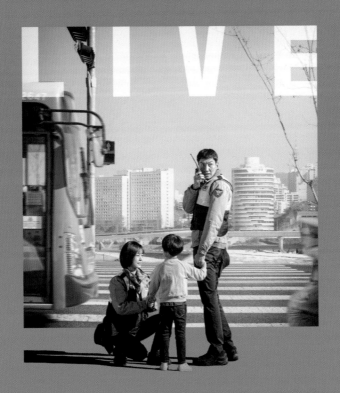

🌸 감독의 말

〈라이브〉는 장르적인 재미를 갖추고 있지만
그것보다는 뜨거운 감성, 뜨거운 사람들에 대한 이야기다.
인생학교, 서툰 어른들의 인생학교.
그런 측면에서 〈라이브〉는
아주 평범한 것 같으면서도 특별한 드라마다.

진짜의 감정, 진짜의 표정과 몸짓으로, 진짜 이야기를 하고 싶었다.
시청자들이 TV 화면 속에서 꾸미지 않고 덧대지 않은,
있는 그대로의 살아 있는 공기를 느낄 수 있었으면 했다.

고민 끝에
우리가 찾은 해답은
독특한 문법이 아니라
가장 정통적인, 가장 클래식한 문법에 집중하는 것이었다.
어쩌면 현재 주류의 영상 문법을 역행하는 것일지도 모른다.
하지만 힘을 뺀, 가장 기본적인 문법을 통해
새로운 지점들을 발견하게 됐다.

때문에 더 예쁘고, 더 멋있게,
시청자들의 감정을 강요하는 장치를 쓰기보다는
시청자들이 자연스럽게
마음이 뜨거워지거나, 아프거나, 공감할 수 있었으면
하는 바람으로 작품에 임했다.

혼자서는 절대 갈 수 없는 길을 함께해준

노희경 작가님과,
추운 겨울 차가운 아스팔트 위에서 고생한 모든 현장 스태프들,
밤을 지새우며 치열하게 고민해준 후반 스태프들,
그리고 뜨거운 마음으로 열연해준 모든 배우들.

그들에게 다시 한 번 감사의 말을 전한다.

감독 김규태

인생은 라이브!!

착한 사람.

애써 꾸미지 않는 사람.

멋부리지 않고 온전히 극 중 인물이 되어줄 수 있는 사람.

나에게 있어 〈라이브〉 배우들은 그런 사람들이다.

의식적으로 어떤 기준을 가지고 캐스팅을 했던 건 아니지만,

지나고 보니 나는 그런 사람을 원했던 것 같다.

〈라이브〉 모든 배우들에게 사랑한다고 전하고 싶다.

한정오 역의 정유미

정유미 씨는 연기자로서 감성과 기술이 잘 조화된 이상적인 배우다. 무엇보다 특유의 사랑스러움부터, 진지한 비애감까지 자유롭게 표현하는 그녀에게 늘 매료되었다. 기술적으로도 매우 훌륭해서 매 테이크마다 원하는 연기를 정확하게 해주는 신뢰감 가는 배우다. 배우로서 연기하기 쉽지 않았을 캐릭터인 '한정오' 그 자체가 되어준 그녀에게 감사한다.

염상수 역의 이광수

사랑할 수밖에 없는 배우다. 성실하고 착한 심성은 물론이고 엄청난 노력파다. 주인공으로서의 부담감을 누구보다 큰 열정으로 채워주었다. 서툴지만, 그만큼 치열하게 사는 염상수를 이광수 배우보다 잘 표현할 사람은 없을 거라 확신한다. 배우 이광수의 다음 작품이 기다려진다.

오양촌 역의 배성우

이 드라마는 배성우라는 배우의 재발견이 아닐까. 연기 잘하는 배우인 건 예전부터 알고 있었으나 이렇게 폭발력 있고, 힘 있는 배우인 건 〈라이브〉를 통해 다시 한 번 느꼈다. 멘토로서의 성숙함과 인간 오양촌으로서의 미숙함을 능수능란하게 표현하는 배성우 씨

를 보고 있으면, 늘 감탄의 연속이었다. 게다가 액션, 멜로, 코믹 연기를 자유자재로 구사하는 그를 찍는 게 늘 즐거웠다. 배성우 아닌 오양촌을 누가 상상할 수 있을까.

안장미 역의 배종옥

대본을 읽으면서 장미 캐릭터를 연기하는 게 가장 어려울 거라 생각했다. 직업 경찰로서, 중년 여성으로서 내적으로는 폭풍 같은 갈등을 겪지만, 그것을 적절히 수습하며 조용히 표출하는 캐릭터다. 애초에 배종옥 선배를 놓고 쓴 캐릭터라 볼 수 있다. 게다가 정오, 상수, 양촌이 각자의 질풍노도를 겪을 때, 장미는 그들과 함께하며 극의 안정감을 확보해준다. 특히, 배종옥 씨가 가진 특유의 기품과 아름다움이 캐릭터에 잘 녹아들어 있어서 장미를 두고 박 터지게 싸우는 양촌이와 경모가 이해가 갔다. (웃음)

덧붙여,

지구대장 기한솔 역의 성동일은 늘 믿음을 주는 나의 파트너. 현장에서 즐거움과 행복감을 주는 배우다. 이번 작업 역시 즐거웠다. 성동일 배우의 존재가 자칫 심각해질 수 있는 극의 분위기를 환기시키면서 〈라이브〉의 독특한 리듬감을 만들어줬다고 생각한다.

양촌 부 역의 이순재 선생님의 걸음걸이, 눈빛, 표정 그 자체가 삶이고 인생이라는 생각이 들었다. 현장에서 가장 어른임에도, 늘 겸손하게, 가장 성실하게 작품에 임하는 태도를 보고, 앞으로 연출로서의 나의 삶 또한 그러하기를 바랐다.

은경모 역의 장현성에게 이런 귀여운 모습이 있는지 몰랐다. 자칫 비호감으로 보일 수 있는 경모를 힘 빼고 자연스럽게 연기해주어 캐릭터에 힘이 생긴 것 같다. 평생 한 여자만을 바라보는 경모의 순애보를, 눈빛 하나로 표현하는 그가 좋았다.

브라운관에서 좀처럼 보기 힘들었던 **이얼 배우를 삼보 역할로** 캐스팅한 건, 신의 한수였다고 생각한다. 아마 지구대 배우들 중 가장 현실 경찰 같았던 배우가 아닐까. 정말 지구대에서 근무하고 있을 법한 나이 든 경찰. 늙고 무기력하지만 경찰로서의 사명감이 불타는 삼보를 누구보다 잘 연기해주셔서 너무 감사하다.

✿ 제작자 인터뷰

by 스튜디오 드래곤, 최진희 대표

—— 제작자로서 〈라이브〉라는 작품에서 가장 끌렸던 부분은 무엇인가?

'스튜디오 드래곤'은 tvN과 OCN 채널을 통해 여러 장르물을 제작해왔다. 그러나 〈라이브〉는 대본 단계에서부터 기존 장르물과는 결이 다르다고 느꼈다. 사건이 빠르게 진행되지만, 사건의 해결보다는 그 사건 속에서 다양한 군상들이 주는 페이소스가 일품이라는 생각이 들었다.

—— 제작자로서 어떤 확신이 있었나? 작품성이나 흥행에 대한 만족도는?

작품성은 두말할 나위 없었고, 흥행 역시 확신했다. 작가님, 감독님, 배우, 스태프에 대한 확신이기도 했지만, 성실하게 제작하면 좋은 작품은 분명 알아봐주실 거라는 시청자분들에 대한 확신이기도 했다.

—— 주제 면에서, 소재 면에서 민감한 부분들이 많다. 제작자로서 부담은 없었는가?

각종 시위 등 사회적으로 민감한 사안부터, 연쇄 성폭행, 묻지마 살인 등 강력사건을 다루고 있기에 부담이 없었다고 하면 거짓일 것이다. 게다가 '경찰'이라는 대한민국 최대의 공무원 집단을 묘사하는 데에도 부담이 있었다. 다만 작가님의 기획의도와 감독님의 연출을 믿었기에, 부담보다는 용기를 갖고 제작 전반을 진행할 수 있었다.

—— 제작자가 생각하는 작가 노희경은?

인간과 인생에 대해 가장 깊이 있게 접근하는 대한민국 최고의 작가라고 생각한
다. 노희경 작가의 작품은 늘 스스로의 생을 되돌아보게 하는 힘이 있는 것 같다.
특히 〈라이브〉는 그녀의 필모그래피 중에서도 엔터테인먼트적인 요소가 가장 뛰
어난 작품이라는 생각이 든다. 노희경 작가의 차기작이 벌써 궁금하다.

—— 제작자가 생각하는 연출 김규태는?

연출은 작품을 해석하는 창의적인 안목과 현장에서 모든 배우 및 스태프를 통솔
하는 리더십을 동시에 갖춰야 하는 매우 어려운 직업이다. 김규태 감독은 특유의
따뜻한 인품으로 배우와 스태프들을 감싸며 최고의 결과물을 창조하는 최고의 연
출자다. 특히, 이번 작품을 기존의 드라마 트루기에서 벗어나 새롭게 접근하는 모
습을 보며 과연 명불허전이라는 생각이 들었다.

—— 현장에서 본 배우들의 모습은 어땠나?

정유미, 이광수, 배성우, 배종옥 등 주연 배우는 물론 모든 지구대 배우들에게 공
통점이 있다. 착한 성품과 성실한 태도. 그 덕분에 현장 분위기는 늘 따뜻했고, 추
운 겨울날 어려운 촬영 과정을 무리 없이 잘 버텨내 준 것 같다. 〈라이브〉 모든
배우들에게 다시 한 번 감사의 말씀을 전하고 싶다.

—— 18부작, 일반적이지 않은 구성인데 편성이나 제작에 있어 어려움은 없었나?

작가님께서 애초에 기획하신 극의 볼륨이 확고하게 정해져 있었기 때문에 어려움

도 없었고, 고민도 없었다. 시청자 반응을 통한 갑작스러운 연장방송이 아니기에 처음부터 18부작에 맞춰 편성과 제작을 준비했다.

—— 우리나라 드라마는 속도전이다. 그러다 보니 크고 작은 사고들이 일어나는데, 현장 스태프들에게 특별히 주문한 것이 있다면?

〈라이브〉는 전체적인 콘셉트와 톤을 잡는 데까지 많은 공을 들인 작품이다. 드라마를 만들어가는 Key스태프들과 드라마의 콘셉트와 톤에 대해 회의하고 고민하는 시간을 충분히 가지는 것이 드라마 성공의 열쇠라고 생각했다. 그 덕분에 현장에서 더욱 효율적이고 완성도 있는 프로덕션이 이루어질 수 있었다. 촬영의 상당 부분이 추운 겨울에 진행되어 스태프들에겐 늘 건강 관리와 안전한 촬영을 부탁드렸고, 그런 환경을 조성하려 늘 애썼다.

—— 개인적으로 가장 인상적이었던 장면이나 대사가 있는가?

"연 끊어진 얼레 꼴이다. 너나 나나."   - 〈라이브〉 6부, 양촌 부(이순재 분)의 대사 중에서

한때 가정폭력을 휘둘렀던 아버지. 그런 아버지가 여전히 미우면서도 아버지를 답습하며 같은 처지에 놓이게 된 아들. 애증의 부자관계와 인생의 아이러니를 짧은 대사로 표현한 명장면이라고 생각한다. 특히 이순재 선생님의 덤덤한 연기를 보고 있자니, 눈물이 고였던 기억이 난다.

—— 제작자에게 이 작품의 의미는? 〈라이브〉는 어떤 작품인가?

제작자로서 이런 작품을 만난다는 건 행운인 동시에 행복이다. 좋은 사람들과 좋은 작품을 만드는 게 말처럼 쉽지는 않기 때문이다. 프로덕션 과정에서도 〈라이브〉에 참여한 많은 분들이 행복감을 느끼는 것 같아 제작자로서 매우 보람을 느낀다.

—— 마지막으로 꼭 전하고 싶은 메시지가 있다면?

제작을 하다 보면 종국에는 시청자분들에게 감사한 마음만 남는다. 〈라이브〉라는 드라마를 애정을 가지고 시청해주신 모든 시청자분들께 다시 한 번 감사의 말씀을 전하고 싶다. 그리고 실시간(LIVE)으로 진행되는 우리 모두의 삶(LIVE)이 행복하기를.

✿ 첫 대본 리딩

2017년 11월 16일, 상암동에 위치한 스튜디오 드래곤 대회의실에서 〈라이브〉의 첫 대본 리딩이 진행됐다. 김규태 감독, 노희경 작가를 비롯한 주요 제작진과 주·조연 배우 모두가 처음으로 한자리에 모였다.

김규태 "우리 모두에게 행복한 프로덕션 과정이 되길 바랍니다."
노희경 "무엇보다 안전하게, 모두의 안전과 건강이 가장 중요합니다."

첫인사와 함께 기분 좋은 긴장감이 흐르는 분위기 속에서 배우들은 총 4회 분량의 대본을 함께 읽어내려갔다. 명불허전 노희경 작가의 대본 자체도 탄탄했지만, 바로 촬영에 들어가도 되겠다 싶을 만큼 배우들의 준비가 탁월했다. 극 중 배역에 완전히 몰입해 촬영 준비를 마친 상태였다.

✿ 첫 촬영

2017년 12월 2일 〈라이브〉의 촬영이 시작됐다. 첫 씬은 상수(이광수)가 경찰이 되기 전 생수회사 인턴으로 동분서주 땀 흘리는 장면. 이날 촬영은 구로와 파주 일대에서 진행됐다. 마지막 컷을 찍을 때쯤 비가 내리기 시작했지만 큰 어려움 없이 촬영을 마무리했다. 첫 촬영부터 〈라이브〉 촬영 기간 내내 날씨 복이 많았다.

🏵 고사 지내는 날

2018년 1월 28일, 파주 세트장에서 드라마의 성공과 제작 현장의 안전, 모든 배우와 스태프의 건강을 두루 기원하는 고사가 진행됐다.

이날 배우들이 모두 경찰복을 입고 출동해 여느 고사 현장과 다른, 특별한 광경이 연출됐다. 실은 고사가 있는 날 아침에도 지구대 세트 촬영이 있었던 것. 차례로 〈라이브〉 팀의 안녕과 단합을 기원한 배우와 제작진 일동은 고사를 마치며 다 함께 "라이브 파이팅!"을 외쳤다.

덧붙여, 고사 후에 뒤풀이 자리를 가지는 것이 관례인데 이날은 간단히 식사만 하고 모든 배우와 제작진이 촬영장으로 발길을 돌렸다. 완성도 있는 결과물을 위해 첫 방송 전 최대한 많은 분량을 촬영하고자 했던 노력이 오늘의 〈라이브〉를 만들었다.

🌸 티저 촬영

〈라이브〉는 경찰을 주인공으로 하는 장르물이다. 게다가 3월, 아직 추운 기운이 남아 있는 겨울에 첫 방송을 시작하게 됐다. 시청자 입장에서는 다소 차갑고 무겁게 느낄 수 있는 조건이다. 시청자들이 느낄 부담을 덜고자 등장인물 간의 관계성에 포커스를 맞춰 티저 촬영을 진행했다.

〈라이브〉는 지금까지 노희경 작가의 대본이 그러했듯 캐릭터 간의 관계에서 오는 케미스트리가 좋은 작품이다. 이 부분을 임팩트 있게 전달하기 위해 시보 편, 취조 편으로 나누어 2편의 티저를 촬영했다. 티저 촬영은 프로모션 비주얼라이징 전문가 박상권 감독이 담당했다.

갓 전입해 온 신입 시보 순경 상수(이광수)와 정오(정유미)를 놀려먹는 선배 경찰 양
촌(배성우)의 모습을 다뤘다. 선후배 관계를 단적으로 보여줄 에피소드를 찾아 콘
셉트를 잡았다. 시청자들에게 재미있고 사랑스러운 캐릭터로 각인된 이광수, 정유
미 배우의 기존 이미지를 십분 살리고자 했다.

—— 취조편

다수의 영화에서 강렬한 악역으로 인상적인 연기를 펼쳤던 배성우 배우의 이미지를 한껏 살렸다. 그러나 범인인 줄 알았던 양촌이 사실은 경찰이었고, 취조인 줄 알았던 상황이 실은 부부싸움이었다는 사실이 드러나며 반전 매력을 전달하는 콘셉트이다.

❀ 포스터 촬영

<라이브>는 '인형 탈' '도움의 손길' '단체 체조' '휴식' '글자' 콘셉트로 총 5종의 포스터를 선보였다. 2018년 2월 1일 매서운 바람이 부는 날, 단 하루에 5종의 포스터를 모두 촬영해야 하는 빡빡한 일정 속에서도 배우들 모두 적극적으로 촬영에 임해주어 무리 없이 포스터 촬영을 진행할 수 있었다. 특히 대표 포스터 촬영에는 주·조연 배우들이 모두 참여했다. 미니시리즈에서는 보기 힘든 일인데, 지구대장 기한솔 역의 성동일 배우가 현장에서 누구보다 리더십 있게 배우들을 이끌어주어 순조롭게 진행됐다.

── ❶ 단체 체조

지구대원들 전체가 아침에 모여 체조하는 콘셉트. 포스터 디자인을 담당한 '스푸트닉'에서 완성도 높게 마무리를 해 대표 포스터로 낙점됐다. 드라마 <라이브>가 품고 있는 건강한 기운, 활기가 가장 잘 표현된 포스터이다.

❷ 도움의 손길

여의도 지구대 앞에서 촬영한 포스터. 드라마 〈라이브〉를 한 컷으로 표현하자면 이와 같은 모습일 것이다. 길 잃은 아이의 손을 잡아주는 정오와 상수의 모습이 바로 〈라이브〉에서 표현하려고 한 경찰의 모습이었다.

❸ 휴식

매일매일 눈코 뜰 새 없이 바쁜 지구대 일상에서 커피 한 잔으로 한숨 돌리는, 찰나의 휴식을 취하는 정오, 상수, 양촌, 장미의 모습을 담고자 했다.

❹ 글자

주연 배우 9인의 몸으로 LIVE 글자를 형상화한 포스터. 찍기 어렵지 않고 재미있게, 즐겁게 촬영할 수 있을 것 같아 티저 포스터 느낌으로 시도해본 것. 예상했던 것보다 훨씬 귀엽게 나와서 제작진, 배우들 모두 웃으며 마무리했다.

❺ 인형 탈

경찰 마스코트인 포돌이 포순이 탈을 쓰고 봉사를 하다가 지쳐 쓰러진 정오와 상수의 모습을 표현. 애쓰고 노력하는 시보 순경의 귀여움을 강조한 포스터로 제작진 내부 반응이 가장 좋았던 포스터이기도 하다.

2018년 3월 6일 오후, 임피리얼 팰리스 호텔에서 열린 〈라이브〉 제작발표회 현장. 극본을 맡은 노희경 작가, 연출을 이끈 김규태 감독 그리고 배우 이광수, 정유미, 배종옥, 배성우까지 주요 출연진이 〈라이브〉를 타이틀로 인사하는 첫 번째 공식 석상이기도 했던 이날 행사에는 많은 취재진이 참석해 드라마에 대한 뜨거운 관심을 입증했다.

대다수의 우리들처럼, 그러나 사선에 선 사람들의 이야기

촛불집회에서 자신의 앞에 서 있는 경찰들의 눈을 봤다는 노희경 작가. 막지도 못하고 같이 참여하지도 못하고. 작가는 '이 사람들은 정말 원해서 이 자리에 있는가?' 하는 의문이 들었다고 했다. 그때부터 대다수의 국민처럼, 풀뿌리 같은 사람들, 그러나 사선에 선 사람들, 스스로 총알받이라고 하는 그 사람들의 이야기를 진지하고도 현장감 있게 다루고 싶다는 생각을 했다고 밝혔다.

> "전에는 경찰에 대해 생각할 계기가 없었다. 소위 짭새, 기분 나쁜, 일 안 하고 권위만 내세우는 사람들이라는 편견이 있었다. 편견을 굳이 깰 필요도 없었다. 들여다보면서 놀라웠던 것은, 내가 마치 군 비리를 이병에게 묻고 있다는 느낌이 들었던 거다. 취재를 하면서 이 사람들이 해내는 하루 업무량을 디테일하게 바라보게 됐다. 그러면서 알게 된 사실은 이들의 평균 수명이 63세라는 점. 공무원 중에서도 최고로 수명이 짧다. 충격이었다. 그때부터 마음이 동해 더 적극적으로 현장의 이야기를 들어야겠다, 듣고 와서는 드라마를 써야겠다는 작가로서의 책임감도 느꼈다."

윰블리에서 시보 순경으로 변신한 정유미

미처 예상하지 못했는데 〈윤식당〉과 〈라이브〉 편성이 몇 회 겹치게 됐다. 〈윤식당〉을 하면서, 거기서 연기를 한 건 아니지만, 몰입을 하면서 더 큰 자유로움을 느꼈다. 드라마 연기와는 다르지만 그 에너지로 드라마에 더 잘 집중할 수 있고, 그 몰입을 이용할 수 있게 됐다. 작가님이 써주신 대로 잘 표현하고 싶은 욕심도 더 강해졌다. 나는 그리 용기가

많지 않은 사람이라 현실 속 어떤 여성상을 그려낸다거나 사회에 메시지를 전달하는 배우는 못 되는 것 같다. 연애물이든 장르물이든 작품에 많이 기대는 편이다. 드라마를 통해서 혹은 영화를 통해서 그러한 역할들을 맡은 것 자체가 곧 내가 하고 싶은 이야기다.

노희경 작가가 바라본 배우 이광수

광수 씨는 투지가 좋은 배우다. 어떤 걸 맡겨도 종국에는 해낼 거다. 진지하게 탐구하고 물어가면서. 그 확신이 있었고, 이번에 타이틀롤을 맡기면서도 의심하지 않았다. 그리고 현재 그 선택이 역시 옳았다고 본다. 어떤 재능보다는, 탐구하면 재능을 커버할 수 있다고 생각하는데, 그걸 가지고 있는 배우다.

예능은 예능대로, 드라마에서는 배우로, 성장하는 이광수

런닝맨을 시작한 지 8년이 넘었다. 주변에서도 예능 이미지가 크다, 배우로서 입지는 좁아지는 것 아니냐, 걱정을 해주신다. 그런데 예능 이미지를 극복한다거나 배우 입지를 다진다거나 그런 것들은 내가 하고 싶다고 할 수 있는 게 아니다. 예능에서는 예능대로, 드라마에서는 또 그 나름으로 최선을 다하면 시청자분들께서도 함께 몰입해서 봐주시지 않을까 생각한다.

여청계 경찰로 분한 배우 배종옥

여청계에서는 여자, 사회 약자들, 보호받지 못하는 아동들의 문제를 더욱 집중적으로 다룬다. 그러나 여청계라고 해서 따로 교육을 받는 것은 아니라고 한다. 일반 경찰과 같이 시보 생활을 겪고 경찰이 된다. 또 여청계라고 해서 다른 사건을 안 다루는 것도 아니다. 때문에 여청계라고 해서 특별히 다른 이미지를 보여주려고 하진 않았다. 기본이 경찰이다. 다만 핍박받거나, 힘이 없어서 말할 수 없었던 이들의 고민을 같이 풀어가는 데에 집중했다.

충무로 연기파 배우 배성우의 첫 드라마

우리 주변에서 자주 일어나는 사건들인데 막상 접해보니 정말 심각한 것들이 많았다. 굉장히 강렬하기도 하고, 어렵기도 하고 그렇다. 또 영화에서는 잘 하지 못했던, 은근하기도 하고 격정적이기도 한 부부 멜로가 있다. 보시는 분들이 즐겁게, 또 가슴 찡하게 봐주셨으면 좋겠다.

연출의 신, 김규태 감독의 새로운 도전

항상 새로운 것을 하고 싶은 욕망이나 욕구 때문에 어떻게 하면 조금 더 튀어 보일까, 남다르게 보일까, 껍데기 같은 욕심들이 있었다. 때문에 전작들에서는 영상적으로 미적인 부분에 치중했다. 그 덕에 여배우들이 좋아하는 감독이다, 예쁘게 찍는 감독이다, 그런 평을 듣기도 했는데 이번 작품에선 여배우들에게 양해를 구해야겠다. 〈라이브〉에서 가장 중점을 두고 있는 것은 사실감이다. 제목이 말하듯 진짜 이야기를 하고 싶다. 사람들의 진짜 감정, 표정, 몸짓, 작은 디테일을 담아내는 것에 목표점을 두고 있다. 시청자들께서 있는 그대로의, 꾸미지 않고 덧대지 않는 느낌, 살아 있는 공기를 느끼실 수 있었으면 한다. 그런 부분에서 마음이 뜨거워지거나, 아프거나, 공감하거나, 그런 감정선에 더 집중이 되는 작품이 되었으면 한다.

끝으로 노희경 작가는 〈라이브〉가 잘 돼서 현장에 있는 지구대원 여러분, 그리고 제작 현장에서 고생한 스태프들이 함께 기뻐할 수 있었으면 좋겠다는 바람을 덧붙였다.

🏵 홍일지구대 조직도

지구대장
경정 기한솔
(54세, 기혼)

경감
안장미
(50세)

여성청소년과

형사과

수사과

생활안전과

제1팀

팀장
경감 은경모
(48세, 미혼)

제2팀

제3팀

제4팀

제1팀

| 1조 | 2조 | 3조 |

사수
경위 오양촌
(48세)

사수
경위 이삼보
(60세, 퇴직임박)

사수
경사 강남일
(35세, 기혼)

부사수
순경 염상수
(29세, 시보)

부사수
순경 송혜리
(29세, 시보)

부사수
순경 한정오
(29세, 시보)

| 4조 | 5조 | 6조 |

사수
경장 최명호
(34세, 미혼)

사수
경사 김민석
(35세, 미혼)

사수
경사 반종민
(34세, 기혼)

부사수
순경 김한표
(29세, 미혼)

부사수
순경 고승재
(28세, 미혼)

부사수
순경 민원우
(31세, 미혼)

✿ 스틸_세상 둘도 없는 케미

모든 조합이 다 좋았다.
커플, 콤비 구분 없이 환상 케미를 보여준 〈라이브〉.
우리를 웃고 울렸던 장면 장면을 다시 본다.

#오양촌C와 꼴통 상수의 **최강 브로맨스**

#누가 뭐래도 동기가 최고!

#친구처럼, 연인처럼, 상수처럼

#그대 이름은 **질투유발자**

#홍일지구대 대표 **꽃미남들**

#늙은 사수와 철부지 부사수

#이게 바로 걸크러쉬

#니들이 **사명감을** 알아?

〈라이브〉 대본집&메이킹북 2권에서 계속…

출연

한정오 정유미 | 염상수 이광수 | 오양촌 배성우 | 안장미 배종옥 | 양촌 부 이순재 | 기한솔 성동일 | 은경모 장현성 | 이삼보 이얼 | 최명호 신동욱 | 강남일 이시언 | 정오 모 우현주 | 상수 모 염혜란 | 김민석 조완기 | 반종민 이순원 | 송혜리 이주영 | 김한표 김건우 | 민원우 김종훈 | 고승재 백승도 | 오송이 고민시 | 오대관 장호준 外

스튜디오 드래곤

기획 최진희 | 책임프로듀서 장정도 | 프로듀서 이정묵 정다형 | 제작프로듀서 강상훈 | 라인프로듀서 박소은 박지은 김진구 | 사업총괄 유봉열 | 드라마사업 황설아 | 마케팅총괄 [마코] 김경석 | 마케팅PD [마코] 안윤수 | 경영지원 장세정 김수연 최지은 김지연 강지원 | 홍보 김찬혁

tvN

tvN총괄기획 이명한 | tvN운영총괄 김제현 | 마케팅총괄 김재인 | 마케팅 강옥경 김민재 한혜진 | 편성총괄 이기혁 | 편성 권민경 김동희 한다운 | 운행 손지영 박하린 | 심의 홍주리 이지나 윤정아 | 홍보총괄 김지영 | 홍보 채주연 곽준우 | 홍보대행 [쉘위토크] 심영 이수하 | 웹기획/운영 양희선 신다애 | OST프로듀서 송동운 | OST제작 남남엔터테인먼트 | 포스터디자인 [스푸트닉] 이관용 우민혁 연다솔 장승민 백정민 | 법무지원 박도윤 박지혜

GT:st

제작 김규태 | 제작총괄 이동규 | 기획프로듀서 최원우 | 제작행정 홍수경

스태프

촬영 박장혁 김진한 신현철 이영진 | 포커스 이선용 장영석 김홍목 박서준 | 촬영1st 박창환 김은석 최은진 양수인 | 촬영팀 이여름 권영주 이동현 정국원 신수란 김세연 신순원 이민석 | 조명 김보현 최용환 | 조명1st 강경근 원성빈 | 조명팀 황병윤 이아진 임호영 남대범 김완기 임창종 김현지 이호석 이제림 | 발전차 이인교 김주훈 | 동시녹음 김주환 홍정호 | 동시팀 김성태 이재홍 박기성 | 그립팀 [팀메그넘] 최운진 한용준 황교인 강민성 김효성 최재식 김의중 | 미술감독 최기호 | 아트디렉터 임성미 | 미술팀 김민경 황서인 | 세트제작 [휴먼아트] 신성운 | 세트팀장 임현묵 성명준 | 세트팀 김동섭 권용호 | 소도구 [운곡프로비전] 허세민 김정호 서정민 김수환 김근우 | 인테리어 최자영 윤인애 | 조리 이석령 | 스타일디렉터 [아이엠] 홍수희 | 의상 이정은 조혜림 손선희 전영선 | 분장팀 이미진 이해인 이예림 구한비 | 미용팀 고덕 | 의상차 김영웅 | 무술감독 [몽돌액션] 박진수 | 무술지도 김주호 | 특수효과 [SF] 민창기 신종민 | 헬리캠 [드론웍스] 김승호 | 보조출연 [하늘기획] 이종민 강호원 이동훈 이경재 | 캐스팅 [리퍼블릭에이전시] 권지연 | 아역캐스팅 티아이 | 대본인쇄 슈퍼북 | 스탭버스 [유진네트] 장호정 | 봉고배차 [유진네트] 심상수 | 소품차량/렉카 [월드] 정원종 | 연출봉고 김영진 최종광 | 데이터봉고 윤웅섭 | 카메라봉고 고만득 최재철 원태영 서성영 | 편집 김향숙 이현주 강율희 | 편집보조 주인경 박설아 조윤희 | 캘리그라피 전은선 | 테크니컬 수퍼바이저 [알고리즘] 조희대 | 포스트 프로덕션 슈퍼바이저 김경희

김민우 | DIT [DeLog] 김광환 권승일 [알고리즘] 정수아 신영섭 | 음악감독 최성권 | 음악 김지수 박민지 허상은 손주광 박영익 배보람 박준수 | 사운드 [모비사운드] 박준오 이승우 탁지수 김세라 이동현 이승호 | CG [Mindpool] 조봉준 김주성 김률호 김준호 박보람 채리나 방희진 오미라 이순호 김희진 | D.I [DexterTheEyE] 이정민 김예슬 | 종합편집 [리더스] 남보민 배지범 | 문자그래픽 [CGSEAL] 진동욱 박우리 | 스틸메이킹 [스완스튜디오] 김승완 정다운 백동민 손은정 최혜인 | 예고/타이틀 박상권 우정연 이학진 우선호 | 법률자문 이지언 변호사 | 촬영자문 경찰청대변인실 경정 김완기/경찰청대변인실 경정 장신웅/경찰청대변인실 경위 이희목/주진희 | 대본자문 서울마포경찰서 홍익지구대 경감 윤경호 등 순찰2팀 일동/서울서대문경찰서 경사 이지성/서울강서경찰서 경사 정인돈/서울종로경찰서 경사 이승은/서울관악경찰서 경사 박득권/서울마포경찰서 여성청소년과 경사 최덕용/인천논현경찰서 여성청소년과 경사 이일교/서울마포경찰서 생활안전과 경장 김준성/서울지방경찰청 경찰24기동대 경사 최은영/서울지방경찰청 총경 이동환/서울지방경찰청 광역과학수사1팀 경사 김승재/경찰청 감사관실 경감 황태훈/경찰청 대변인실/폴네띠앙(좋은세상 만들기 위한 시민과 경찰의 커뮤니티) | 보조작가 이경향 이성희 백성욱 박소정 임송 | 로케이션 이재우 이경환 이동구 | SCR 박은빈 정소미 | FD [SIGNAL LAMP] 이예나 장혜은 김대환 방우석 유신 김범성 | 조연출 노수환 이효선 정태문 | 극본 노희경 | 연출 김규태 명현우 김양희